Krimi Bergisches Land

Daniela Schwaner

geboren 1971, im Wuppertaler Stadtteil Barmen aufgewachsen und zur Schule gegangen. Ab 1991 Studium der Anglistik/Amerikanistik/Germanistik an der BUGH Wuppertal. Während der Studienzeit war sie Mitglied einer Theatergruppe, mit der sie Auftritte in Wuppertal und London hatte.

Schon immer liebte sie es zu schreiben und schloss sich an der Uni dem »After Twelve Crime Fiction Club« an, wo sie kriminalistische Kurzgeschichten in englischer Sprache verfasste.

Nachdem sie einige Jahre im benachbarten Hessen verbracht hat, lebt Daniela Schwaner heute mit ihrem Mann in Wuppertal.

Mit »Stille Wasser sind tot« erscheint ihr vierter Krimi im Bergischen Verlag – nach »Ein gutes Alibi«, »Der Tote in der Buchhandlung« und »Der Wolf ist tot«.

Daniela Schwaner

Stille Wasser sind tot

Kriminalroman

Bergischer Verlag

Daniela Schwaner – Stille Wasser sind tot
Reihe: Krimi Bergisches Land

ISBN 978-3-96847-042-9

1. Auflage 04/2023
© Bergischer Verlag © Daniela Schwaner

Bergischer Verlag
RS Gesellschaft für Informationstechnik mbH & Co. KG
Verleger Arndt Halbach, Martin Czialla
Auf dem Knapp 35 / 42855 Remscheid
E-Mail: info@BergischerVerlag.de / www.BergischerVerlag.de

Lektorat: Katrin Adam
Covergestaltung: Julia Wewer, Kreativagentur Rockoli
Gesamtherstellung: Bergischer Verlag

Das Werk ist vollumfänglich urheberrechtlich geschützt.
Jede Verwertung, zum Beispiel die Verbreitung, der auszugsweise Nachdruck, die fotomechanische Verarbeitung sowie die Verarbeitung und Speicherung in elektronischen Systemen, bedarf der vorherigen Zustimmung durch den Verlag.

Fürs Peterle

Freitag, 5. Juli 2013

Sie war kein guter Mensch. War es nie gewesen.

Schon als Kind hatte eine Boshaftigkeit in ihr gewohnt, die sie zuweilen selbst erschreckte. Manchmal fragte sie sich, ob dieser Charakterzug angeboren war oder ob die Umstände, unter denen sie aufgewachsen war, sie dazu gemacht hatten. Eine zufriedenstellende Antwort hatte sie nicht gefunden. Jetzt war es auch egal.

Eine Reihe Gedanken schwirrten ihr durch den Kopf, während sie die Sachen bereitlegte, die sie in die Kiste packen wollte. Die »Geschenke« für ihre früheren Klassenkameraden anlässlich des morgigen Klassentreffens. Ob sich alle darüber freuen würden, stand zu bezweifeln. Die meisten hatten ohnehin abgesagt oder sich gar nicht erst gemeldet. Aber diejenigen, auf die es ankam, würden da sein.

Sie versah den Schlüsselanhänger in Form einer abgewetzten Plüsch-Diddlmaus mit einem Namensschildchen und legte ihn in die Kiste. Weitere Gegenstände folgten. Bei der Klobürste entfuhr ihr unwillkürlich ein Kichern. Gott, war das damals ein Drama gewesen, auf der Schultoilette im Foyer. Sie könnte sich jetzt noch in die Hose pinkeln vor Lachen, wenn sie nur daran dachte. Wie immer war sie zur richtigen Zeit am richtigen Ort – in diesem Fall »Örtchen« – gewesen. Eine Fähigkeit, die sich im Laufe der Jahre als wahre Goldgrube entpuppte und ihr die Erfüllung ihres lang gehegten Traums ermöglichte. Sollte sie das wirklich aufs Spiel setzen für ein paar Stunden Spaß? Sie zögerte und drehte den Umschlag in den Händen. Die Aktion konnte nach hinten losgehen, und dann saß sie gewaltig in der Tinte. Aber es war zu spät, jetzt einen Rückzieher zu machen. Das Ganze ließ sich nicht mehr abblasen.

Es würde schon gut gehen, versuchte sie die aufkommenden Zweifel zu beseitigen. Es war bisher immer gut gegangen. Sie ließ die Fahrradklingel in die Kiste gleiten. Fehlte nur noch das Foto. Sie betrachtete es eine Zeit lang, ehe sie es zu den anderen Gegenständen legte. All die Jahre hatte sie es aufbewahrt für diesen einen Moment. Na ja, nicht genau für *diesen* Moment, aber es würde den krönenden Abschluss einer langen Geschichte bilden. Keiner guten Geschichte. Wenn sie an jene Nacht vor fast genau zwanzig Jahren zurückdachte, überkam sie ein Schaudern. Nicht wegen dem, was geschehen war, sondern wegen des Vergnügens, das sie dabei empfunden hatte. Später war sie erschrocken über ihre eigene Skrupellosigkeit. Aber hatte es sie dazu bewogen, einen anderen Weg einzuschlagen? Nein, musste sie sich eingestehen. Im Gegenteil. Hatte man die Grenze überschritten, gab es kein Zurück mehr. Wären sie damals erwischt worden, vielleicht hätte es etwas geändert. Doch sie waren ungeschoren davongekommen, was sie zugegebenermaßen ziemlich überraschte. Nach all den Jahren war es nun an der Zeit, die Geschichte ans Licht zu bringen. Dazu musste sie zunächst etwas anderes ans Licht bringen.

Ein Blick auf die große Wanduhr in der Küche zeigte ihr, dass sie sich allmählich auf den Weg machen sollte. Eine Menge Arbeit lag vor ihr, und die musste vor dem Morgengrauen erledigt sein. Sonst konnte sie ihren schönen Plan begraben. Vielleicht wäre es besser so. Hieß es nicht, man sollte die Toten ruhen lassen?

Samstag, 6. Juli 2013

1

Ronsdorf putzt sich raus.

Unter diesem Motto stand die diesjährige Aufräumaktion des Wuppertaler Stadtteils. Es war früh – sehr früh – am Morgen, als ein Dutzend müde aussehender Jungen über die Straße in Richtung Ronsdorfer Anlagen schlurfte. Eskortiert wurden sie von vier nicht minder verschlafen wirkenden Erwachsenen. Mit Müllbeuteln und für derlei Aufräumtätigkeiten erforderlichen Gegenständen bewaffnet, tappten die unfreiwilligen Mitglieder der Putzkolonne mit an Arbeitsverweigerung grenzendem Enthusiasmus in das Waldgebiet. Man hätte sie auf den ersten Blick für eine Schulklasse halten können, doch die Uniformen, die die Begleiter der Jugendlichen trugen, verrieten, dass es sich bei den Jungen um Häftlinge der ortsansässigen JVA handelte.

Wer war eigentlich auf die grandiose Idee gekommen, mit einer Horde straffällig gewordener Jungen in der Morgendämmerung durch den Wald zu tollen und Unrat aufzusammeln?, fragte sich der Justizvollzugsbeamte Ludger Behrendt, der das Pech hatte, an diesem Morgen zur Frühschicht eingeteilt zu sein. Hatte derjenige einen einzigen Gedanken daran verschwendet, welchen Aufwand das für ihn und seine Kollegen nach sich zog? Vermutlich nicht, sonst wäre die Sache von vornherein im Keim erstickt worden. Das Umweltbewusstsein stärken und einen sinnvollen Beitrag für die Allgemeinheit leisten, so wurde ihnen die Aktion werbewirksam verkauft. Etwas zum Wohl des Stadtteils beitragen, in dem man – auf Zeit – lebte. Sich einbringen, um Punkte bei der Bevölkerung zu sammeln.

In Ludgers Augen war das Ganze eine sinnfreie Arbeitsbeschaffungsmaßnahme, nicht mehr und nicht weniger. Den Wuppertaler Bürgern war eher daran gelegen, die verbrecherische Brut sicher verwahrt hinter Schloss und Riegel zu wissen und sie für ihre Missetaten nicht noch mit einem Waldspaziergang zu belohnen. Aber ihn fragte ja niemand. Die da oben – er warf einen Blick gen Himmel – kamen immer auf die tollsten Ideen, die die Basis dann auszuführen hatte. Komme, was da wolle. Und wem schob man die Schuld in die Schuhe, wenn die vermaledeite Maßnahme fehlschlug? Denen da oben – er rümpfte verächtlich die Nase – ganz sicher nicht.

Ludger schüttelte den Kopf und spuckte den Brocken Tabak aus, auf dem er schon eine geraume Weile herumkaute. Seitdem das Rauchen beinahe überall verboten war, musste er seinem Körper die verlangten Giftstoffe auf anderem Wege zuführen.

»Hey!«, rief einer der Jungen, der ihn offenbar beobachtet hatte, empört. »Wir machen doch hier nicht sauber, damit Sie alles sofort wieder dreckig machen können.«

»Is Natur«, brummte Ludger, beschämt darüber, ertappt worden zu sein. »Getz laber nich, mach weiter.«

Der Junge murmelte etwas in seinen nur rudimentär vorhandenen Bartflaum und hielt weiter Ausschau nach achtlos weggeworfenem – oder hingerotztem – Unrat. Dass er dieser Aufgabe ebenso wenig Sinn abgewinnen konnte wie sein Aufpasser, merkte man ihm deutlich an. Sich mitten in der Nacht aus dem Bett zu quälen, um einen Wald aufzuräumen, war wahrlich nichts, was man sich freiwillig antat. Zumal die Ronsdorfer Anlagen erstaunlich sauber waren. Hier lag kaum etwas herum, das nicht hierher gehörte. Von einem Brocken Kautabak einmal abgesehen. Dass er sich da gründlich täuschte, wurde Ludger Behrendt wenige Minuten später auf drastische Weise vor Augen geführt.

Während er noch über den Sinn und Unsinn der Aktion sinnierte, ereignete sich ein paar Meter entfernt ein folgenschwerer Zwischenfall, der sich erst durch einen lauten Schrei und in weiterer Folge durch einen dumpfen Knall ankündigte.

»Scheiße, Zecke is in 'n Loch geplumpst!«, rief einer der Jungen und klang dabei weniger entsetzt denn belustigt. »Beim Kacken!«

Lautes Gekreische und Gelächter erscholl von allen Seiten. Typisch Zecke, den drückte der Darm grundsätzlich zur falschen Zeit. Und nun offenbar auch am falschen Örtchen.

»Was macht denn 'n Loch mitten im Wald?«, wunderte sich ein anderer.

In Windeseile hatten sämtliche Jungen ihre Tätigkeit unter dem milden Protest ihrer Wächter unterbrochen und sich um die Stelle des Anstoßes versammelt. Man amüsierte sich königlich über den Anblick von »Zecke«, einem dicklichen Burschen, der mit heruntergelassenen Hosen etwa eineinhalb Meter tiefer dalag und wimmerte. Die Jungen übertrafen sich gegenseitig mit ihren Spekulationen, was es mit dem geheimnisvollen Loch mitten im Wald – hatte man so etwas schon erlebt? – auf sich haben könnte. Auf die Idee, ihrem verunglückten Gefährten aus seiner misslichen Lage herauszuhelfen, kam vorerst niemand.

»Das is 'ne Bärenfalle«, mutmaßte einer von ihnen.

»Quatsch, hier gibt's gar keine Bären, du Doof.«

»Selber doof. Was soll 'n das sonst sein?«

»Gibt's hier Wildschweine? Die trampeln doch alles platt, was nich bei drei aufm Baum is. Sogar Menschen. Hab ich gehört.«

Als sei allein diese Vorstellung nicht besorgniserregend genug, brüllte ein Junge mit sich vor Aufregung überschlagender Stimme: »Scheiße, der Zecke hat auf 'ne Leiche gekackt!«

Zecke, der sich just in diesem Moment, über die mangelnde Fürsorge seiner Kameraden schimpfend, aufgerappelt und die Hose hochgezogen hatte, setzte sich vor Schreck wieder auf sein Hinterteil und blickte panisch um sich. Als er bemerkte, dass sein Kumpel sich keinen üblen Scherz erlaubte, sondern die Wahrheit sagte, kreischte er in höchsten Tönen los.

»Das sind voll viele Knochen, das is 'n Massengrab. Hier läuft bestimmt 'n Serienkiller rum!«, rief ein schmächtiger Knabe.

Panik breitete sich unter den sonst immer um absolute Coolness bemühten Jungen aus. Fast konnte man dem Glauben anheimfallen, der Urheber des vermeintlichen Massengrabs lauerte hinter dem nächsten Baum, nach neuen Opfern Ausschau haltend. Ludger Behrendt und seine Kollegen, die dem Treiben bislang aus der Entfernung zugesehen hatten, eilten nun doch herbei, um sich der Sache anzunehmen. Sie bahnten sich einen Weg durch die aufgebrachte Meute.

»Getz macht mal halblang«, versuchte Ludger, Ruhe in die Truppe zu bringen, »dat sind sicher nur Tierknochen.« Er warf einen Blick in die Grube und erstarrte. Das Erste, was er sah, war ein Schädel, den man wahrhaftig niemandem als den eines Tieres verkaufen konnte.

Die Nervosität, die von den Jungen Besitz ergriffen hatte, sprang auf deren Aufpasser über. Bei dem, was da vor ihnen im Unterholz lag, notdürftig von Reisig und Laub – sowie einem übergewichtigen Zecke – bedeckt, handelte es sich tatsächlich um die sterblichen Überreste eines oder mehrerer Menschen.

***

Die Beamten der Wuppertaler Polizei erschienen knapp fünfzehn Minuten nach dem eingegangenen Notruf in den Ronsdorfer Anlagen. Dort herrschte hektische Betriebsamkeit. Inzwischen hatte man den armen Zecke aus dem Loch gehievt und ein paar Meter weiter auf dem Waldboden abgelegt. Nach erster Inaugenscheinnahme schien er nicht ernsthaft verletzt zu sein, aber der Anblick der Knochen, auf die er gestürzt war, hatte dem Knaben offenbar schwer zugesetzt. Sein Gesicht war tränenüberströmt, und er zitterte am ganzen gewaltigen Leib. Die anderen Jungen hatten sich um ihn geschart und warfen sich verstohlene Blicke zu. Sollte man Zecke bedauern oder sich über ihn lustig machen? Solange man in diesem Punkt zu keiner Entscheidung gelangte, tat man das Erstbeste, das einem einfiel: dastehen und glotzen.

Einer der Justizvollzugsbeamten – ein Mann mittleren Alters mit Vollbart und gemütlicher Figur – trat den Polizisten mit zögerlichen Schritten entgegen. Ludger Behrendt räusperte sich unbehaglich, ehe er zu sprechen begann. Auf ganz und gar unerklärliche Weise seien ihnen versehentlich zwei Jungen abhandengekommen, berichtete er und versuchte sich vergeblich an einem schiefen Grinsen.

»Wie, *versehentlich* abhandengekommen?«, wiederholte einer der Polizisten und zog die Augenbrauen hoch.

Ludger Behrendt trat verzagt von einem Bein auf das andere. »Na ja, es waren zwölf. Also Jungen. Jetzt sind es nur noch zehn. Zwei meiner Kollegen sind unterwegs, um sie zu suchen. Weit können sie ja nicht sein.«

Er vollführte eine allumfassende Geste, was die Polizeibeamten nur wenig beruhigte. Einer von ihnen griff zu seinem Funkgerät, um die Zentrale darüber in Kenntnis zu setzen, dass eine Fahndung nach zwei flüchtigen Strafgefangenen eingeleitet werden müsse, und begab sich gleich selbst auf den Weg.

»Es sind ganz liebe Jungs, eigentlich«, versicherte der Justizvollzugsbeamte hastig.

Ganz so lieb konnten sie nicht sein, denn um als Jugendlicher in Deutschland in den Knast zu wandern, musste man schon einiges auf dem Kerbholz haben. Aus der Ferne hörten sie die Rufe von Ludger Behrendts Kollegen. Als würde das die Knaben dazu bewegen, aus ihrem Versteck hervorzukommen. Die hatten sich ja nicht aus Angst hinter irgendeinem Busch verkrochen, sondern die Gunst der Stunde genutzt, sich zu verdünnisieren. Da konnte man lange auf eine Antwort warten.

»Dat war aber auch 'n Tumult hier«, setzte Ludger Behrendt zu einer Rechtfertigung an. »Die Jungs waren in Panik, alle liefen durcheinander und haben sich die schlimmsten Horrorszenarien ausgemalt. Von wegen Serienkiller und so.«

»Was treibt ihr eigentlich hier?«, fragte der Polizeibeamte.

»Aufräumen«, erklärte Behrendt, »heute läuft doch diese Aktion in Ronsdorf. Da sollten ... äh, wollten wir unseren Beitrag leisten. Konnte ja keiner ahnen, dass hier 'ne Leiche rumliegt. Also Müll und so, okay, aber gleich 'ne ganze Leiche?«

Dafür hatte der Polizist auch keine Erklärung. Er warf einen irritierten Blick in das offene Grab und auf die darin befindlichen Knochen. Wer immer es war, er oder sie lag schon eine geraume Weile dort, so viel erkannte auch das ungeschulte Auge. Das Grab selbst allerdings erweckte den Eindruck, als sei es erst kürzlich ausgehoben worden. Der Beamte erkundigte sich bei Ludger Behrendt, ob die Jungen hier aus Quatsch ein bisschen herumgebuddelt hatten. Hatten sie gewiss nicht, erwiderte dieser konsterniert. Sie seien hier, um Müll aufzusammeln, und nicht, um den Wald umzupflügen. Davon abgesehen, habe niemand von ihnen eine Schaufel oder ähnliches Gerät dabei, um etwas auszugraben, erst recht keine Leiche.

»Tja, dann stellt sich die Frage, wer das gemacht hat und warum«, murmelte der Polizist und rieb sich nachdenklich das Kinn.

Das zu klären, war ein Fall für die Wuppertaler Kripo.

2

Es gab Tage, die waren gelaufen, ehe sie begonnen hatten. Der heutige Samstag, so befand Kriminalhauptkommissar Carsten Kantner, bot alle notwendigen Voraussetzungen, ein solcher Tag zu werden. Gestern Abend hatte er sich so heftig mit seiner Verlobten gestritten, dass er es vorgezogen hatte, die Nacht auf der Couch zu verbringen. Das bedeutete nicht nur einen gravierenden Mangel an Schlaf, sondern auch noch Rückenschmerzen. Zu allem Überfluss kündigte die Tatortmelodie auf seinem Handy in aller Herrgottsfrühe einen dienstlichen Anruf an.

Eigentlich hatte er an diesem Wochenende nur Bereitschaftsdienst, aber das kümmerte potentielle Schwerverbrecher natürlich nicht. Es war ohnehin einerlei. Nach dem Streit mit Cordula hielt es ihn nicht zwingend in der gemeinsamen Wohnung, die einst seine Junggesellenbude gewesen war. Inzwischen fühlte er sich hier mehr wie ein unwillkommener Gast. Die beiden Zimmer plus der winzigen Küche und dem noch kleineren Bad waren denkbar ungeeignet für zwei Personen, von denen eine – nicht er, wohlgemerkt – es mit der Ordnung nicht allzu genau nahm. Und wenn diese Person obendrein schaltete und waltete, wie es ihr beliebte, kam man sich in den eigenen vier Wänden irgendwann fremd vor.

So zumindest erging es Carsten seit geraumer Zeit. Er hatte sich auf das freie Wochenende – das nun keins werden würde – mit Cordula gefreut. Doch sie hatte andere Pläne geschmiedet, in die sie ihn mal wieder nicht eingeweiht hatte. Warum auch? Es reichte ja, wenn er einen Tag vorher erfuhr, dass sie am Samstagabend zu einem Klassentreffen ging und überdies ihre beste Freundin eingeladen hatte, anschließend bei ihnen zu übernachten. Auch wenn es sich bei besagter bester Freundin um seine Schwester Sophie handelte, wäre er trotzdem gern vorher gefragt worden. Zumindest frühzeitig informiert. Mit Betonung auf »frühzeitig«. Wenn Sophie darauf spekulierte, dass er ihr seine Hälfte des Doppelbetts abtreten und eine weitere Nacht auf der zu kurzen, ungemütlichen Couch verbringen würde, hatte sie sich gründlich verrechnet. Aber vermutlich war auch das wieder nicht seine Entscheidung. Wie so vieles andere.

Carsten versuchte, seinen aufkeimenden Ärger hinunterzuschlucken und nicht allzu genervt zu klingen, als er den Anruf annahm. Offenbar gelang ihm dies nur rudimentär, denn die Stimme am anderen Ende der Leitung klang ziemlich eingeschüchtert, nachdem er seinen Namen in den Hörer geblafft hatte. Eine Gruppe Jugendlicher hätte bei Aufräumarbeiten in einem Waldgebiet bei Ronsdorf einen Haufen Knochen entdeckt, piepste das dünne

Stimmchen. Die uniformierten Kollegen seien bereits vor Ort und ein Team der Kriminaltechnik auf dem Weg dorthin, ob der Herr Kriminalhauptkommissar wohl so freundlich wäre …?

Ein Haufen Knochen klang zwar interessant, aber nicht zwingend eilig, fand Carsten und fragte seinen Gesprächspartner, warum die Kollegen vom KDD – dem Kriminaldauerdienst – sich der Sache nicht vorerst annahmen. Die Lage sei etwas heikel, erwiderte das Stimmchen am Telefon, es sähe alles danach aus, als seien die Knochen absichtlich ausgegraben worden. Also nicht von den Jugendlichen, sondern vorher. Ferner hätten zwei von ihnen die Gelegenheit genutzt und seien abgehauen.

»Wie, abgehauen?«, wunderte sich Carsten über die Wortwahl. Wäre er an Stelle der Kinder gewesen, hätte er nach einem solchen Fund auch das Weite gesucht.

»Ach so, ja, äh, das hab ich vergessen zu erwähnen«, stotterte der Kollege. »Die Gruppe Jugendlicher ist aus der JVA.«

Halleluja, dachte Carsten, der einen kurzen Augenblick gehofft hatte, ein Knochenfund sei nicht mit viel Arbeit verbunden.

***

»Ich kann nich mehr, ich muss kurz verschnaufen.« Justin lehnte sich an eine Mauer, beugte sich japsend vornüber und stützte die Hände auf den Oberschenkeln ab.

Auch Tim hatte massives Seitenstechen, war aber der Meinung, dass sie möglichst viel Abstand zwischen sich und den Rest der Truppe legen sollten, um nicht kurz nach ihrer Flucht gleich wieder einkassiert zu werden. Im Moment drehte sich vermutlich alles um den grausigen Fund, aber wie lange dauerte es wohl, bis jemand bemerkte, dass zwei Jungen fehlten? Nicht allzu lange, fürchtete er. Überdies befanden sie sich gerade mitten in einem Wohngebiet und nicht mehr im Schutz des Waldes. Und ausgerechnet hier und jetzt musste Justin kurz verschnaufen. Einen unpassenderen Moment hätte er sich kaum aussuchen können. Es passte Tim sowieso nicht in den Kram, ihn bei der Flucht im Schlepptau zu haben. Andererseits war es Justin zu verdanken, dass er nicht immer noch wie versteinert vor dem Grab stand und auf die Knochen glotzte. Als die Massenpanik – an der Justin mit seiner Serienmördertheorie nicht ganz unbeteiligt war – ausbrach und ihre Aufpasser abgelenkt waren, hatte er den erstarrten Tim bei der Hand genommen und ihn mit sich gezogen. Vorsichtig hatten sie sich rückwärts in Richtung Waldweg gepirscht, darauf achtend, kein verräterisches Geräusch zu verursachen. Endlich außer Hör- und Sichtweite rannten sie wie die Teufel los, bis sich ihnen rechter Hand ein Weg bot, vorbei an einigen Häusern, deren Bewohner an diesem frühen Samstagmorgen noch im Tiefschlaf lagen. Sie überquerten die nicht allzu stark befahrene Parkstraße, liefen in die nächstgelegene Querstraße und passierten ein Sanitätshaus sowie die Parkvilla. Die hatte einst dem Industriellen Carl Braus und seiner Familie gehört, ehe sie in späteren Jahren den Offizieren der Generaloberst-Hoepner-Kaserne als Kasino diente. Vor einigen Monaten hatte dort ein Hotel seine Pforten geöffnet.

Tim war die Geschichte der Villa völlig schnuppe, er wollte auf schnellstem Weg ins nächste Waldgebiet. Hier fühlte er sich wie auf einem Präsentierteller. Am Ende der Straße, die ebenfalls nach Generaloberst Erich Hoepner benannt war, bogen sie links ab, um sich nach wenigen Metern rechts in das rettende Unterholz des Naherholungsgebiets Scharpenacken zu begeben. Die Jungen bemühten sich, wie Jogger zu wirken, um bei den auf ihrer Morgenrunde befindlichen Hundebesitzern keine unnötige Aufmerksamkeit zu erregen. Oder bei deren Hunden, die sich frei von Leinenzwang auf der großen Wiese austoben konnten. Aber um sieben Uhr morgens waren sowohl die Tiere als auch Frauchen und Herrchen offenbar zu müde, um Notiz von zwei Jungen zu nehmen, die sich auffällig unauffällig fortbewegten.

An einer Weggabelung entschied sich Tim für die bergauf führende Abzweigung. Wenn ihn sein Orientierungssinn nicht täuschte, kamen sie am Ende der Strecke an der Adolf-Vorwerk-Straße raus. Dann mussten sie noch ein Wohngebiet durchqueren, um zum Kothener Wald zu gelangen, dem ersten Etappenziel ihrer Reise in die Freiheit.

Dieses Ziel lag zum Greifen nah, aber Justin war nicht dazu zu bewegen, sich wenigstens noch die paar Meter bis zum Kothen zu schleppen. Nein, der feine Herr musste quasi mitten auf der Straße eine Pause einlegen. Zum Glück war die Grundschule auf der anderen Straßenseite an einem Samstag verwaist. Trotzdem befürchtete Tim, dass sie irgendjemandem unangenehm ins Auge stachen, wenn sie allzu lange hier herumlungerten. Dann war es vorbei mit den ganzen schönen Plänen, die sie geschmiedet hatten.

Wobei Justins Pläne sich ohnehin nur um eines oder besser gesagt um eine drehten: seine Freundin Mimi. Tim kannte das Mädchen nur von dem zerknitterten Foto, das Justin stets bei sich trug und voller Stolz jedem zeigte, der sich nicht schnell genug abwenden konnte. Zugegeben, diese Mimi war überaus niedlich anzusehen, aber Justins ständiges Gewese ihretwegen fand Tim reichlich übertrieben.

In den Augen seines Freundes war sie mindestens eine Göttin, um die seine Gedanken kreisten wie die Erde um die Sonne. Er fieberte jedem Brief entgegen, den sie ihm schrieb, und wurde nicht müde, diese Briefe Tim immer wieder zu zeigen und vorzulesen. Als würden ihn die Liebesschwüre eines albernen Mädchens interessieren. Zumal sie nicht ihm galten. In letzter Zeit waren die Briefe spärlicher geworden, und dieser Umstand veranlasste Justin zu der Befürchtung, seine Mimi sei dabei, ihn zu vergessen. Eigentlich eine logische Schlussfolgerung. Die beiden hatten sich seit über einem Jahr weder gesehen noch gesprochen, denn die Eltern des Mädchens erlaubten verständlicherweise keine Knastbesuche beim missratenen Freund. Wer konnte es Mimi krummnehmen, wenn sie ihr Leben weiterlebte und sich einem anderen zuwandte? Einem, der nicht im Knast saß. Dort blieb die Zeit irgendwie stehen. Ein Tag war wie der andere, und man lechzte nach Nachrichten, was draußen, in der wahren Welt, vor sich ging. Und wenn diese Nachrichten mit einem Mal ausblieben, malte man sich die wildesten Gründe dafür aus.

»Wir sollten langsam weiter«, mahnte Tim, »sonst sitzen wir schneller wieder in unserer Zelle, als wir gucken können.«

»Ach Quatsch«, winkte Justin, inzwischen wieder zu Atem gekommen, ab, »die sind so beschäftigt mit den Knochen, die haben eh noch nich gecheckt, dass wir verduftet sind.«

Das wagte Tim zu bezweifeln. Seit Zeckes unfreiwilligem Fund war fast eine Stunde vergangen, die erste Aufregung sollte sich gelegt haben. Wahrscheinlich durchkämmte man längst das Gelände nach ihnen, und wenn zusätzlich die Polizei ins Spiel kam, war es nur eine Frage der Zeit, bis man sie aufstöberte.

»Ich gehe jetzt weiter«, sagte er entschlossen. »Mir wurscht, was du machst.«

Ohne eine Antwort abzuwarten, stapfte er los.

»Hast ja recht«, stimmte Justin zu und folgte ihm, »je mehr wir uns beeilen, desto eher seh ich Mimi wieder. Die wird Augen machen.«

Oh ja, das würde sie, jede Wette. Mit einem Besuch ihres inhaftierten Liebsten rechnete sie garantiert nicht. Hoffentlich ging der Schuss nicht nach hinten los. Wenn sie tatsächlich einen anderen hatte und Justin sie mit ihrem neuen Freund erwischte, lief er bestimmt Amok. Das war so ziemlich das Letzte, was Tim brauchte.

»Vielleicht solltest du sie vorher lieber anrufen«, schlug er vor und reichte Justin großzügig das alte Klapphandy, das er seit ein paar Tagen besaß und wie einen kostbaren Schatz hütete.

»Ich will sie doch überraschen«, quengelte Justin, nahm das Mobiltelefon aber dennoch entgegen.

»Willst du etwa einfach zu ihr nach Hause marschieren und klingeln? Was, wenn ihre Alten aufmachen?«

»Stimmt, da hab ich gar nich dran gedacht.«

Es gab so vieles, woran Justin nicht dachte. Und deshalb musste man immer auf ihn aufpassen.

3

»Hat man so was schon gehört?«, fragte Kriminalhauptkommissar Paul »Mattes« Mattuschek mehr sich selbst als seinen Kollegen.

»Also wenn *du* es noch nicht gehört hast, dann vermutlich niemand«, erwiderte Carsten Kantner und spielte damit auf Mattes' fortgeschrittenes Alter an, mit dem dieser gern kokettierte.

Carsten hatte seinen Kollegen telefonisch über den Knochenfund in einem Waldstück bei Ronsdorf sowie die beiden geflohenen Häftlinge der dort ansässigen JVA unterrichtet und ihn vor ein paar Minuten zu Hause abgeholt. Die Fahndung nach den Jungen lag nicht in ihrem unmittelbaren Aufgabenbereich, die Begutachtung der Knochen und des Fundorts schon.

»Vielleicht handelt es sich um ein harmloses Grab unter einem Baum«, hoffte Mattes. »Das ist doch heutzutage total hip.«

»Ja, heutzutage. Aber wenn ich es richtig verstanden habe, liegen die Knochen nicht erst seit gestern dort. Außerdem gibt es für Waldbestattungen ausgewiesene Plätze. Du kannst Oppa Hermann nicht einfach unter jedem x-beliebigen Baum verscharren. Und erst recht nicht wieder ausbuddeln, wenn dir danach ist.«

»Schon gut, man wird ja wohl noch träumen dürfen«, brummte Mattes, der sich innerlich von seinem freien Wochenende verabschiedete. Das Wort »Bereitschaft« in Bereitschaftsdienst konnte man getrost streichen, denn er erinnerte sich nicht, wann es jemals vorgekommen war, an solchen Tagen nicht an den Ort eines Verbrechens zitiert worden zu sein.

Er sah seinen Kollegen verstohlen von der Seite an. Carsten wirkte alles andere als munter; er gähnte ständig und hatte Schatten unter den Augen, die Onkel Fester von der Addams Family vor Neid noch mehr hätten erblassen lassen. Seine Haare – Carstens, nicht Onkel Festers –, die er seit einiger Zeit länger trug als früher, sahen ungewaschen aus. Beinahe könnte man sich zu der Vermutung hinreißen lassen, er hätte letzte Nacht ordentlich gezecht, aber das war nicht Carstens Art. Schon gar nicht während des

Bereitschaftsdienstes. Dessen Bedeutung hatte Mattes ja bereits für sich geklärt, da unterließ man das mit dem Feiern ganz schnell. Erst recht im fortgeschrittenen Alter. Auch sein Kollege hatte die magische Vierzig bereits überschritten, da stand man quasi an der Schwelle des Todes, trotz diverser Ü40-Partys, die einem das blühende Leben vorgaukelten. Wenn man schon eigens auf das Alter zugeschnittene Veranstaltungen brauchte, war im Prinzip alles gesagt. Jedenfalls waren »Party« und »Carsten« zwei Wörter, die nur dann in einem Satz vorkamen, wenn es sich um einen dienstlichen Einsatz handelte. Vermutlich hing beim Kollegen Kantner der Haussegen schief. Das kam in den besten Beziehungen hin und wieder vor, häufte sich bei ihm und seiner Lebensgefährtin in jüngster Zeit allerdings erschreckend. Die beiden waren seit gut einem Jahr verlobt, konnten sich jedoch partout nicht auf ein Hochzeitsdatum einigen. Geschweige denn, dass sie sich überhaupt bei irgendetwas einig waren. Wenn das so weiterging, sah Mattes schwarz, was die gemeinsame Zukunft anging. Erschwerend hinzu kam, dass sowohl Carsten als auch seine Noch-nicht-Angetraute einen über das Maß hinausgehenden Starrsinn besaßen, was einem harmonischen Zusammenleben nicht eben zuträglich war. Nun ja, es ging Mattes nichts an, und solange sich Carstens Privatleben nicht negativ auf dessen Arbeit auswirkte, würde er sich nicht beschweren. Sorge bereitete ihm die Sache trotzdem, denn er mochte seinen Kollegen und auch dessen Verlobte. Er würde allerdings einen Teufel tun und sich in deren Angelegenheiten einmischen. Carsten reagierte äußerst ungehalten, wenn er sich bevormundet fühlte, und das geschah schneller, als man Deckung suchen konnte. Außerdem sprach man unter Männern nicht über Herzensangelegenheiten. Darin war Mattes, seit ewigen Zeiten Single, ohnehin kein Experte, demzufolge hielt er sich mit Ratschlägen jedweder Art tunlichst zurück. Sie hatten andere Probleme, die es zu lösen galt.

Zum Beispiel, was es mit den Knochen in diesem Waldgrab auf sich hatte. Wer hatte sie dort verscharrt? Und die relevantere Frage: Wer hatte sie wieder ausgegraben? Und warum? Das zu klären, würde einiges an Zeit und Arbeit kosten. Nicht zu vergessen die Tatsache, dass gleich zwei Häftlinge der JVA auf der Flucht waren. So etwas hörte die Bevölkerung gar nicht gern. Es hatte genügend Proteste gegen den Bau der Jugendstrafanstalt auf dem alten Truppenübungsgelände der Bundeswehr gegeben. Dass nun sozusagen der befürchtete GAU eingetreten war, würde Wasser auf die Mühlen der zahlreichen Kritiker sein.

Mattes wurde im Beifahrersitz nach vorn geschleudert, als Carsten unvermittelt auf die Bremse trat.

»Was ist?«, fragte er und rieb sich den Nacken.

»Siehst du die beiden Bürschchen da vorne?«, meinte Carsten und deutete auf zwei Gestalten, die ein paar Meter vor ihnen die Straße überquert hatten und in einen kleinen Weg einbogen, der durch ein Waldgebiet hinab in Richtung Talachse führte. Beide hatten sich die Kapuzen ihrer Hoodies über den Kopf gezogen und schienen ziemlich in Eile zu sein. Der Größere von ihnen blickte sich ständig um. »Wenn das nicht unsere gesuchten Flüchtigen sind, fress ich einen Besen.«

Ehe Mattes etwas wie »Guten Appetit« erwidern konnte, hatte Carsten seinen Gurt gelöst und war ausgestiegen. Er seufzte und tat es ihm gleich; vorher schaltete er sicherheitshalber die Warnblinkanlage ein und zog die Handbremse an. Dann folgte er seinem jüngeren Kollegen.

***

Die Jungen hasteten, so schnell es der steile Weg zuließ, tiefer hinein in den Kothener Wald. Tim hatte von Wäldern jetzt schon die Nase voll. Leider hatte er das Auto zu spät gesehen, das im selben Moment um die Kurve bog, in dem sie die Obere Lichtenplatzer Straße überquerten. Die Hoffnung, unbemerkt geblieben zu sein, schwand, als er hörte, wie erst eine und wenige Sekunden später eine weitere Wagentür ins Schloss fiel. Tim packte Justin beim Handgelenk und rannte los, seinen Weggefährten hinter sich her ziehend.

»Was is los?«, maulte Justin, der wie immer nichts von der drohenden Gefahr mitbekommen hatte.

Tim drehte sich gehetzt um und sah zwei Männer den Weg betreten. Der Größere von ihnen deutete in ihre Richtung und gab dem anderen ein Zeichen. Dann setzten sie sich in Bewegung.

»Wir müssen uns trennen«, entschied er und ließ Justins Arm los. »Du nach links, ich nach rechts. Und renn!«

Wenn er sich nicht um seinen verpeilten Kumpel kümmern musste, waren seine Chancen zu entkommen ungleich größer. Sollte Justin selbst zusehen, wie er klarkam. Tim stieß ihn in die angegebene Richtung und spurtete los. Bei den beiden Männern handelte es sich hundertprozentig um Polizisten in Zivil, es war kaum anzunehmen, dass die Nachricht ihrer Flucht schon der breiten Öffentlichkeit zu Ohren gekommen war. Ob die Bullen im Zweifel auf ihn schossen? Bestimmt. Er war ein flüchtiger Knacki, von dem eine potenzielle Gefahr für die Allgemeinheit ausging. Auch wenn es Tim garantiert nicht in den Sinn kam, seine Pläne durch irgendwelche dösigen Straftaten zu gefährden. Aber das wussten die Bullen ja nicht, und selbst wenn, wäre es ihnen wahrscheinlich egal.

An dem ganzen Schlamassel war nur Justin schuld. Wegen ihm und seiner mangelnden Kondition hatten sie vorhin diese verdammte Pause eingelegt. Tim hätte ihn stehenlassen und allein weitergehen sollen. Dann wäre er längst über alle Berge. Was kümmerte ihn Justin? Der hatte sowieso nur seine Mimi im Kopf. Dabei gab es Wichtigeres im Leben. Sich nicht von den Bullen einkassieren zu lassen, um nur ein Beispiel zu nennen. Zurzeit das Einzige, worauf es ankam.

Schwer atmend lief Tim weiter den steinigen, unebenen Weg hinunter und hoffte auf eine Abzweigung, an der es ihm gelänge, seinen Verfolger abzuschütteln. Tim wagte nicht, sich umzusehen, aus Angst zu stolpern oder gar zu stürzen. Es stand zu befürchten, dass die Bullen sich aufgeteilt hatten und der jüngere und sportlichere der beiden sich an seine Fersen geheftet hatte. Die Verfolgung des kleinen, schmächtigen Justin als der vermeintlich leichteren Beute war bestimmt dem dicken Bullen zugefallen. Tim hätte es genau umgekehrt gemacht, so wäre ihnen zumindest Justin ins Netz gegangen. Aber wer war er, dass er der Polizei Ratschläge erteilte? Die schweren Schritte, die er hinter sich hörte, schienen immer näher zu kommen. Wie es aussah, hatte selbst er dem jüngeren Bullen nichts entgegenzusetzen. Was sagte das über seine eigene Kondition aus? Nichts Positives.

»Bleib stehen, Junge, das hat doch keinen Zweck«, rief der Mann.

Immerhin brüllte er nicht so was wie: »Stehenbleiben oder ich schieße!« Aber Tim wollte sich nicht zu sehr in Sicherheit wiegen und legte noch einen Zahn zu, obwohl er langsam am Ende seiner Kräfte angelangt war. Sein Herz donnerte wie ein Presslufthammer in seiner Brust, so dass zu befürchten stand, es könne jeden Moment explodieren. Hätte er statt des Yogakurses in der JVA mal lieber mehr Ausdauertraining gemacht. Allerdings wäre er dann gar nicht erst in dieser Lage.

Nun wagte er doch einen Blick zurück, wobei genau das geschah, was er zu vermeiden versucht hatte. Er geriet ins Straucheln, taumelte noch ein paar Meter weiter, ehe er der Länge nach hinfiel. Keuchend wälzte er sich auf den Rücken, seine Hände tasteten wild umher, in der Hoffnung, so etwas wie eine Waffe zu fassen zu bekommen.

Der Mann, ebenfalls nach Luft schnappend, blieb vor ihm stehen. »So, mein Junge, das war's dann für heute«, presste er hervor.

Tim hörte ein leises Pfeifen und ein surrendes Geräusch und nahm aus dem Augenwinkel eine Bewegung von links wahr. Ehe er sich fragen konnte, was dieses Geräusch verursachte, erfasste ein Mountainbike den Polizisten. Mit einem lauten Schrei fiel der Mann zu Boden und schlug mit dem Kopf auf einem Baumstumpf auf. Reglos blieb er liegen. Der Mountainbiker vollführte ein akrobatisches Kunststück, um nicht ebenfalls zu stürzen. Für einen Moment trafen sich seine und Tims Blicke, dann brachte der Fahrer Lenker und Vorderreifen seines Gefährts in die richtige Position, trat in die Pedale und fuhr querfeldein talwärts, ohne sich um sein Opfer oder den Zeugen zu kümmern. Tim hockte auf dem Waldboden, unsicher, was er tun sollte. Der Bulle rührte sich nicht. Der Junge schob sich vorsichtig ein Stück an ihn heran. Vielleicht simulierte der Mann nur und fiel über Tim her, sobald er in greifbare Nähe kam. Was aber, wenn dem nicht so war und er tatsächlich Hilfe benötigte? Wenn Tim ihn einfach liegen ließ, konnte ihm das als unterlassene Hilfeleistung ausgelegt werden.

Als sähe sein Lebenslauf nicht übel genug aus. Von dem schlechten Gewissen, das ihn jetzt schon plagte, mal abgesehen.

»Carsten? Ist alles in Ordnung?«, rief jemand aus der Ferne. Offensichtlich hatte der dicke Bulle den Schrei seines Kollegen gehört. War ja auch laut genug gewesen.

Damit war Tim die Entscheidung abgenommen. »Nein, er ist von 'nem Mountainbike umgefahren worden und bewegt sich nicht mehr«, rief er, so laut er konnte.

Dann kämpfte er sich auf die Füße und lief weiter, ohne sich umzudrehen.

4

Mittlerweile war das angeforderte Team der KT in den Ronsdorfer Anlagen eingetroffen und hatte die Arbeit aufgenommen. Man konzentrierte sich zunächst auf die unmittelbare Umgebung rund um das ausgehobene Grab. Um die Bergung der Knochen würden sich die Experten vom rechtsmedizinischen Institut kümmern. Ein Beamter machte Fotos, um die Lage und Auffindesituation zu dokumentieren, obwohl der Junge bei seinem Sturz in die Grube zweifelsohne einiges durcheinandergebracht und zerstört hatte. In direkter Nähe des Fundorts entdeckte eine Beamtin einen kleinen Reflektor, der an einem Busch befestigt war und ihr deplatziert vorkam. Sie fotografierte ihn, ehe sie ihn abnahm und eintütete.

Auf die Ankunft der Kollegen von der Kripo wartete man bislang vergebens, weshalb man entschied, die Jugendlichen und deren Begleiter nach einer kurzen Befragung zurück zur JVA zu schicken. Sollten die Damen und Herren Kriminalkommissare weitere Auskünfte benötigen, mussten sie sich eben dorthin bemühen.

Viel war es nicht, was die Jungen zu Protokoll gaben. Man habe sie am Morgen gegen vier Uhr aus dem Bett geworfen, um sie hierher zu schleppen. Müll hatten sie aufsammeln sollen, wegen dieser bescheuerten Aktion *Ronsdorf putzt sich raus*. Dabei gab es hier gar nichts zu putzen. War alles sauber und ordentlich. Bis auf die Knochen, aber das ahnten sie zu dem Zeitpunkt ja nicht. Die Grube hatten sie erst bemerkt, nachdem Zecke bei seinem Versuch, einen abzuseilen, dort hineingeplumpst war. Das Loch hätte sich urplötzlich unter ihm aufgetan, bestätigte besagter Zecke im Brustton der Überzeugung. Vermutlich war es eher so, dass das umgebende Buschwerk, hinter dem der Junge ungestört sein Geschäft verrichten wollte, es verdeckt hatte. Dann reichte ein falscher Schritt, und das Kind war gewissermaßen in den Brunnen gefallen.

Die anderen Jungen versicherten glaubhaft, an dieser Stelle nicht gegraben zu haben, weder aus Scherz noch aus sonst einem Grund. Dazu wäre die Zeit auch gar nicht ausreichend gewesen. Bis auf das aus dem Nichts aufgetauchte Grab und die darin befindlichen Knochen war ihnen an diesem Morgen nichts Ungewöhnliches aufgefallen, schworen sie. Dass zwei von ihnen die Gelegenheit zur Flucht genutzt hatten, wollte niemand mitbekommen haben. Das schworen sie allerdings nicht. Die vier Justizvollzugsbeamten, die sie begleiteten, konnten den Angaben ihrer Schützlinge nichts Wesentliches hinzufügen. Sie hatten alle Hände voll damit zu tun gehabt, die panisch umherlaufenden Jungen zu beruhigen, so dass sie nicht bemerkten, wie gleich zwei von ihnen das Weite suchten. Sie taten angemessen zerknirscht, waren aber ansonsten keine große Hilfe.

Nachdem die Gruppe abgereist war, widmeten sich die

Uniformierten den Schaulustigen, die sich in der Nähe des Fundorts versammelt hatten und neugierige Blicke auf das Treiben warfen. Zwar waren sämtliche Zugänge zum Waldstück mit Absperrband und »Betreten verboten«-Hinweisen versehen worden, doch das interessierte die wenigsten. Man gehe immer diesen Weg und lasse sich das nicht verbieten, lautete das Standardargument. Das hier sei öffentliches Gelände und ein Verbot schränke die persönliche Freiheit – ein hart erkämpftes Grundrecht – erheblich ein. Man lebe in einer Demokratie und nicht in einer Diktatur. Was an einem vorübergehenden Betretungsverbot zwecks Spurensicherung diktatorisch anmutete, erschloss sich den Beamten nicht, aber Diskussionen brachten in solchen Fällen wenig bis gar nichts.

Ein Hundebesitzer ließ sich die immerhin kreative Ausrede einfallen, sein armer Dackel Waldi habe ein psychosomatisches Problem, weswegen er seine Geschäfte ausschließlich in diesem Gebiet verrichten könne. Ob die Polizei es etwa verantworten wollte, wenn dem bedauernswerten Tier Blase und Darm explodierten? Waldi sei nicht mehr der Jüngste, und ein Dichter sei er noch nie gewesen. Unter den anwesenden Beamten überlegte man, einen Preis für die fantasievollste Lüge auszuloben, doch das würde die Bürger in Zukunft womöglich erst recht dazu animieren, sich an Tat- oder Unfallorten einzufinden. Wenn es zusätzlich etwas zu gewinnen gab …

Dackel Waldi mit dem sensiblen Verdauungstrakt kackte indes ungeachtet der zahlreichen Zuschauer mitten auf den Weg, um sein Werk anschließend mit dem Schwanz wedelnd voller Stolz zu umkreisen. Eine Mitarbeiterin der Kriminaltechnik, die die Szene beobachtet hatte, eilte herbei und hielt dem Dackelbesitzer mit ernster Miene ein Röhrchen entgegen.

»Befüllen Sie das Röhrchen bitte mit einer Probe der Hinterlassenschaft des Tiers«, sagte sie.

»Häh? Wat soll ich?«, fragte Waldis Herrchen perplex.

Die Frau vollführte eine ausladende Handbewegung. »Das ist ein Tatort«, erklärte sie, »wir müssen Ihren Dackel als Tatverdächtigen ausschließen.«

»Echt getz?«, wunderte sich der Dackelbesitzer.

»Echt jetzt«, versicherte sie und beobachtete mit stoischer Miene, wie der Mann Teile des unappetitlichen Häufchens vom Waldboden kratzte und linkisch in das Plastikröhrchen stopfte.

Ihre Kollegen hingegen machten sich nicht die Mühe, ihr Lachen zu verbergen. Waldis Herrchen bemerkte von der Erheiterung nichts und überreichte der Beamtin schnaufend und mit hochrotem Kopf das mit Dackelkacke befüllte Röhrchen. Die Frau nickte ihm kurz zu und begab sich zu ihrem Koffer, wo sie das »Beweismittel« etikettierte und verstaute.

»Den Rest von Waldis Kacke machen Sie dann auch noch weg, gell?«, rief sie dem Hundebesitzer über die Schulter zu.

»Was ist denn hier eigentlich passiert? Können Sie schon was sagen?«, fragte einer der Schaulustigen, dessen am Hals baumelndes laminiertes Kärtchen ihn als Mitglied der Presse auswies.

»Tut mir leid, da müssen Sie schon auf das offizielle Statement unserer Pressesprecherin warten.«

Selbst wenn die Beamten gewollt hätten, konnten sie keine Auskünfte geben, tappten sie doch bislang noch im Dunkeln. Weder wusste man, wer dort begraben lag, noch wie lange schon und erst recht nicht, wer denjenigen ein- oder gar ausgebuddelt hatte. Es ließ sich nicht einmal ausschließen, dass es sich einfach um einen Dumme-Jungen-Streich handelte und jemand ein Skelett aus dem Biologieraum einer Schule entwendet und hier effektvoll in Szene gesetzt hatte. Beinahe war zu wünschen, dass es genau das war: ein Streich. Einer, der gründlich danebengegangen war, schließlich hatte er entscheidend dazu beigetragen, dass sich zwei jugendliche Straftäter auf der Flucht befanden und ein dritter künftig wahrscheinlich ähnlich psychosomatische Probleme wie Dackel Waldi entwickelte.

Irgendwann sickerte durch, dass ein Kripobeamter schwer verletzt ins Krankenhaus eingeliefert worden war, und die heitere Gelassenheit wich einer bedrückten Atmosphäre. Eine solche Nachricht hörte kein Polizist gern. Kurz darauf traf Kriminalhauptkommissar Paul Mattuschek ein. Er sah besorgt aus und war ungewöhnlich ernst. Er unterrichtete die uniformierten Kollegen darüber, wie sein Partner und er auf die beiden geflüchteten Jungen aufmerksam geworden waren und sofort die Verfolgung aufgenommen hatten. Dabei sei es leider zu einem unerfreulichen Zwischenfall gekommen, bei dem sein Partner verletzt wurde und die Burschen erneut das Weite suchten. Die hinzugezogene Verstärkung durchkämmte das Gebiet rund um den Kothener Wald, bislang ohne Erfolg. Auf den Gesundheitszustand des Kollegen angesprochen, zuckte Mattes mit den Schultern. Als man ihn abtransportiert hatte, was angesichts des schmalen und steil abfallenden Waldwegs nicht ganz unkompliziert vonstattenging, war er bewusstlos gewesen. Dass besagter Kollege mit seinen knapp zwei Metern Größe und an die einhundert Kilo Gewicht keine Elfe war, tat ein Übriges. Wie genau es um ihn stand, würden die Untersuchungen zeigen. Die anwesenden Beamten schwiegen betreten.

»Was haben wir hier?«, fragte Mattes in die Stille.

Einer der Uniformierten räusperte sich und schilderte in knappen Worten, was vorgefallen war. Einige Insassen der JVA nebst Aufpasser hatten in dem Waldgebiet Müll aufgesammelt. Einer der Jungen, der den Sinn der Aktion offenbar falsch verstanden hatte, habe sich hinter einen Busch zurückgezogen, um sein großes Geschäft zu verrichten. Dabei habe er unglücklicherweise die Grube übersehen, sei hineingestürzt und geradewegs auf einem Haufen Knochen gelandet. Die daraus resultierende Panik haben zwei der Knaben als Chance begriffen, sich zu verdünnisieren. Der Hauptkommissar nickte grimmig und begab sich dann zu einem Kollegen der KT, um sich von ihm ebenfalls auf den aktuellen Stand bringen zu lassen.

Viel konnte man ihm nicht berichten. Nach erster Inaugenscheinnahme handelte es sich um die Knochen eines einzelnen Menschen und nicht wie befürchtet um ein Massengrab. Allerdings würde das Waldgebiet in den nächsten Tagen gründlich durchsucht werden müssen, um weitere Überreste auszuschließen. Das bestehende Grab maß zirka einen mal zwei Meter und war etwa anderthalb Meter tief. Die Erde war frisch aufgelockert, was die Vermutung nahelegte, dass es irgendwann in der Nacht ausgehoben worden sein musste. Derjenige, der das getan hatte, hatte die Erde sorgfältig ringsum verteilt, statt sie einfach auf einen Haufen zu werfen. Durch das umgebende Buschwerk fiel das Loch von den kreuzenden Waldwegen aus auf den ersten Blick nicht auf. Dass der Junge es entdeckt hatte, war ein dummer – oder glücklicher – Zufall gewesen. War es das wirklich?, fragte sich Mattes. Derjenige, der hier gegraben hatte, musste ein Ziel verfolgt haben. Es buddelte niemand aus reinem Vergnügen Löcher in den Waldboden.

Ein Hund, ja, aber dafür war die Grube zu groß und zu tief. Und war es tatsächlich ein Zufall, dass ausgerechnet dort die Überreste eines Menschen lagen?

***

Nachdem er den verletzten Polizisten zurückgelassen hatte, um seine eigene Haut zu retten, hatte Tim so schnell wie möglich das Waldgebiet durchquert. Ohne darauf zu achten, wohin er lief, landete er im Wuppertaler Stadtteil Unterbarmen, präziser formuliert am Fingscheid. In einem Pavillon auf einem kleinen Platz am Rande des Kothen, in unmittelbarer Nähe zu einem Kiosk mit angrenzendem Imbiss sowie einer Bushaltestelle, saßen ein paar Männer zum Frühschoppen beisammen. Der Junge bot offenbar einen derart bemitleidenswerten Anblick, dass einer von ihnen ihm seine Bierflasche entgegenhielt. Normalerweise trank Tim keinen Alkohol, schon gar nicht um diese Tageszeit, aber sein strammer und ereignisreicher Marsch von Ronsdorf bis hierher hatte ihn so durstig gemacht, dass er sogar Benzin getrunken hätte. Das Bier, wohl von der billigeren Sorte, reichte geschmacklich fast an den Treibstoff heran.

Inzwischen war bestimmt schon eine Hundertschaft mit der Suche nach ihm beschäftigt, also musste er zusehen, so schnell wie möglich von hier zu verschwinden. Er hoffte, dass nicht schon eine Beschreibung von ihm durch die lokalen Radiostationen und sozialen Netzwerke geisterte und ihn irgendein besorgter Bürger erkannte. Bestenfalls meldete der es nur der Polizei, was Tim die Gelegenheit gäbe, sich zu verdünnisieren. Schlimmstenfalls … Diese Option wollte er sich lieber nicht ausmalen. Besorgte Bürger führten selten Gutes im Schilde.

»Ärger zu Hause?«, fragte einer der Männer mit starkem osteuropäischen Akzent.

»Hm, ja«, log Tim.

»Abgehauen?«

»Äh, irgendwie schon.« Das war nahe genug an der Wahrheit.

»Haste Kohle?«

»Ich, äh …?« Wie jetzt? Wollte ihn der Typ etwa abziehen? Hatte ein Junge, der von zu Hause weggelaufen war, nicht genug durchgemacht?

Der Mann griff in seine Jackentasche und Tim befürchtete, er würde ein Messer zücken. Doch er förderte einen zerknitterten Zehneuroschein zutage, den er dem Jungen hinhielt.

»Is nich viel«, sagte er und zuckte entschuldigend die Achseln, »aber für'n bisschen Essen reicht's. Im Kiosk gibt's belegte Brötchen und Donuts. Imbiss macht erst mittags auf.«

Tim schämte sich wegen seiner Vorurteile und nahm das Geld zögernd an. »Danke schön«, murmelte er.

»Da nich für.« Der Mann wandte sich wieder seiner Flasche zu. »Viel Glück.«

Kurz darauf fuhr ein Bus in die Haltebucht. Ohne lange zu überlegen, sprang Tim hinein und ließ sich auf eine der hinteren Zweiersitzbänke fallen. Nur möglichst schnell, möglichst weit weg von hier. Der Fahrer schien es weniger eilig zu haben, er ließ seine Fahrgäste im Bus zurück und ging in den Kiosk, aus dem er wenig später mit einer Flasche Wasser und einem Päckchen Zigaretten wieder herauskam. Er startete sein Fahrzeug, die Türen schlossen sich, und der Bus setzte sich endlich in Bewegung. Tim hatte sich in seinem Sitz klein gemacht, soweit es bei seiner nicht unerheblichen Körpergröße möglich war, und schwitzte vor Anspannung. Wenn ihn sein Orientierungssinn nicht täuschte, hätte er besser den Bus in die entgegengesetzte Richtung genommen, aber im Moment konnte er sich glücklich schätzen, nicht längst wieder in Richtung JVA unterwegs zu sein. Kurz überlegte er, sich der Polizei zu stellen. Es war nur eine Frage der Zeit, bis man ihn aufgriff, da konnte er genauso gut aufgeben. Seine Erfahrungen, was ein Leben auf der Flucht anging, tendierten gen Null. Er konnte sich aber, auch ohne ein Mathegenie zu sein, ausrechnen, dass man mit zehn Euro in der Tasche nicht allzu weit kam.

Bei dieser Gelegenheit fiel ihm ein, dass er seinen Kontakt anrufen sollte, um mitzuteilen, dass er es nicht rechtzeitig zum vereinbarten Treffpunkt schaffen würde. Sie mussten irgendetwas Neues ausmachen. Er griff in die Tasche seines Hoodies, um das Klapphandy herauszuziehen, doch es war nicht da. Panisch tastete er mit der Hand in der Tasche herum, was zu keinerlei Erfolg führte. So viele Möglichkeiten gab es für das Handy nicht, sich vor seinem Besitzer zu verbergen. Hatte er es in eine seiner Hosentaschen gesteckt? Das müsste er spüren. Tat er aber nicht. Trotzdem überprüfte er es, um zu der ernüchternden Erkenntnis zu gelangen, dass das Mobiltelefon fort war. Wahrscheinlich hatte er es bei seinem Sturz im Wald verloren. Dann hatte der Kollege von dem verletzten Bullen es bestimmt gefunden. Das war gar nicht gut.

Was würden die Bullen wohl mit ihm anstellen, wenn sie ihn einkassierten? Sicher gaben sie ihm die Schuld dafür, dass einer von ihnen gestürzt war. Oder Schlimmeres. Wenn der Mann tot war, konnte er nicht erzählen, was wirklich passiert war. Dass er von einem Mountainbiker umgenietet worden war und Tim nichts dafür konnte. Sie würden ihn wegen Totschlags oder so drankriegen. Dann drohten ihm ein paar weitere Jahre im Knast.

Bei dem Gedanken daran wurde dem Jungen flau im Magen. Warum ritt er sich immer wieder in die Scheiße?

Anstatt die restlichen Monate im Knast gemütlich auf einer Arschbacke abzusitzen, hockte er in diesem Scheißbus, die gesamte Wuppertaler Bullerei auf den Fersen, und wurde demnächst abgeknallt. Aber nein, er musste ja seinen wilden Rachefantasien nachjagen. Was brachte es, ständig in der Vergangenheit herumzuwühlen und sich dabei die Zukunft zu versauen? Leider kam ihm dieser Gedanke reichlich spät. Zu spät, um aufzugeben.

5

Als Carsten erwachte, schaute er in das besorgte Gesicht seiner Schwester Sophie. *Was macht die denn im Kothen?*, fragte er sich und blinzelte einige Male. Doch das änderte nichts an dem, was er vor sich sah. Im Gegenteil, jetzt schob sich eine weitere Gestalt in sein Blickfeld, die nicht ins Bild passte. Er runzelte die Stirn und schloss die Augen wieder, sicher, an Halluzinationen zu leiden. Er grummelte etwas Unverständliches, als sein rechtes Lid angehoben wurde und ein greller Lichtstrahl seine Pupille traf.

»Na, so langsam scheint er zu sich zu kommen«, ertönte eine ihm nur allzu bekannte Stimme.

»Nun halt ihm die doofe Taschenlampe nicht so ins Auge«, sagte seine Schwester. »Nachher wird er blind davon.«

»Genau«, wollte Carsten zustimmen, brachte aber nur ein heiseres Krächzen zustande.

Sein Mund war rau und trocken, als hätte er Schmirgelpapier gelutscht, und er fühlte sich, als wäre er … als wäre er … von einem Panzer überrollt worden? Wurde der

Kothen seit Neuestem als Truppenübungsplatz der Bundeswehr genutzt? Nur langsam kroch die Erinnerung in Regionen seines Gehirns, die sie zu verarbeiten imstande waren. Er schluckte ein paar Mal, was wenig nutzte, wenn man unter akutem Flüssigkeitsmangel litt. Man bekam einfach nicht genügend Spucke zusammen, um die Kehle oder irgendetwas anderes zu befeuchten.

»Gib ihm mal einen Schluck Wasser«, schlug seine Schwester vor, und er hätte sie gern dafür geküsst, wäre er dazu in der Lage.

Jemand hob seinen Kopf an und hielt ihm etwas an den Mund. Carsten öffnete brav die Lippen und trank gierig einen Schluck, ehe man ihm die Schnabeltasse wieder wegriss.

»Das reicht erst mal«, bestimmte seine Freundin – falsch, seine Verlobte – Cordula.

»Mehr«, verlangte Carsten.

»Nix da, hinterher kotzt du alles wieder aus.«

Immer musste sie das letzte Wort haben. Nur weil sie Ärztin war, glaubte sie, alles besser zu wissen. Und seit wann kotzte man von einem Schluck Wasser? Er öffnete die Augen und drehte den Kopf etwas zur Seite, um endlich in Erfahrung zu bringen, wo er sich befand. Das war keine gute Idee, stellte er fest. Eine Welle der Übelkeit überkam ihn, und die Sache mit dem Kotzen erschien ihm gar nicht mehr so abwegig. Aus irgendeinem Grund hatte sein Gehirn die Bewegung nicht rechtzeitig mitbekommen und waberte der Kopfdrehung langsam hinterher, was sich als außerordentlich schmerzhaft erwies. Außerdem piepte es von irgendwoher penetrant. Das und der typische Geruch nach Desinfektionsmitteln verrieten dem sachkundigen Ermittler, der er trotz seines desolaten Zustands noch war, dass er sich in einem Krankenhaus befand.

»Was ist passiert?«, fragte er und merkte, wie schwer ihm das Sprechen fiel.

»Du hattest einen Unfall«, erwiderte Cordula ausweichend. »Mattes hat uns angerufen und informiert. Aber was genau geschehen ist, wusste er auch nicht.«

Von wegen, einen Unfall. Das war kein Unfall. Carsten hatte das Bild plötzlich glasklar vor sich. Der Junge, der zu Fall gekommen war. Wie er selbst stehenblieb und Sekunden später von diesem verdammten Mountainbiker umgenietet wurde. Was hatte der überhaupt dort zu suchen? Die ausgewiesene Strecke für die Geländeräder befand sich nach seiner Kenntnis weiter westlich. Was war eigentlich mit dem Fahrer? Und dem Jungen?

»Der Junge ist leider entkommen. Und von dem Radfahrer fehlt auch jede Spur«, erklärte Sophie, die kürzlich scheinbar eine Fortbildung in Gedankenlesen besucht hatte. »Mattes hat lediglich frische Reifenspuren bemerkt.«

»Du hattest Glück im Unglück«, fuhr seine Verlobte fort. »Es ist nichts gebrochen. Nur eine Kniescheibenluxation links, ein paar Schürfwunden und wahrscheinlich eine Gehirnerschütterung, weil du mit dem Kopf aufgeschlagen bist. Du wirst wohl oder übel einige Tage im Krankenhaus bleiben müssen.«

»Nix da«, bestimmte Carsten und wollte sich aufrichten, was gründlich misslang. Sein Gehirn hinkte seinen Taten immer noch hinterher, was erstaunlich war, bedachte man, dass sämtliche Bewegungen von dort gesteuert wurden.

»Das hast du nicht zu entscheiden«, sagte Cordula.

Du auch nicht. »Das sehen wir ja dann«, brummte er. Wilde Entschlossenheit klang anders.

Wie aufs Stichwort rauschte ein junger Arzt mit dynamisch-federnden Schritten und wehendem Kittel in den Raum und kam abrupt vor Carstens provisorischem Lager zum Stehen, wobei die Gummisohlen seiner Schuhe auf dem Boden quietschten.

»Da sind Sie ja wieder«, stellte er lächelnd fest, als sei sein Patient nur mal eben um den Block gelaufen. Und das mit einer verrenkten Kniescheibe.

Der Arzt, der bei näherer Betrachtung kaum dem Grundschulalter entwachsen sein konnte, rückte sich die Hornbrille zurecht und studierte ein paar Seiten, die an ein Klemmbrett geheftet waren, das auf dem Nachttisch neben dem Bett lag. Vermutlich waren dort die Ergebnisse von Untersuchungen verzeichnet, die Carsten nicht mitbekommen hatte. Wie lange war er bewusstlos gewesen, dass er so viel verpasst hatte?

»Na, das sieht doch ganz vielversprechend aus«, sagte der Arzt.

»Das finde ich auch«, stimmte Cordula zu und erntete einen verwirrten Blick des Mediziners.

»Trotzdem werden wir Sie ein paar Tage hierbehalten«, fuhr er fort. »Nur zur Sicherheit.«

»Siehst du? Sag ich doch«, triumphierte Cordula.

»Meine, äh, Verlobte ist Ärztin«, erklärte Carsten ungewohnt zaghaft. »Sie kann auf mich achtgeben.«

Der junge Mediziner schüttelte bedauernd den Kopf. »Sie haben eine Gehirnerschütterung. Zwar war das MRT, das wir vorhin vorgenommen haben, ohne Befund, aber die Gefahr, dass sich ein Blutgerinnsel bildet, besteht immer. Es ist besser für alle Beteiligten, wenn Sie im Krankenhaus bleiben.«

»Genau«, mischte sich Sophie ein. »Außerdem sind Cordula und ich heute Abend beim Klassentreffen. Hast du das etwa vergessen?«

Im Moment war Carsten froh, dass er sich an seinen

Namen erinnerte und daran, welcher Wochentag heute war. Obwohl ... welcher Wochentag war eigentlich heute? Egal. Aber wegen dieses blöden Klassentreffens hatten Cordula und er sich gestern gestritten, fiel ihm ein. Bitte, wenn ihr das Treffen wichtiger war ... Er legte seinen Kopf auf das viel zu dünne Kissen zurück und ergab sich in sein Schicksal. Etwas anderes blieb ihm ohnehin nicht übrig. Hatte er heute Morgen geglaubt, es würde ein Scheißtag werden, belehrte die Realität ihn mal wieder eines Besseren. Dieser Tag war so ziemlich der beschissenste, an den er sich erinnern konnte.

»Was ist mit ...?« Er unterbrach sich und kniff die Augen zusammen. Was hatte er fragen wollen? »Es waren doch zwei Jungen ...«

»Der andere Junge ist leider auch entkommen«, antwortete Sophie. »Aber die Fahndung nach den beiden läuft. Früher oder später erwischen wir sie.«

»Wir?« Er bedachte sie mit dem Blick, der besagte: »Lass die Finger davon«, den er sich eigens für seine Schwester antrainiert hatte.

Sie schlug die Augen nieder wie ein ertapptes Schulmädchen. »Na ja, deine Kollegen. Oder wer auch immer.«

»Na klar.«

Er glaubte ihr kein Wort, sah sich in seiner derzeitigen Verfassung jedoch außerstande, Sophie in ihre Schranken zu weisen. Nicht, dass es ihm in gesundem Zustand jemals gelungen wäre, ihr Einhalt zu gebieten, in welcher Form auch immer. Aber das war eine andere Geschichte. Da war doch noch irgendwas. Der eigentliche Grund, aus dem er sich an diesem Samstagmorgen auf den Weg gemacht hatte. Das war nicht wegen dieser Burschen gewesen, die getürmt waren. Er dachte einige Sekunden scharf nach.

»Die Knochen«, fiel ihm schließlich ein.

»Darum kümmert sich Mattes«, beruhigte Cordula ihn. »Wir sollen dir übrigens schöne Grüße von ihm bestellen. Und gute Besserung.«

»Na dann ...« Carsten fühlte sich mit einem Mal fürchterlich müde. Musste wohl eine Folgeerscheinung der Gehirnerschütterung sein. »Wolltet ihr nicht zu eurem Klassentreffen?«

Sophie sah auf ihre Armbanduhr. »Ein bisschen Zeit haben wir noch.«

»Ihr müsst euch doch bestimmt hübsch machen«, meinte er.

»Wie, hübsch machen?«, schnappte Cordula. »Sind wir nicht hübsch genug?«

Carsten seufzte. Warum wurde alles, was er sagte, gegen ihn verwendet? »Wo trefft ihr euch überhaupt?«, lenkte er rasch ab, ehe seine Schwester ihren mittelscharfen Senf dazugab.

»In einer Kneipe im Luisenviertel. Der ›Sonderbar‹«, informierte Sophie.

»Sonderbar? Was ist das denn für'n doofer Name?«

»Was fragst du mich? Ich hab mir den nicht ausgedacht.«

»Was sonderbare Namen für Läden angeht, bist du doch eigentlich Expertin«, meinte Carsten und spielte damit auf Sophies Krimibuchhandlung an, die sie »Mördergrube« getauft hatte. »Wie kommt's denn dazu, dass ihr euch ausgerechnet in dieser Sonderbar trefft?«

»Die Kneipe gehört einer ehemaligen Klassenkameradin von uns. Beatrix van den Bergh. Vielleicht erinnerst du dich noch an sie.«

Carsten überlegte einen Moment. Beatrix van den Bergh war ein Name, der einem im Gedächtnis haften blieb.

Wenn er sich richtig erinnerte, war diese Beatrix ein durchtriebenes Biest gewesen, das manchen ihrer Mitschüler das Leben zur Hölle gemacht hatte. »Waren die Eltern von der nicht stinkreich?«

»Ja, richtig«, bestätigte Sophie.

»Was macht die dann mit 'ner Kneipe?«

»Tja, mein lieber Bruder, genau das gedenken wir heute Abend herauszufinden.«

***

Mattes steckte das Handy in seine Jackentasche und gesellte sich zu seiner Kollegin, der frisch beförderten Kriminaloberkommissarin Aylin Öner. Sie stand vor der Absperrung beim provisorischen Grab und beobachtete schweigend die Bergung der Knochen. Eigentlich hatte Aylin gestern ihren Jahresurlaub angetreten. Mattes hatte sie lediglich angerufen, um sie über Carstens Unfall in Kenntnis zu setzen, und nicht etwa, weil er ihre Hilfe benötigte. Ehe er seinen Satz beenden konnte, hatte sie sich auf den Weg gemacht. Offenbar wusste Aylin mit freier Zeit nicht so richtig umzugehen. Nicht zum ersten Mal sprang sie bereitwillig für einen Kollegen ein. Selten klagte sie wegen der vielen Überstunden oder der unmöglichen Dienstzeiten. Bisweilen fragte Mattes sich, ob Aylin überhaupt ein Privatleben hatte.

»Das war Sophie. Carsten ist wieder wach«, teilte er ihr mit und hörte sie erleichtert aufatmen. »Es geht ihm so weit ganz gut. Nur eine leichte Gehirnerschütterung und eine Knieprellung oder so.«

»Nur ist gut«, schnaubte Aylin.

»Ja, aber von einem Mountainbike umgeholzt zu werden, ist kein Pappenstiel. Da hätte er sich wer weiß was brechen können.« *Das Genick zum Beispiel*, dachte Mattes.

Gott sei Dank war der Sturz halbwegs glimpflich verlaufen. »Du musst echt nicht hierbleiben. Gibt im Moment nicht viel zu tun.«

Das war nicht mal gelogen. Ein Knochenfund konnte sich zu einer langwierigen Angelegenheit auswachsen. Zunächst musste die Echtheit der Knochen bestätigt werden und dass sie nicht etwa aus dem Bestand einer Schule oder anderen Institution stammten. Hatte man diese Möglichkeiten ausgeschlossen, musste festgestellt werden, wie lange die Knochen schon in der Erde lagen, damit die Kripo wenigstens eine Vorstellung bekam, in welchem Zeitraum man in den Datenbanken mit der Suche nach etwaigen vermissten Personen beginnen konnte. Die Bestimmung von Alter und Geschlecht des oder der Toten wäre dabei ebenso hilfreich wie die Ermittlung der Todesursache. Letzteres stellte wahrscheinlich selbst einen erfahrenen Rechtsmediziner vor erhebliche Herausforderungen, weshalb man einen forensischen Anthropologen würde zu Rate ziehen müssen. Leider war die Zahl dieser Experten in Deutschland begrenzt, so dass es gewiss einige Zeit dauern würde, bis einer von ihnen die Gelegenheit fand, sich »ihren« Knochen zu widmen. Falls die Staatsanwaltschaft überhaupt die Notwendigkeit sah, eine derart kostspielige Untersuchung zu genehmigen und in die Wege zu leiten. Dazu kam es meist nur, wenn die Klärung des Falls im öffentlichen Interesse lag sowie alle anderen Optionen ausgeschöpft waren. Es sei denn, man befand sich in einem Kino- oder Fernsehfilm, da war so etwas gang und gäbe und meist in wenigen Minuten erledigt.

Wie immer es ablief, es war kaum damit zu rechnen, dass sie innerhalb der nächsten zwei Tage Ergebnisse geliefert bekamen, die ihnen einen Ansatz für die weiteren Ermittlungen offerierten. Deshalb war es nicht erforderlich, dass sie sich beide das Wochenende mit Arbeit versauten.

»Wie gehen wir vor?«, wollte Aylin, offensichtlich anderer Meinung, wissen.

»Ich denke, wir warten ab, was bei der Obduktion, oder wie man das bei Knochen nennt, rauskommt. Hinterher handelt es sich um ein Gummiskelett, und wir haben hier so einen Aufriss veranstaltet.«

»Na ja, selbst dann ...«, sinnierte sie, sprach den Satz aber nicht zu Ende.

»Was, dann?«, fragte Mattes innerlich seufzend.

Sie deutete mit beiden Händen auf das Grab. »Irgendjemand hat dieses Loch gebuddelt und dabei entweder die Knochen – ob echt oder nicht – freigelegt oder hineingeworfen.«

»Ja, und?«

»Es kommt mir seltsam vor«, sinnierte Aylin weiter, »dass jemand ausgerechnet letzte Nacht auf diese Idee gekommen ist, wo hier heute diese Aufräumaktion stattfinden sollte.«

»Na ja, vielleicht wollte derjenige Onkel Erwin billig loswerden«, scherzte er, obwohl ihm dieser Zufall ebenso seltsam erschien wie seiner Kollegin.

Aylin rollte mit den Augen. »Ja, sicher.«

»Du meinst also, jemand hat sich die vergangene Nacht mit voller Absicht für seine Grabungsaktion ausgesucht?«

Sie zuckte unschlüssig die Schultern. »Weiß nicht. Ja, irgendwie schon. Ich finde, wir sollten mit den Jungen sprechen, die heute Morgen vor Ort waren.«

Sie wusste wohl noch weniger mit ihrer freien Zeit anzufangen, als Mattes angenommen hatte.

»Was versprichst du dir davon?«, fragte er.

»Na, vielleicht haben sie eine Idee, was dahintersteckt und wer das hier veranstaltet haben könnte.«

»Woher sollen die das denn wissen? Die sitzen normalerweise hinter Schloss und Riegel. Von denen hat das bestimmt niemand getan.«

»Mag sein«, stimmte sie widerwillig zu. »Trotzdem ein merkwürdiger Zufall.«

6

»Ist alles so weit fertig?«, fragte Beatrix van den Bergh, als sie die Küche ihrer Kneipe mit dem originellen Namen »Sonderbar« betrat. Sie selbst fand den Namen bescheuert, aber er hatte sich mit den Jahren etabliert, und sie mochte ihn wegen ihrer eigenen Abneigung nicht einfach ändern. Auch wenn sie jetzt die Chefin war.

»Klar, wir haben alles im Griff«, erwiderte Ali, einer ihrer Mitarbeiter, selbstzufrieden. Er hatte, seiner Meinung nach, sowieso immer alles im Griff.

Auf den ersten Blick herrschte das reinste Chaos. Doch Beatrix wusste, dass auf ihr Team Verlass war. Ihre Frage diente daher eher zu ihrer eigenen Beruhigung. Sie konnte nicht einmal sagen, weshalb sie so nervös war. Kaum die Hälfte ihrer früheren Mitschüler hatte für das Klassentreffen zugesagt. Ein ziemliches Armutszeugnis, musste sie zugeben. Einige hatten sich nicht einmal dazu herabgelassen, auf die Einladung zu antworten. Und das nach der Mühe, die es gekostet hatte, die Adressen herauszufinden. Sie hätte die Veranstaltung mangels Interesse absagen können, aber das stand natürlich nicht zur Debatte.

Sie fragte sich, weshalb die Idee eines Wiedersehens nach zwanzig Jahren auf so wenig Gegenliebe stieß. Lag es am allgemeinen Desinteresse oder an ihr als Gastgeberin? Dabei war sie so etwas wie die Anführerin der Klasse gewesen. Allerdings ließ sich diese Position nicht mit Beliebtheit gleichsetzen, wie sie schmerzlich erfahren musste. Vorher hatte sie sich wenig darum geschert, ob man sie um ihrer selbst willen mochte oder weil sie eine van den Bergh war. Hauptsache, alle tanzten nach ihrer Pfeife. Ehrlicherweise kam ihr nicht einmal der Gedanke, dass es ausschließlich um ihren Namen ging. Erst nachdem der nicht mehr das Papier wert war, auf dem er gedruckt stand, realisierte sie, wie gering ihre Mitschüler sie in Wahrheit schätzten. Selbst jene, die sie für ihre Freunde hielt. Letzteres hatte sie nicht nur verletzt, es hatte sie in ihren Grundfesten erschüttert. Aber es hatte sie auch zu der gemacht, die sie jetzt war. Eine unabhängige Frau auf der einen Seite. Jemand, der nur schwer Vertrauen fasste, auf der anderen. Heute war es ihr gleichgültig, was die Leute von ihr hielten. Hegte man keine Erwartungen, wurde man nicht enttäuscht. Also sollte es ihr egal sein, wie der Abend verlief. Eigenartig, dass dem nicht so war. Der Panzer, den sie sich zugelegt hatte, war wohl weniger dick als angenommen.

Beatrix atmete tief durch und betrat den separaten Raum der Kneipe, der vor einigen Jahren eigens eingerichtet worden war, um die Raucher vom Rest der Gäste fernzuhalten. Inzwischen waren die Politiker zu der Erkenntnis gelangt, dass die Nikotinabhängigen, so sie schon ihre Lungen schädigten, dabei wenigstens einen Hauch frischer Luft inhalieren sollten, und hatten sie per Gesetz endgültig vor die Tür verbannt. Seitdem nutzte Beatrix das in seiner einst zugedachten Funktion überflüssig gewordene Separee gelegentlich für geschlossene Gesellschaften. Es war in einem gemütlichen Mix aus bunt zusammengewürfelten

Möbelstücken eingerichtet, die sie teilweise vor dem Sperrmüll gerettet und liebevoll restauriert hatte. Eines der verborgenen Talente, das sie erst entdeckt hatte, als sie jeden Cent dreimal umdrehen musste. Wie hieß es so schön? Not macht erfinderisch. Besonders begehrt bei den Gästen war das bequeme Sofa, das sie eigenhändig mit einem Stoff aus dunkelblauem Samt bezogen hatte. Man versank darin dank der ausgeleierten Federn zwar fast bis zu den Knien, aber es strahlte die Behaglichkeit von Omas Geburtstagskaffee am Couchtisch aus. Heute Abend würde dieser Raum zum Schauplatz des ersten Treffens mit ihren alten Weggefährten nach so vielen Jahren werden.

»Sind wir zu früh?«

Beatrix fuhr herum und starrte in das ihr nur allzu bekannte Gesicht von Tobias Kirchhoff, das von einem strahlenden Lächeln erhellt wurde. Ihr Herz setzte für einen Schlag aus, bevor es wie ein Flummi in ihrer Brust herumhüpfte. Tobias hatte nichts von seinem jungenhaften Charme verloren, und sie musste sich eingestehen, dass er es noch immer schaffte, ihr mit einem Augenaufschlag den Atem zu rauben. Dieser Umstand ärgerte und ängstigte sie gleichermaßen. Sie hatte gemeint, über ihn hinweg zu sein. So viele Jahre waren ins Land gegangen, seit sie ihn zuletzt gesehen hatte, und es gab Zeiten, in denen sie nicht mal an ihn dachte. Nun, da er leibhaftig vor ihr stand, fühlte es sich an, als sei nicht ein Tag verstrichen. Alles hätte sie damals für ihn getan. Sie *hatte* alles für ihn getan. Gedankt hatte er es ihr nicht. Im Gegenteil. Als sie seine Freundschaft am dringendsten brauchte, hatte er sich von ihr abgewandt. Wie die anderen.

Erst jetzt bemerkte sie, dass Tobias nicht allein gekommen war. Eine Frau trat hinter seiner großen Gestalt hervor.

Eine Frau, die Beatrix einst für ihre beste Freundin gehalten hatte. Welch ein Irrglaube. Sie zauberte ein falsches Lächeln auf ihre Lippen und ging mit ausgebreiteten Armen auf ihre Gäste zu.

»Tobi! Bella! Schön, dass ihr da seid. Ich freu mich total«, rief sie mit einer Begeisterung, die sie sich selbst nicht abnahm.

»Äh, Trix?«, fragte die Frau unsicher. Das schlecht unterdrückte Entsetzen, das in ihrer Stimme mitschwang, ließ erahnen, dass Beatrix sich in den Augen ihrer ehemals besten Freundin nicht zum Vorteil verändert hatte.

Isabella Girandelli hingegen war unverkennbar die Alte geblieben. Eine Erscheinung, die Männer wie Frauen gleichermaßen um den Verstand zu bringen vermochte. Schon als Teenager hatte sie die Fähigkeit besessen, ihre reichlich vorhandenen Vorzüge bestmöglich in Szene zu setzen und die Privilegien, die sich daraus ergaben, gewinnbringend für sich zu nutzen. In dem eng anliegenden grünen Kleid, das ihr tizianrotes üppig gelocktes Haar meisterhaft zur Geltung brachte, hätte jede andere Frau bei einem solchen Anlass völlig overdressed gewirkt. Bei Isabella wirkte es wie naturgegeben. Sie verlieh sogar einem Kartoffelsack eine königliche Aura. Um dieses Charisma hatte Beatrix ihre Freundin früher glühend beneidet. Von Haus aus eher mit einer kräftigen Statur und herben Gesichtszügen ausgestattet, mühten sich selbst die teuersten Designerstücke vergeblich ab, sie in ein elfenhaftes Wesen zu verwandeln. Und auch der beste Friseur der Stadt schaffte es nicht, ihren dünnen mausbraunen Haaren dauerhaft Kraft und Glanz zu verleihen. Lange Zeit hatte Beatrix mit ihrem Erscheinungsbild gehadert und im stillen Kämmerlein die Ungerechtigkeit der Welt beklagt. Inzwischen war sie, was Kleidung und Frisur betraf, wesentlich pragmatischer eingestellt. Bei kurz geschnittenen Haaren fiel die mangelnde Fülle nicht allzu sehr auf, und schwarze Klamotten ließen einen in der Tat schlanker wirken. Auch wenn sich ihre vermeintlichen Figurprobleme merklich reduziert hatten, seit sie einen Großteil der Mahlzeiten durch Zigaretten ersetzte. Die frische Luft, die sie dabei per Gesetz verordnet zusätzlich inhalierte, bescherte ihr überdies einen für Raucher unerwartet rosigen Teint. Was verlangte man mehr? Seitdem sie sämtliche Eitelkeiten abgelegt hatte, gestaltete sich ihr Leben wesentlich entspannter. Zumindest bis eben. Nun verspürte sie wieder den alten Anflug von Neid und den Druck, sich möglichst vorteilhaft zu präsentieren. Wäre sie nur vorher zum Friseur gegangen. Sie hatte bewusst darauf verzichtet, um sich zu beweisen, wie egal es ihr war, was die alten Weggenossen von ihr dachten. Na ja, ließ sich nicht mehr ändern.

»Ja, ich bin's wirklich«, lachte sie ihre Hemmungen weg und drückte Isabella an sich, obwohl sie die falsche Schlange lieber erwürgt hätte.

Dann umarmte sie Tobias – eine Spur zu lang und intensiv. Er schob sie sanft, aber bestimmt ein Stück von sich und hauchte ihr, um die Peinlichkeit des Moments zu überspielen, einen Kuss auf die Wange.

»Mensch, Isabella, Trix«, meinte er, »die alte Bande wieder zusammen. Fehlt nur noch …«

»Leo«, tönte es hinter seinem Rücken, und Leonore Reinhardt schritt huldvoll über die Türschwelle.

Sie war nicht weniger aufwendig zurechtgemacht als Isabella, doch im Gegensatz zu ihr wirkte es bei Leonore etwas zu aufgesetzt. Gewiss hatte Leo den halben Tag damit zugebracht, das Ensemble zusammenzustellen, das sicher genauso teuer war, wie es aussah. Von Frisur und Make-up ganz zu schweigen.

Wie früher, dachte Beatrix. Schon immer war es Leos größtes Bestreben, Isabella in den Schatten zu stellen. Ein Vorhaben, das von vornherein zum Scheitern verurteilt war, denn gegen Isabellas natürliche Schönheit kam einfach nichts und niemand an. Selbst eine Industriellentochter wie Leonore Reinhardt nicht. Sie waren schon ein seltsames Trio gewesen, fiel Beatrix auf. Jede darauf erpicht, die beiden anderen in jedweder Hinsicht auszustechen. Erst recht, nachdem Tobias Kirchhoff, das Tennisass und Objekt der pubertären Begierde nahezu aller weiblichen Wesen – und sicher auch des ein oder anderen Jungen – der Klasse, sich ihrem erlauchten Club angeschlossen hatte. Er wusste seine Position als Hahn im Korb und das Buhlen der drei Damen um ihn weidlich auszunutzen, bevor er sich endgültig für Isabella – wen sonst? – entschied. Wie die Freundschaft der Mädchen es geschafft hatte, den ständigen Wettstreit nahezu die gesamte Schulzeit zu überdauern, war ein Rätsel, das zu lösen Beatrix vor vielen Jahren aufgegeben hatte. Wahrscheinlich hatte sie nur die ihnen allen innewohnende Niedertracht zusammengehalten.

Isabella und Tobias waren offensichtlich wieder ein Paar, denn sie legte besitzergreifend eine Hand auf seine Schulter, als Leo ihn überschwänglich begrüßte. Beatrix erinnerte sich mit Freude an das Drama der Trennung der beiden nach dem denkwürdigen Schulfest. Damals hatte Isabella geschworen, Tobias nie wieder auch nur anzublicken, und Beatrix hatte ihre Chance gewittert. Kurz darauf war ihr bisheriges Leben in tausend Teile zersplittert und hatte jegliche Pläne, die sie je geschmiedet hatte, zunichtegemacht.

»Damit wären die Fantastischen Vier wieder vereint«, bemerkte Tobias.

»Die Fantastischen Vier«, der Name, den Beatrix ihrem Club einst verpasst hatte, und den diese Hip-Hop-Band dreist geklaut hatte. Na ja, nicht wirklich, aber Tobias hatte immer behauptet, es sei so gewesen, auch wenn keiner von ihnen Smudo und Co je persönlich begegnet war. Die restlichen Klassenkameraden nannten sie hinter vorgehaltener Hand ohnehin »Die Fürchterlichen Vier«. Niemand hatte je gewagt, es laut auszusprechen, aber Beatrix war der Name trotzdem zu Ohren gekommen. Im Nachhinein fand sie ihn wesentlich passender. Fantastisch war an ihnen nie etwas gewesen. Ihre Freundschaft erst recht nicht. Von einer rührseligen Wiedervereinigung, wie Tobias sie sich vorstellte, war Beatrix meilenweit entfernt. Glaubte er wirklich, sie hätte ihnen ihr damaliges Verhalten verziehen?

***

Sophie war froh, Cordula an ihrer Seite zu haben, als sie die Sonderbar betrat. Zwar würde sie sich nicht unbedingt als schüchtern bezeichnen, aber fremden Menschen allein gegenüberzutreten, zählte nicht zu ihren ausgeprägten Stärken. Und fremd waren ihr diese Leute, auch wenn sie einige Jahre ihres Lebens miteinander verbracht hatten. Doch das lag so lange zurück, dass es fast nicht mehr zählte. Und selbst damals hatte sie nur zu wenigen ihrer Mitschüler wirklich engen Kontakt. Trotzdem war sie neugierig, wie es ihren Klassenkameraden in den letzten Jahren ergangen war. Was Beatrix heute machte, war klar, sie standen schließlich in ihrer Kneipe. Sophie, die aufgrund der Lage ihrer Buchhandlung häufig im Luisenviertel unterwegs war und die meisten Ladenbesitzer kannte, war natürlich zu Ohren gekommen, dass ihre ehemalige Klassenkameradin die Sonderbar vor einigen Monaten übernommen hatte. Da sie jedoch wenig Lust auf ein Wiedersehen mit der verhassten Klassenkameradin verspürte, hatte sie bisher auf einen Besuch des Lokals verzichtet, obwohl sie neugierig war, was Trixi aus dem Laden gemacht hatte. Sie hatte damit gerechnet, sich in einem hochmodernen Stahl- und Chromtempel wiederzufinden, und war angenehm überrascht, dass die Sonderbar mit ihren alten Holztischen und den nicht zueinanderpassenden Stühlen eine behagliche Atmosphäre verbreitete.

Sophie blickte sich um und entdeckte an der Wand neben der Tür einen mannshohen Spiegel, dessen verschnörkelter Rahmen Schloss Neuschwanstein zur Ehre gereicht hätte.

»Oh Gott, ich seh aus wie ein Horrorclown«, befand sie, während sie ihr Spiegelbild betrachtete.

Cordula trat hinter sie und schaute ihr über die Schulter. »Quatsch, das meinst du nur, weil du normalerweise keinen Lippenstift trägst. Es ist halt ungewohnt.«

»Horrorclown«, entschied Sophie und rubbelte sich mit einem Papiertaschentuch die Farbe von den Lippen, mit dem Resultat, dass sie nun tatsächlich Ähnlichkeit mit einem Clown hatte.

Es war früh am Abend und außerdem sommerlich warm, so dass sich die meisten Gäste im Außenbereich der Kneipe tummelten und nur einige Unglückliche, die dort keinen Platz mehr ergattert hatten, sich drinnen aufhielten. Sophie ließ prüfende Blicke umherschweifen, konnte aber kein bekanntes Gesicht ausmachen. Hatten sich ihre ehemaligen Klassenkameraden etwa alle bis zur Unkenntlichkeit verändert? Das lag im Bereich des Möglichen, allerdings schien das Publikum, das hier verkehrte, wesentlich jünger als Mitte dreißig zu sein, auch wenn die Kneipe den rustikalen Charme eines Alt-Oma-Cafés ausstrahlte. Vielleicht hatte sie sich im Datum geirrt.

»Sieh an, sieh an, die gute Kordel und unsere Philo-Sophie«, wurden sie von einer Frau begrüßt, die ihnen auf den ersten Blick vage bekannt vorkam.

»Äh, Trixi?«, riet Sophie ins Blaue hinein.

Wer sonst würde sie derart spöttisch begrüßen, wenn nicht ihre Gastgeberin, Beatrix van den Bergh? Sie höchstpersönlich hatte den meisten Klassenkameraden alberne Spitznamen verpasst, die für die wenigsten schmeichelhaft waren. Cordula wurde aufgrund ihrer überaus schlanken Statur Kordel getauft und Sophie wegen ihrer Angewohnheit, alles auszudiskutieren, Philo-Sophie. Im Gegenzug nannten sie Trixi wegen ihrer zahlreichen Ränkespiele heimlich Intrixi. Den Namen laut auszusprechen, trauten sie sich natürlich nicht, sie fürchteten die drastischen Konsequenzen.

Sophie musterte die Kneipenbesitzerin fasziniert. Trixi hatte optisch rein gar nichts mehr mit dem adrett gekleideten, etwas kräftig gebauten Mädchen gemein, das sie aus ihrer Schulzeit kannte. Mit ihren zahlreichen Tattoos, die sich sicherlich auch auf nicht sichtbare Stellen erstreckten, und den schwarzen Klamotten sah sie aus, als wolle sie sich jeden Moment auf den Weg nach Wacken zum alljährlichen Heavy-Metal-Festival machen. Den Haaren hätte ein Friseurbesuch nicht geschadet, aber diesbezüglich wollte Sophie nicht den ersten Stein werfen. Im Stillen versuchte sie die Piercings zu zählen, die sich Trixis Ohren emporwanden, scheiterte aber kläglich.

»Schön, dass ihr kommen konntet.« Beatrix quetschte sich zwischen Sophie und Cordula, legte beiden jeweils einen tätowierten Arm um die Schultern und schob sie in einen kleinen separaten Raum im hinteren Bereich der Kneipe. Dort hatten sich bereits einige Ehemalige versammelt, die die Neuankömmlinge mit großem Hallo willkommen hießen.

»Sophie, richtig?«, fragte eine zu jung aussehende Frau, in der Sophie sofort Leonore Reinhardt wiedererkannte. Entweder hatte sie sich verdammt gut gehalten oder verdammt viel Geld in Botoxbehandlungen investiert.

Leonore, von allen nur Leo genannt, hauchte Sophie zwei Schmatzer an den Wangen vorbei und betrachtete sie dann ausgiebig, als könne sie sich an ihr nicht sattsehen.

»Du hast dich gar nicht verändert«, befand sie schließlich, und Sophie fragte sich, wie Leo das beurteilen konnte, wo sie sie früher kaum eines Blickes gewürdigt hatte. Wahrscheinlich wollte sie nur, dass das Kompliment erwidert wurde.

»Ja, du bist immer noch so putzig wie ein Monchichi«, grinste Tobias Kirchhoff, der frühere Tennisstar und Mädchenschwarm der Klasse.

»Und du bist immer noch so charmant wie Oskar aus der Mülltonne«, konterte Cordula bissig.

»Und du immer noch die große Beschützerin deiner kleinen Freundin.«

»Schön, dann hätten wir das jetzt geklärt«, ging Sophie rasch dazwischen.

Das fehlte noch; kaum trafen sie aufeinander, wurde gezankt. Die beiden waren schon zu Schulzeiten häufig aneinandergeraten. Aber Tobias hatte nicht unrecht: Cordula war schnell auf die Palme zu bringen, wenn jemand Sophie vermeintlich zu nahe trat. Dabei war Sophie damals wie heute durchaus in der Lage, sich zur Wehr zu setzen.

Nur hatte ihre beste Freundin leider einen ausgeprägten Beschützerinstinkt. Wenigstens den hatte sie mit Carsten gemein. Wenn schon sonst nichts ...

»Sag mal, dein Nachname«, setzte Trixi an, »Liebermann, hieß so nicht unser Schülersprecher damals? Ben oder so? Der Typ, dem die Haare so lustig zu Berge standen.«

Das tun sie immer noch, nickte Sophie innerlich. Inzwischen war Ben natürlich nicht mehr Schülersprecher, sondern Schulleiter, aber seine Haare waren nach wie vor ein leidiges Thema. Egal, wie häufig er sie kämmte, sie hatten ihren eigenen Kopf.

»Ja, mit dem bin ich inzwischen verheiratet«, bestätigte sie.

»Ich wusste gar nicht, dass ihr ein Paar wart«, wunderte sich Tobias.

»Waren wir damals auch nicht. Das kam erst später«, erklärte Sophie. »An der Uni.«

»Ach so. Na ja, bis auf seine Haare sah er ja ganz okay aus«, meinte Tobias gönnerhaft. Für ihn war wohl die optische Erscheinung der ausschlaggebende Punkt in einer Ehe.

»Aber er sah nicht so gut aus wie dein Bruder«, konstatierte Leonore.

»Ach ja, Carsten, stimmt's? Wie geht's dem denn?«, fragte Isabella.

»Ganz gut, eigentlich«, wich Sophie aus.

War ja klar, dass die Sprache früher oder später auf ihren Bruder kommen musste. Sophie hatte sich bei ihren Klassenkameradinnen eine Zeit lang großer Beliebtheit erfreut, nachdem man um ihre verwandtschaftliche Beziehung zum begehrtesten Jungen der Oberstufe wusste. Sophie konnte sich vor Besucherinnen kaum retten, denn die

Mädchen hofften natürlich, bei der Gelegenheit auch deren Bruder anzutreffen. Der suchte dann allerdings meist das Weite. Nachdem Carsten Abitur gemacht hatte und von zu Hause ausgezogen war, legte sich der Rummel zu ihrer Erleichterung genauso schnell, wie er aufgekommen war. Nur Cordula ging nach wie vor bei Kantners ein und aus, aber das tat sie schon seit dem Kindergarten und hatte nichts mit Carsten zu tun.

»Wir sind verlobt«, informierte Cordula und präsentierte den anwesenden Damen stolz den Ring, den Carsten ihr im letzten Jahr an den Finger gesteckt hatte.

Sophie verkniff sich den Gedanken, dass ihre Freundin schon längst mit ihm verheiratet wäre, würde sie sich nicht so zieren. Sie verkniff sich auch den Gedanken, dass die häufigen Besuche von Cordula damals vielleicht doch nicht ausschließlich ihr gegolten hatten.

»War ja klar, dass du den irgendwann abschleppst«, meinte Beatrix und klang nur ein kleines bisschen gehässig, »so, wie du in den verknallt warst.«

»Wer war in wen verknallt?«

Ein Mann hatte den Raum betreten und warf sich in Pose, als könnte nur von ihm die Rede sein. Sophie lächelte gequält. Martin Jäger, ihre erste große Liebe. Wer sonst auf der Welt war so von sich eingenommen? Wie hatte sie nur der Hoffnung erliegen können, er würde sich das Klassentreffen entgehen lassen? Wo er doch nie etwas ausgelassen hatte. Martin Jäger hatte es vor einigen Jahren als Krimiautor zu temporärer lokaler Berühmtheit geschafft, was Sophie, Mitinhaberin der Krimibuchhandlung »Mördergrube«, nicht entgangen war. Leider, musste sie zugeben; es hätte ihr viel Kummer erspart. Und vielleicht ein Leben gerettet. Wenigstens war das Thema Carsten mit Martins

Auftauchen bei den anderen Damen abgehakt. Beatrix, Isabella und Leonore scharten sich wie kreischende Groupies um ihn, was Martin zufrieden lächelnd genoss und Tobias mit einem gemurmelten »Der hat gerade noch gefehlt« eifersüchtig zur Kenntnis nahm.

Nachdem der Autor seinen neugegründeten Fanclub gebührend begrüßt hatte, stürmte er auf Sophie zu und riss sie an sich. Sie stemmte die Hände gegen seine Brust und wand sich wie eine bockige Katze aus der Umklammerung. Martin ignorierte ihre Ablehnung und umfasste in einer liebevollen Geste ihre Schultern.

»Du bist mir doch nicht mehr böse wegen der Geschichte damals, oder?«, fragte er ohne Einleitung.

Sophie war nicht ganz klar, auf welche Geschichte er anspielte. Auf die aus der Schulzeit, wo er sie Knall auf Fall wegen Beatrix sitzengelassen hatte, oder auf die denkwürdige Episode vor ein paar Jahren, als er in der Mördergrube aus seinem Kriminalroman gelesen hatte. In der darauffolgenden Nacht wurde ein Obdachloser in ihrer Buchhandlung ermordet. Letzteres ging zwar nicht auf Martins Konto, dennoch hatte er sich mit seinem Verhalten während dieser Zeit nicht gerade einen Platz in Sophies Herz zurückerobert. Im Gegenteil: Es hatte ihr eindrucksvoll gezeigt, dass Martin sich seit der Schule keinen Deut gebessert hatte, sondern der gleiche egoistische Mistkerl wie eh und je war.

Erst jetzt fiel auf, dass der Autor einen kleinen Rollkoffer mitgebracht hatte, den er in einer Ecke des Raums platzierte.

»Bestimmt hat er Klamotten zum Wechseln dabei, falls er eine der anwesenden Damen für heute Nacht klarmacht«, vermutete Cordula.

»Wahrscheinlich befindet sich sein ganzes Hab und Gut

in dem Köfferchen, weil er hofft, dauerhaft bei einer von uns unterzukommen«, meinte Sophie, die wusste, dass die Verkaufszahlen seines Krimis in den letzten Monaten gesunken waren. Und etwas Neues schien nicht in Sicht; jedenfalls gab es keine Ankündigung für ein weiteres Werk aus seiner Feder.

Vorerst blieb der Inhalt des Koffers ein Geheimnis, denn eine Frau erschien auf der Bildfläche und zog sämtliche Aufmerksamkeit auf sich. Sophie sah erst zu dem Neuankömmling im Türrahmen, dann zu Cordula, die unschlüssig mit den Schultern zuckte. Auch die anderen schienen die Dame nicht einordnen zu können. Mit ihrer atemberaubenden Erscheinung stellte sie selbst Isabella in den Schatten, und das war keiner der Klassenkameradinnen je gelungen.

»Äh, hier ist heute Abend ›Geschlossene Gesellschaft‹«, informierte Beatrix den Gast.

»Hier findet doch das Klassentreffen der 10b von 1993 statt, oder?«, erkundigte sich die Frau, klang aber längst nicht so unsicher, wie ihre Frage vermuten ließ.

»Das stimmt«, nickte Tobias und beäugte den Neuankömmling begehrlich. Ihm war es egal, ob die Dame sich verlaufen hatte. Seinetwegen durfte sie gern bleiben.

»Dann bin ich hier richtig«, entschied sie und nickte nachdrücklich.

Die übrigen Anwesenden warfen einander verstohlene Blicke zu. Immer noch gelang es niemandem, das Gesicht mit jemand Bekanntem in Einklang zu bringen. Im Gegenteil: Man war sicher, dieser Frau im Leben nie begegnet zu sein, denn eine solche Erscheinung vergaß man nicht. Sie genoss die allgemein herrschende Verwirrung mit einem zufriedenen Lächeln.

»Lisa«, klärte sie die anderen endlich über ihre Identität auf. »Lisa Hirsefeld.«

»Strickliesel?«, entfuhr es Tobias ungläubig, und er schlug rasch die Hände auf den Mund, um sich selbst zum Schweigen zu bringen.

»So habt ihr mich damals genannt, ja«, bestätigte Lisa und lächelte erneut.

In diesem Lächeln lag so viel Verachtung, dass es Sophie einen kalten Schauer über den Rücken jagte. Sollte Tobias sich irgendwelche Chancen bei der Dame ausgerechnet haben, begrub er diese am besten ganz schnell. In den Ronsdorfer Anlagen war gerade ein Grab freigeworden, fiel ihr ein.

Lisa Hirsefeld war – ebenso wie Martin Jäger – erst in der zehnten Klasse zu ihnen gestoßen und hatte es von Anfang an schwer gehabt. Ein Umstand, zu dem Tobias Kirchhoff einen wesentlichen Beitrag geleistet hatte. Das damals Auffälligste an Lisa, neben ihrer Unscheinbarkeit, war ihr Strickzeug, das sie stets bei sich trug und das ihr gleich am ersten Tag den Spitznamen »Strickliesel« bescherte. Sie hatte in der Klasse nie richtig Anschluss gefunden und die Schule am Ende des Schuljahres verlassen. Sophie hatte nie wieder etwas von ihr gehört oder gesehen.

Umso bemerkenswerter war es, dass Beatrix sich die Mühe gemacht hatte, sie aufzuspüren und einzuladen. Und dass Lisa überhaupt auftauchte, so wie sie damals von einem Großteil der Klasse getriezt worden war. Andererseits, fand Sophie, wenn sie selbst sich optisch derart zu ihrem Vorteil verändert hätte, wäre ihr vermutlich auch daran gelegen, ihre alten Feinde teilhaben zu lassen. Um die so richtig neidisch zu machen. Und das waren sie, zumindest die anwesenden Damen, inklusive Cordula. Den Herren der Schöpfung – also Tobias und Martin – hingegen lief der Sabber der Begierde förmlich aus den Mundwinkeln. Die beiden hatten nie etwas anbrennen lassen.

»Zwei fehlen noch«, verkündete Beatrix, nachdem sie die bis dahin Eingetroffenen gezählt hatte.

»Na, dann sind wir ja nicht allzu viele«, flüsterte Cordula. »Das ist nicht mal die Hälfte.«

»Ob's an unserer Gastgeberin liegt?«, mutmaßte Sophie.

Auch sie hatte gezögert, der Einladung zu folgen. Bei Beatrix konnte es sich durchaus um eine Falle handeln, in die man blindlings tappte, um anschließend der Lächerlichkeit preisgegeben zu werden. Sophie war sicherlich nicht die Einzige, der dieser Gedanke gekommen war. Wer wohl die beiden fehlenden Personen waren, die wie Sophie und Cordula das Wagnis einzugehen bereit waren?

»Pfeffi!«, rief ihre Freundin plötzlich, und somit war zumindest die Identität einer der Personen geklärt.

Markus Pfeffer, genannt Pfeffi und ehemaliger Klassenclown, strahlte über sein rundes Gesicht, dessen rote Pausbäckchen neben den nicht minder roten Locken damals sein Markenzeichen waren. Die Locken waren entweder der Schere oder den ersten Alterserscheinungen zum Opfer gefallen. Anstelle des Haupthaars trug Pfeffi nun einen stattlichen Vollbart, der ihm ausgesprochen gut stand und die roten Wangen geschickt kaschierte. Er war einer der wenigen, zu denen Sophie und Cordula nach der Schulzeit eine Zeit lang engeren Kontakt pflegten, doch auch der war irgendwann eingeschlafen.

Hinter Pfeffi kam eine in schwarz gekleidete hagere Gestalt zum Vorschein, die Sophie als Bastian Spieß identifizierte. Beatrix fand damals, dass Bastians Nachname Programm sei, weswegen er von den meisten Klassenkameraden »Spießer« gerufen wurde. Einige von ihnen entschieden sich für die etwas entschärfte Koseform »Spießi«, die sich später allgemein durchsetzte. So gegensätzlich Pfeffi und Spießi nicht nur auf den ersten Blick erschienen, die beiden waren seit jeher die besten Freunde. Daran hatte sich in den vergangenen zwanzig Jahren offenbar nichts geändert, auch wenn Spießi mittlerweile in London lebte und als Pilot bei der British Airways rund um den Globus jettete, wie er sogleich berichtete.

»Na ja, einen Piloten hab ich mir anders vorgestellt«, murmelte Leonore Reinhardt gewohnt gehässig.

Obwohl Spießi in den vergangenen Jahren optisch hinzugewonnen hatte, blieb er eine langweilige Erscheinung mit einfallsloser Frisur und fahlem Teint. Offenbar hielt er bei seinen Ausflügen rund um die Welt nur selten das Gesicht in die Sonne. Von dem Sonnyboy-Image, das den meisten Piloten anhing, war er jedenfalls flugmeilenweit entfernt.

Wo man gerade beim Thema war, machte die bei solchen Gelegenheiten allseits beliebte Frage nach dem beruflichen und privaten Werdegang jedes Einzelnen die Runde. Pfeffi war verheiratet und stolzer Vater von Zwillingssöhnen im Grundschulalter. Seit einigen Jahren hatte er eine leitende Position bei einer Bank inne, was niemand vermutet hätte, wäre er doch wegen einer Fünf in Mathe in der neunten Klasse beinahe sitzengeblieben. Lisa Hirsefeld hatte die Schule nach der zehnten Klasse verlassen, um eine Ausbildung zur Physiotherapeutin zu machen. Dazu war sie für einige Jahre nach Marburg gezogen, später aber wieder nach Wuppertal zurückgekehrt, um in der Nähe ihrer Eltern sein zu können. Sie war unverheiratet und hatte weder Partner noch Kinder. Mehr ließ sie sich nicht entlocken. Wenn sie immer noch im physiotherapeutischen Bereich arbeitete, könnten sie ja mal über eine Kooperation nachdenken, schlug Tobias Kirchhoff vor, stieß damit bei ihr jedoch auf wenig Begeisterung.

Nachdem seine Karriere als Tennisprofi aufgrund einer Verletzung ein frühzeitiges Ende gefunden hatte, war er nach Mallorca gegangen, wo er lange Zeit als Tennislehrer in einem Fünf-Sterne-Hotel arbeitete. Vor einem Jahr dann hatte er in seiner Heimatstadt seine eigene Tennisschule eröffnet. Dort trainierte er hoffnungsvolle Talente, wie er einst eines gewesen war, sowie gelangweilte Hausfrauen mit dem nötigen Kleingeld, um die notwendige Kohle in die Kasse zu spülen.

»Da hab ich auch Isabella wiedergetroffen«, berichtete er und betrachtete seine Partnerin voller Besitzerstolz.

»Mein Sohn ist einer seiner Schüler«, fügte Isabella erklärend hinzu, damit niemand auf die Idee verfiel, sie sei eine der erwähnten Hausfrauen.

Entgegen aller Erwartungen war sie nicht in den elterlichen Gastronomiebetrieb eingestiegen, sondern hatte Jura studiert und Karriere bei der Düsseldorfer Staatsanwaltschaft gemacht. Inzwischen stand sie kurz vor der Ernennung zur Richterin, was allgemein mit ehrfürchtigem Raunen zur Kenntnis genommen wurde. Dass ausgerechnet eine Girandelli sich entschieden hatte, für Recht und Ordnung zu sorgen, war beinahe erheiternd, hielt sich doch seit Jahrzehnten hartnäckig das Gerücht, die Familie habe einen direkten Draht zur Mafia. Aber mit derlei Unterstellungen sah sich wohl jede halbwegs erfolgreiche italienischstämmige Familie konfrontiert. Insbesondere, wenn man ein exklusives Restaurant wie das Girandellis führte, wo sich Wuppertals Hautevolee die Klinke in die Hand gab.

Leonore Reinhardts Wirken war in letzter Zeit ausführliches Thema in sämtlichen lokalen Gazetten und somit den meisten Anwesenden bekannt. Vor einigen Monaten hatten sie und ihr jüngerer Bruder die Leitung der Reinhardt-Werke von ihrem plötzlich verstorbenen Vater übernommen. Mit der Verlegung eines Teils der Produktion des Stahlbetriebs nach China hatten sie einen Megadeal an Land sowie den Zorn der gesamten Region und insbesondere der langjährigen Mitarbeiter auf sich gezogen. Doch alles Gezeter half nichts: In ein paar Wochen ging es für Leo ins Land des Lächelns, um den Bau der dort entstehenden Fabrik zu beaufsichtigen.

Zwei Servicekräfte hatten in der Zwischenzeit das Büfett aufgebaut, über das die Anwesenden sich hermachten, ohne ihrer Gastgeberin die Gelegenheit zu geben, es offiziell zu eröffnen. Martin belud seinen Teller, als hätte er seit drei Tagen nichts gegessen. Was möglicherweise sogar der Fall war. Inzwischen hatte er das Geheimnis seines Rollkoffers gelüftet. Es fand sich darin nicht nur, wie von Cordula vermutet, Wechselwäsche, sondern vor allem beherbergte das Gepäckstück einige Exemplare von Martins Krimi »Das letzte Opfer«, die er heute Abend an den Mann und an die Frau zu bringen hoffte. Gerade redete er auf Lisa ein, die, so schien es, verzweifelt nach einer Fluchtmöglichkeit Ausschau hielt. Überhaupt war er so auf die frühere Strickliesel fixiert, dass er Sophie links liegen ließ.

Eigentlich hätte sie froh darüber sein sollen, aber es ärgerte sie, von ihm ignoriert zu werden. Immerhin hatte Martin ihrer Ansicht nach so einiges bei ihr gutzumachen. Als Sophie dies Cordula gegenüber äußerte, schüttelte die nur verständnislos den Kopf.

»Sei froh«, meinte sie, »du willst doch sowieso nichts von ihm.«

»Wohl, ich will ihn eiskalt abblitzen lassen«, erwiderte Sophie.

Von hinten legte sich ein Arm um ihre Schultern. Beatrix war unbemerkt an sie herangetreten. »Er ist es nicht mal wert, dass man ihn abblitzen lässt«, sagte sie leise. Wie es schien, hatte Martin seinerzeit nicht nur Sophies Herz gebrochen.

»Warum hast du ihn überhaupt eingeladen?«, wollte sie wissen.

Beatrix zuckte entschuldigend mit den Achseln. »Weil er nun mal zur Abschlussklasse dazugehört.«

»So ganz stimmt das ja nicht«, erinnerte Cordula, »immerhin ist er noch vor Ende des Schuljahres von der Schule geflogen.«

»Stimmt«, fiel Beatrix ein. »Das hatte ich fast vergessen. Seine Aktion auf dem Schulfest. Ob er überhaupt einen Abschluss hat?«

Sophie interessierte es viel mehr, ob Martin schon seinen finanziellen Anteil für diesen Abend erbracht hatte. Trixi zog nachdenklich die Augenbrauen zusammen und schüttelte den Kopf.

»Dann würde ich das Geld an deiner Stelle heute noch eintreiben«, riet Sophie. »Sonst kriegst du es nie.«

Sie erzählte Beatrix, wie Martin sie vor einigen Jahren zum Essen in eins der teuersten Restaurants Wuppertals – nicht das Girandellis – eingeladen und sie hinterher auf der Rechnung seines Drei-Gänge-Menüs sitzengelassen hatte. Die Kneipenbesitzerin fand diese Geschichte höchst amüsant, Sophie hingegen wurde heute noch wütend, wenn sie nur daran dachte. Wenigstens hatte sie sich revanchiert, indem sie ihm sein Honorar für die Lesung in ihrer Buchhandlung schuldig geblieben war. Also waren sie dann doch irgendwie quitt.

7

Je weiter der Abend fortschritt, desto ausgelassener wurde die kleine Gesellschaft, was zu einem großen Teil an den Cocktails lag, die die Kellner zahlreich in den ehemaligen Raucherraum schleppten. Als Beatrix der Ansicht war, der Alkoholpegel sei hoch genug, stellte sie sich in die Mitte des Raums und schwenkte eine Kuhglocke hin und her, um die Aufmerksamkeit ihrer Gäste zu erlangen.

»Hallo, ihr Lieben, hört mal einen Augenblick zu«, rief sie in bester Klassensprecherinnen-Manier, auch wenn sie nicht mehr ganz Herrin ihrer Zunge war. »Ich freue mich, dass ihr alle heute Abend gekommen seid. Und so viel Hunger mitgebracht habt.« Sie warf einen belustigten Blick auf die spärlichen Überreste des Büfetts, und die Anwesenden lachten, einige verlegen, die etwas zurückhaltenderen hämisch. »Ich denke, die Zeit ist jetzt reif für ein Spielchen. In der Kiste hier«, sie deutete auf die hölzerne Box, die auf einem Stuhl neben ihr stand, »befinden sich kleine Geschenke für euch. Ich halte diese jetzt nach und nach hoch, und ihr müsst erraten, für wen sie gedacht sind. Habt ihr das alle verstanden?«

Zustimmendes Gemurmel ertönte.

»Gut, dann fang ich mal an.« Mit der ausschweifenden Geste eines Zauberkünstlers hob sie den Deckel der Kiste. Theatralisch wühlte sie darin herum, bis sie schließlich einen kleinen Abakus hervorzog und über ihren Kopf hielt, damit ihn alle sehen konnten.

»Cordula«, brüllte Pfeffi.

»Stimmt«, nickte Beatrix und hielt zur Bestätigung den Zettel hoch, der am Abakus befestigt war.

Cordula, zu Schulzeiten staatlich geprüftes Mathegenie,

trat verlegen vor und nahm den altertümlichen Taschenrechner entgegen. Der nächste Gegenstand, den Trixi aus der Kiste kramte, war ein Paar Stricknadeln, das sofort mit Lisa Hirsefeld in Verbindung gebracht wurde. Lisa blickte ihre Gastgeberin pikiert an, ehe sie ihr Geschenk in Empfang nahm und in ihrer Tasche verschwinden ließ. Sophie bekam einen Schlüsselanhänger in Form einer Diddlmaus, die sich in den Neunzigerjahren großer Beliebtheit erfreut hatte.

»Tut mir leid«, meinte Beatrix, als sie Sophie das abgewetzte Plüschtier überreichte.

Sophie wusste die Entschuldigung zunächst nicht einzuordnen, bis ihr einfiel, dass sie selbst einen solchen Schlüsselanhänger besessen hatte, den sie an ihrem Rucksack befestigt trug. Jedenfalls so lange, bis Diddl spurlos verschwand. Sophie hatte angenommen, sie habe ihn verloren. Hatte Beatrix ihn damals etwa geklaut und all die Jahre aufbewahrt?

»So, dann machen wir mal weiter«, verkündete Trixi und zog eine Fahrradklingel aus der Kiste.

***

Im Hauptraum der Kneipe ging es zur selben Zeit ebenfalls hoch her. Ali, dessen Position in der Sonderbar der eines stellvertretenden Geschäftsführers am nächsten kam, und seine Kollegen waren damit beschäftigt, einige aufmüpfige Gäste davon abzuhalten, sich und anderen Schaden zuzufügen. Zwei zukünftige Bräutigame nebst Entourage hatten sich unabhängig voneinander zum Junggesellenabschied eingefunden und lieferten sich seit geraumer Zeit einen erbitterten Wettstreit darum, wessen Kumpel die trinkfesteren waren. Nach unzähligen geleerten Schnapsgläsern nahmen die Junggesellen die Tür mit dem Schild »Geschlossene Gesellschaft« ins Visier und fragten sich, was oder wer sich dahinter vor den Blicken der anderen Gäste verbergen mochte. Ehe Ali und seine drei Kollegen es verhindern konnten, enterten die beiden Gruppen in unerwartet trauter Einigkeit das Separee, in dem die Abschlussklasse der Chefin ihr zwanzigjähriges Jubiläum feierte. Die dort befindlichen Herren versuchten ihr Bestes, ihre ehemaligen Klassenkameradinnen vor den übergriffigen Bräutigamen und deren volltrunkenem Gefolge zu schützen, waren jedoch selbst nicht mehr nüchtern und außerdem nicht zahlreich genug, um den Kampf für sich zu entscheiden. Auch dem herbeigerufenen Ali und seinen Kollegen gelang es nicht, die Junggesellen in ihre Schranken zu weisen.

Weil die Lage zu eskalieren drohte, blieb nichts anderes übrig, als die Polizei zu verständigen. Die Beamten schafften es schlussendlich, die beiden zukünftigen Ehemänner davon zu überzeugen, dass sie ihren Hochzeitstag nicht in polizeilichem Gewahrsam verbringen wollten, und konnten sie dazu bewegen, mit ihrem Anhang den friedlichen Rückzug anzutreten. Sicherheitshalber wurden sie von den uniformierten Beamten eskortiert, damit niemand auf die Idee kam, in die nächste Kneipe zu taumeln und weiteres Unheil zu stiften.

In die Sonderbar kehrte Ruhe ein. Beatrix spendierte ihren Gästen im ehemaligen Raucherraum auf den Schreck eine neuerliche Runde Cocktails, um den Abend ausklingen zu lassen.

»Ich muss mal aufs Klo«, verkündete Sophie und erhob sich leicht schwankend.

Mit der aufrechten Haltung eines einbeinigen Matrosen bei Seegang steuerte sie zielstrebig aus dem Raum in Richtung Toiletten, die sich eine Etage tiefer im Keller des Gebäudes befanden. Cordula sorgte sich ein wenig, ob ihre Freundin es heil die Treppe hinunterschaffte, entschied sich aber, ihr nicht zu folgen, obwohl ihre eigene Blase es ihr gedankt hätte. Sophie gehörte nicht zu den Frauen, die im Rudel auf die Toilette gingen. Egal, wie dringend sie musste, es war ihr unmöglich zu pinkeln, wenn jemand vermeintlich dabei zuhörte oder darauf wartete, dass die Kabine frei wurde. Cordula dachte mit Grauen an den USA-Trip zurück, den sie und Sophie als Belohnung nach bestandenem Abitur unternommen hatten. Einen Großteil dieser Reise hatte sie damit zugebracht, nach leeren öffentlichen Toiletten Ausschau zu halten. Wer je versucht hatte, in Disney World's »Magic Kingdom« eine Sanitäranlage aufzutreiben, die nicht von zahllosen kreischenden Kindern bevölkert war, wusste, wie zeitaufwendig und fruchtlos dieses Unterfangen war.

Das Klingeln ihres Handys riss Cordula aus ihren nicht ganz so nostalgischen Erinnerungen. *Jetzt bloß kein Notfall*, hoffte sie automatisch, obwohl sie gar keinen Bereitschaftsdienst hatte, und schaute aufs Display. Sie runzelte irritiert die Stirn, als ihr das Konterfei von Sophie entgegenblickte. War ihrer Freundin das Klopapier ausgegangen? Oder war sie tatsächlich die Treppe hinuntergestürzt?

»Ja?«, meldete sie sich alarmiert.

»Du musst sofort runterkommen«, flüsterte Sophie mit Panik in der Stimme und unterbrach gleich darauf die Verbindung.

Wenigstens klang sie unverletzt. Ein Klopapierdilemma? Oder war sie von ihren Tagen überrumpelt worden und benötigte einen Tampon? Mitunter neigte ihre Freundin dazu, aus einer Mücke einen Elefanten zu machen. Cordula stemmte sich aus dem Sitzsack hoch, der nur für etwa fünf Minuten bequem war (oder wenn man jung war), und machte sich auf den Weg zu den Waschräumen.

Als sie die Tür zur Damentoilette öffnete, erblickte sie Sophie, die betreten auf den Boden stierte und von einem Bein aufs andere trat.

»Ich kann nix dafür«, versicherte sie ihrer Freundin prompt und fügte jammernd hinzu: »Das mir immer so was passieren muss.«

Hatte sie es nicht mehr rechtzeitig aufs Klo geschafft und in die Hose gepinkelt?, fragte sich Cordula, doch besagte Hose sah trocken aus und auf dem Boden hatte sich keine Pfütze gebildet. Es war hoffentlich nicht das große Geschäft danebengegangen. Sie schnupperte, roch aber nichts Verdächtiges. Sophie deutete indes anklagend auf die letzte der drei Kabinen, auf deren Tür unübersehbar das Wort »Privat« zu lesen war. Cordula warf ihr einen fragenden Blick zu.

»Das Klopapier war alle«, erklärte Sophie weinerlich, »und ich dachte, da drin wären vielleicht noch Rollen.«

»War die Tür denn nicht abgeschlossen?«, wunderte sich Cordula, als sei dies das vordringlichste Problem.

»Doch, aber der Schlüssel steckte.«

Was für Sophie selbstverständlich einer Einladung gleichkam, sich dort umzusehen. Widerwillig betrat Cordula die Kabine, im Glauben, irgendeine von ihrer Freundin veranstaltete Sauerei wegputzen zu müssen. Doch was sie vorfand, übertraf ihre schlimmsten Befürchtungen.

»Ich hab nix gemacht«, stellte Sophie noch einmal klar. »Die war schon so.«

Cordula atmete tief ein und aus und näherte sich vorsichtig dem leblosen Körper, der – ordnungsgemäß bekleidet –

auf der Toilettenbrille kauerte. Mit zwei Fingern tastete sie zuerst am Hals, dann am Handgelenk der Frau nach einem Puls. Doch diese Gesten waren eher der Routine als Ärztin denn der Hoffnung auf ein Lebenszeichen geschuldet. Ihr geschultes Auge erkannte auf den ersten Blick, dass für Lisa Hirsefeld jede Hilfe zu spät kam. Die Stricknadel, die aus ihrem Brustkorb ragte, trug ihr Übriges zur Diagnose bei.

»Wieso muss ich eigentlich immer Leichen finden?«, jammerte Sophie draußen weiter. »Erst den Berti in der Buchhandlung, dann den mysteriösen Mann im Märchenwald und jetzt die Lisa aufm Lokus.«

»Nicht zu vergessen den Alten im Amtszimmer«, murmelte Cordula.

»Den hat Ben gefunden«, erinnerte Sophie.

»Bleibt in der Familie.«

»Oh Gott, demnächst rollt die Polizei bestimmt alle Fälle, in die ich verwickelt war, neu auf und verhaftet mich als Serienmörderin.«

»Bestimmt.«

»Meinst du echt?«

Cordula seufzte. In gewissen Situationen mutierte Sophie zum Kleinkind. Das Auffinden einer Leiche zählte zu solchen Situationen, auch wenn ihre Freundin darin inzwischen eine Art makabre Routine entwickelt haben sollte. »Sophie, wir haben gerade andere Probleme. Wir müssen herausfinden, was hier passiert ist.«

»Das ist doch offensichtlich. Jemand hat Lisa mit dieser Stricknadel ... erstochen. Sie wird es bestimmt nicht selbst getan haben.«

Damit lag Sophie vermutlich richtig, auch wenn Cordula in ihrem Job als Notärztin fast alles gesehen hatte. Inklusive

Stricknadeln in unterschiedlichen Körperöffnungen. Eine Stricknadel im Brustkorb einer ehemaligen Klassenkameradin auf einem Kneipenklo gehörte allerdings nicht dazu.

»Warum hier? Und warum hat keiner etwas bemerkt?«

»Das ist bestimmt passiert, während die Junggesellen über uns hergefallen sind«, vermutete Sophie, die sich inzwischen ein wenig beruhigt hatte. »Vielleicht war's ja einer von denen.«

»Wie auch immer. Wir müssen die Polizei benachrichtigen«, entschied Cordula.

»Als erstes sollten wir Trixi Bescheid sagen. Immerhin ist es ihr Klo.«

Unter strengster Geheimhaltung wurde die Kneipenbesitzerin auf die Damentoilette gelotst, wo sie ebenfalls einen Blick auf die Bescherung werfen durfte. Eine Ehre, auf die sie, so merkte man ihr an, gern verzichtet hätte.

»Könnte es ein Unfall gewesen sein?«, fragte sie, und in ihrer Stimme schwang ein leiser Hoffnungsschimmer mit. »Sie war nicht mehr ganz nüchtern.«

»Möglich, aber ich kann mir nur schwer vorstellen, wie das vonstattengegangen sein soll«, erwiderte Cordula. In der Jugendzeit ihrer Oma war das Einführen von Stricknadeln ein mehr oder minder probates Mittel zur Abtreibung gewesen, aber es war kaum anzunehmen, dass Lisa auf einer öffentlichen Toilette versucht hatte, einen Schwangerschaftsabbruch vorzunehmen. Und sich dabei versehentlich die Stricknadel ins Herz gerammt hatte.

»Selbstmord?«

Cordula rieb sich nachdenklich übers Kinn. »Auch möglich. Aber keine sehr gängige Methode.« Und wieder stellte sich in dem Zusammenhang die Frage, weshalb Lisa dafür ausgerechnet ein Kneipenklo ausgewählt hätte.

Trixi nickte betrübt. Hatte man die Möglichkeit eines Unfalls oder Suizids ausgeschlossen, blieb nicht mehr viel Spielraum für das, was hier geschehen war. Man merkte deutlich, dass der Kneipenbesitzerin nicht nur der gewaltsame Tod ihrer Klassenkameradin naheging, sondern die Zukunft der Sonderbar ihr Kopfschmerzen bereitete. Wenn erst die Kunde des Mordes die Runde machte … Sophie, die selbst leidvolle Erfahrungen in dieser Richtung gemacht hatte, hätte ihre ehemalige Klassenkameradin beruhigen können. Nichts zog die Menschen so in den Bann wie ein Gewaltverbrechen. Die Kneipe würde in den nächsten Wochen vermutlich von Sensationstouristen überrollt werden.

8

Mattes war dabei, sich bettfein zu machen, als ihn der Anruf aus dem Präsidium erreichte und zum Schauplatz eines Tötungsdeliktes zitierte. An diesem Wochenende blieb ihm nichts erspart. Dass es sich beim Tatort um eine Kneipe im Luisenviertel handelte, ließ bei ihm ungute Erinnerungen sowie eine düstere Vorahnung aufkommen.

Es überraschte ihn daher nicht, die Schwester seines Kollegen Carsten Kantner in der Sonderbar anzutreffen. Wurde jemand im Luisenviertel ermordet, war Sophie Liebermann meist nicht weit. Wobei Mattes nicht andeuten wollte, sie selbst habe dabei ihre Hand im Spiel, aber aus unerfindlichen Gründen zog sie Verbrechen magisch an. Dass sie es mal wieder war, die die Leiche gefunden hatte, wunderte ihn deshalb nicht. Ebenso wenig die Tatsache, dass sie offensichtlich ein großes Interesse daran hatte, ihre Verbindung zur Wuppertaler Kripo vor den anderen Gästen geheimzuhalten. Zumindest deutete er ihr heftiges Augenzwinkern und ihre übertriebene Vorstellung, als begegneten sie sich in diesem Moment zum ersten Mal, in diese Richtung. Wahrscheinlich plante sie – auch das war Mattes nicht neu –, sich in diesen Fall sinnvoll einzubringen. Wenn ihr Bruder Carsten gewissermaßen außer Gefecht gesetzt war und ihren Eifer nicht bremste, sah sie ihre große Chance gekommen, ungehindert Miss Marple zu spielen. Wenn es ihr Freude bereitete ...

Mattes war, was die kriminalistische »Mitarbeit« der Buchhändlerin anbelangte, um einiges großzügiger als sein Kollege. Außerdem hatte er Sophie noch nie einen Wunsch abschlagen können. Er kannte die Geschwister seit beinahe dreißig Jahren, hatte sie quasi aufwachsen sehen. Carsten wollte partout nicht begreifen, dass es besser war, Sophie gewähren zu lassen und dabei im Auge zu behalten, statt sie auszuschließen. Ließ man sie außen vor, stellte sie ihre »Ermittlungen« eben hinter dem Rücken der Polizei an. Da sie nun einmal eine ungesunde Vorliebe für Verbrechen hatte und zudem die bedenkliche Eigenart besaß, ständig über Leichen zu stolpern, betrachtete sie es als ihre Bürgerpflicht, den Mörder aufzuspüren. Dass sie sich dabei ein ums andere Mal in Gefahr brachte, war natürlich ein Problem, das sich nicht wegdiskutieren ließ. Leider erkannte Sophie brenzlige Situationen erst, wenn sie mittendrin steckte. Obwohl es zugegebenermaßen nicht immer ihre Schuld war, denn drohendes Unheil neigte dazu, sie ungefragt zu überrollen. So wie die Geiselnahme in ihrer Buchhandlung im letzten Jahr, die zum Glück halbwegs unblutig über die Bühne gegangen war. Wie man es drehte und wendete, Sophie an der langen Leine laufen zu lassen, war sinnvoller, als sie in einen Zwinger zu sperren. Sie quetschte sich einfach durch die Gitter und stürmte los.

Gerade in diesem Fall konnte es nützlich sein, sie als eine Art Mata Hari in der Hinterhand zu haben. Da die Verdächtigen sie kannten und ihr vertrauten, plauderten sie ihr gegenüber möglicherweise das ein oder andere aus, das sie der Polizei verschwiegen. Und wenn Mattes sich großzügig zeigte, wäre Sophie sicherlich bereit, ihr Wissen mit ihm zu teilen. Alles in allem eine Win-win-Situation. Natürlich nur, solange Carsten keinen Wind davon bekam. Aber der lag ja gut aufgehoben im Krankenhaus.

Die ersten Zeugenbefragungen, die er und die uniformierten Kollegen vor Ort vornahmen, verliefen äußerst unbefriedigend. Bis auf die Kellner befanden sich alle Anwesenden in unterschiedlichen Stadien der Trunkenheit oder des Schockzustands (meist eine Kombination aus beidem) und konnten nur wenig Hilfreiches beitragen. Man sei damit beschäftigt gewesen, den außer Rand und Band geratenen Tross Junggesellen in seine Schranken zu weisen, was die Beamten, die bereits bei dieser Gelegenheit vor Ort gewesen waren, bestätigten. Niemand hatte darauf geachtet, ob sich jemand auf den Weg in Richtung Toiletten begeben hatte. Die Klassenkameraden des Opfers versicherten, keinen Grund zu haben, der armen Lisa nach dem Leben zu trachten. Man habe harmonisch miteinander gefeiert, ehe die besoffene Meute den Raum enterte. Sicherlich sei einer jener Männer Lisa gefolgt, um sein Glück bei ihr zu versuchen. Wahrscheinlich habe sie denjenigen in seine Schranken gewiesen, und der habe daraufhin versucht, sich gewaltsam zu nehmen, was ihm freiwillig nicht gewährt wurde. So weit die Vermutung der Partygäste.

Die Mitarbeiter der Sonderbar konnten auch nichts zur Klärung des Falls beitragen. Das Küchenpersonal hatte sich ordnungsgemäß in der Küche aufgehalten. Man habe zwar

Lärm gehört, sich aber darauf verlassen, dass »die vorne« das allein regeln oder sich andernfalls melden würden. »Die vorne« hatten mit der Schlichtung des Streits im Hinterzimmer alle Hände voll zu tun gehabt und ebenfalls nicht bemerkt, ob jemand in dieser Zeit die Treppe hinunter zur Toilette gegangen war. Andere Gäste der Kneipe hatten wegen der teils aufdringlichen Junggesellen schon vorher das Weite gesucht oder sich draußen aufgehalten. Nachdem die Polizei die Störenfriede hinausbegleitet hatte, versorgten die Servicekräfte die noch Anwesenden auf den Schreck mit einer weiteren Runde Cocktails und begannen damit, im Hauptbereich der Kneipe klar Schiff zu machen. Neue Gäste seien nicht gekommen und die Freunde der Chefin waren im Separee geblieben, bis die kleine Dunkelhaarige die Treppe hinuntergeschwankt war. Dann folgte ihr die große Blonde, die einige Minuten später wieder raufkam und konspirativ mit der Chefin flüsterte. Die beiden begaben sich erneut nach unten, und kurz darauf tauchte erneut die Polizei auf. Das Opfer – Lisa Hirsefeld – sei vor diesem Abend nie Gast der Kneipe gewesen, so versicherten alle unisono.

Die Beamten nahmen die Personalien der Anwesenden auf und baten sie, sich in den nächsten Tagen für weitere Befragungen zur Verfügung zu halten. Anschließend durften sie nach Hause oder wohin auch immer gehen. Die Identität der Junggesellen würde sich hoffentlich klären lassen. Mattes gab Sophie und Cordula unauffällig ein Zeichen, dass er später zu ihnen stoßen würde.

***

Es war kurz vor Mitternacht, als Mattes bei der gemeinsamen Wohnung von Carsten und Cordula auf dem Ölberg, nur einhundertunddrei Treppenstufen entfernt vom Luisenviertel, eintraf. Cordula hatte eine Kanne Kaffee gekocht, damit sie und Sophie wenigstens halbwegs wach blieben und ausnüchterten. Wobei die Entdeckung der toten Lisa Letzteres schon erledigt hatte.

»So, dann erzählt mal«, bat Mattes, nachdem sie sich auf die zusammengewürfelten Sitzmöbel verteilt hatten. »Wie ist der Abend abgelaufen?«

Sophie und Cordula sahen einander an und berichteten abwechselnd von dem Klassentreffen. Wie die alten Schulkameraden nach und nach eingetroffen waren und Lisa, die als eine der letzten kam, von niemandem erkannt wurde.

»Ehrlich, dass den Jungs vor lauter Gier nicht die Zunge aus dem Hals hing, war alles«, meinte Cordula abfällig.

»Ja, besonders Martin«, fügte Sophie spöttisch hinzu.

»Martin?«, hakte Mattes nach.

»Ja, Martin Jäger.«

»Der Name sagt mir was«, sinnierte der Hauptkommissar.

Sophie sah ihn irritiert an. »Ja klar sagt der dir was. Der Krimiautor, der die Lesung in der Mördergrube gehalten hat, an dem Abend, als …«

Sie vollendete den Satz nicht, aber Mattes wusste auch so, von welchem Abend sie sprach. Dem Abend, an dem in Sophies Buchhandlung ein Obdachloser brutal ermordet worden war. Richtig, Martin Jäger war dieser unsympathische junge Mann, der sich an die Rechtsmedizinerin rangemacht hatte, für die Mattes zu jener Zeit schwärmte. Den hatte er glatt verdrängt. Im Gegensatz zu damals musste der Bursche sich heute extrem im Hintergrund gehalten haben, sonst wäre er ihm sicherlich unangenehm aufgefallen.

»Wie hat eure Schulkameradin auf das Interesse der Herren reagiert?«, fragte er.

Cordula überlegte ein paar Sekunden. »Sie schien es zu genießen. So auf eine triumphierende Art.«

Mattes runzelte die Stirn. »Versteh ich nicht.«

Cordula nickte verständnisvoll und erklärte ihm, was sie meinte. Es war für Männer schwer nachvollziehbar, wie eine Frau sich fühlte, die jahrelang bestenfalls ignoriert wurde und erst Beachtung fand, wenn aus dem vermeintlich hässlichen Entlein ein schöner Schwan geworden war. Einerseits schmeichelte einem die plötzliche Aufmerksamkeit, andererseits würde man diejenigen, die einen vorher wie Luft behandelt oder einem gar Schlimmeres angetan hatten, am liebsten durch den Fleischwolf drehen. Jedenfalls war das der Eindruck, den sie bei ihrer ehemaligen Klassenkameradin gewonnen hatte. Nun hatte aber nicht Lisa jemanden durch den Fleischwolf gedreht, sondern sie war selbst das Opfer einer tödlichen Attacke geworden.

»Ihr habt also einen netten Abend verbracht, geplaudert, gegessen und Erinnerungen ausgetauscht«, fasste Mattes zusammen. »Wann habt ihr bemerkt, dass Lisa Hirsefeld fehlte?«

Sophie zuckte mit den Schultern. »Gar nicht, ehrlich gesagt. Es ist mir erst aufgefallen, als ich sie auf dem Klo ... du weißt schon.«

»Ich hab zwar mitgekriegt, dass sie nach der Randale dieser bescheuerten Junggesellen nicht mehr da war, hab mir aber nichts dabei gedacht«, fügte Cordula hinzu. »Ich dachte, sie sei einfach gegangen, ohne sich zu verabschieden. Sie war schon früher kein Ausbund an Höflichkeit. Aber wann genau sie den Raum verlassen hat, kann ich nicht sagen. Also ob es vor, während oder kurz nach dem Vorfall war.«

Weder Cordula noch Sophie erinnerten sich, ob jemand während des Tumults, ausgelöst durch die Betrunkenen, den Raum verlassen hatte. Es lag nahe, dass eine Person das Chaos genutzt hatte, um Lisa auf die Toilette zu locken und dort zu töten. Aber, so merkte Sophie an, man könne nicht automatisch davon ausgehen, dass einer ihrer früheren Mitschüler den Mord begangen hatte.

»Du traust keinem deiner ehemaligen Schulkameraden die Tat zu?«, hakte Mattes nach.

»Das würde ich nicht sagen«, räumte Sophie ein. »Ich habe die meisten von ihnen seit dem Abi nicht mehr gesehen. Aber wenn damals jemand einen Groll gegen Lisa gehegt hätte, weshalb sollte derjenige so lange warten, bevor er seine Rachefantasien – oder was auch immer – in die Tat umsetzt? Außerdem war ja nicht damit zu rechnen, dass sich eine solche Gelegenheit bieten würde. Das Ganze sieht mir eher nach einer Tat im Affekt aus. Vielleicht war es jemand, der mit ihr auf dem Klo ... anbandeln wollte. Aus dem Kreis der Junggesellen.«

»Und der hatte zufällig eine Stricknadel dabei?«, wandte Mattes ein. Er hatte zwar schon viel gehört, was diese albernen Junggesellenabschiede anging, Stricknadeln hatten dabei aber nie eine Rolle gespielt. Er wollte sich lieber nicht ausmalen, wozu man die verwenden würde.

Sophie schüttelte den Kopf. »Trixi, also die Kneipenbesitzerin, hatte so alberne Geschenke für uns besorgt. Einen Abakus für Cordula und für mich einen Schlüsselanhänger. Lisa bekam diese Stricknadeln, weil sie früher nie ohne ihr Strickzeug in die Schule kam.«

Das klang einleuchtend. Und auch wieder nicht. »Du willst also sagen, dass das Opfer seine eigene Mordwaffe aufs Klo mitgenommen hat?«

Da war Sophie überfragt. So musste es wohl gewesen sein. Die einzige andere Alternative war, dass einer von ihnen eine der Nadeln heimlich an sich genommen hatte, um sie genau zu diesem Zweck einzusetzen. Um damit einen Mord zu begehen. Und das schloss einen Fremden aus. Aber war einer ihrer alten Mitschüler tatsächlich in der Lage, einen Mord zu begehen? Und wenn ja, warum war ausgerechnet Lisa das Opfer?

»Fällt euch wirklich nichts ein? Etwas, das damals vorgefallen ist?«, erkundigte sich Mattes nun.

Sophie starrte nachdenklich Löcher in die Tischplatte. »Ehrlich, ich habe keine Ahnung«, gestand sie dann. »Lisa war nur ein Jahr in unserer Klasse und hatte es in der Zeit echt nicht leicht. Sie litt ziemlich unter den Gehässigkeiten der Fürchterlichen Vier. Heutzutage würde man das, was die gemacht haben, Mobbing nennen.«

»Die Fürchterlichen Vier?« Mattes hob fragend die Augenbrauen.

»Ach so, ja. Beatrix van den Bergh, Tobias Kirchhoff, Isabella Girandelli und Leonore Reinhardt. Die hielten sich für was Besseres, weil ihre Eltern Kohle hatten. Jeder, der in ihren Augen uncool war, wurde fertiggemacht. Eigentlich fanden sie jeden von uns uncool, aber Lisa hatten sie besonders auf dem Kieker.«

»Woran lag das?«, wollte Mattes wissen.

»Na ja, sie trug halt keine angesagte Kleidung und hatte immer ihr Strickzeug dabei. In einem Bastkorb.«

»Ich hatte allerdings den Eindruck, dass die ganzen Sticheleien an Lisa abgeperlt sind«, warf Cordula ein. »Sie schwebte irgendwie über den Dingen. Wir schienen ihr herzlich egal zu sein. Aber das alles ist schon Jahre her. Jahrzehnte. Das ist doch Schnee von gestern.«

»Das hat nichts zu sagen. Manche Dinge vergisst man nicht«, bemerkte Mattes in einem Anflug von Weisheit.

»Ihr könnt euch nicht vorstellen, was ich in meiner beruflichen Laufbahn schon erlebt habe.«

»In deiner *jahrzehntelangen* beruflichen Laufbahn«, fügte Sophie hinzu und grinste.

Er warf ihr einen vernichtenden Blick zu. »Macht euch nur lustig über mein Alter, ihr Küken. Ich hab schon Mordfälle gelöst, da seid ihr noch mit der Trommel um den Christbaum gelaufen.«

»Na klar, du hast wahrscheinlich schon die Ermittlungen beim Mord an Jesus geleitet«, vermutete Sophie.

»Können wir bitte beim Thema bleiben?«, fragte Mattes genervt.

»Du hast doch angefangen«, behauptete Sophie.

»Wenn du meinst«, gab er, um des lieben Friedens willen, nach. Wenn er mit Frauen diskutierte, zog er sowieso immer den Kürzeren. Wahrscheinlich hatte er deswegen nie geheiratet. »Zurück zu Lisa Hirsefeld. Wie war das denn nun damals genau?«

August 1992

Es war der erste Schultag nach den Sommerferien. Die Schülerinnen und Schüler der Klasse 10b hatten sich mehr oder weniger euphorisch in ihrem Klassenraum eingefunden. Urlaubserlebnisse wurden ausgetauscht und Fotos herumgereicht. Trixi van den Bergh schoss wie in jedem Jahr den Vogel ab mit ihrem vierwöchigen Tauchkurs auf den Malediven. Mit einem schwerreichen Pharmaindustriellen als Vater konnte man sich eben mehr leisten als andere.

Cordula und Sophie waren in diesem Jahr das erste Mal ohne ihre Eltern verreist. Mit einer katholischen Jugendgruppe waren sie ins belgische De Haan gefahren. Die Jugendgruppe entpuppte sich als gar nicht mal so katholisch, dementsprechend ging es hoch her. Inklusive Eifersuchtsdramen. Sophie und Cordula hatten sich, mangels Interesse an einem der flaumbärtigen Bübchen, geflissentlich aus allem herausgehalten. Dramen gab es während des Schuljahres in ihrer Klasse zur Genüge, und das lag vorrangig an den Fürchterlichen Vier, wie Trixi van den Bergh und ihre Truppe hinter vorgehaltener Hand genannt wurden. Sie selbst bezeichneten sich natürlich als die Fantastischen Vier, wer von ihnen auch immer auf diesen blöden Namen gekommen war. Sie waren vom Fantastischsein ungefähr so weit entfernt wie der Nord- vom Südpol, zumindest was ihre soziale Kompetenz anbelangte. Besonders Trixi und Leonore zeichneten sich nicht durch ihre Freundlichkeit gegenüber anderen aus. Isabella und Tobias, die andere Hälfte der Gruppe der Grausamkeiten, muteten gegen die beiden beinahe harmlos an, insbesondere seit sie ein Paar waren. Nichtsdestotrotz konnten auch sie äußerst unangenehm werden, wenn sie es darauf anlegten.

Tobias bewegte sich nach seinem Kreuzbandriss vor einigen Monaten immer noch an Krücken fort und ließ sich von seiner Schar treuer Anhängerinnen seither gebührend bedauern. Sehr zu Isabellas Missfallen. Cordula gehörte nicht zu Tobias' Groupies, und auch Sophie hatte von ihrer Schwärmerei Abstand genommen, seit er sie spöttisch Monchichi genannt hatte.

Von seinen Schützlingen unbemerkt, hatte der Klassenlehrer, Herr Beck, in Begleitung zweier Jugendlicher den Klassenraum betreten und stand nun vor seinem Pult. Da niemanden seine Anwesenheit zu interessieren schien, pfiff er einmal laut durch die Zähne, um sich bemerkbar zu machen. Die schwatzenden Teenager zuckten zusammen und wandten sich um. Beck klatschte auffordernd in die Hände, und die Pubertierenden rutschten betont lässig von den Tischen, um sich noch lässiger auf die dahinter stehenden Stühle zu fläzen. Ihr Lehrer rollte nachgiebig lächelnd mit den Augen und schüttelte den Kopf.

»Liebe Güte, wenn man euch so sieht, könnte man meinen, es wär die sechste Stunde«, spottete er. »Guten Morgen erst mal.«

»Moin«, murmelten die Schüler, die eben noch wild durcheinander geredet hatten, träge. Augenscheinlich waren sie einer spontanen, kollektiven Müdigkeit zum Opfer gefallen.

»Na, ihr scheint ja schon wieder urlaubsreif zu sein«, kommentierte Herr Beck den schlappen Haufen.

»Herr Beck, kriegen wir Eis?«, bettelte Leonore und klang wie ein weinerliches Kleinkind nach einer zehnstündigen Wanderung mit Omma und Oppa.

»Sechzehn Jahre alt und noch immer keinen gescheiten Satzbau gelernt«, seufzte der Lehrer. »Und nein, es gibt kein Eis. Wär ja noch schöner.«

»Aber es ist so heiß«, stöhnte jetzt auch Isabella. *»Gibt's hitzefrei?«*

»Der Tag hat doch gerade erst angefangen«, meinte Herr Beck. *»Ganz zu schweigen vom Schuljahr. Ihr habt ja noch nicht mal den neuen Stundenplan. Und außerdem hab ich hier zwei neue Mitschüler für euch, vielleicht begrüßt ihr die mal. Entschuldigt, ihr beiden, normalerweise sind die nicht so unhöflich«*, wandte er sich an das Mädchen und den Jungen, die neben seinem Pult standen.

»Doch, sind die«, rief Tobias keck und erntete beifälliges Gelächter.

»Sprich gefälligst nur für dich und nicht für andere«, schnappte Cordula.

Tobias hob spöttisch den Augenbrauen. »Oh, fühlt sich unsere Oberstreberin auf den Schlips getreten?«, *flötete er mit zuckersüßem Unterton, und sowohl Trixi als auch Leonore prusteten los.*

»Boah, Kinder«, rief Herr Beck und klatschte erneut in die Hände. *»Kaum seid ihr fünf Minuten in einem Raum, kloppt ihr euch schon wieder. Das ist doch nicht normal.«*

Tobias zuckte gleichgültig mit den Schultern, während Cordula die Arme vor der Brust verschränkte, sauer, weil sie sich von ihrem Klassenlehrer zu Unrecht gerügt fühlte. Mürrisch nahm sie die neuen Klassenkameraden unter die Lupe. Das Mädchen war groß gewachsen und spindeldürr. Es hatte eine abweisende Miene aufgesetzt und beäugte die anderen misstrauisch. Eigentlich hatte sie ein hübsches Gesicht, fand Cordula, wenn sie nur nicht so grimmig aus der Wäsche gucken würde. Na gut, der blaue Faltenrock und die weiße Rüschenbluse waren keine modischen Highlights, ebenso wenig die kindlichen Zöpfe oder der Rotkäppchen-Bastkorb, den sie in den Händen hielt.

Obenauf entdeckte Cordula ein großes Wollknäuel, in dem zwei Stricknadeln steckten.

»Oha, eine Strickliesel«, rief Tobias, der den Inhalt des Korbs ebenfalls aus der Ferne inspiziert hatte.

Die anderen kicherten, und Herr Beck klatschte ein drittes Mal in die Hände, inzwischen mittelschwer genervt. Der Blick der frisch getauften Strickliesel blieb gleichmütig. Offenbar war sie nicht leicht zu erschüttern.

»Das ist Lisa«, stellte ihr Klassenlehrer das Mädchen vor. »Lisa Hirsefeld.«

Der Nachname sorgte für weitere Heiterkeitsausbrüche, und Beck donnerte mit der Faust aufs Pult, was augenblicklich für Ruhe sorgte. Wenn er seine Faust auf den Tisch knallen ließ, so wussten seine Schüler, war Vorsicht geboten. Gott sei Dank kam es nicht häufig vor, aber wenn es so weit war, suchte man lieber Deckung. Dass er gleich am ersten Schultag und noch vor Verkündung des Stundenplans zu seiner drastischsten Maßnahme greifen musste, verhieß nichts Gutes für den weiteren Verlauf des Jahres.

»Geht doch«, murmelte Herr Beck. »Also, das ist Lisa. Sagt ›Hallo, Lisa‹.«

»Hallo, Lisa«, nuschelten die Jugendlichen.

Lisa sagte nichts. Cordula konnte es ihr nicht verdenken, fand es aber trotzdem weder besonders klug noch höflich.

»Und das hier«, Beck deutete auf den Jungen, der betont lässig neben Lisa stand und auf einem Kaugummi herumkaute, »ist Martin Jäger.«

»Hi«, grüßte Martin und hob lässig die Hand.

Cordula hörte, wie Sophie neben ihr in Schnappatmung verfiel. Oh Gott, bitte nicht. Ihre Freundin hatte einen schweren Hang, sich grundsätzlich in die falschen Jungs zu verlieben. Mit Vorliebe in solche, die mit einem Bein im

Knast standen. Dass dieser Typ irgendwann mal dort landete, sah man schon auf den ersten Blick. Der Knabe kam sich ja so was von cool vor. So ein bisschen wie Johnny Depp für Arme, in Lederjacke und mit Motorradhelm unterm Arm. Sophie seufzte sehnsüchtig.

»Och nö«, stöhnte Cordula leise, »bitte nicht so ein Möchtegern-Rocker. Der bricht dir eh nur das Herz.«

Sophie erwiderte nichts, sondern seufzte weiter. Das konnte ja heiter werden.

***

Die ersten Wochen waren wie im Flug vergangen und der Schulalltag hatte die Klasse schneller eingeholt, als manchem lieb war. Die Fantastischen Vier hatten sich auf die arme Lisa eingeschossen und begegneten ihrer neuen Mitschülerin mit Hohn und Spott und allerlei Bösartigkeiten. Der Gipfel der Gemeinheiten war erreicht, als Leonore ihr einen der Zöpfe abschnitt. Auch wenn die meisten die Aktion insgeheim ziemlich daneben fanden, konnte Lisa nicht auf den Beistand ihrer Klassenkameraden hoffen. Die waren froh, nicht selbst Opfer der Gruppe um die spitzzüngige Trixi zu sein. Außerdem war Lisa die Neue, der man nichts schuldig zu sein glaubte, und sie tat nichts, um an diesem Zustand etwas zu ändern. Die Attacken ihrer Peiniger ließ sie mit ebensolchem Gleichmut über sich ergehen, wie sie den bemühten Freundlichkeiten des ein oder anderen Klassenkameraden begegnete. Manchmal glaubte Cordula sogar so etwas wie heimliches Amüsement in Lisas Augen glitzern zu sehen, wenn Trixi und Co sie mal wieder bloßzustellen versuchten. So als plante sie irgendetwas. Cordula hatte kürzlich »Carrie« von Stephen King gelesen und war dementsprechend latent beunruhigt. Sophie schüttelte zweifelnd und ein wenig mitleidig den Kopf, als sie ihr davon erzählte. Die musste gerade lachen, hatte sie doch ihren Sittich in die Küche verbannt, nachdem sie gemeinsam mit ihm »Die Vögel« geguckt hatte.

Sophie und Cordula, die beide eine ausgeprägte soziale Ader besaßen, hatten sich nach Leos »Friseureinlage« sehr um Lisa bemüht, bissen aber auf den sprichwörtlichen Granit. Zunächst vermuteten sie, die neue Klassenkameradin sei ihnen gegenüber einfach nur misstrauisch. Angesichts dessen, was die Fürchterlichen Vier ihr angetan hatten, war das auch nicht weiter verwunderlich. Inzwischen aber hegte Cordula den Verdacht, dass Lisa überhaupt nicht an einem guten Verhältnis zu den anderen aus der Klasse gelegen war. Sie wortkarg zu nennen, wäre noch eine Untertreibung gewesen. Man hätte meinen können, sie litte unter Mutismus. Allerdings war sie durchaus in der Lage, zumindest die Fragen der Lehrer zu beantworten, wenn es sich nicht vermeiden ließ.

»Du machst es einem schwer, dich zu mögen«, hatte Sophie Lisa erst gestern vorgehalten. Die hatte lediglich mit den Schultern gezuckt und sich wieder ihrem unvermeidlichen Strickzeug zugewandt.

Sophie hatte Cordula angeblickt und eine hilflose Geste mit den Händen gemacht, die wohl sagen sollte, dass sie alles versucht hatte. Lisa wollte ganz offensichtlich weder ihre Hilfe noch ihre Freundschaft. Oder irgendjemandes Freundschaft. Sie schien in ihrer eigenen Welt zu leben und sich selbst genug zu sein. Man kam einfach nicht an sie heran. Weder im Guten noch im Bösen.

Sonntag, 7. Juli 2013

9

Carsten erwachte mitten in der Nacht und konnte nicht wieder einschlafen. Er hatte etwas Merkwürdiges geträumt. Von Sophie, die, bewaffnet mit einem Oberschenkelknochen, Jagd auf einen Jungen machte, der doppelt so groß war wie sie. Für einen Moment musste er sich orientieren, wo er eigentlich war und was ihn hierher verschlagen hatte. Richtig, irgendein dreister Mountainbiker hatte ihn im Kothen über den Haufen gefahren, während er einen flüchtigen Jungen verfolgte. Jetzt lag er mit lädiertem Knie und einer Gehirnerschütterung in einem zu kurzen Bett im Krankenhaus. Wenigstens hatten die Kopfschmerzen nachgelassen und waren nur mehr ein dumpfes Pochen im Hintergrund. Wahrscheinlich bewirkten die Schmerzmedikamente, die man ihm verabreicht hatte, dass es ihm verhältnismäßig gut ging. Auf jeden Fall würde er nicht länger als unbedingt nötig hierbleiben, da konnten sich die Ärzte und Cordula auf den Kopf stellen. Eine weitere Nacht auf dieser dünnen Matratze und er hätte zusätzlich einen Bandscheibenvorfall. Da war sogar seine olle Couch bequemer.

Mattes und Aylin hatten ihn am frühen Abend besucht, um zu sehen, wie es ihm ging. Und um ihn auf den neuesten Stand zu bringen, was die Ermittlungen im Skelettfall und die Fahndung nach den beiden entwichenen Knaben betraf. Viel zu berichten gab es leider nicht. Die Knochen waren ins rechtsmedizinische Institut transportiert worden, wo sie darauf warteten, von einem Experten unter die Lupe genommen zu werden. Die am Fundort sichergestellten Spuren wurden ausgewertet, man hatte jedoch nicht viel Hoffnung, etwas zu finden, das ihnen bei der Identifizierung der Überreste oder desjenigen, der das Grab ausgehoben hatte, weiterhalf. Das wäre zu einfach. Wenigstens schienen auf den ersten Blick keine weiteren Überreste in unmittelbarer Umgebung des Fundorts vergraben zu liegen.

Carsten grübelte eine Weile darüber nach, warum jemand sich dazu veranlasst sah, die Knochen freizulegen. Es handelte sich schwerlich um den Zufallsfund eines Wünschelrutengängers oder eines übereifrigen Hundes. Die Spaziergänger, die von seinen Kollegen vor Ort befragt worden waren, schworen Stein und Bein, dass der Boden an dieser Stelle, auch wenn sie vom Weg aus schwer einzusehen war, am Vortag intakt gewesen sei. Also musste jemand in der Nacht zu Samstag zu Werke gegangen sein. Das tat man gewiss nicht, weil einem gerade der Sinn danach stand, den Wald umzugraben, da steckte etwas anderes dahinter. Etwas anderes als eine Putzaktion. Nur fiel ihm nicht so recht ein, was das sein mochte. Die Person – ob es mehr als eine war, musste sich erst zeigen – hatte Kenntnis davon, wo sie graben musste, was darauf hindeutete, dass sie zumindest Zeuge gewesen war, als der oder die Tote dort verscharrt worden war. Wenigstens hoffte Carsten für das Opfer, dass es zu diesem Zeitpunkt nicht mehr gelebt hatte. Die Vorstellung, lebendig begraben zu werden, bereitete ihm Unbehagen. Was immer geschehen war, der Leichnam hatte einige Jahre unentdeckt unter der Erde verbracht. Das allein war bemerkenswert und ein Glücksfall für den Täter. Was veranlasste jemanden dazu, etwas an dieser Situation ändern zu wollen? Ging es der Person um Gerechtigkeit? Falls dem so war, warum ausgerechnet jetzt? Oder gab es einen anderen Grund?

Vom vielen Nachdenken bekam Carsten allmählich Hunger. Wenn er recht überlegte, hatte er seit vorgestern Abend nichts mehr gegessen. Das Frühstück gestern Morgen hatte er notgedrungen ausfallen lassen, und danach hatte sich ihm keine Gelegenheit geboten. Wieso hatte man ihm eigentlich kein Abendbrot gebracht, fiel ihm erst jetzt auf. Durfte man mit einer Gehirnerschütterung nichts essen? Weil man sonst kotzen musste? Wahrscheinlich hatte man ihn vergessen, und er war zu erschöpft gewesen, um es zu bemerken.

Zum Glück hatte Aylin ihm eine Packung Toffifee mitgebracht. Davon lag immer ein Vorrat in ihrem Schreibtisch. Er knipste das kleine Licht über dem Bett an und stellte zu seiner Erleichterung fest, dass er allein im Zimmer war. Einer der Vorteile, die ein Privatpatient genoss, obwohl Carsten dieses Privileg normalerweise eher unangenehm war. Er riss die Plastikfolie von der Schokoladenverpackung ab und verputzte die gesamte Palette der klebrigen Karamellköstlichkeiten in Rekordzeit. Sein Magen dankte es ihm zunächst mit wohligem Knurren, bevor er sich schmerzhaft zusammenzog. Zu viel Zucker in zu kurzer Zeit. Ein Schluck Wasser wäre nicht schlecht, auch um die Karamellreste von seinen Zähnen zu entfernen. Doch offenbar hatte man es, neben dem Abendbrot, ebenso versäumt, ihm etwas zu trinken bereitzustellen. So viel zum Thema Privilegien eines Privatpatienten. Wo war denn die Schnabeltasse, die Cordula ihm so brutal in den Mund gerammt hatte? Auf dem Nachttisch stand sie nicht. Kurz überlegte er, nach der Nachtschwester zu klingeln, entschied sich dann aber, stattdessen den Weg ins Badezimmer anzutreten. Er musste ohnehin pinkeln, da konnte er gleich zwei Fliegen mit einer Klappe schlagen. Zwar hatte die diensthabende

Stationsärztin ihm verboten aufzustehen und ihm zur Verrichtung seiner Notdurft eine Plastikflasche bringen lassen, aber die zu benutzen, fand Carsten zu erniedrigend. Er war schließlich kein Tattergreis.

Vorsichtig setzte er sich auf die Bettkante und hockte eine Weile da, ehe er es wagte, aufzustehen. Natürlich hatten weder Cordula noch Sophie daran gedacht, ihm einen Schlafanzug und Schlüffchen mitzubringen, so dass er gezwungen war, den Weg zum Bad barfuß und gehüllt in das obligatorische Flügelhemd zurückzulegen. Wenigstens hatte man ihm seinen Schlüpfer und damit einen kleinen Rest Würde gelassen. Er klammerte sich an den Infusionsständer und schlurfte langsam in Richtung Badezimmertür. Sein Knie war angeschwollen, wie er mit einem Blick nach unten feststellte, aber solange er das Bein nicht übermäßig belastete, ließ es sich aushalten. Nachdem er bis ins Bad gehumpelt war, füllte er den Zahnputzbecher, der auf der Ablage über dem Waschbecken bereitstand, mit Wasser und trank gierig einige Schlucke. Anschließend erleichterte er seine Blase – im Stehen, was zu Hause einen Eklat mittelschweren Ausmaßes herbeigeführt hätte. Aber immerhin hatte er ein schlimmes Knie, da konnte er auf die Etikette oder die Befindlichkeiten gewisser Damen keine Rücksicht nehmen. Außerdem bekam Cordula es sowieso nicht mit. Die amüsierte sich mit Sophie auf ihrem Klassentreffen.

Während Carsten zurück in das unbequeme Krankenhausbett kroch, erinnerte er sich an sein eigenes Jahrgangsstufentreffen vor zwei Jahren anlässlich des zwanzigsten Abiturjubiläums. Er war gerade mit Cordula zusammengezogen und hatte keine Augen für seine ehemaligen Schulkameradinnen. Die hatten ihn schon zu Schulzeiten nur mäßig interessiert. Aber einige seiner Mitschüler hatten es an jenem Abend ordentlich krachen lassen. Er wollte lieber nicht wissen, wie viele Ehen anschließend in die Brüche gegangen waren. Hoffentlich stellte Cordula keinen Unfug an und ließ sich mit einem Typen aus ihrer Klasse ein. Einen, in den sie damals heimlich verliebt war. Ach nein, fiel Carsten zu seiner Erleichterung ein, sie hatte ja schon früher für ihn geschwärmt. Und nun, da sie vermeintlich am Ziel ihrer Kleinmädchenträume angelangt war, zögerte sie. Er verstand nicht, was in den Frauen vorging. Hatte er nie, obwohl er viel Zeit mit seiner Schwester verbracht hatte. Aber die war ein schwer zu durchschauender Sonderfall. Die wusste meist selbst nicht, was in ihr vorging.

Während er darüber nachsann, ob es an ihm lag oder an den Frauen, fielen ihm die Augen zu. Er sank in einen traumlosen Schlaf, aus dem er nur wenig später unsanft von einem Pfleger der Frühschicht geweckt wurde, der ihm froh gelaunt ein »Guten Morgen« entgegen schmetterte, als er mit einer Waschschüssel auf dem Arm ins Zimmer polterte. Zu Carstens Entsetzen war der junge Mann damit beauftragt, ihm bei der morgendlichen Körperpflege behilflich zu sein. Es kam zu einem kurzen Gerangel um den Waschlappen, das der Pfleger überraschenderweise für sich entschied. Widerwillig ergab sich Carsten in sein Schicksal und ließ sich einseifen und abrubbeln.

»Ich hab's im Kopf und im Knie, nicht in den Händen, und im Bad war ich auch schon«, wagte er einen Einwurf, der ignoriert wurde.

»So, fertig«, verkündete der Pfleger und betrachtete stolz sein Werk, das Carsten schnell mit der Bettdecke vor neugierigen Blicken verbarg.

Keine Sekunde zu früh, denn schon stürmte ein junges Mädchen »Frühstück« trällernd herein und knallte das

Tablett auf den Ablagetisch des Nachtschränkchens.

»Zum Mittagessen gibt's für Sie Roulade mit Klößen, weil Sie hatten ja gestern nix angekreuzt«, verkündete sie.

Ohne eine Antwort abzuwarten, wendete sie auf quietschenden Gummisohlen und fegte aus dem Raum, dicht gefolgt vom Pfleger, der vermutlich den nächsten Patienten mit einem hoffentlich frischen Waschlappen beglücken wollte.

»Ich konnte ja auch nix ankreuzen, man hat mir ja nix zum Ankreuzen gegeben«, rief Carsten ihr hinterher, obwohl er Roulade mit Klößen als Trostpreis durchaus akzeptabel fand.

Im Gegensatz zur Auswahl des Frühstücks, wie er beim Anheben des Deckels feststellte. Eine einsame Schnitte Graubrot wartete darauf, dünn mit einem Päckchen Butter, einem winzigen Töpfchen Marmelade und einer löchrigen Scheibe Käse, die sich trotz der frühen Stunde bereits an den Rändern wellte, belegt zu werden. Für den Preis, den seine Krankenversicherung für das Zimmer nebst Service bezahlen musste, fand Carsten die Auswahl ein bisschen mager. Immerhin gab es ein gekochtes Ei. Das allerdings war hart wie Zement und ließ sich nur unter großem Protest von seiner Schale befreien. Wenn man es auf den Boden warf, prallte es vermutlich wie ein Flummi ab. Salz suchte er auf dem Tablett vergeblich, ebenso wie eine Tasse Kaffee oder wenigstens Tee. Er drückte den Klingelknopf.

Kurze Zeit später steckte eine Schwester den Kopf zur Tür herein.

»Ja?«, lächelte sie.

»Könnte ich bitte eine Tasse Kaffee haben?«, fragte Carsten höflich. »Mit Milch? Und etwas Salz?«

Das Lächeln auf ihrem Gesicht fror ein wenig ein,

war aber noch rudimentär vorhanden. »Ja, können Sie«, flötete sie mit unverhohlenem Sarkasmus in der Stimme, den Carsten leicht konsterniert zur Kenntnis nahm. »Bring ich Ihnen. Das ist allerdings eine Notfallklingel und keine Serviceklingel.«

Sie schien die Fragezeichen zu bemerken, die sich hinter seiner Stirn bildeten. »Ich bin Krankenschwester und keine Hotelfachkraft«, klärte sie ihn auf, drehte sich auf dem Absatz um und knallte die Tür hinter sich zu.

Und ich bin Patient und kein Tourist, wollte Carsten ihr hinterherrufen und dass es sich durchaus zu einem Notfall auswachsen konnte, wenn er seine morgendliche Dosis Koffein nicht bekam. Sich allein zu waschen, ging über seine Kräfte, aber seinen Kaffee konnte er sich gefälligst selbst holen, oder wie hatte er diesen Auftritt zu verstehen? Einige Sekunden später wurde die Tür wieder aufgerissen und die junge Frau, die das Frühstück gebracht hatte, stellte ihm eine dampfende Tasse auf den Nachttisch. Die Krankenschwester, die keine Hotelfachkraft war, zog es offenbar vor, nicht mehr in seine Nähe zu kommen. War auch besser so – für beide Seiten.

Er schmierte sich sein Brot, mümmelte es langsam und spülte die im Hals stecken gebliebenen Krümel mit einem ordentlichen Schluck Kaffee hinunter. Die erbetene Milch fehlte natürlich, dafür hatte die freundliche Schwester eine ordentliche Portion Salz hinzugefügt. Herzlichen Dank auch. Er musste lernen, sich präziser auszudrücken.

Dieses sogenannte Frühstück sättigte ihn nicht im Mindesten, im Gegenteil, er war hungriger als vorher. Den Inhalt der Packung Toffifee hatte er ja leider längst verdrückt. Während Carsten darüber nachgrübelte, ob es zu dreist wäre, sich eigenmächtig auf die Suche nach einem Nachschlag zu machen – klingeln durfte er ja nur im Notfall –, wurde die Tür zu seinem Zimmer schon wieder aufgerissen. Meine Güte, hier ging es zu wie auf dem Hauptbahnhof.

Zu seiner Freude erblickte er seine Kollegin Aylin Öner, die auf sein Bett zumarschierte. Etwas langsamer und ziemlich müde wirkend schlich Kriminalhauptkommissar Paul Mattuschek hinterdrein. Aylin warf dem Rest seines Frühstücksbrots einen vernichtenden Blick zu und hielt eine Papiertüte mit dem Aufdruck seiner Lieblingsbäckerei in die Höhe.

»Hab ich mir gedacht, dass sie dich hier nicht ordentlich verköstigen«, verkündete sie.

»Ach, meine allerliebste Lieblingskollegin, ich könnte dich küssen«, ließ sich Carsten zu ungewohnter Herzlichkeit hinreißen.

»Hast du schon Zähne geputzt?«, wollte sie wissen.

Statt einer Antwort ließ er sein Haifischlächeln aufblitzen, das jeden ungeputzten Zahn sofort entlarvt hätte. Der freundliche Pfleger hatte nicht nur untenrum ganze Arbeit geleistet. Trotzdem verzichtete Aylin dankend auf einen Kuss.

»Wie geht's denn so?«, fragte sie.

»Och, muss.«

»Doch so schlimm?«, meinte Mattes und schlug Carsten zur Begrüßung auf die Schulter.

»Aua, willst du mir den Rest geben, du Grobian? Ich liege quasi auf dem Totenbett.«

»Ja, man sieht's. Bist auch schon leichenblass.«

»Das macht die gelbe Bettdecke. Die ist unvorteilhaft für den Teint.«

»Und wie geht's dir nun wirklich?«, mischte sich Aylin ein.

»Gut genug, dass ich mich nach dem Mittagessen vom Acker mache«, verkündete Carsten.

»Warum erst nach dem Mittagessen?«, fragte Mattes.

»Es gibt Roulade mit Klößen.« Einer weiteren Erklärung bedurfte es da nicht. Und wenn die freundliche Schwester ihm wieder eine Überraschung untermischte, würde er ihr eine Nacht in Gewahrsam spendieren. Inklusive Knastfrühstück. »Was treibt euch eigentlich so früh schon um? Doch sicherlich nicht die Sorge um meinen Gesundheitszustand.«

»Äh, nein ... also das natürlich auch. Wir wollten dich nur eben auf den neuesten Stand bringen«, erklärte Mattes.

»Ach, habt ihr die entfleuchten Burschen etwa erwischt? Oder den, der die Knochen ausgebuddelt hat?« Oder den bescheuerten Mountainbiker, aber der war zurzeit maximal zweitrangig.

»Weder das eine noch das andere. Gestern Abend hat es noch einen kleinen ... Zwischenfall gegeben.« Mattes verstummte und sah betreten zu Boden.

»Was für einen Zwischenfall? Drück dich mal ein bisschen klarer aus«, verlangte Carsten.

Mattes warf Aylin einen flehenden Seitenblick zu, damit sie dem Kollegen Kantner die Botschaft übermitteln möge. Aylin seufzte und fragte sich, warum Mattes ihr immer den Schwarzen Peter zuschob. Na ja, immerhin hatte er sie gestern Nacht nicht aus dem Bett geklingelt, sondern ihr erst vor einer Stunde die frohe Kunde übermittelt.

»Ja, also bei dem Klassentreffen von Sophie und Cordula ...«, druckste sie herum. Wurde der Überbringer schlechter Nachrichten nicht immer geköpft?

»Was ist passiert?«, fragte Carsten, in höchste Alarmbereitschaft versetzt.

»Es hat einen Mord gegeben«, rückte Aylin endlich mit der Sprache heraus. »Eine Mitschülerin von Cordula und deiner Schwester. Und, tja, rate mal, wer die Tote gefunden hat.«

10

Auch Sophie hatte in dieser Nacht kaum Schlaf gefunden. Erst nach zwei Uhr morgens war Mattes endlich gegangen, und Cordula und sie waren ins Bett getaumelt. Gegen drei Uhr zog Sophie entnervt auf die Couch um. Sie entsann sich nicht, dass Cordula im Schlaf je solche Geräusche von sich gegeben hatte. Dagegen war Bens gelegentliches Schnauben die reinste Wohltat. Wie ertrug Carsten das nur? Vielleicht waren Männer diesbezüglich weniger empfindlich.

Obwohl im Wohnzimmer endlich Ruhe herrschte, fiel es ihr schwer, abzuschalten. Ihre Gedanken kreisten unaufhörlich um Lisa und die Tatsache, dass ihr höchstwahrscheinlich einer ihrer früheren Klassenkameraden eine Stricknadel ins Herz gerammt hatte. Ein wenig war es wie in diesem albernen Detektivspiel, das bei Kindergeburtstagen beliebt war. Einer wurde nach draußen geschickt und musste warten, während drinnen Musik lief. Irgendwann fingen alle an zu kreischen, und derjenige wurde hereingeholt, um eine »Leiche« zu finden. Nun musste er erraten, wer von den anderen die Person ermordet hatte. Im vorliegenden Fall hatte jedoch nicht der Detektiv den Raum verlassen, sondern das Opfer, was die Sache nicht leichter machte.

Sophie versuchte krampfhaft, sich zu erinnern, ob und wer gestern wann hinausgegangen war, aber ein großer Teil des Abends schien hinter einer Nebelwand verschwunden zu sein. Dabei funktionierte ihr Gedächtnis für gewöhnlich ausgezeichnet. So viel hatte sie doch gar nicht getrunken. Aber sie nahm äußerst selten Alkohol zu sich, was unweigerlich dazu führte, dass es keiner großen Menge bedurfte, um ihr Gedächtnislücken zu bescheren.

Beatrix und Pfeffi waren im Verlauf der Feier einige Male nach draußen gegangen, um zu rauchen. Das wusste sie noch, weil Trixi scherzhaft meinte, sie würden den Raucherraum zum Rauchen verlassen müssen. Aber Sophie erinnerte sich auch, die beiden während des Vorfalls mit den Junggesellen im Raum gesehen zu haben. Nein, das stimmte nicht ganz. Beatrix war irgendwann hinausgegangen, um ihre Mitarbeiter zu holen und die Polizei anzurufen. Hätte die Zeit ausgereicht, um sich zusätzlich auf die Toilette zu schleichen, einen Mord zu begehen und sich wieder zu ihnen zu gesellen? Eher nicht. War Beatrix überhaupt zurückgekehrt? Oder hatte sie den Raum erst wieder gemeinsam mit den Polizisten betreten? Sophie hatte nicht darauf geachtet.

Was war mit den anderen? Martin hatte den ganzen Abend wie ein Kaugummi an Lisa geklebt. Warum war ihm dann nicht aufgefallen, dass sie den Raum verlassen hatte? Oder war es ihm aufgefallen, und er hatte es absichtlich nicht erwähnt? Weil er ihr gefolgt war, in der Hoffnung auf eine schnelle Nummer auf dem Klo? Hatte Lisa ihn dort in seine Schranken gewiesen und ihre Ablehnung mit dem Leben bezahlt? Sophie vermochte sich ihren Ex-Freund nicht als kaltblütigen Mörder vorzustellen, egal, wie wenig sie von ihm hielt. Andererseits wusste sie nicht, wie verzweifelt er nach einer Idee für seinen neuen Krimi suchte. Vielleicht griff ein Autor zu solch drastischen Maßnahmen, wenn die Muse den inspirierenden Kuss verweigerte.

Oder war nicht Martin, sondern Tobias Lisa heimlich auf die Toilette gefolgt, um sein Glück bei ihr zu versuchen? Er hatte sich ebenfalls für sie begeistert, obwohl er wieder mit Isabella zusammen war. Isabella hatte früher zur Eifersucht geneigt. Heute machte sie einen eher abgeklärten Eindruck. Hätte sie sich trotzdem hinreißen lassen, Lisa zu töten, nur weil Tobias ein bis zwei Augen auf die ehemalige Klassenkameradin geworfen hatte? Das erschien Sophie dann doch zu abwegig. An Isabellas Stelle hätte sie sich eher Mr. Stielauge vorgeknöpft. Außerdem erinnerte sie sich daran, dass Isabella die wild gewordenen Junggesellen im Verlauf des Tumults mehrfach darauf hingewiesen hatte, dass sie von der Staatsanwaltschaft war. Demnach war sie ebenfalls im Raum gewesen.

Was war mit Spießi? Bastian Spieß wurde damals hinter vorgehaltener Hand der Unsichtbare genannt, weil er es irgendwie fertigbrachte, stets unter dem Radar zu fliegen. Dass er mit dieser Fähigkeit Pilot geworden war, erschien naheliegend, auch wenn Sophie ihm solchen Wagemut nicht zugetraut hätte. Aber was wusste sie schon von ihm? Genauso gut könnte er ein Geheimagent sein. Diese Idee gefiel ihr. Eine Art 007, der eine private Feier besucht und dort eine seit langem gesuchte feindliche Spionin – Lisa, die natürlich nicht Lisa war – entdeckt, die er kurzerhand mit ihrer eigenen Stricknadel durch einen tödlichen Stich ins Herz beseitigt. Was Lisa zu einer Art bösem Bond-Girl machte. Oder in diesem Fall zu einer Spießgesellin.

Jetzt gehen mal wieder die Pferde mit dir durch, dachte Sophie und musste grinsen. Weder Spießi noch Lisa waren Agenten zweier feindlicher Regierungen. Aber allein die Vorstellung war faszinierend. Und immerhin hatte Lisa tunlichst vermieden, mehr als unbedingt nötig von sich preiszugeben. Das war zwar verdächtig, bedeutete aber nicht, dass sie von einem Geheimdienst war. Und als Mordmotiv taugte es auch nicht. Vielleicht ging es ja nicht um das, was sie verheimlicht hatte, sondern um etwas, das sie gesagt hatte. Dumm nur, dass Sophie keine Ahnung hatte, was das sein konnte. Sie hatten kaum drei Worte miteinander gewechselt, und die waren so belanglos gewesen, dass sich daraus wahrhaftig kein Grund für einen Mord stricken ließ.

Beim Thema »Stricken« kam ihr die Mordwaffe wieder in den Sinn. Trixi hatte Lisa die Stricknadeln überreicht. War sie der Klassenkameradin am Ende doch gefolgt, um sie zu ermorden? Waren die Geschenke für die anderen nur schmückendes Beiwerk, um vom Mordwerkzeug abzulenken? Das klang beinahe ebenso abwegig wie die Geheimagententheorie.

Egal, wie sehr Sophie sich das Hirn zermarterte, mehr fiel ihr nicht ein. Jeder von ihnen hatte zwischendurch den Raum verlassen, um zur Toilette (nicht zum Morden) oder eine rauchen zu gehen. Solange nicht klar war, wann genau Lisa getötet worden war – und exakt auf die Minute vermochte auch der beste Rechtsmediziner keinen Todeszeitpunkt zu bestimmen –, konnte jeder von ihnen die Gelegenheit genutzt haben.

***

Nach ihrer Stippvisite im Krankenhaus waren Aylin und Mattes ins Präsidium gefahren. Carsten hatte die Neuigkeiten um seine Schwester beängstigend gelassen hingenommen. Wahrscheinlich war er infolge seines gestrigen Sturzes auf den Kopf noch nicht wieder bei klarem Verstand.

Im Besprechungsraum trafen sie auf eine Handvoll Beamter, die sich an diesem Sonntag zur Sonderkommission

»Skelett« zusammengefunden hatten. Viel Neues gab es nicht zu vermelden. Man musste die Ergebnisse der Spurensuche und die rechtsmedizinische Untersuchung der Knochen abwarten. Erfahrungsgemäß würde dies einige Tage, wenn nicht gar Wochen, dauern. Solange an dieser Front nichts geschah, waren ihnen quasi die Hände gebunden. Ein Kollege, Gerd Schröder, schlug deshalb vor, sich zunächst mit dem Verschwinden der beiden JVA-Insassen, Tim Sperling und Justin Bielefeld, zu befassen. Möglicherweise ergab sich auf der Schiene etwas Brauchbares. Mattes nickte zustimmend. Solange nichts anderes anlag, war dies die beste Idee. Außerdem wollte er die beiden Jungen schnellstmöglich wieder hinter Schloss und Riegel wissen. Er ließ Schröder, der ihnen in der Vergangenheit schon etliche Male geholfen hatte, freie Hand, sich um alles Weitere zu kümmern.

Im aktuellen Mordfall Lisa Hirsefeld war das Team der Kriminaltechnik noch im Einsatz in der Sonderbar, und das Opfer wartete im rechtsmedizinischen Institut auf die Sektion. Die Kollegen der Streife, die den von zwei rivalisierenden Junggesellenabschieden verursachten Tumult in der Kneipe aufgelöst hatten, hatten ihre Berichte eingereicht. Diejenigen Männer, die nüchtern genug für verständliche Worte gewesen waren, hatten zerknirscht eingestanden, dass der Überfall eine ganz, ganz dumme Idee gewesen sei. Wer von ihnen diese ganz, ganz dumme Idee gehabt hatte, ließ sich nicht mehr rekonstruieren, beide Gruppen schoben sich gegenseitig die Schuld zu. Da zum Zeitpunkt der Befragung die Leiche von Lisa Hirsefeld noch nicht entdeckt worden war, gab es dahingehend keine Aussagen der Junggesellen. Mattes beauftragte zwei Kollegen, sich darum zu kümmern.

Für einen Sonntag war es zu früh, die bekannten Zeugen und potentiellen Verdächtigen einer erneuten Befragung zu unterziehen, zumal die meisten von ihnen erst ihren Rausch ausschlafen mussten. Aylin und Mattes beschlossen, sich zunächst in Lisa Hirsefelds Wohnung umzusehen. Vielleicht fanden sie dort einen Hinweis darauf, wer der Frau nach dem Leben getrachtet hatte und warum. Angehörige hatten sie bis jetzt nicht aufgespürt.

In Mattes' Dienstwagen fuhren sie die kurvenreiche Oberbergische Straße hinauf bis zur Bundeshöhe. Lisa Hirsefeld hatte in einem kleinen Haus etwas abseits der Straße gewohnt. Ein Türmchen, das sich von der Mitte des Dachs in den Himmel reckte, verlieh dem Gebäude ein leicht verwunschenes Aussehen. Linker Hand erstreckte sich ein Grünbereich, der schon längere Zeit keinen Rasenmäher gesehen hatte. Rechts vom Haus stand ein heruntergekommener Schuppen, der größer wirkte als das Häuschen selbst. Neben dem Eingangsbereich entdeckten die Kommissare ein überdachtes Außengehege, in dem sich vier oder fünf Kaninchen tummelten. Aylin notierte im Geiste, sich um eine Unterbringung für die Tiere zu kümmern. Mit dem Schlüssel aus Lisa Hirsefelds Handtasche, die auf der Damentoilette der Sonderbar sichergestellt worden war, verschafften sie sich Einlass und betraten einen langen, schmalen Flur. Über eine Stiege gelangte man ins Turmzimmer. Es gab ein winziges Duschbad, eingerichtet im Stil der Achtzigerjahre, eine recht geräumige Küche sowie Wohn- und Schlafzimmer.

Mattes überließ Aylin die Durchsuchung des Schlafzimmers und nahm sich das Wohnzimmer vor. Der kleine Raum war behaglich im britischen Landhausstil möbliert, und der Hauptkommissar fühlte sich schlagartig in einen Agatha-Christie-Roman katapultiert. Fast erwartete er, Miss Marple auf dem geblümten Sofa sitzen zu sehen, eifrig strickend, mit einem Korb voller Wollknäuel neben sich. Dabei kam ihm unweigerlich die Mordwaffe in den Sinn. Ob der Mörder mit der Stricknadel eine Botschaft hinterlassen wollte? Immerhin trug das Opfer zu Schulzeiten den Spitznamen »Strickliesel« und war während eines Klassentreffens getötet worden. Was immer man davon halten mochte. Oder war die Stricknadel einfach greifbar gewesen und hatte keine tiefer gehende Bedeutung?

Ihrem Hobby von früher schien Lisa Hirsefeld jedenfalls nicht mehr nachzugehen, denn Mattes konnte weit und breit nichts aus Wolle entdecken, nicht mal eine Wolldecke. Irgendwann flaute wohl jede Jugendleidenschaft ab. Er selbst hatte früher mit Hingabe alles gesammelt, was mit Hunden zusammenhing. Sehnlichst hatte er sich ein lebendiges Exemplar gewünscht, was seine Eltern stets mit einem verständnislosen Kopfschütteln abgetan hatten. Nachdem er seine erste eigene Wohnung bezogen hatte, führte ihn sein Weg sogleich ins örtliche Tierheim, um sich seinen großen Traum endlich zu erfüllen. Leider stellte sich heraus, dass Mattes unter einer heftigen Tierhaarallergie litt, die es ihm unmöglich machte, sein Heim mit einem felltragenden Mitbewohner zu teilen, und damit auch seine Sammelleidenschaft abrupt einschlafen ließ.

Aber Lisa Hirsefeld würde vermutlich keine Allergie gegen Wolle entwickelt haben. Obwohl es heutzutage Allergien gegen Dinge gab, von denen Mattes noch nie gehört hatte. Allerdings war die Frau nicht an einem anaphylaktischen Schock gestorben, weshalb sich Gedanken darüber machen, ob sie an irgendwelchen Unverträglichkeiten litt? Mattes sah sich ratlos um und fragte sich, wo er mit der

Suche beginnen sollte. Zwar war der Raum überschaubar, aber wenn man nicht wusste, wonach man suchte … Ein Tagebuch wäre nicht schlecht, am besten eines, in dem das Opfer akribisch seine Feinde nebst Motiven aufgelistet hatte. Doch so etwas gab es nicht mal im Roman.

Der Hauptkommissar zog ein Fotoalbum aus einem der Regale und blätterte darin. Die Bilder waren älteren Datums und leicht gelbstichig. Sie zeigten – so man den handgeschriebenen Kommentaren darunter vertrauen konnte – Lisa Hirsefeld als Baby auf dem Arm ihrer Mutter, ihres Vaters, der Oma, dem Opa und wer sich sonst nicht hatte wehren können, das kleine Bündel Mensch aufgedrängt zu bekommen. Den Gesichtern der meisten Erwachsenen nach zu urteilen, schien keiner von ihnen sonderlich erpicht darauf gewesen zu sein. Jedenfalls guckten alle so verkniffen in die Kamera, als hätten sie, unmittelbar bevor der Fotograf auf den Auslöser gedrückt hatte, in eine unreife Zitrone gebissen. Ob Lisa eine glückliche Kindheit gehabt hatte mit all den schlecht gelaunt wirkenden Menschen um sich herum? Oder wurden sie nur nicht gern fotografiert? Mattes blätterte weiter, doch der Reigen der Baby- und Kleinkindfotos wollte kein Ende nehmen. Hier würde er bei seiner Suche nach einem möglichen Mordmotiv kaum fündig werden.

Er betrachtete die Bücher, die ordentlich und offenbar thematisch sortiert im Regal standen. Neben einigen Romanen, bei denen es sich den Titeln nach um historische Liebesgeschichten der Kategorie »Der Herzog und die Küchenmagd« handelte, entdeckte er eine ganze Reihe esoterischer und heilkundlicher Fachliteratur. Vom Kartenlegen über Handlesen bis hin zur Herstellung von Heilsalben und anderen nützlichen homöopathischen Mittelchen war alles dabei. In den Schubladen eines wunderschönen alten Apothekerschranks fand er die dazugehörigen Utensilien. Offenbar war Lisa Hirsefeld vom Stricken aufs Pendeln umgestiegen. Oder aufs Kartenlegen. Vielleicht hatte sie jemandem die Zukunft vorhergesagt, und derjenige war mit der Prognose nicht zufrieden gewesen. Zugegeben, das war ziemlich weit hergeholt, aber Mattes hatte in seiner beruflichen Laufbahn schon alles erlebt. In seiner *jahrzehntelangen* beruflichen Laufbahn, wie Sophie so freundlich angemerkt hatte. Apropos berufliche Laufbahn: Womit hatte Lisa Hirsefeld ihren Lebensunterhalt verdient? Doch nicht ernsthaft mit Kartenlegen und Zukunftvorhersagen.

Die Klassenkameraden hatten ausgesagt, dass die Frau eine Ausbildung zur Physiotherapeutin absolviert hatte, aber im Wohnzimmer fand sich kein Hinweis darauf, ob sie dieser Tätigkeit weiter nachging. Ansonsten hatte Lisa Hirsefeld wenig von sich preisgegeben. Es sei denn, einer von ihnen oder alle gemeinsam hatten aus irgendeinem Grund gelogen. Aber weshalb sollten sie das tun? Selbst Sophie und Cordula konnten nicht mehr sagen, und die hatten garantiert nichts zu verbergen oder etwas mit dem Mord zu schaffen. Abgesehen von der Tatsache, dass Sophie mal wieder die Leiche gefunden hatte. Das wuchs sich mittlerweile zu einer Art Running Gag aus, auch wenn es weit davon entfernt war, lustig zu sein.

Nachdem Mattes nach seinem Dafürhalten alles inspiziert hatte, begab er sich in die Küche, um diese ebenfalls einer genaueren Prüfung zu unterziehen. Im Vergleich zum Wohnzimmer wirkte sie unverhältnismäßig groß. Mattes bemerkte in der Raummitte einen Stützbalken unter der Decke und vermutete, dass es sich ursprünglich um zwei Räume gehandelt hatte. Während auf der rechten Seite sämtliche Elektrogeräte und die Spüle ihren Platz fanden, standen auf der anderen ein großer Esstisch aus Eiche, dazu sechs Stühle sowie ein alter, aufgearbeiteter Geschirrschrank. Der obere Teil war mit Glastüren versehen, und Mattes erkannte dahinter eine Vielzahl getrockneter Kräuter und sorgfältig beschrifteter Einmachgläser. Konserven oder Tütensuppen, die sich in seiner Küche zuhauf fanden, suchte er in den anderen Schränken vergebens. Von Fertigprodukten hatte Lisa Hirsefeld offenbar nicht viel gehalten. Ansonsten gab es auch hier nichts Interessantes zu entdecken.

Er verließ die Küche und gesellte sich zu Aylin, die im Schlafzimmer dabei war, sich durch die Habseligkeiten des Opfers zu wühlen. Als sie Mattes bemerkte, hob sie fragend die Augenbrauen. Er schüttelte in stummem Bedauern den Kopf – er hatte nichts von Belang entdeckt.

»Und bei dir?«, fragte er.

»Sie hat anscheinend vorgehabt zu verreisen«, sagte Aylin und deutete auf einen halb gepackten Koffer. »Im vorderen Fach habe ich ihren Reisepass und ein Flugticket nach Samoa gefunden. Nur Hinflug am Mittwochnachmittag, es gibt kein Rückflugticket.«

»Wollte sie sich ins Ausland absetzen?«

Die Oberkommissarin zuckte mit den Schultern. »Keine Ahnung. Sieht fast so aus. Obwohl ansonsten nichts darauf hindeutet, dass sie hier ihre Zelte abbrechen wollte.«

»Vielleicht wollte sie vor etwas fliehen. Oder vor jemandem«, sinnierte Mattes.

»Möglich. Aber vor was oder wem?«

»Tja, wenn wir das wüssten, wären wir dem Täter vermutlich einen Schritt näher, meinst du nicht?«

»Vermutlich«, murmelte Aylin.

Sie mussten herausfinden, wo oder bei wem Lisa Hirsefeld in Samoa hatte unterkommen wollen. Weitere Reiseunterlagen, wie etwa eine Hotelbuchung, hatte sie weder im Koffer noch sonst irgendwo in dem spärlich eingerichteten Schlafzimmer entdeckt. Sie fragte Mattes, doch er hatte in den anderen Zimmern ebenfalls nichts dergleichen gefunden.

»Warst du schon in dem Türmchen?«, fragte er und deutete mit dem Daumen nach oben.

Aylin nickte. »Das ist so eine Art Nähzimmer. Ziemlich winzig. Viel mehr als eine alte Nähmaschine von anno pief, einem Stuhl und einer Truhe, in der sich Unmengen an Stoffen befinden, gibt's da nicht. Ach doch, ein altes Fernrohr stand in einer Ecke, total eingestaubt.«

»Schade. Einen Computer oder einen Laptop hast du nicht entdeckt?«, fragte Mattes, der diese Geräte im Wohnzimmer vermisst hatte.

»Weder das eine noch das andere«, meinte Aylin bedauernd.

»Aber nach einem Einbruch sieht es hier nicht aus, oder?« Die Oberkommissarin sah sich sicherheitshalber um, ob ihnen etwas entgangen war. Aber nichts deutete auf ein gewaltsames Eindringen hin. Entweder hatte sich jemand mit einem Schlüssel Zutritt verschafft, oder es hatte hier nie einen Computer oder Ähnliches gegeben.

»Vielleicht hatte die Dame es nicht so mit der modernen Welt«, mutmaßte Mattes.

»Immerhin besaß sie ein Smartphone.«

»Vielleicht steht das Hightech-Equipment im Schuppen neben dem Haus.«

»Der sieht eher aus, als würde er demnächst in sich zusammenfallen. Da würde ich nichts Wertvolles aufbewahren.«

»Lass ihn uns trotzdem anschauen«, schlug Mattes vor.

Die beiden Kommissare verließen das Haus und liefen zum Schuppen, der mit einem großen Vorhängeschloss an der Tür gesichert war. Der dazugehörige Schlüssel fehlte, also zog und zerrte Mattes an der altersschwachen Tür, bis das verrostete Scharnier, an dem das Schloss befestigt war, nachgab.

»Du Bulle«, meinte Aylin und nickte anerkennend.

»Hey, keine Beamtenbeleidigung«, grinste Mattes, ein wenig stolz auf seine Manneskraft.

Im Schuppen war es stockdunkel, und es roch, als hätte dort kürzlich jemand das Zeitliche gesegnet. Ein Tier hoffentlich, weder Aylin noch Mattes hatten Lust auf eine weitere Leiche. Neben der Tür entdeckte die Oberkommissarin einen Lichtschalter. Es dauerte einige Sekunden, ehe eine Neonleuchte an der Decke flackernd ansprang. Wie vermutet, suchten sie auch hier vergebens nach einem Computer. Es befanden sich lediglich Gartengeräte wie ein Rasenmäher, einige Harken und Schaufeln, eine Schubkarre sowie ein großer Beutel mit Trockenfutter, Heu und ein Winterlager für die Kaninchen im Schuppen. Die Quelle des unangenehmen Geruchs entpuppte sich als ein verendeter Marder, der im hinteren Bereich sein Leben ausgehaucht hatte. Obwohl weder Aylin noch Mattes große Erwartungen gehegt hatten, hier etwas von Belang zu entdecken, waren sie enttäuscht. Die Oberkommissarin rief beim Ordnungsamt an, in der Hoffnung, dass sich jemand um die Tiere – die lebenden und das tote – kümmerte.

»Ob es Sinn macht, die Nachbarn zu befragen?«, überlegte Mattes. »Schließlich ist sie nicht hier umgebracht worden.«

»Warum nicht?«, meinte Aylin. »Schaden kann es jedenfalls nicht. Vielleicht ist ihnen ja in letzter Zeit etwas Ungewöhnliches aufgefallen. Oder sie hat jemandem von ihren Reiseplänen erzählt.«

11

Aylins und Mattes' Kollege Gerd Schröder hatte sich wie vereinbart auf die Spur der beiden JVA-Flüchtlinge Tim Sperling und Justin Bielefeld begeben. Zunächst entschied er, den jeweiligen Eltern der Jungen einen Besuch abzustatten. Vom Leiter der JVA bekam er die Adressen und Telefonnummern. Zu Schröders großem Erstaunen traf er in Tim Sperlings Elternhaus eine fremde Familie an, die erklärte, seit etwa einem Dreivierteljahr in dem Reihenendhäuschen zu wohnen. Wohin die Leute gezogen waren, die vorher hier gelebt hatten, wussten sie leider nicht. Vielleicht könnten die Nachbarn weiterhelfen.

Schröder ging eine Tür weiter und klingelte. Nach einer gefühlten Ewigkeit erschien eine ältere Dame. Der Polizist stellte sich und sein Anliegen höflich vor. Die Frau Sperling sei weggezogen, erklärte die Nachbarin, deren Kopf bedenklich in einem Takt wackelte, den wohl nur sie hörte. Die habe die Blicke der anderen nicht mehr ertragen. Wegen dem Tim, flüsterte sie konspirativ. Der säße ja im Knast, aber das wüsste der Herr Wachtmeister ja sicherlich. Die arme Frau Sperling, fuhr die Nachbarin kopfwackelnd fort, der Mann so früh an Krebs gestorben und dann der Kummer mit dem Jungen. Die Frage, wohin die arme Frau Sperling gezogen war, konnte die alte Dame leider nicht beantworten, ebenso wenig drei weitere Nachbarn, bei denen Schröder vorstellig wurde. Da musste er wohl morgen früh das Einwohnermeldeamt bemühen. Aber seltsam war es schon, dass sie die JVA nicht über ihren Umzug in Kenntnis gesetzt hatte. Und dass die Kollegen, die am Vortag hier gewesen waren, die Information nicht weitergegeben hatten. Na ja, die waren vermutlich innerlich schon im Feierabend gewesen.

Die Eltern von Justin Bielefeld hatten sich Gott sei Dank nicht klammheimlich aus dem Staub gemacht, sondern waren zu Hause und bereit, sich mit dem Polizeibeamten zu unterhalten. Natürlich hatte man sie gestern über die Flucht ihres Sohnes und eines weiteren Häftlings informiert. Schröder wurde in ein kleines Wohnzimmer geführt, und die Dame des Hauses bot ihm Kaffee und Kuchen an, als sei er ein verfrühter sonntäglicher Gast. Vielleicht brauchte sie das Gefühl geselliger Normalität, um nicht durchzudrehen. Die Sorge um den Verbleib ihres Sohnes und was ihm blühte, wenn die Polizei ihn aufstöberte, hatte tiefe Furchen ins Gesicht von Justins Mutter gegraben. Die Tatsache, dass bei dem Versuch, die flüchtigen Jungen zu stellen, ein Polizist verletzt worden war, hatte man den Eltern mit dem gebührenden Ernst übermittelt, was die ganze Angelegenheit umso schlimmer machte.

Nachdem Frau Bielefeld ihrem Besucher mit zitternden Fingern eine Tasse Kaffee eingegossen und ein Stück Marmorkuchen auf einen Teller befördert hatte, setzte sie sich neben ihren Mann auf das in die Jahre gekommene Ledersofa. Dabei achtete sie peinlich darauf, ihn nicht zu berühren. Sie wirkten wie zwei Fremde, die das Schicksal zufällig zusammengeführt hatte. Während Justins Mutter unaufhörlich ihre Hände knetete, schweiften die Blicke des Vaters unruhig durch den Raum, fixierten hier einen Fleck auf dem nicht mehr ganz so hellen Teppichboden und dort einen feinen Riss in der Wand. Dabei vermied er es tunlichst, seine

Frau oder Schröder, der den beiden gegenüber in einem Sessel Platz genommen hatte, anzusehen.

»Der Justin ist ein guter Junge«, beteuerte Frau Bielefeld.

Schröder verkniff sich den Kommentar, dass gute Jungen selten im Knast landeten. Aus Erfahrung wusste er, dass Eltern ihre Kinder meist durch eine rosarote Brille sahen. Oder die Augen vor den Tatsachen verschlossen, um sich das eigene Versagen nicht eingestehen zu müssen.

»Er ist einfach in schlechte Gesellschaft geraten«, fuhr sie fort. »Er war schon immer ein bisschen gutgläubig.«

Das Mantra, das sie herunterbetete, seit die Polizei eines Tages vor ihrer Tür gestanden hatte, um den »guten Jungen« wegen Einbruchs, Sachbeschädigung und schwerer Körperverletzung zu verhaften. Es sei nicht Justins, sondern die Idee seiner dubiosen Freunde gewesen, nachts marodierend durch Schulen zu ziehen und eine Schneise der Verwüstung zu hinterlassen, da war sich Frau Bielefeld sicher. Ein Protest gegen die Bildungspolitik des Landes, wie die Knaben später vor Gericht dreist behaupteten. Dass das Bildungssystem bei ihnen kläglich versagt hatte, lag dabei auf der Hand. Bei ihrem letzten Einbruch – wie es der Zufall wollte in Justins Schule – wurden sie vom Hausmeister ertappt, der sich dienstübereifrig auf die Lauer gelegt hatte. Der Mann konnte von Glück reden, mit dem Leben davongekommen zu sein, nachdem die Horde Halbstarker auf ihn eingeprügelt und ihn schwer verletzt liegen gelassen hatte. Justin war dabei nicht nur unbeteiligter Zuschauer gewesen, wie seine Eltern jeden allzu gern glauben machen wollten. Laut der Aussage des Hausmeisters, der noch immer arbeitsunfähig war, hatte der »gute Junge« weiter auf ihn eingetreten, als er schon wehrlos am Boden lag. Zu Justins Pech konnte der Mann ihn aufgrund seiner Zugehörigkeit zur Schule zweifelsfrei identifizieren, und die Spurenlage war zu eindeutig, als dass der Knabe sich hätte herausreden können. Was Justin nicht einmal versucht hatte. Vor Gericht schwieg er hartnäckig zu den Vorwürfen, obwohl die Staatsanwältin ihm zahlreiche Brücken baute, damit er mit einer Bewährungsstrafe davonkam. Da er keinerlei Reue zeigte, verurteilte ihn der Jugendrichter wegen gefährlicher Körperverletzung zu einer Haftstrafe von zwei Jahren, obwohl der Junge bis dahin strafrechtlich nicht auffällig geworden war. Die Hälfte davon hatte er inzwischen verbüßt, und da er sich bis gestern nichts weiter hatte zu Schulden kommen lassen, hätte ihm in Kürze die vorzeitige Entlassung gewunken. Damit war es jetzt vermutlich Essig, auch wenn ein Gefängnisausbruch juristisch keinen Straftatbestand darstellte. Streng genommen waren die Jungen nicht mal ausgebrochen, sondern lediglich von einem Ausflug nicht zurückgekehrt. Blieb zu hoffen, dass die Monate im Knast Justin genügend Respekt oder Angst einflößten, der gute Junge zu werden, den seine Mutter nach wie vor in ihm sah.

»Hat Justin seit gestern versucht, mit Ihnen Kontakt aufzunehmen?«, fragte er.

Frau Bielefeld schüttelte den Kopf. »Nein, seit meinem letzten Besuch in der JVA hab ich nichts von ihm gehört«, versicherte sie glaubwürdig.

»Haben Sie den anderen Jungen, Tim Sperling, mal kennengelernt?« Er blickte demonstrativ Justins Vater an, der immer noch stumm dasaß und sich sein Wohnzimmer besah. Beide schüttelten mit dem Kopf, die Mutter heftig, um ihre Unwissenheit zu unterstreichen, der Vater mechanisch, als habe er mit der Sache nichts zu schaffen.

»Wie hätten wir ihn denn kennenlernen sollen?«, fragte Frau Bielefeld.

»Vielleicht haben Sie ihn ja mal getroffen, als Sie Justin besucht haben«, schlug Schröder vor.

Er reichte den beiden ein Foto von Tim. Wenn er ihnen schon nicht vorgestellt worden war, so hatten sie ihn vielleicht einmal gesehen. Justins Mutter studierte das Bild eingehend, im Gegensatz zu Herrn Bielefeld, der nur einen kurzen Blick darauf warf.

»Ich war bislang noch nicht bei meinem Sohn im … Gefängnis«, erklärte er zögernd und hob in einer entschuldigenden Geste die Hände. »Bin einfach nicht dazu gekommen.«

Seine Frau kniff missbilligend die Lippen zusammen. »Justin fragt immer nach dir«, sagte sie vorwurfsvoll. »Du könntest dich wirklich mal aufraffen. Er ist schließlich dein Sohn.«

»Dann hätte er sich auch so benehmen sollen«, murmelte Herr Bielefeld.

Ehe die Angelegenheit sich zu einer hitzigen Diskussion über elterliche Liebe und Fürsorge auswuchs, griff Schröder ein.

»Haben Sie den Jungen gesehen, Frau Bielefeld?«, erkundigte er sich erneut und deutete auf das Bild.

Sie reichte ihm das Foto über den Couchtisch zurück. »Nein, tut mir leid.«

»Hat Justin ihn denn mal erwähnt? Tim Sperling. Dass er sich mit ihm angefreundet hat oder so?«

Wieder schüttelte sie den Kopf. »Auch nicht. Er redet sowieso nicht viel über das, was da drin abläuft. ›Es geht mir gut, Mama, mehr musst du nicht wissen‹, sagt er immer.«

Und mehr wollte seine Mama wahrscheinlich auch nicht wissen, um sich der Illusion hingeben zu können, alles sei in bester Ordnung.

»Haben Sie eventuell eine Idee, wo er sein könnte, Ihr

Justin? Könnte er bei jemandem Unterschlupf gefunden haben? Einem Freund? Einer Freundin?«

Frau Bielefeld schüttelte bekümmert den Kopf. »Das haben Ihre Kollegen mich gestern auch schon gefragt. Mir fällt niemand ein.« Sie bemerkte den zweifelnden Blick des Polizisten. »Wirklich nicht.«

Ihr Mann rutschte unbehaglich auf dem Sofa hin und her. Entweder wusste er mehr oder er überlegte, etwas preiszugeben, das seine Frau verheimlichte.

»Fällt Ihnen vielleicht jemand ein, Herr Bielefeld?«, hakte Schröder nach.

»Na ja, er hatte da dieses Mädchen ...«, begann er zögerlich und sah seine Frau nun doch hilfesuchend an.

Die zog die Augenbrauen zusammen. »Diese Mimi meinst du?«, vergewisserte sie sich.

Herr Bielefeld zuckte mit den Schultern. Mit dem Namen der Freundin seines Sohnes hatte er sich wohl nicht näher beschäftigt. War wahrscheinlich nicht dazu gekommen.

»Die war doch nicht einen Tag im Gerichtssaal, um dem Jungen beizustehen«, meinte Frau Bielefeld mit bitterem Unterton. »Ich glaube nicht, dass die noch Kontakt zu ihm hat.«

Aber bislang war es der einzige Anhaltspunkt, der sich Schröder bot. »Mimi also. Und wie weiter?«

Justins Eltern starrten einander ratlos an, und Mattes fragte sich, ob die beiden überhaupt etwas aus dem Leben ihres Sohnes wussten.

***

»Gibst du mir die Marmelade? Bitte?« Justin deutete auf das Glas, das am anderen Ende des Tischs stand.

»Aber sicher.« Mimi kicherte und langte nach dem

gewünschten Objekt, um es zu ihrem Freund zu schieben. »Wir klingen wie ein altes Ehepaar. Obwohl ... eigentlich nicht. Mein Vater sagt nie ›bitte‹ zu meiner Mutter.«

»Meine Alten reden fast gar nich miteinander«, meinte Justin. »Mein Vater verschanzt sich hinter seiner Zeitung, und meine Mutter rennt wie 'n aufgescheuchtes Huhn um ihn rum. Na ja, jedenfalls lief es so, als ich noch zu Hause war. Vielleicht haben sie sich geändert, seit ich ... im Knast sitze.«

»Sag das nicht so«, bat Mimi.

»Wieso nich? Is doch so.«

»Gar nicht. Jetzt sitzt du ja hier bei mir.«

Mimi sprang auf, lief um den Tisch und setzte sich auf Justins Schoß. Sie schlang die Arme um ihn und küsste ihn auf beide Wangen. Er seufzte und erwiderte die Umarmung. In diesem Moment war er der glücklichste Junge der Welt. Konnte das Leben schöner sein? Justin konnte es sich kaum vorstellen. Schon als er gestern hier aufgetaucht war, kam es ihm wie ein Lottogewinn vor, denn Mimis Eltern weilten zurzeit im Urlaub und hatten ihr gar nicht mal so braves Töchterlein unvorsichtigerweise allein zu Hause gelassen. Na ja, nicht ganz allein, sie hatten die Oma damit betraut, nach dem Rechten zu sehen, doch die ließ bei der Erfüllung des Auftrags die nötige Sorgfalt vermissen und begnügte sich mit gelegentlichen Kontrollanrufen.

Mimi war vor Freude, ihn wiederzusehen, beinahe ausgerastet und hatte damit jegliche Zweifel an ihrer Treue ausgemerzt. Im elterlichen Schlafzimmer hatte sie Justin mehrfach eindrucksvoll bewiesen, dass sich an ihrer Liebe zu ihm während seiner unfreiwilligen Abwesenheit nichts geändert hatte. Im Gegenteil: Ihre Gefühle schienen noch inniger geworden zu sein.

Sie vergrub ihr Gesicht an seiner Schulter und begann zu weinen. »Ich wollte das nicht«, schluchzte sie.

»Was denn?«, fragte er mit einem leichten Kloß im Hals und streichelte ihr beruhigend über den Rücken.

»Na, dass du im Knast landest«, sagte sie und schniefte.

»Ach das«, seufzte Justin erleichtert. Er hatte schon befürchtet, Mimi setzte zu dem Geständnis an, dass sie ihn doch betrogen hatte. »Kannst du ja nix für.«

»Wohl kann ich was dafür«, heulte sie. »Ich hätte alles erzählen sollen ... dann wäre das nicht ...«

Justin legte einen Finger unter ihr Kinn und hob sanft ihren Kopf an, damit sie ihm in die Augen sehen konnte. »Was passiert is, is nich deine Schuld, hörst du?«, betonte er eindringlich. »Wir waren uns einig, dass du nix sagst.«

»Ja, weil du sicher warst, dass man dir nur Sozialstunden aufbrummt«, schniefte Mimi.

»Is halt nich so gelaufen wie geplant«, gab er zu.

Seine Anwältin war zuversichtlich gewesen, dass Justin keine Haftstrafe zu befürchten hatte. Er war bis dato strafrechtlich nie in Erscheinung getreten, und in solchen Fällen ließen die Gerichte meist Milde walten. Aber ausgerechnet der Richter, an den Justin geriet, musste ein Exempel statuieren. Hauptgrund für das vergleichsweise harte Urteil sei der Mangel an Reue, den der Junge an den Tag gelegt hatte. Aber was hätte Justin tun sollen? Er bereute seine Tat nun mal nicht. Und er war kein Heuchler. Natürlich wäre es ein Leichtes gewesen, die wahren Umstände zu offenbaren. Dann wäre die Strafe mit Sicherheit milder ausgefallen. Aber er konnte es nicht sagen. Er musste schweigen. Um seine Mimi zu schützen. Sonst tat das ja niemand. Ihre Eltern waren ständig unterwegs und kümmerten sich kaum um ihre Tochter. Fast konnte man meinen, Mimi sei ein lästiges Anhängsel. Nur wenn es darum ging, sie zu maßregeln oder ihr etwas zu verbieten – wie etwa den Umgang mit Justin –, zeigten sie Interesse am Leben ihres einzigen Kindes. Also war es an ihm, dafür zu sorgen, dass Mimi nichts passierte. Auch wenn sich das aus dem Knast heraus schwierig gestaltete. Aber jetzt war er ja wieder bei ihr. Und das sollte auch so bleiben.

»Wir können nich ewig hierbleiben«, mahnte er an.

Ob des abrupten Themenwechsels etwas verwirrt, runzelte Mimi die Stirn und zog ein Schnütchen. »Wo willst du denn hin?«

Gute Frage. Große Gedanken, was nach der gelungenen Flucht kam, hatte er sich nicht gemacht. Er hatte nur bis zu dem Moment gedacht, in dem er Mimi gegenüberstand. Irgendwie hatte er sich darauf verlassen, dass Tim einen Plan haben würde, dem Justin und Mimi sich anschließen konnten. Tim! Wie es ihm wohl ergangen war, nachdem sich ihre Wege getrennt hatten? Erwischt hatten sie ihn nicht, denn im Radio wurde weiterhin dazu aufgerufen, nach zwei flüchtigen Jungen Ausschau zu halten. Es war sogar die Rede davon, dass ein Polizist bei der Verfolgung verletzt worden war, aber das konnte man Justin nicht ankreiden.

Mimi hatte fasziniert und bewundernd gelauscht, als er von seiner und Tims abenteuerlichen Flucht berichtete. Dabei übertrieb er an den entscheidenden Stellen ein wenig und dichtete das ein oder andere hinzu, um die Geschichte aufregender zu gestalten.

»Also, wo willst du denn nun hin?«, wollte Mimi wissen.

Justin schob seine Freundin von seinem Schoß und stand auf. »Ich weiß nich«, musste er zugeben. »Hast du 'ne Idee?«

Sie hockte sich auf den Esstisch und ließ die Beine baumeln. »Keine Ahnung. Irgendwohin, wo die Sonne scheint.«

Justin blickte in Richtung der bodentiefen Fenster, durch die das einfallende Sonnenlicht helle Streifen auf das Parkett warf. »Die scheint hier auch.«

»Wo sie immer scheint, meine ich. Mallorca oder so.«

»Ich hab kein Geld.«

Ein weiterer Umstand, über den er sich keine Gedanken gemacht hatte. Ebenso wenig wie über die Tatsache, dass er zurzeit nicht im Besitz seiner Ausweispapiere war. Das stellte zwar innerhalb der Europäischen Union auf dem Festland kein größeres Problem dar, aber nach Mallorca würden sie ihn gewiss nicht ohne Weiteres einreisen lassen. Da kam man nur per Schiff oder Flugzeug hin und wurde vor dem Besteigen des jeweiligen Verkehrsmittels kontrolliert. Er war zwar keine große Leuchte, aber das wusste er immerhin. Außerdem schien auch auf Mallorca nicht jeden Tag die Sonne. Und ohne Kohle kämen sie nicht besonders weit. Nicht mal bis zum Düsseldorfer Flughafen.

»Ich hab ein Sparbuch«, meinte Mimi. »Da sind zweitausend Euro drauf.«

»Da kommen wir doch heute nich dran.«

»Dann eben morgen.«

»Ja, morgen«, meinte Justin ohne rechte Überzeugung. Wenn sie noch lange hier herumhockten, gab es für ihn kein Morgen mehr.

»Oder wir nehmen das Auto meiner Mutter«, fiel Mimi in dem Moment ein. »Es steht in der Garage.«

12

An den Namen und die Adresse von Justins Freundin Mimi zu gelangen, hatte Schröder einiges abverlangt. An einem Wochentag wäre es ein Leichtes gewesen. Da wäre er zur Schule gefahren und hätte das Mädchen dort eingesammelt. So musste er erst mühselig die Telefonnummer von Justins ehemaligem Klassenlehrer herausfinden – Justins Eltern kannten sie natürlich nicht, erinnerten sich nach einigem Nachdenken aber wenigstens an den Namen des Mannes. Der Lehrer weigerte sich kategorisch, den Namen oder gar die Adresse seiner Schülerin einem Wildfremden zu verraten, wo kämen wir denn da hin? Am Telefon konnte sich jeder als Polizist ausgeben, das sah man ja in den Verbrauchersendungen und bei »Aktenzeichen XY ... Ungelöst« im Fernsehen, da würde er einen Teufel tun und die Daten eines jungen Mädchens einfach so durch den Äther posaunen. Wo die Kinderschänder heutzutage hinter jeder Ecke lauerten.

Also blieb Schröder nichts anderes übrig, als bei dem Mann zu Hause vorbeizufahren und ihm seinen Dienstausweis unter die Nase zu halten. Immerhin hatte der Lehrer mitgedacht und die Adresse von Miriam Krieger, so Mimis voller Name, bereits herausgesucht.

»Es geht um Justin Bielefeld, nehme ich mal an«, vermutete der Mann richtig.

»Dazu darf ich leider keine Auskunft geben«, bedauerte Schröder.

»Jaja, schon gut, ich weiß. Das sagen sie im ›Tatort‹ auch immer«, nickte der Lehrer gönnerhaft. »Ich hab den Fahndungsaufruf mit der Beschreibung der Jungen im Radio gehört. Eine davon passte auf Justin. Er und Miriam waren unzertrennlich, bevor sie ihn einkassiert haben, deshalb komm ich drauf.«

Warum der gute Mann nicht darauf gekommen war, sich an die nächste Polizeidienststelle zu wenden, wie die Radiomoderatoren es bei sachdienlichen Hinweisen empfahlen, erschloss sich Schröder nicht. Er fragte auch nicht danach. Er hatte in seinem Berufsalltag schon so viele Ausflüchte gehört, dass er damit für den Rest seines Lebens versorgt war.

»Wissen Sie, ob die beiden noch Kontakt haben?«, fragte er.

»Wenn, dann nur heimlich. Miriams Eltern sind da sehr rigoros.«

Wofür Schröder, selbst Vater einer inzwischen erwachsenen Tochter, durchaus Verständnis hatte. »Dann ist die Wahrscheinlichkeit, dass Justin bei seiner Freundin Zuflucht gesucht hat, wohl äußerst gering«, schätzte er.

»Wenn ich es richtig mitbekommen habe, sind Miriams Eltern gerade im Urlaub, also würde ich die Idee nicht sofort verwerfen«, meinte der Lehrer, und Schröder wusste nicht so recht, ob er ihn für diese Information küssen oder ihm eine reinhauen sollte.

Da er beide Optionen für unangebracht hielt, bedankte er sich mit leicht süffisantem Unterton für die unschätzbare Hilfe und machte sich auf den Weg zu der Adresse, die der Lehrer ihm aufgeschrieben hatte. Unterwegs forderte er Verstärkung an.

»Und bitte leise und unauffällig«, instruierte er die Kollegen. »Nicht mit Blaulicht und Tamtam aufschlagen, dass man euch schon kilometerweit vorher sieht und hört.«

Schröder hatte keine Lust auf eine erneute Verfolgungsjagd, bei der ein weiterer Beamter – in diesem Fall vermutlich er selbst – verletzt wurde. Noch weniger Lust hatte er auf drei tote Teenager.

Blieb nur zu hoffen, dass Justin Bielefeld – und idealerweise ebenso sein Kumpel Tim Sperling – bei dem Mädchen Unterschlupf gesucht und gefunden hatte. Aber eigentlich hegte er nach dem kurzen Gespräch mit dem Lehrer kaum mehr Zweifel daran.

Miriam und ihre Eltern wohnten in einem gepflegten Bungalow in einer ruhigen Sackgasse am Freudenberg oberhalb der Bergischen Universität. Schröder parkte seinen Wagen ein paar Meter vom Haus der Kriegers entfernt auf der anderen Straßenseite, denn hier fiel jedes fremde Fahrzeug auf wie ein rosafarbener Elefant im Tutu. Er informierte die Kollegen über seinen Standort und wartete auf deren Eintreffen. Zwar traute er sich durchaus zu, allein mit zwei oder drei Teenagern fertig zu werden, sollte jedoch wider Erwarten etwas schieflaufen, war die sprichwörtliche Kacke am Dampfen und er säße mittendrin im Haufen. Aber er konnte das Haus wenigstens diskret in Augenschein nehmen. Er stieg aus dem Auto und schlenderte betont unauffällig die Straße hinunter.

Auf dem Grundstück der Familie Krieger öffnete sich das Garagentor, und ein roter 1er BMW rollte langsam heraus, bog in die Straße ein und fuhr an Schröder vorbei Richtung Hauptstraße. Auch wenn das Sonnenlicht ihn blendete und sich in der Windschutzscheibe spiegelte, erkannte Schröder einen jungen Mann, der hinterm Steuer saß, neben ihm auf dem Beifahrersitz befand sich ein Mädchen. Schröders Herz setzte einen Schlag aus. Die hatten doch nicht etwa vor, im Auto von Miriam Kriegers Eltern zu türmen? Was dachten die denn, wie weit sie kämen? Wahrscheinlich dachten sie überhaupt nicht. Bei Teenagern war das mit dem Denken mitunter eine heikle Angelegenheit.

Hastig lief er zu seinem eigenen Fahrzeug zurück, sprang hinein und startete den Motor. Er preschte aus der Parklücke und wendete, um die Verfolgung aufzunehmen. Gleichzeitig informierte er die Zentrale über die veränderte

Ausgangssituation. Er gab das Kfz-Kennzeichen sowie eine Beschreibung des Wagens durch. Der BMW war inzwischen am Ende der Straße angelangt und bog nach links ab.

»Der Wagen ist unterwegs in Richtung L 418, wahrscheinlich wollen sie entweder zur A 46 oder in die andere Richtung zur A 1.«

In diesem Moment vernahm Schröder das Quietschen von Reifen und kurz darauf ein Martinshorn. Vermutlich war die angeforderte Verstärkung über eben jene L 418 zum Einsatzort unterwegs gewesen und versuchten nun, das Fluchtfahrzeug aufzuhalten. Offenbar mit mäßigem Erfolg, denn einige weitere Sekunden später preschte der rote BMW an ihm vorbei die Straße hinunter ins Tal. Kurz darauf folgten zwei Polizeiwagen. Schröder ließ die kleine Kolonne passieren, ehe er selbst abbog, um sich den Verfolgern anzuschließen. Über Funk warnte er die Kollegen, es mit der Jagd nicht zu übertreiben, schließlich saß ein unschuldiges Mädchen mit im Wagen. Hatte er nicht vorhin erst gehofft, ein solches Szenario möge ihm und vor allem den Kindern erspart bleiben?

In halsbrecherischem Tempo ging es talwärts, und Schröder betete, dass kein unbedarfter Passant auf die Idee kam, in den nächsten Sekunden die Straße zu überqueren. Was dachten sich diese Kinder nur?, fragte er sich erneut und kam wieder zu demselben Schluss. Wahrscheinlich dachten sie gar nicht, sondern reagierten voller Panik, was die Situation umso gefährlicher für alle Beteiligten machte. Auch war nicht klar, ob Justin Bielefeld, oder wer immer am Steuer des BMW saß, über die nötige Fahrpraxis verfügte. Die Antwort darauf erhielt Schröder schneller, als ihm lieb war.

In der nächsten Kurve geriet das Fahrzeug ins Schlingern und rammte einige geparkte Autos auf der rechten Seite, ehe es abrupt zum Stehen kam. Schröder bremste ab und beobachtete, wie die beiden Streifenwagen neben dem Unfallauto anhielten und es einkeilten, um jedweden Fluchtversuch der Insassen unmöglich zu machen. Schröder wünschte, dass die Fahrzeugtüren sich öffneten und die beiden Kinder wohlbehalten herauskletterten und zu türmen versuchten. Aber das geschah nicht.

***

Aylin und Mattes hatten geraume Zeit damit zugebracht, die Nachbarn von Lisa Hirsefeld zu befragen. Herausgekommen war nicht allzu viel. Einige der älteren Anwohner kannten Lisa Hirsefeld seit deren Kindheit. Sie hatte schon mit ihren Eltern in dem kleinen Haus gewohnt, allerdings waren die Hirsefelds eine ausgesprochen distanzierte Familie gewesen, die mit der Nachbarschaft nur das unbedingt Notwendige an Kontakt pflegte. Den meisten war das Ehepaar ohnehin unheimlich gewesen. Die schwebten irgendwie »in anderen Sphären«, wie ein älterer Herr sich ausdrückte. Die Kommissare begannen sich zu fragen, wie viel von Lisa Hirsefeld tatsächlich in dem Haus steckte, oder ob sie nach dem Tod der Eltern einfach alles so belassen hatte. Mattes' Nachfrage, den Tod des Ehepaars Hirsefeld betreffend, wurde mit einem ratlosen Schulterzucken abgetan. Darüber wisse man leider nichts Genaueres. Beide waren zur selben Zeit gestorben. Was genau geschehen war, habe man nie erfahren. Man habe nicht pietätlos wirken und nachfragen wollen. Die Nachbarn hatten zusammengelegt und dem Ehepaar einen Kranz als letzten Gruß spendiert. Bei der Beerdigung sei niemand gewesen, es habe ja keine Einladung gegeben.

Von der Nachricht des ebenfalls plötzlichen Todes von Lisa Hirsefeld zeigten sich die Nachbarn angemessen betroffen, aber weder Aylin noch Mattes hatten das Gefühl, dass einer von ihnen es ernst meinte mit der zur Schau gestellten Bestürzung. Es schien ein Fluch über dieser Familie zu liegen, so die einhellige Meinung, und man war vermutlich froh, dass es einen nicht selbst getroffen und der Spuk nun hoffentlich ein Ende hatte. Den alten Kasten sollte man besser abreißen, man wusste ja nie. Vielleicht hauste das Unheil dort.

Nach dieser wenig ergiebigen Aktion hatte Mattes telefonisch bei einigen der Zeugen des gestrigen Abends um einen Termin gebeten. Markus Pfeffer erklärte sich freundlicherweise bereit, die Beamten sofort zu empfangen.

»Guten Morgen, Herr Pfeffer, es ist sehr nett von Ihnen, dass Sie an einem Sonntag Zeit für uns haben«, sagte Mattes höflich und stellte sich und Aylin vor.

»Aber ich bitte Sie, in Anbetracht der Umstände ist das selbstverständlich«, erwiderte Markus »Pfeffi« Pfeffer.

Ihr Gastgeber machte einen Schritt zur Seite, um den Hauptkommissar und seine Kollegin hineinzulassen. Die beiden Polizisten bedankten sich artig und betraten die imposante Diele der Gründerzeitvilla, die, so der erste Eindruck, aufwendig und liebevoll restauriert worden war und einen gewaltigen Kontrast zu dem in die Jahre gekommenen Häuschen von Lisa Hirsefeld bildete. Die alten Ornamentfliesen auf dem Boden waren augenscheinlich die originalen, die ein oder andere war nicht mehr ganz intakt, doch das verlieh dem Interieur seinen eigenen ursprünglichen Charme. Aylin wäre am liebsten sofort eingezogen. Auch Markus Pfeffer mit dem freundlichen runden Gesicht und dem flammend roten Vollbart, aus dem vereinzelt graue Haare hervorblitzten, gefiel ihr. Seine Augen blitzten schelmisch und verrieten ihr, dass dieser Mann Humor hatte.

»Meine Frau ist mit den Kindern in der Kirche und anschließend bei ihren Eltern zum Mittagessen«, erklärte er. »Wir können uns also ungestört unterhalten.«

»Es tut uns leid, wenn wir Ihre sonntägliche Routine durcheinanderbringen«, entschuldigte sich Mattes, während Aylin bei der Erwähnung von Frau und Kindern einen Anflug von Bedauern verspürte. Die besten Männer in ihrem Alter schienen leider allesamt vergeben. Damit musste sie sich wohl oder übel abfinden. Aber sie war nicht hier, um den Partner fürs Leben zu finden, schalt ihre innere Stimme sie. Darüber hinaus war er ein potentieller Verdächtiger und dementsprechend tabu für sie.

»Ach, um ehrlich zu sein, bin ich nicht traurig, dem wöchentlichen Kirchenbesuch und dem trockenen Braten meiner Schwiegermutter zu entgehen«, winkte Markus Pfeffer ab und zwinkerte den Kommissaren verschwörerisch zu. »Auch wenn der Anlass kein freudiger ist.«

Er senkte bedrückt den Kopf und führte seine Besucher in ein gemütlich eingerichtetes Wohnzimmer, das etwa viermal so groß war wie das von Lisa Hirsefeld. Einige herumliegende Spielzeuge sowie zwei in der Ecke geparkte Bobbycars verrieten den Kommissaren spätestens jetzt, dass in diesem Haushalt Kinder lebten. Hätten sie in der Diele genauer hingeschaut, wären ihnen schon dort die kleinen Jacken und Schühchen aufgefallen. Ihr Gastgeber deutete auf eine beeindruckend große Sitzlandschaft, wo ein Mann saß, der sich sofort höflich erhob.

»Bastian Spieß«, stellte er sich vor. »Ich war gestern Abend ebenfalls bei dem Klassentreffen.«

»Ich erinnere mich«, nickte Mattes. »Das ist meine Kollegin, Kriminaloberkommissarin Aylin Öner.«

Aylin schüttelte dem schmächtigen, blassen Mann die Hand, die unangenehm glitschig war. Spieß verzog das Gesicht, als habe er in eine Zitrone gebissen.

Die Oberkommissarin wusste nicht, ob ihr Händedruck zu fest oder dies sein normaler Gesichtsausdruck war.

»Spießi lebt eigentlich in London«, informierte Markus Pfeffer die beiden Kommissare. »Er ist extra für das Klassentreffen gekommen und wohnt in der Zeit bei uns.«

»Ich fliege morgen früh zurück«, fügte Bastian Spieß, alias Spießi, hinzu und wirkte missgestimmt, weil sein Freund ohne Rücksprache Informationen von ihm preisgab.

»Ja, äh, darüber werden wir noch mal reden müssen«, erwiderte Mattes überrumpelt.

Der Mann sah den Hauptkommissar an, als habe er ihm ein unmoralisches Angebot unterbreitet. »Sie glauben doch nicht ernsthaft, dass ich etwas mit der Sache zu tun habe? Ich habe kaum je ein Wort mit Lisa gewechselt, weshalb sollte ich sie ...?«

»Niemand verdächtigt Sie. Ich bitte Sie lediglich darum, sich für weitere Fragen zu unserer Verfügung zu halten«, erklärte Mattes ruhig.

»Und wie, bitte schön, stellen Sie sich das vor? Wenn ich sage, ich fliege morgen zurück, dann meine ich damit, dass ich das Flugzeug fliege. Ich bin der Pilot. Ich arbeite für die British Airways.«

Sollte diese Auskunft Mattes beeindruckt haben, so verbarg er es geschickt. »Ich bin sicher, wenn Sie Ihren Vorgesetzten die Sachlage erklären ...«

»Dass sie leider kurzfristig einen Kollegen finden müssen, der für mich einspringt, weil ich unter Mordverdacht stehe?«, höhnte Bastian Spieß, der nun gar nicht mehr schmächtig wirkte, sondern eher den Eindruck erweckte, er könnte sich jeden Moment in den unglaublichen Hulk verwandeln. »Na, da wird er aber schwer begeistert sein, mein Boss. Damit verdiene ich mir bestimmt die Plakette zum Mitarbeiter des Monats.«

»Du meine Güte, sag ihm einfach, du hättest dir die Sommergrippe eingefangen und könntest nicht fliegen. Zur Not stellt dir mein Hausarzt 'ne Bescheinigung aus«, versuchte Markus Pfeffer, seinen aufgebrachten Freund zu beschwichtigen. Das ausgleichende Wesen eines Vaters zweier Kinder.

»Letzteres habe ich zwar nicht gehört«, lächelte Mattes, »aber das ist doch eine gute Idee.« Ihm war es relativ egal, ob Bastian Spieß seinen Boss belog oder nicht. Hauptsache, er blieb vorerst in greifbarer Nähe. Nicht dass er am Ende ein Flugzeug kaperte und sich sonst wohin absetzte.

»Na, dann ist das ja geklärt«, meinte Markus Pfeffer zufrieden und rieb sich die Hände. »Warum setzen wir uns nicht endlich?«

Aylin und Mattes ließen sich in einer einstudierten Choreographie auf dem Sofa nieder und versanken augenblicklich in den Polstern. Für einen entspannten Familienabend vor dem Fernseher war dieses Möbel gewiss bestens geeignet, für eine Zeugenbefragung taugte es eher weniger. Unter Mattes' Hinterteil knirschte es vernehmlich, und er vermutete, dass soeben ein paar dem Kindermund entronnene Kartoffelchips ihr Leben ausgehaucht hatten. Seine Kollegin neben ihm unterdrückte einen Lacher.

»Wie können wir Ihnen eigentlich weiterhelfen?«, fragte Markus Pfeffer. »Wir haben Ihnen gestern Abend alles gesagt, was wir wissen.«

»Genau«, bestätigte Bastian Spieß triumphierend. Es gab absolut keinen Grund, ihn länger als nötig festzuhalten, wo er doch schon sein gesamtes spärliches Wissen mit der Polizei geteilt hatte.

»Vielleicht ist Ihnen ja noch etwas eingefallen«, meinte Mattes freundlich.

Pfeffer schüttelte den Kopf. »Nein, wirklich nicht. Wir waren alle so damit beschäftigt, diese bekloppten ... Verzeihung, diese Bande von Junggesellen in Schach zu halten, bis Ihre Kollegen kamen, da habe ich auf nichts anderes geachtet. Die sind über Tische und Bänke gegangen. Ich kann wirklich nicht sagen, ob in dieser Zeit jemand den Raum verlassen hat oder nicht. Trixi ist raus, um Hilfe zu holen, aber sonst ... Ich fürchte, ich bin ein sehr unzuverlässiger Zeuge. Ich weiß auch nicht, wann Lisa gegangen ist.«

»Ich auch nicht«, fügte Spieß schmollend hinzu.

»Nun gut, lassen wir das vorerst so stehen«, sagte Mattes. »Aber vielleicht können Sie uns ja etwas über Frau Hirsefeld erzählen. Wir versuchen gerade, uns ein Bild von ihrer Person zu machen.«

Markus Pfeffer hob in einer hilflosen Geste die Arme. »Tut mir leid, auch da werde ich Ihnen kaum weiterhelfen können. Ich hatte sie seit Ewigkeiten nicht gesehen. Und sie war ja auch nur ein Jahr in unserer Klasse. Ich hab sie kaum gekannt.«

»Genau«, bekräftigte Spieß wieder und zog allmählich Mattes' Zorn auf sich. Glaubte er wirklich, wenn er einfach alles abnickte, was sein Freund behauptete, ließen sie ihn vom Haken?

»Na ja, aber irgendwas werden Sie doch sicherlich über sie wissen«, beharrte er.

»Nein, wirklich nicht«, bedauerte Pfeffer, »ich hatte so gut wie nichts mit ihr zu tun.« Er sah zu seinem Freund.

»Ich auch nicht«, versicherte Spieß. »Gar nichts.«

»Was machte Frau Hirsefeld gestern für einen Eindruck auf Sie?«, wollte Aylin wissen.

Pfeffer dachte einen Moment nach. »Gute Frage«, sagte er dann und nickte anerkennend. »Sie wirkte die ganze Zeit über irgendwie angespannt. Nicht wirklich auffällig, sie hat es geschickt verborgen.«

»Ihnen ist es dennoch aufgefallen«, stellte Aylin fest.

»In meiner Branche lernt man, kleinste Regungen wahrzunehmen«, erklärte er und bemerkte, wie die Kommissarin fragend eine Augenbraue hob. »Ich bin Finanzberater bei einer Bank. Das ist ein bisschen so wie beim Pokern. Man muss erkennen, wenn jemand blufft. Wie dem auch sei. Vielleicht war Lisa auch nur genervt davon, dass Martin sie so angesabbert hat.«

»Martin Jäger?«, vergewisserte sich Aylin. Dass sie mit dem noch einmal zu tun bekäme, hätte sie nicht vermutet. Sie hatte lebhafte Erinnerungen an den Mann vom Fall des ermordeten Obdachlosen in Sophies Buchhandlung. Leider keine positiven, musste sie zugeben.

»Ja, genau, unser *Starautor*«, grinste Spieß gehässig. »Der hielt sich schon damals für ein Gottesgeschenk. Hat sich offenbar nichts dran geändert. Haben Sie seinen Krimi gelesen? ›Das letzte Opfer‹ oder so. Er hat mich gestern glatt genötigt, ein Exemplar zu kaufen. Sonst hätte er vermutlich keine Ruhe gegeben. Und signiert hat er's auch noch. ›Für meinen alten Kumpel‹; als ob.«

»Nein, ich habe ihn nicht gelesen«, sagte Aylin. Wenn sie sich richtig entsann, hatte der Autor sich der Kindheitsgeschichte eines Freundes bedient und daraus einen Krimiplot entwickelt. Das Buch wurde ein großer Erfolg, und die Fangemeinde wartete sehnsüchtig auf eine Fortsetzung. Die war bislang allerdings ausgeblieben. Wahrscheinlich kannte Jäger sonst niemanden mit interessanter Vergangenheit, die sich auszuschlachten lohnte. Vielleicht hatte er aus diesem Grund einen eigenen Mord kreiert. Doch das schien selbst für den nach Erfolg dürstenden Autor zu weit hergeholt. Wenn auch nicht gänzlich ausgeschlossen.

»Na ja, ist auch egal«, entschied Pfeffer, »jedenfalls hing Martin die ganze Zeit wie ein Knösel an Lisa. Haben Sie ihn schon befragt?«

»Das werden wir noch, keine Sorge«, versicherte Mattes. »Zurück zu Frau Hirsefeld.«

»Ja, richtig, Sie wollten ja etwas über sie wissen«, fiel Pfeffer ein. »Tut mir leid, viel mehr kann ich Ihnen nicht erzählen.«

»Ich auch nicht«, fügte Bastian Spieß eilig hinzu, ehe der Hauptkommissar auf die wahnwitzige Idee verfiel, sich diesbezüglich an ihn zu wenden.

»Wenn ich das richtig verstanden habe, hat sie sich optisch sehr verändert seit der Schulzeit«, gab Mattes ihnen einen Denkanstoß.

Pfeffer nickte bestätigend. »Ja, das stimmt. Früher war sie eher unscheinbar. Sogar beinahe unsichtbar, würde ich sagen.« Er wagte einen vorsichtigen Seitenblick in Richtung seines Freundes, dem es damals ähnlich ergangen sein musste.

»Ganz so unsichtbar kann sie nicht gewesen sein, wenn sie immer wieder das Ziel von Mobbingattacken in der Klasse war«, konstatierte Aylin.

»Ach, das. Das war doch harmlos«, winkte Bastian Spieß betont lässig ab. »Also im Gegensatz zu dem, was heute so abgeht in den Schulen. Ehrlich, jeder von uns hat sein Fett weggekriegt. Auch ich hatte oft genug das Vergnügen, ins Visier der Fantastischen Vier zu geraten. Beatrix, Isabella, Leonore und Tobias meine ich. Die waren gestern Abend auch vollzählig versammelt.«

»Ich dachte, deren Name sei die Fürchterlichen Vier gewesen«, wunderte sich Mattes.

Spieß kicherte wie ein ertappter Junge. »Ja, so haben wir sie genannt. Heimlich natürlich. Na ja, die vier werden es trotzdem mitgekriegt haben.«

»Vielleicht hat Frau Hirsefeld die ganze Sache nicht so

locker weggesteckt wie Sie«, mutmaßte Aylin.

Spieß zuckte gleichgültig die Achseln. »Mag sein. Obwohl sie eigentlich nie den Eindruck gemacht hat, als würde es ihr nahegehen.« Er sah seinen Freund fragend an.

»Nein, wirklich nicht«, bestätigte Pfeffer. »Irgendwann hörte es ja auch auf.«

»Haben Sie eine Ahnung, warum es aufhörte?«, fragte Mattes.

Pfeffer schüttelte den Kopf. »Nee. Wahrscheinlich haben Trixi und Co das Interesse verloren. Wie Spießi schon sagte, sie haben ihre Gehässigkeiten großzügig auf alle Klassenkameraden verteilt. Jeder war mal dran. Ich zum Beispiel war wahlweise Pumuckl oder ein Feuermelder. Aber Sie glauben doch nicht ernsthaft, dass Lisas Ermordung etwas mit unserer Schulzeit zu tun hat. Das ist ewig lange her.«

»Wir ermitteln in alle Richtungen«, wich Mattes aus. »Bislang wissen wir nicht viel aus Frau Hirsefelds jüngster Vergangenheit.«

»Da können wir Ihnen auch nicht weiterhelfen, fürchte ich«, bedauerte Pfeffer. »Wir hatten sie seit der Schulzeit nicht mehr gesehen.«

»Ich bin nach der zehnten Klasse mit meinen Eltern und meiner Schwester nach Hamburg gezogen«, fügte Spieß ungewöhnlich mitteilsam hinzu. »Und jetzt lebe ich, wie schon erwähnt, in London.«

»Was hat Frau Hirsefeld denn gestern von sich erzählt?«

Pfeffer runzelte die Stirn und wechselte wieder einen Blick mit seinem Freund. »Wenn ich's recht bedenke, hat sie so gut wie gar nichts erzählt.« Er dachte noch einmal nach und schüttelte dann den Kopf. »Nein, tatsächlich nicht. Jeder hat was von sich berichtet, aber sie hat nur zugehört. Und unseren Fragen ist sie ausgewichen.«

So ähnlich hatten es auch Sophie und Cordula geschildert, aber Mattes wollte die Hoffnung nicht aufgeben, doch noch etwas über die Tote zu erfahren, deren offensichtliche Zurückhaltung ihm mittlerweile ziemlich seltsam, wenn nicht gar verdächtig vorkam.

»Hat sie nicht einmal erwähnt, was sie beruflich macht? Irgendetwas?«

»Ja, doch«, fiel Pfeffer ein. »Sie hat eine Ausbildung zur Physiotherapeutin oder so gemacht. Tobias ist da direkt drauf angesprungen.«

»Inwiefern?«

»Na ja, nach dem Motto, dass man da ja zusammenarbeiten könnte. Er hat doch die Tennisschule.«

»Der wollte sich nur bei ihr einschleimen, weil er auf sie abfuhr«, meinte Bastian Spieß gehässig.

»Und was hat sie dazu gesagt?«, wollte Aylin wissen.

»Gar nichts. Sie hat ihn ignoriert«, erwiderte Spieß. »Hätte ich auch an ihrer Stelle. Der arrogante Fatzke.«

»Sie hat nicht erwähnt, was oder wo sie heute arbeitet?«, hakte Mattes sicherheitshalber nach.

Beide Männer schüttelten bedauernd den Kopf.

»Aber Moment …«, rief Pfeffer mit einem Mal, »… wo Sie's ansprechen, fällt mir etwas ein.«

»Nämlich?« Mattes beugte sich vor, soweit die Couch es zuließ, und ächzte.

Dieses Möbelstück war wahrhaftig nichts für leicht übergewichtige ältere Herren mit chronischen Kreuzschmerzen. Vielleicht konnte er demnächst eine Physiopraxis aufsuchen. Zwei Fliegen mit einer Klappe schlagen quasi.

»Sie hat seit ein paar Jahren einen Kredit bei meiner Bank laufen«, sagte Pfeffer. »Ich weiß nicht mehr genau, welcher Kollege sie damals beraten hat, aber das lässt sich rausfinden.«

»Wissen Sie, wofür sie das Geld brauchte?«

Pfeffer runzelte die Stirn. »Ich glaube, es ging um eine Firmengründung oder so. Tut mir leid, ich hab das jetzt nicht auf dem Schirm. Ich kann mich aber gleich morgen früh darum kümmern und Ihnen dann Bescheid geben.«

»Das wäre wirklich sehr freundlich von Ihnen«, lächelte Aylin.

Vielleicht kämen sie dann einen Schritt weiter. Und Mattes in den Genuss einer Rückenmassage.

***

»Warum hast du den Kommissaren gesagt, du hättest mit Lisa früher nichts zu tun gehabt?«, fragte Pfeffi seinen Freund, nachdem die beiden Polizisten gegangen waren.

»Hatte ich doch auch nicht«, behauptete Spießi.

Pfeffi hob eine Augenbraue, um zu signalisieren, dass Spießi ihm diese Lüge nicht auftischen konnte. Sie kannten einander seit fünfundzwanzig Jahren und waren beinahe ebenso lange befreundet.

»Es geht die Bullen nichts an«, meinte Spießi schließlich mürrisch. »Außerdem haben die alten Geschichten nichts mit Lisas Ermordung zu tun.«

»Was macht dich da so sicher?«, wunderte sich Pfeffi.

»Bauchgefühl.«

»Aha.«

Spießis Bauchgefühl war nie besonders ausgeprägt gewesen, erinnerte sich Pfeffi. Sein Freund hatte sich auch nie dadurch ausgezeichnet, sich auf seine Instinkte zu verlassen. Eigentlich kannte er ihn nur als ausgesprochenen Kopfmenschen. Und da sollte Pfeffi ihm ein Bauchgefühl abnehmen? Was wollte er vor ihm verbergen? Interessanter die Frage: Was wollte er vor der Polizei verbergen?

»Was glaubst du, was passiert ist?«, forschte Spießi. »Wer hat Lisa getötet?«

Pfeffi zuckte mit den Schultern. »Ich weiß nicht«, gab er zu. »Niemand von uns, hoffe ich.«

»Bestimmt war's einer von den bekloppten Junggesellen. Die hatten doch alle 'n Vollschaden.«

»Ja, vielleicht«, meinte Pfeffi nachdenklich, klang jedoch eher skeptisch.

»Aber du glaubst nicht dran«, konstatierte Spießi.

»Na ja«, druckste Pfeffi herum. »Weshalb sollte einer von denen Lisa umbringen?«

»Ein schiefgelaufener Anmachversuch?«, schlug Spießi vor.

»Ich weiß nicht«, wiederholte Pfeffi.

»Na ja, Trixi hat den Raum verlassen, während die Junggesellen randaliert haben«, fiel Spießi ein.

»Um die Polizei zu rufen.«

»War vielleicht nur ein Vorwand.«

»Vielleicht«, stimmte Pfeffi zu, klang aber eher skeptisch. »Es ist aber noch jemand rausgegangen.«

Spießi runzelte die Stirn und dachte einen Moment nach. Dann hellte sich sein Gesicht auf. »Du hast recht. Ich glaube, ich weiß, von wem du sprichst.«

13

Martin Jäger hatte die Nacht in Beatrix' Wohnung, die über der Kneipe lag, verbracht. In ihrer Wohnung, nicht in ihrem Bett, wohlgemerkt. Das kam nicht in Frage, hatte sie ihm unmissverständlich klargemacht, nachdem er vergangene Nacht um Asyl angefragt hatte. Martin war es recht, er suchte einen Platz zum Schlafen, kein sexuelles Abenteuer. Beatrix war ohnehin nicht mehr sein Typ. War es nie gewesen, wenn er ehrlich sein wollte. Er hatte sich damals mit ihr eingelassen, weil sie Kohle hatte und sich williger zeigte als Sophie, die der romantischen Vorstellung von »auf den richtigen Zeitpunkt warten« nachhing. Für Jungen in einem gewissen Alter war jeder Zeitpunkt der richtige, worauf also warten? Martin bildete da keine Ausnahme, und ehe es zu einem tödlich endenden Samenstau kam – ein Mythos, der jedem Pubertierenden seit Jahrzehnten als Totschlagargument diente, die Angebetete gefügig zu machen –, nahm man eben, was sich einem bot. In seinem Fall war es Beatrix van den Bergh gewesen. Eine denkbar lausige Wahl, wie sich herausstellte, denn der Sex mit ihr hielt nicht im Ansatz das, was er sich davon versprochen hatte. Überdies, so bemerkte er rasch, war nicht er das Objekt von Trixis Begierde, sondern der unsägliche Tennissuperstar Tobias Kirchhoff, den sie durch ihre Affäre mit Martin eifersüchtig zu machen hoffte. Natürlich scheiterte der Plan kläglich, denn Tobias war mit Isabella Girandelli liiert, und der konnte Beatrix bei allem Wohlwollen nicht ansatzweise das Wasser reichen. Nicht, dass es Tobias davon abgehalten hätte, sich anderweitig zu orientieren. Ehe er wusste, wie ihm geschah, sah sich Martin in ein Liebesdrama verwickelt, das jedem schlechten Teeniefilm zur Ehre gereicht hätte und das seinen unrühmlichen Höhepunkt auf dem unsäglichen Schulfest erreichte, in dessen Folge er von der Schule flog.

Zu diesem Zeitpunkt bereute er es längst bitter, die süße Sophie Kantner mit dem legendären Spruch »Ich kann nich mehr, is Sense« in den Wind geschossen zu haben. Dieser Satz taugte kaum als Empfehlung für den Literatur-Nobelpreis, aber Martin war damals auch noch kein

Schriftsteller gewesen. Nur ein ausgemachtes Arschloch. So sehr er sich bemühte, Sophie zurückzugewinnen, sie weigerte sich hartnäckig, ihm zu vergeben. Daran hatte sich bis heute nichts geändert. An seinen Gefühlen für sie leider auch nichts, wie er gestern Abend erkennen musste. Aber der Zug war spätestens seit ihrem Wiedersehen vor einigen Jahren abgefahren. Da hatte er sich wahrlich nicht mit Ruhm bekleckert. Wann hatte er das je? Einmal Arschloch, immer Arschloch. *Was soll's?*, dachte er sich. Die Vergangenheit ließ sich nicht ändern, er sollte besser nach vorn schauen. Auch wenn die Zukunft nicht besonders rosig daherkam.

Seine derzeitige Lage war, milde ausgedrückt, prekär. Der Verlag zeigte trotz des Erfolgs von »Das letzte Opfer« kein gesteigertes Interesse an einer weiteren Zusammenarbeit mit ihm. Vielleicht hätte er bei den Verhandlungen für einen neuen Buchvertrag nicht so gierig sein sollen. Einen Vorschuss zu verlangen, ehe man ein Wort geschrieben hatte, konnten sich nur Autoren vom Kaliber eines Sebastian Fitzek leisten. Mit dem die Presse Martin durchaus verglichen hatte. Na gut, als einen »Fitzek für Arme« hatte ein Rezensent ihn tituliert. Aber immerhin.

Er brauchte dringend eine Geldquelle, die ihn über Wasser hielt, bis sich seine verdammte Schreibblockade gelegt hatte. Seine besten Jahre als Teilzeit-Gigolo neigten sich – er musste es sich eingestehen – dem Ende entgegen. Seine letzte lukrative Beziehung lag einige Monate zurück, etwas Neues war nicht in Sicht. Seine Wohnung hatte er bereits aufgegeben – nicht freiwillig, ihm war wegen anhaltender Mietrückstände gekündigt worden. Seitdem schnorrte er sich bei diversen Freunden durch, deren Geduld langsam erschöpft war. Das einzig Wertvolle, das er noch besaß, war sein zwanzig Jahre alter Peugeot 106, und wenn man diese Rostlaube als wertvollsten Besitz bezeichnete, war man ziemlich tief gesunken. Als Übernachtungsquartier taugte der Schrotthaufen mit seinen undichten Fenstern zudem nur bedingt. Der nächste TÜV würde sie vermutlich scheiden.

Allerdings hatte er gestern Abend in Trixis Grabbelkiste, aus der sie die »Geschenke« für ihre Gäste hervorgekramt hatte, etwas hoffentlich Lohnenswertes gefunden. Ursprünglich hatte er nur nachschauen wollen, was sie für ihn besorgt hatte, und die Gunst der Stunde genutzt, als die Bullen die Junggesellen unter den Argusaugen der Klassenkameraden aus dem Separee geleiteten. Er war zugegebenermaßen etwas gekränkt, als er die Klobürste mit seinem Namensschild entdeckte. Sollte das witzig sein? War es nicht. Das schwarze Notizbuch, das sich noch in der Kiste befand, erregte seine Aufmerksamkeit. Trixi hatte damals ein solches besessen. Das dann irgendwann verschwunden war. Ein Riesendrama hatte sie daraus gemacht. Als ginge es um ihr Leben. Er hatte irgendwann erfahren, dass es keineswegs verschwunden war, aber das hatte er seiner damaligen Freundin tunlichst verschwiegen. Zu seinem eigenen Vorteil, wie sich herausstellen sollte. Gott, das war lange her.

Ein Blick hinein bestätigte, dass es sich um dasselbe Büchlein handelte. Also hatte sie es tatsächlich zurückbekommen. Aber warum lag es in der Kiste? War es als Geschenk für jemanden gedacht? Martin konnte es sich beinahe vorstellen, schließlich wusste er um den prekären Inhalt. Da gab es sicherlich jemanden, der verhindern wollte, dass die Geschichte nach all den Jahren publik wurde. Ob Martin dies zu seinem Vorteil nutzen konnte? Vielleicht, aber sicher war es keineswegs. Trotzdem steckte er das Büchlein ein. Ebenso wie den Umschlag, den er versehentlich mit aus der Kiste gezogen hatte. Dessen Inhalt fand er beinahe noch brisanter als den des schwarzen Notizbuchs. Das war mal eine wirkliche Sensation.

Seine Gastgeberin schlurfte ins Wohnzimmer, wo er auf dem Sofa sein Nachtlager aufgeschlagen hatte. Sie trug eine abgewetzte Joggingbuxe und ein Metallica-Shirt, ihre kurzen Haare standen – wie immer sie das bewerkstelligten – in alle erdenkliche Richtungen ab, und ihr Gesicht war, um es freundlich zu beschreiben, bis zur Unkenntlichkeit verquollen. Als sie Martin auf ihrem Sofa liegend erblickte, zuckte Trixi erschrocken zusammen.

»Scheiße«, japste sie, »hab ganz vergessen, dass du da bist.«

Oder sie hatte gehofft, dass er sich bereits verdünnisiert hätte. Was nicht der Fall war, denn Martin spekulierte wenigstens auf ein Frühstück.

»Guten Morgen, Sonnenschein«, flötete er und erntete einen vernichtenden Blick. Okay, der Sonnenschein war eine Spur drüber.

Beatrix brummte etwas Unverständliches und tapste in den offenen Küchenbereich, wo sie den Kaffeevollautomaten einschaltete, den Martin schon bewundert hatte. Aber er konnte sich nicht mal eine Wohnung leisten, was sollte er da mit so einem Edelteil anfangen? Oder besser gefragt: Wohin damit? Er konnte die Maschine schlecht am Zigarettenanzünder seiner Rostlaube anschließen. Wenn er sich allerdings bei Trixi häuslich niederlassen könnte ...

»Auch 'n Kaffee?«, fragte sie mit diesem leicht genervten Unterton, den Leute an den Tag legten, wenn ihre Gäste lästig zu werden drohten.

Dementsprechend klang es eher wie: »Willste dich nicht mal langsam vom Acker machen?« Aber das war Auslegungssache. Wie hieß es so schön? Der Empfänger bestimmt die Botschaft. Und die Botschaft, die Martin empfing, klang eindeutig: Kaffee. Frühstück. Er quälte sich aus der unbequemen Couch und gesellte sich zu seiner Gastgeberin in den Küchenbereich, der aus bunt zusammengewürfelten Geräten und Möbelstücken bestand und die heimelige Atmosphäre einer Studentenbude ausstrahlte.

»Wie geht's dir?«, heuchelte er Interesse an Trixis seelischer Verfassung vor.

»Geht so«, erwiderte sie und wandte sich zu ihm um.

Martin sah, dass sie geweint hatte. Ihm war nicht klar gewesen, dass ihr der Tod von Lisa naheging, und es rührte ihn beinahe.

»So schlimm?«, meinte er leise und strich ihr mit den Fingern über die Wange.

Beatrix schob seine Hand mit einer unwirschen Geste beiseite. »Lass das.«

Martin trat einen Schritt zurück und hob entschuldigend die Arme. »Meine Güte. Ich wollte nur nett sein. Tut mir leid«, sagte er leicht beleidigt.

»Schon gut. Es ist nur ... ich mach mir halt Sorgen wegen der Kneipe und so. Ich mein ... was ist, wenn die Leute jetzt wegbleiben?«

Darum ging es. Sie hatte nicht wegen Lisa geweint, sondern um ihre vermeintlich ungewisse Zukunft. Er hätte es sich denken können. So war sie schon früher gewesen. Immer auf den eigenen Vorteil bedacht. Genau aus dem Grund war ihre Romanze – so man sie als solche bezeichnen konnte – von Anfang an zum Scheitern verurteilt gewesen. Zwei Egoisten in einer Beziehung war einer zu viel.

Und mach dem anderen mal klar, derjenige zu sein, der zurückstecken sollte. Im Moment würde Martin selbst das tun. Also, zurückstecken. Jedenfalls, solange sich keine Alternative bot. Diesbezüglich schwirrte die ein oder andere Idee in seinem Kopf herum, die es in die Tat umzusetzen galt. Stellte sich nur die Frage, bei wem er anfangen sollte. Nein, eigentlich stellte sich die Frage nicht, er musste einfach nur dem Geld folgen. Und das wies ganz klar in eine Richtung. Jetzt musste er aber erst mal Trixi bei Laune halten.

»Mach dir wegen der Kneipe keine Sorgen«, beruhigte er sie. »Die werden dir die Bude einrennen, wenn du wieder aufmachen darfst. Du weißt doch, ein Unglück zieht die Menschen an wie das Licht die Motten. Du könntest sogar Eintritt verlangen.«

»Das ist nicht lustig.«

»Ich meine es ernst. Du wirst schon sehen.«

»Solange der Täter noch frei herumläuft ...«, wandte sie ein.

»Man wird kaum annehmen, dass sich ein Serienkiller auf deinem Klo herumtreibt.« *Keine üble Idee für einen Krimi*, dachte er, *das sollte ich im Hinterkopf behalten.* »Der Klokiller«. *Nein, noch besser:* »Der Kneipenklokiller«. Er hatte schon immer ein ungesundes Faible für Alliterationen.

»Ist dir gestern Abend nichts aufgefallen?«, fragte Trixi hoffnungsvoll. »Immerhin hast du wie eine Klette an Lisa gehangen.«

»Nun übertreib mal nicht«, wiegelte Martin ab. So extrem war es nun auch wieder nicht gewesen.

»Ich übertreibe nicht«, konstatierte Trixi nüchtern.

»Na schön«, gab er sich geschlagen, »aber mir ist trotzdem nichts aufgefallen. Jedenfalls nichts, was mit ihrer Ermordung in Zusammenhang steht.« Es sei denn … Ein Klingeln an der Wohnungstür ließ den Gedanken, der ihm gerade gekommen war, zurück in die Tiefen seines Gehirns entschwinden. »Erwartest du jemanden?«

Trixi zuckte mit den Achseln. »Vielleicht haben die Bullen, die unten die Kneipe auf links drehen, den Kaffee gerochen und wollen eine Tasse abstauben.«

»Oder sie haben was entdeckt.«

»Tja, wir werden wohl gleich herausfinden, wer recht hat«, meinte sie und lief in den Flur, um die Tür zu öffnen.

Martin hörte eine männliche Stimme, die sich höflich für die frühe Störung – es war schon weit nach elf – entschuldigte und um Einlass bat. Es handelte sich um Kriminalhauptkommissar Paul Mattuschek. Ihm folgte seine reizende Kollegin Aylin Öner. Die beiden Ermittelnden im Fall des ermordeten Obdachlosen, in den Martin vor einigen Jahren unfreiwillig verwickelt war. Fehlte nur noch Sophies Bruder, seine Inkompetenz Carsten Kantner, um das Triumvirat zu komplettieren, aber der schien abhandengekommen zu sein. Besser war es, denn Carsten würde gewiss alles tun, um Martin gehörig an den Karren zu pinkeln. Und das konnte er gerade gar nicht gebrauchen.

***

Carsten starrte missmutig auf die undefinierbare Pampe, die man ihm als Roulade mit Klößen und Sauce serviert hatte, stach mit der Gabel in irgendetwas halbwegs Festes und nahm einen vorsichtigen Bissen. Er kaute und kaute, hatte dabei das Gefühl, dass sich das Stück in seinem Mund zu ballonartigen Ausmaßen aufblähte. Nach etlichen Versuchen gelang es ihm, es hinunterzuschlucken, was nicht ohne Würgen vonstattenging. Tränen der Anstrengung traten ihm in die Augen, und er musste einen Moment verschnaufen, ehe er sich an die Roulade wagte. Das Fleisch war so zäh, dass das Rind definitiv an Altersschwäche gestorben sein musste. Und es war alt geworden, sehr alt. Quasi ein Jopi Heesters unter den Rindern. Wenigstens war alles dermaßen in Sauce ertränkt, dass man nicht behaupten konnte, das Essen sei zu trocken. Ein paar Gewürze hätten dem Gericht nicht geschadet, aber der Hunger trieb es irgendwie hinein. Hätte er geahnt, was auf ihn zukommt, hätte er auf das Mittagessen verzichtet und das Krankenhaus gleich nach dem Frühstück verlassen.

Es klopfte an seiner Zimmertür, die, wie schon etliche Male vorher, sofort aufgerissen wurde. Warum, fragte sich Carsten, machten die Leute sich überhaupt die Mühe anzuklopfen, wenn sie ohnehin nicht warteten, bis man sie hereinbat? Da er mit dem Rücken zur Tür auf seinem Bett saß, drehte er den Kopf, soweit es ging, um zu ergründen, wer ihn schon wieder störte. In seinem Nacken knackte es bedenklich.

»Ach, du bist ja auf«, rief seine Verlobte freudig überrascht.

»Wie man's nimmt«, brummte Carsten.

»Schmeckt's?«, wollte Sophie wissen, die hinter Cordula das Zimmer betreten hatte.

»Nö.«

»Oller Nörgelpitter«, meinte Cordula gutmütig und umrundete das Bett, um Carsten zur Begrüßung so zärtlich zu küssen, dass selbst sein nicht versehrtes Knie weich wurde.

»Habt ihr's bald?«, maulte Sophie, die sich auch nach mehr als zwei Jahren mit Liebesbekundungen zwischen ihrem Bruder und ihrer besten Freundin schwertat.

Carsten und Cordula ließen widerwillig voneinander ab. »Ist ja gut, du Spielverderberin«, murmelte er. All seine Sorgen, Cordula könnte ihn verlassen, fielen von ihm ab.

»Was macht das Knie?«, erkundigte sich seine Privatärztin und schob den Nachttisch beiseite, um das Corpus Delicti gewissenhaft in Augenschein zu nehmen. »Na, das sieht ja ganz gut aus. Ich glaub, die Schwellung ist schon ein bisschen zurückgegangen seit gestern. Kühlst du es auch ordentlich?«

»Ja, Frau Doktor.«

»Tut's schlimm weh?«, wollte Sophie wissen.

»Nur wenn man danach fragt«, scherzte Carsten.

»Was macht der Kopf?«, fragte Cordula und sah ihm forschend in die Augen.

»Ist noch dran.«

»Mit einer Gehirnerschütterung ist nicht zu spaßen«, mahnte seine Verlobte.

»Jaja, schon gut.«

»Guck mal, hab ich dir mitgebracht«, verkündete seine Schwester und überreichte ihm ein schäbiges kleines Kuscheltier, an dessen Kopf ein metallener Ring befestigt war.

»Was soll das sein?«, erkundigte er sich, während er das plüschige Ding in alle Richtungen drehte.

»Ein Diddlmaus-Schlüsselanhänger, das sieht man doch«, erwiderte Sophie konsterniert.

»Ach so, klar, 'ne Diddlmaus. Süß. So auf ihre ganz eigene Art.« Er erinnerte sich, dass seine kleine Schwester früher völlig versessen auf diese Viecher mit den Glubschaugen, den großen Ohren und den noch größeren Füßen gewesen war.

»Hab ich gestern geschenkt bekommen«, erklärte sie.

Oha, jetzt näherten sie sich des Pudels Kern.

»Ach. Von wem denn?«

»Von Trixi. Aus unserer alten Klasse. Beatrix van den Bergh. Der die Kneipe gehört, wo wir gefeiert haben.«

»Ach ja, richtig, euer Klassentreffen«, tat Carsten scheinheilig, als fiele es ihm erst in diesem Moment wieder ein, »wie war's denn?«

»Och, äh, ganz nett«, wich Sophie aus und nahm ihm die Diddlmaus aus der Hand, um ihr intensiv in die Glubschaugen zu gucken.

Cordula lief zum Fenster, um die Aussicht aus dem zehnten Stock des Hochhausgebäudes zu überprüfen. Hatten die beiden in all den Jahren noch immer nicht gelernt, dass sie ihm nichts vormachen konnten? Erst recht nicht, wenn sie sich so unauffällig benahmen wie zwei Diddlmäuse im Ballett.

»Jetzt rückt schon raus mit der Sprache«, forderte er.

»Ich kann nix dafür«, beeilte Sophie sich, ihm zu versichern. An diesem Satz sollte sie sich irgendwann die Rechte sichern lassen.

Die beiden Frauen berichteten abwechselnd, wenn auch zögerlich, von den ihm schon bekannten Ereignissen der vergangenen Nacht. Carsten hörte aufmerksam zu, runzelte hin und wieder die Stirn und schüttelte schließlich den Kopf.

»Ich weiß nicht, warum du ständig in irgendwelche Mordfälle hineingerätst«, meinte er an Sophie gewandt, und es gelang ihm, dabei nicht einmal vorwurfsvoll zu klingen. Eher wie eine Mischung aus Verzweiflung und Resignation.

Seine Schwester schlug verlegen die Augen nieder. »Manchmal hab ich das Gefühl, nicht ich finde die Leichen, sondern die Leichen finden mich.«

»So kann man es natürlich auch sehen.«

»Gell?«

»Sei bloß vorsichtig«, warnte Carsten und wusste selbst nicht, was genau er meinte. Vorsichtig im Sinne von »misch dich nicht ein« oder »bring dich nicht unnötig in Gefahr«? Am besten beides.

»Du kennst mich doch«, erwiderte Sophie.

»Eben drum.«

14

»Unser Freund Martin Jäger ist echt ein Herzchen«, meinte Mattes. »Der hat es sich bei seiner Gastgeberin ja richtig gemütlich gemacht.«

Aylin kicherte. »Ich hoffe, diese Beatrix ist klug genug, ihn alsbald vor die Tür zu setzen. Sonst wird sie ihn vermutlich nie wieder los. Und wenn, dann wird's teuer.«

Mattes nickte wissend. »Stimmt. Was er damals mit unserer geschätzten Rechtsmedizinerin, Dr. Brandt, abgezogen hat, grenzte beinahe an Heiratsschwindel. Hat sich schön von ihr aushalten lassen und sich irgendwann sang- und klanglos vom Acker gemacht.«

Aylin konnte ihre Schadenfreude ob des desaströsen Liebeslebens von Dr. Brandt nur mit Mühe verbergen. Wer dumm genug war, sich mit Martin Jäger einzulassen, hatte es nicht besser verdient. Die Rechtsmedizinerin und sie würden in diesem Leben keine Freundinnen werden. Im nächsten vermutlich auch nicht.

Auf Wunsch eines einzelnen Herrn waren sie nach dem Besuch bei der Kneipenbesitzerin und ihrem Hausgast in eine Pommesbude eingekehrt. Aylin hatte in einem Anfall geistiger Umnachtung einen Salatteller bestellt und stocherte lustlos darin herum. Dabei war ab morgen Essig mit Essen, da begann der Fastenmonat. Auch wenn sie nicht besonders gläubig war, versuchte sie dennoch, die Regeln einzuhalten. Heute konnte sie ein letztes Mal ordentlich reinhauen, aber die Gelegenheit hatte sie ungenutzt an sich vorbeiziehen lassen. Mattes ließ sich derweil ungeniert sein Jägerschnitzel mit Fritten munden.

»Schmeckt's nicht?«, fragte er, nachdem er seine Kollegin eine Weile beim Herumschieben der Salatblätter auf ihrem Teller beobachtet hatte.

»Doch, doch«, versicherte sie und nahm hastig einen Bissen.

»Was hältst du von dieser Beatrix van den Bergh?«, wollte er wissen.

Aylin schluckte das halb zerkaute, in zu viel Essig getränkte Grünzeug hinunter und entkam nur knapp einem Hustenanfall. »Schwer durchschaubar«, meinte sie nachdenklich. »Vordergründig wirkt sie hilfsbereit und mitteilsam, wahrscheinlich, weil sie ihre Kneipe so schnell wie möglich wieder öffnen will. Aber ich hab das Gefühl, dass sie uns nicht alles gesagt hat.«

»Den Eindruck hatte ich auch«, stimmte Mattes zu. »Sie war damals so was wie die Anführerin der Klasse und damit natürlich auch der sogenannten Fantastischen oder Fürchterlichen Vier, die unser Opfer so getriezt haben. Beliebt war sie laut Sophie und Cordula nicht.«

»Kann ich mir denken. Was mich immer wieder erstaunt ist, wie es eine Minderheit schafft, eine Mehrheit so mundtot zu machen, dass sie alles klaglos über sich ergehen lässt. Hätten die anderen Klassenkameraden sich zusammengeschlossen und den Vieren gemeinsam die Stirn geboten, wären die schnell ruhig gewesen.«

Mattes zuckte mit den Schultern. »Ach, du weißt, wie das ist. Das ist doch überall so. Im Kleinen wie im Großen. So funktioniert die Welt. Wer am lautesten schreit, hat recht.«

»Ist doch scheiße.«

»Was willste dagegen machen?«

Aylin legte frustriert ihre Gabel beiseite. »Weiß ich auch nicht. Erst mal müssen wir uns auf unseren Fall beziehungsweise unsere Fälle konzentrieren. Den Knochenfund in den Ronsdorfer Anlagen haben wir ja auch noch an der Backe. Wenn das alles geklärt ist, können wir immer noch die Welt retten.«

»Falls es da noch was zu retten gibt«, seufzte Mattes, den eine gewisse Melancholie erfasste. Die religiösen Unstimmigkeiten oder andere Animositäten, wegen denen sich die Weltbevölkerung immer wieder gegenseitig die Köpfe einschlug. Die Zerstörung der Umwelt, die trotz hochtrabender Pläne unaufhaltsam voranschritt, was unweigerlich Naturkatastrophen nach sich zog. Da konnte einem angst und bange vor der Zukunft werden. Von den im Verhältnis dazu betrachtet kleinen Dramen, mit denen er und seine Kollegen sich tagtäglich konfrontiert sahen, ganz zu schweigen. Sein Handy klingelte und unterbrach seine Gedanken, ehe sie noch trüber werden konnten. »Mattuschek hier, wer stört beim Essen? ... Schröder, was gibt's?«

Aylin, die gerade einen Schluck ihres Mineralwassers nehmen wollte, hielt in der Bewegung inne und wartete gespannt, was der Kollege berichten würde.

»Ihr habt einen der Jungen eingefangen?«, rief Mattes und reckte den Daumen nach oben. »Das ist ja hervorragend. Wie habt ihr das denn so schnell geschafft? ... Eine Verfolgungsjagd? Ach du meine Güte ... Wurde jemand verletzt? Wie geht's dem Mädchen? ... Ja, alles klar. Kannst du dir das Bürschchen vorknöpfen? Aylin und ich haben nachher noch einen Termin. ... Super, bis dann.« Er beendete das Telefonat und legte das Handy beiseite. »Sie haben einen der Jungen geschnappt.«

»Das hab ich mitbekommen«, sagte Aylin. »Was ist passiert?«

»Wie sich herausstellte, ist dieser Justin Bielefeld bei seiner Freundin untergeschlüpft. Die beiden wollten sich im Auto der Mutter des Mädchens vom Acker machen. Es gab eine Verfolgungsjagd, die damit endete, dass der Junge den Wagen in eine Reihe geparkter Autos gelenkt hat.«

»Ach herrje. Es wurde doch hoffentlich niemand verletzt?«, vergewisserte sich Aylin.

»Na ja, die beiden wurden ordentlich durchgeschüttelt und standen unter Schock. Der Junge hat kaum Widerstand geleistet, als sie ihn aus dem Fahrzeug geholt haben. Man hat ihn und seine Freundin ins Krankenhaus gebracht. Der Junge hat sich wohl die Handgelenke gebrochen und ein paar angeknackste Rippen.«

»Der arme Kerl. Und wie geht es dem Mädchen?«

»Körperlich ist sie bis auf ein Schleudertrauma okay. Sie konnte das Krankenhaus schon verlassen, nachdem man sie gründlich durchgecheckt hat.«

»Der zweite Knabe war aber nicht bei ihnen?«

Mattes schüttelte bedauernd den Kopf. »Leider nicht. Der Junge, Justin, behauptet, nicht zu wissen, wo sein Kumpel abgeblieben sein könnte. Sie hätten sich getrennt, als die Bullen – also Carsten und ich – sie durch den Wald jagten. Das stimmt ja so weit.«

»Ärgerlich. Hat er sonst noch etwas gesagt? Zu den Knochen zum Beispiel?«

»Anscheinend nicht. Schröder will ihn später noch mal befragen. Vielleicht ist er dann gesprächiger.«

***

Tim war unfreiwillig Zeuge des Unfalls geworden. Als ein roter BMW, gefolgt von mehreren Polizeiautos, mit hoher Geschwindigkeit an ihm vorbei die Straße hinunter bretterte, hatte er sich geistesgegenwärtig hinter einen geparkten Kleintransporter geduckt. Kurz darauf hörte er es scheppern. Vorsichtig pirschte er sich näher heran, um in Erfahrung zu bringen, was geschehen war. Der Schreck fuhr ihm in die Glieder, als er Justin erkannte, dem zwei Beamte aus dem zerbeulten Auto helfen mussten. Bei dem Mädchen, das anschließend über die Fahrerseite aus dem Fahrzeug kletterte, musste es sich um Mimi handeln. Gott sei Dank schienen beide nicht schwer verletzt zu sein, auch wenn man Justins Gejammer bestimmt drei Kilometer weit hörte.

Tim lief die Straße ein Stück hinauf und zog sich in eine Seitenstraße zurück, wo er sich zwischen zwei parkenden Autos verborgen hielt. Zum Glück waren alle so mit dem Unfall beschäftigt, dass niemand auf einen Jungen achtete, der sehr darum bemüht war, nicht aufzufallen. Er wusste nicht, ob er erleichtert oder betrübt darüber sein sollte, nach wie vor auf freiem Fuß zu sein. Eine Nacht im Freien reichte ihm. Kein Auge hatte er zugetan; seine Gedanken kreisten ständig um den Polizisten, der ihn verfolgt hatte und jetzt vielleicht tot, zumindest aber schwer verletzt war. Und er hatte ihn liegenlassen, ohne den Versuch unternommen zu haben, ihm zu helfen. Tim konnte sich noch so sehr einreden, keine Wahl gehabt zu haben, die Gewissensbisse nagten an ihm wie eine fette Ratte an ihrer Beute. Apropos Ratte: Das war der zweite Grund, der ihn um den Schlaf gebracht hatte. Die verdammten Krabbelviecher jeder nur erdenklichen Größe und Art, die sich zu Tausenden auf dem Waldboden tummelten, um über ihn herzufallen, sobald seine Wachsamkeit nachließ. Um ihn bis auf die Knochen abzunagen, wie den Typen, dessen Überreste sie gestern in den Ronsdorfer Anlagen entdeckt hatten. Wobei er – oder sie – vermutlich tot gewesen war, als die Tiere ihr Werk begonnen hatten. Also hoffentlich war derjenige tot gewesen. Etwas anderes wollte Tim sich lieber nicht näher ausmalen.

Wie dem auch sei, er konnte der Natur nicht viel abgewinnen. Schon seit seiner Kindheit nicht. Als er klein war, hatte er mit seinem Vater im Wald gezeltet. Na ja, sie hatten es versucht. Das Abenteuer musste nach wenigen Stunden abgebrochen werden, weil eine Spinne es wagte, über Tims Gesicht zu krabbeln. So eine richtig große, eklige. Ihn schauderte heute noch, wenn er daran dachte.

Er hätte nicht damit gerechnet, dass er die lieblos eingerichtete Zelle in der JVA vermissen würde. Oder gar sein altes Kinderzimmer, in dem er nach dem frühen Tod seines Vaters so viele unglückliche Stunden verbracht hatte. Dennoch hatte ihn sein Weg in seiner Verzweiflung zunächst zu seinem Elternhaus geführt. Er wusste nicht, wohin er sonst gehen sollte. Natürlich war ihm klar, dass die Bullen das Haus beobachten würden, in der Hoffnung, er würde blindlings in die Falle tappen. Ganz so blöd war er nicht. Durch seine vielen heimlichen Ausflüge, die er hinter dem Rücken seiner Mutter unternommen hatte, kannte er etliche Schleichwege und Nischen, wo einen niemand entdeckte.

Womit er nicht gerechnet hatte, war, dass seine Mutter im letzten Jahr offenbar umgezogen war, ohne sich die Mühe zu machen, ihm ihre neue Adresse mitzuteilen. Bei welcher Gelegenheit hätte sie das auch tun sollen? Sie schrieb ihm nicht, von Besuchen ganz zu schweigen. Seit dem Tag seiner Verurteilung hatte er sie weder gesehen noch von ihr gehört. Nicht, dass er darüber traurig war, es bestätigte, was er stets gespürt hatte: Sie liebte ihn nicht, hatte ihn nie geliebt. Als er klein war, hatte er sich immer gefragt, was er falsch machte. Bis er eines Tages zufällig über die Antwort stolperte. Aber die warf nur mehr Fragen auf. Fragen, die sie ihm nicht beantworten konnte oder wollte. Seit diesem Tag hatten sie kaum miteinander gesprochen.

Und nun hatte sie sich endgültig aus seinem Leben verabschiedet. Eigentlich nicht mal das. Er war auf sich gestellt. Das kümmerte ihn normalerweise nicht, nach dem Tod seines Vaters war es meistens so gewesen. In ihrer Trauer hatte sie nicht die Kraft gehabt, sich auch noch um das ungeliebte Kind zu kümmern. Doch im Moment hätte Tim gern jemanden gehabt, der ihm sagte, wie es weiterging. Dass es überhaupt weiterging. Wenigstens war ihm wieder eingefallen, wo sein verdammtes Handy abgeblieben war. Er hatte es nicht, wie zunächst befürchtet, verloren, sondern Justin gegeben, damit er seine Mimi anrufen konnte. Dann war alles aus dem Ruder gelaufen, und er hatte nicht mehr daran gedacht. Er musste sich das Handy unbedingt wiederbeschaffen.

Die Adresse des Mädchens kannte Tim, Justin hatte ihm oft genug die mit Herzchen und Lippenstiftküsschen versehenen Briefumschläge von ihr unter die Nase gehalten. Parfümiert waren die Dinger zusätzlich, mit irgendeinem widerlich süßen Blümchenduft, der ihn immer zum Niesen brachte. Dass die Bullen auf die Idee kommen würden, bei Mimi nach dem Entlaufenen zu suchen, war nur logisch. Tim hatte gehofft, es hätte ein bisschen länger gedauert, bis sie drauf kamen. Jetzt war Justin wieder einkassiert, und er selbst stand immer noch ohne das Handy da. Und damit ohne die dort eingespeicherte Telefonnummer, die er so dringend benötigte. Hätte er sie sich gemerkt, müsste er sich keine Gedanken machen. Aber wer merkte sich Telefonnummern?

15

»Guten Tag, Frau Reinhardt, schön, dass Sie es einrichten konnten«, sagte Mattes und deutete eine Verbeugung an, als die Hausherrin persönlich ihnen die Eingangspforte ihres Domizils öffnete. Bei einem solch imposanten Gebäude hatte er mindestens einen Butler erwartet. Na ja, die Zeiten änderten sich. Das Anwesen am Ende einer Privatstraße nahe dem Toelleturm verfügte sogar über einen eigenen kleinen Kreisverkehr, um das lästige Wenden zu erleichtern.

»Ach, ich bitte Sie«, winkte Leonore Reinhardt ab. »Wir wollen alle diese unerfreuliche Sache so rasch wie möglich hinter uns bringen.«

Unerfreuliche Sache – so konnte man einen Mord natürlich auch bezeichnen. Leonore Reinhardt machte eine einladende Geste, und die beiden Polizisten folgten ihrer hüftschwingenden Gastgeberin bis in ein Wohnzimmer, in dem Mattes' komplette Wohnung Platz gefunden hätte. Das Stahlgeschäft lohnte sich offenbar immer noch. In der Zeitung hatte Mattes die Geschichte um die Firma Reinhardt-Stahl verfolgt. Der Seniorchef war vor einigen Wochen völlig unerwartet in seinem Büro einem Herzinfarkt erlegen. Seine beiden liebenden Kinder hatten in ihrer Trauer nichts Eiligeres zu tun, als sofort einen Deal mit einem chinesischen Investor unter Dach und Fach zu bringen und einen Großteil der Produktion in dessen Heimatland zu verlegen. Böse Zungen behaupteten, Leonore Reinhardt und ihr Bruder hätten schon länger hinter dem Rücken ihres Vaters in

Verhandlungen mit dem Asiaten gestanden und quasi nur auf das Ableben des Patriarchen gelauert. Ganz böse Zungen munkelten gar, die beiden hätten beim Ableben nachgeholfen, aber das waren nur Gerüchte.

Tatsächlich strahlte Leonore Reinhardt eine Kälte aus, die Mattes erschaudern ließ. Ihr traute er ohne Weiteres einen Mord zu, wenn es ihren Zwecken diente. Das hatte er schon gestern Abend bemerkt. Welchen Nutzen sie aus dem Tod Lisa Hirsefelds ziehen könnte, erschloss sich ihm zwar nicht, aber sie standen ja noch am Anfang der Ermittlungen.

»Es ist so schönes Wetter«, meinte Leonore Reinhardt, »lassen Sie uns in den Garten gehen.«

Garten war nicht annähernd die richtige Bezeichnung für den riesigen Außenbereich des Anwesens mit ausladender Liegewiese und Privatspielplatz. Im hinteren Bereich entdeckte Mattes einen großen Pool, in dem ein Mädchen im Grundschulalter planschte.

»Meine Tochter, Constanze«, informierte Leonore, die seinen Blick bemerkte.

»Leben Sie hier allein mit Ihrer Tochter?«, fragte der Hauptkommissar.

Leonore lachte auf. »Nein, wo denken Sie hin? Das hier ist mein Elternhaus. Meine Mutter wohnt noch hier. Mein Vater ist kürzlich verstorben.«

»Ich hörte davon. Mein Beileid«, murmelte Mattes.

»Danke, es kam für uns alle überraschend.«

Aber nicht ungelegen, dachte der Hauptkommissar.

»Mein Bruder wohnt mit seiner Frau und den Kindern ein paar Häuser weiter unten. Sie sind allerdings gerade gemeinsam mit Mutter im Urlaub in unserem Chalet in der Schweiz.«

Natürlich, die Familie von Welt besaß nicht irgendein schnödes Ferienhaus an der Nordsee, sondern ein Schweizer Chalet. Mattes nannte einen Wohnwagen an der Bever sein Eigen. Nicht, dass er häufig dort war, aber immerhin konnte er sich den Flusswind um die Nase wehen lassen, wenn ihm danach war und seine Zeit es erlaubte.

»Sind denn schon Sommerferien?«, fragte Aylin überrascht.

Leonore Reinhardt sah die Oberkommissarin an, als bemerkte sie deren Anwesenheit erst jetzt. »Was? Ach so, nein, die Kinder meines Bruders sind noch nicht in der Schule.«

Im Gegensatz zu Leonores Tochter, und so hockte Frau Reinhardt gezwungenermaßen hier, während der Rest der Familie es sich am Genfer See oder wo auch immer gut gehen ließ.

»Was ist mit Ihrem Mann?«, wollte Mattes wissen.

»Sie spielen sicher auf den Erzeuger meiner Tochter an«, korrigierte Leonore. »Der spielt in unserem Leben keine Rolle. Ist das von Belang?«

»Nein, reine Neugier. Entschuldigung. Berufskrankheit.«

»Na dann. Bitte, nehmen Sie Platz. Kann ich Ihnen etwas anbieten? Wasser? Kaffee?«

Mattes suchte auf dem ausladenden Tisch aus wetterfestem Holz vergeblich die Glocke, mit der Leonore Reinhardt nach dem Personal läutete. Versorgte sie sich und ihre Tochter in Abwesenheit der restlichen Familie tatsächlich ohne Hilfe?

»Äh, nein danke. Wo war Ihre Tochter gestern Abend, während Sie auf der Feier waren?«

Leonore Reinhardt runzelte die Stirn und schien nicht zu begreifen, worauf der Polizist mit seiner Frage abzielte.

»Sie war hier.«

»Allein?«

»Überprüfen Sie jetzt das Alibi meiner Tochter?«, scherzte sie. »Sie war hier mit unserem Au-pair-Mädchen. Ach ja, die wohnt auch noch hier. Oder besser gesagt: wohnte. Sie musste heute Morgen in aller Frühe nach Hause fahren, weil ihr Vater schwer erkrankt ist. Ich kann Ihnen ihre Telefonnummer und Adresse geben, falls Sie die Angaben überprüfen wollen.«

»Nein, das ist nicht nötig«, winkte Mattes ab. »Wie gesagt, reine Neugier.«

»Kommen wir zu dem Klassentreffen«, schlug Aylin vor.

»Dazu habe ich Ihrem Partner«, sie deutete auf Mattes, »doch letzte Nacht schon alles gesagt.«

»Vielleicht ist Ihnen nach ein paar Stunden Ruhe ja noch etwas eingefallen.«

Leonore schüttelte den Kopf. »Nein, wirklich nicht. Eher im Gegenteil, es wird alles immer verschwommener. Beatrix war ziemlich großzügig mit den Cocktails. Ich erinnere mich, dass wir dieses alberne Spiel gespielt haben. Trixi hielt irgendwelche Gegenstände hoch, und wir mussten raten, zu wem der Gegenstand am besten passt.«

»Wie die Stricknadeln zu Lisa Hirsefeld«, merkte Mattes an.

Leonore nickte bestätigend. »Genau. Oder die Diddlmaus zu Sophie Kantner.«

»Was haben Sie bekommen?«, fragte Aylin.

Ihre Gastgeberin hob in einer bedauernden Geste die rechte Schulter. »Gar nichts. Wir konnten das Spiel nicht beenden, weil die besoffenen Kerle über uns hergefallen sind.«

»Diese Männer sind aus heiterem Himmel in den Raum geplatzt?«, vergewisserte sich Mattes.

»Allerdings. Wie die Verrückten. Wenn es nach mir gegangen wäre, hätten Ihre Kollegen die alle verhaften können. Dann wäre Lisa vielleicht noch am Leben.«

»Wie kommen Sie darauf?«, fragte Aylin.

»Na ja, es war doch einer von denen, oder nicht?«

»Das wissen wir nicht. Ist Ihnen in dieser Richtung etwas aufgefallen?«

Leonore Reinhardt zögerte einen Moment. »Nein, eigentlich nicht«, räumte sie ein. »Ich dachte nur ...«

»Was war denn, nachdem unsere Kollegen die Randalierer aus der Sonderbar begleitet haben?«

Leonore Reinhardt richtete den Blick gen Himmel und überlegte einen Augenblick. »Die Kellner brachten uns noch eine Runde Cocktails. Ich weiß nicht, die wievielte es war. Nach der fünften hab ich aufgehört zu zählen. Wir haben ein bisschen abgehangen. Oder in den Seilen gehangen, je nachdem. Irgendwann verkündete jemand ... Sophie Kantner, glaube ich ... sie müsse mal auf Klo. Und da hat sie dann Lisa gefunden. Also, angeblich gefunden.«

»Wieso angeblich?«, hakte Mattes nach.

»Na ja, sie war schließlich allein, nicht wahr? Vielleicht war sie es ja, die Lisa ...«

Sie hob vielsagend eine Augenbraue. Die Dame wechselte ihre Meinung schnell. Erst hatte einer der junggesellingen Radaubrüder Lisa Hirsefeld auf dem Gewissen, nun die arme Sophie.

»Hätte Sophie ... äh, Frau Kantner ...«

»Liebermann heißt sie jetzt wohl«, verbesserte Leonore.

»Ach ja«, tat Mattes, als sei ihm dieser Umstand entfallen. »Also, hätte Frau Liebermann einen Grund gehabt, Frau Hirsefeld zu töten?«

Auf die Antwort war er gespannt. Was hatte Sophie in den Augen dieser Frau zu verbergen?

»Das weiß ich leider nicht«, ruderte Leonore Reinhardt zu seiner Enttäuschung zurück. »Ich habe weder Sophie noch Lisa in den letzten zwanzig Jahren gesehen. Nach der zehnten Klasse habe ich ein Austauschjahr in Kanada verbracht und war dann bis zum Abi auf einem Internat in der Schweiz. Anschließend habe ich in Cambridge studiert. Wirtschaftswissenschaften und Marketing.«

»Zurück zu Frau Liebermann«, unterbrach Mattes.

»Richtig, Sophie. Lassen Sie sich von ihr nicht einwickeln«, warnte Leonore Reinhardt. »Die tut immer, als könne sie kein Wässerchen trüben. Aber sie hat es faustdick hinter den Ohren.«

Der Hauptkommissar biss sich auf die Unterlippe, um nicht in lautes Gelächter auszubrechen, während Aylin konzentriert einen imaginären Fussel von ihrer Hose pulte. Sophie hatte es in der Tat faustdick hinter den Ohren, allerdings anders, als diese Frau ihnen glauben machen wollte.

»Na ja, ich will sie jetzt nicht reinreiten oder so«, räumte Leonore ein, was die Kommissare ihr nicht so recht abnahmen. »Wahrscheinlich stimmt es, was sie gesagt hat. Dass sie Lisa tot aufgefunden hat.«

»Wie war Ihr Verhältnis zu Frau Hirsefeld?«, fragte Mattes.

Sie sah ihn überrascht an. »Da gab es kein wie auch immer geartetes Verhältnis. Sie war nur ein Jahr in unserer Klasse. Ich hab kaum mit ihr geredet. Wir hatten keinerlei Berührungspunkte. Weder früher noch heute.«

»Außer dass Sie und Ihre Freunde«, Aylin blätterte in ihrem Notizblock, »Beatrix, Isabella und Tobias sie damals gemobbt haben.«

Leonore Reinhardt verzog das Gesicht. »Ja, Trixi und Tobias waren ziemlich fies zu ihr«, sagte sie.

»Und Sie und Isabella Girandelli?«, hakte Aylin nach.

»Bella und ich waren höchstens Mitläufer«, behauptete Leonore. »Trixi hatte das Sagen.«

Die Oberkommissarin konnte sich nur schwer vorstellen, dass Leonore Reinhardt sich von irgendjemandem etwas sagen ließ oder sich mit der Rolle der Mitläuferin zufriedengab. »Aber Sie haben trotzdem mitgemacht«, beharrte sie.

Leonore zuckte mit den Schultern. »Irgendwie schon, ja«, gab sie zögernd zu. »Aber im Gegensatz zu dem, was heute abgeht, waren wir harmlos.«

»Hat Lisa das auch so gesehen?«

»Keine Ahnung. Wahrscheinlich nicht. Sie hat sich aber auch nicht beklagt.«

Wie die meisten Opfer von Mobbing, dachte Aylin. »Hat sie Sie oder einen der anderen gestern Abend darauf angesprochen?«

Leonore ging einen Moment in sich und schüttelte dann den Kopf. »Also mit mir hat sie nicht geredet«, behauptete sie. »Wenigstens nicht über früher.«

»Über was hat sie denn mit Ihnen geredet?«, fragte Mattes.

»Über gar nichts«, sagte sie. »Ging ja auch schlecht, weil Martin Jäger sie die ganze Zeit mit Beschlag belegt hat. Sophie war fuchsteufelswild.«

»Weshalb?«, wollte Mattes wissen.

Leonore sah ihn erstaunt an. »Na, sie war mit Martin zusammen. Also früher, meine ich. War ein kleines Drama, weil er gleichzeitig was mit Trixi hatte. Der war es, glaub ich, auch nicht recht, dass Martin sich beim Klassentreffen um Lisa bemüht hat.«

»Und Ihnen?«

»Mir?« Leonore lachte. »Den Jäger konnten sie mir schon

damals nackt auf den Bauch binden. Der Mann ist mir so was von egal. Aber Tobias war wenig erbaut davon, dass er bei Lisa nicht zum Zuge kam. Als ob die ihn auch nur mit dem Arsch angeguckt hätte, nach dem, was früher war.«

»Sie sprechen von Tobias Kirchhoff«, konstatierte Mattes. »Ist der nicht mit Isabella Girandelli liiert?« Allmählich fühlte er sich in eine Folge von Dallas oder Denver Clan katapultiert. Oder moderne Serien ähnlichen Inhalts, von denen er keine Ahnung hatte. Seifenopern eben.

»Das muss bei Tobias nichts bedeuten«, meinte Leonore gehässig.

»Wie hat Frau Girandelli auf das Interesse ihres Partners an Lisa Hirsefeld reagiert?«

»Sie hat so getan, als würde sie es nicht merken. Aber in ihr hat es gebrodelt, das hab ich ihr angesehen.«

»Genug um …?«

»Genug um Lisa zu töten, meinen Sie? Tut mir leid, da bin ich überfragt.«

***

Nachdem die beiden Kommissare gegangen waren, lief Leonore zum Barschrank und goss sich ein großzügiges Glas Lagavulin aus der Whiskysammlung ihres Vaters ein. Er konnte sie deswegen ja nicht mehr maßregeln. Eigentlich mochte sie keinen Whisky, aber sie brauchte jetzt etwas Stärkeres als ihr übliches Glas Rotwein. Sie ging auf die Terrasse und ließ sich in einen der Liegestühle sinken. Ihre Tochter planschte immer noch im Wasser. Irgendwann wuchsen dem Kind Schwimmhäute.

»Constanze«, rief sie, »komm mal langsam raus, dir ist doch bestimmt kalt.«

Constanze ignorierte ihre Mutter, wie sie es immer tat. Sie hörte – falls überhaupt – ausschließlich auf ihre Oma.

Aber die war weit weg in der Schweiz. Na ja, spätestens, wenn das Kind eine Lungenentzündung bekam, würde sie sich an die weisen Worte ihrer Mutter erinnern. Leonore hatte ohnehin andere Sorgen.

Hätte sie die Polizei lieber nicht anlügen sollen? Wenn herauskam, dass sie Lisa in den letzten zwanzig Jahren sehr wohl gesehen hatte, würde sie das umso verdächtiger machen. Aber es war ja eine zufällige Begegnung gewesen, die nichts zu bedeuten hatte. Jedenfalls nicht für Leonore. Vor einigen Wochen waren sie sich in der Elberfelder Innenstadt über den Weg gelaufen. Im Leben hätte sie die ehemalige Strickliesel nicht wiedererkannt. Zwar war sie längst nicht so aufgebrezelt gewesen wie am Samstag, aber den altmodischen Klamotten und den albernen Zöpfen war sie inzwischen entwachsen. Leonore wäre an ihr vorbeigegangen, aber Lisa hatte sie angesprochen und sich zu erkennen gegeben. Leo hatte sich darüber gewundert, schließlich war die Klassenkameradin von ihr mehr als nur ein bisschen gepiesackt worden. Aber nachdem fast zwei Jahrzehnte Gras über diverse Vorkommnisse gewachsen war, sah der ein oder andere die Schulzeit vermutlich durch eine Art nostalgische rosarote Brille. Obwohl sie sich kaum vorstellen konnte, dass es sich bei Lisa so verhielt. Dazu waren sie zu gemein zu ihr gewesen. Trotzdem hatte Lisa vorgeschlagen, einen Kaffee trinken zu gehen.

Sie wählten das nahegelegene Café Extrablatt, das zur besten Kaffee-und-Kuchen-Zeit bis auf den letzten Tisch besetzt war. Leo, die ihre spontane Zusage bereits bereute, wandte sich erleichtert zum Gehen, als Lisa meinte, hinten werde ein Platz frei. Missmutig war sie ihrer Klassenkameradin gefolgt, die den Tisch schon okkupiert hatte, ehe die vorherigen Gäste ihn räumen konnten. Das Gespräch der beiden Frauen kam nur schleppend in Gang, was zum großen Teil daran lag, dass es keine von ihnen wirklich interessierte, wie es der anderen ging. Lisa war diesbezüglich ohnehin wenig mitteilsam. Leo fragte sich, weshalb sie den Vorschlag mit dem Kaffeetrinken überhaupt gemacht hatte, und war froh, als ihre Tochter anrief und von der Schule abgeholt werden wollte. Sie verabschiedete sich von Lisa, und sie versicherten sich gegenseitig, in Kontakt zu bleiben, ohne ihre Nummern auszutauschen. Kurz darauf flatterte die Einladung zum Klassentreffen ins Haus. Leonore wünschte, sie hätte sie ignoriert. Ihre alten Freunde wiederzusehen, war weniger lustig gewesen als erwartet. Und auf das Ende des Abends sowie die daraus resultierenden Unannehmlichkeiten hätte sie getrost verzichten können.

16

»Okay, dann bis gleich«, sagte Isabella und beendete das Telefonat. Sie legte ihr Handy auf die Kommode im Flur und kehrte ins Schlafzimmer zurück, wo Tobias auf dem Bett lag und sie erwartungsvoll anblickte.

Sie hatte sich breitschlagen lassen, bei ihm zu übernachten. Etwas, das sie nur äußerst selten machte, denn erstens fand sie seine Wohnung, gelinde ausgedrückt, schrecklich ungemütlich, und zweitens hatte Isabella einen elfjährigen Sohn, den sie nachts nicht allein lassen konnte. Ihr Ex-Mann bekleckerte sich als Teilzeitvater nicht eben mit Ruhm, weshalb der Junge fast ausschließlich bei ihr wohnte. An diesem Wochenende hatte Isabellas Ex ausnahmsweise sowohl Zeit als auch Lust gefunden, sich seinem Sprössling zu widmen. Und nach dem unerfreulichen Ende des gestrigen Tages mochte sie nicht allein sein. Sie hätte ohnehin nicht schlafen können. Da kam ihr die Ablenkung durch den nimmersatten Tobias gerade recht. Er enttäuschte sie nicht. Fast konnte man annehmen, der Tod hätte seine Hand auch nach ihm ausgestreckt und ihm anstelle seines Ablebens Flügel verliehen, sich und seiner Partnerin die Seele aus dem Leib zu vögeln.

»Wer war das?«, fragte Tobias.

»Trixi«, klärte sie ihn auf, »sie hat uns zum Abendessen eingeladen. Bei ihr zu Hause, weil die Kneipe noch geschlossen ist. Sie wohnt über der Sonderbar.«

»Wieso das?«, fragte er erstaunt.

»Wieso sie über der Sonderbar wohnt?«

»Nein, wieso sie uns schon wieder sehen will. Das Klassentreffen war ja kein sonderlich grandioser Erfolg.«

Isabella hob in einer ratlosen Geste die Hände. »Weiß ich nicht. Vielleicht geht ihr die Sache mit Lisa nahe, und sie braucht jemanden zum Reden.«

»Wieso sollte ihr die Sache mit Lisa nahegehen? Sie mochte sie genauso wenig wie wir.«

So wie er Lisa gestern Abend mit Blicken ausgezogen hatte, war Isabella nicht überzeugt davon, dass Tobias sie nicht gemocht hatte. Aber ihr war klar, worauf er anspielte. »Immerhin ist Lisa in Trixis Kneipe … du weißt schon.«

»Ermordet worden, sprich es doch aus, Frau Oberstaatsanwältin. Aber was erwartet Beatrix von uns?«

»Vielleicht erhofft sie sich moralische Unterstützung oder so.«

Tobias schnaubte. »Dann noch einmal die Frage: Was erwartet sie da ausgerechnet von uns? Wir sind nicht gerade ein Ausbund an moralischer Unterstützung. Oder an Unterstützung im Allgemeinen.«

Damit hatte er recht, musste Isabella zugeben. Sie waren Trixi keine guten Freunde gewesen. Im Gegenteil:

Sie hatten sich von ihr abgewandt, als die Welt um sie herum einstürzte. Hatten sich schleunigst vom Acker gemacht, um nicht mit in den Abgrund gerissen zu werden. Aber sie alle plagten zu jener Zeit eigene Probleme, und Isabella hatte ihr Gewissen damit beruhigt, dass Beatrix im umgekehrten Fall genauso gehandelt hätte. Die Fantastischen Vier waren keine Freunde, auf die man sich in der Not verlassen konnte, sondern ein Haufen verzogener Bälger, denen es Spaß bereitete, andere zu piesacken. Die einzige Gemeinsamkeit, die sie zusammenhielt. Trixi war die Schlimmste von ihnen. Hochmut kam bekanntlich vor dem Fall. Und der Fall der van den Berghs war äußerst tief und schmerzhaft gewesen.

»Ich hab für uns beide zugesagt«, erklärte sie. »Ich bin neugierig, was das Ganze zu bedeuten hat.«

»Wenn es Beatrix betrifft, nichts Gutes, so viel kann ich dir sagen. Die führt irgendwas im Schilde.«

»Wir haben sie seit Jahren nicht gesehen. Menschen ändern sich, weißt du?«, meinte Isabella, ohne selbst davon überzeugt zu sein.

Tobias lehnte sich im Bett zurück und verschränkte die Arme hinter dem Kopf. »Also ich nicht«, behauptete er mit leichtem Trotz in der Stimme.

»Nein, du nicht«, stimmte sie zu.

Genau da lag das Problem. Tobias war der gleiche Schwerenöter geblieben, der ihr vor zwanzig Jahren das Herz gebrochen hatte. Isabella hatte gehofft, dass er diese Eigenschaft inzwischen abgelegt hatte, aber das war nicht der Fall. Und würde der Grund sein, aus dem ihre Beziehung in naher Zukunft ein weiteres Mal scheitern würde. Sie konnte und wollte sich auf keine unverbindliche Affäre einlassen. Genau genommen war eine Beziehung im

Moment ohnehin das Letzte, was sie brauchte, egal, wie ernst oder locker sie sich entwickelte. Sie stand kurz vor der Ernennung zur Richterin am Oberlandesgericht Düsseldorf und war alleinerziehende Mutter eines Frühpubertierenden. Mit diesen beiden Baustellen hatte sie genug am Hals, da musste sie keine dritte eröffnen. Und so umwerfend, wie sie ihn in Erinnerung hatte, war der Sex mit Tobias auch wieder nicht, dass es sich lohnte, daran Zeit und Energie zu verschwenden.

Wem wollte sie eigentlich etwas vormachen? Der Sex mit Tobias war genauso umwerfend, nein sogar besser als früher. Damals waren sie noch halbe Kinder gewesen. Leider reichte fantastischer Sex nicht aus, um dafür die negativen Seiten hinzunehmen. Ein erneut gebrochenes Herz, zum Beispiel. Das einzige Problem war, dass ihr Sohn Enzo sich als ein ausgesprochenes Tennistalent entpuppte und Tobias nicht nur sein Trainer war, sondern sich in den letzten Monaten zu einer Art Vaterfigur entwickelt hatte. Auch wenn er zum Vater taugte wie eine Qualle zum Bergsteigen, würde es Enzo fürchterlich treffen, ihn zu verlieren, wo sich doch sein biologischer Vater kaum um ihn kümmerte. Wenn Isabella Tobias den Laufpass gab, würde er sich sicherlich weigern, ihren Sohn weiter zu unterrichten, geschweige denn sich sonst um ihn zu kümmern. Aber dieses Problem musste sie nicht hier und heute lösen. Sie konnte im Moment ohnehin nicht klar denken.

»Was glaubst du, wer Lisa getötet hat?«, fragte sie unvermittelt.

Tobias gab seine lässige Haltung auf und zog sich die Bettdecke bis unter das Kinn, als sei ihm kalt. »Keine Ahnung«, erwiderte er. In seiner Stimme schwang ein Hauch Unsicherheit mit.

»Meinst du, es war jemand von uns?«

Er starrte sie ungläubig an. »Ist das dein Ernst?«

Sie zuckte unschlüssig mit den Schultern. »Wer sollte es sonst gewesen sein?«

»Na, einer von diesen bescheuerten Typen, die über uns hergefallen sind. So besoffen, wie die waren.«

»Und Lisa war ein Zufallsopfer?«

Tobias nickte eifrig. »Genau. Zur falschen Zeit am falschen ... Örtchen.«

»Das ist nicht lustig.«

»War auch nicht so gemeint. Ehrlich gesagt würde ich die ganze Geschichte am liebsten vergessen. Wieso sind wir überhaupt zu diesem hirnrissigen Klassentreffen gegangen? Es war von vornherein klar, dass das in einer Katastrophe endet. Scheiße, wenn sich herumspricht, dass ich in einen Mordfall verwickelt bin, kann ich die Tennisschule gleich wieder dichtmachen.«

Tobias sprang aus dem Bett und raffte eilig seine Kleidungsstücke zusammen, die auf dem Boden verstreut lagen. Man gewann beinahe den Eindruck, er sei im Begriff zu fliehen.

»Solange du nichts mit ihrer Ermordung zu tun hast, musst du auch nichts befürchten«, meinte sie.

»Was heißt hier *solange*?«, schnappte er. »Natürlich habe ich nichts damit zu tun. Aber du weißt, wie es ist, wenn die Gerüchteküche anfängt zu brodeln. Dann machste nix mehr.«

Da hatte Tobias recht. Über die Auswirkungen, die es für sie selbst haben würde, mochte Isabella im Moment nicht einmal nachdenken.

17

Sophie wunderte sich über die Nachricht von Beatrix mit der Einladung zu einer abendlichen Gedenkstunde für Lisa auf ihrer Mailbox. Erstens erschien ihr die alte Schulkameradin nach wie vor nicht wie jemand, der sich um das Schicksal anderer scherte – erst recht nicht um das von Lisa Hirsefeld. Zweitens erinnerte Sophie sich nicht, gestern ihre Handynummer herausgegeben zu haben. Aber wie sonst hätte Beatrix da rankommen sollen?

Diese Frage war schnell geklärt, als die Kneipenbesitzerin ihr die Tür zu ihrer Wohnung öffnete. Im Hintergrund registrierte Sophie die Rückansicht von Martin Jäger, der soeben von einem Zimmer ins andere huschte. Sie hätte gern gewusst, ob er die Nacht hier verbracht hatte, wollte aber nicht gleich mit der sprichwörtlichen Tür ins Haus fallen.

»Äh, hi«, begrüßte sie ihre Gastgeberin. »Danke für die Einladung ... schon wieder.«

»Komm rein.« Beatrix trat beiseite, um Sophie Platz zu machen. »Schön, dass du so spontan kommen konntest. Hast du Cordula Bescheid gegeben?«

»Ja, aber sie hatte schon was vor.« Nämlich Carsten davon abzuhalten, das Krankenhaus auf eigene Gefahr zu verlassen.

»Ach, schade. Die anderen haben alle zugesagt«, informierte Beatrix.

Wer immer »die anderen« sein mochten. Meinte sie etwa alle, die gestern Abend dagewesen waren? Sollte das eine Art Versammlung der Verdächtigen werden? Wie bei Hercule Poirot, nur ohne den belgischen Meisterdetektiv? Halleluja, das würde was geben.

Die Türklingel kündigte weitere Besucher an. Beatrix betätigte den Türöffner, und die Schrittgeräusche mehrerer

Personen ertönten auf der Treppe. Kurz darauf erschienen Isabella, Tobias und Leonore. *Halleluja*, rief Sophie im Geiste erneut, *die Fürchterlichen Vier sind wieder vereint.* Die Neuankömmlinge drückten sie und ihre Gastgeberin, als habe man sich jahrelang nicht gesehen.

»Voll praktisch, dass du über der Kneipe wohnst, Trix«, meinte Tobias. »Da hast du kurze Wege.«

»Ja, und ich kann mich nicht beschweren, wenn es unten mal lauter wird«, kommentierte Beatrix.

Oder jemand ermordet wird, fügte Sophie in Gedanken hinzu. Sie und die drei anderen folgten ihrer Gastgeberin einen schmalen Flur entlang bis ins Wohnzimmer, wo Martin Jäger wie der Hausherr am Kopfende des gedeckten Esstischs thronte. Rechts und links von ihm saßen Markus Pfeffer und Bastian Spieß. Während die beiden unbehaglich auf ihren Stühlen herumrutschten und sich vermutlich fragten, was sie erwartete, schien sich Martin wie zu Hause zu fühlen. Er begrüßte die neu angekommenen Gäste jovial wie ein englischer Landadliger und bedeutete ihnen mit einer Geste, Platz zu nehmen. Er wartete, bis alle der Aufforderung nachgekommen waren, bevor auch er sich wieder auf seinem Stuhl niederließ und einen bedeutungsschwangeren Blick in die Runde warf. Erneut kam Sophie der Vergleich mit Hercule Poirot in den Sinn. Natürlich wies Martin allein rein optisch keinerlei Gemeinsamkeit mit dem belgischen Romandetektiv auf und zählte obendrein zu den Verdächtigen. Trotzdem drängte sich ihr dieses Bild auf.

Die anderen Versammelten hegten offenbar ähnliche Gedanken, dennoch machten sie gute Miene zum bösen Spiel und bewunderten die liebevoll gestaltete Tischdekoration und die auf einer großen Platte arrangierten Amuse-Gueules, die auf ihren Verzehr warteten.

»Das ist gestern in der Küche der Sonderbar übrig geblieben«, informierte Trixi mit einer entschuldigenden Geste.

»Na, was für ein Glück, dass Lisa nicht an einer Vergiftung gestorben ist«, meinte Isabella und beäugte die dargebotenen Speisen kritisch.

Sophie verging spontan der Appetit. Den anderen schien es ähnlich zu gehen. Sie musterten sich gegenseitig und vor allem ihre Gastgeberin argwöhnisch. Martin, dem dieses Schauspiel offenbar diebisches Vergnügen bereitete, öffnete mit großer Geste eine Flasche Champagner und schenkte jedem ein Glas ein. Sophie brummte noch der Schädel von den gestrigen Cocktails, aber sie wollte keine Spaßbremse sein. Nachdem alle Gäste versorgt waren, hob Beatrix ihr Glas.

»Auf Lisa«, sagte sie, »wo immer sie jetzt auch ist.«

»Auf Lisa«, nuschelten die anderen mit gesenkten Köpfen und nippten rasch an ihren Gläsern, damit nicht mehr Beileidsbekundungen von ihnen verlangt wurden.

Sophie war verblüfft, wie viel offensichtliches Schuldbewusstsein sich an einem Tisch versammeln konnte. Dabei wollte keiner von ihnen einen Grund gehabt haben, Lisa zu töten. Oder rührte das kollektive schlechte Gewissen daher, dass niemand etwas von dem Verbrechen mitbekommen hatte? Dass sie mehr oder weniger fröhlich gefeiert hatten, während eine Etage tiefer eine von ihnen tot auf dem Klo saß? Dass niemand Lisa vermisst hatte. Nicht einmal Martin, und das, obwohl er ihr den ganzen Abend quasi nicht von der Seite gewichen war. Dieser Umstand stieß Sophie immer noch sauer auf. Irgendetwas musste er doch bemerkt haben.

»Leben Lisas Eltern eigentlich noch?«, fragte sie in die Runde.

»Woher sollen wir das wissen?«, fragte Tobias zurück.

»Ihre Eltern sind vor ein paar Jahr gestorben«, informierte Pfeffi. »Ich hab damals die Anzeige in der Rundschau gesehen. Muss ein Unfall oder so gewesen sein. Jedenfalls sind sie am selben Tag gestorben.«

»Hatte sie sonst noch Verwandte?«, forschte Sophie weiter. »Ich meine, wer kümmert sich um Lisas Beerdigung?«

»Immer die, die fragt«, gluckste Tobias und erntete einen finsteren Blick von Isabella.

»Sei nicht so unsensibel«, fauchte sie.

»Sophie hat recht«, meinte Trixi unvermittelt. »Wenn sich niemand findet, sollten wir uns darum kümmern. Immerhin war Lisa eine von uns.«

Und hat vermutlich durch einen von uns den Tod gefunden, dachte Sophie, sprach es aber nicht aus.

Pfeffi nickte zustimmend, während Leo und Tobias verächtlich schnaubten.

»Wenn ich für jeden, mit dem ich mal die Schulbank gedrückt hab, die Beerdigung organisiere …«, murmelte Spießi.

»Willst du sie vielleicht in den Ronsdorfer Anlagen verscharren, wie diese Knochen, die sie dort gestern gefunden haben?«, fragte Tobias süffisant.

Über den Tisch senkte sich eine gespenstisch wirkende Stille. Trixi hielt in ihrer Bewegung inne. Isabella sah ihren Freund in einer Mischung aus Empörung und Entsetzen mit weit aufgerissenen Augen an. Leonore verschluckte sich an ihrem Sekt und versuchte krampfhaft, einen Hustenanfall zu unterdrücken. Pfeffi und Spießi stierten betreten in ihre Gläser. Martins Gesicht hatte einen lauernden Ausdruck angenommen.

»Du bist so ein pietätloser Vollpfosten«, fauchte Trixi, die als Erste ihre Stimme wiederfand.

»Du meine Güte, ich hab's doch nicht böse gemeint«, verteidigte sich Tobias vordergründig empört, aber Sophie merkte ihm das Vergnügen an.

»Von was für Knochen faselst du da eigentlich?«, wollte Spießi wissen. Offenbar war er über *den* Sensationsfund der jüngeren Stadtgeschichte nicht im Bilde, obwohl Radio Wuppertal in den letzten beiden Tagen ausführlich darüber berichtet hatte.

»Ein paar Kids haben Knochen in den Ronsdorfer Anlagen ausgebuddelt«, klärte Isabella ihn auf.

Das war eine arg verkürzte und nicht ganz korrekte Version der Geschichte, aber Sophie hielt es für besser, die wahren Hintergründe für sich zu behalten. Es hätte nur die Frage aufgeworfen, weshalb sie über solch präzisen Kenntnisse verfügte.

»Oh, davon hab ich gehört«, meinte Pfeffi. »Radio Wuppertal hat darüber berichtet. Das waren Jungs von der JVA. Zwei von denen sind getürmt oder so. Dabei wurde ein Polizist verletzt.«

Sophie hüllte sich weiterhin in Schweigen. Martin grinste wissend. Aber der stellte ständig diese großspurige Überlegenheit zur Schau, um zu vertuschen, dass er im Grunde keine Ahnung hatte. Jetzt saß er mit vor dem Bauch verschränkten Armen wie ein zufriedener Buddha da und zwinkerte Sophie verschwörerisch zu.

»Glaubt ihr eigentlich, dass die Bullen uns beschatten?«, fragte Tobias unvermittelt, und es war nicht klar, ob er versuchte, das Thema zu wechseln, oder ob ihn die Frage wirklich umtrieb.

»Wie kommst du denn auf die Idee?« Auch wenn Pfeffi skeptisch klang, huschte sein Blick reflexartig in Richtung Fenster, als könnten sich in den nächsten Sekunden Beamte des Spezialeinsatzkommandos aus einem Helikopter abseilen und effektvoll die Scheibe eintreten.

»Na, die werden ja wohl einen von uns für den Täter halten«, erklärte Tobias. »Da ist es nur logisch, wenn wir beschattet werden. Isabella, würdest du das als Staatsanwältin in so einem Fall nicht auch anordnen?«

Isabella runzelte die Stirn. »Ich würde es höchstens genehmigen. Aber garantiert nicht in diesem Fall. Um jemanden ›beschatten‹ zu lassen, wie du es so nett formulierst, braucht es mehr als ein paar vage Vermutungen.«

»Aber einer von uns könnte auf die Idee kommen, sich ins Ausland abzusetzen«, gab Tobias zu bedenken.

Er fasste Spießi, den Piloten, der obendrein in England wohnte, argwöhnisch ins Auge. Bastian Spieß starrte genervt zurück und tippte sich mit dem Zeigefinger an die Stirn. »Du tickst doch nicht mehr richtig.«

»Ich glaube kaum, dass das Budget der Polizei ausreicht, um jeden von uns überwachen zu lassen«, meinte Sophie.

Wenn Mattes und Aylin einen konkreten Verdacht hatten, dann vielleicht. Aber die hockten nicht auf gut Glück stundenlang im Auto, um jemanden zu beobachten, der nur zufällig zur falschen Zeit am falschen Ort gewesen war. Dabei fiel ihr auf, dass sich die beiden Kollegen ihres Bruders den ganzen Tag nicht bei ihr gemeldet hatten. Nicht, dass sie dazu verpflichtet wären, aber Sophie hätte es trotzdem nett gefunden, über den Stand der Ermittlungen auf dem Laufenden gehalten zu werden. Am Ende saß sie tatsächlich mit einem Mörder am Tisch, ohne es zu ahnen. Oder einer Mörderin. Vor Aufregung wurde ihr ganz flau im Magen.

»Äh, wo ist denn das Bad?«, fragte sie und erhob sich halb.

»Wenn du in den Flur gehst, die erste Tür links«, sagte Beatrix.

Sophie entschuldigte sich und verließ hastig das Wohnzimmer. Im Flur verharrte sie unschlüssig vor der Tür, die laut ihrer Gastgeberin ins Bad führte. Gleich daneben befand sich eine weitere, hinter der sie das Schlafzimmer vermutete. Ihre Nervosität verpuffte so schnell, wie sie ihr in die Glieder gefahren war. Man musste eine Gelegenheit nutzen, wenn sie sich einem quasi aufdrängte. Sie blickte sich hastig um und drückte dann die Klinke der Schlafzimmertür herunter. Erste Tür links, zweite Tür links, da kam man schon mal durcheinander, beruhigte sie ihr aufkeimendes schlechtes Gewissen. Sie öffnete die Tür nur einen Spalt breit und quetschte sich hindurch. Groß war der Raum nicht, stellte sie fest. Er bot kaum genug Platz für ein Doppelbett. Den Kleiderschrank an der linken Wand nutzte Beatrix offenbar nicht, denn unzählige Kleidungsstücke lagen wild verstreut auf dem Boden. In einer Nische neben dem Fenster erblickte Sophie eine liebevoll restaurierte alte Kommode mit vielen Schubladen. Sie lauschte kurz, ob sich im Flur etwas bewegte, dann lief sie kurz entschlossen zu dem Möbelstück, um es einer genaueren Inspektion zu unterziehen.

Was sie dort zu finden hoffte, wusste sie nicht. Irgendetwas, das Beatrix ein Motiv gab, Lisa zu töten. Was immer dieses Etwas sein mochte. Eigentlich konnte sie sich nicht vorstellen, dass Beatrix jemanden in ihrer eigenen Kneipe ermordete. Sophie jedenfalls hätte für ein solches Vorhaben nicht die Mördergrube gewählt. Andererseits hatte sie Lisa in einem Raum gefunden, der unter normalen Umständen nicht öffentlich zugänglich war. Womöglich hatte Trixi geplant, die Leiche dort so lange zu »verstauen«, bis sich die Gelegenheit ergab, sie ordnungsgemäß zu entsorgen. Nur leider hatte Sophie ihr auf der Suche nach Toilettenpapier einen gewaltigen Strich durch die Rechnung gemacht. In einem solchen Fall war es ratsam, im Anschluss an einen Mord den Schlüssel abzuziehen. Falls es sich so abgespielt hatte.

Sophie zog eine der Schubladen ein Stück heraus und betrachtete den Inhalt. Unterwäsche, was sonst? Nicht besonders farbenfroh, alles war in Schwarz oder Grau gehalten. Wobei Sophie vermutete, dass auch die grauen Schlüpfer einst schwarz gewesen waren. Jedenfalls stach der weiße Umschlag, der unter einem Stapel Unterhosen hervorlugte, sofort ins Auge. Neugierig zog sie ihn heraus. Die Lasche war nicht zugeklebt, was quasi einer Aufforderung gleichkam, einen Blick hineinzuwerfen. Sie förderte zwei beschriebene Bögen Papier, einer davon war in Handschrift verfasst, und einige Fotos zutage. Das oberste Bild zeigte einen Mann und eine Frau in ... nun ja ... Sophie legte den Kopf schief. Interessante Stellung, sah aber ein bisschen schmerzhaft aus. Das nächste Foto musste mit einem Teleobjektiv aufgenommen worden sein, denn die Gesichter des Paars waren darauf gut zu erkennen, und es war eindeutig, dass es ohne Wissen des Paars aufgenommen worden war. Leider erkannte Sophie keinen der beiden.

»Oh, wollen wir das vielleicht auch mal ausprobieren?«, flüsterte eine Stimme dicht an ihrem Ohr.

Sophie fuhr erschrocken herum und prallte beinahe mit Martin zusammen. Verdammt, wie war es ihm gelungen, sich an sie heranzuschleichen, ohne dass sie den geringsten Laut vernommen hatte? Sie sollte einen Termin beim Ohrenarzt vereinbaren.

»Das fehlte noch«, brummte sie und stopfte die Fotos und Papiere zurück in den Umschlag.

»Kann ich mir denken«, lachte er und riss das Kuvert an sich.

»He«, protestierte Sophie, doch er hatte den Umschlag in einer fließenden Bewegung in den Hosenbund geschoben und sein T-Shirt darüber gezogen.

»Kannst ihn mir gerne wieder abnehmen«, meinte er und wackelte einladend mit den Hüften, wohl wissend, dass sie sich eher die Hand abhacken würde, als ihm an die Wäsche zu gehen.

»Blödmann«, murmelte sie und versetzte ihm einen leichten Stoß.

Sie wollte das Zimmer verlassen, doch er hielt sie am Arm fest. »Sei vorsichtig«, mahnte er. »Die anderen vermissen dich schon. Sie spekulieren gerade darüber, ob du aufm Klo über die nächste Leiche gestolpert bist.«

Wenn er sie nicht auf der Stelle losließ, wäre es seine Leiche, über die sie stolperte. »Haben sie dich zum Nachgucken geschickt?«

»So was in der Art«, blieb er vage. »Hab mich angeboten, ehe jemand anderes auf die Idee kommen konnte. Ich kenn dich und deine neugierige Ader doch.«

»Dann sollten wir zusehen, dass wir zurückkommen.«

Sophie lief strammen Schrittes durch den kleinen Flur ins Wohnzimmer. Martin folgte ihr gemächlich.

»Na, habt ihr ein Nümmerchen auf der Toilette geschoben?«, feixte Tobias Kirchhoff. »Oder warum hat das so lange gedauert?«

Sophie schnaubte und enthielt sich einer Antwort, während Martin sich zufrieden reckte und etwas murmelte, das verdächtig wie »genießen und schweigen« klang. Der Mann spielte definitiv mit seinem Leben.

»Na, mit Nümmerchen auf Toiletten hast du ja Erfahrung«, grinste Trixi in Tobias' Richtung.

»Ach, ja? Erzähl uns mehr, mein Lieber«, forderte Martin

seinen ehemaligen Schulkameraden auf, obwohl er die Geschichte aus erster Hand kannte.

»An deiner Stelle wäre ich lieber ganz ruhig«, warnte Tobias und fuchtelte mit dem Zeigefinger drohend vor Martins Gesicht herum. »Nur weil du Sophie endlich gevögelt hast, musst du hier keine dicke Lippe riskieren.«

»Entschuldigung, ich bin gänzlich ungevögelt«, rief Sophie empört. »Also zumindest heute. Und von Martin sowieso.«

»Lass Sophie aus dem Spiel«, sprang Martin ihr ebenso überraschend wie galant zur Seite.

»Sonst was?«, höhnte Tobias.

»Das merkst du dann.«

Der Konkurrenzkampf der beiden Männer, der vor vielen Jahren begonnen hatte, aber nie ausgetragen worden war, drohte, sich Bahn zu brechen. Martin ballte die Hände zu Fäusten, um Tobias zu zeigen, was sonst geschehen würde.

»Vielleicht können wir uns jetzt alle ein bisschen beruhigen«, versuchte Trixi, die den Streit mit ihrer unbedachten Bemerkung losgetreten hatte, zu beschwichtigen und stellte sich mutig zwischen die beiden Streithähne. »Wir sind hier, um Lisa zu gedenken.«

Leonore prustete los. »Der war gut, meine Liebe«, japste sie und wischte sich eine imaginäre Lachträne aus dem Augenwinkel. »Die Strickliesel ging dir doch am Arsch vorbei. So wie uns allen.«

»Genau«, nickte Spießi eifrig. »Und du warst nachweislich nicht im Raum, als die Bande Junggesellen über uns hergefallen ist.«

»Ich bin raus, um Hilfe zu holen«, erinnerte Trixi mit hochrotem Gesicht.

»Außerdem wissen wir überhaupt nicht, wann genau Lisa getötet wurde«, fügte Isabella betont ruhig hinzu.

»Also sollten wir uns mit irgendwelchen Unterstellungen zurückhalten.«

»Wann soll sie denn sonst ermordet worden sein?«, fragte Spießi. »War doch die beste Gelegenheit.«

»Die beste Gelegenheit war meines Erachtens nach dem Überfall«, meinte Leo. »Als ein gewisser Jemand auf Klo ging und mit der Nachricht zurückkam, Lisa sei tot.«

»Häh, sprichst du etwa von mir?«, vergewisserte sich Sophie.

»War sonst noch jemand auf Klo?«

»Also, das ist doch jetzt wirklich an den Haaren herbeigezogen«, sagte Isabella kopfschüttelnd.

»Ebenso an den Haaren herbeigezogen wie die Tatsache, dass du Lisa fast mit Blicken getötet hast, weil sie dir gestern Abend die Show gestohlen hat?«, feixte Leo.

»Das sagt die Richtige.«

»Meinem Freund hing nicht vor lauter Gier die Zunge aus dem Hals.«

»Hey, Moment mal«, rief Tobias, wurde aber ignoriert.

»Mag daran liegen, dass du keinen Freund hast. Das war ja schon immer dein Problem.« Isabella sprang auf und warf dabei fast den Tisch um.

Tobias packte sie beim Arm und hielt sie zurück. »Ich denke, wir sollten jetzt lieber gehen«, verkündete er, und zog seine Partnerin mit sich, ehe sie protestieren konnte.

Die anderen blieben ratlos zurück und blickten betreten in die Runde.

»Was für ein Abgang«, meinte Leonore schließlich und klang dabei seltsam zufrieden. »Aber unsere Isabella war ja schon immer leicht reizbar.«

18

»Was wollt ihr denn schon wieder hier, habt ihr kein Zuhause?«, fragte Carsten erstaunt, als Aylin und Mattes am Abend durch die Tür seines vorübergehenden Domizils spazierten.

Vor nicht einmal fünf Minuten hatte er Cordula hinauskomplimentiert, nachdem die ihm mit ihrem ständigen Mantra, dass er noch eine Nacht im Krankenhaus bleiben solle, mächtig die Laune verhagelt hatte. Vermutlich war sie froh, das heimische Bett für sich zu haben. Wenigstens blieb ihm so ihr Geschnarche erspart.

»Ach, der Mattes hält es vor Sehnsucht nach dir nicht aus«, grinste Aylin.

»Quatsch«, brummte Mattes und lief zu Carstens Beunruhigung rot an, »wir wollen dich nur auf dem Laufenden halten.«

»Hat Sophie etwa noch eine Leiche gefunden?« Auszuschließen war das nicht.

»Nicht dass wir wüssten. Nein, einer der Jungen, die aus der JVA getürmt sind, ist uns ins Netz gegangen. Dem Kollegen Schröder, genauer gesagt.«

Carsten setzte sich im Bett auf und reckte die Faust nach oben. »Yes!«, rief er. »Hoffentlich der Knabe, dem ich den Aufenthalt hier zu verdanken habe. Mehr oder weniger.«

Mattes schüttelte bedauernd den Kopf. »Leider nicht. Der ist nach wie vor auf freiem Fuß.«

»Schade. Und der zweite Junge?«

»Justin Bielefeld heißt er«, informierte Mattes und berichtete seinem Kollegen, was passiert war. »Schröder hat ihn befragt. Na ja, er hat es zumindest versucht. Der Bub schweigt wie ein gut gepflegtes Grab. Will ohne seine

Anwältin nichts sagen. Und die hat an einem Sonntagnachmittag Besseres zu tun, als sich in die JVA zu begeben, um ihrem Schützling das gebrochene Händchen zu halten. Zumindest ließ der Junge sich zu der Behauptung hinreißen, nicht zu wissen, wo sich sein Kumpel, Tim Sperling heißt der übrigens, aufhalten könnte.«

Carsten ärgerte sich, den Burschen nicht persönlich in die Mangel nehmen zu können. Meist war allein seine äußere Erscheinung Angst einflößend genug, um Leute zum Reden zu bringen. Und halbe Portionen allemal. Abgesehen von Sophie, die hatte sich selbst als kleines Kind nicht von ihm einschüchtern lassen. »Wirkte er glaubhaft?«

»Schröder meint, schon. Zumindest in Bezug auf den Aufenthaltsort von Tim Sperling. Also, dass Justin ihn nicht kennt. Allerdings wurde ein Handy bei ihm gefunden. Wir haben's unseren Technikern zum Entsperren gegeben. Ist ein olles Klapphandy, sollte nicht allzu lange dauern. Spätestens morgen wissen wir mehr. Und dann sollte sich auch die Anwältin zu einem Termin herablassen.«

»Und wie laufen die Ermittlungen im Mordfall?«, erkundigte sich Carsten.

»Genauso schleppend«, seufzte Aylin. »Wir haben mit einigen Klassenkameraden des Opfers gesprochen. Die behaupten weiterhin steif und fest, nichts mitbekommen zu haben während des Handgemenges mit den Junggesellen. Außerdem will keiner von ihnen seit der Schulzeit etwas von oder über Lisa Hirsefeld gehört haben. Außer Markus Pfeffer.«

»Pfeffi«, glaubte Carsten, sich an den Schulfreund seiner Schwester zu erinnern. »So einer mit roten Locken?«

»Nee, eher mit Glatze und Vollbart. Der ist aber tatsächlich rot. Na ja, jedenfalls meinte Pfeffer, unser Opfer hätte einen Kredit bei seiner Bank laufen. Er will sich morgen früh kundig machen und uns informieren. Hoffentlich sind wir dann etwas schlauer, was das aktuelle Leben von Lisa Hirsefeld angeht. Ihr Haus liefert leider keinerlei Hinweise auf irgendwas. Außer, dass sie auf Esoterik stand.«

»Und schlechte Liebesromane«, fügte Mattes hinzu.

»Das allein rechtfertigt noch kein Mordmotiv«, meinte Carsten.

»Eher nicht«, stimmte sein Kollege zu. »Interessant ist allerdings die Tatsache, dass unser Opfer anscheinend plante, sich nach Samoa abzusetzen. Zumindest hat sie ein Ticket dorthin gebucht. One-Way.«

»Vielleicht will sie vor etwas fliehen«, sinnierte Carsten. »Oder jemandem.«

»Tja, stellt sich die Frage, vor wem oder was.«

»Wie steht es mit den anderen Klassenkameraden?« Abgesehen von Cordula und eben jenem Pfeffi hatte Carsten kaum Erinnerungen an die Freundinnen und Freunde seiner kleinen Schwester. Damals war ihm der Altersunterschied zwischen ihnen zu groß erschienen, als dass er Interesse an Sophies Umfeld gehabt hätte. Auch wenn die Mädchen häufiger bei ihnen zu Hause gewesen waren. Er hatte dann lieber die Flucht ergriffen, als sich das alberne Gekicher anzuhören. Martin Jäger, der Arsch, war ihm natürlich im Gedächtnis geblieben. Von Lisa Hirsefelds Existenz hatte er erst nach deren Ermordung erfahren.

Mattes zählte die Anwesenden des Samstagabends auf. Bei dem ein oder anderen Namen klingelte es bei Carsten, aber er konnte keinem mehr ein Gesicht zuordnen, falls er überhaupt je Notiz von ihnen genommen hatte.

»Keiner von denen scheint etwas gegen unser Opfer gehabt zu haben«, resümierte der ältere Kollege. »Und solange wir ihnen das Gegenteil nicht beweisen können …«

»Wie sieht es mit Familienangehörigen von Lisa Hirsefeld aus?«, fragte Carsten.

»Von den Nachbarn wissen wir, dass die Eltern vor einiger Zeit gestorben sind. Leider konnte niemand etwas Genaueres darüber sagen. Die Hirsefelds waren nicht besonders beliebt in der Gegend. Lisa war wohl ein Einzelkind. Ich hab einige Fotoalben unter ihren Sachen gefunden. Darin sind nur Bilder von ihr als Kind mit diversen älteren Verwandten, die vermutlich längst genauso verblichen sind wie die Fotos.«

»Sonst nichts? Kein Adressbuch, kein Computer?«

»Nix, nada, niente, nothing«, fasste Mattes das bisherige Ergebnis der Hausdurchsuchung zusammen. »Immerhin besaß sie ein Smartphone. Das haben die Kollegen der KT in der Handtasche gefunden, die am Tatort sichergestellt wurde.«

»Das ist nicht viel«, konstatierte Carsten nachdenklich.

Wie viele Details über sein eigenes Leben gaben seine vier Wände preis? Nicht sehr viele, fürchtete er, insbesondere seit Cordula sich dort breitgemacht hatte. Selbst bevor sie bei ihm eingezogen war, hatte er nur wenige persönliche Gegenstände in seiner Wohnung beherbergt. Das ganze Chichi, wie Sophie es nannte, machte ihn nervös. Aber Versicherungsordner, Finanzunterlagen und derlei Zeug fanden sich durchaus in seinen Schränken. Wo hatte Lisa Hirsefeld all diese nicht unwichtigen Sachen untergebracht, wenn nicht in ihrem Haus?

»Morgen ist Montag, da bringen wir sicherlich mehr in Erfahrung«, tröstete Aylin ihre beiden Kollegen. »Dieser Markus Pfeffer sprach davon, dass Lisa Hirsefeld den Kredit offenbar für die Gründung einer Firma benötigte. Wahrscheinlich eine Physiopraxis. Wenn wir erst wissen, wo die ist, haben wir einen neuen Ansatz.«

»Was den Knochenfund im Wald angeht, sehe ich allerdings schwarz, dass sich da in naher Zukunft etwas tut«, seufzte Mattes.

»Das kann ich übernehmen«, schlug Carsten vor. »Dann habt ihr den Kopf frei für die Mordermittlung. War ja ohnehin mein Fall.«

»Willst du etwa vom Krankenbett aus arbeiten?«, fragte Aylin belustigt.

»Glaubst du, ich lieg tatenlos rum und dreh Däumchen? Spätestens morgen bin ich hier raus, ob die wollen oder nicht.«

»Solltest du nicht besser auf die Ärzte hören?«

»Ach, die wollen mich nur hierbehalten, weil ich als Privatpatient Kohle einbringe. Mir geht's blendend. Außerdem hab ich meine eigene Ärztin, die auf mich aufpassen kann.« Und die ihm den lädierten Kopf ordentlich zurechtrücken würde, wenn sie von seinen Plänen Wind bekam.

»Du musst es wissen«, meinte Aylin zweifelnd. Sie hielt gar nichts davon, sich über ärztliche Ratschläge hinwegzusetzen. Aber Carsten Kantner war nie jemand gewesen, der auf das hörte, was andere ihm sagten. Meistens tat er aus reinem Trotz genau das Gegenteil. Das hatte er immerhin mit seiner Schwester Sophie gemeinsam, über deren Starrsinn er sich lustigerweise regelmäßig aufregte.

»Du liebe Güte, ich will ja nicht auf Streife gehen«, lenkte Carsten ein. »Ich setz mich in unser gemütliches Büro und erledige alles vom Schreibtisch aus. Viel mehr können wir in dem Fall fürs Erste sowieso nicht machen. Wer weiß, wie viele Jahrhunderte die Knochen da schon vergraben liegen.«

»Wobei sich die Frage stellt, wer davon wusste und sie ausgegraben hat«, gab Aylin zu bedenken.

»Vielleicht hat jemand das Loch gebuddelt, um einem anderen eine Falle zu stellen«, mutmaßte Carsten.

»Wenn ja, warum? Und wem? Und wieso sind ausgerechnet die Burschen aus der JVA darüber gestolpert? Oder besser gesagt: da hineingefallen?«

»Tja, möglicherweise kann uns ja einer der Knaben weiterhelfen, die die Gelegenheit zur Flucht genutzt haben.«

»Schade nur, dass der eine immer noch abgängig ist und der andere nicht redet.«

19

Die improvisierte Gedenkfeier ist ja gründlich danebengegangen, sinnierte Trixi und fragte sich gleichzeitig, was sie eigentlich erwartet hatte. Mit dem Zusammenhalt innerhalb der Klassengemeinschaft war es nie weit her gewesen, woran sie nicht ganz unschuldig war. Warum sollte sich das in den zwanzig Jahren herrschender Funkstille geändert haben?

Sie lag in ihrem Bett und lauschte den Geräuschen des quirligen Luisenviertels, die von der Straße bis zu ihrem Schlafzimmerfenster hinauf drangen. Normalerweise stünde sie um diese Zeit hinter dem Tresen der Sonderbar. Sich stattdessen in die Kissen zu kuscheln, fühlte sich eigenartig fremd an. Beinahe beängstigend, und das nicht nur wegen des grausigen Ereignisses, das auf ihrer Toilette stattgefunden hatte. Das erzürnte sie eher, als dass es ihr Angst einjagte. Wer besaß die Frechheit, ihr das anzutun? Sollte derjenige gefälligst in seinen eigenen vier Wänden morden. Wenn die Polizei ihr den Laden die nächsten Wochen dichtmachte, wäre sie pleite. Sie hatte so hart gearbeitet, auf so vieles verzichtet, und nun drohte alles innerhalb kürzester Zeit den Bach runterzugehen. *Wenigstens lebst du noch*, meldete sich eine Stimme in ihrem Kopf. Andere hatten dieses Glück nicht.

Lisa zum Beispiel. Beatrix hatte sie gestern Abend in ihrer Aufmachung tatsächlich erst auf den zweiten Blick erkannt, aber genau so hatte Lisa es geplant. Trixi dachte an den Tag vor einigen Monaten zurück, als sie ihrer früheren Klassenkameradin völlig überraschend auf dem Friedhof begegnet war. Beatrix hatte an jenem Tag ihren Vater zu Grabe getragen, während Lisa dort ihre Eltern »besuchte«. Zunächst hatten sie einander peinlich berührt die Hand geschüttelt, und Lisa hatte artig kondoliert. Vielleicht empfand sie Mitleid mit der ehemals verhassten Schulkameradin, die, abgesehen von einem überforderten Pfarrer, mutterseelenallein am Grab stand und den Sargträgern zusah, wie sie die Urne hinabließen. Nach einigen Sekunden unbehaglichen Schweigens schlug Lisa vor, im nahegelegenen Café einen Tee oder Kaffee zu trinken. Zu ihrer eigenen Überraschung willigte Trixi ein. Sie hatte nicht viele Freunde. Zwischen der Pflege ihres Vaters und der Arbeit in der Kneipe, die damals noch nicht ihr gehörte, war keine Zeit für ein Privatleben geblieben. Bislang hatte ihr dieser Umstand nichts ausgemacht, aber in diesem Moment wünschte sie sich jemanden, der ihr zur Seite stand und Anteil nahm. Der Kontakt zu ihrer Mutter und ihren Brüdern war nahezu abgerissen, nachdem Trixi beschlossen hatte, dem Vater zu verzeihen und nach Wuppertal zurückzukehren. Natürlich hatte sie ihre Familie über dessen Tod unterrichtet, aber sie weigerten sich hartnäckig, auch nur zur Beerdigung zu erscheinen. So hatte Trixi sämtliche Vorbereitungen allein stemmen müssen.

Lisa und sie hatten lange in dem Café gesessen, sich unterhalten und dabei ihre alte Feindschaft aus dem Weg geräumt. Seitdem trafen sie sich regelmäßig. Beatrix würde nicht so weit gehen, Lisa als Freundin zu bezeichnen, aber sie war das, was einer solchen am nächsten kam. Trotz allem, was in der Vergangenheit zwischen ihnen vorgefallen war. Richtige Freundschaften pflegte Beatrix seit dem Auseinanderfallen der Fürchterlichen Vier ohnehin nicht mehr. Zu tief saß der Stachel der Enttäuschung über den Verrat, das musste sie nicht noch mal erleben. Lisa schien es ähnlich zu gehen, jedenfalls war sie nach wie vor äußerst zurückhaltend und gab nur wenig von sich preis. Heutzutage stieg Trixi die Schamröte ins Gesicht, wenn sie an die alten Zeiten und daran zurückdachte, wie sie damals mit den meisten ihrer Klassenkameraden umgesprungen war.

Dass ihre neugewonnene Beinahe-Freundin mehr als ein Geheimnis hütete, hatte Beatrix schnell bemerkt. Aber sie respektierte deren Privatsphäre und drang nicht in sie. Zu ihrer großen Überraschung schlug Lisa vor einigen Wochen vor, dieses Klassentreffen zu organisieren. In der Sonderbar ließe sich das doch wunderbar abhalten. Trixi war zunächst skeptisch, ließ sich aber breitschlagen, wenngleich sie sich über den Enthusiasmus ausgerechnet von Lisa wunderte. Die Idee mit den Geschenken stammte ebenfalls von ihr. Trixi müsse sich um nichts kümmern, sie würde alles besorgen. Und das hatte Lisa getan. Sogar an die Stricknadeln für sich selbst hatte sie gedacht. Hätte sie stattdessen mal lieber ein Knäuel Wolle genommen. Für Trixi hatte sie ebenfalls etwas Besonderes parat. Etwas, das Trixi lange vermisst, woran sie aber schon seit Ewigkeiten keinen Gedanken mehr verschwendet hatte. Lisa hätte es ihr schon vor vielen Jahren aushändigen sollen, aber die Umstände hatten es in Vergessenheit geraten lassen. Dass sie es die ganze Zeit über aufbewahrt hatte, war ... befremdlich.

Trixi ahnte, dass diese Geschenke nicht dazu gedacht waren, ihren Klassenkameraden eine Freude zu bereiten, jedenfalls nicht allen. Irgendetwas plante Lisa, aber sie wollte nicht verraten, was.

»Lass dich überraschen«, meinte sie nur, als Trixi argwöhnisch nachhakte. »Keine Sorge, das wird ein Mordsspaß.«

Dass der Spaß mit ihrer eigenen Ermordung enden würde, hätte Lisa sich gewiss nicht träumen lassen. Zumindest hoffte Trixi, dass dies nicht Teil des Plans gewesen war. So eine Art erzwungene Ermordung wie in diesem Roman von Daphne du Maurier.

Vermutlich hatten diese beknackten Junggesellen mit ihrem Überfall alles zunichtegemacht. Danach war Lisa fort gewesen. Beatrix hatte angenommen, sie hätte es sich anders überlegt und sich klammheimlich vom Acker gemacht. Dabei hatte sie die ganze Zeit tot auf der Toilette gesessen. Ein unwürdiger Ort zum Sterben. Aber welcher Ort eignete sich schon dazu?

Wenn sie weiter solchen Gedanken nachhing, würde sie nie einschlafen. Gern wäre Trixi in die Küche gegangen, um sich ein Glas Milch oder etwas Stärkeres zu holen. Aber leider lag der unsägliche Martin Jäger nach wie vor auf ihrem Sofa und würde es sicherlich missverstehen, wenn sie sich ins Wohnzimmer schlich. Herrje, jetzt hatte der Knilch schon die Herrschaft über ihre Wohnung übernommen. Sie wälzte sich missmutig in ihrem Bett herum. Morgen früh würde sie ihm verkünden, dass ihre Gastfreundschaft mit sofortiger Wirkung endete. Wenige Sekunden, nachdem sie diesen Entschluss gefasst hatte, hörte sie, wie die Wohnungstür ins Schloss fiel. Konnte es so einfach sein?

Trixi stand nun doch auf, schlich zur Schlafzimmertür und öffnete sie leise. Sie horchte angestrengt, ob aus dem Wohnzimmer Geräusche zu vernehmen waren, und tappte auf Zehenspitzen durch den Flur. Sie schob die Wohnzimmertür einen Spalt auf und lugte hinein. Das Licht einer Straßenlaterne fiel durch die Vorhänge und erhellte den Raum ein wenig. Auf dem Sofa lag niemand. Ihr ungebetener Gast hatte sich ohne ein Wort des Abschieds davongemacht.

***

Martin lief zu seinem Auto, das er am Samstag in der Nähe des Deweerthschen Gartens abgestellt hatte. Mit einer solch schnellen Reaktion hatte er nicht gerechnet, aber egal. Je früher seine finanzielle Misere sich dem Ende neigte, desto besser. Trixis Couch war wahrlich nicht für einen längeren Aufenthalt gemacht. Auch seine Gastgeberin trug nichts zum Wohlfühlfaktor bei. Sie ließ ihn jede Sekunde spüren, wie lästig ihr seine Anwesenheit war. Das hätte er zur Not noch hingenommen, diesbezüglich hatte er sich ein dickes Fell zugelegt. Aber es stand zu befürchten, dass Trixi ihn zwingen würde, in der Sonderbar zu arbeiten, wenn er sich längerfristig bei ihr einnistete. Das fehlte ihm noch zu seinem Glück.

Er schloss die Fahrertür auf – eine funkgesteuerte Zentralverriegelung besaß die alte Kiste nicht. Ebenso wenig wie elektrische Fensterheber, was er sich meist mit der Tatsache schönredete, dass er die Scheibe herunterkurbeln konnte, sollte er sein Auto versehentlich in einen See steuern. Das war bislang nicht vorgekommen, aber es tat gut zu wissen, dass man im Zweifel eine Überlebenschance hatte. Der Motor des Peugeot röchelte bei den ersten drei Startversuchen, ehe er sich dazu herabließ, anzuspringen. Martin bugsierte das Fahrzeug schwungvoll aus der Parkbucht und fuhr bestens gelaunt seinem Treffen entgegen.

Innerlich schlug er sich auf die Schulter für seine prima Idee mit der Gedenkfeier für Lisa. Der Abend war wesentlich spannender verlaufen als das Klassentreffen. Das war eher ereignislos dahingeplätschert. Na ja, zumindest bis zu dem Moment, als die Junggesellen ins Separee einfielen. Da kam endlich etwas Stimmung in die Bude. Leider hatte er in dem ganzen Tumult nicht bemerkt, wie Lisa den Raum verlassen hatte. Geschweige denn, dass ihr jemand gefolgt war. Außer Trixi natürlich, die loszog, um Hilfe zu organisieren. Vielleicht war es auch nur ein Vorwand gewesen, um Lisa ungestört um die Ecke zu bringen. Andererseits schien Trixi ernsthaft besorgt um die Zukunft ihrer Kneipe zu sein. Da würde sie kaum einen Mord auf ihrem eigenen Klo begehen. Es sei denn, Sophie – wer auch sonst? – war ihr mit dem verfrühten Auffinden der Leiche dazwischengefunkt. Vermutlich war es klüger, Trixis Gesellschaft in nächster Zeit zu meiden. Zu dumm, dass er seinen Koffer bei ihr gelassen hatte. Aber wenn alles nach Plan lief, ließ sich dieser Verlust verschmerzen.

Um Lisa hingegen tat es ihm leid. Die anderen mochten sie für unscheinbar und langweilig gehalten haben. Das war sie ganz und gar nicht. Martin hatte eine Menge von ihr gelernt. Und den ein oder anderen hatte sie das Fürchten gelehrt. Ob ihr dies nun zum Verhängnis geworden war? Ging es um das schwarze Notizbuch, um das Trixi damals so ein Theater gemacht hatte? Oder hatte es etwas mit der Geschichte zu tun, die sie ihm am Samstag erzählt hatte? Er hatte das unbestimmte Gefühl, dass sie nicht allein für seine Ohren gedacht gewesen war. War jemand darauf angesprungen? Und hatte dieser Jemand die Gelegenheit genutzt und sie aus dem Weg geräumt, als alle abgelenkt waren? Das würde er noch herausfinden. Er hatte das Gefühl, es Lisa schuldig zu sein.

März 1993

Martin hatte sich an seinen geheimen Ort auf dem Schulhof zurückgezogen. Die letzten Wochen waren irgendwie nicht nach seinem Geschmack verlaufen. Das mit dem Zweigleisigfahren hatte er sich einfacher vorgestellt. Die süße, aber etwas spröde Sophie fürs Herz und die willigere Trixi fürs Bett. Leider war seine Rechnung nicht ganz aufgegangen, denn die gute Trixi hatte höhere Ansprüche, als nur mit ihm in die Kiste zu springen. Sie hatte tatsächlich eine Entscheidung verlangt. Die zu treffen, war gar nicht so einfach, wenn das Denken vom »guten Stück« übernommen wurde, auf das man besser nicht hören sollte, das sich jedoch immer zu Unzeiten vehement zu Wort meldete. Nach sorgfältiger Abwägung (haha) hatte er Sophie in den Wind geschossen, um es kurz darauf zu bereuen. Er hatte sich ernsthafter in sie verliebt, als er vermutet hätte. Der Sex mit Trixi wog den Herzschmerz nicht auf. Der wog eigentlich gar nichts wirklich auf.

Vielleicht hätte er Sophie überzeugen können, ihm eine zweite Chance zu geben, hätte Trixi ihr nicht brühwarm von ihrer Affäre erzählt. Am liebsten hätte Martin auch mit ihr Schluss gemacht. Aber so einfach wurde man eine Beatrix van den Bergh nicht los. Sie bestimmte den Zeitpunkt, wann es vorbei war, nicht er. Und offenkundig hatte sie noch nicht genug von ihm, auch wenn er mehr und mehr den Eindruck gewann, dass er lediglich als Lückenbüßer für den unsäglichen Tobias diente. Ein Job, auf den er gut verzichten konnte. Ebenso gut wie auf die Dramen, die Trixi ständig inszenierte. Im Moment machte sie eine Riesenwelle um ihr verschwundenes Notizbuch, das natürlich jemand geklaut haben musste. Selbst ihn hatte sie verdächtigt, es an sich genommen zu haben. Als würde er sich darum scheren, was sie in ihr Tagebuch schrieb. Wahrscheinlich glühende Liebesbekundungen an ihren Schwarm Tobias. Oder wen aus der Klasse sie als Nächstes fertigmachen wollte.

Martin seufzte und zündete sich eine Zigarette an. Den Schülern der Unter- und Mittelstufe war es selbstverständlich untersagt, auf dem Schulhof zu rauchen, auch wenn sie wie er volljährig waren. Aber er hatte dieses versteckt gelegene Plätzchen hinter der alten Turnhalle entdeckt, wo er nicht nur sicher vor den Argusaugen der Lehrer war, sondern vor allem vor lästigen Freundinnen.

»Rauchen ist ungesund«, hörte er eine Stimme hinter sich.

Das zum Thema »versteckt gelegenes Plätzchen«. Betont lässig wandte er sich um und blickte ins Gesicht seiner Klassenkameradin Lisa. Die Strickliesel hatte ihm zu seinem Glück noch gefehlt. Bestimmt würde sie ihn verpetzen.

»Verfolgst du mich etwa?«, fragte er und nahm einen extra tiefen Zug. Jetzt bloß nicht husten, das wäre der Gipfel der Peinlichkeit.

Lisa schüttelte herablassend den Kopf. »Lohnt sich nicht«, meinte sie.

»Wie hab ich das denn zu verstehen?«, wollte Martin wissen und warf sich automatisch in Pose.

»Nicht, was du denkst«, erwiderte sie und lächelte unergründlich wie üblich.

Bei dem Mädchen wusste man wirklich nie, woran man war. Die meisten hielten Lisa für einen langweiligen Loser, aber Martin hatte das untrügliche Gefühl, dass das Gegenteil der Fall war. Man musste hinter die Fassade aus uncoolen Klamotten und albernem Strickzeug blicken. Zugegeben, das fiel schwer, besonders den Weichbirnen aus ihrer Klasse, für die nur Äußerlichkeiten zählten. Martin hatte es in den zahlreichen Pflegefamilien, bei denen er im Lauf seines Lebens untergekommen war, gelernt. Lisa war jemand, den man nicht unterschätzen sollte.

»Und was willst du von mir?«, fragte er, argwöhnisch geworden. Sie hatte nun schon länger mit ihm gesprochen als im gesamten Schuljahr mit der ganzen Klasse.

»Eigentlich nichts«, behauptete sie. »Du bist nur weniger ... uninteressant als die anderen.«

Na, das war ja mal ein Kompliment. Nur leider erklärte es immer noch nicht, weshalb Lisa ihm aufgelauert hatte. Irgendwas führte sie im Schilde, das roch er auf einen Kilometer Entfernung.

»Versteckst du dich vor deiner Liebsten?«, erkundigte sie sich, und ihm entging nicht der hämische Unterton in der Stimme.

Martin nahm noch einen Zug, dann ließ er den Zigarettenstummel zu Boden fallen und trat ihn aus. »Und wenn?«

»Kann ich gut verstehen«, nickte sie. »Geht mir genauso.«

Das wiederum konnte Martin gut verstehen. Ihm ging die Aversion, die Trixi und ihre Bande gegen Lisa hegten, gehörig auf den Keks. Ja, Lisa war uncool, und, ja, das konnte man ihr auch mal sagen. Aber dann musste es doch gut sein. Er konnte den Spaß nicht nachvollziehen, den die Fantastischen Vier – bei dem Namen kam ihm langsam das Kotzen – daran hatten, die Klassenkameradin immer wieder bloßzustellen. Lisa hatte ihnen nichts getan. Und vor allem schienen ihr die Attacken gar nichts auszumachen. Im Gegenteil, manchmal gewann er den Eindruck, sie genoss die Aufmerksamkeit der vier geradezu. Was absurd war. Wer mochte es schon, gehänselt zu werden? Es sei denn, Lisa war masochistisch veranlagt, das konnte er natürlich nicht ausschließen. Selbst Leos Aktion, ihr einen der beiden Zöpfe abzuschneiden, hatte sie ohne mit der Wimper zu zucken hingenommen und sich den anderen Zopf selbst abgesäbelt. Seitdem trug sie die schief geratene Frisur wie ein Mahnmal.

»*Du fragst dich, warum ich mir das alles gefallen lasse?*«

Lisa hatte offensichtlich seine Gedanken gelesen. War er so leicht zu durchschauen? Weil ihm keine passende Antwort einfallen wollte, zuckte er der Einfachheit halber mit der Schulter und legte den Kopf schief.

»*Weißt du, ich wiege meine Feinde gern in Sicherheit*«, *sagte sie lächelnd, und bei diesem Lächeln lief ihm ein kalter Schauer den Rücken hinunter. Lisa hatte zwar Feinde gesagt, aber es klang, als habe sie Opfer gemeint. Das Bild einer riesigen Spinne, die in ihrem Netz seelenruhig auf Beute wartete, erschien vor seinem inneren Auge.*

»*Aha*«, *meinte er.*

»*Wenn sie dich für harmlos halten, werden sie unvorsichtig*«, *fuhr sie fort und bestätigte damit seinen Gedanken.*

Sie zog etwas aus ihrem komischen Korb, den sie niemals unbeaufsichtigt ließ. Zu Martins Überraschung handelte es sich um ein kleines schwarzes Notizbuch.

»*Ist das etwa ...?*«, *setzte er an.*

»*Das vermisste Büchlein von Trixi? Allerdings.*« *Sie schwenkte es scheinbar gedankenverloren zwischen Daumen und Zeigefinger.*

»*Wie bist du darangekommen?*«, *wollte er wissen. Trixi bewachte die Kladde ebenso argusäugig wie Lisa ihren Rotkäppchenkorb.*

»*Nebensächlich*«, *winkte sie ab.* »*Viel spannender ist die Frage, was darin steht, das deine Liebste so dringend zu verheimlichen sucht.*«

Auch wieder wahr. Vermutlich waren es doch nicht nur

Kleinmädchenfantasien. »Und? Hast du es schon herausgefunden?«

»Na klar, war nicht so schwer. Willst du's wissen?«

Martin wurde ein wenig unsicher. Natürlich war er neugierig. Andererseits überkam ihn das Gefühl, dass Lisa ihr Wissen nicht aus Nächstenliebe mit ihm teilen würde. »Vielleicht weiß ich es ja schon«, *bluffte er.*

Sie beäugte ihn einige Sekunden und schüttelte dann den Kopf. »Glaub ich nicht. Aber es ist einiges wert. Mal sehen, wie viel Trixi bereit ist, dafür zu geben. Apropos. Was bist du bereit zu geben, um deine Liebste loszuwerden?«

Martin hob erstaunt die Augenbrauen. »Wie kommst du darauf, dass ich das will?«

Lisa bedachte ihn mit einem weiteren spöttischen Lächeln. »Ich hab einen Vorschlag«, *sagte sie, ohne seine Frage zu beantworten.* »Ich sorge dafür, dass Trixi sich von dir trennt, und du besorgst mir im Gegenzug …«, *sie legte nachdenklich ihre Hand ans Kinn,* »… Sophies Diddlmaus.«

Montag, 8. Juli 2013
20

Aylin und Mattes trafen sich um halb acht in dem kleinen Büro, das sich die Oberkommissarin normalerweise mit Carsten Kantner teilte. Mattes, der seiner Kollegin etwas Gutes tun wollte, war beim Bäcker eingekehrt und hatte Aylins Lieblingsteilchen gekauft. Zum Glück startete der Fastenmonat erst mit dem heutigen Sonnenuntergang, so dass sie jetzt ohne Gewissensbisse zulangen konnte. Die nächsten Wochen musste sie genug darben, da schadete ein bisschen zusätzlicher Speck auf den Hüften nicht.

Mattes versuchte, ein widerspenstiges Puddingteilchen unfallfrei auf einen Teller zu bugsieren. Die Dinger waren wirklich lecker, aber furchtbar umständlich in der Handhabung. Und klebrig obendrein. »Ich hab den Namen van den Bergh gestern Nacht noch gegoogelt, weil da bei mir irgendwas geklingelt hat.«

»Tinnitus?«

»Das auch. Hinzu kommt altersbedingte Schlaflosigkeit. Also, es gab mal einen Pharmakonzern mit diesem Namen. Nicht so groß und bekannt wie Bayer, aber ganz gut dabei. Hauptsitz in Belgien, mit einem Ableger hier im Bergischen Land. Mitte der Neunziger geriet die Firma in die Schlagzeilen, weil ein neu entwickeltes Medikament nicht das hielt, was es versprach. Im Gegenteil, es soll zu mehreren Todesfällen gekommen sein.«

»Wovon im Beipackzettel natürlich nichts erwähnt wurde«, vermutete Aylin.

»Richtig«, bestätigte Mattes. »Es stellte sich heraus, dass vor der Markteinführung weniger Testreihen als vorgegeben durchgeführt worden sind, um eine schnellere Zulassung zu erlangen.«

»Wird so was nicht kontrolliert?«

»Klar wird es das. Aber auch da passieren Fehler. Oder jemand hält die eine Hand auf und winkt ein nicht einwandfreies Produkt mit der anderen durch. Keine Ahnung, was genau in diesem speziellen Fall abgelaufen ist, jedenfalls war der Ruf des Konzerns nachhaltig ruiniert, und die anschließende Klagewelle der Geschädigten oder deren Angehörigen auf Schadenersatz hat ein Übriges zum Untergang des Unternehmens beigetragen. Der Seniorchef hat sich anschließend angeblich das Leben genommen. Also offiziell hieß es Herzinfarkt, aber man munkelt, dass der alte Herr selbst nachgeholfen hat.«

Aylin verzog das Gesicht. »Hoffentlich nicht mit seinem eigenen Medikament. Und unsere Beatrix van den Bergh hat etwas mit diesem Pharmakonzern zu tun?«

»Indirekt. Sie ist die Enkelin des besagten Seniorchefs. Außerdem war es wohl ihr Vater, also der Junior und Leiter des bergischen Zweigs, der die ganze Scheiße mitzuverantworten hatte. Oder zumindest die Verantwortung übernehmen musste. Er selbst hat bestritten, von der Manipulation gewusst zu haben. Aber wie heißt es so schön? Der Fisch fängt am Kopf an zu stinken. Er wurde zu einer Haftstrafe verurteilt. Seine Frau, die angeblich ebenso ahnungslos war, trennte sich postwendend von ihm und zog mit den Kindern nach Belgien, wo die Familie ursprünglich herkommt. Van den Bergh selbst ist vor einem halben Jahr gestorben.«

»Woran?«

»Lungenkrebs.«

»Also nichts Auffälliges«, konstatierte Aylin.

»Nein, nein, weder Suizid noch Mord.«

»Und seine Tochter Beatrix ist irgendwann nach Wuppertal zurückgekehrt.«

»Sieht so aus. Darüber wurde natürlich nicht berichtet.«

»Hat sie nicht gestern ausgesagt, dass sie die Kneipe vor einem halben Jahr übernommen hat?«, fragte Aylin.

»Ja, ich glaube schon. Wahrscheinlich hat ihr alter Herr doch noch den ein oder anderen Groschen vor den Gläubigern in Sicherheit gebracht und ihr vererbt.«

Das Telefon auf Carstens Schreibtisch klingelte, gleichzeitig signalisierte Aylins Handy einen Anruf. Sie gab Mattes ein Zeichen, damit er sich dem Teilnehmer in der Festnetzleitung widmete, dann verließ sie den Raum, um ihr eigenes Gespräch ohne störende Beigeräusche zu führen. Wenn Mattes telefonierte, fragte man sich mitunter, weshalb er überhaupt ein technisches Hilfsmittel verwendete und nicht der Einfachheit halber aus dem offenen Fenster brüllte.

»Hallo?«, meldete sie sich.

»Äh, ist da Kriminaloberkommissarin Öner?«, hörte sie eine angenehm tiefe Männerstimme.

»Richtig. Mit wem spreche ich?«

»Oh, Entschuldigung. Markus Pfeffer hier. Sie waren gestern mit Ihrem Kollegen bei mir zu Hause. Wegen Lisa. Lisa Hirsefeld.«

»Ich erinnere mich, Herr Pfeffer.«

Natürlich erinnerte sie sich an den überaus ansprechenden Mann, und die Schamröte schoss ihr automatisch ins Gesicht. Herrje, sie war Mitte dreißig und keine sechzehn mehr. Da bekam man beim Anruf eines Jungen keine Puddingknie. Außerdem war Markus Pfeffer für sie aus unterschiedlichsten Gründen tabu, also sollte sie sich gefälligst zusammenreißen. Leicht gesagt, wenn einem schon allein der Klang der Stimme warme Schauer über den Rücken jagte. Aylin schüttelte sich kurz, um wenigstens ansatzweise zu ihrer gewohnten Professionalität zu finden.

»Was kann ich für Sie tun?«, hauchte sie mit piepsigem Stimmchen und räusperte sich schnell.

»Nichts. Eigentlich will ich etwas für Sie tun. Ich sollte doch herausfinden, wofür Lisa den Kredit bei meiner Bank brauchte.«

»Richtig. Sind Sie etwa schon bei der Arbeit?«, fragte Aylin überrascht.

»Ja, sicher. Sie etwa nicht?«

»Doch, aber ich habe andere Geschäftszeiten als Sie. Glaube ich.«

»Das Böse schläft nie, was?«, lachte Pfeffer. »Nun ja, die Börse schläft auch nie. Aber eigentlich war ich selbst neugierig wegen Lisa.«

»Und, was haben Sie herausgefunden?«

»Ach so, ja. Spießi, also der Herr Spieß, meinte zwar, das könnte Probleme wegen dem Datenschutz geben, wenn ich Ihnen einfach so ohne irgendeinen richterlichen Beschluss Auskunft erteile. Ich weiß das ja selbst, Bankgeheimnis und so, bin ja auch nicht blöd. Aber ich denke, der Lisa wird es nichts ausmachen. Also, nicht nur, weil sie es nicht mehr mitkriegt, sondern auch, weil sie sicherlich wollen würde, dass Sie ihren Mörder so schnell wie möglich finden.«

»Das denke ich auch«, bestätigte Aylin, die froh um jeden Beschluss war, den sie nicht beibringen musste. Diese bürokratischen Hürden konnten einer Ermittlerin das Leben ziemlich vermiesen. »Ich werde Sie auch nicht verpetzen.«

»Davon gehe ich aus.« Sie hörte das Grinsen in Markus Pfeffers Stimme beinahe heraus. »Also, Lisa hat zusammen mit einem Partner vor drei Jahren ein Yogazentrum eröffnet. ›Jyoti‹ heißt es. Ist irgendwo am Ostersbaum. Falls es das noch gibt. Der Kredit läuft zumindest noch und wird pünktlich jeden Monat getilgt.«

Ein Yogazentrum. Bei dem ganzen spirituellen Kram, den sie in Lisa Hirsefelds Haus gefunden hatten, lag so etwas nahe. Eine Yogamatte war Aylin dort allerdings nicht untergekommen. Aber warum sollte Lisa ihre Yogaeinheiten zu Hause absolvieren, wenn ihr gleich ein ganzes Zentrum dafür zur Verfügung stand? Aylin nahm ihre Arbeit auch selten mit nach Hause. Möglicherweise fanden sich in diesem Zentrum ein Computer oder Laptop sowie Unterlagen, die ihnen weiteren Einblick in Lisa Hirsefelds Leben – beruflich wie privat – gewährten.

»Ich hoffe, das hilft Ihnen bei Ihren Ermittlungen«, sagte Pfeffer unsicher, weil sie nichts erwiderte.

»Das tut es, Herr Pfeffer«, versicherte sie eilig. »Vielen Dank für Ihre schnelle und unbürokratische Hilfe.«

»Dafür nicht. Ich denke, es ist in Lisas Sinn. Wenn ich noch irgendwas für Sie tun kann ...«

Das konnte er gewiss. Einen Blick in Lisa Hirsefelds Bankgeschäfte zu werfen, mochte lohnenswert sein. Allerdings wäre dafür tatsächlich ein Beschluss vonnöten, sollten die Unterlagen als Beweis vor Gericht zugelassen werden. Obendrein zählte Markus Pfeffer streng genommen zum Kreis der Verdächtigen, da war es nicht ratsam, sich von ihm illegal mit bankinternen Informationen versorgen zu lassen.

»Ich melde mich bei Ihnen«, wich Aylin aus und verabschiedete sich.

Sie kehrte ins Büro zurück, wo Mattes sein Telefonat ebenfalls beendet hatte und mit vor dem Bauch verschränkten Händen auf Carstens Schreibtischstuhl saß. Aylin drängte sich der Gedanke an Buddha geradezu auf. Sie berichtete, was sie soeben von Markus Pfeffer erfahren hatte.

»Interessant«, meinte Mattes. »Dieses Zentrum sollten wir uns näher anschauen. Ich habe übrigens gerade mit unserer geschätzten Rechtsmedizinerin, Dr. Brandt, gesprochen.«

»Und?«

»Sie war enttäuscht, dass Carsten nicht am Apparat war.«

Aylin rollte mit den Augen. Frau Dr. Brandts Faible für den Kollegen Kantner war ebenso bekannt wie unerwidert und rangierte in der Liste der Dinge, die sie am wenigsten interessierten, noch hinter der Zucht von Koi-Karpfen.

»Sie hat gestern mit der Untersuchung der Knochen aus den Ronsdorfer Anlagen begonnen«, erzählte Mattes weiter.

»Die hat wohl an einem Sonntag nichts anderes zu tun«, unterbrach ihn Aylin.

»Das sagt die Richtige.«

»Wieso?«

»Hast du nicht eigentlich Urlaub?«, erinnerte der Hauptkommissar seine Kollegin.

»Ich kann dich ja schlecht hängenlassen, jetzt wo Carsten außer Gefecht gesetzt ist«, versuchte sie sich herauszureden.

»Weil wir ja in unserem Dezernat nur zu dritt sind«, scherzte Mattes.

»Schon gut, schon gut, hast ja recht«, räumte sie ein. »Was hat die Brandt denn nun zu berichten gehabt?«

Mattes schaute auf die Notizen, die er sich während des Gesprächs mit der Rechtsmedizinerin gemacht hatte. »Also, anhand des Beckens und der Schädelform lässt sich ableiten, dass es sich um eine männliche Person handelte. Ein junger Erwachsener. Also mindestens achtzehn, höchstens fünfundzwanzig Jahre alt. Größe ein Meter paarundachtzig. Wusstest du, dass man die Größe eines Menschen anhand seines Oberschenkelknochens ermitteln kann?«

»Ja, hab ich mal im Fernsehen gesehen. Ließ sich feststellen, wie lange die Knochen in dem Grab gelegen haben?«

»Na ja, da wird's kompliziert«, wiegelte Mattes ab.

»Das hängt wohl von vielen unterschiedlichen Faktoren ab, die man zu berücksichtigen hat. Zum Beispiel, wie der Leichnam bestattet war, wie die durchschnittliche Temperatur war, die Beschaffenheit der Umgebung et cetera, et cetera. Ohne weiterführende Untersuchungen lässt sich der Todeszeitpunkt also erst mal nur ganz grob eingrenzen.«

»Und das heißt?«, fragte Aylin.

»Länger als fünf Jahre, weniger als fünfzig.«

»Oha, das ist sehr grob.«

»Allerdings. Leider weisen die Knochen auch keine Auffälligkeiten auf, wie etwa verheilte Brüche oder Derartiges, anhand derer man die Identität festmachen könnte. Zufällig ist aber gerade ein befreundeter Experte für Gesichtsrekonstruktionen vor Ort, der sich unbürokratisch dem Schädel widmen wird. Mit etwas Glück haben wir schon morgen, spätestens aber Mittwoch ein Ergebnis. Dann wissen wir zumindest, wie unser Toter zu Lebzeiten ungefähr ausgesehen hat.«

»Tja, wann auch immer diese Lebzeiten waren. Wurde Lisa Hirsefeld schon obduziert?«

»Ja, aber da gibt es auf den ersten Blick nichts, was uns dem Täter näher bringt. Sie starb durch einen einzelnen Stich ins Herz mit der Stricknadel. Dadurch drang Blut in die Herzkammer ein, wodurch sie verblutet ist. Sie wird wohl nach dem Angriff noch ein paar Minuten gelebt haben.«

»Wie lange war sie tot, als Sophie sie gefunden hat?«

»Höchstens eine Stunde, eher weniger, schätzt Dr. Brandt.«

»Dann könnte es hinkommen, dass Lisa Hirsefeld während der Auseinandersetzung mit den Junggesellen ermordet wurde«, folgerte Aylin.

»Ja, so scheint es. Bis auf die Stichwunde war unser Opfer eine außergewöhnlich gesunde Frau Mitte dreißig, die gut und gerne hundert Jahre alt hätte werden können. Sagt Frau Dr. Brandt. Die Ergebnisse der Toxikologie stehen natürlich noch aus, aber da deutet sich nichts Ungewöhnliches an. Wahrscheinlich hat Lisa Hirsefeld nicht mal Aspirin zu sich genommen.«

»Na gut, dann machen wir uns am besten auf den Weg ins Yogazentrum«, entschied Aylin.

»Namaste.« Mattes legte die Handflächen aneinander, deutete eine Verbeugung an und erhob sich von seinem Stuhl.

Aylin hob erstaunt die Augenbrauen. »Mein Lieber, manchmal bist du ein Strauß voller Überraschungen. Oder wahlweise ein Überraschungsei.«

Der Hauptkommissar lächelte und verschwieg seiner Kollegin wohlweislich, dass seine Yogaexpertise mit diesem einen Wort restlos ausgeschöpft war. Er lief zur Tür, öffnete sie schwungvoll und prallte beinahe mit Carsten zusammen, der sich soeben anschickte, sein Büro zu betreten.

»Was machst du denn hier?«, fragte Mattes überrascht.

»Ich arbeite hier«, entgegnete Carsten und wies auf das Schild mit seinem sowie Aylins Namen und Dienstgraden, das auf Augenhöhe an der Wand im Flur gleich neben der Bürotür angebracht war.

»Nee, du arbeitest nicht«, erwiderte sein älterer Kollege kopfschüttelnd. »Du bist nämlich eigentlich im Krankenhaus. Wenigstens warst du da gestern Abend noch.«

»Jetzt nicht mehr, wie du siehst. Hab doch gesagt, dass ich heute wiederkomme.«

Carsten schob seinen älteren Kollegen sanft, aber bestimmt zur Seite und humpelte an ihm vorbei ins Büro, wo Aylin ihn, die Hände in die Hüften gestemmt, mit strengem Blick taxierte.

»Das ist nicht dein Ernst, oder?«, fragte sie mehr rhetorisch, als dass sie eine Antwort erwartete.

»Meine Güte, ihr seid schlimmer als Cordula und Sophie«, brummte Carsten, verstimmt über den wenig herzlichen Empfang.

»Was sagen die beiden denn dazu, dass du aus dem Krankenhaus getürmt bist?«, wollte Aylin wissen.

»Ich bin nicht getürmt, ich wurde entlassen.«

Auf eigene Verantwortung, fügte er in Gedanken hinzu. Und natürlich hatte er weder seine Schwester noch seine Verlobte darüber informiert. Zum einen war er alt genug, seine eigenen Entscheidungen zu treffen, zum anderen – und das war der eigentliche Grund für sein Schweigen – ersparte er sich so endlose Diskussionen, insbesondere mit Cordula. Unter anderem deswegen hatte er sich nicht nach Hause, sondern gleich ins Präsidium begeben. Acht Euro hatte ihn die Fahrt mit dem Taxi vom Helios Klinikum Barmen bis hierhin gekostet. Ganz schöner Wucher für die paar Meter den Berg hinunter. Zähneknirschend hatte er dem Fahrer einen Zehner in die Hand gedrückt. Dabei konnte er sich die Bemerkung nicht verkneifen, dass er das Taxi nicht käuflich erwerben wollte und das nächste Mal lieber zu Fuß gehen würde. Der Taxifahrer wünschte ihm viel Spaß dabei und fuhr unbeeindruckt von der überaus subtil vorgetragenen Kritik an seinen Preisen davon.

»Wir waren gerade auf dem Sprung«, sagte Mattes.

»Lasst euch von mir nicht aufhalten«, erwiderte Carsten. »Ich setze mich brav an meinen Schreibtisch und schiebe Akten von links nach rechts.«

»Wie du meinst.«

»Ja, meine ich. Ich wollte mich doch um den Knochenfall kümmern«, erinnerte er seine Kollegen an seinen gestrigen Vorschlag.

»Stimmt«, fiel Mattes ein, und er brachte Carsten rasch auf den neuesten Stand. Mit ihm zu diskutieren, ob es sinnvoll war, sich in seinem Zustand schon wieder in die Arbeit zu stürzen, wäre ohnehin sinnlos. »Aylin und ich fahren jetzt ins Yogazentrum.«

»Das wird auch Zeit, dass ihr mal was für Körper und Geist tut«, scherzte Carsten.

»Sagt ausgerechnet der, der eine Gehirnerschütterung und ein verdrehtes Knie ignoriert«, murmelte Aylin.

»Würde ich es ignorieren, würde ich mit euch in dieses Zentrum fahren und mich dort mal so richtig austoben.«

Was ihm lieber wäre, aber sein schmerzender Kopf und das geschwollene Knie machten ihm eindrücklich klar, es vorerst langsam anzugehen.

21

Sophie saß nach dem Frühstück eine Weile am Küchentisch und sinnierte über den gestrigen Abend. Als sie zu Hause ankam, erwartete sie ihr Ehemann Ben, der das »freie« Wochenende genutzt hatte, einen alten Studienfreund in Frankfurt zu besuchen. Die eheliche Wiedersehensfreude legte sich rasch, nachdem sie ihm von Carstens Unfall und der toten Lisa auf der Kneipentoilette berichtet hatte. Ben schien schwer genervt davon, dass seine Frau sich wieder in einen Mordfall hatte verwickeln lassen. Als hätte sie die Leiche absichtlich gefunden. Ihre heimliche Durchsuchung von Beatrix' Schlafzimmer offenbarte sie ihm besser nicht, das führte unter Umständen zu einem handfesten Ehekrach, und darauf hatte Sophie eher weniger Lust. Zumal sie ihm dann Martins Beteiligung an der Sache beichten musste. Ben hätte vermutlich nur die Wörter »Martin« und »Schlafzimmer« vernommen und wäre ausgeflippt.

Sophie hatte nur einen kurzen Blick auf die Fotos werfen können. Sie waren leicht gelbstichig gewesen, mussten demnach schon einige Jährchen auf dem Buckel haben. Das Paar, das sie – ebenso wie die liebestrunkenen Verrenkungen – vor Augen hatte, war ihr unbekannt. Sicher handelte es sich um Trixis Eltern. Andererseits besaß Sophie nicht derlei Fotos von ihren eigenen Eltern. Allein bei dem Gedanken daran schüttelte es sie. Es stand zu vermuten, dass die Bilder von einem Privatdetektiv aufgenommen worden waren. Aber weshalb nahm jemand ein Ehepaar beim Liebesspiel auf? Es sei denn, die beiden waren nicht verheiratet. In dem Fall ging es vielleicht um Erpressung.

Da sie den Umschlag unter Trixis Schlüpfern gefunden hatte, konnte der Inhalt nichts mit Lisas Ermordung zu tun haben. Trotzdem hätte Sophie gern mehr darüber gewusst, allein um die Möglichkeit eines Zusammenhangs auszuschließen. Martin könnte ihr womöglich weiterhelfen. Nicht nur hatte er den Umschlag mit den Fotos und den beiden Briefen an sich genommen, er kannte die van den Berghs wahrscheinlich von seiner gemeinsamen Zeit mit Trixi. Um mehr zu erfahren, musste sie ihn allerdings kontaktieren, und schon der Gedanke daran bereitete ihr körperliche Schmerzen. Nicht weil sie irgendwelchen sentimentalen Erinnerungen nachhing, sondern weil sie Martin partout keinen Gefallen schulden wollte. Sie konnte seine gönnerhafte Reaktion auf ihr Anliegen beinahe vorhersagen. Aber wenn er sonst nichts bei ihr befriedigen konnte, so doch zumindest ihre Neugier.

Widerwillig griff sie zu ihrem Handy und suchte Martins Namen in ihren Kontakten. Wieso hatte sie seine Nummer nicht gelöscht, nach seinem armseligen Verhalten bei ihrer Begegnung vor ein paar Jahren? Einerlei, jetzt kam ihr dieser Umstand gelegen. Sie wählte die Option »Anrufen« und wartete. Es tutete einmal, dann sprang die Mailbox an. Martin hatte sein Mobiltelefon offenbar ausgeschaltet. Sophie unterbrach die Verbindung, sie würde ohnehin keine Nachricht hinterlassen. Gewiss lag Martin noch im Bett beziehungsweise auf Trixis Couch und schlief. Oder er schlief gerade mit Trixi. Auch egal. Sie würde es später wieder versuchen.

Eigentlich war es schade, dass der gestrige Abend so abrupt mit Isabellas emotionalem Ausbruch und dem anschließenden Abgang von ihr und Tobias geendet hatte. Auch wenn das Ganze als Gedenkfeier für Lisa geplant war, hatten sie das Thema ihrer Ermordung rasch ad acta gelegt. Dabei musste doch jedem klar sein, dass der Mörder oder die Mörderin unter ihnen zu suchen war. So unangenehm die Vorstellung sein mochte.

Sophie versuchte noch einmal, sich zu erinnern, wer zum Zeitpunkt des Überfalls der rivalisierenden Junggesellen im Separee der Sonderbar gewesen war. Und vor allem, wer nicht. Zu Letzterem fiel ihr spontan Trixi ein, die den Raum verlassen hatte, um Hilfe zu holen. Auch wenn die Kneipenbesitzerin kein offensichtliches Motiv zu haben schien, setzte Sophie sie für den Moment auf der Liste der Verdächtigen an die erste Stelle. Schließlich hatte Trixi die Gelegenheit sowie den Zugang sowohl zur Tatwaffe als auch zum Tatort gehabt. Um ein Cluedo-Spiel zu gewinnen, reichte es allemal, da wurde nie nach einem Motiv gefragt.

Trotzdem mochte Sophie die anderen deswegen nicht einfach vom Haken lassen. Allerdings klaffte in ihrem

Gedächtnis alkoholbedingt die ein oder andere Lücke, die es zu füllen galt. Hatte einer der Anwesenden etwas gesagt, das auf eine wie auch immer geartete Aversion gegen Lisa hindeutete? Wenn sie es recht bedachte, konnte Sophie diesbezüglich niemanden aus dem Kreis der Verdächtigen ausschließen. Sogar sie selbst hatte Lisa einmal an den Kopf geworfen, dass sie es einem sehr schwer mache, sie zu mögen. Dabei konnte sie nicht mal benennen, warum ihr die Klassenkameradin unsympathisch gewesen war. Lisa hatte ihr nie etwas getan. Aber irgendwie schien sie immer über allem zu schweben. Versuchte man, sie zu trösten, weil die Fürchterlichen Vier sie wieder geärgert hatten, starrte sie einen an, als habe man den Verstand verloren. Freundliche Einladungen wurden schroff ausgeschlagen und jeder Versuch, Lisa in die Klassengemeinschaft zu integrieren, scheiterte an deren eigenem Unwillen. Doch reichte das alles aus, um sie zwanzig Jahre später zu ermorden? Oder war Lisa am Samstagabend jemandem dermaßen auf den Schal getreten, dass derjenige sich veranlasst sah, zur Stricknadel zu greifen?

Isabella und Leonore schienen beide gleichermaßen verschnupft über die Tatsache, dass die ehemals unscheinbare Strickliesel die Aufmerksamkeit der anwesenden Herren auf sich gezogen und ihnen damit die Show gestohlen hatte. Schon zu Schulzeiten hatten sie das Rampenlicht ungern mit anderen weiblichen Wesen geteilt. Es grenzte an ein Wunder, dass sie sich früher nicht gegenseitig die Augen ausgekratzt hatten, sondern die besten Freundinnen gewesen waren. Zumindest bis zu jenem denkwürdigen Schulfest. Dort war irgendetwas vorgefallen, das der Freundschaft der beiden und im weiteren Verlauf den Fürchterlichen Vier den Todesstoß versetzt hatte. Ob das gestern erwähnte Toiletten-Nümmerchen von Tobias etwas damit zu tun hatte? Jener Abend vor so vielen Jahren endete mit dem Rauswurf Martins aus der Schule und mündete in eine noch frostigere Atmosphäre in der Klasse. Gott sei Dank blieben nur wenige Wochen bis zum Beginn der Sommerferien, und danach trennten sich die Wege. Leonore ging für ein Austauschjahr in Richtung Kanada und anschließend auf ein Schweizer Internat. Spießi zog mit seinen Eltern nach Hamburg oder sonst wohin, und auch Trixi und Lisa waren im neuen Schuljahr nicht wieder aufgetaucht. Sophie hatte in der Oberstufe kaum gemeinsame Kurse mit den verbliebenen Klassenkameraden, worüber sie alles andere als unglücklich war. Sie schweifte ab. Zurück zu Samstagabend.

Sie war wegen Carstens Unfall ein wenig durch den Wind gewesen, weshalb sie dem Alkohol mehr zugesprochen hatte, als ihr guttat. Mit Isabella und Leonore hatte sie sich eine Weile unterhalten. Während Leo sich seit der Schulzeit kaum verändert hatte – jedenfalls nicht zum Positiven –, wirkte Isabella nicht mehr so oberflächlich wie früher. Sie hatte Sophie von ihrem Job bei der Düsseldorfer Staatsanwaltschaft und ihrem Sohn erzählt. Auf beides wirkte sie ziemlich stolz. Ein Ehemann oder Partner kam in ihrer Schilderung nicht vor, und die Liaison mit Tobias schien eher lockerer Natur zu sein. Zumindest spielte Isabella die Beziehung auf Sophies Nachfrage herunter, aber vielleicht war es ihr einfach nur peinlich, wieder auf ihn hereingefallen zu sein.

Leonore berichtete von den Erfolgen ihrer Firma, die selbstverständlich ausschließlich ihrem herausragenden Geschäftssinn zu verdanken waren, und von dem bevorstehenden Umzug nach China. Sophie hatte einige Minuten lang versucht, ihr zuzuhören, war aber vor Langeweile beinahe weggenickt. Isabella gesellte sich derweil zu Bastian »Spießi« Spieß, den sie zu Schulzeiten nur dann eines Blickes gewürdigt hatte, wenn sie ihn vorführen konnte. Aber die Tatsache, dass der vermeintlich langweilige Spießi mittlerweile Pilot bei einer der weltweit größten Airlines war und im angesagten London lebte, ließ ihn in einem interessanteren Licht erscheinen.

Tobias Kirchhoff war unverkennbar der Alte geblieben, und das war allenfalls in Bezug auf seine äußere Erscheinung ein Kompliment. Er hatte nach wie vor nur zwei Dinge im Kopf: Tennis und Frauen. Mit der vorausgesagten Sportkarriere eines Boris Becker hatte es wegen einer Verletzung nicht geklappt, das tat seinem übergroßen Ego jedoch keinen Abbruch. Da kam es einer Majestätsbeleidigung gleich, dass Lisa seinen Vorschlag einer beruflichen Zusammenarbeit schlichtweg ignorierte. Er beschwerte sich bei Sophie wortreich über die nachtragende »Schnepfe«, während er gleichzeitig die Augen nicht von ihr lassen konnte. Ob eine Zurückweisung für Tobias einen Mord rechtfertigte, wagte sie aber zu bezweifeln. So narzisstisch war er nicht veranlagt. Außerdem war er später auch noch bei Cordula abgeblitzt, und die hatte den Abend nachweislich überlebt.

Lisa blieb weiterhin ein Rätsel. Nachdem sie sich mit ihrem grandiosen Auftritt zu Beginn in den Mittelpunkt gerückt hatte, gab sie sich anschließend so zugeknöpft wie eh und je. Sie hörte den anderen mehr oder weniger höflich zu, wich aber sämtlichen Fragen nach ihrem eigenen Werdegang geschickt aus. Wollte sie etwas verbergen? Ob Martin ihr mehr hatte entlocken können? Schließlich war er ihr kaum von der Seite gewichen.

Sophie versuchte erneut, ihn auf seinem Handy zu erreichen, aber wie zuvor sprang sofort die Mailbox an. Sie sollte es lieber nicht zu häufig probieren. Wenn Martin später die Liste seiner verpassten Anrufe sichtete und ihre Nummer dort zigmal auftauchte, dachte er am Ende, sie habe Sehnsucht nach ihm. Außerdem konnte sie ihn als Verdächtigen nicht ausschließen, auch wenn ihr kein Motiv für ihn einfiel. Abgesehen von der Vermutung, dass er nach einem packenden Stoff für seinen neuen Krimi suchte, aber das war so weit hergeholt, dass nicht mal sie selbst sich für diese Idee erwärmen konnte.

Vielleicht überließ sie das Ermitteln künftig besser den Profis, sie kam dabei auf keinen grünen Zweig. Carsten würde diese Erkenntnis mit Sicherheit freuen. Andererseits bereitete es ihr zu viel Vergnügen, mörderische Rätsel zu lösen, und das nicht nur auf dem Spielbrett. Sie musste sich mehr Mühe geben und die Geheimnisse ihrer Klassenkameraden, so es welche gab, ans Licht bringen. Einer von ihnen war für Lisas Tod verantwortlich und Sophie würde, verdammt nochmal, herausfinden, wer.

***

Beatrix saß auf einem Hocker an ihrem Küchentresen und rührte nachdenklich in ihrem Milchkaffee. Nachdem sie vergangene Nacht zunächst erleichtert darüber war, dass Martin, ihr lästiger Hausgast, sich davongeschlichen hatte, verfiel sie am frühen Morgen in Panik. Was, wenn er etwas hatte mitgehen lassen? Zwar war ihr nicht klar, was das sein sollte, denn sie besaß nichts Wertvolles, aber bei ihm konnte man nie wissen. Jedes Mal, wenn er früher bei ihr zu Hause gewesen war, fehlten Gegenstände. Zwar stritt er es stets entrüstet ab, etwas genommen zu haben, aber es war doch zu augenfällig, als dass es sich um Zufälle gehandelt haben könnte.

Die Durchsuchung des Wohnzimmers brachte kein Ergebnis. Selbst ihr Portemonnaie lag an seinem Platz. Sie hatte hineingeschaut, sämtliche Karten sowie das Bargeld waren noch da. Ebenso wie Martins Rollkoffer, der nach wie vor in der Ecke beim Fenster stand. Plante er etwa, wiederzukommen? Wohin war er verschwunden? Hatte er eine Dame für die Nacht klargemacht, nachdem Trixi ihn partout nicht ranließ? Sophie Liebermann vielleicht? Aber die war verheiratet, und ihr Mann Ben hatte gewiss etwas dagegen, das Ehebett mit dem Verflossenen seiner Liebsten zu teilen. Von der Liebsten ganz zu schweigen, die hatte nicht den Eindruck gemacht, erpicht auf die Gesellschaft ihres Ex-Freunds zu sein. Isabella war mit Tobias von dannen gestiefelt – ob die beiden nach dem Eklat die Nacht miteinander verbrachten, sei dahingestellt –, und Leonore würde eher ins Kloster gehen, als einen Loser wie Martin ranzulassen. Wahrscheinlich hatte er einige Nummern für sexuelle Notfälle in seinem Handy gespeichert. Sich ohne ein Wort des Abschieds oder Danks in einer Nacht-und-Nebel-Aktion davonzustehlen, war schon dreist. Aber es passte zu Martin.

Trixi fragte sich, ob der Schmarotzer ernsthaft plante, nach seinem Rendezvous hierher zurückzukehren. Er konnte von Glück reden, wenn sie ihm seinen abgeranzten Rollkoffer nicht vor die Füße warf. Oder hatte er die Flucht ergriffen, weil er Lisa ermordet hatte? Auszuschließen war das nicht. Er hatte wie eine Klette an ihr gehangen, aber wollte nichts von ihrem Verschwinden mitgekriegt haben? Ziemlich unwahrscheinlich. Und als Trixi ihn gefragt hatte, ob er an diesem Abend etwas bemerkt habe, hatte er da nicht kurz gezögert, bevor er verneinte? Auch den beiden Kommissaren gegenüber hatte er sich reserviert gegeben. Apropos Kommissare: Vielleicht sollte sie die Polizei benachrichtigen. Aber was sollte sie denen sagen? Dass ihr der Ex-Liebhaber abhandengekommen war?

Sie konnte nur hoffen, dass der Mord an Lisa möglichst schnell aufgeklärt und die Sonderbar von dem Verdacht reingewaschen wurde, ein Ort zu sein, an dem auf dem Klo mehr als eine Blaseninfektion lauerte. Nur müsste sie dazu erst den Hauch einer Ahnung haben, wer ein Motiv gehabt haben könnte, Lisa zu töten. Da fingen die Probleme schon an. Abgesehen von den Streitigkeiten zu Schulzeiten, an denen sie selbst nicht unbeteiligt war, fiel ihr partout nichts ein. Wie auch? Sie hatte in all den Jahren keinen ihrer Klassenkameraden gesehen oder gesprochen. Außer Lisa, und die sprach selten über die Vergangenheit und erst recht nicht von ihren ehemaligen Mitschülern. Trixi wusste lediglich von den Überraschungen, die Lisa an jenem Abend für die Anwesenden besorgt hatte und die vermutlich nicht ganz so nett ausfielen, wie man annehmen könnte. Allerdings war es Trixi selbst gewesen, die die Geschenke überreicht und behauptet hatte, die Initiatorin des Spiels zu sein. Wenn jemand sich auf den Schlips getreten fühlte, hätte er oder sie sich eher an sie gehalten. Bei dem Gedanken daran musste Trixi schlucken. Gott sei Dank hatte sie nicht allzu viele der Sachen verteilen können. Der Rest lag nach wie vor unberührt in der Kiste unten in der Sonderbar. Und dieser Rest war vermutlich aufschlussreicher, denn Lisa hatte sie genau instruiert, in welcher Reihenfolge, sie die Geschenke überreichen sollte. Wenn sie sich nur erinnern könnte, was sie nicht mehr hatte verteilen können. Und vor allem, an wen.

Ob die Polizei mit ihrer Spurensuche mittlerweile fertig war? Sie lauschte, ob von unten Geräusche zu vernehmen waren, hörte aber nichts. Zu gern würde sie einen unauffälligen Blick in die Kiste werfen. Selbstverständlich konnte sie nicht einfach in die Sonderbar marschieren, sowohl Vorder- als auch Hintertür waren polizeilich versiegelt und ein Betreten somit quasi beim Tode verboten. Was jedoch niemand ahnte – nicht einmal sie selbst, zumindest am Anfang nicht –, war, dass es einen geheimen Zugang zwischen dieser Wohnung und dem Raum der Kneipe gab, in dem das Klassentreffen stattgefunden hatte. Sie hatte die Luke im Boden ihres Wohnzimmers erst entdeckt, nachdem sie den versifften Teppichboden und die über den alten Dielen verlegten Spanplatten entfernt hatte, um den ursprünglichen Boden wieder freizulegen. Damit war zugleich das Rätsel um die Existenz der Strickleiter gelöst, die sie in einer Ecke des Abstellraums gefunden hatte.

Die Scharniere der Bodenluke waren verrostet, und es hatte Trixi einige Anstrengung gekostet, aber es war ihr gelungen, die Abdeckung anzuheben. Sie hatte sich auf den Bauch gelegt und nach unten geschaut, direkt auf das blaue Sofa im ehemaligen Raucherraum der Sonderbar. Wer diesen Zugang wann angelegt und was derjenige damit bezweckt hatte, wusste Trixi nicht, aber sie fand die Vorstellung reizvoll, jederzeit unbemerkt in ihre Kneipe zu kommen. Es sei denn, jemand logierte auf dem Sofa, das sie über der Luke platziert hatte, damit der Geheimzugang unentdeckt blieb.

Sie war dabei, das Möbelstück beiseitezuschieben, als es an der Tür klingelte. Am liebsten hätte sie es ignoriert, aber ihr ungebetener Besucher schien nicht gewillt, aufzugeben.

»Ja?«, blaffte sie in den Hörer der Gegensprechanlage und hoffte, dass es der Paketbote war.

»Trix? Ich bin's. Machst du mir auf?«

Es war nicht der Paketbote. Das wäre zu einfach. Ihr Herz setzte für einen Schlag aus, und ihre Hände wurden feucht. Verdammt, weshalb übte dieser Mann, selbst wenn sie nur seine Stimme hörte, eine solche Faszination auf sie aus? Das war nicht normal. Bedachte man, wie viel Zeit sie in den letzten Jahren darauf verwendet hatte, sich einzureden, ihn zu hassen. Mechanisch drückte sie den Schalter, der die Haustür elektronisch entriegelte. Sie lauschte den Schritten auf der Treppe und mahnte sich zur Ruhe. Er durfte unter keinen Umständen ihren inneren Aufruhr bemerken. Gott, sie wünschte, sie hätte die Gelegenheit, sich umzuziehen. Jetzt musste sie ihn in ihrer Nachtwäsche empfangen, einer ollen Joggingbuxe und dem verwaschenen, löchrigen Metallica-Shirt. Früher wäre ein solcher Aufzug für sie sogar im Bett undenkbar gewesen. Man musste jederzeit vorzeigbar sein, hatte ihre Mutter immer gepredigt, denn man konnte ja nie wissen, ob nicht die Queen unangekündigt vor der Tür stand. Selbstverständlich trug sie dafür Sorge, dass die van den Bergh'schen Kinder stets wie aus dem Ei gepellt daherkamen. Bis zu ihrem siebzehnten Lebensjahr ahnte Trixi nicht mal, dass es so etwas wie Wohlfühlklamotten überhaupt gab. Selbst wenn sie es gewusst hätte, wäre das Tragen solcher Kleidung damals weit unter ihrer Würde gewesen. Diese Zeiten waren lange vorbei. Außerdem demonstrierte sie ihrem Besucher mit ihrer optischen Nachlässigkeit hoffentlich, dass sie es nicht für nötig befand, sich eigens für ihn herauszuputzen. Selbst wenn es nicht stimmte und sie kurzzeitig mit dem Gedanken spielte, doch in ihr kleines Schwarzes zu schlüpfen. Und ihre Frisur in etwas zu verwandeln, das den Namen verdiente. Oder ihr Gesicht. Als Erstes sollte sie allerdings unter die Dusche springen.

»Du meine Güte«, hörte sie Tobias' Stimme nah an ihrem Ohr, »entwickelst du gerade eine Strategie, um den Weltfrieden herzustellen, oder worüber denkst du so angestrengt nach?«

»So was in der Art«, wich sie aus und spürte zu ihrem Ärger, dass sie rot wurde. Wenigstens bekam sie so etwas Farbe ins Gesicht. »Was führt dich hierher? Hast du Sehnsucht nach mir?«

»So was in der Art.« Er lächelte auf diese unnachahmliche Art, die nur er beherrschte, und küsste sie auf die Wangen, während sie gegen eine aufkommende Hitzewelle ankämpfte.

Das fehlte noch. Sie roch unangenehm genug. Nach dem gestrigen Eklat hatte sie nicht damit gerechnet, ihn so bald wiederzusehen. Sie trat einen Schritt beiseite, um ihn hereinzulassen, obwohl ihr der Gedanken nicht behagte, mit ihm allein in einem Raum zu sein.

»Ist dein Hausbesuch noch da?«, fragte Tobias.

»Wenn du auf Martin anspielst, der hat sich vom Acker gemacht.«

Mehr brauchte Tobias zu diesem Thema nicht zu wissen. Ihr war ohnehin nicht klar, was er mit seinem Auftauchen bezweckte. Es war kaum anzunehmen, dass er in plötzlicher Liebe zu ihr entflammt war. Irgendetwas führte er im Schilde, und sie war sicher, es war nichts Gutes. Zumindest nicht für sie.

Zunächst schlenderte Tobias zielstrebig ins Wohnzimmer, wo Trixi noch nicht dazu gekommen war, die Spuren des gestrigen Essens oder gar des heutigen Frühstücks zu beseitigen. Wenigstens stand die Couch halbwegs an ihrem angestammten Platz, so dass ihr ungebetener Gast nicht versehentlich die darunter befindliche Bodenluke entdeckte.

Dafür fiel ihm Martins Koffer auf.

»Sagtest du nicht gerade, er hätte sich vom Acker gemacht?«

»Ich hab ja nicht behauptet, dass er nicht wiederkommt«, erwiderte Beatrix.

»Nimm dich in Acht vor ihm«, warnte Tobias. »Der Typ ist ein Schmarotzer, wie er im Buche steht.«

Als wüsste sie das nicht selbst. »Es rührt mich, wie besorgt du um mich bist.«

»Ich will nicht, dass dir jemand wehtut«, behauptete er, ohne auf die mit Bitterkeit gepaarte Ironie einzugehen, die in ihrer Stimme lag.

Erstaunlicherweise klang er dabei durchaus ehrlich, trotzdem blieb Beatrix misstrauisch. Vor zwanzig Jahren hatte Tobias ihr Wohlergehen nicht gekümmert, als er ihr die Freundschaft gekündigt hatte. Obwohl gekündigt den Kern der Sache nicht traf: Er hatte sich einfach nicht mehr bei ihr gemeldet, sich von seiner Familie verleugnen lassen oder rasch das Weite gesucht, wenn sie ein »zufälliges« Treffen herbeiführen wollte. Vermutlich hatte er erleichtert aufgeatmet, als sie mit ihrer Mutter und den Brüdern nach Belgien und damit weit weg von Wuppertal zog. Zwar war auch dort der Ruf der Familie van den Bergh nach dem Skandal um das unheilbringende Medikament zerstört, aber ihre Mutter sorgte dafür, dass sowohl sie als auch ihre Kinder ihren Mädchennamen annehmen konnten. Ein Zustand, den Beatrix nach Erreichen der Volljährigkeit wieder rückgängig gemacht hatte. Sie war nun mal eine van den Bergh. Mochten ihre Mutter und ihre Brüder den Kopf in den Sand stecken und so tun, als habe es den verdorbenen Zweig der Familie nie gegeben, sie konnte das nicht. Sicher, ihr Vater hatte einen fatalen Fehler begangen, indem er den falschen Leuten vertraut hatte. Für diesen Fehler bezahlte er mit einer Gefängnisstrafe. Dass selbst seine eigene Familie ihn wie eine heiße Kartoffel fallen ließ, erschien ihr ebenso unnötig wie unwürdig. Vielleicht hing ihre Einstellung zu diesem Thema mit dem Verhalten ihrer sogenannten Freunde zusammen, die mit ihr gleichermaßen verfahren waren wie ihre Mutter und ihre Brüder mit Trixis Vater. Solche Mitleidlosigkeit am eigenen Leib zu erfahren, hatte ein rigoroses Umdenken bei Beatrix bewirkt. Ein Gutmensch würde sie sicher niemals werden. Aber sie war jemand, auf den man sich im Zweifel verlassen konnte. Solange man ihr nicht an den Karren pinkelte. Oder ihre Toilette zum Schauplatz eines Mordes umfunktionierte.

»Willst du einen Kaffee? Tee?«, fragte sie, um der Höflichkeit Genüge zu tun.

»Am liebsten ein Wasser, wenn es dir nichts ausmacht.«

Doch, das tat es. Es machte Beatrix eine Menge aus, Tobias zu bewirten, als sei zwischen ihnen nichts vorgefallen. Die Frage, warum sie es dennoch tat, ließ sich nicht so einfach beantworten. Es war eine Mischung aus der Wahrung des Anstands, wie ihre Mutter es ihr eingebläut hatte, und der Erkenntnis, eine liebeskranke Idiotin zu sein. Sie nahm ein Glas aus dem Schrank und füllte es mit Leitungswasser, was Tobias einigermaßen entsetzte, wie sie frohlockend feststellte. Der feine Herr trank wahrscheinlich nur teures Tafelwasser. Er beäugte die Flüssigkeit im Glas misstrauisch, als prüfte er, ob sie heimlich Gift beigemischt hatte. Eine verlockende Vorstellung, aber leider fehlte ihr dazu die Gelegenheit. Und das Gift.

»Du hast mir immer noch nicht verraten, was dich hierher führt«, erinnerte sie ihn.

Er stellte das Glas auf dem Esstisch ab, ohne getrunken zu haben.

»Zum einen wollte ich mich entschuldigen, wegen gestern Abend«, behauptete er. »Das ist ziemlich in die Hose gegangen.«

»Geschenkt«, winkte sie ab, zumal sie nicht ganz unschuldig daran war. »Und zum anderen?«

»Ich habe viel nachgedacht übers Wochenende«, offenbarte er. »Wie wir dich damals behandelt haben, nach der Verhaftung deines Vaters, das war ziemlich …« Er suchte nach dem passenden Wort.

»Arschig?«, half sie ihm verbal auf die Sprünge.

Er grinste, und ihre Knie wurden schon wieder weich. *Reiß dich zusammen, Beatrix.*

»Ja, das trifft es ganz gut«, nickte er. »Wir hätten dir beistehen müssen. Ich hätte dir beistehen müssen. Gerade ich. So wie du mir immer beigestanden hast.«

Sie wusste, worauf er anspielte. »Tja, die Erkenntnis kommt ein bisschen spät, findest du nicht?«

Er senkte schuldbewusst den Kopf. »Ich weiß, und das tut mir leid. Aber wir waren Kinder. Dumme, verwöhnte Kinder. Das hilft dir im Nachhinein auch nicht weiter, das ist mir klar. Aber ich hoffe, du akzeptierst meine aufrichtige Entschuldigung.«

So aufrichtig, wie eine Entschuldigung aus seinem Mund sein konnte. Der Tobias, an den sie sich erinnerte, hätte sich niemals für etwas entschuldigt, das kam für ihn ebenso wenig in Frage, wie Leitungswasser zu trinken. *Aber Menschen ändern sich*, beharrte das dünne Stimmchen in ihrem Hinterkopf, das sich sehnlichst ein Happy End wünschte. Trotzdem traute sie dem Frieden nicht. Sie war gespannt, was Tobias mit seiner Entschuldigungsarie tatsächlich bezweckte.

»Ja, schon gut«, brummte sie, als sei alles vergeben und vergessen.

Tobias schien zufrieden. »Deine Kneipe ist echt schön«, meinte er anerkennend. »Ich bin froh, dass es dir wieder gut geht. Es geht dir doch gut, oder?«

»Ja, schon. Meistens jedenfalls.«

»Ich hab das von deinem Vater gehört. Dass er gestorben ist, meine ich.«

»Ist ein paar Monate her«, wich sie aus. Sie wollte nicht über ihren Vater sprechen. Schon gar nicht mit Tobias. »Was ist mit deinen Eltern?«

»Die wohnen jetzt auf Mallorca. Witzig eigentlich, ich kehre zurück nach Wuppertal, und die ziehen dahin, wo ich jahrelang gelebt hab.«

»Tja, das gäbe mir zu denken«, spottete sie. »Meine Familie lebt in Belgien.« Dass sie weder zu ihrer Mutter noch zu ihren Brüdern Kontakt hatte, erwähnte sie nicht.

Tobias nickte wissend. »Ja, richtig. Ihr seid dahin gezogen, nach der ... Sache. Aber du bist wieder zurückgekommen.«

»Ich wollte meinen Vater nicht im Stich lassen. Außerdem hat's mir in Belgien nicht so gut gefallen.«

»Hast du hier ein Studium angefangen, oder ...«

»Tobias«, unterbrach ihn Trixi, der dieser gezwungene Smalltalk allmählich auf die Nerven ging, »Butter bei die Fische. Du bist doch nicht ernsthaft hier, um unsere alte Freundschaft wieder aufleben zu lassen oder weil es dich auch nur die Bohne interessiert, was ich die letzten zwanzig Jahre getrieben oder nicht getrieben habe. Reden wir also Tacheles: Was willst du wirklich?«

Tobias legte den Kopf schief und versuchte sich erneut an einem charmanten Lächeln, was ihm diesmal nicht so recht gelang, wie Beatrix mit Genugtuung feststellte. Schließlich gab er die Strategie auf, sie um den Finger zu wickeln, zuckte mit den Schultern und gab einen Seufzer von sich. »Also schön, wie du meinst.«

»*Ich* meine gar nichts«, stellte Trixi klar.

»Ja, schon gut«, sagte er mit nörgelndem Unterton. »Als ob du dir nicht denken kannst, worum es geht.«

Beatrix machte eine vage Handbewegung. »Vielleicht kann ich's, vielleicht auch nicht.«

»Es geht um die … Geschichte von damals.« Tobias sah sich vorsichtig um, um sich zu vergewissern, dass Trixi nicht eine Kamera installiert hatte oder einen heimlichen Zuhörer verborgen hielt.

»Das ist zwanzig Jahre her und längst verjährt«, erinnerte sie ihn. »Außerdem waren wir halbe Kinder.«

»Trotzdem«, beharrte er, »wenn es herauskommt, ist mein Ruf im Eimer. Dann kann ich meine Tennisschule direkt wieder dichtmachen. Schlimm genug, dass Lisa davon wusste …«

»Hast du sie deswegen getötet?«, riet Trixi ins Blaue hinein. »Damit sie nichts ausplaudert?«

Tobias sah sie an, als habe sie den Verstand verloren. »Du glaubst doch nicht ernsthaft, dass ich Lisa umgebracht habe? Wie hätte ich das bewerkstelligen sollen? Ich hab während der Zeit geholfen, die besoffene Horde an die frische Luft zu befördern, wenn du dich erinnerst.«

Trixi schüttelte den Kopf. »Tut mir leid, aber ich erinnere mich nicht.«

Tobias grinste, dieses Mal eher hinterhältig denn charmant. »Natürlich nicht. Weil *du* nämlich nicht die ganze Zeit über im Raum warst. Vielleicht hast du ja die Gelegenheit genutzt und der lieben Lisa die Lichter ausgeblasen. Es war ja auch dein Klo.«

»Sonst noch was?«, höhnte sie. »Meine Kneipe, mein Klo, mein Mord? Und welches Motiv hätte ich haben sollen?

Mir ist es völlig wurscht, ob ›die Geschichte von damals‹ ans Tageslicht kommt oder nicht. Im Gegensatz zu dir, wie du eben zugegeben hast.«

Trixi biss sich auf die Lippen. Sollte sie der Wahrheit auf die Spur gekommen sein und Tobias hatte – so unwahrscheinlich es klingen mochte – Lisa tatsächlich auf dem Gewissen, war sie die einzig verbliebene Mitwisserin. Zumindest die einzig verbliebene, die soeben großspurig verkündet hatte, dass es ihr egal war, ob die »Geschichte von damals« ans Tageslicht kam. Tobias machte einen bedrohlichen Schritt auf sie zu, so dass ihr nichts übrig blieb, als zurückzuweichen, bis sie den Küchentresen in ihrem Rücken spürte. Er schob sein Gesicht dicht vor ihres und fuchtelte zusätzlich mit dem Zeigefinger vor ihrer Nase herum. Endlich erkannte sie sein wahres Wesen. Tief in ihrem Inneren hatte sie es immer gewusst, es sich vor lauter Liebe aber nicht eingestehen wollen. Um seine eigenen Interessen zu wahren, würde Tobias über Leichen gehen. Vielleicht war er das schon.

22

Aylin und Mattes hatten Glück. Als sie beim Yogazentrum Jyoti ankamen, brannte dort Licht. Die Tür war abgeschlossen, aber durch die Glasscheiben sahen sie einen Mann, der auf der anderen Seite des großen Raums hinter einem mit Bambus verkleideten Tresen stand und telefonierte. Der Hauptkommissar klopfte in Ermangelung einer Klingel gegen die Tür, um die Aufmerksamkeit des Mannes zu erlangen. Beim dritten Versuch blickte der Mann endlich auf und bemerkte die beiden Besucher. Kopfschüttelnd machte er deutlich, dass er ihnen keinen Einlass gewähren würde, aber Mattes hielt seinen Dienstausweis an die Glasscheibe und hämmerte noch einmal gegen die Tür.

Der Mann warf in einer genervten Geste die Arme in die Luft und schlurfte betont langsam in ihre Richtung. Erst als er nahe genug war, um den Dienstausweis als solchen erkennen zu können, wurde er hektisch und schloss die Eingangstür auf, um die beiden Beamten einzulassen.

»Kommen Sie wegen Lisa?«, fragte er, ohne den Kommissaren die Gelegenheit zu geben, sich und ihr Anliegen vorzustellen.

»Äh, wie kommen Sie darauf?«, erkundigte sich Mattes.

»Ich versuche seit geraumer Zeit, sie zu erreichen. Sie geht nicht an ihr Telefon und auch nicht an ihr Handy. Das passt nicht zu ihr. Sie sollte längst hier sein. Sie ist sonst nie unpünktlich, und wenn sie sich verspätet, sagt sie Bescheid. Ihr ist doch nichts passiert, oder? Ach, natürlich ist ihr was passiert, sonst wären Sie ja nicht hier.« Der Mann raufte sich nervös die dichten schwarzen Haare, die verdächtig gefärbt aussahen.

»Ja, nun mal langsam, Herr ... äh ...«, unterbrach Mattes den Redefluss des Mannes.

»Ganesh«, erwiderte er. »Ranjid Ganesh.«

Mattes blickte ihn ungläubig an. Dieser Mann hatte ungefähr so viel Ähnlichkeit mit einem Ranjid Ganesh wie die Milka-Kuh mit einer Heiligen. Trotz der schwarz gefärbten Haare. Sein Gesicht war bleich wie ein Milchbrötchen, die wässrig-blauen Augen stachen etwas hervor und verliehen ihm einen Ausdruck permanenten Erstaunens. Das fusselige graue Ziegenbärtchen zu färben, lohnte offenbar nicht. Das einzig indisch Anmutende an dem Mann war die knielange lilafarbene Kutte, die er über einer weit geschnittenen weißen Leinenhose trug und beim Hauptkommissar erst recht die Assoziation mit der Werbekuh des Schokoladenherstellers hervorrief.

»Und wie lautet der Name, der in Ihrer Geburtsurkunde steht?«, erkundigte sich Mattes.

»Uwe Malinowski«, murmelte der Mann widerwillig. »Aber es wäre mir wirklich lieber, wenn sie mich Ranjid nennen.«

»Gewiss. Mir ist es allerdings lieber, Sie mit Herr Malinowski anzureden«, sagte Mattes freundlich lächelnd.

»Wie Sie meinen«, gab Ranjid Malinowski sich geschlagen. »Was ist denn nun mit Lisa? Sie sind doch wegen ihr hier, oder?«

»Das ist richtig. Es tut mir leid, dass Sie es auf diesem Wege erfahren, aber Frau Hirsefeld ist am Samstagabend verstorben.«

Damit hatte der Mann bei aller Sorge offenbar nicht gerechnet. Malinowskis Gesichtsfarbe wechselte innerhalb von Sekunden von milchig weiß zu kirschrot, so dass zu befürchten stand, er könne jeden Moment einen Herzinfarkt erleiden. Er taumelte zwei Schritte rückwärts und musste sich von Mattes und Aylin zu einer Bank führen lassen, die normalerweise den Besuchern des Zentrums als Wartebereich diente. Eine Weile saß er mit geschlossenen Augen da und atmete tief durch die Nase ein, um die Luft dann geräuschvoll durch die gespitzten Lippen entweichen zu lassen. Die beiden Kommissare ließen ihn gewähren und achteten darauf, dass Malinowski bei seiner Meditation nicht versehentlich seitlich von der Bank kippte.

Endlich schien er sich so weit beruhigt zu haben, dass er die Augen aufschlug und seine Umgebung wieder wahrnahm. »Tut mir leid«, entschuldigte er sich. »Das kam ein bisschen überraschend. Ich dachte, Lisa hätte vielleicht einen Unfall gehabt und läge im Krankenhaus. Hatte sie denn einen Unfall?«

»Nein, sie ... äh ... ist einem Tötungsdelikt zum Opfer gefallen.«

Mattes rechnete nach dieser Nachricht mit einem weiteren Anfall, aber diesmal blieb Malinowski gelassen. Lag bestimmt an diesem Atemgedöns, vermutete der Hauptkommissar, vielleicht betäubte das Gefühlsregungen jedweder Art. Musste er sich für das nächste Verhör merken, wenn er kurz vor der Explosion stand, weil ein Verdächtiger mal wieder versuchte, ihn für dumm zu verkaufen.

»Wissen Sie schon, wer ...?«, fragte Malinowski.

»Bedauerlicherweise nein«, gab Mattes zu. »Wir stehen noch am Anfang der Ermittlungen. Wir hatten gehofft, hier im Zentrum mehr zu erfahren. Sind Sie hier angestellt? Als Yogalehrer?«

Malinowski sah den Hauptkommissar empört an. »Nein, mir gehört dieses Zentrum. Also die Hälfte davon. Lisa und ich sind ... waren gleichberechtigte Partner.«

»Wie kam es zu dieser Partnerschaft? Also, woher kennen Sie sich?«

»Oh, Lisa und ich haben einige Jahre in derselben Physiotherapiepraxis gearbeitet. Aber da wir beide den Traum von einer Yogaschule hatten, haben wir uns vor ein paar Jahren zusammengetan. Oh Gott, wie soll ich das bloß ihren Schülern beibringen?«

Die Kommissare ließen die Frage unbeantwortet. »Wer erbt denn Frau Hirsefelds Anteil?«, erkundigte sich Aylin.

Malinowski starrte sie mit seinen Glubschaugen ungläubig an. »Sie wollen doch nicht etwa andeuten, ich ...? Also dass ich was mit ihrem Tod zu tun habe?«

»Demnach fällt mit dem Ableben ihrer Geschäftspartnerin

Ihnen die komplette Yogaschule zu?«, hakte die Oberkommissarin nach.

»Äh, ich ... also, ja, das ist vertraglich so vereinbart. Wenn der eine stirbt, bekommt der andere dessen Anteil. Wir haben beide keine Verwandten. Aber ich habe sie nicht getötet. Ich bin Buddhist.«

»Ach so, ja dann ...«, murmelte Mattes. Auch diese Ausrede hatte man ihm in seiner jahrzehntelangen beruflichen Laufbahn schon aufgetischt.

»Außerdem ...«, fuhr der Mann fort, brach dann aber ab und verfiel in Schweigen.

»Außerdem, was?«, wollte Aylin wissen.

»Nun ja, wie soll ich sagen?«, drückte Malinowski sich vor einer Antwort. Dann atmete er tief durch. »Also, um es geradeheraus zu sagen: Es hätte sich nicht gelohnt, Lisa wegen der Yogaschule zu töten. Wir stehen kurz vor der Insolvenz. Die Wuppertaler scheinen nicht sehr yogabegeistert zu sein.«

Hatte sie deswegen vor, sich nach Samoa abzusetzen?, überlegte die Oberkommissarin. Ob ihr Geschäftspartner davon gewusst hatte? Sie fragte ihn danach. Malinowski kippte vor Schreck fast von der Bank und schüttelte wild den Kopf. Sein Gesicht nahm wieder die ungesund wirkende rote Farbe an.

»Dieses Miststück«, entfuhr es ihm, und er ballte ganz unbuddhistisch die Hände zu Fäusten.

»Wo waren Sie Samstagabend zwischen zwanzig und dreiundzwanzig Uhr?«, wollte Mattes wissen.

»Wurde sie da ermordet?« Malinowski grinste zufrieden. »Da war ich auf einem Seminar – ›Finde deine innere Mitte‹.«

Mattes warf unwillkürlich einen Blick auf seine eigene

Mitte. Die war leicht zu finden, man konnte sie kaum übersehen. »Dann können Sie uns sicherlich Zeugen benennen, die das bestätigen.«

»Sehr gern«, nickte der Yogi.

»Hatte Frau Hirsefeld irgendwelche Feinde?«, fragte Aylin. »Fühlte sie sich bedroht oder hatte sie Streit mit jemandem? Hat sie mal was erwähnt?«

Malinowski rubbelte sich mit den Händen über das immer noch leicht gerötete Gesicht und schüttelte den Kopf. »Nein, da war nichts. Also zumindest hier im Institut nicht. Außerhalb des Zentrums hatten wir wenig miteinander zu tun.«

»Ihre Eltern sind vor einigen Jahren gestorben, hörten wir?«, schaltete Mattes sich wieder ein.

»Oh ja, das war eine schlimme Sache«, erinnerte sich der Yogalehrer. »Die beiden waren wohl sehr ... wie soll ich sagen? Naturverbunden. Sprich, sie versuchten, möglichst autark zu leben. Das erstreckte sich auch auf ihre Ernährung. Sie aßen fast ausschließlich Dinge, die sie selbst angebaut hatten. Oder im Wald fanden, so wie Pilze.«

Aylin verzog das Gesicht. »Oje, ich ahne, worauf das hinausläuft.«

Malinowski nickte betrübt. »Ja, leider haben sie wohl Knollenblätterpilze mit Champignons verwechselt. Das hat Lisa jedenfalls gesagt.«

»Es gab aber keinen Hinweis darauf, dass es mehr war als eine unglückselige Verwechslung?«, hakte Aylin nach.

Malinowski blickte sie einen Moment verwirrt an und zuckte dann mit den Schultern. »Keine Ahnung, ich glaube nicht. Die Polizei hat wohl ermittelt, aber ich weiß nicht, was dabei herausgekommen ist.«

Aylin machte sich eine Notiz, bei den zuständigen Kollegen nachzufragen. »Und Ihnen fällt wirklich niemand ein, der einen Grund gehabt haben könnte, Ihre Geschäftspartnerin zu töten?«

»Nein, wirklich nicht«, bestätigte Malinowski. Dann kniff er in einer plötzlichen Erkenntnis die Augen zusammen. »Es sei denn ... also ich möchte ja kein Vorurteil bedienen, aber ...«

»Aber was?«, forschte Aylin.

»Na ja, sie gibt doch seit einigen Monaten zweimal in der Woche diese Kurse. Ehrenamtlich. In der Jugendvollzugsanstalt in Ronsdorf.«

***

Carsten hockte im Büro vor seinem Computer und fühlte sich nutzlos. Aylin und Mattes kämpften an vorderster Front, und er war zum Innendienst verdonnert. Ein Umstand, der ihm gar nicht behagte. Ginge es nach den Ärzten im Krankenhaus, dürfte er überhaupt nicht arbeiten, sondern müsste brav im Bettchen liegen. Aber zur absoluten Untätigkeit verdammt zu sein, war noch schlimmer, als am Schreibtisch zu sitzen. Für diesen Teil seines Berufs hatte er sich nie erwärmen können, obwohl er den Großteil der Zeit in Anspruch nahm. Ihm war eine ordentliche Verfolgungsjagd allemal lieber. Aber damit war es vorerst vorbei, befürchtete er und rieb sein schmerzendes Knie. Früher hätte er den Mountainbiker umgenietet, nicht umgekehrt. Seine besten Jahre lagen definitiv hinter ihm. Im Januar hatte er seinen zweiundvierzigsten Geburtstag gefeiert, er stand quasi mit einem Bein im Grab.

Apropos Grab: Frustriert starrte er auf den Bildschirm, während er nach und nach die Vermisstenfälle der letzten Jahre aufrief, sofern die dazugehörigen Akten schon digitalisiert waren. Recherchieren gehörte auch nicht zu seiner bevorzugten Beschäftigung. Aber er hatte angeboten, sich um den Knochenfund zu kümmern, also musste er da jetzt durch. Außerdem war dies sowieso die einzige Tätigkeit, die seine Kollegen ihm in der nächsten Zeit zugestehen würden. Natürlich wäre es sinnvoller, weitere Ergebnisse der KTU und Rechtsmedizin abzuwarten, die eine Eingrenzung der Suche ermöglichten. Aber das hätte zur Folge, dass er vorerst hier nichts mehr tun und den Heimweg antreten konnte. Nach einer schimpfenden Verlobten stand ihm wahrhaftig nicht der Sinn. Da bot selbst das klingelnde Telefon auf seinem Schreibtisch eine willkommene Ablenkung. Hoffentlich war es nicht besagte Verlobte auf der Suche nach ihm.

»Kantner.«

»Äh, ja, hallo, hier ist der Empfang«, meldete sich der diensthabende Kollege. »Bei mir steht eine kleine Frau mit Krücken, die behauptet, sie sei Ihre Schwester.«

»Wer ist hier klein?«, vernahm Carsten die ihm nur allzu vertraute Stimme. »Und wieso *behaupten?* Ich *bin* seine Schwester.«

Der Wachhabende am Eingang konnte nicht lange zur Truppe gehören, wenn er Sophie noch nicht begegnet war. Sie war im Präsidium beinahe bekannter als Carsten selbst. Nun, das vielleicht nicht, aber beliebter war sie auf jeden Fall. Was, wie er zugeben musste, nicht sonderlich schwer war. Man sagte ihm zuweilen eine gewisse Verdrießlichkeit nach, was natürlich maßlos übertrieben war. Er reagierte hier und da ein bisschen ruppig, aber wer konnte schon von sich behaupten, immer gut drauf zu sein? Das schaffte nicht mal Sophie.

»Schicken Sie sie rauf«, sagte er und erhob sich, um seine Schwester beim Aufzug in Empfang zu nehmen.

Eine Zugangsberechtigung zu den einzelnen Abteilungen besaß sie glücklicherweise nicht. Aber das war vermutlich nur eine Frage der Zeit.

»Wieso bist du nicht mehr im Krankenhaus?«, fragte sie vorwurfsvoll, kaum dass sich die Fahrstuhltüren öffneten und den Blick auf ihn freigaben.

»Weil es garantiert jemanden gibt, der das Bett und die überaus fürsorgliche Pflege von Schwester Nicole dringender benötigt als ich«, erwiderte er und schenkte Sophie sein legendäres Haifischlächeln. Leider verfehlte es bei ihr die furchteinflößende Wirkung, die es auf Verdächtige hatte.

»Woher weißt du eigentlich, dass ich hier bin?«

»Kombinationsgabe, mein lieber Bruder«, entgegnete sie und tippte sich mit dem Zeigefinger an die Stirn, wobei sie sich fast eine der Krücken an den Kopf schlug. »Ich war nämlich gerade im Krankenhaus, um dich mit meiner Anwesenheit zu beglücken, aber dort sagte man mir, du hättest dich quasi selbst entlassen. Zu Hause warst du aber nicht, wie Cordula mir bestätigte, also blieben nicht mehr viele Orte übrig. Du könntest übrigens mal dein Handy einschalten. Und dich bei deiner Verlobten melden, die macht sich Sorgen.«

»Jaja, mach ich schon noch«, versicherte Carsten genervt. »Aber die meckert sowieso nur an mir rum. Warum hast du eigentlich Krücken dabei? Hast du auch Knie?«

Sophie betrachtete die Gehhilfen, als sähe sie sie in diesem Moment zum ersten Mal. »Nein, mit meinen Knien ist alles in Ordnung. Ich dachte, ich bring dir die Krücken mit, falls du vom Krankenhaus keine bekommst. Die hab ich doch damals gekriegt, als ›Du-weißt-schon-Wer‹ mich mit dem Messer angegriffen hat und ich fast das gesamte Tippen-Tappen-Tönchen runtergestürzt bin.«

Mit »Du-weißt-schon-Wer« war natürlich nicht Harry

Potters literarischer Erzfeind, Lord Voldemort, gemeint, aber Carsten erinnerte sich trotzdem an den Vorfall, der seiner Schwester das Leben hätte kosten sollen. Mit dem Sturz eine der bekanntesten Treppen Wuppertals hinunter übertrieb sie allerdings maßlos. Es waren höchstens ein paar Stufen des Tippen-Tappen-Tönchens, und sie war die Treppe auch nicht hinunter-, sondern hinaufgestürzt. Aber andersherum klang es natürlich dramatischer. Das Ende vom Lied war ein verstauchter Fuß, der ambulant im Krankenhaus behandelt werden musste.

Carsten ignorierte die Krücken und humpelte zurück in sein Büro. Sophie folgte ihm und schloss die Tür, ehe sie wie selbstverständlich auf Aylins Schreibtischstuhl Platz nahm. Da die Zeitungen heute Morgen ohnehin voll mit Artikeln über den Unfall und die anschließende Verhaftung einer der beiden flüchtigen Jungen war, brachte er seine Schwester diesbezüglich rasch auf den neuesten Stand.

»Und? Was machst du gerade Spannendes? Suchst du im Internet nach dem anderen Spitzbuben?«, fragte sie, wobei sie vergeblich versuchte, über den Computermonitor hinweg mit ihm Blickkontakt aufzunehmen.

»Wenn das so einfach ginge. Nein, ich schaue mir in den Datenbanken die Vermisstenfälle der letzten tausend Jahre an, in der Hoffnung, eine Übereinstimmung mit unserem Knochenmann zu finden«, gab er ungewohnt mitteilsam zu.

»Ich hoffe, du übertreibst mit den tausend Jahren. Es war also ein Mann, der in dem improvisierten Grab in den Ronsdorfer Anlagen lag«, schlussfolgerte Sophie.

»Ja, und leider wissen wir bislang nicht viel mehr als das. Na ja, sein ungefähres Alter und seine Größe. Das war's aber auch schon. Ich stochere also quasi nach der Nadel im Heuhaufen.«

»In der Hoffnung, dass die Nadel in diesem speziellen Heuhaufen verloren gegangen ist. Ich meine, vielleicht stammte der Mann ja gar nicht aus Wuppertal. Oder wurde nie als vermisst gemeldet.«

»Danke, du machst mir Mut«, brummte Carsten, musste Sophie aber insgeheim zustimmen. »Irgendwo müssen wir ja anfangen mit unserer Suche. Eine DNA-Analyse bei Knochen ist mühsam und kostspielig.«

»Klar. Du wirst schon wissen, was du tust«, räumte sie großzügig ein, wobei es für ihn eher so klang, als sei das Gegenteil der Fall.

»Du vermisst nicht zufällig jemanden? So seit etwa fünf bis fünfzig Jahren?«

Sophie überlegte einen Moment. »Wo du's erwähnst. Mein Tropical-Ken ist schon seit Ewigkeiten verschollen.«

»Wer?«

»Tropical-Ken. Der Freund von Barbie. Cordula hatte damals Tropical-Barbie und ich den passenden Ken dazu.«

»Wahrscheinlich sind die beiden durchgebrannt und haben eine Surfschule auf Hawaii eröffnet«, seufzte Carsten und widmete sich wieder seinem Bildschirm.

»Oder sie haben studiert und sind jetzt Professorin Barbie und Professor Ken«, sinnierte Sophie.

»Du bist so was von albern. Ich versuche hier zu arbeiten.«

»Ich halte dich nicht auf«, meinte sie und hob in unschuldiger Fußballer-Manier die Hände.

»Nee, is klar. Jedenfalls wird es sich bei den Knochen kaum um die von deinem Surferboy handeln.«

Das wusste Carsten nicht nur aus dem offensichtlichen Grund so genau. Schließlich kannte er die letzte Ruhestätte von Tropical-Ken, hatte er ihn doch selbst seinerzeit im Sand der Nordsee irgendwo bei St.-Peter-Ording verbuddelt.

Aber das würde er Sophie gewiss nicht verraten. Wie er sie einschätzte, würde sie ihm diese Freveltat auch dreißig Jahre später nicht verzeihen. Das erneute Klingeln von Aylins Telefonanschluss rettete ihn davor, als Kens Mörder entlarvt zu werden. Ehe Sophie auf den Gedanken verfiel, ranzugehen, sprang Carsten auf, hechtete, so gut man auf einem Bein eben hechten kann, zum Schreibtisch seiner Kollegin und riss das Mobilteil an sich. Ein Blick aufs Display verriet ihm, dass der Anruf von einem Kollegen aus der KT kam. Vielleicht gab es ja Neuigkeiten im Knochenfall.

»Kantner«, meldete er sich schwungvoll.

»Häh? Was machst du denn hier?«, wunderte sich die Frau am anderen Ende der Leitung. »Ich dachte, du wärst im Krankenhaus.«

»Schnee von gestern«, entgegnete Carsten. »Was hast du denn Schönes für mich?«

Er hörte eine Weile zu, nickte hin und wieder und fand lobende Worte für die herausragenden Fähigkeiten der Kollegen von der Kriminaltechnik.

»Ach, das ist ja außerordentlich interessant«, meinte er schließlich. »Ich danke dir für die Info. Ja, das bringt uns bestimmt ein gutes Stück weiter.« *Auch wenn ich nicht weiß, inwiefern*, dachte er, während er das Telefon beiseitelegte.

»Was war denn?«, fragte Sophie neugierig.

»Die haben das Handy entsperrt, das gestern bei dem Jungen sichergestellt worden ist«, erwiderte Carsten automatisch, da Fragen aus der Richtung von Aylins Schreibtisch normalerweise von seiner Kollegin kamen.

»Ja, und?« Sophie beugte sich gespannt vor.

»Du glaubst nicht, wer dort am Samstag mehrmals angerufen hat. Und auf wen es registriert ist. Ich muss sofort Mattes Bescheid geben.«

23

Carstens Anruf erreichte die beiden Kommissare auf dem Weg zur JVA, wo Justin Bielefeld und seine Anwältin auf sie warteten. Die aufschlussreiche Information, die ihr Kollege ihnen im Auftrag der KT übermittelte, machte ein Gespräch mit dem Burschen noch dringlicher. Die Flucht der Jungen und der Mord an Lisa Hirsefeld schienen in irgendeiner Weise zusammenzuhängen. Es konnte kein Zufall sein, dass die beiden Ereignisse zeitlich so dicht beieinanderlagen. Die drei Ereignisse, zählte man die absichtlich freigelegten Knochen hinzu. Bereits dieser Umstand hatte Aylin stutzig gemacht, wenngleich ihr die Bedeutung zunächst nicht klar war. Da nun zweifelsfrei feststand, dass Lisa Hirsefeld am Tag ihrer Ermordung diverse Male die Nummer des Handys gewählt hatte, das bei Justin Bielefeld sichergestellt worden war, ließ sich eine Verbindung nicht mehr leugnen. Der Junge mochte nicht unmittelbar an dem Mord an Lisa Hirsefeld beteiligt gewesen sein, aber er konnte möglicherweise einen Hinweis auf den Täter oder das Motiv liefern. Außerdem hegten die Kommissare die Hoffnung, dass Justin entgegen seiner gestrigen Aussage doch mehr über den derzeitigen Aufenthaltsort seines Freundes Tim Sperling mitzuteilen hatte.

Aylin und Mattes durchliefen das übliche Prozedere für Besucher der JVA, ehe man sie in einen Raum führte, in dem Justin Bielefeld und seine Anwältin bereits saßen. Der Junge sah aus, als habe er in der vergangenen Nacht nicht geschlafen. Er war blass, seine Augen waren verquollen und vom Weinen gerötet. Hinter der vordergründig trotzigen Miene, die er zur Schau stellte, flackerte die Unsicherheit darüber auf, was ihn erwartete. Die Gipsschienen an beiden Armen boten ein zusätzliches Bild des Jammers, das bei Mattes die Frage aufwarf, wie der bedauernswerte Bursche sich den Hintern abwischte.

»Ich weiß nich, wo Tim is«, stellte Justin gleich klar und beäugte die Kommissare misstrauisch. Seine Anwältin legte ihm die Hand auf den Gips.

»Dazu kommen wir später«, erwiderte Mattes freundlich. »Ich bin übrigens Kriminalhauptkommissar Paul Mattuschek, und das ist meine Kollegin, Kriminaloberkommissarin Aylin Öner.«

»Aha«, meinte Justin teilnahmslos und starrte angelegentlich auf die Tischplatte vor sich.

»Hallo, Justin«, begrüßte Aylin den Jungen.

»Ja, Tach«, murmelte er, um der Höflichkeit Genüge zu tun.

Die Anwältin begnügte sich mit einem Nicken.

»Es interessiert dich vielleicht zu erfahren, dass es den Kollegen vom Erkennungsdienst gelungen ist, das Handy zu entsperren, das gestern bei dir sichergestellt wurde«, leitete Mattes das Gespräch ein.

Justin zuckte gleichgültig mit den Schultern. »Schön für Sie.«

»Allerdings. Sehr aufschlussreich das Ganze.«

Da der Hauptkommissar nicht weitersprach, hob Justin den Kopf, um den Grund für die plötzliche Schweigsamkeit des Polizisten zu ergründen. Mattes lächelte hintersinnig, sagte aber nichts.

»Könnten Sie vielleicht zum Punkt kommen?«, forderte die Anwältin genervt. »Ich hab noch einen Anschlusstermin.«

»Aber sicher. Einen Anruf konnten wir zum Handy von Miriam Krieger zurückverfolgen.«

»Ach was«, höhnte Justin, ehe seine Anwältin etwas erwidern konnte. »Mag dran liegen, weil ich sie angerufen hab. Sie is aber nich rangegangen.«

»Stimmt, das haben wir auch festgestellt. Das ist ja auch nicht das Interessante.«

»Sondern?«, hakte die Anwältin nach, weil der Hauptkommissar schon wieder effektvoll verstummte.

»Wirklich interessant war eine Nummer, die wir im Adressbuch des Handys gefunden haben. Übrigens die einzige, die sich dort befand.«

»Aha.« Die Anwältin verstand offenbar nicht so recht, weshalb dieser Sachverhalt von Bedeutung war.

»Ja. Und der Besitzer des Handys, zu dem diese Nummer gehört, hat am Samstag einige Male versucht, dich zu erreichen.«

»Häh? Mich?« Justin hob erstaunt die Augenbrauen.

»Ja, sicher. Das ist doch dein Handy, oder?«

Die Augen des Jungen bewegten sich von Mattes zu Aylin, dann zu seiner Anwältin, die ihn fragend anblickte. »Äh, ja klar. Wem soll das denn sonst gehören?«

»Dann weißt du ja, wessen Handynummer das ist, die als einzige in *deinem* Mobiltelefon gespeichert ist.«

»Darüber muss mein Mandant Ihnen keine Auskunft erteilen«, schritt die Anwältin ein.

»Oh, das ist auch gar nicht nötig«, entgegnete Mattes selbstgefällig. »Wir wissen, wem diese Nummer gehört.«

Das Gesicht des Jungen nahm einen verwirrten Ausdruck an. »Wenn Sie's sowieso wissen, wieso fragen Sie dann?«

»Ich frage ja gar nicht«, stellte Mattes richtig. »Die Nummer, die in *deinem* Handy eingespeichert war, gehört zu einem Mobilanschluss, der auf eine Lisa Hirsefeld registriert ist.«

»Kenn ich nich«, behauptete Justin ein wenig zu schnell, um glaubhaft zu wirken. Seine Anwältin legte ihm wieder die Hand auf den eingegipsten Arm.

»Das ist aber ziemlich seltsam, da das Handy, das bei dir sichergestellt wurde, ebenfalls auf Lisa Hirsefeld registriert ist.«

»Mein Mandant hat doch gerade gesagt, dass er die Dame nicht kennt«, sagte die Anwältin.

»Und wie ist er dann in den Besitz ihres Handys gelangt?«, wollte Mattes wissen.

»Die gibt hier so Yogakurse«, teilte Justin unvermittelt mit.

»Ich dachte, du kennst sie nicht«, spielte Mattes den Verwunderten.

»Tu ich ja auch nich. Ich geh ja nich zu diesen Kursen.«

»Das erklärt jetzt aber immer noch nicht, wie du an ihr Handy gekommen bist.«

»Möglicherweise hat sie es verloren und mein Mandant hat es zufällig gefunden und an sich genommen, um es ihr bei der nächsten Gelegenheit wiederzugeben«, schlug die Anwältin vor.

Justin schien ernsthaft über diese Option nachzudenken, obwohl er genau wusste, dass sie nicht der Wahrheit entsprach.

»Meine Kollegin und ich mussten unsere Handys und persönlichen Gegenstände vorhin abgeben«, gab Mattes zu bedenken. »Ist das bei Frau Hirsefeld etwa anders?«

»Woher soll ich das wissen? Warum fragen Sie sie nicht selbst?«, schnappte die Anwältin.

»Das geht leider nicht.« Mattes legte eine erneute Kunstpause ein.

»Und wieso nicht?«, seufzte sie, weil sie dieses Spielchen langsam leid war.

»Weil Lisa Hirsefeld nicht mehr unter uns weilt.«

Die Anwältin sog hörbar die Luft ein, während Justin Bielefeld mit dieser Aussage erst mal nichts anfangen konnte.

»Häh? Wieso? Wo is die denn? Was is'n mit der?«, fragte er verwirrt.

»Tot, mein lieber Junge, Lisa Hirsefeld ist tot. Sie wurde am späten Samstagabend ermordet. Kurz zuvor hat sie noch versucht, mit dir Kontakt aufzunehmen.«

»Mit mir?«, japste der Junge. »Aber ich kenn die doch gar nich. Echt nich.« Seine Anwältin legte ihm zum wiederholten Mal die Hand auf den Arm, um zu signalisieren, besser nichts mehr zu sagen.

»Jetzt stell dich nicht dümmer, als du bist«, forderte Mattes. »Sie hat auf deinem Handy angerufen. Beziehungsweise auf ihrem, das sich zu dieser Zeit in deinem Besitz befand. Mehrfach. Du bist aber nicht rangegangen.«

»Ich hab das nich gehört. Ich schwör!«, rief Justin, dem allmählich dämmerte, worauf der Hauptkommissar hinauswollte.

»Justin …«, begann seine Anwältin.

»Ob du es gehört hast oder nicht, lassen wir mal dahingestellt«, ging Mattes rasch dazwischen. »Die Frage ist vielmehr: Warum hat sie dich angerufen? Und wie kommst du an ein Handy, das auf ihren Namen läuft?«

»Ich hab die nich ermordet«, beteuerte der Junge und sah verzweifelt zu seiner Anwältin.

»Das hab ich nicht behauptet«, stellte Mattes klar. *Noch nicht*, fügte er in Gedanken hinzu. »Aber du hast meine Frage nicht beantwortet. Wie bist du in den Besitz des Handys gelangt? Hat Frau Hirsefeld es dir gegeben? Oder hast du es gestohlen?«

»Ich hab nix geklaut.«

»Also hat sie es dir gegeben.«

»Was? Nein. Ich kenn die Frau doch nich«, wimmerte Justin.

»Lisa Hirsefeld hat in der JVA Yogaunterricht gegeben, das hast du doch eben selbst gesagt«, erinnerte Mattes den Jungen.

»Ja, weiß ich, aber ich war nich bei der ihr'n Yogagedöns. Also kenn ich die nich wirklich. Nur so … flüchtig. So vom Erzählen, von den andern.«

»Herr Mattuschek, das reicht jetzt wirklich«, schritt die Anwältin ein. »Wenn mein Mandant sich nicht erinnert, wie er zu dem Handy gekommen ist, dann erinnert er sich eben nicht.«

»Ich bitte Sie. Es wird kaum von allein in seine Tasche gehüpft sein«, sagte Mattes und versuchte, sich an die Atemübungen von Ranjid Malinowski, dem Möchtegern-Inder, zu erinnern.

»Ich hab's vom Tim«, gab Justin endlich kleinlaut zu. »Es is sein Handy. Er hat's mir gegeben, damit ich Mimi anrufen konnte. Ich konnt's ihm nich mehr zurückzugeben, weil die Bullen hinter uns her waren. Da im Wald. Danach hab ich den Tim nich mehr gesehen, ich schwör.«

»Und wie ist er zu diesem Handy gekommen?«

»Weiß nich. Echt jetzt. Ich lüg nich. Vielleicht hat die Lina Hirsebrot es ihm gegeben.«

»Lisa Hirsefeld«, korrigierte Mattes. »Warum sollte sie das tun?«

Justin sah wieder hilfesuchend zu seiner Anwältin, die ihm durch leichtes Nicken bedeutete, dass es besser war, den eigenen Kopf aus der Schlinge zu ziehen, statt weiter zu versuchen, den Zellengenossen zu schützen.

»Der Tim is zu der ihr'n Yogamist gegangen«, erklärte Justin. »Der is da voll drauf abgefahren. Das tät ihn beruhigen, meint er. Der is sonst schnell auf hundertachtzig.

Also, jetzt nich mehr so wie früher. Wegen dem Yoga, sagt er.«

»Hat er mal was über Frau Hirsefeld selbst gesagt? Mochte er sie?«

Justin zuckte unschlüssig mit den Schultern. »Die wär echt nett, meinte er. Und dass sie ihm helfen tät. Mehr aber nich. Der redet nich so viel, der Tim.«

»Was ich noch nicht ganz verstehe«, hakte Mattes ein, »ist, warum ihr zwei Scherzkekse getürmt seid. Ihr hättet doch nur noch ein paar Monate abzusitzen gehabt.«

»Ich wollt zur Mimi«, erklärte Justin mit weinerlicher Stimme. »Die darf mich doch nich besuchen. Nur schreiben, und das auch nur heimlich. Der ihre Alten haben ihr den Kontakt mit mir verboten. Aber dann hat sie auch mit dem Schreiben aufgehört. Ich dachte, ihr wär vielleicht was passiert. Oder dass sie 'n anderen hat.« Es klang beinahe so, als wäre letztere Alternative für den Jungen die schlimmere.

Etwas in der Art hatte Mattes vermutet. »Und Tim? Was wollte der? Auch eine Freundin besuchen? Oder hat er einfach so die Gunst der Stunde genutzt?«

Justin schüttelte den Kopf. »Nee, der hat das Ganze doch geplant.«

»Wie jetzt, geplant?« Nun hatte der Junge es doch geschafft, den Hauptkommissar zu überraschen.

»Na, das mit dem Müllsammeln. Das war dem seine Idee. Und der Direktor is voll drauf abgefahren. Wegen Sümpf... Sympathiepunktesammeln und so. Aber das war *die* Gelegenheit abzuhauen.«

»Und die Sache mit den Knochen?«, fragte Aylin. »War die auch geplant?«

»Keine Ahnung. Wüsste nich, wie der Tim die vorher hätte ausbuddeln sollen. Der war auch voll geschockt, als er

die gesehen hat. Aber ein komischer Zufall war das schon.«
Justin schob die Unterlippe vor und nickte nachdenklich.

»Allerdings. Aber weswegen wollte Tim denn nun eigentlich flüchten?«

»Na, wegen seiner Mutter«, sagte der Junge, als sei das allgemein bekannt.

»Versteh ich nicht«, meinte Mattes. »Wollte er sie zum Geburtstag überraschen oder was?« Eine schöne Überraschung wäre das geworden.

»Quatsch. Der will sich an der rächen«, erklärte Justin. »Weil die doch schuld dran is, dass er im Knast sitzt.«

***

Tim hatte eine weitere Nacht im Freien verbracht. Definitiv die letzte, beschloss er, als er am frühen Morgen aufwachte, weil es ihm am ganzen Körper juckte. Er schüttelte sich und strubbelte sich angewidert durch die Haare. Bestimmt hatte er sich Läuse oder Flöhe oder beides eingefangen. Oder schlimmer noch: Zecken. Das waren die fiesesten Viecher überhaupt. Er musste an seinen Mithäftling Zecke denken, warum auch immer dem dieser Spitzname verpasst worden war. Bei der Gelegenheit fielen ihm die Knochen wieder ein, und er schüttelte sich erneut. Was hatte Lisa sich nur dabei gedacht? Er musste sie dringend anrufen.

Aber vorher musste er mit Mimi sprechen. Gestern hatte sich keine Gelegenheit ergeben. Stundenlang hatte er bei ihrem Haus ausgeharrt, ehe sie endlich zurückkam. Leicht lädiert und mit Halskrause, in Begleitung einer älteren, grimmig dreinblickenden Dame, von der Tim annahm, dass sie die Großmutter des Mädchens war. Sie hatte Mimi ins Haus gescheucht und die Tür zugeknallt. Keine Möglichkeit, irgendwie mit Justins Freundin in Kontakt zu treten. Wenn er wenigstens noch das Handy hätte. Aber genau aus diesem Grund war er ja hier. Die Chance, dass Mimi sein Telefon hatte, war zwar äußerst gering, aber er konnte sie nicht ungenutzt verstreichen lassen. Wie sonst sollte er Lisa erreichen? Die war bestimmt stocksauer.

Gegen halb acht öffnete sich die Haustür der Kriegers endlich. Mimi und ihre Oma traten heraus und bestiegen das silberfarbene Cabrio, das in der Einfahrt parkte. Mimi trug die Halskrause nicht mehr, dafür schleppte sie einen abgewetzten Rucksack mit. Die Oma am Steuer setzte den Wagen so energisch zurück, dass der Kies zu beiden Seiten aufspritzte und Staub aufgewirbelt wurde.

Tim hoffte, dass sie das Mädchen zur Schule und nicht etwa zur Polizei oder zum Arzt chauffierte. Er hatte keine Lust, weitere Stunden tatenlos hier herumzulungern, also beschloss er, sein Glück zu versuchen und sich auf den Weg zur Schule zu machen.

Der Marsch durch das Gelpetal dauerte fast eine Stunde, zumal er darum bemüht war, sich abseits der Wege zu halten, um nicht auf den letzten Metern von einem besorgten Bürger erkannt zu werden. Er traute sich nicht, den Bus zu nehmen. Sein Fahndungsfoto geisterte bestimmt schon durch sämtliche lokale Medien. Nicht auszudenken, wenn einer der Fahrgäste ihn erkannte. Als er endlich an der Gesamtschule in Ronsdorf ankam, hatte der Unterricht längst begonnen.

Er drückte sich eine Weile in der Nähe des großen Parkplatzes der Schule herum und wartete, bis es zur ersten Pause klingelte. Obwohl es relativ warm war, zog er sich die Kapuze seines Hoodies über den Kopf und betrat den Schulhofkomplex, wo er augenblicklich mit der Menge Jugendlicher verschmolz. Das Gelände war größer und verzweigter, als er gedacht hatte, und er bezweifelte, dass er

Mimi unter diesen Umständen fand. Falls sie überhaupt hier war. Er wollte schon aufgeben, da entdeckte er sie, allein auf einer Bank sitzend. Sie hockte da wie ein Häuflein Elend und starrte auf den Boden. Vorsichtig näherte er sich und setzte sich neben sie. Mimi schien nicht begeistert von der ungefragten Gesellschaft und rückte demonstrativ von ihm ab.

Tim neigte sich ein Stück in ihre Richtung und murmelte: »Ich bin ein Kumpel von Justin.«

Mimi wandte ihm den Kopf zu, stöhnte kurz auf und rieb sich den schmerzenden Nacken. Dabei beäugte sie den ihr unbekannten Jungen misstrauisch. Dann fiel bei ihr der Groschen, und ihr Gesicht hellte sich auf. »Du bist Tim, oder?«, vergewisserte sie sich.

Er nickte bestätigend, legte aber den Zeigefinger an die Lippen, um ihr zu bedeuten, leiser zu sprechen.

»Weißt du, was gestern passiert ist?«, flüsterte sie, und ihre Stimme zitterte ein wenig.

»Ja, sie haben Justin wieder einkassiert«, sagte er.

Mimi zog ein Schnütchen, und ihre Augen füllten sich mit Tränen. »Ja, voll fies war das. Als wär er voll der Verbrecher. Dabei sind die die Verbrecher. Die haben uns gejagt. Sonst wär der Justin doch gar nicht in die Autos reingefahren. Die Bullen sind an allem schuld.«

Nun ja, streng genommen hatten die Polizisten nur ihre Pflicht erfüllt und einen geflüchteten Häftling verfolgt, aber Tim zog es vor, Mimi nicht darauf hinzuweisen. Er brauchte dringend ihre Hilfe, da war es nicht ratsam, sie gleich am Anfang gegen sich aufbringen.

»Wie geht's ihm denn?«, erkundigte er sich.

»Weiß nicht«, schniefte sie, »sie haben mich nicht zu ihm gelassen. Und gesagt haben sie mir auch nichts. Voll fies.«

»Können wir vielleicht irgendwohin, wo nicht ganz so viel Trubel ist?«, bat er. Bislang hatte sich niemand weiter um sie gekümmert, trotzdem fühlte er sich wie auf dem Präsentierteller.

Mimi überlegte kurz, dann nickte sie. »Ich weiß einen Platz, wo wir ungestört sind. Da sind Justin und ich oft hingegangen, wenn wir ... na ja, eben ungestört sein wollten.«

Die beiden standen auf, und das Mädchen leitete Tim wieder zurück zum Parkplatz und an dessen Ende eine Treppe hinauf, die in ein Waldstück führte. Tim hatte das Gefühl, sich in den letzten Tagen in so ziemlich jedem Wald Wuppertals versteckt zu haben. Und davon gab es in der Stadt nicht wenige. Würde er böse Absichten verfolgen, könnte er Mimi einfach ins Gebüsch zerren. Sie war ganz schön vertrauensselig. Dabei kannte sie Tim kaum, aber das schien ihr keine Sorge zu bereiten.

»Justin hat mir viel von dir erzählt«, sagte Mimi nun und lächelte ihn an. »Geschrieben, mein ich. In seinen Briefen. Die musste er immer zu meiner Oma schicken, damit meine Eltern nichts davon mitbekommen. Die wollen nicht, dass wir Kontakt haben. Besuchen durfte ich ihn auch nicht. Er meint, du wärst sein bester Freund. Im Knast. Du würdest ihm immer helfen gegen die anderen und so.«

Tim zog überrascht eine Augenbraue hoch. Tat er das? Verteidigte er Justin? Dieser Umstand war ihm bislang gar nicht bewusst gewesen, aber es stimmte. Klein und schmächtig wie sein Zellengenosse war, hatte er gegen die meisten Mithäftlinge keine Chance. Zumal er nicht die hellste Kerze auf der Torte war und gelegentlich mit einer unbedachten Bemerkung kopfüber ins nächstbeste Fettnäpfchen sprang. Tim – groß und muskulös – hatte den anderen von Anfang an klargemacht, dass er sich nichts gefallen ließ. Und aus einer körperlichen Auseinandersetzung in jedem Fall als Sieger hervorging. Justin würde aus keinem Duell als Sieger hervorgehen, nicht mal beim »Mensch ärgere dich nicht«.

Umso verwunderlicher erschien der Grund, aus dem er verurteilt worden und im Knast gelandet war – weil er den Hausmeister seiner Schule beinahe totgeprügelt hatte. Dass sein Kumpel zu so was fähig sein sollte, war schwer vorstellbar für Tim, denn weder besaß Justin die physischen Voraussetzungen, noch war er sonst irgendwie gewalttätig. Auf das Thema angesprochen, wich sein Kumpel aus. Er wolle nicht darüber sprechen, beharrte er, obwohl ihm anzumerken war, dass er in dieser Hinsicht Redebedarf hatte.

»Justin hat mir immer geholfen«, schniefte Mimi. »Nur wegen mir sitzt er im Knast.«

»Aha«, meinte Tim ratlos, weil ihm der Zusammenhang nicht klar war.

»Ja, er hat das nur für mich gemacht.«

Er verstand immer noch nicht. »Was? In Schulen einbrechen?«

»Nein.« Das Mädchen schüttelte so energisch den Kopf, dass ihr die langen Haare ums Gesicht flogen und Tim Angst bekam, ihr Schleudertrauma könnte sich dadurch verschlimmern. »Sich den Taber, das Arschloch, vorknöpfen.«

»Taber? Ist das dieser Hausmeister, den er vermöbelt hat?«

»Ja. Das Arschloch«, wiederholte sie und kniff hasserfüllt die Augen zusammen. »Der hat's voll verdient.«

»Wieso? Was hat der denn angestellt?«, fragte Tim, obwohl ihn eine üble Ahnung überkam.

Mimi verzog das Gesicht, und in ihre Augen traten wieder Tränen. »Was wohl? Betatscht hat er mich. Bei jeder Gelegenheit. An den Brüsten und ... untenrum. Immer dann, wenn keiner in der Nähe war. Der tauchte immer wie aus dem Nichts auf. Puff, auf einmal stand er vor mir mit seinem gierigen Blick und den tausend Händen. Hat mich gegen eine Wand gedrückt und los ging's.« Sie machte eindeutige Handbewegungen. »Zum Glück ist er immer noch krankgeschrieben.«

Tim war fassungslos und wusste nicht so recht, was er sagen sollte. »Warum bist du nicht zur Schulleitung gegangen? Oder zu deinen Eltern?«, fragte er schließlich.

»Weil ich mich geschämt hab. Und außerdem ...«, Mimi schnaubte verächtlich, »meine Alten interessieren sich nicht die Bohne für mich. Außer, wenn sie mir was verbieten können. Außerdem hat der Taber gesagt, ich wär selber schuld, weil ich immer so aufreizend rumlaufe. Dabei hab ich schon gar keine Röcke oder kurzen Klamotten mehr angezogen wegen dem.«

Das Standardargument eines jeden Triebtäters. Die Opfer forderten ihr Schicksal durch ihre äußere Erscheinung heraus. Der Rock zu kurz, das Shirt zu weit ausgeschnitten. Und das Schlimmste war, dass diese Wichser damit meist durchkamen, denn selbstverständlich konnte man von keinem Mann verlangen, bei einem solchen Anblick die Pfoten bei sich zu behalten. Aber war eine Frau von Kopf bis Fuß verhüllt wie bei einer Burka, war es auch wieder falsch. Heiße Wut kochte in Tim hoch. Wenn dieser Taber in diesem Moment vor ihm stünde ... Kein Wunder, dass sogar der friedfertige Justin ausgerastet war. Zumal es sich bei dem Opfer um seine Liebste handelte.

»Warum hat Justin das vor Gericht nicht gesagt?«, wollte

er wissen. »Das hätte bestimmt mildernde Umstände gegeben.«

Mimi zuckte mit den Schultern. »Er meinte, ihm würde sowieso keiner glauben. Aussage gegen Aussage und so.«

»Aber du hättest es doch bestätigen können.«

»Dann hätte dem Taber sein Anwalt behauptet, ich lüge, um meinen Freund zu schützen. Hat Justin gesagt.«

Alle Achtung, ganz so dösig war Justin anscheinend doch nicht. Und um Mimi die vermeintliche Schande zu ersparen, von ihrem Peiniger vor Gericht zusätzlich als Lügnerin hingestellt zu werden, hatte er lieber geschwiegen. Allerdings hatten weder er noch Mimi etwas Entscheidendes bedacht.

»Dieser Taber hat doch bestimmt auch andere Mädchen betatscht. Nicht nur dich.«

Mimi sah ihn erstaunt an. »Meinst du echt?«

Tim musste sich zusammenreißen, nicht mit den Augen zu rollen. Glaubte sie tatsächlich, die Einzige zu sein, bei der dieser Hausmeister sich nicht beherrschen konnte? Redeten Mädchen untereinander nicht über so was? Die quatschten doch sonst unentwegt über alles. »Ja klar. Frag mal die anderen an der Schule. Da kommen bestimmt ganz viele zusammen. Und wenn ihr alle das Gleiche aussagt, muss man euch glauben.«

»Und dann wird der Justin nachträglich freigesprochen«, freute sich Mimi.

»Na ja, vielleicht nicht so direkt«, bremste Tim die Euphorie des Mädchens. »Aber er wird zumindest ein bisschen rehabilitiert. Und dieser Taber war hier die längste Zeit Hausmeister.«

Mimi fiel ihm um den Hals und drückte ihn, bis ihm beinahe schwindelig wurde. Als sie endlich von ihm abließ, legte sie die Hände auf seine Schultern und sah ihm unter ihren langen Wimpern ernst in die Augen.

»Sag mal, wieso bist du eigentlich hier?«, fragte sie. »Das war doch nicht wegen der Geschichte mit dem Taber, oder?«

»Nein«, bestätigte er, »ich wollte dich was fragen.«

Sie nickte eifrig. »Schieß los.«

»Hat der Justin dir zufällig ein Handy gegeben, bevor er … na ja …«

Mimi grübelte einen Augenblick, dann schüttelte sie den Kopf. »Nein, tut mir leid. Wofür brauchst du das denn? Du kannst meins haben.« Sie griff in die Gesäßtasche ihrer Jeans und zog ein Smartphone neuester Generation hervor.

Tim schüttelte bedauernd den Kopf. »Nee, ich brauch 'ne Nummer, die in dem Handy steht.«

»Kannste doch googeln«, meinte Mimi. »Ich hab Internet im Handy. Hier.« Sie hielt ihm ihr Mobiltelefon auffordernd hin.

Tim bezweifelte, dass Lisa ihre Handynummer oder Adresse irgendwo preisgegeben hatte. Aber etwas anderes fiel ihm ein. Vielleicht musste er den Umweg über Lisa gar nicht gehen. Er nahm Mimis Handy entgegen.

25

Aylin und Mattes hatten sich nach dem Gespräch mit Justin umgehend auf den Weg zu Frau Sperling, Tims Mutter, gemacht. Sollte der Junge recht haben mit seiner Vermutung, dass sein Freund sich auf einem Rachefeldzug befand, schwebte die Frau in höchster Gefahr. Während Mattes den Wagen in Richtung Friedenshort lenkte, versuchte Aylin, Frau Sperling telefonisch zu erreichen.

»Sie geht nicht ran«, sagte sie überflüssigerweise.

»Womöglich ist sie unterwegs«, versuchte Mattes, Aylin zu beruhigen. »Laut dem Kollegen Schröder ist die Dame im vergangenen Jahr umgezogen, ohne die JVA oder ihren Jungen darüber zu informieren. Tim weiß also wahrscheinlich gar nicht, wo sie jetzt wohnt.«

»Ja, aber er hatte zwei Tage Zeit, es herauszufinden. Da vorne ist eine Parklücke.«

Mattes quetschte den Wagen routiniert zwischen zwei Autos, und die beiden Kommissare stiegen eilig aus. Aylin lief voran zu der Adresse, die sie über das Einwohnermeldeamt in Erfahrung gebracht hatten, und klingelte Sturm. Drinnen regte sich nichts. Aylin hämmerte mit der Faust gegen die Tür und rief Frau Sperlings Namen. Nach einer gefühlten Ewigkeit wurde ein Fenster in der ersten Etage geöffnet, und eine Frau steckte den Kopf hinaus. Ihr Haar war unter einem Handtuchturban verborgen.

»Sagen Sie mal, geht's noch?«, rief sie empört. »Wenn Sie von den Zeugen Jehovas sind, können Sie gleich wieder abdackeln.«

Aylin legte den Kopf in den Nacken und reckte ihren Dienstausweis nach oben. »Kripo Wuppertal. Sind Sie Frau Sperling?«

Das Gesicht der Frau nahm einen argwöhnischen Ausdruck an. »Ja, warum?«

Aylin atmete erleichtert auf. »Die Kollegen versuchen schon das ganze Wochenende, Sie zu erreichen.«

»Ich war bei meiner Mutter in Marburg und bin gestern Abend erst spät zurückgekommen. Um was geht's denn?«

»Haben Sie es noch nicht mitbekommen?«, schaltete sich Mattes ein. »Ihr Sohn Tim ist am frühen Samstagmorgen aus der JVA geflohen.«

»Nun schreien Sie um Himmels willen nicht so«, bat Frau Sperling und sah sich hektisch nach allen Seiten um. Vermutlich wussten ihre Nachbarn nichts von dem Umstand, dass der Sprössling einsaß. Oder dass es überhaupt einen Sprössling gab.

»Dann lassen Sie uns endlich rein.«

»Jaja, einen Moment.«

Sie schloss das Fenster, und die Kommissare warteten einige Minuten.

»Wo bleibt die denn?«, fragte Mattes ungeduldig. »Die wird sich doch wohl nicht durch den Hinterausgang vom Acker gemacht haben.«

»Weshalb sollte sie? Wahrscheinlich war sie gerade unter der Dusche und muss sich erst was anziehen«, tippte Aylin.

»Oder der Sohnemann ist längst im Haus«, meinte Mattes, mit einem Mal beunruhigt.

Aylin schluckte. »Mal nicht den Teufel an die Wand.«

Während sie sich darauf vorbereiteten, gleich in eine Geiselnahme verwickelt zu werden und sicherheitshalber schon einmal nach ihren Waffen griffen, wurde die Tür aufgerissen, und die hagere Gestalt von Frau Sperling erschien im Rahmen. Den Handtuchturban hatte sie abgelegt. Ihr halblanges dunkles Haar hing in feuchten Strähnen bis auf die Schultern.

»Ist alles in Ordnung, Frau Sperling?«, erkundigte sich Mattes und versuchte, einen Blick ins Innere des Hauses zu erhaschen.

»Ja sicher, was sollte denn nicht in Ordnung sein?«, fragte sie verwirrt. »Abgesehen von ...« Sie verstummte.

»Abgesehen von was?«, hakte der Hauptkommissar nach.

»Ist das wahr?«, flüsterte sie. »Der Tim ist ... geflohen? Wie konnte denn so was passieren?«

»Er ist also nicht hier?«, vergewisserte sich Mattes.

»Nein, nein, bestimmt nicht. Ich wusste doch bis gerade gar nicht ...«

»Können wir hineinkommen?«

Sie entschuldigte sich hastig und trat zur Seite, damit die beiden Polizisten eintreten konnten. Der Hauptkommissar bat darum, sich im Haus umsehen zu dürfen, was ihm von der Gastgeberin mit einer resignierten Geste gewährt wurde. Sie wartete im Flur neben der Haustür, während Aylin und Mattes durchs gesamte Haus liefen und jeden Raum einer Inspektion unterzogen. Wie es schien, war Tim tatsächlich nicht hier.

Mit gemischten Gefühlen – einerseits waren sie erleichtert, dass der Junge seine Rachefantasien nicht in die Tat umgesetzt hatte, andererseits frustriert, weil er sich nach wie vor auf freiem Fuß befand – kehrten sie zu Frau Sperling zurück, die bei der Eingangstür auf sie gewartet hatte. Sie führte die Kommissare den schmalen, dunklen Flur entlang bis ins Wohnzimmer, das sie erst vor wenigen Minuten in Augenschein genommen hatten. Mattes und Aylin warteten höflich, bis ihre Gastgeberin ihnen einen Platz anbot, und setzten sich auf das beigefarbene Ledersofa, das an der Wand neben der Tür stand. Frau Sperling ließ sich auf einen zur Couch passenden Sessel schräg gegenüber sinken und legte die Hände in den Schoß. Einige Sekunden verharrte sie kopfschüttelnd in einer Art stummen Zwiesprache mit sich selbst, ehe sie urplötzlich aufsprang, um ihren Besuchern einen Kaffee anzubieten.

»Machen Sie sich keine Umstände«, meinte Mattes. Aylin stieß ihn an. Frau Sperling hatte weniger aus Höflichkeit ihren Gästen gegenüber gefragt, vielmehr bestand für sie selbst die Notwendigkeit, irgendetwas zu tun, das sie ablenkte. Und wenn es nur für ein paar Minuten war. »Andererseits ... ein Kaffee klingt nicht schlecht.«

Er folgte ihr in die Küche, wo sie hektisch an der Kaffeemaschine hantierte. Es kam nicht jeden Tag vor, dass zwei Polizisten das Haus nach einem flüchtigen Verbrecher durchsuchten, bei dem es sich zu allem Überfluss um den eigenen Sohn handelte. Obwohl sie diesbezüglich in der Vergangenheit sicherlich einiges durchgemacht hatte.

»Sie kommen ursprünglich nicht aus dem Bergischen, stimmt's?«, versuchte er, ihre Gedanken in andere Bahnen zu lenken. Ihr hessischer Dialekt war nicht ausgeprägt, aber dennoch unverkennbar.

»Stimmt, ich bin aus Marburg. Wir sind damals wegen dem Job von meinem Mann hier hoch gezogen. Da war der Tim noch ganz klein. Kaum zwei Jahre. Als mein Mann vor ein paar Jahren gestorben ist, wär ich gern wieder zurück nach Hessen. Aber das ging ja nicht. Wegen dem Tim. Der hatte ja seine Freunde hier und so. Nachdem er schon seinen Vater verloren hat, wollte ich ihn nicht auch noch aus seiner gewohnten Umgebung reißen.«

Mattes wunderte sich, warum sie die Gelegenheit nach Tims Verurteilung nicht beim Schopf ergriffen hatte, hob sich die Frage aber für später auf. Er wollte die Frau nicht mit unterschwelligen Vorwürfen verärgern, ehe das Gespräch überhaupt begonnen hatte. Sie starrte betrübt auf die Kaffeemaschine, die ihr Bestes gab, das Getränk so schnell wie möglich zuzubereiten. Schließlich langte sie in einen der Oberschränke, um drei Becher herauszuholen.

»Milch und Zucker?«, fragte sie über die Schulter.

»Äh, danke, schwarz ist wunderbar.«

Frau Sperling goss den mittlerweile durchgelaufenen Kaffee ein und reichte Mattes zwei der Becher. Gemeinsam kehrten sie ins Wohnzimmer zurück, wo Aylin vor einem Regal stand und sich die darin stehenden Bücher besah. Familienfotos oder andere persönliche Gegenstände suchte man in diesem Raum vergeblich. Als wollte Frau Sperling jegliche Erinnerung an die Vergangenheit aus ihrem Leben verbannen. Sie nahmen wieder Platz und tranken eine Weile schweigend ihren Kaffee.

»Sie wussten also nicht, dass ihr Sohn die JVA ... verlassen hat?«, ergriff Aylin schließlich das Wort.

Frau Sperling starrte in ihren Becher und schüttelte den Kopf. »Nein. Wie gesagt, ich war meine Mutter besuchen.«

»Die Kollegen haben Ihnen mehrfach auf den Anrufbeantworter gesprochen«, sagte Mattes und versuchte, nicht vorwurfsvoll zu klingen.

Frau Sperlings Blick wanderte zu dem Gerät, das auf einem Tischchen neben der Couch stand und dessen kleines rotes Lämpchen blinkte. »Ich hab's noch nicht abgehört. Bin gestern Abend erst spät daheim gewesen. Tut mir leid.«

»Er hat gemeinsam mit einem weiteren Insassen einen Ausflug als Gelegenheit genutzt, sich abzusetzen.«

»Einen Ausflug?«, entfuhr es ihr. »Wieso machen die denn mit denen einen Ausflug? Das ist doch ... verantwortungslos. Und da wundern die sich ...«

»Könnten Sie sich vorstellen, warum Tim abgehauen sein könnte? So lange musste er ja nicht mehr absitzen.«

Frau Sperling schüttelte wieder den Kopf. »Nein, tut mir leid. Ich hab keine Ahnung, was in dem Jungen vorgeht. Mein Verhältnis zu Tim war schon immer ... nicht einfach. Ich hab nie so richtig einen Draht zu ihm gefunden. Mit seinem Vater hat er sich besser verstanden, aber ... na ja.« Sie verstummte und sah auf ihre Hände, wo am rechten Ringfinger nach wie vor ein Ehering steckte.

»Ja, wir hörten davon«, sagte Aylin, »es tut uns sehr leid.«

»Ist schon 'ne Weile her. Aber danach wurde der Bub noch schwieriger. Er schien fast wütend darüber zu sein, dass sein Vater gestorben war und nicht ich. Ich glaub, andersherum wär's ihm lieber gewesen.«

»Das ... äh ...« Die Kommissarin hatte keine Ahnung, was sie darauf erwidern sollte.

Frau Sperling machte eine wegwerfende Handbewegung. »Schon gut, ich hab mich damit abgefunden. Wie gesagt, wir kamen nie besonders gut miteinander aus. Nach dem Tod meines Mannes bin ich gar nicht mehr zu ihm durchgedrungen. Ich hab weiß Gott alles versucht. Aber er hörte nicht auf, mich mit seinen illegalen Aktivitäten zu provozieren. Als wollte er mich bestrafen. Dabei bestrafte er hauptsächlich sich selbst mit seinem Verhalten. Die Quittung hat er dann ja bekommen. Ich war beinahe froh, als sie ihn endlich verurteilt haben. Die Sozialstunden, die man ihm sonst aufgebrummt hat, hat er doch auf einer Arschbacke abgesessen. Verzeihen Sie die Ausdrucksweise.«

»Schon okay«, winkte Aylin ab.

Sie war unschlüssig, ob sie die Frau bemitleiden sollte. Irgendwie war Frau Sperling ihr unsympathisch, wie sie so emotionslos über ihr einziges Kind sprach. Sie hatte unbestreitbar eine Menge durchgemacht. Es war grausam, wenn der Partner starb und man auf sich allein gestellt war. Zumal sie noch die Verantwortung für ein Kind trug. Ein offenbar schwieriges Kind. Doch auch Tim hatte mit dem Tod des geliebten Vaters sein Päckchen zu tragen, und inwieweit seine Mutter sich bemüht hatte, ihm die Last abzunehmen, war nicht eindeutig. Aber Aylin kannte die familiären Hintergründe zu wenig, um sich ein Urteil anzumaßen, und es gab nichts, was sie mehr hasste als

Voreingenommenheit.

»Gibt es jemanden, dem Tim besonders nahesteht? Der ihm Unterschlupf gewähren würde?«

Frau Sperling zuckte bedauernd mit den Achseln. »Ich weiß von niemandem. Was nicht bedeutet, dass es so jemanden nicht gibt. Aber wenn, dann kenne ich ihn nicht. Oder sie. Wir haben ja keine Verwandten hier in der Nähe.«

»Sie sagten vorhin etwas von Freunden, wegen denen sie Tim nicht aus seiner gewohnten Umgebung reißen wollten«, versuchte Aylin es weiter.

»Ach, seine Freundschaften gingen doch allesamt in die Brüche, als er mit dem ganzen illegalen Zeug anfing. Und die Typen, mit denen er dann abhing, hat er mir gar nicht erst vorgestellt. Ich kann mir aber kaum vorstellen, dass die ihm Unterschlupf gewähren würden. Die wollen sicher keine Scherereien mit der Polizei. Falls sie nicht selbst längst im Knast sitzen.«

»Kennen Sie den Jungen, der gemeinsam mit Tim geflohen ist? Justin Bielefeld?«

Frau Sperling seufzte. »Hören Sie, ich hab seit der Urteilsverkündung keinen Kontakt mehr zu Tim. Er wollte das nicht und ich ehrlich gesagt auch nicht. Nennen Sie mich meinetwegen gefühllos oder hartherzig, aber so stehen die Dinge nun mal. Er ist volljährig und kann tun und lassen, was er will. Aber ich versichere Ihnen eines: Ich bin die letzte Person, die er um Hilfe bitten würde.«

»Das wird ihm im Moment auch schwerfallen, wo Sie es versäumt haben, ihm mitzuteilen, dass Sie umgezogen sind«, bemerkte Mattes.

»Er konnte mich bislang ja wohl kaum besuchen«, entgegnete Frau Sperling bissig. »Weshalb sollte ich ihn also darüber informieren?«

Mattes blieb ihr die Antwort schuldig. Sie erwartete ohnehin keine. »Uns gegenüber wurde die Vermutung geäußert, er sei geflohen, um sich an Ihnen zu rächen.«

Frau Sperling zog die Brauen zusammen. »An mir? Weshalb denn? Weil ich ihn nicht besuche? Das hat er mir ja selber verboten.«

»Es scheint, als mache er Sie für seinen Gefängnisaufenthalt verantwortlich.«

»Mich? Ja wieso denn das? Ich hab doch damit nichts zu schaffen. Ich hab ihm ja sogar noch ein Alibi geben wollen für seinen letzten Raubzug. Das ist aber rausgekommen, dass ich gelogen hab. Eine Geldstrafe hab ich zahlen müssen. Und jetzt will er sich an mir rächen?« Sie vergrub ihr Gesicht in den Händen. »Wissen Sie, mein Mann und ich haben uns so gefreut, als der Bub damals zu uns kam. Aber manchmal wünschte ich, wir wären nie auf den Gedanken gekommen, ein Kind zu adoptieren.«

***

»Puh, ist das langweilig«, maulte Sophie und seufzte übertrieben.

Carsten sah von seinem Computerbildschirm auf. »Du kannst jederzeit gehen, wenn du willst«, schlug er vor und hoffte, sie würde das Angebot annehmen.

Doch offensichtlich hatte sie es sich zur Aufgabe gemacht, ihn im Auge zu behalten, denn sie schüttelte den Kopf und widmete sich wieder dem Monitor. Aus lauter Angst, dass seine Schwester ihn die nächsten Stunden von Aylins Schreibtisch aus anglotzte, hatte Carsten den Computer seiner Kollegin hochgefahren und sie damit betraut, gemeinsam mit ihm die schon in der Datenbank erfassten Vermisstenfälle der letzten dreißig Jahre zu sichten.

War Sophie anfangs begeistert bei der Sache gewesen, wurde sie inzwischen von Datei zu Datei unleidlicher. Vielleicht sah sie nun endlich ein, dass Polizeiarbeit nicht aus Spannung und Abenteuern bestand, sondern vor allem aus stupider Schreibtischtätigkeit. Viel Hoffnung hegte Carsten in dieser Hinsicht allerdings nicht.

»Findest du es nicht unfair, dass wir hier rumhocken, während Aylin und Mattes den ganzen Spaß haben?«, fragte sie.

»Wie schon gesagt, du musst hier nicht hocken. Geh raus und hab Spaß. Aber bitte, ohne über Leichen zu stolpern.«

»Ja, schon gut. Sind die Leute hier alle echt nie wieder aufgetaucht?«, wechselte Sophie das Thema, ehe ihr Bruder auf den Gedanken kam, sie hinauszuwerfen. »Das ist ja das halbe Bergische Land.«

»Nun übertreib mal nicht«, entgegnete Carsten. »Die meisten von denen sind bestimmt wieder aufgetaucht, man hat die Polizei nur nicht darüber informiert.«

»Wie kann das denn sein? Ihr müsst die Menschen doch suchen«, erwiderte Sophie ungläubig. »Da steht ihr doch in regelmäßigem Kontakt zu den Angehörigen.«

»Na, du hast Ideen. Wenn wir für jeden Erwachsenen, der über Nacht mal nicht nach Hause kommt, gleich den kompletten Polizeiapparat aktivieren würden, hätten wir keine Zeit mehr für was anderes. Und eine nicht geringe Zahl an Verschwundenen will auch gar nicht gefunden werden, sei es wegen Steuerschulden oder weil sie sich vor Unterhaltszahlungen drücken wollen oder einfach weil sie ihr bisheriges Leben doof finden. Es verschwinden mehr Menschen, als du dir vorstellen kannst. Die meisten von ihnen freiwillig.«

»So wie der Professor«, spielte Sophie auf den Obdachlosen an, der vor über zwei Jahren in ihrer Buchhandlung ermordet worden war und dessen Identität sich erst nach seinem Ableben geklärt hatte. Auch er hatte sein altes Leben aus für ihn nachvollziehbaren Gründen hinter sich gelassen.

»Deine Klassenkameradin Lisa plante übrigens auch, ihre Zelte hier abzubrechen«, informierte Carsten.

»Plante sie?«, fragte Sophie erstaunt.

Er erzählte seiner Schwester kurz von dem halb gepackten Koffer, den Aylin und Mattes im Schlafzimmer der Verstorbenen gefunden hatten, sowie dem One-Way-Ticket.

»Und wohin wollte sie?«

»Nach Samoa. Mehr wissen wir bislang leider nicht. Jedenfalls wäre sie früher oder später vermisst gemeldet worden.«

»Früher oder später«, murmelte Sophie nachdenklich. »Was ist, wenn derjenige, dessen Knochen ihr da gefunden habt, von niemandem vermisst wurde?«

»Tja, dann suchen wir uns zu Tode«, meinte Carsten lapidar und erntete einen tadelnden Blick seiner Schwester. »Allerdings war der Knabe noch recht jung, als er gestorben ist, da ist die Wahrscheinlichkeit, dass ihn jemand vermisst hat, recht groß.«

»Und wenn er aus dem Ausland kam und seine Angehörigen gar nicht wussten, dass er sich hier aufhielt?«, überlegte Sophie. »Eine Vermisstenmeldung in dessen Heimatland würde doch gar nicht bis zu uns durchdringen.«

Bis zu uns, nahm Carsten amüsiert zur Kenntnis. »Warum musst du immer alles verkomplizieren?«

»Ich mein ja nur. Kann man nicht anhand der Knochen herausfinden, aus welchem Land jemand kommt?«

Da war Carsten überfragt. »Ich glaube, man kann feststellen, von welchem Kontinent jemand stammt und in welchem Land beziehungsweise in welcher spezifischen

Umgebung er oder sie sich in den Jahren vor seinem oder ihrem Ableben aufgehalten hat. Aber so genau kenn ich mich da nicht aus. Du bist doch die Expertin. Da gibt's doch bestimmt entsprechende Krimis zu.«

»Die hab ich jetzt nicht so aufm Schirm«, gab Sophie zu.

»Wie dem auch sei. Ich glaube kaum, dass die Staatsanwaltschaft einer entsprechenden Untersuchung zustimmen wird, sollte dies vonnöten sein. Viel zu teuer. Wir können von Glück reden, wenn eine DNA-Analyse genehmigt wird. Falls man den Knochen noch DNA-Material entnehmen kann.«

»Und was ist, wenn derjenige, der das Loch gebuddelt hat, die Knochen nachträglich rein gelegt hat? Als Ablenkungsmanöver für die Flucht?«

»Sophie, jetzt nerv mich nicht mit deinen ewigen Fragen«, schnauzte Carsten seine Schwester an. Er war froh, dass in diesem Moment sein Telefon klingelte und ihm weitere Diskussionen ersparte. »Kantner. ... Oh, hallo, Mattes. Gibt's was Neues?«

Er hörte einige Minuten aufmerksam zu und beobachtete dabei amüsiert seine Schwester, die in einer Mischung aus Ungeduld und Neugierde auf Aylins Drehstuhl herumzappelte. Sie gab ihm Zeichen, den Lautsprecher zu aktivieren, damit sie mithören konnte, aber den Gefallen tat er ihr nicht. Schließlich verabschiedete er sich von seinem Kollegen, legte das Mobilteil zurück auf die Ladestation und wandte sich wieder seinem Bildschirm zu.

»Was?«, rief Sophie.

»Was, *was*?«, fragte er unschuldig, ohne den Blick vom Monitor abzuwenden.

»Was wollte Mattes?«

»Dazu darf ich dir aus ermittlungstaktischen Gründen

nichts sagen. Immerhin bist du eine wichtige Zeugin, wenn nicht sogar eine Verdächtige.«

»Du bist voll gemein«, sagte sie und zog ein beleidigtes Schnütchen. »Nu sag schon.«

Carsten warf theatralisch die Arme in die Luft. »Na schön. Wie sich soeben herausgestellt hat, wurde Tim Sperling als Baby adoptiert.«

Sie runzelte die Stirn und wirkte ein wenig enttäuscht. »Aha. Und? Was soll daran jetzt so spannend sein?«

»Er hat seinem Kumpel Justin anvertraut, dass er plant, sich an seiner Mutter zu rächen.«

Nun fiel bei Sophie der Groschen. »Ach so. Ihr habt gedacht, er spricht von seiner Adoptivmutter, aber in Wirklichkeit will er sich an seiner leiblichen Mutter rächen, von der ihr bislang nichts wusstet.«

»Schlau kombiniert, Schwesterchen.«

Sie nickte selbstzufrieden. »So bin ich. Aber weshalb will er sich an ihr rächen? Weil sie ihn zur Adoption freigegeben hat?«

Carsten zuckte mit den Schultern. »Vermutlich. Er scheint sie für sein Schicksal verantwortlich zu machen. Dafür, dass er im Knast sitzt. Mit seiner Adoptivmutter versteht er sich nicht sonderlich, und sein Adoptivvater, an dem er sehr hing, ist vor einigen Jahren gestorben.«

»Na ja, für Letzteres kann er seiner biologischen Mutter wohl kaum die Schuld geben«, bemerkte Sophie.

»Ach, du weißt doch, wie das ist, wenn man jemanden hasst. Der ist dann einfach an allem schuld. Ist ja auch bequemer, als selbst Verantwortung zu übernehmen.«

»Weiß dieser Tim denn, wer seine leibliche Mutter ist?«

»Keine Ahnung«, meinte Carsten. »Von seiner Adoptivmutter kann er es nicht erfahren haben, sie weiß nämlich selbst nicht, wer die Frau ist. Es scheint sowieso etwas dubios abgelaufen zu sein, also nicht so ganz legal.«

»Aha. Aber was hat das jetzt mit unserem Knochenfall zu tun?«, wollte Sophie wissen. »Es kann ja definitiv nicht Tims Mutter sein, die in dem Grab gelegen hat.«

»Nein, das nicht«, stimmte Carsten zu. »Aber interessant ist die Tatsache, dass deine Schulkameradin Lisa Hirsefeld in der JVA Yogakurse gegeben hat, an denen Tim Sperling teilgenommen hat. Außerdem gehörte das Handy, das bei Justin Bielefeld sichergestellt worden und das auf Lisa Hirsefelds Namen registriert ist, eigentlich Tim. Das jedenfalls behauptet dieser Justin. Und die Flucht bei dieser Müllsammelaktion war ebenfalls von Tim geplant. Allerdings kann er es nicht gewesen sein, der die Knochen ausgegraben hat.«

Sophie runzelte wieder die Stirn und kniff zusätzlich die Augen zusammen, ein sicheres Zeichen, dass sie angestrengt nachdachte. »Was, wenn es Lisa war? Sie hat Tim bei diesem Yogakurs im Knast als ihren Sohn erkannt, ihm das Handy besorgt und zur Flucht verholfen.«

»Indem sie in den Ronsdorfer Anlagen die Knochen ausgebuddelt hat?«

»Na ja ... ja.«

»Das wirft dann gleich zwei Fragen auf. Woher wusste Lisa Hirsefeld, dass dort eine Leiche vergraben lag? Und hat Tim sich von ihr zur Flucht verhelfen lassen, weil er vorhatte, sie zu töten?«

»Das würde bedeuten, dass er am Samstagabend in der Kneipe gewesen sein muss«, überlegte Sophie.

»Stimmt. Warte, ich schau mal, ob ich ein Foto von ihm finde.« Carsten tippte ein paar Befehle auf seiner Tastatur ein. »Ha, hier ist es. Guck dir das Bild an. Hast du den vielleicht gesehen?«

Sophie stand auf, umrundete Aylins Schreibtisch und gesellte sich zu ihrem Bruder. Sie studierte das Gesicht des Jungen, das den Bildschirm ausfüllte, eingehend. »Irgendwie kommt er mir bekannt vor«, meinte sie. »Aber ob ich ihn in der Sonderbar gesehen habe, kann ich nicht mit Bestimmtheit sagen. Die Kellner werden sich vermutlich eher an ihn erinnern. Oder Trixi. Falls er dort war. So richtig einleuchten will es mir nicht. Warum sollte er so ein großes Risiko eingehen? Die Wahrscheinlichkeit, dass man ihn erwischt, ist doch relativ groß. Wenn er tatsächlich vorhatte, Lisa zu töten, vorausgesetzt sie war seine Mutter, wieso wählt er dann einen derart belebten Ort? Ich an seiner Stelle hätte gewartet, bis sie sich auf den Heimweg macht. Oder hätte die Sache schon tagsüber erledigt. Irgendwo, wo weniger los ist.«

»Vielleicht war sein ursprünglicher Plan ein anderer, und er hat die Gunst der Stunde genutzt, als die Junggesellen diesen Radau in der Kneipe veranstaltet haben«, mutmaßte Carsten.

»Oder er hat den Aufstand selbst inszeniert. Dennoch erscheint mir das Risiko zu groß, wenn man bedenkt, dass sich ihm bestimmt noch andere Gelegenheiten geboten hätten.«

»Vergiss nicht, dass das Handy, das vermutlich der Kontaktaufnahme mit Lisa Hirsefeld dienen sollte, nicht mehr in seinem Besitz war«, gab Carsten zu bedenken.

Sophie nickte abwesend und betrachtete nachdenklich das Bild des Jungen auf dem Monitor. Er sah unglücklich, wenn nicht gar zornig aus, so viel stand fest. Wie ein Mörder kam er ihr nicht vor. Andererseits wirkten Mörder auf den ersten Blick häufig harmlos, sie sprach da durchaus aus Erfahrung. Aber war er wirklich so abgebrüht, sich von Lisa zur Flucht verhelfen zu lassen, nur um sie im Anschluss publikumswirksam zu ermorden?

26

Mattes und Aylin hatten Frau Sperling in die Obhut eines uniformierten Kollegen gegeben und sich auf den Weg zum »Girandellis« gemacht, wo sie eine Verabredung mit der Tochter des Hauses hatten. Die Girandellis hatten das Restaurant, das ihren klangvollen Namen trug, in den Achtzigerjahren als Pizzeria der gehobenen Klasse eröffnet und sich innerhalb der Wuppertaler Hautevolee rasch einen herausragenden Ruf erworben. Mit dem Ansehen der Gäste stiegen auch die Preise im Girandellis, und hinter vorgehaltener Hand munkelte man, Signore Girandelli unterhalte Kontakte zur Mafia. Aber dies waren natürlich nur Gerüchte. Mitte der Neunziger expandierten die Girandellis und eröffneten weitere Restaurants in Köln und Düsseldorf, die ähnlich erfolgreich liefen wie das Stammhaus in Wuppertal. Während die Söhne der Familie in die Fußstapfen der Eltern getreten waren und die Dependancen führten, hatte die einzige Tochter, Isabella, einen anderen beruflichen Weg eingeschlagen.

»Schön, dass Sie Zeit für uns gefunden haben, Frau Girandelli«, sagte Mattes und schüttelte der Staatsanwältin die Hand.

Isabella Girandelli beschränkte sich auf ein freundlich zustimmendes Lächeln und bedeutete dem Hauptkommissar und seiner Kollegin, an einem Tisch in einer ruhigen Nische Platz zu nehmen. Weder Mattes noch Aylin waren je im Girandellis gewesen. Die hier verlangten Preise lagen außerhalb ihrer Gehaltsklasse. Obendrein war zumindest

Mattes überzeugt davon, garantiert nicht satt zu werden, kredenzte man in Etablissements wie diesem meist nur winzige Häppchen. Da blätterte er ein Monatsgehalt für ein Gericht hin, um im Anschluss seine bevorzugte Pommesbude aufsuchen zu müssen, damit sein Magen zufriedengestellt war.

Die Einrichtung des Restaurants war behaglicher, als er es sich vorgestellt hatte, und unterschied sich deutlich von seiner Stammpizzeria mit dem eher rustikalen Charme. Sorgfältig aufeinander abgestimmte Farben und Dekorationsartikel strahlten eine mediterrane Atmosphäre aus, ohne dabei überladen oder gar kitschig zu wirken. Die üppig gepolsterten Freischwinger mit Armlehnen entpuppten sich als überaus bequem und stellten keinen Vergleich zu den alten Holzstühlen bei Giovanni dar, selbst wenn diese mit Sitzkissen bestückt waren. Alles in allem schien man den Wohlfühlfaktor im Girandellis großzuschreiben. Gleich zwei Kellner eilten herbei, um den Damen die Stühle zurechtzurücken, wobei einer der beiden einen besorgten Blick in Richtung Mattes warf, wohl um sicherzustellen, dass er es allein schaffte, sich unfallfrei hinzusetzen. Oder in Sorge darum, ob die Tragkraft des teuren Freischwingers ausreichte.

Offenbar hatte sich die Kunde der Anwesenheit Isabellas bis in die Küche herumgesprochen, denn ein kleiner, drahtiger Mann fortgeschrittenen Alters stürmte durch die Schwingtür und lief mit ausgebreiteten Armen in Richtung ihres Tischs.

»Mia cara!«, rief er, und Mattes glaubte, eine Träne in seinem Augenwinkel entdeckt zu haben.

»Zio Adriano!«, rief Isabella Girandelli zurück, sprang auf und warf sich in die Arme des Mannes, dessen überdimensionierte Mütze ihn als Koch des Hauses auswies.

Sie küssten einander mehrere Male rechts und links auf die Wangen und unterhielten sich auf Italienisch in so rasantem Tempo, dass Aylin und Mattes allein vom Zuhören schwindelig wurde. Nach einer gefühlten Ewigkeit wandte Isabella sich wieder ihren Gästen zu und stellte den beiden Kommissaren ihren *zio* – Onkel – Adriano Ricci vor. Er zeichnete seit Jahrzehnten für das leibliche Wohl im Girandellis verantwortlich und hatte somit maßgeblich zum Erfolg des Restaurants beigetragen.

»Er ist der beste Freund meines Vaters und mein Taufpate«, klärte die Staatsanwältin Aylin und Mattes auf.

»Die kleine Bella hat früher viel Zeit bei mir verbracht«, lächelte Adriano mit unverkennbarem Stolz. »Sie ist fast wie mein eigenes Kind.«

»Auch wenn wir uns viel zu selten sehen«, bedauerte Isabella. »Was hast du denn heute Schönes anzubieten?«

Aylin und Mattes verkündeten hastig, dass sie nicht zum Essen hergekommen waren, aber der Koch ließ sich nicht abwimmeln. Er ratterte mit breitem italienischen Akzent die Gerichte des Tages herunter und nötigte sie, etwas auszuwählen. Widerspruch war zwecklos, also fügten sich die beiden Kommissare. Onkel Adriano trollte sich zufrieden in seine Küche, nicht ohne dem ein oder anderen Gast auf dem Weg dorthin die Hand zu schütteln oder auf die Schulter zu klopfen.

»Onkel Adriano ist der gute Geist des Hauses«, erklärte Isabella Girandelli.

»Das glaube ich gern«, meinte Mattes und musste wider Willen schmunzeln. Der Knabe wusste seine Gäste um den Finger zu wickeln.

»Aber eigentlich sind Sie ja nicht wegen des Essens gekommen«, fiel der Staatsanwältin endlich ein.

»Nein«, bestätigte Aylin, »eigentlich nicht.«

Isabella lächelte entschuldigend. »Tut mir leid, ich wollte Sie nicht überfallen. Fassen Sie die Einladung bitte nicht als Bestechungsversuch meinerseits auf.«

»Solange Sie nicht der Meinung sind, wir würden uns bestechen lassen ...«, bemerkte Mattes.

»Nein, nein, bestimmt nicht«, versicherte Isabella hastig und errötete ein wenig.

»Dann ist ja alles geklärt«, sagte der Hauptkommissar zufrieden. Er hatte leise Zweifel gehegt, ob er die Rechnung dieses Nobelschuppens bei der Spesenabrechnung durchbekommen hätte.

»Ja. Tut mir leid, ich will Sie gewiss nicht aufhalten«, entschuldigte sich die Staatsanwältin ein weiteres Mal. »Ich weiß ja selbst, wie langwierig und anstrengend so eine Mordermittlung sein kann. Ich nehme an, Sie möchten von mir noch einmal eine Zusammenfassung des Samstagabends haben. Soweit ich mich daran erinnere. Ich muss zugeben, ich habe an diesem Abend mehr getrunken, als mir guttat, also sehen Sie es mir nach, wenn meine Erinnerung an der ein oder anderen Stelle vielleicht etwas getrübt ist.«

»Keine Sorge, wir werden es schon richtig einordnen«, versicherte Aylin.

»Natürlich, daran hege ich keinen Zweifel. Allerdings glaube ich nicht, dass ich Ihnen weiterhelfen kann. Ich habe nicht wirklich auf Lisa geachtet an dem Abend, muss ich gestehen. Sie hatte zugegebenermaßen einen grandiosen Auftritt, aber irgendwie war's das dann auch.« Sie hielt inne, als wollte sie ihre Worte nachwirken lassen.

»Einen grandiosen Auftritt? Inwiefern?«, hakte Mattes nach.

»Ach, sie hatte sich ziemlich aufgebrezelt«, meinte Isabella Girandelli abschätzig, aber man merkte, dass sie dieser Umstand gewurmt hatte. Frauen ihres Kalibers teilten das Rampenlicht nicht gern. Auch sie wusste, wie man einen »grandiosen Auftritt« hinlegte. Indem man zwei kleine Beamte in den Nobelschuppen der Familie einlud, zum Beispiel. »Damals in der Schule war sie eher unscheinbar. Altbackene Klamotten, ungeschminkt und immer diese zerzausten Zöpfe. Die hat Leo ihr ja dann … Egal. Keiner von uns hat sie am Samstag auf den ersten Blick wiedererkannt, was sie sichtlich genoss. Die Jungs, pardon Männer sollte ich mittlerweile sagen, waren recht beeindruckt von ihrer optischen Erscheinung. Martin Jäger jedenfalls hat sie den ganzen Abend nicht aus den Augen gelassen.«

»Den ganzen Abend wohl nicht, schließlich ist es ihr irgendwann gelungen, den Raum unbemerkt zu verlassen«, merkte Aylin an.

Zumindest wollte keiner der Zeugen etwas von Lisa Hirsefelds Abgang mitbekommen haben.

Isabella nickte bestätigend. »Das ist wahr. Es muss gewesen sein, als diese unsägliche Truppe besoffener Kerle den Raum gestürmt hat. Die von den Junggesellenabschieden. War ein ziemlicher Tumult. Es ging drunter und drüber. Teilweise wurden die richtiggehend aggressiv.«

»Ja, das haben Ihre Klassenkameraden uns auch so geschildert«, nickte Mattes.

»Haben Sie die Typen eigentlich identifiziert? Vielleicht hat ja einer von denen etwas gesehen. Oder …« *Lisa ermordet*, wollte sie wohl hinzufügen, verkniff sich diesen Zusatz aber.

»Wir arbeiten daran, weitere Zeugen ausfindig zu machen«, wich Mattes aus. Er suchte auf seinem Handy nach dem Fahndungsfoto von Tim Sperling. »Haben Sie den Jungen schon einmal gesehen?«

Isabella Girandelli betrachtete das Bild auf dem Gerät, das der Hauptkommissar ihr entgegenhielt, eingehend und schüttelte dann bedauernd den Kopf. »Nein, tut mir leid, den kenne ich nicht. Hat er etwas mit dem Fall zu tun? Gehörte er zu den Junggesellen?«

»Dazu können wir leider zurzeit nichts sagen.«

»Natürlich, ich verstehe. Es handelt sich nicht zufällig um einen der beiden Jungen, die am Samstagmorgen aus der JVA geflüchtet sind?«

»Sie haben davon gehört?«, fragte Mattes.

»Das ließ sich kaum vermeiden. Ist er einer der beiden Jungen?«

Mattes nickte bestätigend, obwohl er auch darüber keine Auskunft geben durfte. Aber einer Staatsanwältin machte man nichts vor, die war es gewohnt, möglichst schnell die richtigen Schlüsse zu ziehen.

»Und Sie vermuten, dass er sich abends in der Sonderbar aufgehalten hat? Oder ist es mehr als eine bloße Annahme?«

»Wie gesagt ...«

Sie winkte ab. »Jaja, Sie dürfen mir nichts sagen. Tut mir leid, ich sitze selten auf der anderen Seite des Vernehmungstisches.«

Die Neugier, was einer der beiden flüchtigen Jungen mit dem Mord an Lisa Hirsefeld zu schaffen hatte oder nicht, stand Isabella Girandelli förmlich ins Gesicht geschrieben. Aber als Staatsanwältin wusste sie natürlich, dass sie von den Polizisten nichts erfahren würde. Zwei Kellner traten geräuschlos an den Tisch und servierten das Essen. Wie von Mattes erwartet, handelte es sich um kaum mehr als ein paar kunstvoll arrangierte Häppchen. So dauerte es nicht lange, bis die Teller geleert waren. Vielleicht ließ sich Onkel Adriano dazu hinreißen, ihnen einen Nachtisch anzubieten, hoffte Mattes. Das Hauptgericht war vorzüglich gewesen, so ziemlich das Beste, was sein Gaumen je genossen hatte, und der war schon lange im Geschäft. Sein Magen jedoch grummelte enttäuscht ob des Mangels an Masse, die ihm zur Verarbeitung dargeboten wurde. Aber wie hatte ihre Gastgeberin vorhin so treffend bemerkt? Sie waren nicht wegen des Essens hier.

»Was war denn an diesem Samstagabend vorher so los?«, kam er wieder auf den eigentlichen Grund ihres Besuchs zurück. »Also vor dem Ansturm der Junggesellen.«

»Sie meinen, ob sich jemand auffällig verhalten hat, Lisa gegenüber?«, fragte Isabella Girandelli.

»Zum Beispiel.«

»Dass Martin Jäger ihr den ganzen Abend wie Pattex am Hintern geklebt hat, habe ich ja schon erwähnt«, sinnierte die Staatsanwältin. »Das kann man bei ihm allerdings kaum als auffälliges Verhalten bezeichnen. Der nimmt alles, was nicht bei drei auf dem Baum ist. Na ja, zumindest früher. Aber es hatte nicht den Anschein, als hätte er sich dahingehend groß geändert. Im Moment hat er mal wieder Beatrix im Visier. Jedenfalls hat er sich bei ihr eingenistet.«

»Das haben wir gestern mitbekommen«, bestätigte Mattes.

»Ich hoffe, Sie haben es damals rechtzeitig auf einen Baum geschafft«, fügte Aylin ein wenig süffisant hinzu.

Isabella Girandelli lachte. »Ja, keine Sorge. Ich war in festen Händen.«

»Das heißt ja nichts«, murmelte die Oberkommissarin.

»Bei mir schon«, entgegnete Isabella, der die Bemerkung nicht entgangen war, spitz. »Ich bin eine treue Person.«

»Sie waren damals mit Tobias Kirchhoff liiert?«, hakte Mattes der Form halber nach. »Er war vorgestern ebenfalls anwesend?«

»Ja und ja«, beantwortete sie beide Fragen. »Und ehe sie weiter nachbohren: Wir sind seit etwa einem halben Jahr wieder zusammen. Wir sind uns zufällig begegnet, weil mein Sohn bei Herrn Kirchhoff trainiert. Tennis. Sein Vater hatte ihn dort angemeldet, ohne zu wissen, dass Herr Kirchhoff und ich uns von früher kennen. Aber das interessiert Sie vermutlich nicht wirklich.«

»Ach, uns interessiert erst mal alles«, meinte Mattes.

»War Herr Kirchhoff auch so beeindruckt von Lisa Hirsefeld wie die anderen Herren?«, erkundigte sich Aylin.

Isabella Girandelli bedachte die Oberkommissarin mit einem vernichtenden Blick. »Ich sagte ja, dass *alle* anwesenden Männer große Augen bekamen. Bei Tobias legte sich die Begeisterung allerdings schnell, als klar wurde, wer die Frau war.«

»Hegte er eine Abneigung gegen Frau Hirsefeld?«

Die Staatsanwältin runzelte die Stirn. »Eher umgekehrt. Also selbst wenn Tobias ihr gegenüber irgendwelche amourösen Absichten gehegt hätte, was nicht der Fall war, wären sie bei Lisa kaum auf Gegenliebe gestoßen.«

»Wir hörten davon, dass Frau Hirsefeld während der Schulzeit unter Ihnen und Ihren Freunden gelitten haben soll«, fügte Mattes an.

Isabella Girandelli hob effektvoll eine Augenbraue. »So, haben Sie das? Na ja, ich gebe zu, wir waren damals nicht gerade nett. Zu niemandem. Irgendwie standen wir alle unter Beatrix' Fuchtel. Beatrix van den Bergh, die Besitzerin der Sonderbar, aber das wissen Sie ja längst. Jedenfalls hat es ihr Freude bereitet, andere zu quälen. Nicht im körperlichen Sinn, sondern mehr so Psychoterror. Also, Terror ist jetzt auch übertrieben, aber mitunter konnte sie ziemlich verletzend sein. Und ja, ich muss gestehen, ich habe bei ihren fiesen Spielchen mitgemacht. Ich bin wahrlich nicht stolz darauf, will es aber auch nicht leugnen. Ich gehörte sowieso nur zu Trixis Clique, weil ihre und Leonores Eltern Stammgäste hier im Girandellis waren. Dann passierte die Sache mit Trixis Vater und dem Van-den-Bergh-Konzern. Ich nehme an, Sie wissen davon?«

»Allerdings«, bestätigte Mattes.

»War ein schöner Skandal damals. Trixi ist mit ihrer Mutter und ihren Brüdern weggezogen, und irgendwie ist die Clique daran zerbrochen. Tobias und ich haben uns getrennt. Leonore war ein Jahr als Austauschschülerin in den USA oder Kanada und anschließend auf einem Schweizer Internat. Das Klassentreffen am Samstag war tatsächlich das erste Mal, dass wir uns alle wiedergesehen haben.«

»Und dann nimmt der Abend ein solches Ende«, konstatierte Mattes.

Isabella lachte bitter auf. »Kein gutes Zeichen, oder?«

»Wahrhaftig nicht«, bestätigte er. »Uns mangelt es ja zugegebenermaßen nicht an Verdächtigen. Was uns allerdings fehlt, ist ein Motiv.«

Isabella dachte einige Sekunden nach, bevor sie antwortete. »Tut mir leid, aber da kann ich Ihnen nicht helfen. Ich kannte Lisa damals viel zu wenig, um etwas Brauchbares über sie sagen zu können. Vielleicht wenden Sie sich besser an Bastian Spieß. Wenn ich mich recht erinnere, wohnten die beiden in derselben Straße und sind quasi zusammen aufgewachsen.«

27

Sophie hatte sich am frühen Nachmittag auf den Weg ins Luisenviertel gemacht und Carsten mit knurrendem Magen zurückgelassen. So sah geschwisterliche Fürsorge aus. Er verhungerte, und seine Schwester kehrte schnurstracks auf ein extragroßes Stück Käsekuchen in das kleine Café ein, das im letzten Jahr neben der Mördergrube seine Pforten geöffnet hatte und den nicht minder unheilvollen Namen Mordkompott trug. Die Besitzerin dieses Cafés, Greta Zimmer, sowie ihr Zwillingsbruder Hans waren damals in den Fall des Ermordeten im Altenberger Märchenwald verstrickt gewesen.

Der Diensthabende am Empfang kündigte per Telefon die Ankunft eines Herrn Alexander Debus an, der sich zur Zeugenaussage im Fall des Kneipenmordes eingefunden hatte. Da Aylin und Mattes den Termin offensichtlich vergessen hatten, entschied Carsten, sich des Mannes anzunehmen. Ein rascher Blick in die digitalisierte Akte verriet ihm, dass es sich bei Alexander Debus um einen der Mitarbeiter der Kneipe handelte, auf deren Damentoilette sich der Mord ereignet hatte. Das Tatörtchen sozusagen. Gott, jetzt fing er auch schon mit diesen Wortwitzen an. Er humpelte aus seinem Büro in Richtung Aufzug, um den neuerlichen Besucher in Empfang zu nehmen. Sophie hatte ihm zwar ihre Krücken dagelassen, aber die zu benutzen, fand er übertrieben. So schlimm stand es um sein Knie nun auch wieder nicht. Obwohl es schon ziemlich wehtat, wenn er es belastete.

Alexander Debus, der statt des Fahrstuhls die Treppe benutzte, war älter, als Carsten vermutet hatte. Er hatte mit einem Studenten gerechnet, der sich sein Studium mit Kellnern finanzierte, so wie es Sophie seinerzeit getan hatte. Debus konnte nicht viel jünger sein als Carsten selbst, vielleicht Ende dreißig. Er stellte sich vor und bat den Mann, ihm in sein Büro zu folgen.

»Haben Sie sich im Dienst verletzt?«, fragte Debus, als der Hauptkommissar vor ihm her hinkte.

»Unglücklich gestürzt«, wich Carsten aus und hielt dem Besucher die Tür auf.

Debus betrat das Büro und blieb unsicher mitten im Raum stehen, so dass Carsten einen Bogen um ihn machen musste, um zu seinem Platz zu gelangen.

»Setzen Sie sich«, bot er ihm den Stuhl an, der vor dem Schreibtisch stand, und der Mann ließ sich artig darauf nieder. »Sie sind Alexander Debus?«

Debus nickte. »Die meisten nennen mich Ali«, sagte er.

»Sehen Sie es mir nach, wenn ich bei Herr Debus bleibe«, erwiderte Carsten.

»Äh, ja sicher. Wie Sie wollen.«

»Sie arbeiten als Kellner in der Sonderbar«, vergewisserte sich der Hauptkommissar.

»Das ist korrekt. Im Moment allerdings nicht. Ihr habt uns den Laden ja dichtgemacht.«

Es klang in Carstens Ohren nur ein klitzekleines bisschen vorwurfsvoll. »Na ja, ich hab damit nichts zu tun.«

»Nee, aber Ihr dicker Kollege. Der Alte, der am Samstagabend da war.«

»*Kriminalhauptkommissar* Mattuschek wird sich bestimmt freuen, wenn er hört, dass Sie ihn nicht nur dick, sondern auch alt finden«, erwiderte Carsten sarkastisch.

Ali Debus schaute betreten drein. »'tschuldigung, war nicht so gemeint. Er war ja auch ganz nett.«

»Na, immerhin.«

»Äh, ja. Wann dürfen wir denn wieder aufmachen?«

»Das weiß ich leider nicht. Ich bin mit dem Fall nur am Rande betraut. Lang wird es aber gewiss nicht dauern. Sobald die Spurensicherung den Tatort freigibt. Was können Sie mir denn zu dem Abend erzählen?«

Der Kellner schob die Unterlippe ein wenig vor und runzelte die Stirn. »War 'n ganz normaler Samstagabend, eigentlich«, meinte er dann. »Bis auf das Klassentreffen von der Chefin. Das fand in dem separaten Raum statt. Früher war das der Raucherraum, aber den brauchen wir ja jetzt nicht mehr, wo man drinnen gar nicht mehr rauchen darf. Die Behörden kommen ja alle Fott lang mit neuen Verordnungen um die Ecke.« Er sah Carsten anklagend an, als trüge er auch für das inzwischen erlassene Rauchverbot in Restaurants und Kneipen die Verantwortung. »Die Leute vom Klassentreffen sind so ab siebzehn Uhr eingetrudelt. Um halb sechs waren alle da. Gegen sechs haben mein Kollege und ich das Büfett reingetragen, und so alle fünfzehn Minuten ist einer von uns rein, um Getränkebestellungen aufzunehmen und zu servieren.«

»Ist Ihnen bei einer dieser Gelegenheiten irgendetwas aufgefallen?«

»Nö, die waren alle bester Laune. Waren 'n paar wenig Leute für'n Klassentreffen, aber das wussten wir ja im Vorfeld. Die Chefin war wohl nicht sehr beliebt.« Debus zog eine Grimasse, die belegte, dass er auch keine überschwänglichen Sympathien für Beatrix van den Bergh hegte. »Oder die Leute sind im Urlaub. Kann ja auch sein.«

»Wie viele waren insgesamt da?«

Ali Debus zählte die Gäste im Geiste durch. »Zehn, mit der Chefin.«

Carsten erinnerte sich, dass die Klasse seiner Schwester sich zum Ende hin ziemlich dezimiert hatte, aber mehr als zehn Schüler waren es doch gewesen. »Und zehn beziehungsweise neun Leute hatten auch zugesagt?«

»Da müssen Sie die Chefin fragen. Das Küchenpersonal sollte jedenfalls für zehn Leute das Büfett herrichten.

Aber das reicht erfahrungsgemäß für mehr. Obwohl ... die haben reichlich zugelangt.«

Carsten machte sich eine Notiz. *Verfressene Bande.* »Okay. Und was war sonst in der Kneipe los?«

»Die Tische draußen waren alle belegt. Drinnen war es ruhig, ist meistens so im Sommer, da wollen die Leute an der frischen Luft sitzen.«

»Da dürfen sie ja auch rauchen«, merkte Carsten an.

Ali Debus deutete mit dem Zeigefinger zustimmend auf den Hauptkommissar. »Ja genau, das auch. Gegen halb neun tauchten die Jungs von den beiden Junggesellenabschieden auf. Weil draußen nix frei war, haben sie sich rund um die Theke versammelt. Die hatten vorher schon ordentlich getankt.«

»Kannten Sie die Männer?«

»Ein paar von denen kommen öfters mal.«

»Wissen Sie die Namen?«

Der Kellner ging einen Moment in sich und schüttelte dann bedauernd den Kopf. »Leider nicht. Einer der Bräutigame hatte ein T-Shirt an, da stand Thomas drauf. Jedenfalls haben die so eine Art Wetttrinken veranstaltet. Der Bräutigam, der als erstes umkippt, muss 'ne Lokalrunde schmeißen oder so. Irgendwann haben sie beschlossen, den Raum zu stürmen, wo die Chefin mit ihren Leuten gefeiert hat. Ehrlich, so schnell konnten wir gar nicht gucken, wie die da drin waren. Ein paar von denen wurden echt aggressiv, als wir sie gebeten haben, den Raum wieder zu verlassen. Die Freunde von der Chefin haben versucht zu helfen, aber die waren selbst nicht mehr ganz nüchtern.«

»Ist Ihnen zufällig aufgefallen, ob und wann das spätere Opfer den Raum verlassen hat?«

Die Augen des Kellners wanderten zur Decke, während er den Abend in seiner Erinnerung Revue passieren ließ. »Sie ist relativ am Anfang mal draußen gewesen. Nicht zum Rauchen, zum Telefonieren, glaube ich. Es schien, als würde sie Ausschau nach jemandem halten. So, als würde sie auf jemanden warten. Irgendwann ist sie wieder reingegangen. Danach hab ich sie nur noch in dem Raum gesehen, wenn ich die Getränke gebracht habe. Sie hat übrigens nur alkoholfreie Cocktails bestellt. Im Gegensatz zu den anderen, die haben alle ganz schön gebechert. Wann sie auf die Toilette gegangen ist, hab ich nicht mitgekriegt.«

»Sonst irgendjemand vom Klassentreffen?«

Ali Debus überlegte wieder, ehe er den Kopf schüttelte. »Tut mir leid. Jeder von denen ist zwischendurch mal raus, aber wer und wann, kann ich nicht genau sagen. Ich hab nicht drauf geachtet. Während der Sache mit den Junggesellen schon gleich gar nicht, da hatte ich anderes zu tun.«

Carsten rief das Fahndungsfoto von Tim Sperling auf und drehte seinen Bildschirm so, dass Ali Debus einen Blick darauf werfen konnte. »War dieser junge Mann an dem Abend zufällig anwesend?«

Debus studierte das Bild eingehend und wiegte dann unschlüssig den Kopf hin und her. »Puh, da fragen Sie mich was. Kann schon sein. Aber wirklich erinnern tu ich mich nicht. Vielleicht gehörte er zu einer der Junggesellengruppen. So genau hab ich mir die im Einzelnen nicht angeguckt. Hat er die Frau etwa …?«

»Im Moment wollen wir nur mit ihm sprechen«, wehrte Carsten ab. »Kannten Sie die Tote? Also vor Samstagabend?«

Debus schüttelte den Kopf. »Nein, die war vorher nie in der Bar.«

»Einer der anderen Gäste des Klassentreffens?«

»Nein, keiner von denen. Die Chefin war ziemlich nervös wegen der Feier. Ich glaub, die hat die alle seit damals nicht mehr gesehen.«

»Wie ist Frau van den Bergh so als Chefin?« Carsten erinnerte sich an das Mädchen selbst nicht mehr, aber der Name Trixi war zu Hause öfter gefallen, und das selten in einem positiven Zusammenhang.

Debus zuckte gleichgültig mit den Schultern. »Ganz okay. 'n bisschen überspannt manchmal.«

»Inwiefern?«

»Ach, sie hat's immer gerne perfekt. Und wenn dann was nicht so klappt, wie sie sich das vorstellt, wird sie schon mal unleidlich. Kommt aber selten vor. Wir sind 'n eingespieltes Team, da geht selten was daneben.«

»Außer Samstagabend.«

»Außer Samstagabend. Aber da konnten wir ja nix für.«

Darüber ist das letzte Wort noch nicht gesprochen, dachte Carsten.

***

Aylin und Mattes hatten sich nach dem Gespräch mit Isabella Girandelli zum Haus von Markus Pfeffer begeben, in der Hoffnung, dort Bastian Spieß anzutreffen.

»Wehe, der Knilch hat sich in seine Boeing siebenviersonstwas gesetzt und ist nach Lummerland abgedüst«, grummelte Mattes, der dem Piloten die mangelnde Kooperation von gestern noch nicht verziehen hatte. Dass der Spießgeselle ihnen obendrein verschwiegen hatte, dass er und Lisa Hirsefeld sich in ihrer Kindheit quasi den Sandkasten geteilt hatten, grenzte fast an Behinderung der Ermittlungen. »Glaubt der eigentlich, wir hätten nix Besseres zu tun, als den Leuten hinterherzurennen, um ihnen die Informationen aus der Nase zu ziehen?«

»Nu komm mal wieder runter«, versuchte Aylin, den aufgebrachten Kollegen zu beruhigen. »Du bist doch nur knatschig, weil du den Mann nicht leiden kannst. Seit wann erzählen uns die Leute denn immer sofort die Wahrheit? Es gehört ja irgendwie zur Jobbeschreibung von Verdächtigen, uns wichtige Details vorzuenthalten. Und zu unserer, ihnen auf die Schliche zu kommen. Anders wär's doch langweilig.«

Mattes murmelte etwas Unverständliches in seinen nicht mehr vorhandenen Schnauzbart und drückte auf den Klingelknopf. Im Haus regte sich nichts.

»Ich sag's dir, der Typ hat sich verdünnisiert«, meinte der Hauptkommissar verärgert.

»Er steht nicht unter Hausarrest«, erinnerte Aylin. »Vielleicht ist er in die Stadt gefahren. Oder macht einen Verdauungsspaziergang.«

»Dann war er vorher nicht im Girandellis. Da gibt's nicht genug für zum Verdauen.«

»Steht ja nicht jeder so gut im Futter wie du«, bemerkte Aylin mit Blick auf die ausgeprägte Leibesmitte ihres Kollegen.

»Es hat mich viel Geld gekostet, den so hinzukriegen«, sagte Mattes und tätschelte liebevoll seinen Bauch. »Lass uns mal ums Haus rumgehen, vielleicht hält er ja ein Mittagsschläfchen oder sitzt im Garten und hat das Klingeln nicht gehört. Ich hab keine Lust, noch mal hier anzutanzen.«

Sie liefen am Haus entlang über einen gepflasterten Weg bis zu einem schmiedeeisernen Gartentor, das zu ihrem Glück nicht abgeschlossen war. Es erstaunte die Kommissare jeden

Tag aufs Neue, wie nachlässig manche Menschen trotz eindringlicher Warnungen seitens der Polizei mit ihrem Eigentum umgingen. Eine betuchte Gegend wie diese war bei Einbrechern außerordentlich beliebt. In den Häusern gab es viel zu holen, und die meisten Bewohner waren tagsüber bei der Arbeit. Mangelte es darüber hinaus an Sicherheitsvorkehrungen, durfte man sich nicht beschweren, sollten Fremde im Garten stehen und durch die große Panoramascheibe ins Wohnzimmer glotzen. Auch wenn es sich in diesem Fall um Hüter des Gesetzes handelte.

»Ach herrje«, murmelte Mattes und wandte sich rasch ab.

Er packte Aylin beim Arm und wollte sie zurück in Richtung Gartentor ziehen, doch es war zu spät. Die beiden Personen, die sich eben noch halbnackt und eng umschlungen auf der familienfreundlichen Couch herumgewälzt hatten, hatten die Eindringlinge in ihre Privatsphäre bemerkt und waren erschrocken aufgesprungen. Während Bastian Spieß hastig seine Hose vom Boden klaubte, lief Markus Pfeffer, nur mit Unterhose und Socken bekleidet, in Richtung Garten und riss die Terrassentür auf.

»Ihnen ist schon klar, dass Sie das Grundstück unbefugt betreten haben?«, fragte er mit empörtem Unterton in der Stimme und schien sich seines Aufzugs gar nicht bewusst zu sein.

Mattes entschuldigte sich wort- und gestenreich, während Aylin aus mehreren Gründen am liebsten im Erdboden versunken wäre. Wenigstens hatten die beiden Herren das Glück, bei ihrem Tun von den Polizisten ertappt worden zu sein und nicht etwa von der Dame des Hauses. Überhaupt: Sollte Markus Pfeffer nicht in seiner Bank sein? Es konnte ja niemand ahnen, dass er die Mittagspause zu einem Stelldichein mit seinem besten Kumpel aus

Schulzeiten nutzte. Ob die beiden schon damals auf diese Weise miteinander verkehrt hatten?

»Wenn Sie eh da sind, können Sie auch reinkommen«, bot Markus Pfeffer an.

Er trat zur Seite und ließ die beiden Kommissare eintreten. Bastian Spieß hockte, inzwischen vollständig bekleidet, auf der Kante des Sofas. Erstaunlicherweise schien er die Sache lockerer zu nehmen als sein verheirateter Liebhaber, der nun auch seine Kleidungsstücke einsammelte, um sich anzuziehen.

»Verzeihen Sie unsere etwas unorthodoxe Vorgehensweise«, bat Mattes.

»Unorthodox ist gut«, schnaubte Pfeffer und versuchte umständlich, in sein Hemd zu schlüpfen, dessen Ärmel auf links gedreht waren. »Seien Sie froh, wenn wir das nicht Ihren Vorgesetzten melden.«

»Wir alle hätten uns diese Peinlichkeit ersparen können, wenn Sie von Anfang an ehrlich zu uns gewesen wären«, reichte Mattes den schwarzen Peter an Bastian Spieß weiter.

Der Angesprochene sah den Hauptkommissar mit vor Zorn funkelnden Augen an. »Was soll das denn jetzt heißen? Dass ich schuld an dem Schlamassel bin?«

»So war das nicht gemeint«, versicherte Mattes scheinheilig. »Aber uns ist zu Ohren gekommen, dass Sie Lisa Hirsefeld offenbar besser kannten, als Sie uns gegenüber gestern Morgen eingeräumt haben.«

»Ich hab dir gleich gesagt, dass es eine ganz blöde Idee ist, der Polizei etwas zu verheimlichen«, wandte sich Markus Pfeffer vorwurfsvoll an seinen Freund. »Irgendwann kommt's ja doch raus.«

»Bloß weil wir als Kinder Nachbarn waren, bedeutet das noch lange nicht, dass ich sie gut kannte«, schmollte Spieß und verschränkte die Arme vor der Brust. »Und erst recht nicht, dass ich Grund hatte, sie zu ermorden.«

»Vielleicht nicht. Aber wenn Sie uns Dinge vorenthalten, macht Sie das für uns nur interessanter, da wir uns fragen müssen, ob Sie einen besonderen Grund haben, uns bestimmte Sachen nicht zu erzählen.«

Bastian Spieß rollte genervt mit den Augen. »Meine vermeintliche Verschwiegenheit lag womöglich einfach daran, dass es vollkommen irrelevant für Ihre Ermittlungen ist.«

»Die Entscheidung, was relevant für unsere Ermittlungen ist und was nicht, überlassen Sie in Zukunft bitte uns«, sagte Mattes, der nicht mehr zählen konnte, wie häufig man ihm diese Ausrede aufgetischt hatte. Für jedes Mal einen Euro und er könnte täglich im Girandellis dinieren, bis er satt war.

»Ja, ist ja gut«, stöhnte Bastian Spieß genervt. »Also schön, Lisa und ich haben in derselben Straße gewohnt. Wir waren sogar im selben Kindergarten. Im Waldorfkindergarten, um genau zu sein. Und schon damals fand ich sie doof, wenn Sie es unbedingt wissen wollen. Sie war ein intrigantes kleines Biest. Sie ärgerte einen so lange, bis man ihr die Schüppe über die Rübe zog. Dann ist sie heulend zur Erzieherin gelaufen und hat gepetzt. Aber daraus können Sie kein Mordmotiv stricken.«

»Das vielleicht nicht, aber es gewährt uns einen Einblick in Lisa Hirsefelds Charakter«, sagte Mattes, dem das Wort »stricken« in dem Zusammenhang gar nicht behagte. »Bislang haben wir sie eher als Opfer denn als Täterin wahrgenommen.«

»Oh ja, das Opfer hat sie immer perfekt gespielt«, höhnte Bastian Spieß. »Sie wissen ja, was man sagt: Stille Wasser sind tief.«

»Na ja, im vorliegenden Fall sind sie eher tot«, murmelte Mattes.

»Ja, aber das ist nicht meine Schuld«, betonte Spieß.

Wenn man etwas oft genug wiederholte, wurde es vermutlich irgendwann wahr. Mattes fragte sich, ob Lisa Hirsefeld von der Beziehung oder Affäre zwischen Bastian Spieß und Markus Pfeffer gewusst hatte. Und ob sie gedroht hatte, die beiden zu verpetzen. Wie viel lag den Männern daran, ihr Geheimnis zu wahren? Oder war ihr Verhältnis am Ende gar kein Geheimnis? Vielleicht wusste Pfeffers Frau davon und war mit dem Arrangement einverstanden.

»Wie lange sind Sie beide … äh … schon ein Paar?«, wollte er wissen.

»Seit über zwanzig Jahren«, antwortete Markus Pfeffer. »Also schon zur Schulzeit. Und ehe Sie fragen: Lisa hatte keine Ahnung.«

Bastian Spieß rutschte nervös auf der Couch hin und her.

»Ist doch so, oder nicht?«, vergewisserte sich Pfeffer, dem die Anspannung seines Freundes nicht entging.

»Herr Spieß?« Mattes blickte den Mann gespannt an.

»Sie wusste es damals«, sagte Spieß so leise, dass es kaum zu verstehen war. »Aber ich denke nicht, dass sie wusste, dass wir immer noch zusammen sind.«

»Sie glauben doch nicht wirklich, dass einer von uns Lisa getötet hat, weil … also … deswegen«, mischte sich Markus Pfeffer ein. »Wir haben kaum ein Wort mit ihr gewechselt.«

»Weiß Ihre Frau von Ihrer Beziehung zu Ihrem besten Freund?«, fragte Mattes.

»Natürlich nicht. Aber das bedeutet nicht, dass ich töten würde, um mein Geheimnis, oder wie immer Sie es nennen wollen, zu bewahren. Das war auch nicht nötig, denn Lisa hat am Samstag nichts davon erwähnt. Herrgott noch mal, ich hab Ihnen heute Morgen doch sogar von der Sache mit dem Kredit erzählt.« Markus Pfeffer sah anklagend in Richtung Aylin, doch die war gedanklich zu sehr mit dem eben Gesehenen beschäftigt, um es zu bemerken oder gar Partei für ihn zu ergreifen.

»Vielleicht haben Sie das getan, um von sich selbst abzulenken«, erwiderte Mattes an ihrer statt.

Pfeffer verschränkte die Arme vor der Brust. »Ja, klar«, meinte er höhnisch, »ich glaube, ich sage jetzt besser nichts mehr ohne meinen Anwalt.«

»Ich auch nicht«, fügte Bastian Spieß eilig hinzu.

28

Sophie hatte ihren Wagen in der Seitenstraße beim Präsidium stehen lassen und war bei dem schönen Wetter zu Fuß ins Luisenviertel gegangen. Ihr erster Weg führte sie, wie Carsten vermutet hatte, ins Café Mordkompott. Da der Tag recht warm war und das Mordkompott über keine Außengastronomie verfügte, hatten sich nur wenige Stammgäste eingefunden, die sich die täglichen Kuchen- und Tortenkreationen von Greta Zimmer auch im Sommer nicht entgehen lassen wollten.

Zu ihrer Überraschung entdeckte Sophie ihre ehemaligen Klassenkameradinnen Leonore und Isabella, die am Tisch neben dem Regal saßen, in dem eine Auswahl an Leseexemplaren von Krimis aus der Mördergrube zum Schmökern bereitstand. Was hatte die beiden hierher verschlagen? Es handelte sich gewiss nicht um einen Zufall, dass sie nur zwei Tage nach dem missglückten Klassentreffen hier auftauchten, wo sie sich bislang nie in die Nähe ihrer Buchhandlung oder gar ins Mordkompott verirrt hatten. Die beiden Frauen hatten Sophie nun auch erblickt und winkten sie zu sich an den Tisch.

»Hallo«, grüßte sie zurückhaltend.

»Hi. Das ist ja schön, dass du doch kommst. Dein Mitarbeiter sagte uns, du hättest heute deinen freien Tag«, sagte Isabella und bedeutete Sophie mit einer Geste, sich zu ihr und Leo zu gesellen.

Es dürfte ihrem Kompagnon, Robert Werbeck, kaum gefallen, zum Mitarbeiter degradiert zu werden, aber Sophie sah keine Veranlassung, ihre ehemaligen Klassenkameradinnen über den Irrtum aufzuklären. »Wollt ihr was Bestimmtes?«, fragte sie stattdessen misstrauisch.

»Nein, eigentlich nicht«, winkte Leo ab. »Sozusagen zwei Doofe, ein Gedanke. Bella und ich sind uns zufällig vor der Sonderbar über den Weg gelaufen, weil wir beide die Idee hatten, nach Trixi zu sehen. Aber die Kneipe ist immer noch zu, und zu Hause ist sie auch nicht.«

»Jedenfalls hat niemand aufgemacht, als wir geklingelt haben«, fügte Isabella hinzu. »Aber wo wir schon mal in der Gegend waren, dachten wir, könnten wir uns auch deinen Laden angucken. Du hast am Samstag so nett davon erzählt.«

»Aha«, meinte Sophie nur und zog sich einen Stuhl heran.

Sie erinnerte sich nicht, dass eine der beiden Frauen ein gesteigertes Interesse an der Mördergrube geheuchelt hatte. Und eingedenk der Tatsache, dass sie sich angeblich seit der Schulzeit nicht mehr gesehen hatten, fand Sophie das plötzlich aufkeimende Interesse von Leo und Isabella am Wohlergehen ihrer alten Freundin bestenfalls erstaunlich. Zumal der gestrige Abend in Trixis Wohnung, insbesondere zwischen den beiden, nicht gerade harmonisch verlaufen war. Irgendetwas führten Isabella und Leonore im Schilde, ob unabhängig voneinander oder gemeinsam.

Vielleicht suchten sie nach einem Weg, unauffällig in die Kneipe zu gelangen, um irgendwelche Spuren zu verwischen. Ein bisschen spät, denn die Kriminaltechniker hatten die Sonderbar gewiss gründlich auf den Kopf gestellt und jeden Stein dort umgedreht. Oder es ging den beiden tatsächlich um Trixi, nur anders, als sie behaupteten. Entweder wusste diese zu viel, oder Leo und Isabella hatten etwas gegen die ehemalige Freundin in der Hand, das sie gewinnbringend einzusetzen gedachten.

»Hat die Polizei dich auch noch mal befragt?«, riss Leo Sophie aus ihren Gedanken.

»Äh, ja sicher«, log sie und schaffte es ausnahmsweise, nicht rot zu werden. »Ich komme gerade aus dem Präsidium.« Das war nicht gelogen, und befragt worden war sie im Grunde genommen auch.

»Ich hatte heute Mittag ein Gespräch mit diesem Mattuschek und seiner Kollegin«, berichtete Isabella. »Ich hab sie ins Girandellis bestellt. Hatte keine Lust, sie bei mir zu Hause zu empfangen oder ins Präsidium zu gehen.«

»Ach, darum hast du dir dieses Riesenstück Kuchen bestellt«, meinte Leo mit gehässigem Unterton in der Stimme und deutete grinsend auf Isabellas Teller, »weil du in deinem Familienschuppen nicht satt geworden bist.«

Mit dem Blick, den Isabella ihrer Begleiterin zuwarf, hätte man die Welt einfrieren können. »Das Girandellis setzt eben auf Qualität, nicht auf Quantität«, kommentierte sie Leonores spitze Bemerkung.

Sophie enthielt sich eines Kommentars, musste Leo aber insgeheim zustimmen. Zum zehnten Hochzeitstag hatten sie und Ben sich den Luxus gegönnt und einen Tisch in dem italienischen Nobelrestaurant reserviert. Sie war schon immer neugierig auf das Girandellis gewesen, hatte sich vorher aber nie dorthin getraut. Zum einen wegen der horrenden Preise, zum anderen, weil sie eine Begegnung mit der ehemaligen Klassenkameradin vermeiden wollte. Letztere Befürchtung erwies sich als unbegründet. Erstere leider nicht. Im Anschluss an dieses Abendessen war ihr Geldbeutel ebenso leer wie ihr Magen gewesen. Zu Hause hatten sie sich noch eine Tiefkühlpizza in den Ofen geschoben. Sie reichte nicht annähernd an das Geschmackserlebnis im Girandellis heran, aber immerhin mussten sie nicht mit knurrendem Magen zu Bett gehen.

Greta Zimmer, die Besitzerin des Mordkompotts, trat an ihren Tisch und stellte einen Teller mit Sophies geliebtem Käsekuchen sowie einen Milchkaffee darauf ab. Das Mordkompott verließ man auf jeden Fall nicht hungrig.

»Du bist wohl häufiger hier«, kombinierte Isabella.

»Bleibt nicht aus«, murmelte Sophie und schob sich ein großes Stück Käsekuchen in den Mund.

»Den Kuchen backe ich ausschließlich für die Mördergrube«, grinste Greta und zog sich wieder in ihre Küche zurück.

»Der Laden ist echt ganz niedlich«, kommentierte Leonore gönnerhaft, während sie ihre Blicke durch das Café schweifen ließ. »Deiner aber auch. Passt zu dir.«

Sophie bedankte sich höflich, wobei sie nicht benennen konnte, ob diese Aussage als Kompliment gemeint war. Leo hatte es schon immer verstanden, eine Beleidigung so freundlich zu verpacken, dass man es erst beim zweiten Nachdenken begriff. Isabella erkundigte sich nach dem Mord, der vor mehr als zwei Jahren in der Mördergrube verübt worden war und dessen Meldung damals bis zur Düsseldorfer Staatsanwaltschaft vorgedrungen war. Kein Wunder, immerhin hatte ein Staatsanwalt aus Wuppertal sein Leben verloren, wenngleich nicht in ihrer Buchhandlung. Sophie musste höllisch achtgeben, sich nicht zu verplappern, denn Mattes und Aylin hatten seinerzeit in dem Fall ermittelt.

»Und bei dir steht demnächst der große Umzug nach China an?«, fragte sie Leonore, um vom Thema abzulenken.

»Ach, Umzug ist zu viel gesagt«, winkte die Unternehmerin ab, »es sind im Höchstfall zwei Jahre, dann sollte dort alles laufen. Ich plane nicht, mich dauerhaft dort niederzulassen.«

»Trotzdem ein großer Schritt«, meinte Isabella und kratzte mit der Kuchengabel die restlichen Krümel auf ihrem Teller zusammen. »Der Kuchen ist wirklich köstlich. Meinst du, die Besitzerin hat Lust, das Girandellis zu beliefern? Mein Onkel Adriano ist zwar ein begnadeter Koch, aber mit dem Backen hat er es nicht so, und der Konditor, der das Restaurant bislang versorgt hat, hört demnächst auf.«

Sophie zuckte mit den Schultern. Da Greta das Café seit dem Weggang ihres Zwillingsbruders allein führte, konnte sie sich kaum vorstellen, dass ihr die Zeit blieb, ein weiteres Geschäft kulinarisch zu versorgen. Nicht, dass Hans ihr eine große Hilfe gewesen wäre, als er noch gemeinsam mit ihr in der Wohnung über dem Mordkompott gewohnt und hochtrabende Pläne geschmiedet hatte, die allesamt im Sande verlaufen waren. Außerdem hatte er seine Schwester auf einem Schuldenberg sitzenlassen und sich in einer Nacht-und-Nebel-Aktion nach Neuseeland oder Timbuktu oder wohin auch immer abgesetzt, da konnte Greta jeden Cent gebrauchen.

»Nimmst du deine Tochter mit nach China?«, kehrte Isabella zu Leonores bevorstehendem Abenteuer zurück.

»Nein, was sollte sie da?«, fragte Leo konsterniert.

»Ich werde kaum Zeit für sie haben, weshalb sollte ich ihr die Tortur dann zumuten?«

»Ich könnte mich niemals für so lange Zeit von meinem Sohn trennen«, konstatierte Isabella, ohne vorwurfsvoll zu klingen.

»Manchmal hat man eben keine Wahl«, erwiderte Leo.

»Warum übernimmt dein Bruder nicht den China-Part?«, wollte Sophie wissen. »Ihr leitet die Firma doch gemeinsam, oder nicht?«

»Weil er gerade erst wieder Nachwuchs bekommen hat. Also meine Schwägerin natürlich, nicht er. Aber sie möchte unter gar keinen Umständen dahin, und alleine will er auch nicht. Also bleibt es mal wieder an mir hängen.« Leo seufzte, man merkte ihr jedoch an, wie sehr sie es genoss, die eigentliche Chefin des Familienunternehmens zu sein.

»Stimmt es eigentlich, dass dein Bruder in dem Haus von Trixis Familie lebt?«, fragte Isabella.

»Das ist richtig. Mein Vater hat es damals bei der Zwangsversteigerung erworben«, bestätigte Leo.

»Weiß Trixi davon?«

Leo zuckte mit den Schultern. »Ich denke schon. Ist ja kein Geheimnis. Was mich aber mehr interessiert, ist, wer unsere Strickliesel ermordet hat.« Sie schaute auffordernd in die kleine Runde.

»Das ist mir echt ein Rätsel«, bekannte Isabella. »Lisa war so ... uninteressant. Wer könnte sie tot sehen wollen?«

Als sei es ausschließlich interessanten Menschen vorbehalten, getötet zu werden, dachte Sophie. So eine Art makabre Anerkennung. *Hey, dein Leben ist total aufregend, also beende ich es jetzt für dich.* Das wäre mal ein ganz neues Motiv.

»Sicher war es eine schiefgelaufene Vergewaltigung«,

sagte Leonore und klang so hoffnungsvoll, als sei dies wünschenswert oder als wären die Klassenkameraden damit aus dem Schneider.

Sophie hatte an dieser Theorie mittlerweile ihre Zweifel. Nichts deutete darauf hin, dass Lisa Gewalt angetan worden war. Bis auf die Stricknadel in ihrer Brust natürlich. Die sie selbst mitgebracht hatte. Vielleicht hatte sie sich damit zur Wehr setzen wollen, und der Angreifer hatte sie ihr entwinden können. Das sah eher nach einer Tat im Affekt aus denn nach einem gezielten Angriff. Trotzdem lag die Vermutung nahe, dass Lisa ihren Angreifer gekannt und ihm – oder ihr – bis zu einem gewissen Grad vertraut hatte. Obwohl Letzteres nicht für einen oder eine der ehemaligen Klassenkameraden sprach. Vielleicht war es doch dieser Junge aus der JVA gewesen, Tim. Ihm musste sie vertraut haben, sonst hätte sie ihm nicht zur Flucht verholfen. Falls sie ihm zur Flucht verholfen hatte. Diesbezüglich bestand ja keine endgültige Gewissheit. Mann, war das wieder kompliziert.

»Wenn nur irgendjemandem aufgefallen wäre, wann Lisa den Raum verlassen hat«, sinnierte Leo. »Dann hätten wir wenigstens einen Anhaltspunkt.«

»Ich bin mir zumindest sicher, dass sie da war, kurz bevor diese Junggesellen den Raum geentert haben«, meinte Isabella. »Sie hat ja noch die Stricknadeln in Empfang genommen. Nachdem die Polizeibeamten die Bande an die Luft befördert haben, habe ich sie nicht mehr gesehen. Aber ich muss gestehen, dass ich nicht speziell darauf geachtet habe.«

»Ich auch nicht«, gab Leo zu. »Und du?«

Sie sah Sophie gespannt an, doch auch sie konnte nichts Genaues dazu sagen. Selbst wenn, so hätte sie ihr Wissen nicht mit den beiden geteilt. Denn wer garantierte ihr, dass eine von ihnen nicht doch ein Interesse daran gehabt hatte, die vermeintlich langweilige Lisa zu töten? Da musste sie die Aufmerksamkeit nicht durch eine unüberlegte Bemerkung auf sich ziehen. Falls das nicht längst geschehen war. Sophie besaß ein ausgesprochenes Talent dafür, zur richtigen Zeit das Falsche zu sagen. Oder umgekehrt. Wenn sie es bemerkte, war es leider meist zu spät.

29

Pfeffi und Spießi hatten es sich auf den Liegestühlen auf der Terrasse bequem gemacht und zwei weitere Flaschen Bier geköpft. Durch das gekippte Küchenfenster drangen die klappernden Geräusche von Töpfen und Pfannen zu ihnen herüber. Sie hatten der Dame des Hauses halbherzig ihre Hilfe bei den Vorbereitungen für das Abendessen angeboten, waren aber rüde abgewimmelt worden. Wenn Pfeffis Frau sauer war, konnte man ihr rein gar nichts recht machen. Und sie war sauer, sogar ziemlich.

Wie sie reagieren würde, sollte sie jemals erfahren, was sich zwischen ihrem Göttergatten und seinem besten Freund seit Jahren abspielte, mochte sich keiner der beiden Männer ausmalen. Dass die Kommissare am frühen Nachmittag in ihr Stelldichein geplatzt waren, hatte sich im Nachhinein als großes Glück erwiesen. Nur wenige Minuten nachdem sie sich verabschiedet hatten, kam unvermutet Pfeffis Frau Tina mit den gemeinsamen Zwillingen im Schlepptau nach Hause. Die Schule der Sprösslinge hatte sie auf der Arbeit angerufen und um Abholung gebeten, da einer der beiden Tunichtgute beim Herumtollen eine unangenehme Begegnung mit einer eisernen Reckstange hatte.

Auf der Stirn des Pfeffer'schen Erstgeborenen prangte eine ansehnliche Beule, die vom herbeigerufenen Notarzt jedoch als nicht lebensbedrohlich eingestuft worden und ein Krankenhausaufenthalt somit nicht notwendig war. Trotzdem wollte man vonseiten der Schule lieber kein Risiko eingehen und die weitere Versorgung des Verletzten den Eltern übertragen.

Tina reagierte deutlich verschnupft, als sie feststellte, dass der werte Gemahl und der lästige Hausgast sich ein verfrühtes Feierabendbierchen gönnten, während sie ihre Arbeitsstelle früher verlassen musste, um den versehrten Nachwuchs einzusammeln. Wahrscheinlich wurde Pfeffi dafür wieder mit wochenlangem Sexentzug bestraft, was für ihn eher einer Belohnung gleichkam. Seinen ehelichen Pflichten nachzukommen, gestaltete sich in den letzten Monaten immer problematischer. Wie lange er dieses Versteckspiel noch durchhielt, wusste Pfeffi nicht.

Seit Spießi im weit entfernten London lebte, hatte er sich einreden können, dass er mit seinem Leben im Großen und Ganzen zufrieden war. Er liebte seine Kinder und war seiner Frau zugetan, wenn auch nicht in erotischer Hinsicht. Trotzdem tat er sein Bestes, um sie diesbezüglich zufriedenzustellen. Gott sei Dank war sie nicht anspruchsvoll. Hin und wieder besuchte er Spießi für ein Wochenende, an dem sie sich gegenseitig vorspielen konnten, dass dieses Arrangement für sie ausreichend sei. Leider wurden die Sehnsucht nacheinander und die Frustration über die gegenwärtige Situation immer größer, was sich langsam auf die Ehe der Pfeffers auswirkte, denn natürlich spürte Tina, dass irgendetwas nicht stimmte. Spießi hatte seinem Freund vor einigen Wochen vorgeschlagen, zu ihm nach London zu ziehen. Dort war man weltoffener und einen

Job als Banker würde er allemal finden. Das Angebot war verlockend, aber noch konnte Pfeffi sich nicht dazu durchringen, denn er befürchtete, seine Kinder dann nicht mehr sehen zu dürfen. Tina würde Mittel und Wege finden, sie ihm vorzuenthalten. Vielleicht wenn die Jungs älter waren und sich von ihrer Mutter nicht länger beeinflussen ließen. Er hasste es, wenn sie versuchte, die beiden auf ihre Seite zu ziehen, weil er in ihren Augen mal wieder Mist gebaut hatte. »Euer Vater interessiert sich mehr für seine Arbeit als für eure Schulaufführung«, hieß es dann, obwohl sie genau wusste, dass es nicht stimmte. Und dies war nur eins von vielen Beispielen. Er malte sich die Konsequenzen lieber nicht aus, wenn Tina herausfand, dass er sie quasi von Anfang an mit seinem besten Freund betrogen hatte. Dass die Ehe mit ihr nur der Fassade des braven Familienvaters diente, den seine Eltern in ihm sehen wollten.

»Warum hast du eigentlich nie gesagt, dass Lisa Bescheid wusste über … uns?«, fragte er flüsternd.

Spießi zuckte die Schultern und nahm einen Schluck aus seiner Flasche. »Keine Ahnung«, meinte er und wischte sich mit dem Handrücken über den Mund, »ich wollte dich nicht beunruhigen, vermutlich. Ich mein, mal ehrlich, mich nennen alle Spießi, dabei bist du derjenige, der alles tut, damit keiner erfährt, dass … na, du weißt schon.«

Pfeffi warf einen vorsichtigen Blick in Richtung Küchenfenster, doch in diesem Moment schaltete Tina die Dunstabzugshaube ein. »Du kennst meine Gründe.«

»Sicher«, nickte Spießi, »deine Kinder. Versteh ich ja. Aber du kannst deine Gefühle nicht ewig verleugnen. Das ist ungesund.«

»Ich weiß«, seufzte Pfeffi. »Trotzdem hättest du es mir sagen sollen. Das mit Lisa, meine ich.«

»Ja, vielleicht«, gab Spießi zu. »Aber ich hielt es nicht für nötig. Lisa war einfach ... na ja, Lisa eben. Ein intrigantes kleines Biest. Aber wenn man tat, was sie von einem verlangte ...«

Pfeffi richtete sich in seinem Liegestuhl auf. »Was meinst du damit? Was hat sie denn von dir verlangt? Hat sie dich etwa erpresst?«

»So was in der Art«, murmelte Spießi. »Das war ihre Masche, weißt du? Sie sammelte Informationen über andere und erpresste sie damit.«

»Echt jetzt?« Pfeffi schüttelte fassungslos den Kopf. »Das hätte ich nie von ihr gedacht. Sie wirkte immer so ... harmlos mit ihrem Strickzeug und den Zöpfen und so.«

Spießi lächelte in einer Mischung aus Melancholie und Bitterkeit. »Tja, so können Äußerlichkeiten täuschen. Zu ihrer Ehrenrettung sei gesagt, dass sie mit ihren Eltern wirklich gestraft war. Wenn es nach denen gegangen wäre, hätte sie nicht mal eine Schule besucht. Die Waldorfschule war damals der einzige Kompromiss, den sie einzugehen bereit waren. Und nachdem Lisa dann geflogen ist ...«

»Sie ist von der Waldorfschule geflogen? Wie schafft man das denn?«, fragte Pfeffi und klang dabei eher bewundernd als entsetzt. War Lisa für ihn bislang ein Buch mit sieben Siegeln, erschien sie ihm mittlerweile wie die Büchse der Pandora.

Spießi zuckte mit den Schultern. »Weiß ich nicht, ich hab's auch nur von meinen Eltern gehört. Angeblich war da was mit einem Lehrer, was genau, weiß ich auch nicht. Wahrscheinlich hat sie den auch mit irgendwas erpresst, nur ging der Schuss diesmal nach hinten los. Aber du kannst dir meine Freude vorstellen, als sie in unsere

Klasse kam. Als wäre es nicht genug, dass ich ihren Anblick nachmittags ertragen musste.«

»Wie hat sie das mit uns überhaupt rausgekriegt?«, wollte Pfeffi wissen. Sie waren immer extrem vorsichtig gewesen.

»Erinnerst du dich an das Turmzimmer in ihrem Elternhaus?«, fragte Spießi grinsend.

»Sie hat uns von da aus beobachtet?«

Spießi zwinkerte seinem Freund zu. »Nicht nur das. Sie hat auch echt gelungene Fotos geschossen. Und damit gedroht, sie in der Klasse herumzuzeigen. Oder unseren Eltern.«

»Das wäre ...«

»Nicht so toll gewesen«, vollendete Spießi den Satz seines Freundes, auch wenn der vermutlich eine drastischere Formulierung im Sinn gehabt hatte. »Wahrlich nicht. Die Fürchterlichen Vier hätten sich vor Freude eingenässt.«

»Was hat Lisa von dir verlangt?«

Spießi machte eine wegwerfende Handbewegung. »Ach, das war gar nicht so wild. Ich sollte lediglich diese kleine schwarze Kladde klauen, die Trixi ständig bei sich trug.«

»Und, hast du?«

»Klar hab ich. Dafür hat Lisa mir die Fotos mitsamt Negativen ausgehändigt. Da war sie fair.«

»Du bist dir sicher, dass sie dir auch wirklich alle Negative gegeben hat?«

Spießi zuckte die Achseln. »Was ist schon wirklich sicher? Aber sie hat nie wieder mit dem Thema angefangen. Und wir sind ja ein paar Monate später nach Hamburg gezogen. Aus den Augen, aus dem Sinn.«

Pfeffi erinnerte sich schmerzhaft an die Trennung von Spießi. Dessen Vater hatte eine Stelle in der Hansestadt angeboten bekommen. In den ersten Wochen ohne seinen Freund war er überzeugt, es nicht zu überleben. Aber letztendlich überlebte man mehr, als man vermutete. Manchmal fragte sich Pfeffi, ob es etwas geändert hätte, wenn Spießi in Wuppertal geblieben wäre. Hätte er den Mut gefunden, zu seiner Homosexualität zu stehen, und nicht versucht, sie sogar vor sich selbst zu leugnen? Aber darüber nachzugrübeln, war müßig.

»Du hast dich doch am Samstag mit Lisa unterhalten«, hakte er nach. »Worum ging es denn da?«

»Nichts Wichtiges«, winkte Spießi ab. »Nur ein bisschen Smalltalk.«

Irgendwie kaufte Pfeffi seinem Freund diese Ausrede nicht ab. »Bist du dir sicher?«

»Lass gut sein, Pfeffi. Erzähl mir lieber, was du vorhin damit gemeint hast, dass du der Polizei geholfen hättest.«

»Ach das. Ich hab ein bisschen in Lisas Bankunterlagen herumgeschnüffelt. Wegen des Kredits, den sie bei uns laufen hat.«

»Hab ich dir nicht gesagt, dass das illegal ist?«

Pfeffi zuckte mit den Schultern. »Wenn es der Wahrheitsfindung dient.«

»Was auch immer die Wahrheit sein mag«, sinnierte Spießi.

Tja, was auch immer, dachte Pfeffi und war sich mit einem Mal nicht sicher, ob er noch mehr Wahrheiten verkraftete.

30

»Meine Güte, von der vielen Rumlatscherei hab ich ganz platte Füße«, beschwerte sich Mattes.

Er und Aylin standen mangels einer Sitzgelegenheit im Empfangsbereich der Tennisschule von Tobias Kirchhoff und warteten auf den Besitzer, der zunächst die Trainerstunde mit einem seiner Schüler beenden musste, ehe er Zeit für sie hatte. Aylin unterließ es, ihren Kollegen darauf hinzuweisen, dass sie die Wege bisher allesamt mit dem Auto zurückgelegt hatten, es also keinen plausiblen Grund für platte Füße geben konnte. Mattes war immer noch schlecht gelaunt wegen des außerplanmäßigen Abstechers zu Markus Pfeffer und Bastian Spieß, der ihnen die jetzige Verspätung und aufgezwungene Wartezeit beschert hatte. Sie selbst war ebenfalls nicht in guter Stimmung, aber nicht, weil ihr die Füße wehtaten, sondern weil ihr Herz gebrochen war. Zugegeben, das war maßlos übertrieben. Sie hatte sich bei Markus Pfeffer keine wirklichen Chancen ausgerechnet oder nur im Ansatz in Erwägung gezogen, sich mit ihm – einem Familienvater und Verdächtigen – einzulassen. Selbst dann nicht, wenn er diesbezüglich Anstrengungen unternommen hätte. Nun aber, da sie von seiner Homosexualität wusste, war der letzte Hauch Hoffnung verpufft. Ihre Familie, allen voran ihre Mutter, nörgelte immer penetranter, weil Aylin den Mann fürs Leben noch nicht gefunden hatte, was natürlich ausschließlich an ihrem beruflichen Ehrgeiz lag. Wie sollte sie bei ihrem Arbeitspensum jemanden kennenlernen? Gern hätte sie die bucklige Verwandtschaft dahingehend eines Besseren belehrt. Auch sie hörte ihre biologische Uhr langsam ticken, aber was sollte sie machen? Der Richtige hatte sich ihr bislang nicht gezeigt. Die Backanleitung für den perfekten Mann gab es leider nur im Regal für Scherzartikel.

»Was wissen wir über Tobias Kirchhoff?«, fragte sie ihren zumindest zeitweilig beruflichen Mann fürs Leben, um die Wartezeit zu überbrücken.

»Nicht viel«, bekannte Mattes. »Er hat die letzten Jahre auf Mallorca gelebt, wo er als Tennislehrer in einer Nobelhotelanlage gearbeitet hat. Letztes Jahr ist er nach Wuppertal zurückgekehrt, um diese Tennisschule zu eröffnen.«

»Warum ausgerechnet in Wuppertal?«, fragte Aylin. »Die Stadt ist nicht gerade als Mekka für Tennistalente bekannt.«

»Oh, Kirchhoff galt seinerzeit durchaus als großes Talent«, widersprach ihr Kollege. »Er hat in seiner Jugend einige nationale Turniere gewonnen und wurde in Fachkreisen als potentieller Nachfolger von Boris Becker und Michael Stich gehandelt.«

»Und was kam dazwischen?«, wollte Aylin wissen.

»Er hat sich innerhalb kurzer Zeit zweimal das Kreuzband gerissen oder so. Genau weiß ich es nicht mehr, aber seine Karriere als Profi konnte er danach vergessen. Fürs Trainerdasein reicht's wohl noch.«

»Und woher kommt das Geld für diese Schule? Das kann doch nicht billig gewesen sein.«

»Das können wir ihn ja gleich fragen«, meinte Mattes.

Sie sahen sich in dem großen Raum um, der zwar nicht gemütlich war, aber die Kostspieligkeit der kargen Einrichtung erkennen ließ. Kirchhoff hätte zusätzlich ein paar Euro fünfzig bei Ikea in Stühle investieren sollen. Vielleicht steckte ein tieferer Sinn hinter dem Mangel an Sitzgelegenheiten, der sich den beiden Polizisten nicht erschloss. Ein möglicher Grund wäre, dass man zur Überbrückung der Wartezeit gezwungen war, auf und ab zu laufen und die übergroßen Fotografien an den Wänden zu betrachten, die allesamt Tobias Kirchhoff in Aktion zeigten. Aylin war keine Tennisexpertin, aber der Mann wirkte auf den Bildern tatsächlich wie ein Profi. Oder wie ein Model, das einen Tennisprofi überzeugend imitiert. Die Fotos zeugten nicht nur vom sportlichen Vermögen des Mannes, sondern vor allem von dessen Eitelkeit. Zwar in einer Ecke, aber dennoch gut sichtbar platziert, stand eine Glasvitrine mit den von Kirchhoff errungenen Pokalen. Die Oberkommissarin trat näher heran und besah sich die Jahreszahlen auf den Trophäen. Nichts, was über die frühen Neunziger hinausging. Trotzdem war es eine eindrucksvolle Sammlung. Wie man sich wohl fühlte, wenn der größte Traum im Leben den Bach runterging? Na ja, sah man sich hier um, hatte Tobias Kirchhoff zumindest das Bestmögliche daraus gemacht.

Wenig später trat der Tennislehrer in Begleitung eines mürrisch dreinblickenden Teenagers durch eine der beiden Türen hinter dem Empfangstresen.

»Es ist noch kein Meister vom Himmel gefallen«, tröstete Kirchhoff seinen offenbar schwer frustrierten Schüler. »Nächstes Mal klappt es besser.«

Er klopfte ihm aufmunternd auf den Rücken. Der Junge schnaubte nur und lief mit gesenktem Kopf und ohne ein Wort des Grußes hinaus in Richtung Parkplatz, wo wenig später der Motor eines SUV angelassen wurde. Aylin und Mattes hatten dem Jungen hinterhergeschaut, wandten sich nun aber Tobias Kirchhoff zu, der noch immer seine Tenniskluft trug. Mit dem Handtuch, das er sich um die Schultern gelegt hatte, wischte er sich zwei Schweißtropfen von der Stirn.

»Pubertierende«, seufzte er und lächelte Aylin an, als verstünde sie gewiss, wovon er redete. »Entschuldigen Sie, dass Sie warten mussten, aber ich konnte das Training nicht abbrechen. Die Eltern des Knaben achten penibel darauf, dass jede Minute stattfindet, für die sie bezahlen. Leider ist es bei ihm reine Zeit- und Geldverschwendung.«

»Kein Problem«, versicherte Mattes, wieder ganz der joviale Kripobeamte, »wir hatten uns ja auch verspätet.«

»Stimmt«, fiel Tobias Kirchhoff auf.

Er schenkte Aylin ein strahlendes Lächeln, das wirkungslos an ihrer derzeitigen Verfassung abperlte. Sie stand überdies nicht auf Sonnyboys mit Zahnpastagrinsen, aber unter normalen Umständen tat sie wenigstens beeindruckt. Kirchhoff führte sie durch eine der Türen hinter dem Tresen in ein geräumiges Büro, wo sich endlich die von Mattes herbeigesehnten Sitzmöbel fanden. Sie versammelten sich um den runden Tisch in der Mitte des Raums, und der Tennistrainer versorgte seine Gäste mit isotonischen Getränken. Aylin ließ ihr Glas lieber unberührt, während Mattes, ahnungslos, was auf ihn zukam, einen großen Schluck nahm. Er konnte sich gerade noch beherrschen, die Flüssigkeit quer über den Tisch zu prusten, schluckte sie tapfer hinunter und murmelte hustend etwas, das wie »Plörre« klang.

»Ich habe meiner Aussage von Samstag eigentlich nichts hinzuzufügen«, sagte Tobias Kirchhoff. »Den Weg hierher hätten Sie sich glatt sparen können.«

»Ach, meistens fällt den Leuten im Gespräch dann doch mehr ein, als sie denken«, meinte Mattes.

»Mir nicht«, behauptete der Tennislehrer forsch.

»Sie haben es ja noch gar nicht versucht.«

»Na schön«, seufzte Kirchhoff und ergab sich scheinbar in sein Schicksal, »dann fragen Sie halt.«

»Wie war Ihre Beziehung zu Frau Hirsefeld?«, fiel Mattes mit der Tür ins Haus.

»Nicht existent«, erwiderte Kirchhoff prompt. »Ich hab sie am Samstag das erste Mal seit über zwanzig Jahren wiedergesehen.«

»Man erzählte uns, dass Sie, nun ja, recht angetan von Frau Hirsefeld waren.«

Kirchhoff runzelte die Stirn. »Das ist aber reichlich übertrieben. Sie sah gut aus an dem Abend, zugegeben. Da guckt ›Mann‹ gerne zweimal hin. Allerdings bin ich zurzeit in festen Händen und durchaus zufrieden.«

Er zwinkerte Mattes verschwörerisch zu, und Aylin rollte innerlich mit den Augen.

»Sie haben sich also nicht mit Frau Hirsefeld unterhalten?«, fragte sie.

»Kaum. Martin hat sie ja sofort mit Beschlag belegt. Martin Jäger, meine ich. Sie schien sowieso nicht sonderlich interessiert daran zu sein, sich zu unterhalten. Sie saß die meiste Zeit nur da und hat uns anderen zugehört. Ehrlich gesagt weiß ich gar nicht, warum sie überhaupt gekommen ist. Oder warum Trix, also Frau van den Bergh, sie eingeladen hat. Lisa war eh nur ein Jahr in unserer Klasse, und auch damals war sie nicht besonders gesellig.«

»Man erzählte uns, Ihnen sei an einer geschäftlichen Kooperation mit Frau Hirsefeld gelegen gewesen.«

Kirchhoff starrte die Kommissarin einen Moment perplex an, als wüsste er nicht, wovon sie sprach. Dann schien der Groschen zu fallen, und er setzte wieder sein strahlendes Lächeln auf. »Ach das. Das war doch nicht ernst gemeint. Also, nicht so richtig. Sie hat erzählt, dass sie eine Ausbildung zur Physiotherapeutin gemacht hat. Und darauf meinte ich, dass ich ihr ein paar meiner Schüler schicken könnte. So was in der Art jedenfalls. Ich wollte nur nett sein. Sie ist aber nicht drauf eingegangen.«

»Ist Ihnen aufgefallen, wann Frau Hirsefeld den Raum verlassen hat?«, wollte Aylin wissen.

Der Tennislehrer überlegte einen Moment. »Nein, eigentlich nicht. Ich hab aber auch nicht drauf geachtet. Sophie Kantner ist irgendwann nach dem Debakel mit den Junggesellen auf Klo gegangen. Das weiß ich noch, weil sie es laut genug verkündet hat. Ihr Wachhund Cordula verließ den Raum kurz danach, kam aber wenig später zurück und flüsterte Trix, also Frau van den Bergh, was ins Ohr. Dann sind die beiden abgedackelt, und irgendwann kamen alle drei zurück, um uns mitzuteilen, dass Lisa tot auf dem Damenklo liegt. Kurz darauf kam die Polizei. Zum zweiten Mal an diesem Abend. Mehr weiß ich wirklich nicht.«

»Auch nicht, ob jemand den Raum verließ, während sie mit den Junggesellen, nun ja, zu kämpfen hatten? Abgesehen von Lisa Hirsefeld.«

»Ich war ziemlich beschäftigt damit, diese Bekloppten in Schach zu halten. Es war ein einziges Tohuwabohu. Trixi ist rausgegangen, um Hilfe zu holen«, erinnerte er sich. »Zwei Kellner kamen dann rein. Nicht, dass es was gebracht hätte, die Typen waren nicht zu bändigen. Trixi hab ich nicht mehr gesehen. Erst als die Bullen … pardon … Ihre Kollegen eintrafen. Sie hat sie in den Raum geführt. Echt, noch ein paar Minuten länger und es hätt 'ne üble Schlägerei gegeben. Ich hasse Junggesellenabschiede.«

Darin konnte Mattes ihm nur beipflichten. Auch er fand diese Veranstaltungen so überflüssig wie eine Salatbeilage, zumal sie in den letzten Jahren immer häufiger aus dem Ruder liefen. Früher gab es einen Polterabend im Schrebergarten der Eltern oder Schwiegereltern, da gingen maximal ein paar Teller zu Bruch. Heutzutage musste man gleich in einer Stretchlimousine durch die Gegend gondeln, literweise Champagner saufen und arglose Passanten zu albernen Spielchen nötigen. Oder ohne Sinn und Verstand die Teilnehmer eines Klassentreffens aufmischen. Er reichte dem Tennislehrer sein Mobiltelefon, damit er sich das Bild von Tim Sperling anschauen konnte.

»Haben Sie den Jungen am Samstagabend in der Kneipe gesehen?«

Kirchhoff betrachtete das Display einige Sekunden und schüttelte dann bedauernd den Kopf. »Tut mir leid, der ist mir nicht aufgefallen. War er bei einem der Junggesellenabschiede dabei?«

»Eher nicht«, wich Mattes aus.

Tobias Kirchhoff warf einen ungeduldigen Blick auf die Uhr an der gegenüberliegenden Wand und stand auf. »Es tut mir leid, aber ich hab gleich noch eine Trainerstunde. Wenn Sie weitere Fragen haben, müssten wir einen neuen Termin vereinbaren.«

Aylin und Mattes erhoben sich ebenfalls und bedankten sich für die Zeit, die der Tennislehrer sich genommen hatte. Die Befragung war ebenso ergebnislos verlaufen wie alle anderen.

»Sollen wir noch bei Beatrix van den Bergh vorbeischauen, um ihr das Foto von Tim Sperling zu zeigen?«, fragte Aylin.

Mattes seufzte. »Ja, warum nicht? Wo wir eh im Reisefieber sind. Dann können wir ihr gleich die frohe Botschaft verkünden, dass sie ihre Kneipe morgen wieder öffnen darf.«

***

Nachdem die Kommissare gegangen waren, verharrte Tobias eine Weile in Nachdenklichkeit versunken. Warum hatte er sich von Isabella zu diesem dämlichen Klassentreffen überreden lassen? Außer ihr hatte er keinen seiner ehemaligen Mitschüler vermisst. Pfeffi und Spießi waren genauso nichtssagend wie damals, und die Mädels ... Cordula war zickig wie eh und je und Sophie ... war eben Sophie. Putzig, freundlich, langweilig. Und auf ein Wiedersehen mit Trix und Leo hätte er gut verzichten können. Von Martin ganz zu schweigen. Zugegeben, Lisa hatte alle überrascht und einiges hergemacht an dem Abend. Wenigstens optisch. Aber sie hatte ihm deutlich zu verstehen gegeben, dass sie auf seine Aufmerksamkeit keinen Wert legte. Blöde Kuh! Andere Frauen leckten sich die Finger – und andere Körperteile – nach ihm.

Mit Isabella lief es leider auch nicht mehr so prickelnd wie zu Beginn ihres überraschenden Wiedersehens vor einem halben Jahr. Sie hatte sein Stelldichein von damals – das man nicht mal als One-Night-Stand bezeichnen konnte – weder vergessen noch ihm wirklich verziehen. Meine Güte, was hatte sie getobt, als sie ihn in flagranti auf dem Schulklo erwischt hatte. Die halbe Keramik hatte sie zertrümmert. Zum Glück war Martin hinzugekommen und hatte sie zur Räson gebracht. Gedankt hatten sie es ihm nicht. Im Gegenteil: Nachdem sich die Lage einigermaßen beruhigt hatte, schoben sie ihm die Schuld für die demolierte Toilette in die Schuhe, ließen zu, dass er von der Schule flog. Und wer war dafür verantwortlich? Lisa, dieses erpresserische Miststück. Bis heute fragte er sich, wie sie in den Besitz des vermaledeiten Notizbuchs gelangt war oder woher sie überhaupt von Trixis und seiner illegalen Erwerbsquelle Kenntnis hatte. Wie auch immer, sie hatte ihren Nutzen daraus gezogen und beinahe ihrer aller Leben zerstört. Oder zumindest die Freundschaft der Fantastischen Vier.

Natürlich hatte er am Samstagabend mitbekommen, dass Lisa den Raum verlassen hatte, kurz nachdem die bekloppten Junggesellen einmarschiert waren. Dann wurde es unübersichtlich.

»Ist alles okay?«

Der angekündigte Schüler war unbemerkt ins Büro getreten und rüttelte Tobias an der Schulter. Der fuhr erschrocken zusammen und musste sich einen Moment sammeln.

»Ja, alles klar«, beruhigte er seinen Schüler. »Hab nur gerade über was nachgedacht.«

»Aha. Worüber denn?«

»Nichts Wichtiges. Komm, lass uns spielen.«

31

Beatrix hockte zusammengesunken an einem Tisch in der Sonderbar, den Kopf in die Hände gelegt, obwohl sie ihn am liebsten wieder und wieder auf die Tischplatte geschlagen hätte. Wie dämlich konnte man sein? Ziemlich dämlich, wenn sie die Lage betrachtete, in die sie sich manövriert hatte. Vor zwei Stunden war sie sich wahnsinnig abenteuerlich und verwegen vorgekommen, wie sie in bester Indiana-Jones-Manier von ihrem Wohnzimmer aus die Strickleiter hinunter in die Kneipe kletterte. Die Erkenntnis, dass eine solche Operation einer sorgfältigeren Vorbereitung hätte unterzogen werden sollen, traf sie in dem Moment, als sich die Haken an der Klappe der Bodenluke, die für die Befestigung der Leiter vorgesehen waren, aus der Verankerung lösten und sie den letzten Meter im freien Fall zurücklegte. Leider war ihr Hinterteil nicht mehr so gut gepolstert wie zu Jugendzeiten, und ihr Steißbein nahm den Sturz mit einem stechenden Schmerz zur Kenntnis, der immer noch anhielt. Die ebenfalls zu Boden gepolterte Strickleiter ließ sich unter keinen Umständen dazu bewegen, irgendwo Halt zu finden. So fand Trixi sich quasi als Gefangene in ihrer eigenen Kneipe wieder, denn selbstverständlich hatte sie nicht daran gedacht, für den Fall der Fälle einen Schlüssel einzustecken. Schließlich war es bei der waghalsigen Aktion darum gegangen, den offiziellen Weg durch die Tür zu vermeiden. Sie hätte abwarten können, bis die Polizei den Tatort freigab und sie wieder legal Zugang zu ihrer Kneipe bekam. Aber wer konnte schon sagen, wie lange das dauerte, und sie musste unbedingt dieses dämliche Notizbuch an sich bringen, das in der Kiste lag. Außerdem konnte sie so auch einen Blick auf die restlichen Gegenstände werfen, die Lisa ihren Klassenkameraden als nicht ganz so nett gemeinte Aufmerksamkeiten zugedacht hatte.

Das risikoreiche Unterfangen hätte Beatrix sich sparen können, denn nicht nur das Büchlein war verschwunden, sondern gleich die gesamte Kiste. Wahrscheinlich stand sie mitsamt Inhalt in der Asservatenkammer der Polizei und würde dort die nächsten Jahrzehnte vor sich hingammeln. So betrachtet, wäre das die beste aller Lösungen, aber doch ziemlich unwahrscheinlich. Gewiss nahmen die Beamten den Inhalt der Kiste – und damit das schwarze Notizbuch – genauestens unter die Lupe. Und einem geschulten Auge gelang es womöglich, die darin vermerkten Zahlen und Kürzel zu deuten. Dann hatte Tobias aber mal so richtig Grund, auszurasten und ihr an die Gurgel zu gehen, denn es fanden sich nicht nur von ihr getätigte handschriftliche Vermerke darin. Seine Sauklaue war unverkennbar.

Wenigstens war sie hier vor ihm in Sicherheit. Vor sämtlichen Fenstern der Kneipe waren die Rollgitter zum Schutz vor Einbrechern ordnungsgemäß heruntergelassen und die Eingangs- sowie die Hintertür waren abgeschlossen. Hier kam kein Unbefugter rein. Bedauerlicherweise gab es für sie aber auch keinen Weg hinaus. Zwar hatte sie für den

Notfall ihren Wohnungsschlüssel in der Kasse deponiert, aber der half ihr nicht weiter. Den Ersatzschlüssel für die Kneipentür hatte sie der Polizei übergeben, an die sie sich aus ersichtlichen Gründen nicht wenden wollte. Der Einzige, der sie aus ihrer misslichen Lage befreien konnte, war ihr Mitarbeiter Ali Debus. Ausgerechnet er. Ali und sie kannten sich seit Ewigkeiten, sie waren Kollegen, bevor Trixi vor einem halben Jahr die Kneipe übernommen hatte. Aber dass sie privaten Umgang pflegten oder sich gar nahe standen, konnte man nicht behaupten. Ihre Beziehung war von Anfang an ausschließlich beruflicher Natur gewesen, wobei sie sich selbst dabei zusammenreißen mussten. Eigentlich verabscheute Ali Trixi, seit sie sich zum ersten Mal begegnet waren. Woran genau das lag, konnte sie allenfalls vermuten. Womöglich hatte er sie als Konkurrenz um die Gunst ihres alten Chefs betrachtet und daher immer wieder versucht, sie in ein schlechtes Licht zu rücken. Genutzt hatte es ihm nichts, denn beim Verkauf der Kneipe hatte sie und nicht er den Zuschlag bekommen, obwohl er der Dienstältere war. Allerdings hatte es der Chef zur Bedingung gemacht, Ali eine Stelle auf Lebenszeit anzubieten. Trixi war darauf eingegangen, weil sie überzeugt war, dass Ali diese »großzügige« Geste aus Stolz ablehnen würde. Was er nicht tat. Im Gegenteil, es schien ihm diebisches Vergnügen zu bereiten, dass sie von nun an praktisch aneinandergekettet waren. Warum hatte der Mörder am Samstag nicht ihm statt Lisa die Lichter ausgeblasen? Da hätte es wenigstens den Richtigen getroffen.

Ali jetzt um Hilfe bitten zu müssen, verlangte Beatrix einiges ab. Mehrere Male versuchte sie, ihn auf seinem Mobiltelefon zu erreichen, aber es sprang sofort die Mailbox an. Beim letzten Anruf hinterließ sie die genervte Nachricht, er möge sich bitte schnellstmöglich mit seinem Schlüssel zur Kneipe begeben, es sei sozusagen ein Notfall. Hoffentlich hörte Ali die Mailbox in naher Zukunft ab und leistete ihrer nicht eben höflich vorgetragenen Bitte Folge. Sie fragte sich, was er im Gegenzug dafür verlangte. Umsonst gab es bei ihm nichts. Und für sie gleich gar nicht.

Von Männern betrogen und über den Tisch gezogen zu werden, zog sich wie ein roter Faden durch ihr Leben. Nicht genug damit, dass sowohl Tobias als auch Martin die Freundschaft zu ihr damals zu ihrem eigenen Vorteil genutzt hatten. Sogar ihr eigener Vater hatte sie jahrzehntelang an der Nase herumgeführt. Nicht nur sie, sondern die gesamte Familie. Was sie nach seinem Tod herausgefunden hatte, zog Trixi beinahe den Boden unter den Füßen weg. Sie hatte einige Zeit gebraucht, ehe sie die Kraft fand, die wenigen Habseligkeiten, die er hinterlassen hatte, durchzugehen und zu sortieren. Dabei fiel ihr ein Schuhkarton in die Hände. Darin entdeckte sie einige alte Familienfotos sowie wertloses Kleinzeug, das offenbar noch aus seiner Kindheit stammte. Das Sparbuch, das auf ihren Namen lief, war die erste Überraschung, denn sie hatte bis zu diesem Tag nichts davon gewusst. Die darauf befindliche Summe konnte sich sehen lassen und warf die Frage auf, wie ihr Vater an so viel Kohle gelangt war. Hatte er noch rasch seine Schäfchen ins Trockene gebracht, ehe die Staatsanwaltschaft seinerzeit sämtliche Geschäfts- und Privatkonten eingefroren hatte? Wenn ja, warum hatte er nie etwas gesagt? Jahrelang hatte er von Hartz IV gelebt und sich von Trixi mit durchfüttern lassen. Sie hätte sauer auf ihren Vater sein können, aber immerhin konnte sie das Sparbuch problemlos auflösen, um das Geld in den Kauf der Sonderbar zu investieren. Die zweite und weitaus unangenehmere Überraschung lag in

Form eines Briefumschlags ganz unten in dem Schuhkarton. Aus irgendeinem nicht ersichtlichen Grund scheute Trixi sich davor, hineinzusehen. Es war, als ahnte sie, dass der Inhalt ihr nicht gefallen würde. Sie sollte recht behalten.

Allein die Bilder entpuppten sich als ebenso unerfreulich wie aufschlussreich, zeigten sie doch ihren Vater in jungen Jahren in inniger Umarmung – und mehr – mit einer Frau, die nicht ihre Mutter war. Der Ehering, der auf einigen Fotos am Ringfinger ihres Vaters deutlich sichtbar war, bewies, dass er zum Zeitpunkt der Aufnahme bereits verheiratet war. Es hatte den Anschein, als seien die Bilder von einem Privatdetektiv gemacht worden. Wer mochte ihn beauftragt haben? Ihre Mutter vermutlich, allerdings hatte sie nie verlautbaren lassen, dass Trixis Vater untreu gewesen war. Glücklich konnte man die Ehe ihrer Eltern andererseits auch nicht nennen. Schon vor der Geschichte mit der Firma und der daraus resultierenden Trennung hatten die beiden kaum miteinander gesprochen. Ob es an der Affäre ihres Vaters gelegen hatte? Dann hatte ihre Mutter allerdings ziemlich lange den Schein gewahrt.

Trixi kannte die Dame auf dem Bild, und der beiliegende Brief bestätigte die Identität, denn dort bat eben jene Dame Trixis Vater eindringlich, niemandem von der Affäre und dem gemeinsamen Kind zu erzählen. Dem gemeinsamen Kind? Trixi fiel beinahe die Kinnlade herunter, als sie diese Worte las, und sie faltete hastig das zweite Blatt auseinander. Es dokumentierte das positive Ergebnis eines Vaterschaftstests. Sie überflog die Zeilen etliche Male, doch der Inhalt änderte sich nicht. Sie überlegte, alles zu verbrennen, aber das würde die Sache nicht ungeschehen machen. Also steckte sie die Briefe und das Foto zurück in den Umschlag, verschloss ihn sorgfältig und bewahrte ihn in ihrer

Unterwäscheschublade auf, bis sie zu einem Entschluss gelangte, was sie unternehmen sollte. Oder ob sie überhaupt etwas unternehmen sollte.

Das Klingeln des Telefons riss Trixi aus ihren Gedanken. Sie las zu ihrer Erleichterung Alis Namen auf dem Display.

»Mann, endlich«, stöhnte sie. »Wo bist du?«

»Ich steh vor der Kneipe«, antwortete er. »Wo bist du?«

»Ich bin in der Kneipe, sonst könnte ich ja wohl kaum ans Telefon gehen.«

»Hier klebt aber ein polizeiliches Siegel«, sagte er.

»Jaja, weiß ich, aber ich sitze hier drin fest.«

»Wie hast du das denn geschafft?«, fragte er.

»Das erklär ich dir später. Jetzt schließ endlich auf.«

»Krieg ich da keinen Ärger mit den Bullen? Hier steht, dass das Betreten untersagt ist.«

Trixi rollte mit den Augen. Wenn er sich seine wöchentliche Ration Gras bei seinem lokalen Dealer besorgte, machte er sich auch keinen Kopf um den drohenden Ärger mit der Polizei. »Ich nehm's auf meine Kappe«, versprach sie.

»Wie du meinst.«

Zu ihrer Erleichterung hörte sie, wie sich ein Schlüssel im Schloss drehte. Kurz darauf wurde die Tür geöffnet, und Ali steckte den Kopf hindurch. Er blickte sich um, als wolle er sicherstellen, nicht in eine Falle zu tappen, ehe er es wagte, den Rest seines Körpers in die Sonderbar zu schieben.

»Was machst du hier?«, wollte er wissen.

»Ich hab was gesucht«, erklärte sie wahrheitsgemäß und kam sich mit einem Mal unfassbar dämlich vor.

»Aber wie bist du reingekommen?«

Widerwillig erzählte sie ihrem Mitarbeiter von der geheimen Bodenluke in ihrem Wohnzimmer und beschloss im gleichen Moment, diese alsbald versiegeln zu lassen.

Sie traute Ali durchaus zu, dass er sich ansonsten Zugang zu ihrer Wohnung verschaffen würde.

»Ich wollte sowieso mit dir reden«, verkündete er.

Trixi nickte wissend. Vermutlich hatte er auf dem Weg hierher seine Forderungen schon genauestens durchdacht. Sein verschlagener Gesichtsausdruck legte nahe, dass er nichts Gutes im Schilde führte.

»Ich höre«, sagte sie und verschränkte die Arme vor der Brust.

»Na ja, also, ich war eben im Polizeipräsidium, um meine Aussage wegen dem Mord noch mal zu Protokoll zu geben«, begann er.

»Aha. Und?« Sie verstand nicht ganz, worauf er hinauswollte.

»Ja, und der Bulle da hat mich gefragt, ob ich die Tote vorher schon mal gesehen habe«, warf er ihr ein Häppchen hin.

Allmählich dämmerte ihr, welche Richtung dieses Gespräch nehmen würde. »Und was hast du geantwortet?«, fragte sie lauernd.

»Ich hab gesagt, dass sie vorher nie in der Sonderbar war.«

»Dann hast du ja nicht gelogen«, konstatierte Trixi, doch sie ahnte, was als Nächstes kam.

»Was ich dem Bullen nicht gesagt hab, ist, dass die Frau häufiger bei dir zu Hause war.«

Das war der Nachteil, wenn man direkt über seinem Arbeitsplatz wohnte. Die Kollegen bekamen zu viel mit von privaten Dingen, die sie nichts angingen. Dass ausgerechnet Ali Lisas gelegentliche Besuche mitbekommen hatte, war ärgerlich, aber leider nicht zu ändern.

»Und warum hast du das dem Bullen nicht gesagt?«,

fragte Trixi, mehr der Form halber. Da würde sie auf sein Gehalt in Zukunft wohl eine gehörige Schippe Schweigegeld drauflegen müssen.

»Ich dachte, es wäre besser für dich«, erklärte Ali. »Weil ich zufällig gehört hab, wie du dem dicken Kommissar am Samstag erzählt hast, du hätts die Tote seit zwanzig Jahren nicht mehr gesehen. Da käm's ja nicht so gut, wenn ich jetzt das Gegenteil behaupte.«

Als hätte ihn ihr Wohlergehen je interessiert.

»Das kann ich schon nachvollziehen«, nickte sie. »Aber was erwartest du nun von mir?«

»Fünfzig Prozent von der Sonderbar«, erwiderte Ali und klang dabei, als wundere er sich, dass seine Chefin nicht von allein auf diesen Gedanken kam.

»Fünfzig Prozent? Von der Sonderbar?« Trixi lachte lauthals los und konnte sich gar nicht mehr beruhigen. Erst nach einer Weile japste sie nach Luft und wischte sich die Tränen aus den Augenwinkeln. »Der war gut. Der beste Witz seit langem.«

»Ich mache keine Witze. Fünfzig Prozent oder ich erzähle der Polizei, was ich weiß. Deine Entscheidung.«

***

Leonore saß im Wintergarten ihres Elternhauses, das sie seit dem Tod des Vaters mit ihrer Mutter und ihrer Tochter bewohnte, und goss sich ihr drittes Glas Rotwein ein. Sie sollte aufpassen, sie fühlte sich schon leicht beschwipst, und sie musste sich noch ums Abendessen kümmern. Ach was, dachte sie und hickste, der Lieferservice würde es richten. Mit ihren Kochkünsten war es ohnehin nicht weit her, und eine Pizza würde ihre Tochter Constanze versöhnlich stimmen.

Als Leonore nach dem Besuch im Café Mordkompott zu Hause angekommen war, hockte Coco schmollend auf dem Gehweg vor dem verschlossenen Tor zur Einfahrt. Siedend heiß fiel Leo in diesem Moment ein, dass sie ihre Tochter von der Schule hätte abholen sollen. Die Mutter einer Freundin hatte sich ihrer erbarmt und sie hier abgesetzt. Leider war es nicht das erste Mal, dass Leo ihre mütterlichen Pflichten vernachlässigte, und Coco bemerkte mit zunehmendem Alter natürlich, dass ihre Mutter kaum Interesse an ihr zeigte. Anders als andere Kinder, die aufsässig wurden und auf diesem Weg versuchten, die ihnen zustehende Aufmerksamkeit zu erlangen, zog sich ihre Tochter mehr und mehr von ihr zurück und strafte sie mit Nichtachtung. Im Grunde war es Leo recht, hatte sie ihrem Dasein als Mutter nie viel abgewinnen können. Sie war für diesen Job schlicht und ergreifend ungeeignet. Schon die Schwangerschaft, ein kleiner Betriebsunfall, war eine Qual gewesen. Mit Cocos Vater verband sie lediglich ein kurzes Techtelmechtel, und er war froh, dass sie keine weiteren Ansprüche an ihn stellte. Im Gegensatz zu Coco, verständlicherweise. Leider sah sich Leo meist außerstande, der Forderung nach Beachtung seitens ihrer Tochter nachzukommen.

Normalerweise kümmerten sich jährlich wechselnde Au-pair-Mädchen um das Kind. Dummerweise war das aktuelle Au-pair, deren Beschäftigung im Hause Reinhardt erst in ein paar Wochen endete, gestern Hals über Kopf zurück in die Heimat gereist, um ihrem erkrankten Vater beizustehen. Leonore war ziemlich erzürnt über dieses rücksichtslose Verhalten ihr und Coco gegenüber, denn das nächste Au-pair stand zwar schon in den Startlöchern, würde aber erst nach den Sommerferien hier eintreffen. Sie hatte ihre Mutter gebeten, aus der Schweiz zurückzukommen, um ihr mit Coco zu helfen. Doch die weigerte sich hartnäckig, ihren, wie sie es nannte, wohlverdienten Urlaub zu unterbrechen. Als wäre nicht ihr ganzes Leben ein einziger Urlaub. Ihre letzten Tage in Deutschland hatte Leonore sich wahrlich anders vorgestellt. Gut, normale Mütter würden so viel Zeit wie möglich mit ihrem Kind verbringen, wenn eine längere Trennung bevorstand. Aber Leo war eben keine normale Mutter. Einige, darunter ihre eigene Familie, waren der Meinung, sie sei eine schlechte Mutter. Dem konnte sie nicht widersprechen.

Und wollte man den letzten Worten ihres Vaters Glauben schenken, war sie eine ebenso schlechte Tochter. Meine Güte, was hatte er gebrüllt an jenem Abend in seinem Büro in der Firma, in das nun sie eingezogen war. Sie würde das Geschäft in den Ruin treiben, hatte er ihr vorgeworfen. Aber ehe es so weit komme, würde er sie enterben. Keinen Fuß dürfe sie mehr ins Gebäude setzen, dafür würde er höchstpersönlich sorgen. Dann hatte er sich theatralisch ans Herz gegriffen und war in seinen Schreibtischstuhl gesunken. Als Leo merkte, dass er nicht simulierte, hatte sie mit sich gerungen, ob sie Hilfe holen sollte. Ehe sie zu einer Entscheidung gelangte, hatte der Alte röchelnd seinen letzten Atemzug getan. Sie hatte einige Minuten gewartet, um sicherzugehen, und dann schluchzend die Notrufnummer gewählt. Der freundliche Herr am anderen Ende der Leitung gab ihr genaueste Instruktionen, wie sie versuchen sollte, ihren Vater wiederzubeleben, was sie der Form halber tat. Als der Rettungsdienst eintraf, konnte der Notarzt nur den Tod von Leopold Reinhardt feststellen.

Natürlich war ihr Vater nicht mehr dazu gekommen, sein Testament zu ändern, und so erbten Leonore und ihr nichtsnutziger Bruder den Betrieb zu gleichen Teilen. Das an sich war ungerecht genug, denn der Goldjunge, den ihr Vater gern als alleinigen Nachfolger gesehen hätte, eignete sich bestenfalls für repräsentative Zwecke. Aber Frauen taugten nach Ansicht von Leopold Reinhardt nicht zur Führungskraft. Es sei denn, sie führten eine Küche, haha. Selbstverständlich nur die heimische Küche und nicht etwa ein Sternerestaurant. Die meisten europäischen Adelshäuser waren fortschrittlicher eingestellt. Nun, das hatte ihr Vater davon, dass er seine Tochter unterschätzt hatte. Er war tot, und sie würde seine geliebte Firma, die ihm mehr bedeutet hatte als alles andere, Stück für Stück an die Chinesen verscherbeln.

Sie hob ihr Glas gen Himmel, um ihrem alten Herrn zuzuprosten. Aber der schmorte eher in der Hölle. Dort würde Leo ihn eines Tages wiedersehen, denn ob sie nach dem, was sie getan hatte, in den Himmel kommen würde, stand in den Sternen. Es war ihr ziemlich egal, sie glaubte nicht an diesen religiösen Quatsch. Sie fragte sich, wann sie so zynisch geworden war. Oder war sie schon immer so knallhart und skrupellos gewesen? Als sie ihrem Vater beim Sterben zusah, hatte sie rein gar nichts empfunden. Weder Mitgefühl noch Bedauern und erst recht keine Gewissensbisse. Der alte Mann bekam, was er verdiente, Punkt. Zu ihrer Ehrenrettung musste erwähnt werden, dass kein Familienmitglied ernsthaft um ihn trauerte. Die Belegschaft vielleicht, aber mehr aus Sorge darum, wie es nach dem plötzlichen Ableben des Patriarchen mit dem Betrieb weiterging. *Eine durchaus berechtigte Sorge*, dachte Leonore.

Ein bisschen Angst hatte sie schon, dass die wahren Umstände des Sterbens ihres Vaters ans Licht kamen. Insbesondere, wo die Bullen jetzt auch noch wegen des Mordes an Lisa überall ihre Nase reinsteckten. Es blieb zu hoffen, dass die Kommissare sich mit ihrer gestrigen Aussage begnügten und nicht weiter nachhakten. Die letzten Tage hatten sie gelehrt, dass kein Geheimnis sicher war. Sie warf einen Blick in den Himmel. Nein, kein Geheimnis war auf ewig sicher, aber sie würde alles daransetzen zu verhindern, dass ihre ans Licht kamen.

32

Der Besuch bei Beatrix van den Bergh hatte sich als ergebnis-, aber dennoch nicht sinnlos entpuppt. Aylin hatte sofort bemerkt, dass jemand das Polizeisiegel an der Tür zur Sonderbar abgezogen und nur notdürftig wieder befestigt hatte. Frau van den Bergh, die die Kommissare in ihrer Wohnung antrafen, räumte nach beharrlichem Nachhaken verschämt ein, dass sie sich widerrechtlich Zugang zu ihrer Kneipe verschafft hatte. Auf Aylins Frage nach dem Grund flüchtete sich die Barbesitzerin zunächst in allerlei mehr oder weniger glaubwürdige Ausflüchte, ehe sie am Ende mit der Wahrheit herausrückte. Die Beamten der Spurensicherung hatten eine Kiste mitgenommen, in der sich ein schwarzes Notizbuch befand, das einen – an dieser Stelle druckste Frau van den Bergh ein wenig herum – hohen ideellen Wert für sie besaß. Sie bat höflich darum, ihr dieses Buch so schnell wie möglich auszuhändigen. Für die Ermittlungen sei es gewiss nicht von Belang, versicherte sie. Der Inhalt des Buchs sei rein privater Natur und habe in keiner Weise mit Lisa Hirsefeld oder gar ihrer Ermordung zu tun. Über besagten privaten Inhalt des ideell so wertvollen Notizbuchs schwieg sie sich aus, was die Neugier der Polizisten erst richtig anfachte. Bevor sich die beiden Kommissare auf den Weg ins Präsidium machten, zeigte

Mattes Beatrix van den Bergh das Bild von Tim Sperling, das bei der Kneipenbesitzerin jedoch keinerlei Erinnerung hervorrief.

Da durch die Verbindung von Tim Sperling und Lisa Hirsefeld ein Zusammenhang zwischen den Fällen »Knochenmann« und »Stricknadel« nicht auszuschließen war, versammelten sich die ermittelnden Teams zur abendlichen Besprechung in einem der Konferenzräume. Die gesicherten Spuren waren in beiden Fällen zahlreich, so dass die Auswertung mehrere Tage in Anspruch nehmen würde. Man hatte im Yogazentrum einen Laptop sowie einige Ordner sichergestellt, die Lisa Hirsefelds Geschäftspartner als ihre identifiziert hatte. Das Gerät war passwortgeschützt und befand sich zurzeit in der Hand von Experten. Bis Ergebnisse vorlagen, konnte es dauern.

Carsten trug die Erkenntnisse bezüglich der Knochen zusammen, die bedauerlicherweise bislang zu keinem Resultat hinsichtlich der Identität des Mannes geführt hatten. Der forensische Anthropologe, den die Rechtsmedizinerin zurate gezogen hatte, hatte den Schädel eingescannt und mit einem speziellen Computerprogramm ein vorläufiges Phantombild erstellt, das Carsten nun an eins der beiden Whiteboards heftete. Der Verstorbene musste zu Lebzeiten ein hübscher Bursche gewesen sein. Aber das hatte ihn auch nicht gerettet.

Mattes und Aylin berichteten abwechselnd von den Befragungen, die den größten Teil ihres heutigen Arbeitstags in Anspruch genommen hatten. Eine Kriminaltechnikerin versprach, sich gleich im Anschluss an die Besprechung ins Labor zu begeben, um nach dem geheimnisvollen Notizbuch zu suchen, das für Beatrix van den Bergh so überaus wertvoll war.

»Ich bin wirklich gespannt, was darin steht«, meinte Mattes und rieb sich vor lauter Vorfreude die Hände.

»Wahrscheinlich irgendwelche langweiligen Jungmädchengeheimnisse, die Frau van den Bergh heute peinlich sind«, vermutete Carsten und tippte auf Schwärmereien für diverse Jungen oder Ponygeschichten. Wobei die Frage im Raum stand, weshalb sie das Buch in die Kiste gelegt hatte.

Die aktuellen Ermittlungsergebnisse wurden auf den Whiteboards festgehalten. Während die anderen Beamten ihre Sachen zusammenrafften und sich in den Feierabend verabschiedeten, blieben Carsten, Aylin und Mattes sitzen. Keiner der drei hatte die Muße, nach Hause zu gehen. Oder es hatte keiner von ihnen ein nennenswertes Privatleben, ging es Mattes durch den Kopf. Wobei zumindest auf Carsten zu Hause jemand wartete, doch schien diese Beziehung auf wackeligen Füßen zu stehen.

Es klopfte, und die Tür wurde aufgerissen, ehe einer der drei Kommissare überhaupt »Herein« denken konnte. Sophie steckte den Kopf ins Zimmer.

»Das bestellte Taxi für Herrn Kantner ist da«, trällerte sie.

Carsten sparte sich die Frage, wie seine Schwester es durch die verschlossene Tür in den Flur dieser Etage geschafft hatte oder woher sie wusste, in welchem Raum er sich aufhielt. Irgendeinen Kollegen musste sie mal wieder bezirzt haben, aber sie würde ihre Quelle auch unter Folter nicht preisgeben. Außerdem war er selbst schuld. Was bat er ausgerechnet Sophie, ihn abends abzuholen und nach Hause zu chauffieren? Aylin oder Mattes hätten ihm diesen Gefallen sicherlich auch getan. Vermutlich hoffte er, das bevorstehende Donnerwetter von Cordula fiele milder aus, wenn er ihre beste Freundin mitbrachte. Sei's drum, nun war es zu spät, denn Sophie hatte sich in den Raum geschoben und studierte die Whiteboards.

»Sah so der Knochentyp aus den Ronsdorfer Anlagen aus?«, fragte sie und deutete auf den Ausdruck des Phantombilds. »Hübscher Bursche, schade um ihn.«

»Dir ist klar, dass du hier nichts verloren hast?«, wagte Carsten einen Hauch von Widerspruch an ihrer Anwesenheit anzumelden. Als hätte das je geholfen.

»Ohne mich hättet ihr gar keinen Fall«, murmelte sie, während sie mit glasigen Augen auf die Tafeln starrte.

»Weil Lisa Hirsefeld bis jetzt unentdeckt auf dem Kneipenklo liegen, äh, sitzen würde?«, fragte ihr Bruder stirnrunzelnd.

»Tja, keine Ahnung, vielleicht wäre es dem Täter gelungen, die Leiche verschwinden zu lassen. Immerhin befand sie sich in der Kabine, auf deren Tür ›Privat‹ stand«, gab Sophie zu bedenken. »Das ist hier übrigens gar nicht vermerkt.« Sie tippte anklagend auf eines der Whiteboards.

»Dich hat das Schild ja auch nicht abgehalten«, erinnerte Carsten.

»Ich war auf der Suche nach Klopapier«, verteidigte sich Sophie, wie gewöhnlich um keine Ausrede verlegen. »Wieso stehen Cordula und ich eigentlich nicht auf dem Mordboard? Gehören wir etwa nicht zum Kreis der Verdächtigen?« Sie klang tatsächlich beleidigt.

»Hättest du das gern? Dann muss ich dich allerdings bitten, den Raum umgehend zu verlassen.«

»Ach, du möchtest lieber zu Fuß nach Hause gehen?«

»So, Kinder, jetzt ist Schluss mit dem Geplänkel.« Mattes klatschte väterlich in die Hände. »So kommen wir nicht weiter und Tante Aylin muss gleich nach Hause.«

»Muss sie?«, fragte »Tante« Aylin erstaunt.

»Beginnt nicht heute der Ramadan?«

»Ach du Scheiße, das hab ich völlig vergessen. Meine Mutter reißt mir den Kopf ab.« Sie sprang auf und packte hektisch ihre Tasche. »Entschuldigt mich. Wir sehen uns morgen früh. Also, falls meine Mutter mich am Leben lässt.«

Aylin stürmte aus dem Raum, als sei der Leibhaftige hinter ihr her, was, wenn man ihre Mutter kannte, nicht abwegig war.

»Na toll«, seufzte Carsten, »jetzt hat sie die nächsten vier Wochen schlechte Laune, weil sie Hunger hat. Oder Gewissensbisse, weil sie doch wieder heimlich gefuttert hat. Wäre ich mal lieber im Krankenhaus geblieben.«

»Du hast auch immer schlechte Laune und das meistens ohne Grund«, erinnerte ihn Sophie und nahm unaufgefordert Aylins Platz ein. »Wie ist denn der bisherige Stand der Ermittlungen?«

»Wir haben noch mal mit allen Zeugen beziehungsweise potenziellen Verdächtigen gesprochen«, informierte Mattes die selbst ernannte Kollegin.

Carsten setzte zu einem Protest an, aber da der geschätzte Hauptkommissar Paul Mattuschek die Ermittlungen leitete und er selbst in diesem Fall maximal zum B-Kader zählte – immerhin war er offiziell krankgeschrieben –, beschloss er, den Dingen ihren Lauf zu lassen. Vielleicht war es seiner Verletzung zuzuschreiben, vielleicht wurde er einfach nur altersmilde. Jedenfalls war er es leid, immer der Spielverderber zu sein. Wenn Mattes eine Zivilistin mit internen Informationen versorgte, war das dessen Bier, und da Carsten seiner Schwester am Morgen höchstselbst Zugang zur polizeilichen Datenbank gewährt hatte, sollte er wahrhaftig nicht den ersten Stein werfen. Überdies konnte Sophie die Verdächtigen im Stricknadel-Fall besser einschätzen als er und seine Kollegen. Sie hatte mehrere Jahre die Schulbank mit ihnen gedrückt und verfügte über ein phänomenales Gedächtnis. Letzteres hatte ihn selbst schon des Öfteren in Bedrängnis gebracht, schmierte sie ihm sogar Jahrzehnte zurückliegende Verfehlungen seinerseits mit großer Freude aufs Butterbrot. Zum Glück ahnte sie nichts von Tropical-Kens Schicksal.

Mattes berichtete Sophie von Beatrix van den Berghs Einbruch in die eigene Kneipe.

»Du weißt nicht zufällig, was es mit diesem geheimnisvollen Notizbuch auf sich hat?«, fragte er hoffnungsvoll.

»Nein, tut mir leid«, bedauerte Sophie aufrichtig. »Ich erinnere mich nur, dass sie es früher ständig mit sich rumgeschleppt hat. Also, ich vermute mal, dass es dasselbe ist. Irgendwann hat sie es verloren und deswegen einen ziemlichen Aufstand gemacht. Sie behauptete, einer von uns hätte es gemopst.«

»War es so?«

Sie zuckte mit den Schultern. »Keine Ahnung. Sie hat eine Zeit lang gezetert und jedem mit fürchterlichen Konsequenzen gedroht, wenn es nicht wieder auftauchen sollte, aber niemand hat sich als Dieb zu erkennen gegeben. Irgendwann gab sie Ruhe. Offensichtlich hat sie das Buch wiedergefunden.«

»Ja, und wieder verloren«, konstatierte Mattes. »Es lag in einer Kiste, die in dem Raum stand, in dem ihr gefeiert habt.«

»Das muss die Kiste gewesen sein, in der sie die Geschenke«, Sophie malte mit den Zeigefingern Gänsefüßchen in die Luft, »für uns verstaut hatte. Ich hab meine olle Diddlmaus wiederbekommen. Die war damals nämlich auch verschwunden.«

»Hattet ihr etwa einen Kleptomanen unter euch?«, fragte Carsten grinsend.

Sophie zuckte mit den Schultern. »Möglich.«

»Kannst du dir vorstellen, dass dieses Notizbuch auch als Geschenk für jemanden gedacht war? Und wenn ja, für wen?«, erkundigte sich Mattes.

»Weiß nicht. Einige von uns hatten ihre Geschenke schon erhalten, darunter Cordula und ich. Ich glaube, die Jungs fehlten noch, aber diese Junggesellenhorde ist dann in die Übergabe-Zeremonie geplatzt.«

»Wie ärgerlich. Hatte Lisa Hirsefeld ihr Geschenk auch schon erhalten?«

»Ja, das waren die Stricknadeln, mit einer von denen sie …« Sophie schüttelte sich bei der Erinnerung daran.

»Richtig«, erinnerte sich Mattes, »somit stammte die Mordwaffe von Frau van den Berg. Und ihr Alibi für die Tatzeit ist nicht hieb- und stichfest. Hinzu kommt die Tatsache, dass die Leiche in der Privatkabine der Damentoilette lag, zu der normalerweise nur das Personal Zugang hat.«

»Schon, aber der Schlüssel steckte«, gab Sophie zu bedenken. »Sonst wäre ich ja gar nicht da reingekommen.«

»Wer's glaubt«, murmelte Carsten.

»Frau van den Bergh hat behauptet, dass sie die Kabine im Verlauf des Abends benutzt und anschließend wahrscheinlich vergessen hat, den Schlüssel abzuziehen«, sagte Mattes. »Aber das kann natürlich eine Schutzbehauptung sein.«

Sophie zog die Nase kraus und machte ein Schnütchen, wie immer, wenn sie anderer Meinung war. »Welches Motiv sollte sie haben?«

»Tja, das ist das einzige Problem«, räumte Mattes ein. »Sie hatte das Mittel und die Gelegenheit, aber bei dem Warum sind wir leider keinen Schritt weiter.«

»Vielleicht war es ja doch jemand, der Lisa ... näherkommen wollte«, mutmaßte sie, obwohl sie es am Nachmittag noch ausgeschlossen hatte. »Und sie hat versucht, sich mit der Stricknadel zur Wehr zu setzen.«

»Du meinst, einer eurer Jungs hat sein Glück bei ihr probiert?«, fragte Mattes.

»Zumindest hat sie einen ziemlichen Eindruck bei ihnen hinterlassen«, meinte Sophie. »Martin ist ihr den ganzen Abend kaum von der Seite gewichen.«

»Und Tobias Kirchhoff?«

»Der ist doch mit Isabella zusammen.«

»Das heißt nichts«, entgegnete Mattes. »Vielleicht ist er Lisa auf die Toilette gefolgt, in der Hoffnung auf ein Schäferstündchen, das dann tragisch endete.«

»Dann hätte er vermutlich eher einen Tennisschläger benutzt als eine Stricknadel«, sagte Sophie und musste wieder an das Nümmerchen auf dem Klo denken. Herrschaftszeiten, das bekam sie nicht mehr aus dem Kopf.

»Oder Isabella Girandelli hat sein Interesse an Lisa Hirsefeld bemerkt und die Nebenbuhlerin kurzerhand aus dem Weg geräumt«, schlug Carsten vor.

»Ich weiß nicht«, zweifelte seine Schwester, »sie scheint mir mehr auf ihre Karriere fixiert zu sein als auf Tobias. Ob sie die für einen Mord aus Eifersucht riskiert?« Und nach Tobias' Nümmerchen auf dem Klo vor zwanzig Jahren war auch niemand gestorben. Herrschaftszeiten ...

»Na ja, wenn du deinen Ben in flagranti erwischen würdest ...«

»Würde ich ihm eins über die Rübe ziehen«, bestätigte sie. »Ich will gar nicht abstreiten, dass Isabella überreagieren kann. Früher war sie recht impulsiv. Aber ich bin mir ziemlich sicher, dass sie den Raum während des Übergriffs nicht verlassen hat.«

»Frau Girandelli hat uns übrigens darauf aufmerksam gemacht, dass Bastian Spieß«, Mattes deutete auf dessen Foto, das an eines der Whiteboards geheftet war, »und Lisa Hirsefeld als Kinder Nachbarn waren.«

»Tatsächlich?«, wunderte sich Sophie. »Das wusste ich gar nicht.«

»Na, so was«, murmelte Carsten, »wo dir doch sonst nichts entgeht.«

Seine Schwester bedachte ihn mit einem missbilligenden Blick. »Allerdings. Aber ich war mit Spießi auch nicht sonderlich dicke. Ich weiß, dass er damals irgendwo auf der Bundeshöhe wohnte. Nach der zehnten Klasse ist er mit seinen Eltern in eine andere Stadt gezogen. Hamburg oder so? Irgendwas im Norden. Seltsam, dass ausgerechnet Isabella sich daran erinnert, wo die beiden gewohnt haben. Oder es überhaupt wusste. Die hatte mit denen noch weniger am Hut als ich.«

»Vielleicht ist sie einfach besser informiert als du«, stichelte Carsten weiter.

»Wie auch immer«, ging Mattes rasch dazwischen, ehe das Geplänkel wie so häufig in einen handfesten geschwisterlichen Streit ausuferte, »als wir zu Markus Pfeffer gefahren sind, wo Bastian Spieß untergekommen ist, haben Aylin und ich die beiden sozusagen auf frischer Tat ertappt.«

»Bei was?«, fragte Sophie.

»Bei was wohl?«

Sophie fiel beinahe die Kinnlade herunter. »Äh … häh? Du meinst, Pfeffi und Spießi … also … so in Action? Ich dachte, Pfeffi sei verheiratet. Mit einer Frau.« Sie schüttelte ungläubig den Kopf.

»Mein liebes Schwesterchen, du bist doch sonst so weltoffen«, meinte Carsten süffisant.

»Ja, bin ich auch. Ich hab ja nix dagegen, ich wundere mich nur.«

»Ups, noch ein Detail, das dir entgangen ist?«

»Anscheinend. Waren die beiden schon damals ... ein Paar?«

Mattes wiegte den Kopf hin und her. »Ein Paar würde ich sie nicht nennen. Immerhin ist Markus Pfeffer, wie du schon sagtest, verheiratet. Auch wenn das heutzutage nichts mehr bedeuten muss. Wie man sieht. Aber ja, sie waren schon zu Schulzeiten mehr als nur Kumpel. Offensichtlich hat Herr Pfeffer bis heute ein Problem damit, zu seiner Homosexualität zu stehen. Vielleicht hat er Angst, seine Kinder zu verlieren. Aber das muss er mit seiner Frau ausmachen. Jedenfalls musste Spieß einräumen, dass Lisa Hirsefeld damals von dem Techtelmechtel der beiden wusste.«

»Und du meinst, das wäre ein Motiv für einen von beiden, sie ins Jenseits zu befördern?«, wollte Sophie wissen.

»Du etwa nicht? Wenn sie zum Beispiel Markus Pfeffer damit drohte, es seiner Frau zu verraten, hätte ihn das in arge Erklärungsnöte gebracht. Frau Hirsefeld war übrigens Kundin bei der Bank, in der er arbeitet. Vielleicht brauchte sie einen neuen Kredit, oder etwas in der Art, und er sollte ihr den beschaffen. Ein bisschen Taschengeld für ihre große Reise.«

»Wenn ich mich recht entsinne, haben die beiden während des Klassentreffens kaum drei Worte miteinander gewechselt«, meinte Sophie.

»Die Erpressung muss ja nicht an diesem Abend ihren Anfang genommen haben«, gab Mattes zu bedenken. »Aber vielleicht hat sie dort ihr Ende gefunden. Gelegenheit macht in diesem Fall Mörder.«

»Ernsthaft?« Sophie schien mehr als skeptisch. »Wenn mich jemand erpresst, dann bring ich den doch irgendwo an einem einsam gelegenen Plätzchen um und nicht auf einer Kneipentoilette, wo jede Sekunde einer reinplatzen kann. Und jetzt komm mir nicht mit ›stillem Örtchen‹. Für mich sieht es so aus, als sei genau an jenem Abend etwas vorgefallen, was den Täter zum schnellen Handeln zwang.«

»Das würde uns zu Tim Sperling führen«, meinte Mattes. »Er musste rasch agieren, da er jeden Moment damit rechnen musste, von uns einkassiert zu werden.«

»Darum läuft er auch immer noch frei rum«, merkte Sophie wertneutral, aber mit einem schnellen Blick in Richtung Carsten an. »Habt ihr denn schon herausgefunden, ob Lisa seine leibliche Mutter ist?«

»Hexen können wir leider nicht«, bedauerte ihr Bruder. »Wenigstens ist sie nicht aus dem Rennen. Ich habe mich mit Frau Dr. Brandt in Verbindung gesetzt …«

»Du hast freiwillig bei der angerufen?«, unterbrach Mattes ihn erstaunt.

Carsten ging nicht auf die Anspielung ein. »… und sie gefragt, ob das Opfer ein Kind zur Welt gebracht hat.«

»Und, hat sie?«, fragte Sophie.

»Hat sie«, bestätigte Carsten.

»Da wir in ihrem Haus und auch sonst nirgendwo einen Hinweis auf ein Kind gefunden haben, liegt die Vermutung nahe, dass es nie bei ihr gelebt hat«, schlussfolgerte Mattes.

»Wie alt ist dieser Tim jetzt?«, erkundigte sich Sophie.

»Sein Geburtsdatum ist der 24. März 1994«, entnahm Carsten der Akte, die auf dem Tisch lag.

»Dann müsste Lisa kurz vor den Sommerferien schwanger geworden sein«, rechnete seine Schwester blitzschnell nach.

»Fällt dir ein potentieller Vater ein?«, fragte Mattes. »Also Pfeffer und Spieß fallen wahrscheinlich flach. Jäger? Kirchhoff?«

»Die standen damals beide nicht so auf Lisa«, meinte Sophie kopfschüttelnd.

»Ach, der Martin hat's doch nie so genau genommen«,

frotzelte Carsten und erntete einen weiteren erzürnten Blick seiner Schwester. »Was denn? Wer hat denn wochenlang geheult, weil der Scheißkerl fremdgegangen ist?«

»Ja, aber mit Beatrix, nicht mit Lisa. Außerdem hab ich nicht wochenlang geheult. Und Tobias war schon damals mit Isabella zusammen.« Und wieder waberte das Nümmerchen auf dem Klo durch ihren Kopf. Aber die Vorstellung, dass es sich bei dem Mädchen, das Tobias beglückt hatte, um Lisa handelte, war zu abwegig. »Es muss ja nicht zwangsläufig ein Junge aus unserer Klasse gewesen sein. Falls Lisa überhaupt die Mutter von diesem Tim ist.«

»Weshalb sollte sie ihm sonst zur Flucht verhelfen?«, warf Mattes ein.

»Und zum Dank dafür bringt er sie um? Das passt nicht zusammen.«

»Mir will das auch nicht so richtig einleuchten«, stimmte Carsten seiner Schwester ausnahmsweise zu. »Tim Sperling hat nur noch wenige Monate abzusitzen. Weshalb überhaupt aus der Anstalt ausbrechen? Die Wahrscheinlichkeit, dass er erwischt wird, ist viel zu hoch. Da erschließt sich mir der Nutzen nicht. Warum nicht einfach die paar Monate abwarten?«

»Willst du damit andeuten, seine Flucht hatte einen anderen Grund?«, fragte Mattes.

»Oder es gibt überhaupt keinen Grund, und er hat einfach nur die Gunst der Stunde genutzt.«

»Das wäre aber genauso unlogisch, wenn er nur noch wenige Monate abzusitzen hat«, widersprach Sophie.

»Dagegen spricht auch die Aussage von Justin, der behauptet, die ganze Sache sei von Tim seit längerem geplant worden«, pflichtete Mattes ihr bei. »Außerdem gab Lisa Hirsefeld ihm das Handy.«

»Vielleicht lügt dieser Justin ja«, meinte Carsten. »Und sie hat dem Jungen das Handy gegeben, damit er sie jederzeit vom Knast aus anrufen kann, wenn er jemanden zum Reden braucht oder so. Vielleicht hatte er Probleme innerhalb des Gefängnisses. Mit einem anderen Häftling oder einem Aufseher, und Tim bat Lisa um Hilfe. Sollte sie aber tatsächlich bei der Planung der Flucht mit drinstecken, muss sie es gewesen sein, die die Knochen ausgegraben hat. Und das würde bedeuten ...«

»..., dass sie in irgendeiner Form beteiligt war, als der Tote verscharrt wurde«, vollendete Sophie den Satz.

33

Beatrix lag an diesem Abend lange wach. Die Sorge um die Zukunft der Sonderbar – und damit verbunden ihre eigene – ließ sie keinen Schlaf finden. Martin war nicht wieder aufgetaucht, was ihr zu ihrem Missfallen zusätzlich Bauchschmerzen bereitete. Zwar stand zu vermuten, dass er sich letzte Nacht eine gemütlichere Schlafgelegenheit als ihre Couch organisiert hatte, aber warum hatte er seinen Rollkoffer mit den Büchern weder mitgenommen noch abgeholt? Wahrscheinlich würde er im Laufe des morgigen Tages auftauchen, als sei nichts gewesen, und sie hatte völlig umsonst gegrübelt, ob ihm womöglich etwas zugestoßen sein konnte. Trotzdem bekam sie diesen Gedanken einfach nicht aus dem Kopf.

Wütend auf sich selbst warf sie sich von der rechten auf die linke Seite und beobachtete, wie sich die dünnen Vorhänge vor dem offenen Fenster im leichten Wind nach innen blähten. Anstatt sich über Martin das Hirn zu zermartern, sollte sie lieber überlegen, wie sie ihren unsäglichen

Mitarbeiter Ali endgültig loswurde. Nein, sie plante keinen Mord, obwohl die Vorstellung verlockend war. Aber sie ließ sich nicht von ihm erpressen. Weshalb hatte sie die Polizei angelogen, was ihre Bekanntschaft mit Lisa betraf? Nur weil sie offenbar die Einzige aus der Klasse war, die in den letzten Jahren Kontakt zu ihr gehabt hatte, machte sie das nicht automatisch zur Mörderin. Im Gegenteil, es bewies eher, dass Trixi keinerlei Motiv hatte, die Freundin zu töten.

Immerhin war es Lisa gewesen, die ihr nach dem Tod des Vaters beigestanden hatte. Sie hatte ihr sogar finanziell unter die Arme gegriffen, als Trixi ihr Angebot für die Sonderbar erhöhen musste, um Ali auszustechen. Darüber, welche Quellen Lisa dafür anzapfen musste, schwieg sie sich aus. Dass es keine legalen Quellen gewesen sein konnten, lag im Nachhinein beinahe auf der Hand. Trixi gestand sich ein, ihre Klassenkameradin gewaltig unterschätzt zu haben. Von wegen stilles Wasser. Allein die Sache mit dem schwarzen Notizbuch damals hatte sie ziemlich schlau eingefädelt. Trixi und Tobias mussten Lisas Schweigen teuer erkaufen. Tobias noch mehr als sie selbst.

Sie konnte es kaum fassen, als ihre Freundin vor ein paar Tagen das Buch in die Kiste legte. Dass sie es überhaupt all die Jahre aufbewahrt hatte. Was sie damit vorhabe, wollte Trixi wissen. Lisa lächelte maliziös und versicherte ihr, sie müsse sich keine Sorgen machen. Sie wollte nur jemandem einen Schreck einjagen. Natürlich war Trixi sofort klar, von wem ihre Freundin sprach. Es sei bestimmt lustig zu sehen, wie dem Möchtegern-Tennisass beim Anblick des Buchs das Herz in die Hose rutschte. Das wäre es zweifelsohne. Trotzdem scheute Trixi davor zurück. Schon damals war Tobias rasend vor Wut gewesen. Wenn er nun daran erinnert wurde, was ihn die Existenz des Buchs gekostet hatte, würde er vermutlich ausrasten. Lisa hatte weniger Skrupel, und so landete das Buch bei den anderen Gaben in der Kiste. Zur Übergabe war es nicht mehr gekommen, worüber Trixi inzwischen froh war. Tobias' Verhalten heute Morgen hatte ihr allzu deutlich vor Augen geführt, dass in der Beziehung mit ihm nicht gut Kirschen essen war. Ob Lisa seine Wut am eigenen Leib zu spüren bekommen hatte? Hatte sie ihm gegenüber eine Andeutung gemacht? War Beatrix die Nächste auf seiner Liste? Oder hielt er es für ausreichend, ihr mit seinem Auftritt am Morgen Angst einzejagt zu haben?

Trixi hielt es im Bett nicht mehr aus. Sie stand auf und ging unter die Dusche, in der Hoffnung, es würde sie ein wenig abkühlen. Leider war sie hinterher genauso beunruhigt wie zuvor. Ernüchtert tappte sie zurück ins Schlafzimmer und öffnete die Schublade der Kommode, in der ihre Unterwäsche lag. Sie zog einen schwarzen Schlüpfer – eine große farbliche Auswahl bestand diesbezüglich nicht – heraus und schob die Lade wieder zu. Während sie ihre Unterhose über den linken Fuß bugsierte und versuchte, gleichzeitig zum Bett zu hüpfen, blieb sie so abrupt stehen, dass sie das Gleichgewicht verlor und beinahe seitlich umkippte. Den Schlüpfer am Knöchel baumelnd, lief sie zurück zur Kommode und zog die Schublade erneut heraus.

Sie wühlte sich durch diverse Lagen mehr oder minder knapper Höschen sowie BHs und Spitzenhemdchen, doch der Umschlag wollte nicht zum Vorschein kommen. Schließlich zog Trixi die Lade komplett aus der Halterung und kippte den Inhalt auf den Boden. Sie nahm jedes einzelne Stück in die Hand, schüttelte es aus und warf es nach eingehender Untersuchung hinter sich. Das ein oder andere verpackte Kondom fand sich ein, aber der Umschlag blieb verschwunden. Hatte sie ihn am Ende woanders hingelegt und es vergessen? Nein, sie war sich ganz sicher, ihn genau in dieser Schublade verstaut zu haben, als sie die Kommode nach ihrem Umzug eingeräumt hatte. Aber wann hatte sie ihn zuletzt bewusst gesehen? Er lag schon so lange an diesem Ort, dass man ihn wahrnahm, ohne ihn wahrzunehmen. So wie man automatisch die Tür hinter sich abschloss, wenn man die Wohnung verließ, ohne sich hinterher an diesen Vorgang zu erinnern.

So sehr sie sich den Kopf zerbrach, es gab nur eine Erklärung für das Verschwinden. Jemand hatte den Umschlag und somit dessen brisanten Inhalt an sich genommen. Und dafür kam nur einer in Frage. Martin Jäger! Hatte sie doch gewusst, dass er heimlich in ihrer Wohnung herumgeschnüffelt hatte. Dass er bis in ihr Schlafzimmer vorgedrungen war, hätte sie nicht vermutet. Sie hatte ihm deutlich zu verstehen gegeben, dass dieser Raum für ihn tabu war. Als hätte ein Verbot Martin je von etwas abgehalten. Im Gegenteil, es hatte ihn angespornt. Wenn er sich den Inhalt des Umschlags angeschaut und die richtigen Schlüsse gezogen hatte, ahnte Trixi, wohin er letzte Nacht so eilig verschwunden war. Verschwunden und nicht zurückgekehrt. Das bedeutete, dass er in großer Gefahr schwebte. Sollte sie die Polizei benachrichtigen? Wahrscheinlich glaubte die ihr nicht oder nahm sie nicht ernst. Man würde sie als gekränkte observierte Frau abtun, die ihrem abtrünnigen Liebhaber eins auswischen wollte.

Irgendetwas musste sie tun. Wenn sie mit ihrer Vermutung richtiglag, war größte Eile geboten. Aber es war gefährlich, sich zu dieser späten Stunde allein in die Höhle des Löwen zu wagen. Sie benötigte Schützenhilfe. Und einen fahrbaren Untersatz. Wer wäre so verrückt, sie mitten in der Nacht zu dieser Rettungsaktion zu begleiten? Spontan fiel ihr nur eine Person ein. Aber würde ausgerechnet sie sich davon überzeugen lassen, gemeinsam mit ihr Martin Jäger aus der Klemme zu helfen?

***

Sophie hatte sich eine Weile im Bett herumgewälzt, ehe sie sich eingestand, dass sie auch in dieser Nacht keinen Schlaf finden würde. Leise, um Ben nicht zu wecken, war sie aufgestanden und hatte sich ins Arbeitszimmer zurückgezogen. Wenn sie schon nicht einschlafen konnte, konnte sie sich genauso gut Gedanken über den Mord an Lisa, den Knochenfund in den Ronsdorfer Anlagen und die eventuelle Verbindung beider Ereignisse machen.

Mattes schien überzeugt davon, dass Tim Sperling Lisa getötet hatte. Immerhin hatte der Junge seinem Freund gegenüber geäußert, sich an seiner Mutter rächen zu wollen. Und der Rechtsmedizinerin zufolge hatte Lisa irgendwann ein Kind zur Welt gebracht. Ein Kind, an das laut Mattes in ihrem Haus nichts erinnerte. Der endgültige Beweis in Form eines DNA-Abgleichs stand noch aus, dennoch musste Sophie zugeben, dass diese Hypothese etwas für sich hatte. Auch wenn sie sich nicht erinnern konnte, dass sich Lisa während ihrer gemeinsamen Schulzeit genug für einen Jungen begeistert hatte, um sich von ihm schwängern zu lassen. Andererseits hatte sie mit Lisa außerhalb der Schule nichts zu tun gehabt, geschweige denn über solche Themen gesprochen.

In welcher Beziehung Tim und Lisa auch immer zueinander standen, erwiesen war, dass sie sich durch die Yogakurse in der JVA kannten. Lisa hatte dem Jungen sogar ein Handy mit ihrer eingespeicherten Nummer gegeben und am

Samstag mehrfach versucht, ihn anzurufen, unter anderem kurz vor ihrem Tod. Hatte sie sich erkundigen wollen, ob ihm die Flucht geglückt war? Wenn sie ihm dabei geholfen hatte, dann musste sie es gewesen sein, die die Knochen in den Ronsdorfer Anlagen ausgegraben hatte. Blieb nach wie vor die Frage: Woher wusste sie von deren Existenz? Es wäre ein allzu zufälliger Zufall, wäre sie beim Graben versehentlich auf sie gestoßen. Die Identität des Unglücklichen war nach wie vor unklar, ebenso die Todesursache. Was hatte Lisa mit der Sache zu tun? Hatte sie seinerzeit beobachtet, wie jemand das Grab ausgehoben hatte? Oder hatte sie selbst den Leichnam auf diese Weise »entsorgt«? Möglicherweise den Vater ihres Kindes? Und hatte sie ihn jetzt ausgebuddelt, um dem gemeinsamen Sohn zur Flucht zu verhelfen? Du meine Güte, da taten sich ja Abgründe auf und das im wahrsten Sinn des Wortes. Falls es sich so verhalten hatte. Vielleicht hatte Lisa die Knochen anderweitig aufbewahrt und sie zwecks Ablenkungsmanöver in die Grube gelegt. Damit blieb trotz allem die Frage, wie sie in deren Besitz gelangt war und um wessen Gebeine es sich handelte.

Dann war da noch die mysteriöse Geschichte mit dem schwarzen Notizbuch, das Trixi damals wie heute so dringend wieder in ihren Besitz bringen wollte. In der Kiste hatte es nicht gelegen. Das hatte eine Kriminaltechnikerin Mattes telefonisch mitgeteilt. Eine Fahrradklingel, eine kleine Pfanne für eine Kinderküche und eine Klobürste, aber kein Buch. Entweder hatte Beatrix bezüglich ihres widerrechtlichen Aufenthalts in der Sonderbar gelogen, oder jemand hatte es an sich genommen. Aber wer? Und vor allem: Warum? Was stand darin, das einen Diebstahl rechtfertigte? Oder gar einen Mord? Sophie erinnerte sich an das Theater, das Trixi seinerzeit nach dem Verschwinden des Buchs veranstaltet hatte. Sie war derart in Rage gewesen, dass es sich kaum um ein popeliges Tagebuch handeln konnte. Es musste etwas Kompromittierendes enthalten, entweder für Trixi selbst oder für jemand anderen. Jemanden, dem dieses Buch an jenem Abend überreicht werden sollte. Leider wurde die Geschenkübergabe durch das Hereinplatzen der Junggesellenhorde abrupt unterbrochen. Sophie war sich sicher, dass die Männer bis dahin leer ausgegangen waren. Hatte Trixi ebenso wie Lisa über Spießis und Pfeffis amouröse Beziehung Bescheid gewusst und es in dem Buch festgehalten? Aber hätte sie damals darüber Stillschweigen bewahrt? Eher unwahrscheinlich. Sie hätte es genüsslich vor der ganzen Klasse breitgetreten.

Blieben Martin und Tobias. Beide waren mit Trixi befreundet gewesen, könnten demzufolge über den Inhalt Bescheid wissen. Allerdings war nicht klar, ob das Buch ein Motiv für den Mord an Lisa lieferte. Die Einzige, die ihr darauf eine Antwort geben konnte, war vermutlich Trixi selbst.

Das Klingeln ihres Mobiltelefons riss sie aus ihren Überlegungen. Ein kurzer Blick aufs Display verriet ihr, dass es Beatrix war. Wenn man an den Teufel dachte ... Was wollte Trixi um diese Uhrzeit von ihr? Das war ja beinahe gruselig.

Mai 1993

»Ich fasse es nicht, dass du so dämlich warst, dir das Buch klauen zu lassen«, schimpfte Tobias, und Trixi zog zerknirscht den Kopf ein.

Er hatte ja recht. Sie hätte besser achtgeben müssen. Hätte sie nicht immer so einen Aufriss um das Buch gemacht und so getan, als stünde die Formel des ewigen Lebens darin, wäre Lisa vermutlich nie auf die Idee gekommen, dass es sich lohnen würde, einen Blick hineinzuwerfen. Wo und wann sie es ihr entwendet hatte, konnte Trixi beim besten Willen nicht sagen. Ihr war beinahe das Herz in die Hose gerutscht, als die Strickliesel es ihr vor die Nase hielt. Gerade hatte sie sich damit abgefunden, es verloren zu haben, und sich damit beruhigt, dass sowieso niemand etwas mit dem Inhalt würde anfangen können. Zunächst glaubte Trixi an einen schlechten Scherz. Die ungeliebte Klassenkameradin habe sich ein gleich aussehendes Exemplar besorgt, um sie zu erschrecken. Hatte sie nicht, was ebenso bedauerlich war wie die Tatsache, dass Lisa nicht dumm war und durchaus etwas mit dem Inhalt anzufangen wusste. Und so musste Trixi Tobias blöderweise beichten, dass sie das Buch nicht verloren oder verlegt hatte, sondern es gestohlen worden war. Nicht von irgendjemandem gestohlen, sondern ausgerechnet von der Person, der sie seit Monaten das Leben zur Hölle machten. Natürlich würde die Strickliesel sich bitterböse an ihnen rächen. Bestimmt kamen sie in den Jugendknast. Ob sie und Tobias sich dort eine Zelle teilen konnten?

Keine Panik, sie habe nicht vor, die Sache an die große Glocke zu hängen, behauptete Lisa. Trixi und Tobias müssten ihr lediglich einen kleinen Gefallen tun.

»Nichts Wildes«, versicherte sie, aber ihr gemeines Lächeln ließ etwas anderes vermuten. »Ich werde es euch zur rechten Zeit wissen lassen. Bis es so weit ist, hätte ich gern meine Ruhe. Ein falsches Wort von euch oder den beiden anderen, und jeder erfährt von eurem kleinen ... Nebenverdienst.«

Mit diesen Worten drehte Lisa sich auf dem Absatz um und ließ Trixi sowie den verdatterten Tobias stehen.

»Dämlich, wirklich dämlich«, wiederholte Tobias.

»Bis jetzt ist ja noch nix passiert«, versuchte sich Trixi an Schadensbegrenzung. »Wir sollen nur damit aufhören, sie zu schikanieren.«

»Du hast doch gehört, was die Schnepfe gesagt hat. Sie lässt uns zur ›rechten‹ Zeit wissen, was sie von uns verlangt. Was immer das heißen soll.« Er warf in einer hilflosen Geste die Arme in die Luft. »Wenn je herauskommt, was wir getan haben, kann ich meine Tenniskarriere vergessen.«

Was Trixi alles vergessen konnte, sollten sie auffliegen, interessierte den feinen Herrn natürlich nicht. Dabei war sie es, die das größere Risiko trug. Das war ziemlich unfair, denn im Grunde war es seine Idee gewesen. Sie hatte ihm lediglich einen Gefallen tun wollen. Dass er sich damit nicht zufriedengab, dafür konnte sie nichts. Gut, sie hätte die Aufmerksamkeit nicht so sehr auf dieses blöde Notizbuch lenken müssen. Aber ihr jetzt die alleinige Schuld in die Schuhe zu schieben, war gemein.

Lisa ließ die beiden beinahe zwei Monate zappeln. Zwei Monate, in denen sie sich immer wieder in Andeutungen erging – insbesondere im Beisein von Leo und Isabella, die komplett ahnungslos waren. Die Mädchen wunderten sich natürlich darüber, weshalb Trixi und Tobias die Strickliesel kommentarlos gewähren ließen. Beatrix erwog, ihre

Freundinnen in das Geheimnis einzuweihen, aber Tobias war strikt dagegen. Natürlich, es würde ihn in Bellas Augen in einem anderen Licht dastehen lassen. In einem ziemlich trüben Licht. Sie hatten alles Mögliche unternommen, das Notizbuch wieder an sich zu bringen, aber natürlich sorgte Lisa dafür, dass sie es nicht mehr zu Gesicht bekamen. Sie präsentierte den beiden lediglich die ein oder andere kopierte Seite, um ihnen vor Augen zu führen, dass sie sie nach wie vor in der Hand hatte.

Lisa hatte sie in der zweiten großen Pause auf den Raucherhof zitiert. Wahrscheinlich wollte sie genug Publikum um sich haben, damit Trixi und Tobias nicht auf dumme Ideen kamen. Mit leiser, aber eindringlicher Stimme trug Lisa ihre Forderungen vor. Trixi kam, wie sie selbst fand, einigermaßen glimpflich davon. Sie sollte Martin in die Wüste schicken. Kein Problem, er ging ihr sowieso auf den Sack und war außerdem nie mehr als ein Mittel zum Zweck gewesen, Tobias eifersüchtig zu machen. Hatte super funktioniert. Das einzig Gute an der Geschichte war gewesen, dass sie der nervtötend putzigen Sophie damit das Herz gebrochen hatte.

»Von Tobias will ich …« Lisa verstummte und legte den Zeigefinger an die Lippen, als müsste sie nachdenken. Dann lächelte sie.

»Spuck's schon aus«, forderte er. Trixi sah ihm an, dass er der Strickliesel am liebsten an die Gurgel gehen wollte.

»Ich will, dass du Leo verführst. Auf dem Schulfest.«

»Hast du einen an der Klatsche?«, fragte Tobias einigermaßen fassungslos.

»Mitnichten.« Lisa schwenkte das Notizbuch aufreizend vor ihren Gesichtern hin und her. Als Tobias danach greifen wollte, zog sie es rasch zurück und verstaute es in ihrer

Rocktasche. »*Wag es*«, *drohte sie.* »*Ich habe jede einzelne Seite kopiert. Wenn ihr tut, was ich verlange, wird niemand jemals von eurem kleinen Geheimnis erfahren. Jedenfalls nicht von mir.*«

Tobias bedachte sie mit dem finstersten Blick, den er aufbringen konnte, und ballte die Hände zu Fäusten. »*Das wirst du eines Tages bereuen, du kleines … Miststück.*«

Lisa betrachtete ihn einige Sekunden. »*Ich denke nicht*«, *sagte sie.*

Dienstag, 9. Juli 2013

34

Sophie lenkte ihren Wagen in die Richtung, die Trixi ihr nannte, und fragte sich ernsthaft, ob sie noch alle Tassen im Schrank hatte. Nicht nur hatte sie sich von ihrer ehemaligen Rivalin breitschlagen lassen, sich mitten in der Nacht auf die Suche nach dem vermeintlich verschollenen Martin Jäger zu machen. Darüber hinaus musste sie Trixi vorher im Luisenviertel einsammeln, da diese über kein eigenes Fahrzeug verfügte. Es mutete befremdlich an, dass Sophie sich ausgerechnet mit jener Frau auf die zweifelhafte Mission begab, Martin zu retten, die ihr selbigen einst ausgespannt hatte. Was Trixi gebührend ausgekostet hatte.

Wie ihre frühere Konkurrentin zu der Überzeugung gelangt war, der gemeinsame Ex schwebe in Lebensgefahr, hatte Sophie nicht verstanden. Möglicherweise sei er in den Besitz von Informationen gelangt, die er vielleicht zu Geld machen wollte, was ihn gegebenenfalls teuer zu stehen gekommen sein könnte, druckste Trixi herum. Zu viele Eventualitäten selbst für Sophies Geschmack, aber Trixi ließ sich am Telefon nicht zu näheren Erklärungen hinreißen. Allerdings klang sie besorgt genug, um auch Sophie in Alarmbereitschaft zu versetzen. Erst vor zwei Tagen war eine Klassenkameradin getötet worden, da konnte man weitere Morde nicht ausschließen. Zudem trieb die ihr angeborene Neugier sie dazu, sich des Falls anzunehmen. Leider ließ diese Neugier sie gern in Situationen geraten, die sie besser gemieden hätte. Zu Sophies Ehrenrettung sei angemerkt, dass sie kurzzeitig erwog, Carsten einzuweihen. Bis sie sich seine Reaktion vorstellte und den Gedanken wieder verwarf. Auslachen würde er sie und ihren

Verstand anzweifeln. Statt sich zu nachtschlafender Zeit auf die Suche nach Martin Jäger zu begeben, solle sie froh sein, wenn der Kerl auf Nimmerwiedersehen aus ihrem Leben verschwände. Womit er grundsätzlich nicht unrecht hatte. Allerdings stellte sie sich das Nimmerwiedersehen nicht so endgültig vor. Zumindest mochte sie sich hinterher nicht vorwerfen, Martins Tod aus Gleichgültigkeit oder falschem Stolz billigend in Kauf genommen zu haben. Auch wenn für Martin ohnehin jede Hilfe zu spät kam, schenkte man Trixis düsteren Worten Glauben. Großen Wert darauf, eine weitere Leiche aufzustöbern, legte Sophie nicht, aber vielleicht übertrieb die Klassenkameradin mit ihren Befürchtungen.

»Es wäre nett, wenn du mich endlich mal einweihst«, verlangte sie von ihrer Beifahrerin, weil die immer noch nicht mit der Sprache herausrückte. »Wenn du mich schon mitten in der Nacht aus dem Bett scheuchst, will ich wenigstens wissen, auf was ich mich einlasse.«

Trixi rang sichtlich mit sich, beichtete dann aber, dass Martin einen Umschlag mit prekärem Inhalt aus ihrer Unterwäscheschublade an sich gebracht haben musste. In der Nacht von Sonntag auf Montag habe er sich dann ohne ein Wort des Abschieds und vor allem ohne Gepäck aus der Wohnung geschlichen und war nicht wieder aufgetaucht. Sophie war heilfroh, dass es in der Dunkelheit nicht auffiel, wie ihr Gesicht rot anlief. Sie wusste nur zu genau, von welchem Umschlag ihre Schulkameradin sprach.

»Ehrlich gesagt kann ich mir nicht erklären, wann Martin die Gelegenheit hatte, mein Schlafzimmer zu durchsuchen«, überlegte Trixi. »Vielleicht, als ich geduscht hab.«

»Tja, da kann ich auch nix zu sagen«, murmelte Sophie und hoffte, dass ihrer Beifahrerin nicht eine plötzliche

Erleuchtung zuteil wurde. Dann flöge Sophies unfreiwillige Komplizenschaft bei dem Diebstahl unweigerlich auf.

»Ist auch egal«, entschied Trixi zu ihrer Erleichterung. »Aber dass er ausgerechnet diesen verfluchten Umschlag finden musste, ist echt doof. Ich hätte ihn mitsamt seinem Inhalt längst verbrennen sollen.«

»Lass mich die Geschichte noch mal zusammenfassen«, meinte Sophie. »Also, dein Vater hatte eine Geliebte und hat mit ihr ein Kind gezeugt, ungefähr zur selben Zeit, als deine Mutter mit dir schwanger war. Irgendjemand, vielleicht deine Mutter, hat einen Privatdetektiv engagiert, der nicht nur prekäre Fotos der beiden geschossen, sondern später auch einen Vaterschaftstest veranlasst hat.«

»Ja, irgendwie so muss es gewesen sein«, bestätigte Trixi. »Ich nehme an, meine Mutter hat meinen Vater damit konfrontiert, und er hat sich dann an seine Geliebte gewendet.«

»Sie hat ihm daraufhin einen Brief geschrieben, in dem sie ihn bittet, dafür zu sorgen, dass niemand von der Sache erfährt«, fügte Sophie hinzu. »Vor allem ihr Mann nicht.«

»Genau. Hat ja offensichtlich auch geklappt. Zumindest ich hatte keine Ahnung, bis ich die Fotos und Briefe gefunden habe. Was meine Mutter dazu veranlasst haben könnte, es nicht an die große Glocke zu hängen, weiß ich allerdings nicht.«

Eine Menge Schweigegeld vermutlich, tippte Sophie. Entweder vom eigenen Ehemann oder von dessen Geliebter. »Und du meinst, Martin kennt diese Frau, und hat sich auf den Weg gemacht, um sie mit seinem neuerworbenen Wissen zu erpressen.«

»So ungefähr.«

»Aha. Und um wen handelt es sich bei der Frau und dem Kind?«

»Das erfährst du, wenn wir am Ziel sind«, erwiderte Trixi.
»Boah, du bist so nervig.«

***

Sophie hatte ihren Wagen ein paar Meter entfernt abgestellt und war mit ihrer Komplizin zu Fuß die schmale Straße hinaufgegangen, die am oberen Ende in die Einfahrt zu einem eindrucksvollen Anwesen mündete. Das Tor stand offen, und die beiden schlüpften hindurch. Die Vorderseite des Hauses lag komplett im Dunkeln und war nur schemenhaft zu erkennen.

»Bleib dicht hinter mir«, flüsterte Trixi und schlich geduckt am Rand des Wegs entlang.

Sophie tat es ihr gleich. Es herrschte Totenstille, bis auf das leise Knirschen von Kies unter ihren Schuhsohlen. Alles in allem wirkte die Szenerie ziemlich unheimlich, aber das unbehagliche Kribbeln, das sich in Sophies Körper ausbreitete, konnte auch dem Umstand geschuldet sein, der sie hierher geführt hatte.

»Wem gehört das Haus?«, wollte sie wissen.

»Warst du etwa noch nie hier?«, fragte Trixi anstelle einer Antwort.

»Offensichtlich nicht.« Allmählich war Sophie schwer genervt von Trixis Geheimniskrämerei. Zur nächsten Rettungsmission konnte sie allein und mit dem Fahrrad fahren.

»Das ist die Villa der Reinhardts.«

»Leonores Eltern?« Sophie schnappte nach Luft. »Bedeutet das etwa, dein Vater und Leos Mutter …?«

Trixi nickte. »Ungefähr so hab ich auch reagiert, als ich den Brief und das Foto gefunden hab.«

»Also ist Leo deine …?«

»Halbschwester, richtig. Und glaub mir, sie hat bestimmt

kein Interesse daran, dass irgendjemand von der Sache erfährt. Wenn herauskommt, dass der alte Reinhardt nicht ihr leiblicher Vater war, kann sie die Firma und China vergessen. Dann geht alles an ihren Bruder, und sie steht mit leeren Händen da.«

»Deshalb wird sie alles daransetzen, damit dieses Geheimnis auch geheim bleibt«, spann Sophie den Faden weiter.

Sie erinnerte sich, dass Leo erst am Nachmittag bei Trixi hatte »vorbeischauen« wollen. Hatte Martin ihr unter Folter verraten, wie er in den Besitz der brisanten Unterlagen gelangt war, und sie hatte sich aufgemacht, die Mitwisserin und ungeliebte Halbschwester ebenfalls aus dem Weg zu räumen? Hatte Isabella mit ihrem Auftauchen nichtsahnend Trixis Leben gerettet? Falls Martin sich in der vergangenen Nacht tatsächlich auf den Weg zu Leo gemacht hatte. Nun, um das herauszufinden, standen sie hier.

»Sollen wir läuten?«, fragte sie und hatte die Hand schon nach der Klingel ausgestreckt.

Trixi hielt sie zurück. »Bloß nicht«, warnte sie, »das würde Leo nur aufschrecken.«

Sophie konnte sich kaum vorstellen, dass ihre frühere Klassenkameradin sie mit geladener Waffe empfangen oder gar panikartig die Flucht ergreifen würde. Eher war damit zu rechnen, dass sie die Polizei rief, wenn unangekündigter nächtlicher Besuch unschlüssig vor ihrer Haustür herumlungerte. »Wie willst du sonst reinkommen? Einbrechen? Das Haus hat doch bestimmt 'ne Alarmanlage.«

»Hat es«, bestätigte Trixi. »Aber die funktioniert mit Bewegungsmelder. Den haben Leo und ich früher schon ausgetrickst. Genau wie die Kameras.«

Wie schön, dass sie es erwähnte, nachdem sie über die gesamte Zufahrt gelatscht waren.

»Oder es gibt einen stillen Alarm, und wir werden gleich von einer Horde mit Maschinenpistolen bewaffneter Polizisten zu Boden geworfen und verhaftet.« Sophie blickte sich vorsichtig um, ob nicht bereits ein Spezialeinsatzkommando durchs Kiesbett in ihre Richtung robbte.

»Nein, nein, das Ding plärrt los, dass die ganze Nachbarschaft aus dem Bett fällt. Glaub mir, ich hab lange genug hier in der Nähe gewohnt«, beruhigte Trixi sie.

»Falls die Reinhardts in den letzten zwanzig Jahren nicht in ein neues Alarmsystem investiert haben«, warf Sophie ein.

»Offensichtlich haben sie das nicht. Komm, lass uns einmal ums Haus gehen, vielleicht finden wir ja eine Möglichkeit, wie wir ungesehen hineinkommen.«

Sophie fand es ziemlich unwahrscheinlich, dass bei einem solchen Anwesen niemand darauf Wert legte, dass die Alarmanlage auf dem neuesten Stand und das Tor geschlossen war. Sie sagte jedoch nichts, sondern folgte ihrer Begleiterin, die sich bereits auf den Weg gemacht hatte. Zum Umkehren war es ohnehin zu spät, und bis jetzt hatte sich noch keine Falltür unter ihnen aufgetan oder ein Netz über sie geworfen. Trotzdem fühlte Sophie sich mehr als unbehaglich. Trixi hatte die Taschenlampenfunktion auf ihrem Smartphone aktiviert, damit sie nicht komplett im Dunkeln tappten. Geduckt schlichen sie an der imposanten Fassade entlang bis zur Hausecke.

»Hinten raus befinden sich der Garten und der Swimmingpool«, informierte sie im Flüsterton. »Auf den war ich immer voll neidisch. Wir hatten ja nur einen Pool im Keller.«

Sophie und ihre Familie hatten in ihrer Mietwohnung über einen Balkon und eine Badewanne verfügt, also sollte

Trixi sich über den Pool im Keller mal nicht beklagen. Sie drängten sich dichter aneinander und erkundeten den hinteren Teil des Anwesens. Die Beleuchtung am Schwimmbecken war eingeschaltet, doch es war niemand zu sehen. Sophie wurde das Gefühl nicht los, dass etwas nicht stimmte. Auf der riesigen Terrasse selbst brannte kein Licht, aber der schwache Schein einer Lampe drang aus dem Inneren des Hauses nach draußen. Es war gerade hell genug, um erkennen zu lassen, dass die Schiebetür ein Stück offen stand.

»Bestimmt war jemand aus dem Haus schwimmen«, schlussfolgerte Trixi. »Wahrscheinlich ist die Alarmanlage deswegen sogar ausgeschaltet.«

Sophie hoffte, dass Trixi recht behielt und die Erklärung so simpel war. Sie huschten über die Terrasse ins Haus und fanden sich im Wintergarten wieder. Der Raum maß etwa fünf mal zehn Meter und war damit so groß wie Sophies und Bens erste gemeinsame Wohnung. Auf der gegenüberliegenden Seite gab es Schiebetüren aus Milchglas, die geschlossen waren. Im Zimmer dahinter brannte Licht, und leise Stimmen waren zu vernehmen.

»Das ist das Wohnzimmer«, raunte Trixi. »Eine der Stimmen ist männlich. Das ist bestimmt Martin.«

»Dann lebt er wenigstens noch«, murmelte Sophie erleichtert.

Wenn er mit Leo zusammensaß und plauderte, bestand kein Anlass zur Sorge. Wahrscheinlich hatte ihr notorisch klammer Ex-Freund Leonore tatsächlich als neue Geldquelle aufgetan. Aber nicht wie von Trixi vermutet im erpresserischen Sinn, sondern indem er ihr sexuelle Gefälligkeiten erwies. Allerdings klang die Stimme bei näherem Hinhören nicht wie die von Martin. Sie schien eher einem jüngeren Mann zu gehören. Vielleicht hielt sich Leo einen knackigen Liebhaber.

Die beiden hatten ein nächtliches Bad im Pool genommen und sich zum endgültigen Vollzug des Geschlechtsaktes auf das liebestauglichere Sofa zurückgezogen. Und Trixi und sie platzten mit ebenso unbewiesenen wie absurden Anschuldigungen mitten hinein in das Schäferstündchen. Ein Coitus interruptus der besonderen Art. Wenn Carsten hier wäre, würde er sich totlachen. Oder sie wegen groben Unfugs verhaften.

»Lass uns gehen«, beschloss sie und wollte Trixi am Ärmel in Richtung Terrasse ziehen. »Das ist nicht Martin. Die ganze Sache war sowieso eine Schnapsidee.«

»Nicht bewegen!«, befahl die männliche Stimme aus dem Wohnzimmer.

Die beiden Frauen im Wintergarten erstarrten, als seien sie gemeint. Sie vernahmen ein gemurmeltes »Jaja«, das nach einer ungewohnt folgsamen Leonore klang. Weder Sophie noch Trixi kannten die sexuellen Vorlieben ihrer ehemaligen Klassenkameradin, waren jedoch sicher, dass Unterwürfigkeit eher nicht dazu zählte.

»Was geht da vor sich?«, wisperte Trixi.

Sophie zuckte mit den Schultern, obwohl sie eine ungute Ahnung beschlich. Sie verharrte einen Moment, dann zog sie ihre Sneakers aus und lief geräuschlos auf Socken bis zu den Schiebetüren, die den Wintergarten vom Wohnzimmer trennten. Durch die Milchglasscheiben waren schemenhaft die Umrisse einer Sitzlandschaft zu erkennen, auf der zwei – nein drei – Personen einander gegenübersaßen. Ihre Unterhaltung war nun besser zu verstehen.

»Was willst du?«, fragte Leonore. Sie versuchte, souverän zu klingen, doch man hörte die Unsicherheit, die in jedem Wort mitschwang.

»Ich will, dass du es endlich zugibst«, antwortete ihr Gegenüber, der Stimmlage nach ein junger Mann, eher noch ein Teenager.

Sophies mulmiges Gefühl verstärkte sich. Zaghaft und so vorsichtig wie möglich schob sie die Schiebetüren einen Spaltbreit auseinander, um einen besseren Blick auf das Geschehen zu haben. Trixi war ihr lautlos gefolgt und schaute über ihre Schulter hinweg. Sophie spürte ihren Atem unangenehm im Nacken und bekam eine Gänsehaut. Leonore hockte verkrampft auf dem Sofa und sah den Jungen, der auf der anderen Seite des marmornen Couchtischs im Sessel saß, in einer Mischung aus Furcht und Wut unverwandt an. Seine Haltung war nicht weniger angespannt; er hielt ein Messer in der rechten Hand und hatte den linken Arm um ein Mädchen im Grundschulalter gelegt, das auf seinem Schoß saß. Die langen Haare des Mädchens waren nass, und es hatte ein weißes Badetuch um seine Schultern geschlungen. Sophie mutmaßte, dass die Kleine sich zu einem heimlichen nächtlichen Bad im heimischen Swimmingpool hinausgeschlichen und zu diesem Zweck, wie von Trixi vermutet, die Alarmanlage abgeschaltet hatte. Die Gelegenheit hatte der Junge genutzt, um unbemerkt ins Haus zu gelangen. Sein Gesicht war von ihrer Position aus nur im Profil zu sehen, aber Sophie war sich ziemlich sicher, dass es sich bei dem Burschen um Tim Sperling, den abgängigen Häftling, handelte. Hatte dessen Freund nicht behauptet, er befände sich auf einem Rachefeldzug gegen seine Mutter? Bisher waren sie davon ausgegangen, dass es sich bei besagter Mutter um Lisa handelte, aber da hatten sie sich wohl getäuscht.

Während Sophie grübelte, was sie tun sollte, bemerkte sie, wie Trixi hinter ihr zappelig wurde. Sie drehte sich um, legte einen Zeigefinger an die Lippen und schob ihre Begleiterin in Richtung Terrasse, ehe diese sie beide durch eine kopflose Aktion in Gefahr brachte.

»Wir hauen besser ab«, schnaufte Trixi, kaum dass sie außer Hörweite waren, und wandte sich zum Gehen. »Der Typ ist bewaffnet.«

»Er hat ein Messer, das er wahrscheinlich vorher aus Leos Küchenschublade genommen hat«, korrigierte Sophie, als machte es einen Unterschied, woher das Messer stammte, das einem die Organe zerfetzte. »Ich glaube, der Junge hat genauso viel Angst wie seine Geiseln. Der ist doch noch ein halbes Kind.«

»Ist mir wurstig. Mir schneidet der jedenfalls nicht die Kehle durch«, sagte Trixi.

Das hatte der arme Kerl vermutlich auch nicht vor. Trotzdem bestand die Möglichkeit, dass er jemanden durch eine Unachtsamkeit verletzte. Schlimmstenfalls das kleine Mädchen auf seinem Schoß.

»Wir können Leo und ihre Tochter nicht allein lassen«, entschied Sophie.

»Wieso nicht? Ich dachte, der Typ sei harmlos«, meinte Trixi schnippisch.

Sophie hatte weder die Zeit noch die Nerven für lange Diskussionen. Sie zog ihr Handy aus ihrer Jackentasche, entsperrte es und reichte es an Trixi weiter. »Lauf zur Straße und ruf Carsten an …«

»Deinen Bruder?«

»Ja genau. Die Nummer ist eingespeichert. Erklär ihm die Lage und sag ihm, dass der entflohene Sträfling, Tim Sperling, sich hier aufhält. Er weiß dann schon Bescheid und wird alles Weitere veranlassen.«

»Entflohener Sträfling? Tim Sperling? Dein Bruder weiß Bescheid? Ich muss das jetzt nicht verstehen, oder?«

Sophie seufzte und entsperrte ihr Handy in Trixis Hand erneut. »Nein, musst du nicht. Mach einfach, was ich dir sage.

Und beeil dich gefälligst.«

Ehe sie es sich anders überlegen konnte, lief Sophie zurück ins Haus.

35

Tim saß im Sessel, seiner vermeintlichen Mutter gegenüber. Das Mädchen auf seinem Schoß – seine Schwester? – blieb erstaunlich gelassen angesichts der Tatsache, dass ein völlig Fremder sie mit einem Messer bedrohte. Entweder war sie in Schockstarre verfallen oder sie vertraute darauf, dass er ihr nichts antun würde. Er hoffte, Letzteres war der Fall, denn damit läge sie richtig. Er könnte sie niemals verletzen. Was ihre gemeinsame Mutter anging, lagen die Dinge anders. Nur aus einem Grund hatte er die bescheuerte Flucht und alles, was danach kam, durchgezogen: Um ihr wehzutun. So wie sie ihm wehgetan hatte, indem sie ihn weggab. Doch nun, da er ihr gegenübersaß, fühlte er sich einfach nur leer. Er sehnte sich nach einer Dusche, einer warmen Mahlzeit und vor allem nach einem Bett. Doch all das würde er hier nicht bekommen. Schon gar nicht, nachdem er das Messer an sich gebracht hatte.

Ein winziger Teil von ihm hatte gehofft, seine Mutter würde sich freuen, ihn nach all den Jahren wiederzusehen. Dass es ihr leidtat, ihn weggegeben zu haben, und sie ihn schon seit Ewigkeiten suchte. Aber diese Frau hatte gelacht und ihm unterstellt, er wolle sie mit haltlosen Behauptungen erpressen. Das könne er gleich vergessen. Als ginge es ihm um Kohle. Mit ihrer eiskalten Reaktion hatte sie ihn quasi gezwungen, drastischere Maßnahmen zu ergreifen, damit sie ihm zuhörte. Sie sollte wissen, wie mies er sich fühlte und was es in ihm ausgelöst hatte, dass sie ihn nicht gewollt hatte. Mittlerweile bereute er, das Messer genommen zu haben. Warum hatte es so einladend auf dem Couchtisch gelegen? Wer ließ ein Messer offen auf dem Tisch liegen, wo ein Kind mit im Haus wohnte? Völlig verantwortungslos. Nicht verantwortungsloser, als besagtes Kind damit zu bedrohen, kam ihm in den Sinn, und er schämte sich.

Das kleine Mädchen auf seinem Schoß ließ seinen Kopf an seine Schulter sinken. Offenbar war es ebenso erschöpft wie er. Ein warmes Gefühl der Zuneigung durchflutete ihn, das er so nicht kannte. Nach so vielen Jahren sein eigen Fleisch und Blut im Arm zu halten. Schon klar, »im Arm halten« war das nicht, was er gerade mit seiner Schwester tat. Aber es fühlte sich trotzdem gut an. Er spürte die Verbundenheit zwischen ihnen. Darum sollte er das Ganze beenden, aber wie kam er aus der Nummer raus, ohne größeren Schaden anzurichten? Oder selbst Schaden zu nehmen? Er konnte nicht einfach aufstehen und gehen, obwohl ihm diese Option verlockend vorkam.

»Wie lange willst du dieses unsinnige Spiel durchziehen?«, fragte die Frau. Seine Mutter. Eine Verbundenheit zu ihr fühlte er nicht.

»Bis du endlich die Wahrheit sagst«, erwiderte er müde.

Sie stieß einen genervten Seufzer aus. »Herrgott noch mal, ich sage die Wahrheit. Ich. Bin. Nicht. Deine. Mutter.« Sie betonte jedes einzelne der Wörter, als würden sie dadurch wahrer. »Kriegst du das nicht in deine dämliche Rübe? Glaubst du, du kannst hier antanzen, mich und meine Tochter mit einem Messer bedrohen, und wir nehmen dich mit Tränen der Rührung in den Augen in unsere Familie auf? Vergiss es! Wenn du abkassieren willst, geh zu jemand anderem. Ich hab keinen Bock mehr auf die Scheiße.«

»Ich will überhaupt nicht abkassieren«, beteuerte Tim erneut und versuchte, ruhig zu bleiben. Er merkte, wie die ihm nur allzu bekannte Wut hochkochte und alles andere verdrängte. »Ich will nur wissen, warum du mich damals weggegeben hast.«

Die Frau, Leonore, lachte höhnisch auf. »Soll ich dir was sagen, Bubi? Deine Mama, wer immer sie auch sein mag, hat gut daran getan, dich wegzugeben. Und jetzt lass Coco los und verpiss dich von hier.«

***

Sophie, die im Wintergarten stand und mit angehaltenem Atem jedes Wort und jede Bewegung verfolgte, überlegte fieberhaft, was sie tun sollte. Sie ärgerte sich, Trixi ihr Handy überlassen zu haben. Nun war sie auf sich allein gestellt. Langsam wurde die Stimmung im Wohnzimmer aggressiver, und daran war Leonore nicht unbeteiligt. Warum sagte sie dem Jungen nicht, was er hören wollte, um die Situation zu entspannen? Was dachte sie sich dabei, ihn obendrein zu provozieren? Selbst der berühmte Blinde mit Krückstock erkannte, dass der Bursche kurz davorstand, die Nerven zu verlieren. Man konnte die aufkeimende Wut förmlich riechen. Zwar schwebte Leo selbst nicht in unmittelbarer Gefahr, immerhin befand sich zwischen ihr und dem Jungen der riesige Couchtisch. Bei ihrer Tochter aber lag die Sache anders. Sophie musste rasch handeln, ehe der Junge etwas tat, was er sein Leben lang bereute. Wenn sie wartete, bis ihr Bruder oder seine Kollegen eintrafen und das Heft in die Hand nahmen, war es zu spät. Falls Trixi es geschafft hatte, Carsten glaubhaft zu schildern, was sich hier abspielte. Hoffentlich hatte sie ihn überhaupt benachrichtigt und sich nicht einfach aus dem Staub gemacht.

Im Wohnzimmer geriet die Lage aus dem Ruder. Tim sprang aus dem Sessel hoch, wobei das Mädchen von seinem Schoß rutschte. Er hielt die Kleine am Arm fest und brüllte Leonore an, die ebenfalls aufstand. Sophie fackelte nicht lange und zerrte die linke der beiden Schiebetüren beiseite. Dann stürmte sie mit erhobenem Turnschuh und einem lauten Schrei in den Raum. Der junge Geiselnehmer fuhr herum und ließ vor Schreck das Messer fallen. Leonore nutzte die Gelegenheit, hechtete über den Marmortisch, schnappte sich ihre Tochter und preschte mit ihr aus dem Raum.

Sophie stand da, mit dem Schuh über dem Kopf, und fragte sich, was sie als Nächstes tun sollte. Sie hatte ihren Plan mangels Zeit nicht bis ins letzte Detail ausarbeiten können. Wesentlich weiter als bis zu diesem Moment war sie nicht gekommen. Eigentlich nicht mal bis hierhin. Immerhin hatte Leo sofort geschaltet und sich selbst sowie ihre Tochter in Sicherheit gebracht. An Sophie hatte sie dabei keinen Gedanken verschwendet. In Ermangelung einer adäquaten Waffe schleuderte sie dem Jungen, der sie immer noch völlig konsterniert anstarrte, ihren Schuh entgegen. Angesichts ihres Wurftalents verfehlte der Sneaker sein Ziel um etliche Zentimeter und landete nutzlos auf dem Couchtisch, lenkte den Burschen aber für einen Moment ab. Sophie taumelte in Richtung des Messers, um es an sich zu bringen. Der Junge hatte sich wieder gefangen und war einen Schritt schneller als sie. Er zog die Waffe mit dem Fuß zu sich und hob sie rasch auf.

»Wer sind Sie denn?«, fragte er keuchend und hielt den Griff des Messers mit zitternden Händen umklammert, die Klinge auf sie gerichtet. »Sie sind keine Polizistin.«

Diese simple Feststellung beleidigte Sophie. Weshalb schloss der Junge aus, dass es sich bei ihr um eine Polizistin handelte? Nur weil sie ein paar Zentimeter kleiner war als für Gesetzeshüterinnen üblich? Oder lag es daran, dass ihre einzige Waffe ein Schuh war? Sie hatte noch einen von der Sorte. Nur leider nicht griff- beziehungsweise wurfbereit.

»Ich bin Sophie«, stellte sie sich daher vor. »Und wie heißt du?«

Man sollte die Beziehung zwischen sich und einem Geiselnehmer immer auf eine persönliche Ebene heben, hatte sie gelesen. Hatte ihr beim letzten Mal zwar auch nicht entscheidend weitergeholfen, aber ein weiterer Versuch schadete nicht.

»Tim«, erwiderte Tim, dem die Verwirrung nach wie vor ins Gesicht geschrieben stand, automatisch. Seine Wut schien verraucht zu sein oder hatte den Raum zusammen mit Leonore und ihrer Tochter verlassen. Jedenfalls hatte Sophie nicht das Gefühl, dass von ihm eine unmittelbare Bedrohung ausging. Trotzdem war Vorsicht geboten, solange er bewaffnet war.

»Freut mich, Tim«, behauptete sie.

»Ja klar. Was machen Sie hier?«, wollte der Junge wissen.

Gute Frage. Was tat sie hier? Hätte sie Trixis Anruf ihrem ersten Impuls folgend weggedrückt, könnte sie gemütlich neben Ben im Bett liegen. Stattdessen hatte sie sich auf Rettungsmission für einen Mann begeben, den sie nicht einmal mochte und der sich offenbar gar nicht in Gefahr befand. Im Gegensatz zu ihr. Das hatte sie von ihrer Gutmütigkeit.

»Lange Geschichte«, seufzte sie.

»Ich hab Zeit.«

Nee, mein Junge, die hast du nicht. Zumindest nicht, wenn Trixi wie besprochen Carsten verständigt hatte. Dann dauerte es hoffentlich nicht mehr lange, bis die ersten Einsatzwagen auftauchten und die Polizei die Angelegenheit in ihre kompetenten Hände nahm. Vorher aber konnte Sophie wenigstens versuchen, den Jungen zur Aufgabe zu bewegen, damit seine Strafe nicht ganz so drastisch ausfiel. Im Grunde konnte er einem leidtun. Er hatte sich in eine Lage manövriert, aus der er allein nicht mehr herauskam. Vielleicht fanden sie ja gemeinsam eine Lösung. Sprach da etwa schon das Stockholm-Syndrom aus ihr? Hegte sie Sympathien für einen Jungen, der nur auf eine Chance lauerte, ihr das Messer in die Brust zu rammen? Der vielleicht schon eine Stricknadel zum Mordinstrument umfunktioniert hatte? Was würde er dann mit einem Küchenmesser anstellen?

Allerdings wirkte er zurzeit mehr wie ein verängstigtes Kind und nicht wie ein mordlüsterner Schwerverbrecher. Also eher weniger bedrohlich. Obwohl er Sophie um zwei Köpfe überragte, doch daran war sie gewöhnt. Nicht viele Menschen waren kleiner als sie. Ihre Mutter war noch winziger, konnte dafür aber mitunter ziemlich furchteinflößend wirken. Was bewies, dass es auf die Größe allein nicht ankam. Vor einem Elefanten fürchtete Sophie sich zum Beispiel weniger als vor einer Spinne.

»Sind Sie eingepennt?«, fragte der Junge verunsichert.

Sie musste bei ihren Überlegungen einen leicht weggetretenen Eindruck gemacht haben. »Nein, ich bin hellwach. Du hast mich gefragt, was ich hier mache. Viel interessanter finde ich die Frage, was du hier machst.« Nicht, dass sie es nicht wusste, aber möglicherweise fiel ihm die Aussichtslosigkeit seines Vorhabens auf, wenn er sie selbst in Worte fasste.

»Das geht Sie nix an«, erwiderte Tim trotzig und trat einen Schritt auf Sophie zu, das Messer nach wie vor auf sie gerichtet.

Sie hob abwehrend die Hände. »Schon gut, schon gut. Aber darf ich raten? Du bist hier, weil Lisa Hirsefeld dir erzählt hat, dass Leonore Reinhardt deine leibliche Mutter ist. Und Lisa war es auch, die dir am Samstag zur Flucht verholfen hat, indem sie für dieses Ablenkungsmanöver mit den Knochen in den Ronsdorfer Anlagen gesorgt hat.«

Tim sah sie verblüfft an, nickte dann aber. »Woher wissen Sie das alles? Kennen Sie Lisa? Hat sie Sie etwa geschickt?«

Sophie ging nicht auf die Fragen ein. Sie würde einen Teufel tun und dem Jungen in dieser Situation offenbaren, dass seine Vertraute tot war. Falls er es nicht längst wusste und den Ahnungslosen nur mimte. »Leider hast du auf der Flucht das Handy verloren, mit dem du Kontakt zu Lisa aufnehmen solltest«, fuhr sie fort. Das war nur eine These, aber sie war überzeugt, richtigzuliegen.

Wieder nickte der Junge. »Ich sollte abends in einer Kneipe auftauchen, um meine Mutter zu treffen, aber ohne das Handy konnte ich Lisa nicht erreichen, und den Namen der Kneipe hab ich vergessen.«

»Sonderbar«, sagte Sophie.

»Na ja, ich kann mir Namen halt nicht so gut merken.«

»Nein, die Kneipe heißt so. Sonderbar.«

»Ach so. Doofer Name.«

Sag das nicht so laut, die Kneipe gehört deiner Tante, dachte Sophie. Wenn es denn stimmte, dass Leonore Trixis Halbschwester war und Tim Leos Sohn. Herrje, allmählich wurde es unübersichtlich.

»Woher wusste Lisa von den Knochen?«, fragte sie. Diese Frage trieb sie ebenso um, wie die, woher Lisa wusste, dass Leo seine Mutter war.

Tim zog die Schultern nach oben. »Keine Ahnung. Ich

wusste nicht genau, was sie geplant hat. Sie hat mir gesagt, dass sie was vorbereitet und ich an einer bestimmten Stelle nach einem Reflektor am Baum Ausschau halten und für Chaos sorgen soll, damit ich unbemerkt verduften kann.«

»Hat ja gut geklappt.«

»Na ja, dass Zecke in die Grube fällt, konnte ja keiner ahnen. Und das Chaos hat dann Justin verursacht«, gab Tim zu, und Sophie merkte, dass er sich ein bisschen schämte. Wahrscheinlich waren ihm die Dinge vor Ort entglitten, und sein Freund hatte das Heft in die Hand genommen.

Sie lauschte, ob sie endlich Sirenengeräusche hörte, aber da war nichts. Vermutlich hatte Carsten seine Kollegen angewiesen, ohne viel Tamtam vorzufahren, damit die Situation nicht eskalierte. Sie hoffte, dass er überhaupt etwas in die Wege geleitet und Trixis Anruf nicht einfach als Telefonstreich abgetan hatte. Auch wenn der Junge im Moment eher den Eindruck eines hilflosen großen Teddybären erweckte, fuchtelte er immer noch mit dem Messer vor ihrer Nase herum, was nicht zur Entspannung der Lage beitrug.

»Und abends bist du dann in die Sonderbar gegangen«, sprach sie weiter.

Tim glotzte sie verständnislos an. »Häh? Haben Sie Alzheimer? Ich hab doch gesagt, ich wusste den Namen von der doofen Kneipe nicht mehr. Also bin ich auch nicht dahin gegangen. Ich hab mich versteckt und bin dann zu Justins Freundin. Die hat mir ihr Handy geliehen, und damit hab ich die Adresse von meiner … von der Frau hier gegoogelt. Aber die sagt, sie wär nicht meine Mutter und ich wollte nur Kohle von ihr erpressen. Dabei hat Lisa Beweise, dass die meine Mutter ist.« Er deutete mit der freien Hand nach hinten zur Wohnzimmertür, durch die Leonore mit ihrer Tochter verschwunden war. Hoffentlich war wenigstens sie auf die Idee gekommen, die Polizei zu alarmieren, falls Trixi versagt haben sollte.

»Was sind das für Beweise?«, fragte Sophie.

»Weiß nicht, ich glaub, so 'n DNA-Test. Sie hat mich irgendwann mal 'n Wattestäbchen ablutschen lassen. Sie wollte die Beweise am Samstag mitbringen. In die Kneipe. Wenn Sie sie fragen …«

Tja, das war leider nicht mehr möglich. Und von einem wie auch immer gearteten Beweis war bislang nicht die Rede gewesen. Hatte Lisa Tim angelogen und überhaupt nichts in der Hand gehabt? War der Junge Mittel zum Zweck gewesen, um Leonore vor ihren Klassenkameraden zu kompromittieren? Oder hatte jemand diesen Beweis an sich genommen? Leonore selbst? Der Mörder? Wer war eigentlich Tims Vater? Das von Trixi erwähnte Nümmerchen auf der Toilette kam ihr mal wieder in den Sinn. Der Spruch war an Tobias gerichtet gewesen und hatte sich nicht auf ihn und Isabella bezogen. Hatte er deren beste Freundin Leo mit seinen Liebeskünsten beglückt? Sophie betrachtete Tim genauer, um irgendeine Ähnlichkeit zwischen ihm und ihrem Schulkameraden zu entdecken. Beide waren groß, athletisch gebaut und blond. Damit endeten die Gemeinsamkeiten. Sophie meinte, in Tims Zügen etwas von Leonore zu erkennen, das konnte aber auch Einbildung sein. Nichtsdestotrotz hatte sie das Gefühl, den Jungen schon mal gesehen zu haben. Vielleicht doch in der Sonderbar?

»Was ist?«, unterbrach Tim ihre Gedanken. »Sind Sie wieder eingeratzt?«

Sophie zuckte zusammen. Liebe Güte, sie sollte wirklich aufmerksamer sein, wenn sie mit einem Messer bedroht wurde. »Nein, ich denke nach.«

»Worüber? Wie Sie mich überwältigen können?«, fragte er spöttisch und musterte sie abschätzig von oben bis unten.

Sie lächelte. »Wohl eher nicht. Ich denke darüber nach, wie ich dich überzeugen kann, das Ganze hier sein zu lassen.«

»Ich soll mich ergeben, meinen Sie?« Er zog erstaunt eine Augenbraue hoch.

Sie wiegte den Kopf hin und her. »So in der Art. Mal ehrlich: Wie lange kann es dauern, bis ein Sondereinsatzkommando hier reinstürmt? Und wenn die sehen, wie du mit dem Messer vor meiner Nase rumfuchtelst, schießen die schneller als du ›huch‹ sagen kannst. Oder glaubst du, Leonore hat sich einfach ins Bett gelegt und hofft darauf, dass du dich vom Acker machst?« Leider war nicht auszuschließen, dass sie genau das getan hatte. Oder sie hatte das Haus auf dem schnellsten Weg verlassen und Sophie ihrem Schicksal überlassen. Wie viel Zeit war vergangen, seit Leo mit ihrer Tochter aus dem Raum gestürzt war? Müsste die Polizei nicht längst hier sein? Oder standen sie draußen und planten die Stürmung? Dann sollten sie sich – verdammt noch mal – beeilen, sie musste dringend austreten.

Tim schaute von dem Messer in seiner Hand zu Sophie und zurück. Hoffentlich war sie mit ihren Worten nicht übers Ziel hinausgeschossen. So ein Appell an jemandes Vernunft konnte schnell nach hinten losgehen. Sicher, sie konnte sich umdrehen und losrennen, aber wie groß war die Wahrscheinlichkeit, dass er sie nicht einholte? Nicht besonders groß, musste sie sich eingestehen. Andererseits hatte er an ihrem Tod kein tiefergehendes Interesse. Doch das bedeutete nicht, dass er sie deshalb laufen ließ. Wieso glaubte sie eigentlich, diesen Jungen unbedingt retten zu müssen?

Möglicherweise wollte er gar nicht gerettet werden. Vielleicht war er die Mühe gar nicht wert. Was wusste sie schon von ihm? Sie hatte nicht mal den Hauch einer Ahnung, weshalb er überhaupt im Jugendknast saß. Dort landete man nicht wegen guter Führung.

»Überleg's dir«, mahnte sie, »noch kommst du halbwegs heil aus der Sache raus.« Na ja, nicht wirklich, aber was sollte sie sonst sagen?

Er runzelte die Stirn. Dahinter schien es gewaltig zu arbeiten. Nach einer gefühlten Ewigkeit, in der Sophie angespannt den Atem anhielt, nahm er die Klinge des Messers in die linke Hand und reichte es mit dem Schaft nach vorn in ihre Richtung.

»Hier, nehmen Sie«, meinte er nur und ließ Kopf und Schultern hängen. Beinahe schien es, als hätte man die Luft aus ihm rausgelassen.

Sophie grabschte hastig nach der Waffe und zog sich schnell ein paar Schritte zurück. Nur den Bruchteil einer Sekunde später stürmte jemand an ihr vorbei auf den Jungen zu. Eigentlich stürmte derjenige nicht, er humpelte eher im Stechschritt.

»Du hast dir ja Zeit gelassen«, seufzte Sophie scherzhaft vorwurfsvoll, aber mit zittrigem Stimmchen.

»Dachte, du hast hier alles im Griff«, brummte ihr Bruder, während er Tim beim Arm packte.

36

Der junge Geiselnehmer hatte sich widerstandslos in sein Schicksal gefügt und war von Carsten in einen Streifenwagen verfrachtet worden. Während ihr Bruder zur Vernehmung ins Präsidium fuhr, ging Sophie gemeinsam mit Trixi ins Haus zurück. Leo, die im Obergeschoss abgewartet hatte, bis die unmittelbare Gefahr vorüber war, kam herunter, und gemeinsam begaben sie sich in die geräumige Küche der Reinhardts, um auf das Eintreffen von Kriminalhauptkommissar Paul Mattuschek zu warten. Sie saßen in trauter Runde am riesigen Esstisch in der Mitte des Raums. Dem Anlass entsprechend hatte Leo jeder ein großes Glas Whisky aus dem Fundus ihres verstorbenen Vaters eingeschenkt. Die kleine Constanze war unter lautstarkem Protest ins Bett verbannt worden.

»Ich will nicht undankbar erscheinen«, begann Leo, »aber warum seid ihr eigentlich hier? Mitten in der Nacht.«

Sophie sah auffordernd zu Trixi, schließlich war dieses Himmelfahrtskommando zur Rettung des gemeinsamen Ex-Freundes auf ihrem Mist gewachsen. Von Martin war weit und breit nichts zu sehen. Aber das Anwesen war weitläufig, und sie hatten nicht jeden Raum inspiziert.

»Mich würde viel mehr interessieren, was dieser Junge von dir wollte«, wich Beatrix einer Antwort aus. Entweder hatte sie die Hoffnung aufgegeben, Martin hier zu finden, oder sein Verbleib kümmerte sie angesichts des eben Erlebten nicht länger. Dabei hatte Sophie sich der Gefahr ausgesetzt, niedergestochen zu werden, während Trixi draußen gemütlich auf das Eintreffen von Carsten und seinen Kollegen wartete.

»Ja, das wüsste ich auch gern«, seufzte Leo und ließ einen Zeigefinger über den Rand ihres Glases kreisen. »Aus irgendeinem Grund glaubt er, ich sei seine Mutter. Wie er da drauf kommt, weiß der Himmel.«

Sophie wusste es, entschied sich aber, nichts zu sagen. »Bist du's denn nicht?«, fragte sie.

»Gott bewahre, das fehlte noch.« Sie schüttelte heftig mit dem Kopf. »Wie alt ist der Knabe? Neunzehn? Zwanzig?

Da wäre ich ja noch ein halbes Kind gewesen.«

»Alt genug jedenfalls für ein Nümmerchen mit Tobias aufm Klo«, rechnete Trixi nach.

Dann stimmte es, kombinierte Sophie, es war Leo gewesen, mit der sich Tobias auf dem Schulklo vergnügt hatte. Wie hieß es so schön? Gelegenheit macht Liebe. Aber auf dem Schulklo? Wer es brauchte ...

»Du meine Güte, hängst du immer noch der ollen Kamelle nach?« Leo versuchte sich an einem spöttischen Lachen, scheiterte jedoch kläglich. Der Schock hing ihr spürbar in den Kleidern. Zwar war die Geschichte glimpflich für alle Beteiligten ausgegangen, dennoch blieb eine Geiselnahme eben eine Geiselnahme. So etwas steckte selbst eine abgebrühte Person wie Leonore Reinhardt nicht einfach weg, obwohl sie sich redlich Mühe gab, es vor den anderen zu verbergen.

»Na ja, wenn ich von der ollen Kamelle aus neun Monate draufschlage«, bohrte Trixi weiter, »wäre es nicht unmöglich.«

Ihre unfreiwillige Gastgeberin starrte sie an, als überlegte sie, ihr den kostbaren Inhalt ihres Whiskyglases ins Gesicht zu schütten. Stattdessen nahm sie einen kräftigen Schluck und knallte das Glas mit solchem Nachdruck auf den Tisch, dass zu befürchten stand, es könne zerbersten. Zum Glück bestanden sowohl Glas als auch Tisch aus robusten Materialien.

»Glaub doch, was du willst«, krächzte Leo, weil der Alkohol in ihrer Kehle brannte.

Sophie, die ihren Whisky bislang nicht angerührt hatte, starrte nachdenklich auf die bernsteinfarbene Flüssigkeit in ihrem Glas. Ihr war vorhin dieselbe Idee gekommen wie Trixi soeben. Leonore war damals scharf auf Tobias gewesen, obwohl er mit ihrer besten Freundin liiert war. Aber dieser Umstand hatte sie offenbar nicht an diesem berüchtigten Nümmerchen auf dem Klo gehindert. War Tim bei dieser Gelegenheit gezeugt worden? Der Junge konnte einem wahrhaftig leidtun. Falls er tatsächlich der Sohn von Leonore und Tobias war. Lisa konnte die verwandtschaftliche Beziehung zwischen Tim und Leo aus reiner Gehässigkeit erfunden und die vermeintlichen Beweise manipuliert haben. Aber würde ihr Hass auf ihre frühere Schulkameradin so weit gehen, dass sie einen – zumindest in diesem Fall – unschuldigen Jungen als Werkzeug für ihre Rache missbrauchte?

»Hast du seit Sonntag eigentlich was von Martin gehört?«, kam Trixi endlich auf den ursprünglichen Grund ihres Besuchs zu sprechen.

»Wieso? Hab ich mit dem auch ein Kind gezeugt?«, fragte Leo eingeschnappt zurück.

»Nein, er ist verschwunden«, informierte Trixi.

»Ach was? Und ausgerechnet ihr beide seid auf der Suche nach ihm?« Leonore sah von Sophie zu Trixi und brach in höhnisches Gelächter aus, das in einen Schluckauf mündete.

»Gewissermaßen«, murmelte Sophie.

»Und dabei seid ihr auf die aberwitzige Idee gekommen, dass er hier sein könnte?«

Sophie starrte weiter angestrengt Luftblasen in ihren Whisky und überließ ihrer Begleiterin das Feld. Trixi hatte der Mut nach dem ersten Vorpreschen offenbar wieder verlassen. Sie druckste und stotterte herum wie früher bei ihrem gefürchteten Erdkundelehrer, wenn er wissen wollte, wie es in den Achtzigerjahren um die Kakaobohnenernte in Ghana bestellt war. Aus dem Gestammel ließ sich zumindest erahnen, dass Martin Unterlagen an sich gebracht hatte, die belegten, dass Herr van den Bergh Leonores Vater war.

An dieser Stelle kippte Sophie, die an dem Diebstahl nicht ganz unbeteiligt gewesen war, doch ihren Whisky hinunter und schloss sich spontan Leos Schluckauf an.

Leonore hockte zunächst leise hicksend wie vom Donner gerührt auf ihrem Stuhl, ehe sie erneut loslachte, so heftig, dass zu befürchten stand, sie könne an der Kombination aus Lachkrampf und Schluckauf ersticken.

»Dann hab ich heute also nicht nur einen neuen Sohn bekommen, sondern auch einen neuen Vater«, japste sie, als sie wieder Luft bekam, und wischte sich die Tränen aus den Augenwinkeln. »Nicht zu vergessen, eine neue Schwester. Das ist echt zum Schießen.«

»Es ist wahr«, beharrte Trixi.

»Ja klar«, höhnte Leo. »Und deine ach so tollen Unterlagen befinden sich leider am selben Ort wie das Beweisstück von dem Jungen. Im Nimmerwiedersehenland.«

»Ich sag doch: Martin hat sie.«

»Der ebenso spurlos verschwunden ist«, erinnerte Leo. Dann hob sie in einer plötzlichen Eingebung den Zeigefinger. »Wartet mal. Ihr zwei Flitzpiepen glaubt doch nicht etwa, ich hätte was damit zu tun?«

Das Läuten der Türglocke ersparte den beiden »Flitzpiepen« eine Antwort.

»Das wird Mattes sein«, rief Sophie erleichtert und sprang auf, um ihm die Tür zu öffnen.

»Wer ist nun wieder Mattes?«, fragte Leonore verwirrt. »Noch ein neuer Verwandter?«

Trixi klärte ihre Schulfreundin darüber auf, dass Sophie ihnen ein entscheidendes Detail über den beruflichen Werdegang ihres Bruders verschwiegen hatte. Kurz darauf betrat Kriminalhauptkommissar Paul Mattuschek die Küche.

***

»Kommt Ihr Bein wieder in Ordnung?«, fragte Tim und versuchte, einen unauffälligen Blick auf Carstens untere Körperhälfte zu werfen.

»Wird schon«, brummte der Hauptkommissar kurz angebunden, während er sich das schmerzende Knie massierte.

Er hatte den Jungen gleich nach seiner Ankunft im Präsidium in einen Vernehmungsraum bringen lassen und die JVA darüber informiert, dass sich der zweite entfleuchte Spitzbube wieder eingefunden hatte. Von der Geiselnahme erwähnte er vorerst nichts, erst wollte er dem Burschen die Gelegenheit einräumen, sich zu erklären. Carsten gab es nur ungern zu, aber vermutlich hatte Sophie Schlimmeres verhindert. Wie genau sie es geschafft hatte, den Jungen zur Aufgabe zu bewegen, wusste er nicht, er hatte nicht jedes Wort verstanden. Zuweilen wirkte ihre bloße Anwesenheit beruhigend auf andere. Ihre eher zarte Erscheinung und die großen Rehaugen, die meist ein wenig hilflos dreinschauten, erweckten bei vielen ihrer Mitmenschen einen Beschützerinstinkt, den Sophie weder verlangte noch benötigte. Jedenfalls für gewöhnlich nicht. Und auch wenn Tim von ähnlich imposanter Statur war wie Carsten selbst, wirkte er mehr wie ein Kind, das sich vor dem fürchtete, was auf es zukam. Irgendwie empfand er Mitleid für den Jungen, der seinen Platz im Leben offensichtlich noch nicht gefunden hatte und auf der Suche danach gehörig vom Weg abgekommen war.

»Was hast du dir nur dabei gedacht?«, fragte Carsten ungewohnt sanft. Kein Sarkasmus, kein Haifischlächeln. Beides hielt er in dieser Situation für unangebracht. Er war nicht immer der hartgesottene Kerl, den andere in ihm sahen. »Du wärst doch in ein paar Wochen wegen guter

Führung entlassen worden, hat mir der Direktor gesagt.«

Tim ließ betrübt den Kopf sinken. »Ich weiß. Ich hab's voll verkackt.«

»Könnte man so sagen«, meinte Carsten und musste angesichts der Wortwahl ein Grinsen unterdrücken.

»Ich hab nicht gewollt, dass Ihnen was passiert«, beteuerte der Junge. »Das war dieser blöde Radfahrer schuld.«

»Ich weiß, ich war dabei«, beruhigte ihn der Hauptkommissar und hielt sich bewusst mit der Kritik zurück, dass Tim ihn hilflos hatte liegenlassen. »Jetzt wüsste ich aber ganz gern, was du seitdem getrieben hast.«

Tim holte tief Luft und begann zu erzählen. Wie er nach dem Zusammenstoß von Carsten und dem Mountainbiker zum Fingscheid gelaufen und dort in den nächsten Bus Richtung Sedansberg gestiegen war. Eine Weile hatte er sich ohne Ziel in den Straßen herumgedrückt, immer darum bemüht, nicht aufzufallen. Irgendwann machte er sich auf den Weg zu seinem Elternhaus in der Nähe des Nordparks. Warum es ihn ausgerechnet dorthin zog, konnte er selbst nicht sagen. Hilfe von seiner Adoptivmutter versprach er sich nicht. Die hatte ihn schon bei der Verhandlung im Stich gelassen. Eigentlich schon nach dem Tod seines Adoptivvaters.

Wahrscheinlich war es eine Mischung aus Verzweiflung und dem Wunsch nach Vertrautheit, die ihn nach Hause trieb. Dort angekommen, stellte Tim fest, dass seine Adoptivmutter in der Zwischenzeit umgezogen war und es nicht für nötig erachtet hatte, ihm diese Neuigkeit mitzuteilen. Nicht, dass sie es überhaupt für nötig erachtete, den Kontakt zu ihm aufrechtzuerhalten. Wenig später war ein Streifenwagen aufgekreuzt, und Tim hatte sich schleunigst in Richtung Nordpark davongemacht. Dort hatte er als Kind viel Zeit mit seinem Vater verbracht und kannte jeden Winkel.

Auf einer Anhöhe, etwas versteckt, lag ein kleiner Platz, wo er früher häufig mit seinen Kumpeln abgehangen hatte. Auch an diesem Abend hatten sich ein paar Jugendliche dort eingefunden. Leider, oder vielleicht auch zum Glück, war niemand dabei, den er kannte. Man ließ eine Flasche Schnaps sowie den ein oder anderen Joint kreisen und kam sich mächtig cool vor. Tim hatte sich eine Weile zu ihnen gesellt, sich aber irgendwann auf die Suche nach einer Schlafstatt begeben. Die erste Nacht verbrachte der Junge auf einer Parkbank in der Nähe des Restaurants. Am nächsten Morgen entschied er, Justin bei seiner Freundin Mimi aufzusuchen, deren Adresse er von den zahlreichen verzierten und parfümierten Briefumschlägen kannte, die sein Freund in der gemeinsamen Zelle aufbewahrte. Er wurde Zeuge des Unfalls des Paars sowie der anschließenden Festnahme Justins und hielt sich die nächsten Stunden erneut im Hintergrund. Er wartete auf Mimis Rückkehr, in der Hoffnung, wenigstens mit ihr reden zu können. Doch das Mädchen kam in Begleitung seiner Oma, die die ganze Nacht im Haus blieb. Erst am Montag gelang es Tim, Kontakt zu Justins Freundin aufzunehmen. Sie lieh ihm ihr Handy, damit er die Adresse seiner leiblichen Mutter, von der er den Namen – Leonore Reinhardt – wusste, googeln konnte. Am Abend machte er sich auf den Weg, ohne recht zu wissen, was ihn erwartete oder was er eigentlich tun wollte.

»Du hast dir keinen Plan zurechtgelegt?«, hakte Carsten nach.

Tim schüttelte den Kopf. »Ich dachte, ich klingel einfach. Aber als ich dann vor dem Haus stand, hab ich mich nicht getraut. Haben Sie den Kasten gesehen? Das is 'n Scheißpalast. Das Tor stand offen, also bin ich rein und hab mich draußen umgesehen. Und da bin ich echt sauer geworden.«

»Warum?«, fragte Carsten, als der Junge nicht weitersprach.

Tim schlug die Augen nieder und zuckte mit den Schultern. »Na, weil die sind ja voll reich. Ich hab manchmal so gedacht, vielleicht hat meine Mutter mich weggegeben, weil sie keine Kohle für 'n Baby hat oder so. Aber die schwimmt im Geld. Die hätte es sich locker leisten können, mich zu behalten.«

Carsten nickte bedächtig. Da war was dran. Allerdings wäre Leonore Reinhardt bei der Geburt gerade mal siebzehn Jahre alt gewesen. Ein Alter, in dem man Interesse am Zeugungsvorgang von Kindern hat, aber weniger an deren Aufzucht. Und in den Kreisen, in denen die Reinhardts verkehrten, stellte das uneheliche Kind der Teenagertochter einen nicht wiedergutzumachenden Makel dar. Falls sie die Mutter des Jungen war. Mehr als Tims Behauptung gab es bisher nicht an Beweisen.

»Wie bist du überhaupt darauf gekommen, dass Leonore Reinhardt deine Mutter ist?«, fragte Carsten, obwohl er die Antwort kannte.

Tim druckste verlegen herum, und man merkte deutlich, wie intensiv er nach einer Ausrede suchte. »Eine Freundin hat's mir gesagt«, bekannte er schließlich, weil ihm wohl auf die Schnelle keine passende Lüge einfiel.

»Lisa Hirsefeld«, konstatierte Carsten.

Der Junge machte große Augen. »Woher wissen Sie ...?«

»Ich habe meine Quellen«, blieb der Hauptkommissar vage.

»Ach, Sie haben bestimmt Lisas Nummer in dem Handy

überprüft, das ich Justin gegeben habe«, kombinierte der Junge. »Ich hab mir schon gedacht, dass Sie drauf kommen. Aber Lisa kann nix für das, was ich heute Nacht gemacht hab. Das war allein meine Idee. Ehrlich. Die wusste da nix von.«

»Aber sie hat dir zur Flucht verholfen.«

Tim senkte den Blick und starrte intensiv auf den abgeschabten Linoleumboden. »Ja, schon. Lisa meinte, wir müssten die Sache schnell durchziehen, weil meine Mutter demnächst nach China zieht. Deswegen konnten wir nicht bis zu meiner Entlassung warten.«

»Verstehe. Woher wusste Frau Hirsefeld denn, dass Leonore Reinhardt deine Mutter ist?«

»Weiß ich auch nicht genau. Ich hab ihr irgendwann mal erzählt, dass ich in Marburg geboren und adoptiert bin. Marburg ist in Hessen«, fügte er hinzu.

»Ich weiß.«

»Ach so. Na ja, sie hat mich dann ganz viel gefragt. Nach meinem Geburtsdatum und ob ich schon versucht hätte, meine richtige Mutter zu finden. Sie hat dann selber nachgeforscht. Irgendwoher wusste sie, dass diese Leonore ein Kind gekriegt hat, ungefähr zu der Zeit, wo ich geboren bin. Die war ihre Klassenkameradin oder so. Sie hat sie mit Kugelbauch in einer Privatklinik in Marburg gesehen. Ich glaub, sie hat da gearbeitet. Also, Lisa mein ich. So hat sie's mir jedenfalls erzählt. Und kurz danach bin ich zur Welt gekommen. In Marburg. In genau der Privatklinik.«

»Na schön, das ist vielleicht eine nicht zu verachtende Übereinstimmung, aber noch lange kein Beweis.«

»Aber Lisa hat einen Beweis«, widersprach Tim und legte die Stirn in Falten. »Sie wollte ihn am Samstagabend zu diesem Klassentreffen mitbringen, wo ich als Überraschungsgast auftauchen sollte.«

»Richtig, das Klassentreffen in der Sonderbar. Und, warst du da?«, fragte Carsten.

Tim schüttelte den Kopf. »Nee, war ich nicht. Das hat die Sophie mich auch gefragt. *Die Sophie, so so.* »Ich hatte doch mein Handy nicht mehr, wo ich mit Lisa Kontakt aufnehmen sollte. Und ich hatte den Namen von der Kneipe vergessen. Darum bin ich nicht hin. Lisa war bestimmt voll sauer. Haben Sie sie schon befragt? Wussten Sie deshalb, wo Sie mich suchen sollten?«

Entweder hatte Tim keine Ahnung von dem Mord, oder er war ein verdammt guter Schauspieler. Eingedenk der Tatsache, dass der Junge unter den gegebenen Umständen kein offenkundiges Motiv hatte, Lisa Hirsefeld nach dem Leben zu trachten, tippte Carsten auf Ersteres. Er schluckte und rieb sich den Nacken, wie er es häufig machte, wenn ihm etwas unangenehm war. »Tut mir leid, dir das sagen zu müssen, mein Junge, aber Lisa ist tot. Sie wurde Samstagabend ermordet.«

37

Gegen halb acht versammelten sich die Kommissare im Besprechungsraum. Carsten war der Einfachheit halber im Präsidium geblieben, Mattes hatte nach seinem Besuch in der Villa Reinhardt nur kurz zu Hause geduscht. Aylin, als Einzige nicht in die Geschehnisse der vergangenen Nacht involviert, war gebührend entrüstet, weil man sie nicht informiert hatte.

»Du bist ja eigentlich im Urlaub«, erinnerte Mattes seine Kollegin.

»Na und? Der da«, sie deutete anklagend auf Carsten, »ist krankgeschrieben.« »Ich war sozusagen privat vor Ort«, verteidigte sich »Der da«.

Aylin bedachte ihn mit einem vernichtenden Blick. »Dir bring ich noch mal Toffifee mit«, nörgelte sie.

»Och, sei nicht so undönig. Du bist doch meine kleine Toffi-Fee«, neckte Carsten seine Kollegin.

»Die Toffi-Fee verwandelt dich gleich in ein Hanuta«, drohte Aylin.

»Wenigstens ist jetzt einer von uns ausgeschlafen«, meinte Mattes und legte ihr versöhnlich einen Arm um die Schultern. »Und beim nächsten Mal darfst du dir ganz allein die Nacht um die Ohren schlagen. Versprochen. Ich bin sowieso zu alt dafür. Carsten hat mich ja auch nur deswegen hinzugezogen, weil ich näher dran wohne als du.«

Während Aylin noch eine Weile schmollte, fasste Mattes die Befragung der »drei Damen vom Grill«, wie er Sophie, Beatrix van den Bergh und Leonore Reinhardt augenzwinkernd titulierte, zusammen. Tim Sperling habe sich, laut Frau Reinhardt, das Vertrauen der kleinen Constanze erschlichen, die sich heimlich zu einem nächtlichen Bad in den Pool begeben und zu diesem Zweck die Alarmanlage ausgeschaltet hatte. Das Mädchen, das sich wider Erwarten nicht in seinem Zimmer aufhielt, sondern lauschend vor der Küchentür herumlungerte, bestätigte dies. Sie habe ihre Mutter über den nächtlichen Besucher informiert. Leonore Reinhardt, unsanft aus dem Schlaf gerissen, glaubte an einen schlechten Scherz ihrer Tochter, folgte ihr aber nach unten, wo sich zu ihrem Entsetzen tatsächlich ein verwahrlost aussehender Junge unbefugt Zutritt zum Wohnzimmer verschafft hatte. Sie forderte ihn mit unmissverständlichen Worten auf, das Haus zu verlassen, doch der Bursche weigerte sich strikt. Als sie drohte, die Polizei zu verständigen, schnappte sich der Junge erst ein Messer, das auf dem Couchtisch lag, und dann Constanze. Er zwang Frau

Reinhardt, sich auf die Couch zu setzen, um ihm zuzuhören, und erzählte die abstruse Geschichte, dass er ihr verlorener Sohn sei. Dabei bedrohte er das Mädchen mit dem Messer. Leonore versuchte, beruhigend auf ihn einzuwirken – an dieser Stelle der Ausführung hüstelte Sophie –, doch er sei nur immer wütender geworden. Kurz bevor die Lage eskalierte, kam Sophie plötzlich aus dem Wintergarten gestürmt, mit drohend erhobenem Turnschuh in der Hand.

Mattes legte eine Kunstpause ein, um seinen Kollegen die Gelegenheit zu geben, sich die Szene bildlich vorzustellen. Carsten fragte sich nicht zum ersten Mal, wie Sophie es immer wieder schaffte, sich in solche Lagen zu manövrieren. Und vor allem, wie es ihr dann gelang, sie halbwegs heil zu überstehen, mit nichts als einem Turnschuh als Wurfgeschoss. Von verstauchten Knöcheln, Würgemalen und Streifschüssen abgesehen. So betrachtet, konnte Sophie in ihrer kurzen Laufbahn als Hobbyermittlerin mehr Blessuren vorweisen als Carsten in all den Jahren bei der Kripo. Da bestand dringender Nachholbedarf. Ob seine Schwester sein lädiertes Knie gelten ließ? Was hatten sie und Beatrix van den Bergh eigentlich nachts im Wintergarten der Reinhardts verloren?

Einer Antwort auf diese Frage waren sowohl Sophie als auch ihre Klassenkameradin ausgewichen. Das sei nicht wichtig. Es habe nichts mit dem Fall zu tun, hatten sie behauptet. Nein, ganz gewiss nicht. Also, wahrscheinlich nicht. Ihre Worte, nicht seine, betonte Mattes. Sophie hatte rasch das Thema gewechselt und berichtet, wie sie Tim überzeugt hatte, ihr die Waffe auszuhändigen, während Trixi damit beauftragt war, Carsten zu informieren, was diese nickend bekräftigte. Leonore fügte hastig hinzu, dass sie ebenfalls den Notruf gewählt habe, was die Zentrale allerdings nicht bestätigen konnte.

»Den Rest weißt du ja selbst«, schloss Mattes seine Ausführungen. »Was hatte Tim Sperling so zu erzählen?«

»Nun, er tat angemessen zerknirscht und war überaus kooperationsbereit. Er ist fest davon überzeugt, dass Leonore Reinhardt seine leibliche Mutter ist.«

»Die er für sein verpfuschtes Leben verantwortlich macht«, warf Aylin ein.

»Richtig. So weit waren wir ja schon. Nur dass wir die falsche Frau im Visier hatten.«

»Lisa Hirsefeld.«

»Ja. Mit dem Rest lagen wir richtig. Die beiden haben sich während Hirsefelds ehrenamtlicher Tätigkeit in der JVA kennengelernt. Und sie hat sich tatsächlich als Fluchthelferin betätigt. Sie hat Tim mit den notwendigen Informationen ausgestattet und ihm das Handy gegeben, damit er sie nach gelungener Aktion kontaktieren konnte.«

»Hast du ihn nach den Knochen gefragt?«, erkundigte sich Mattes.

»Er behauptet, nichts darüber zu wissen. Er sei selbst schockiert gewesen, als er sie gesehen hat. Dementsprechend kann er nichts über die Herkunft sagen oder darüber, woher Hirsefeld von deren Existenz wusste.«

»Steht eigentlich fest, ob die Knochen die ganze Zeit über dort vergraben waren? Oder wurden sie erst später dorthin gebracht?«, fragte Aylin.

»Das Ergebnis der Bodenanalyse steht noch aus«, sagte Carsten. »Aber selbst wenn Lisa Hirsefeld sie als Ablenkungsmanöver dort platziert hat, muss sie irgendwie in deren Besitz gelangt sein. Also ich hab für solche Zwecke nicht mal eben 'ne Leiche im Keller liegen.«

»Das Haus von Hirsefeld hat keinen Keller«, informierte Mattes. »Nur 'ne marode Scheune. Vielleicht sollten die Mädels und Jungs von der KT sich dort noch mal genauer umsehen.«

»Was hat Lisa Hirsefeld mit der ganzen Sache eigentlich bezweckt?«, fragte Aylin.

»Sie hat Tim bei der Suche nach seiner leiblichen Mutter geholfen und ist bei ihren Recherchen auf ihre alte Klassenkameradin Leonore Reinhardt gestoßen. Angeblich existiert ein Beweis, vermutlich ein DNA-Test, der das verwandtschaftliche Verhältnis bestätigt. Der soll sich in Hirsefelds Besitz befunden haben, und sie wollte ihn auf dem Klassentreffen vor allen präsentieren. Mit Tim als fleischgewordenem Beweis.«

»Du meine Güte, die muss Leonore ja echt gehasst haben«, entfuhr es Aylin. »Es stellt sich jetzt die Frage: Sagt Tim die Wahrheit? Existiert dieses Dokument wirklich? Wenn ja, wo ist es jetzt?«

»Tja, wenn ich raten müsste, würde ich sagen, es gibt nur eine Person, die ein Interesse daran hat, dass die Geschichte nicht öffentlich bekannt wird«, konstatierte Mattes.

38

Sophie hatte sich trotz durchwachter Nacht am Morgen auf den Weg zur Mördergrube gemacht. Sie konnte die Verantwortung für ihre Krimibuchhandlung nicht ständig auf ihren Kompagnon abwälzen, sonst kündigte Robert ihr irgendwann die Zusammenarbeit oder, schlimmer, die Freundschaft. Nach der Befragung durch Mattes in Leonores Haus hatte sie Trixi zurück ins Luisenviertel chauffiert, ehe sie sich auf den Heimweg machte. Zu Hause wurde sie von Ben erwartet, der ihr mit vorwurfsvollem Blick den

Zettel unter die Nase hielt, den sie ihm auf ihr Kopfkissen gelegt hatte. Sophie war eigentlich zu geschafft, um mit ihrem Ehemann zu diskutieren oder gar zu streiten, aber er verdiente eine Erklärung für ihr nächtliches Verschwinden. In knappen Worten berichtete sie ihm von ihrem nicht ganz so kleinen Abenteuer, wobei sie sich redlich bemühte, die Geschichte möglichst herunterzuspielen, um Ben nicht noch mehr zu verärgern. Leider nur mit mäßigem Erfolg.

Er war nicht nur sauer, weil sie sich mitten in der Nacht davongestohlen hatte. Was ihm vor allem gegen den Strich ging, war, dass Martin Jäger indirekt der Grund für ihren heimlichen Ausflug war. Sophie konnte sich nicht erklären, weshalb er immer noch – oder überhaupt – eifersüchtig auf ihren Ex-Freund war, sie hatte ihrem Mann nie Anlass gegeben, an ihren Gefühlen für ihn zu zweifeln. Und die Geschichte mit Martin lag weit vor ihrer gemeinsamen Zeit. Aber aus irgendeinem Grund war und blieb er ein rotes Tuch für Ben. Dabei waren der Autor und sie seinerzeit nur wenige Wochen ein Paar gewesen, ehe er sich Beatrix zuwandte. Viel passiert war in dieser Zeit auch nicht zwischen ihnen. Genau da hatte ja das Problem gelegen.

Apropos Beatrix, die war nach wie vor überzeugt davon, dass ihr gemeinsamer Ex in Schwierigkeiten steckte. Wenn er sich nicht zu Leonore begeben hatte, dann hatte er jemand anderen im Visier gehabt. Sophie war mittlerweile nicht mehr sicher, ob Martin in Gefahr schwebte. Wahrscheinlich passierte ihm nichts Schlimmeres, als dass er im Moment heftig von einer Dame rangenommen wurde. Er hatte sich einfach eine gemütlichere Bleibe als Trixis Couch für die nächsten Tage gesucht, und Trixi sorgte sich umsonst. Es war zwar dreist, ohne ein Wort oder eine Nachricht des Abschieds zu verschwinden, aber typisch für Martin. Der ging unangenehmen Situationen lieber aus dem Weg. Da musste man (oder in diesem Fall frau) dankbar sein, nach Tagen der Funkstille ein »Ich kann nich mehr, is Sense«, als Erklärung vor den Latz geknallt zu bekommen. Sophie fragte sich bis heute, was genau Martin nicht mehr konnte. Und was es mit der Sense auf sich hatte.

Andererseits hatte er unbestritten den Umschlag mit den Fotos von Trixis Vater und Leos Mutter sowie dem Schriftstück mit dem Ergebnis des Vaterschaftstests und Frau Reinhardts Brief an sich genommen. Ebenso unbestritten hatte er sich nicht in der Villa der Reinhardts aufgehalten, es sei denn, Leonore hielt ihn in einem geheimen Raum versteckt. Oder hatte seine Leiche bereits entsorgt. Das lag im Bereich des Möglichen, aber hätte Leo dann ihnen gegenüber so cool bleiben können? Die Antwort war ein klares Ja, musste Sophie zugeben. Ihre Schulkameradin war schon früher über sprichwörtliche Leichen gegangen, so es ihr zum Vorteil gereichte. Und natürlich war es absolut zum Vorteil für sie, wenn nicht herauskam, dass sie in Wirklichkeit keine Reinhardt, sondern eine van den Bergh war. Sollte es sich als wahr herausstellen, wäre es Sojasauce mit China. Oder Sense, wie Martin es ausdrücken würde. Wobei das Schriftstück als solches wenig aussagekräftig war, laut Trixi enthielt es keine Namen. Und selbst wenn Martin das Paar auf dem Foto richtig einordnete, war dies noch lange kein stichhaltiger Beweis, dass es sich bei den getesteten Personen um Leonore und Herrn van den Bergh handelte. Der Brief, den Leos Mutter an Trixis Vater geschrieben hatte, war da schon belastender, würde aber vor Gericht vermutlich keinen Bestand haben. Zumal sowohl Herr van den Bergh als auch der alte Reinhardt mittlerweile verstorben waren.

Vielleicht aber war es nicht der einzige Diebstahl, den Martin an diesem Wochenende begangen hatte. Sophie fiel das schwarze Notizbuch ein, das Trixi so dringend zurückhaben wollte. In der Kiste, in der es hätte sein sollen, war es nicht, laut den Beamten der Kriminaltechnik. Wenn Trixi diesbezüglich nicht gelogen hatte, und das glaubte Sophie eigentlich nicht, musste es jemand während des Klassentreffens an sich genommen haben. Sie meinte, sich zu erinnern, Martin in der Nähe jener Kiste gesehen zu haben, als die Polizisten die renitenten Junggesellen aus dem Raum komplimentierten. Was, wenn er darin gestöbert hatte und auf das Buch gestoßen war? Als Trixis Ex-Freund konnte er vermutlich einschätzen, ob der Inhalt brisant genug war, es an sich zu bringen. Trixi jedenfalls hatte früher ein Bohei darum veranstaltet, als enthielte es Staatsgeheimnisse. Aber es war ihr damals abhandengekommen. Gestohlen worden, wie sie behauptete. Entweder hatte sie seinerzeit nicht die Wahrheit gesagt, oder der Dieb hatte es ihr zurückgegeben. Dann hatte Trixi es als Geschenk für jemanden in die Kiste gelegt. Aber für wen?

Sophie musste unbedingt noch einmal mit ihr reden. Nach ihrem nächtlichen Abenteuer war sie ihr mehr als nur eine Antwort schuldig. Zu ihrer Überraschung erwartete die Klassenkameradin sie bereits vor der Mördergrube. Hatte sie nach wenigen Stunden Trennung etwa schon wieder Sehnsucht nach Sophie, oder weshalb suchte die Frau in letzter Zeit inflationär häufig ihre Nähe?

»Ich hab noch dein Handy«, beantwortete Beatrix die nicht gestellte Frage und schwenkte das Mobiltelefon in ihrer Hand hin und her.

»Ach ja, das hatte ich ganz vergessen. Willst du reinkommen?« Sophie deutete auf ihre Buchhandlung und schob sich an Trixi vorbei, um die Stufen zum Eingang zu erklimmen.

Ihre Klassenkameradin folgte ihr und wartete, bis Sophie die Tür aufgeschlossen und die Alarmanlage ausgeschaltet hatte. Sophie drückte den Lichtschalter neben der Tür, und die Deckenlampen sprangen eine nach der anderen an und gaben knackende Laute von sich, als wollten sie jeden Moment zerspringen.

»Schön sieht's hier aus«, meinte Trixi und nickte anerkennend, während sie sich umsah.

In der Mördergrube fanden sich nicht nur Bücher, sondern allerhand Firlefanz, den jeder wahre Krimifan zu Dekorationszwecken dringend benötigte. Die Bandbreite reichte von Pistolenvasen über Sherlock-Holmes-Buchstützen bis hin zu Bechern mit dem Logo der Buchhandlung, die reißenden Absatz fanden. Für Sophies Freund und Geschäftspartner Robert Werbeck waren die großen und kleinen Objekte überflüssige Staubfänger, aber sie liebte jedes einzelne Stück. Außerdem machten diese »Staubfänger« einen nicht unerheblichen Teil ihres Umsatzes aus, also akzeptierte Robert zähneknirschend ihren Hang zu Stehrümchen jeglicher Art. Solange er den Krempel nicht auspacken und dekorativ im Laden arrangieren musste. Dazu fehlte ihm neben der Lust auch das Talent.

Sophie bedankte sich für das Kompliment und lief in die Teeküche ihres Ladens. Sie hängte Jacke und Tasche an den Garderobenständer und schaltete ihre neueste Errungenschaft, den Kaffeevollautomaten, ein. Ohne ihre morgendliche Überdosis Koffein war sie für gewöhnlich nicht zurechnungsfähig. Erst recht nicht, wenn die Nacht äußerst kurz gewesen war.

»Auch 'n Kaffee?«, rief sie ihrer Besucherin zu.

»Ja, gerne. Hast du die Bücher eigentlich alle gelesen?«

»Alle nicht, aber viele. Ich muss meinen Kunden ja was empfehlen können.«

»Du hast schon früher immer ein Buch dabeigehabt«, erinnerte sich Trixi.

Das stimmte, und auch damals hatte es sich hauptsächlich um Krimis gehandelt. Dass es Beatrix aufgefallen war, erstaunte Sophie angesichts des seinerzeit zur Schau gestellten Desinteresses der Klassenkameradin an ihrer Person. Der Vollautomat hatte inzwischen seinen umfangreichen Spülgang beendet und erklärte sich betriebsbereit. Sophie stellte zwei Mördergruben-Becher unter den Auslauf und drückte einen der zahlreichen Knöpfe. Sie war noch nicht dazu gekommen, sich durch alle angebotenen Kaffeevarianten zu trinken, Hauptsache, der Koffeingehalt stimmte. Das Mahlwerk zerkleinerte mit lautem Getöse die Bohnen, um anschließend in einem stetigen Rhythmus eine braune Flüssigkeit in die Becher laufen zu lassen. Während sie auf ihren Kaffee wartete, trat Sophie von einem Bein aufs andere, wie ein Junkie, der dringend seinen nächsten Schuss benötigte. Die Maschine hatte sich den letzten Tropfen noch nicht abgepresst, da riss ihre Besitzerin die Becher schon an sich und stürmte aus dem Raum.

Sophie reichte eine Tasse an Trixi weiter und nahm gierig wie eine Verdurstende einen großen Schluck aus ihrer, wobei sie sich gehörig Zunge und Gaumen verbrannte. Wie riet Ben immer so schön? Pusten nicht vergessen. Um sich nichts anmerken zu lassen, schluckte sie die heiße Flüssigkeit hinunter, was die Sache nicht unbedingt besser machte. Sophie lächelte tapfer und kämpfte die aufsteigenden Tränen nieder.

»Alles klar?«, fragte Trixi argwöhnisch. »Du guckst so komisch.«

»Nö, alles gut«, würgte Sophie heiser hervor und wünschte sich ein Glas kaltes Wasser zum Nachspülen. Aber wie es sich eben so verhielt mit Wünschen, sie erfüllten sich selten.

Offensichtlich war ihre Darbietung nicht überzeugend, denn Trixi beäugte sie weiter mit kritisch-besorgtem Blick.

»Und, wie hast du unseren Ausflug letzte Nacht verkraftet?«, wechselte Sophie das Thema, sobald ihre Kehle so weit abgekühlt war, dass sie nicht mehr klang wie Bonnie Tyler mit Kehlkopfentzündung.

Beatrix zuckte die Achseln. »Ich hab nicht viel mitgekriegt. Das meiste hast du ja gemacht«, gab sie zu. »Respekt übrigens, hätt ich dir gar nicht zugetraut.«

»Man wächst mit seinen Aufgaben.« *Und mit der Anzahl der Geiselnahmen*, fügte Sophie in Gedanken hinzu.

»Glaubst du, Leo sagt die Wahrheit?«, fragte Trixi. »Dass sie nicht die Mutter ist von diesem ... wie hieß er noch?«

»Tim. Keine Ahnung. Er schien sich ziemlich sicher zu sein.« Lisas Anteil an der Geschichte ließ sie lieber unerwähnt. »Was war das eigentlich für eine Geschichte mit Leo und Tobias und dem Nümmerchen auf dem Klo?«, nutzte Sophie die Gelegenheit, diesbezüglich endlich ins Bild gesetzt zu werden und sich nicht länger in wilden Spekulationen ergehen zu müssen. Wobei allein die Andeutungen kaum Fragen offenließen.

»Sag bloß, du hast das damals nicht mitbekommen.« Trixi hob erstaunt eine Augenbraue.

»Offenbar nicht.«

»Es war auf dem Schulfest.«

»Das Schulfest, auf dem Martin die Jungentoilette demoliert hat und anschließend von der Schule geflogen ist?«, vergewisserte sich Sophie.

»Genau das«, bestätigte ihre Schulkameradin. »Nur dass es nicht Martin war, der sich dort ausgetobt hat.«

»Leo und Tobias?« Offenbar war Sophies Fantasie das Nümmerchen betreffend in die völlig falsche Richtung galoppiert.

Trixi schüttelte lächelnd den Kopf und verdrehte die Augen. »Nein, Dummerle. Isabella.«

Nun war Sophie vollends raus aus dem Nümmerchen. Wie kam Isabella denn ins Spiel? Ein flotter Dreier, der etwas zu heftig ausgefallen war? Die Bilder würde sie nie wieder aus dem Kopf bekommen.

»Also, Leo und Tobias haben es in einer der Kabinen auf der Jungentoilette getrieben«, erläuterte Trixi. »Dann kam Isabella wie eine Furie hereingestürmt und hat alles in Schutt und Asche gelegt. Inszeniert wurde das Ganze übrigens von Lisa.«

Sophie starrte ihr Gegenüber verblüfft an. »Wie jetzt?«

»Erinnerst du dich an mein schwarzes Notizbuch?«

Klar, sie hatte sich ja noch vorhin den Kopf darüber zerbrochen. »Was ist damit?«

»Lisa hat es damals an sich gebracht und Tobias und mich damit erpresst.«

Sophie saß mit offenem Mund da und konnte nicht fassen, was sie soeben gehört hatte. Die brave Strickliesel sollte eine gemeine Erpresserin gewesen sein? Nicht, dass Sophie es Trixi und Konsorten – zumindest den damaligen Ausgaben – nicht gegönnt hätte. Die Fürchterlichen Vier hatten selbst genug auf dem Kerbholz. Trotzdem kam es ihr nahezu unwirklich vor. Lisa hatte, erzählte Trixi weiter, von ihr verlangt, sich von Martin zu trennen, was diese zu dem Zeitpunkt nicht wirklich als Strafe empfunden hatte. Tobias hingegen sollte Leo verführen. Nach anfänglichem

Widerwillen glaubte auch er, einigermaßen billig davongekommen zu sein, auch wenn ihm nicht klar war, was Lisa damit bezweckte. Die Erkenntnis sowie das böse Erwachen kamen, als Isabella während des Akts plötzlich die Toilette stürmte und eine filmreife Szene hinlegte.

Sophie runzelte die Stirn. »Okay, das krieg ich jetzt halbwegs zusammen. Aber wie ist Martin in die Geschichte hineingeraten?«

Trixi druckste ein wenig herum. »Er kam hinzu und hat versucht, Isabella zu beruhigen. Das Ende vom Lied war, dass sie, Leo und Tobias behauptet haben, er sei für die Zerstörung verantwortlich. Drei gegen eins. Du kannst dir ja denken, wem mehr geglaubt wurde.«

»Martin hat nie was gesagt«, wunderte sich Sophie.

»Weil er für sein Schweigen fürstlich entlohnt worden ist«, offenbarte Trixi. »Womit wir wieder beim Thema wären. Wo ist Martin?«

Sophie zuckte mit den Schultern. *Beim Sensenmann?* »Hast du noch mal versucht, ihn zu erreichen?«

»Das letzte Mal, kurz bevor du gekommen bist, aber sein Handy ist immer noch ausgeschaltet.«

»Bei Leo war er jedenfalls nicht«, konstatierte Sophie.

»Behauptet sie.«

»Sie wird ihn wohl kaum im Keller gefangen halten. Immerhin lebt ihre Tochter mit im Haus, da ist es mehr als wahrscheinlich, dass sie einen unfreiwilligen Hausgast bei einem ihrer verbotenen Streifzüge versehentlich entdeckt.«

»Vielleicht hast du recht«, stimmte Trixi ein wenig widerwillig zu. »Ich bin mir auch nicht mehr sicher, ob Martin Leos Mutter überhaupt kennengelernt hat. Wenn nicht, wird er sie auf dem Foto kaum erkannt haben. Und meinem Vater ist er, glaub ich, auch nie begegnet, der war ja immer arbeiten.«

»Das hätte dir ruhig schon letzte Nacht einfallen können«, schnappte Sophie.

»Ja, 'tschuldige. Ich war ein bisschen drüber. Die Sache mit Lisa, die Polizei, die überall rumschnüffelt, und dann kam gestern noch Tobias und hat mich bedroht ...« Sie verstummte und biss sich auf die Unterlippe.

»Wieso hat er dich bedroht? Wegen des schwarzen Notizbuchs? Es lag in der Kiste, richtig?«

»Woher weißt du ...?«, begann Trixi. »Ach ja, bestimmt vom Kollegen deines Bruders. Mattes? Ich hatte ihn ja danach gefragt. Dann kannst du mir vielleicht sagen, ob die Polizei es gefunden hat.«

»Nein.«

»Kannst du nicht oder darfst du nicht?«

»Nein, sie haben es nicht gefunden, meinte ich.«

»Ich wusste, dass dieses Arschloch es an sich genommen hat«, wetterte Trixi. »Darum war er gestern Morgen da und hat diese Nummer abgezogen.«

Der gute Tobias zog ziemlich viele Nummern ab, fand Sophie. »Was steht eigentlich Schlimmes drin in dem Buch?«, fragte sie. Trixi und Tobias ließen sich sicherlich nicht wegen ein paar notierter Bubenstreiche dazu nötigen, mit dem Freund Schluss zu machen beziehungsweise die Freundin zu betrügen. Beides waren allerdings gute Motive, Lisa nach dem Leben zu trachten.

Trixi haderte sichtlich mit sich, ehe sie sich entschließen konnte, ihrer früheren Mitschülerin reinen Wein einzuschenken. »Was soll's?«, meinte sie. »Du erinnerst dich vielleicht noch an Tobias' Knieverletzung. Also an die erste.«

Sophie dachte einen Moment nach und nickte dann.

»Na ja, er fand, dass seine Genesung nicht schnell genug voranschritt, und da hab ich ihm dann so ein paar Pillen gegeben, aus dem Fundus meines Vaters. So zur Leistungssteigerung und zum Muskelaufbau und so.«

»Also hast du ihn sozusagen mit einem Dopingmittel versorgt«, folgerte Sophie.

»Sozusagen«, bestätigte Trixi. »Ich weiß gar nicht mehr, was das für Zeug war, aber es wirkte ziemlich gut. Er war flugs wieder auf den Beinen.«

»Schön und gut, ich versteh ja, warum ihm damals wichtig war, dass das nicht rauskommt. Aber weshalb will er es heute noch vertuschen? Das ist so lange her, da kräht eh kein Hahn mehr nach. Und er hat doch nie in Wimbledon gespielt oder so. Also kann ihm auch kein Titel aberkannt werden.«

»Das war erst der Anfang. Die Geschichte ging ja noch weiter.«

»Ich bin ganz Ohr.«

Trixi seufzte und verdrehte die Augen. »Einer seiner Tenniskumpels ist ihm draufgekommen. Der hat ihn dann vor die Wahl gestellt: Entweder Tobias versorgt ihn auch mit dem Zeug, oder er verpetzt ihn an die Clubleitung. Kannst dir ja denken, für welche Option sich Tobias entschieden hat. Und von da an hat sich die Sache irgendwie verselbständigt.«

»Inwiefern?«, hakte Sophie nach, als Trixi keine Anstalten machte, weiterzusprechen.

»Na ja, Tobias entdeckte, dass der Verkauf dieser Pillen eine gute Einnahmequelle war. Seine Eltern hatten es nämlich längst nicht so dicke, wie er immer behauptet hat. Den riesigen Kasten, in dem sie wohnten, hatten sie geerbt und konnten sich kaum die Heizkosten leisten. Sie haben nur drei der Zimmer bewohnt. Wie auch immer, er hat mich überredet, mit ihm gemeinsame Sache zu machen.«

Sophie fühlte sich in eine Folge von »Breaking Bad« katapultiert. »Hast du das Zeug aus der Firma deines Vaters entwendet?«, fragte Sophie.

Trixi machte eine abwägende Handbewegung. »Nicht direkt. Ich meine, Tobias ein paar leistungssteigernde Mittel zukommen zu lassen, war die eine Sache, aber den großen Drogendealer zu geben, war dann doch nicht mein Ding.«

Sophie runzelte die Stirn. »Was hast du stattdessen gemacht?«

»Placebos hergestellt. Ich hab in mühevoller Kleinarbeit Kapseln mit Ahoj-Brausepulver abgefüllt.«

Okay, »Breaking Bad« in der jugendfreien Version. »Und das hat keiner eurer Kunden gemerkt?«

»Ach, du weißt doch, der Glaube versetzt Berge. Und Tobias war ja das beste Beispiel dafür, dass die Wunderkapseln helfen.«

»Aber er wusste von dem Betrug?«

Trixi grinste und schüttelte den Kopf. »Nö, der hatte auch keine Ahnung. Selbst dann nicht, als ich ihm das Zeug auch untergejubelt habe. Wenn die Hersteller der Ahoj-Brause gewusst hätten, welchen Effekt ihr Pulver haben würde, hätten sie ganz neue Märkte erschließen können.«

Sophie überlegte, wie sich wohl eine Überdosis Ahoj-Brause auf den Organismus auswirkte. »Und Tobias ist dir nie auf die Schliche gekommen?«

Wieder schüttelte Trixi den Kopf. »Bis heute nicht.«

»Aber du hast alles in deinem schwarzen Notizbuch vermerkt«, vermutete Sophie.

»Zumindest die Kundenliste und wer wie viele Tabletten bekam und was sie bezahlen mussten. Ich sollte, äh, wollte Tobias das Buch am Samstag überreichen. Um sein dummes Gesicht zu sehen, wenn er feststellt, dass es immer noch existiert. Aber dazu kam es ja nicht mehr. Wahrscheinlich hat er es in einem unbeobachteten Moment geklaut. Sonst wäre er gestern Morgen nicht bei mir aufgetaucht und hätte so einen Aufstand gemacht.«

»Ich glaube nicht, dass er es war, der das Buch gestohlen hat«, meinte Sophie langsam. »Ich weiß noch, dass Martin sich auffällig unauffällig in der Nähe der Kiste herumgetrieben hat, als die Polizei die Junggesellen nach draußen begleitete.«

»Das heißt, wenn er das Buch an sich genommen hat ...«, überlegte Trixi.

»Könnte er sich auf den Weg zu Tobias gemacht haben, um es ihm zum Kauf anzubieten«, vollendete Sophie den Satz.

39

»Ich kann nicht fassen, dass ich das schon wieder tue«, murmelte Sophie und starrte auf ihr Handy.

Sie hatte Trixi das Steuer ihres Wagens überlassen, um sie beide zur Tennisschule von Tobias Kirchhoff zu chauffieren, während sie versuchte, Carsten zu erreichen.

»Geht dein Bruder nicht ran?«, fragte Trixi und setzte den Blinker, um einen Lkw zu überholen.

Sophie schüttelte missmutig den Kopf. Carsten hatte ihren Anruf weggedrückt. Wie immer, wenn zu befürchten stand, dass sie irgendwelche Informationen zu aktuellen Fällen aus ihm herauspressen wollte. Dabei war sie es gewesen, die die Geiselnahme zu einem guten Ende und einen flüchtigen Straftäter zur Strecke gebracht hatte. Und das quasi im Alleingang. Da konnte ihr Bruder sich schon ein bisschen erkenntlich zeigen, fand sie. Aber solange

Carsten anderer Meinung war, ließ sich in der Hinsicht nichts ausrichten. Sich außerdem ständig über ihre Eigeninitiative zu beklagen und sie dann im Zweifel im Regen stehen zu lassen, war auch nicht die feine englische Art. Sie versuchte es auf Mattes' Handy, landete aber auch dort nur auf der Mailbox.

»Du könntest den Notruf wählen«, schlug Trixi vor.

»Und was soll ich denen sagen? Dass wir vermuten, unser gemeinsamer Ex-Freund hätte dir eventuell ein Jahrzehnte altes Notizbuch gemopst, um damit möglicherweise einen ehemaligen Klassenkameraden zu erpressen, der ihn deswegen vielleicht gefangen hält oder ermordet hat?«

»Hast recht, klingt ein bisschen dürftig«, gab Trixi zu.

»Vor allem, nachdem wir gestern Nacht schon so einen grandiosen Auftritt hingelegt haben.«

»Immerhin konnten wir einen flüchtigen Sträfling dingfest machen«, erinnerte Trixi.

»Wir?« Sophie zog eine Augenbraue hoch.

»Na, ich hab deinen Bruder informiert. Da ist er noch ans Handy gegangen.«

Wahrscheinlich nur, weil er zu schlaftrunken gewesen war, den Namen auf dem Display zu lesen, vermutete Sophie. Oder weil ihm die Uhrzeit eine gewisse Dringlichkeit vermittelt hatte. Aber die gestrigen Ereignisse sollten ihn eigentlich dazu bewegen, ihren Anruf gefälligst entgegenzunehmen. Nun war sie im Zweifel wieder auf sich selbst gestellt. Auf Trixi konnte sie nicht zählen, wenn es hart auf hart kam. Mehr, als zu telefonieren und in sicherer Entfernung abzuwarten, war bei ihr nicht drin.

Sophies Kompagnon Robert war nicht begeistert gewesen, schon wieder für sie einspringen zu müssen.

Vermutlich bereute er es, zu seiner Freundin Greta in die

Wohnung über der Mördergrube gezogen zu sein, so war er jederzeit verfügbar und konnte nicht so tun, als sei er nicht zu Hause. Sophie hatte ihn nur mit den nötigsten Informationen versorgt. Robert war, was ihren Tatendrang in Sachen Mordermittlungen anging, ähnlich gestrickt wie Ben und Carsten. Wobei sie selbst nicht begriff, warum sie sich schon wieder auf die Suche nach Martin Jäger begab. Falls es stimmte, was Trixi behauptete, war Tobias ein gewichtigerer Gegner als Leonore. Wenn der einem den Tennisschläger über die Rübe watschte, sah man wahrscheinlich nur noch Sterne. Sollte Martin tatsächlich so dämlich gewesen sein, ihn zu erpressen, war er ohnehin längst hinüber. So wie die beiden sich in ihrer Jugend beharkt hatten, wartete Tobias nur auf eine Gelegenheit, den früheren Rivalen nachhaltig aus dem Weg zu räumen. Der machte keine Gefangenen.

Trixi fuhr an der Ausfahrt Oberbarmen von der Autobahn ab in Richtung Golfanlage. In dieser Gegend fand sich bestimmt die richtige Klientel für Tobias' Tennisschule. Da konnte man aus dem Junior oder der Juniorin den nächsten Boris Becker oder die neue Steffi Graf formen, während Mama und Papa ein paar Runden auf dem Golfplatz drehten. Sophie spielte weder das eine noch das andere, was mitunter an ihrem mangelnden Talent für jegliche Ballsportarten lag. Oder für Sport im Allgemeinen.

»Hier irgendwo muss es sein«, sagte Trixi und blickte nach links und rechts. »Ach, da ist es ja.«

Sie setzte den Blinker und fuhr auf einen kleinen Parkplatz vor einem großen, zweckmäßigen Gebäude mit verglaster Eingangsfront. Nur ein einziges Auto stand dort, ein Porsche Cayenne, dessen Kennzeichen W-TK plus Geburtsjahr seinen Besitzer verriet.

»Das Dasein als Tennistrainer scheint recht lukrativ zu sein«, stellte Sophie fest.

»Lukrativer jedenfalls als das Dasein als Kneipier«, meinte Trixi.

»Oder Buchhändlerin. Neben dem Schlitten sieht mein kleines Schätzchen wie ein Bobbycar aus.«

»Jedenfalls scheint Tobias hier zu sein.«

»Zumindest sein Wagen ist es. Allerdings sehe ich Martins Auto nirgendwo.«

»Dann hat Tobias es entweder weggefahren, oder Martin hat ihn in seiner Wohnung aufgesucht, und der Wagen steht dort.«

»Oder Martin war nie bei Tobias«, zählte Sophie eine dritte Möglichkeit auf.

Die schien Trixi nicht hören zu wollen. Sie bugsierte das Bobbycar in die Parklücke neben dem Cayenne und stieg entschlossen aus. Sophie kämpfte kurz mit dem Sicherheitsgurt und folgte ihr dann. Ihre ehemalige Mitschülerin war schon beim Eingang angelangt und drückte gegen eine der Türen. Sie schwang widerstandslos nach innen. Nun wandte sich Trixi doch ein wenig unsicher zu ihrer Begleiterin um und wartete, bis sie zu ihr aufgeschlossen hatte.

»Memme«, raunte Sophie und lief an ihr vorbei ins Innere des Gebäudes.

Der Empfangsbereich lag verwaist da, lediglich eine dicke Fliege brummte penetrant und bemühte sich redlich, durch eine der Scheiben nach draußen zu gelangen. Sophie hielt die Tür auf und gab dem Insekt ein Zeichen, dass der Weg in die Freiheit nur ein paar Meter weiter links lag. Leider verstand die Fliege nicht, was dieses seltsame Menschlein andeuten wollte, und donnerte lieber weiter gegen die Scheibe. Sophie würde nie kapieren, wie diese Viecher es schafften, sich durch die kleinste Ritze ins Rauminnere zu quetschen, aber trotz weit geöffneter Fenster und Türen den Weg hinaus niemals fanden und irgendwann, völlig erschöpft von den vergeblichen Bemühungen, ihr Leben aushauchten.

Sie lief ein paar Schritte durch den Empfangsbereich und sah sich um. Trixi war mittlerweile zu ihr gestoßen und tat es ihr gleich. Sie entdeckten die Vitrine mit den Pokalen, die Tobias in seiner kurzen Tenniskarriere errungen hatte, sowie die überdimensionierten Fotos, die ihn in Aktion zeigten.

»Eitel war er ja nie«, stellte Trixi fest und grinste. »Fehlt nur die lebensgroße Bronzestatue.«

»Tobias selbst scheint allerdings auch zu fehlen.«

»Irgendwo wird er schon sein. Wahrscheinlich draußen auf dem Platz.«

»Oder er schiebt ein Nümmerchen auf dem Klo«, murmelte Sophie.

»Darüber kommst du nicht hinweg, was?«, grinste Trixi.

Sophie enthielt sich eines Kommentars und begab sich auf die Suche nach Tobias. Sie drückte die Klinke der Tür zur Damenumkleidekabine hinunter, doch es war abgeschlossen. Ebenso die Türen zur Herrenumkleide und zum Büro. Blieb noch eine Tür übrig. Ohne große Hoffnung drückte Sophie auch hier die Klinke.

»Oh, es ist offen«, rief sie erstaunt aus.

Sie betraten einen breiten Durchgang, von dem mehrere Türen in weitere Räume führten. Eine davon war verglast und erlaubte einen Blick auf zwei Tenniscourts. Dort schien sich niemand aufzuhalten. Die beiden anderen Türen führten laut Schriftzug in einen Lagerraum und in den Fitnessbereich. Die Tür zum Lager war verschlossen, die zum Fitnessraum ließ sich öffnen.

»Na, dann schauen wir mal«, beschloss Sophie mutig, obwohl ihr flau im Magen wurde. Die Härchen in ihrem Nacken stellten sich auf, ein sicheres Zeichen dafür, dass irgendetwas nicht stimmte.

Der Raum war, abgesehen von einer Reihe Oberlichter an der Wand links der Tür, fensterlos und eher zweckmäßig als gemütlich eingerichtet. Wobei Sportgeräte bei Sophie ohnehin kein Gefühl der Behaglichkeit auslösten. Der Parkettboden hatte schon etliche Jahre auf dem Buckel und stellte keinen Vergleich zum exklusiv und teuer wirkenden Entree dar. Vermutlich hatte Tobias zunächst in die sichtbaren Bereiche investiert, bevor er die anderen Räume renovierte. Auf der linken Seite standen ein Laufband und zwei Spinningräder sowie ein Rudergerät. Letzteres hatte Sophie während ihrer kurzen Mitgliedschaft in einem Fitnessclub am liebsten benutzt, da konnte man beim Sporteln wenigstens halbwegs bequem sitzen. Rechter Hand war ein Teil der Wand mit Spiegeln verkleidet, in denen man sich beim Hanteltraining und Gewichtestemmen bewundern konnte.

In der hinteren Ecke war eine kleine Sauna eingebaut, die offenbar älteren Datums war, denn sie verfügte anstelle der heute eher üblichen Glastür nur über eine hölzerne, in der auf Augenhöhe ein rechteckiges verglastes Guckloch eingelassen war. Sophies ungutes Gefühl verstärkte sich, als sie sich der holzverkleideten Kabine näherte. Insbesondere, nachdem sie bemerkt hatte, dass in dem ringförmigen Türgriff ein Besenstiel steckte, der verhinderte, dass sich die Tür von innen öffnen ließ. Sie stellte sich auf die Zehenspitzen, um durch die Scheibe in die Sauna zu gucken. Zunächst sah sie niemanden und wollte erleichtert aufatmen, da entdeckte sie den Körper, der zusammengekrümmt auf dem Boden lag.

»Och nö, nicht schon wieder.«

***

Aylin und Carsten saßen mit Mattes in ihrem Büro und überlegten, welche Maßnahmen für den heutigen Tag sinnvoll waren. Carsten sollte sich weiter um die Identität der Knochen kümmern, während seine beiden Kollegen den Fall der ermordeten Lisa Hirsefeld bearbeiteten.

Aylins Handy stimmte eine fröhliche Melodie an, und sie schaute auf das Display. Die angezeigte Nummer kam ihr vage bekannt vor.

»Öner«, meldete sie sich.

»Äh, ja, äh, guten Morgen, Frau Öner«, grüßte Markus Pfeffer. In seiner Stimme schwang ein Hauch Nervosität mit.

»Oh, äh, Herr, äh, Pfeffer«, stammelte die Oberkommissarin, nicht minder verlegen. Die Bilder des vergangenen Nachmittags schossen ihr wieder in den Kopf und ließen sie erröten. »Was kann ich für Sie tun?«

Mattes und Carsten sahen ihre Kollegin gespannt an, so dass Aylin am liebsten den Raum verlassen hätte. Aber das würden die beiden Männer wahrscheinlich fehlinterpretieren und sie für den Rest des Tages damit aufziehen. Also blieb sie sitzen und aktivierte die Lautsprecherfunktion, um jeglichen Missverständnissen vorzubeugen.

»Hm, ja, also«, druckste Pfeffer herum, »Sie haben zwar gesagt, ich soll in der Bank keine weiteren Nachforschungen für Sie anstellen, aber ... ehrlich gesagt konnte ich meine Neugier nicht bezähmen.«

»Herr Pfeffer«, meinte Aylin im strengsten Ton, den sie aufzubringen imstande war, »Sie bringen nicht nur sich, sondern auch mich in Teufels Küche.«

»Jaja, ich weiß«, gab er zerknirscht zu. »Sie müssen es ja niemandem verraten, dass Sie die Info von mir haben.

Oder Sie reichen mir nachträglich so einen Beschluss ein.«

Aylin wusste, sie müsste das Gespräch an dieser Stelle eigentlich beenden. Aber Markus Pfeffer hatte sie wirklich neugierig gemacht, und sie waren für jede neue Spur dankbar. Carstens auffordernde Handbewegung deutete an, dass er genauso dachte. »Na gut, was haben Sie denn herausgefunden?«

»Also, ich bin die Kontobewegungen der letzten Jahre von Lisa durchgegangen«, begann er und wurde nun doch etwas zögerlich. »Da ist nichts Illegales oder ausufernd Ungewöhnliches zu sehen.«

»Und das wollten Sie mir mitteilen?«, fragte Aylin konsterniert.

»Nein, natürlich nicht. Mir ist aufgefallen, dass ihrem Konto seit vielen Jahren jeden Monat eine Bareinzahlung von fünfhundert Euro gutgeschrieben wird. Die Einzahlung erfolgt über verschiedene Filialen unserer Bank. Das ist zwar nicht verboten, aber schon ein bisschen … sagen wir, ungewöhnlich. Lisa hebt das Geld jeden Monat ab. Ich weiß natürlich nicht, von wem es kommt und wofür sie es erhält oder was sie damit macht, also gemacht hat, aber es erscheint mir doch ein bisschen, nun ja, dubios. Vielleicht versucht ja jemand, auf diese Weise Geld zu waschen oder Ähnliches.«

»Vielleicht«, meinte Aylin nachdenklich. Oder es handelte sich um Schweigegeld. Aber worüber hatte Lisa Hirsefeld geschwiegen? Und für wen? Leonore Reinhardt? Hätte Lisa dann das Theater mit Tim Sperling veranstaltet und sich um ihre Geldquelle gebracht? Was für Geheimnisse bewahrte sie sonst? Oder besser gefragt: wessen? Sie wussten nach wie vor viel zu wenig über das Mordopfer, um mit dieser Information etwas anfangen zu können.

»Da ist noch etwas«, meinte Pfeffer zögerlich.

»Ach ja?«

»Ja. Es tut mir leid, dass ich erst jetzt damit rausrücke, aber … na ja, ich wollte niemanden in Schwierigkeiten bringen. Andererseits … Um es kurz zu machen, ich habe am Samstagabend doch etwas mitbekommen.«

»Nämlich?«, hakte Aylin nach, als Pfeffer in Schweigen verfiel. Das verstand der Mann also unter »kurz machen«.

»Also, ich hab gesehen, wie jemand den Raum verlassen hat, als die Junggesellen den Radau veranstaltet haben.«

»Und wer?« Sie rollte innerlich mit den Augen.

»Leonore Reinhardt.«

Ehe die drei Kommissare diese Nachricht verdauen konnten, klingelte das Telefon auf Aylins Schreibtisch. Sie verabschiedete sich hastig vom hörbar verwirrten Markus Pfeffer und griff zum nächsten Hörer. »Öner«, meldete sie sich und hörte dem Teilnehmer am anderen Ende einige Minuten zu. »Oha … Ist nicht dein Ernst. Herrje.«

Mattes und Carsten verharrten in ihrem Tun und starrten gebannt auf ihre Kollegin, die mit hochgezogenen Augenbrauen ihrem Gesprächspartner lauschte. Nach einer Weile und einigen weiteren »Ohas« und »Herrjes« beendete sie das Telefonat und legte den Hörer beiseite.

»Es gibt einen weiteren Todesfall unter den Klassenkameraden zu beklagen«, verkündete sie.

Carsten brach der kalte Schweiß aus. »Sophie?«, stieß er hervor.

Aylin schüttelte beruhigend den Kopf. »Nein, der geht's gut«, versicherte sie. »Zumindest so gut, wie es jemandem gehen kann, der zum zweiten Mal innerhalb weniger Tage eine Leiche findet.«

»Och nö, nicht schon wieder.«

40

»Mit dir wird's einem aber auch nicht langweilig«, witzelte Trixi und zog nervös an ihrer dritten Zigarette. »Wie machst du das nur?«

»Karma«, murmelte Sophie. »Mordskarma.«

Sie hatten sich nach draußen begeben, um auf das Eintreffen der Kriminalbeamten zu warten, und lehnten dort, mangels Sitzgelegenheit, an der hinteren Stoßstange von Sophies Wagen. Der herbeigerufene Notarzt war bereits vor Ort, konnte aber nur noch den Tod des Mannes feststellen.

»Vermutlich Herzversagen«, konstatierte er.

»Ach was«, kommentierte Sophie.

Trixi war ein bisschen blass um die Nase, hielt sich aber ansonsten tapfer. Auch für sie war es der zweite Leichenfund innerhalb einer Woche. Sophie fragte sich beklommen, ob es jemand auf sie alle abgesehen hatte, und wenn ja, wer der oder die Nächste sein mochte. Und wo das Motiv für die Taten lag.

Ein silberfarbener Kombi bog auf den kleinen Parkplatz ein, den Sophie als Dienstwagen von Mattes identifizierte. Er hielt vor den beiden Frauen an, und kurz darauf stiegen der Hauptkommissar und seine Kollegin Aylin Öner aus. Mattes baute sich mit in die Hüften gestemmten Händen vor ihnen auf und betrachtete sie mit strengem Blick.

»Was hattet ihr zwei denn schon wieder vor?«, fragte er anstelle einer Begrüßung.

»Tennis spielen?«, schlug Beatrix, um keine Ausrede verlegen, vor.

Sophie stieß sie an und schüttelte den Kopf. Es war an der Zeit, den Ermittlern reinen Wein einzuschenken. »Wir waren auf der Suche nach Martin«, bekannte sie.

»Martin Jäger?«, vergewisserte sich Aylin.

Sophie nickte. »Er ist seit Sonntagnacht verschwunden. Zumindest glauben wir das. Also Trixi glaubt das.«

»Er hat sich einfach mitten in der Nacht davongemacht«, fügte diese hinzu. »Ohne sich zu verabschieden. Nicht mal seinen Koffer hat er mitgenommen. Seitdem haben wir nichts mehr von ihm gehört. Sein Handy ist ausgeschaltet.«

»Na, er wird sich mit irgendeiner Dame vergnügen«, mutmaßte Mattes achselzuckend.

»Seit Sonntagnacht? Ich bezweifle, dass er so ausdauernd ist. Und warum hat er sein Gepäck bei mir stehenlassen?«, beharrte Trixi.

»Na schön, was meinen Sie denn, was mit ihm geschehen ist?«, fragte der Hauptkommissar.

Widerstrebend berichtete die Kneipenbesitzerin von ihrem Verdacht, der sie und Sophie in der vergangenen Nacht zu Leonore Reinhardt geführt hatte. Sophie hielt sich bezüglich Martins Diebstahl der Dokumente aus Trixis Schublade sowie ihrer eigenen Mitwirkung weiterhin bedeckt. Alles musste die Kripo auch nicht wissen.

»Aber bei Frau Reinhardt war Martin Jäger nicht«, konstatierte Mattes. »Also wolltet ihr euch den Nächsten vorknöpfen. Was hat unser hochgeschätzter Starautor denn gegen Herrn Kirchhoff in der Hand?«

»Das schwarze Notizbuch«, verkündete Beatrix.

»Das Buch, wegen dem Sie gestern Nachmittag in Ihre Kneipe eingedrungen sind?«, hakte Aylin nach.

Trixi sah reumütig zu Boden und nickte. »Es enthält ein paar ... heikle Informationen, von denen Tobias nicht will, dass sie bekannt werden. Die ganze Sache ist zwar mittlerweile verjährt, aber sein Ruf könnte argen Schaden nehmen.«

»Es geht um Doping«, fügte Sophie erklärend hinzu.

»Gewissermaßen.« Sie setzte den Kollegen ihres Bruders kurz ins Bild.

»Ahoj-Brause, so so«, grinste er. »Und ihr habt gehofft, Herrn Jäger hier anzutreffen? Tot oder lebendig.«

»Lebendig wäre uns eigentlich lieber gewesen«, sagte Sophie.

»Aber der Tote in der Sauna ist nicht Martin Jäger. Oder hab ich da was falsch verstanden?«, fragte Aylin.

»Nein, es ist Tobias. Der Notarzt sprach von Herzversagen.«

»Ein Unfall? Vielleicht hat er die Hitze nicht vertragen.«

»Das mag sein. Allerdings war die Tür von außen blockiert.«

»Schalten sich moderne Saunen nicht nach einiger Zeit automatisch ab?«, wunderte sich Aylin.

»Sie war auch abgeschaltet«, bestätigte Sophie. »Tobias ist aber trotzdem tot.«

»Dann werden wir uns den Schlamassel mal ansehen«, meinte Mattes. »Ihr wartet am besten hier. Wir haben sicherlich noch die ein oder andere Frage.«

Die beiden Kommissare machten sich auf den Weg ins Gebäude, während Trixi sich die nächste Zigarette anzündete.

»Wie geht's dir?«, fragte Sophie. »Ich meine, Tobias war dein Freund. Oder sogar ein bisschen mehr?«

Trixi seufzte und ließ den Blick in die Ferne schweifen. »Das ist lange her. Ich gebe zu, als ich ihn am Samstag wiedergesehen habe, sind die alten Gefühle wieder aufgeflammt. Zumindest fühlte es sich so an. Aber so, wie er sich gestern Morgen verhalten hat … da ist mir klargeworden, dass er sich in den letzten Jahren keinen Deut geändert hat. Solange ich ihm nützlich war, war ich seine beste Freundin.

Aber als ich seinen Beistand gebraucht hätte, hat er mich kaltlächelnd abserviert. Und dass Lisa uns erpresst hat, war natürlich auch allein meine Schuld.«

»Tja«, meinte Sophie.

»Ja, ich weiß, ich hab's nicht anders verdient. Sag's ruhig. Ich war ein Arschloch. Aber ich hab meine Lektion gelernt. Meistens jedenfalls. Es tut mir übrigens leid, dass ich dir Martin damals ausgespannt habe.«

Sophie zuckte gleichgültig mit den Schultern. »Schon okay, er war eh ein Blödmann. Also hast du mir eher einen Gefallen getan. Aber wie geht's dir denn nun? Wegen Tobias, meine ich.«

»Weiß nicht. Ich bin irgendwie ... leer. Aber nicht am Boden zerstört, falls du das meinst.« Unvermittelt sprang sie auf. »Herrje, sollten wir nicht Isabella anrufen? Immerhin waren sie und Tobias zusammen.«

Sophie schüttelte den Kopf. »Das macht besser die Polizei. Es ist ja nicht auszuschließen, dass sie ...« Sie sprach den Satz nicht zu Ende, ließ ihren Blick lediglich in Richtung Tennisschule schweifen.

Trixi sah sie überrascht an. »Du willst doch nicht behaupten, dass Isabella die Tür zur Sauna blockiert hat. Warum sollte sie das tun?«

»Vielleicht hat Tobias mal wieder ein Nümmerchen auf irgendeinem Klo geschoben, an dem sie nicht beteiligt war.« Der Gedanke an die tote Lisa auf der Kneipentoilette kroch ihr in den Kopf.

»Ich hatte eigentlich nicht den Eindruck, dass es Isabella mit dem Aufleben der Beziehung so ernst war«, konstatierte Trixi. »Ich könnte mir eher vorstellen, dass Martin hinter der Sache steckt.«

»Innerhalb weniger Stunden vom Opfer zum Täter befördert. Nicht schlecht«, staunte Sophie. »Allerdings hat Tobias gestern nachweislich noch gelebt. Er war bei dir zu Hause, und am Nachmittag haben Aylin und Mattes ihn hier in der Tennisschule aufgesucht. Da war er auch noch putzmunter.«

»Vielleicht hielt Tobias Martin in der Sauna gefangen«, überlegte Trixi. »Gestern Abend konnte Martin sich dann irgendwie befreien und hat den Spieß umgedreht.«

»Und Tobias nackig in der Sauna festgesetzt?«, zweifelte Sophie die Theorie an. »Und dann hat er sie auch noch eingeschaltet?«

»Warum nicht? Vielleicht wollte er Tobias einen Denkzettel verpassen.«

»Na, das ist ja gründlich in die Hose gegangen. Beziehungsweise ins Saunatuch.«

***

Carsten saß mit wachsender Frustration an seinem Schreibtisch und verfluchte zum wiederholten Mal abwechselnd sein lädiertes Knie und den dafür verantwortlichen Mountainbiker. Er sollte bei der Tennisschule sein und seiner kleinen Schwester beistehen. Nicht, dass sie seinen Beistand benötigte, aber trotzdem. Er hatte angeboten, stattdessen zu Leonore Reinhardt zu fahren, um sie ein bisschen in die Mangel zu nehmen und herauszufinden, ob Markus Pfeffer die Wahrheit sagte. Mattes hatte jedoch entschieden, damit zu warten, bis sie Näheres über den jüngsten Todesfall in Erfahrung gebracht hatten.

Also hockte Carsten weiterhin im muffigen Büro und wälzte Akten von Vermisstenfällen der letzten zwanzig Jahre. Inzwischen waren einige Kartons mit nicht digitalisierten Schriftstücken aus dem Archiv eingetroffen. Die durchzusehen war noch lästiger, als den ganzen Tag auf den Computerbildschirm zu starren. Blieb zu hoffen, dass er bald fündig wurde, ansonsten säße er Weihnachten unter einem Papierberg.

Ein weiteres Gespräch mit der Rechtsmedizinerin trug nicht zur Ermutigung bei, die Identität des Knochenmanns, wie sie ihn intern getauft hatten, bald zu klären. Eine Genehmigung seitens der Staatsanwaltschaft zur Entnahme einer DNA-Probe aus den Knochen war aus Kostengründen bislang nicht erfolgt. Eine Fraktur des Schädels, die offenbar nicht durch den in die Grube gestürzten Jungen verursacht worden war, deutete darauf hin, dass der Mann durch stumpfe Gewalteinwirkung gestorben war. Das Phantombild, das der anthropologische Experte erstellt hatte, half leider nicht wesentlich weiter. Lisa Hirsefeld, die die Knochen mutmaßlich ausgegraben hatte, war tot und konnte zur Klärung der Identität nichts mehr beitragen. Ein Team der Kriminaltechnik widmete sich zurzeit dem Schuppen sowie dem Haus der Hirsefeld. Vielleicht fand sich dort etwas Brauchbares, das sie in einem der beiden Fälle vorankommen ließ.

Ein Telefonat mit dem Mitbesitzer der Yogaschule, Uwe »Nennen-Sie-mich-Ranjid« Malinowski, hatte wenig Neues ergeben. Carsten hatte den Mann in der Hoffnung angerufen, er wisse etwas über die ominösen Bareinzahlungen, die jeden Monat auf Hirsefelds Privatkonto eingingen. Leider konnte Malinowski dazu rein gar nichts beitragen. Er erinnerte sich aber, dass Lisa einen erheblichen Teil der Summe zusammengespart hatte, die für die Eröffnung des Yogazentrums erforderlich war.

»Ich weiß nicht, woher sie das Geld hatte«, sagte der Mann. »So viel verdient man als Physio nicht. Sie murmelte etwas von einer Erbschaft. Aber ich glaube, das war gelogen. Ihre Eltern waren nicht reich, und andere Verwandte hatte sie nicht mehr.«

Wahrscheinlich war es gelogen, vermutete auch Carsten. Es erklärte jedoch nicht, von wem sie das Geld erhielt oder warum. Falls Markus Pfeffer ihn und seine Kollegen nicht an der Nase herumführte. Allerdings ließ sich der Wahrheitsgehalt seiner Aussage leicht überprüfen, so dass es kaum lohnenswert war, die Polizei anzulügen. Es sei denn, es diente als Ablenkungsmanöver. Immerhin stand für den Mann einiges auf dem Spiel, falls Lisa Hirsefeld sein kleines Geheimnis ausgeplaudert hätte.

Aber wie passte der Mord an Tobias Kirchhoff in das Puzzle? Einen Unfalltod konnten sie ausschließen, angesichts der Tatsache, dass die Saunatür von außen blockiert war. Eigentlich war es heutzutage nahezu unmöglich, sich in einer Sauna quasi zu Tode zu schwitzen, weshalb sie als Mordwaffe höchstens in alten Krimiserien taugte. Aber da Kirchhoff nachweislich nicht mehr lebte, war es müßig, sich darüber Gedanken zu machen. Hatte der Täter eine sich bietende Gelegenheit genutzt? Dazu müsste er (oder sie) in die Gewohnheiten des Tennislehrers eingeweiht gewesen sein. War er zu einem gemeinsamen Saunagang überredet worden? Das könnte auf eine Frau hindeuten. Seine Freundin, die Staatsanwältin? Aber die kannte sich beim Thema Mord und Totschlag aus und hätte es eher wie einen Unfall aussehen lassen. Eine andere Dame? Vielleicht eine zurückgewiesene Tennisschülerin? Ein Verbrechen aus Leidenschaft. Dann wären die beiden jüngsten Mordfälle unabhängig voneinander zu betrachten.

Den Knochenmann nicht zu vergessen. Um den Carsten sich vorrangig zu kümmern hatte. Die aktuellen Morde aufzuklären, oblag seinen Kollegen, ob ihm das gefiel oder nicht. Lustlos nahm er die zuoberst liegende Akte aus einem Karton und schlug den Deckel auf. Steffen Zockeney, ein neunzehnjähriger Junge, der seit August 1993 vermisst wurde. Alter und Größe passten, ebenso der Zeitpunkt des Verschwindens. Carsten verglich das Foto auf dem Monitor mit dem Ausdruck des Phantombilds, das der forensische Anthropologe angefertigt hatte. Mit zusammengekniffenen Augen und einigem Wohlwollen ließ sich eine gewisse Ähnlichkeit erkennen. Die Haare waren anders, da hatte der Experte natürlich nur raten können. Immerhin kam der Knabe in dieser Akte den beschriebenen Attributen des Knochenmanns näher als alle bisher überprüften Vermisstenfälle.

Er blätterte weiter, um Einzelheiten zu erfahren, aber da gab es nicht viel. Steffen Zockeney hatte seine Kindheit und Jugend im Heim verbracht, das er nach seinem achtzehnten Geburtstag verlassen hatte. Er lebte in einer Zweier-WG und war von seinem Mitbewohner vermisst gemeldet worden, nachdem er sich mehrere Tage nicht in der gemeinsamen Wohnung hatte blicken lassen. Leider konnte jener Mitbewohner keine zuverlässige Aussage darüber treffen, ob Kleidungsstücke oder andere Dinge fehlten. Steffen Zockeney arbeitete in einer Autowerkstatt und wurde von seinem Chef als wenig zuverlässig beschrieben. Zum Zeitpunkt des vermeintlichen Verschwindens hatte er Urlaub gehabt, weshalb man ihn in der Werkstatt zunächst nicht vermisst hatte. Weil er am ersten Arbeitstag nicht erschien, habe man bei ihm angerufen, jedoch nur den Mitbewohner erreicht, der nicht wusste, wo Zockeney abgeblieben war. Da es keinerlei Hinweise auf ein Verbrechen oder einen Unfall gab, ging man davon aus, dass der

Junge sich abgesetzt und irgendwo ein neues Leben begonnen hatte. Verwandte hatte er offensichtlich nicht, und so wurde der Fall zu den Akten gelegt.

Carsten schlug die letzte Seite auf, wo sich eine Liste mit den Namen der Befragten befand. Ob sich der ehemalige Chef von Zockeney an den Jungen erinnerte? Oder der Mitbewohner? Als er dessen Namen las, entfuhr ihm ein Laut der Überraschung. *Das ist mal wirklich aufschlussreich*, dachte er und griff zum Telefon.

41

Sophie und Trixi waren nach einer weiteren Befragung zurück ins Luisenviertel gefahren. Da die Kneipe offiziell wieder freigegeben war, waren sie in die Sonderbar eingekehrt, wo Trixi zu Sophies Freude als Erstes die Kaffeemaschine in Betrieb nahm.

»Ich würd dir ja ein Stück Kuchen anbieten, aber leider ist nichts da«, bedauerte die Kneipenbesitzerin. »Wir öffnen erst heute Abend wieder.«

Sophie stand der Sinn im Moment ohnehin nicht nach einem Kaffeekränzchen, das hätte zu sehr den Anstrich von Leichenschmaus. *Du liebe Güte*, dachte sie, *was für eine Woche.* Da sah sie ihre früheren Klassenkameraden das erste Mal seit zwanzig Jahren wieder, und wenig später waren zwei von ihnen tot und einer spurlos verschwunden. Der Zusammenhang war ihr nicht klar, aber es musste einen geben. War es tatsächlich so, wie Trixi vermutete? Martin hatte versucht, Tobias zu erpressen, und ihn später in Notwehr oder warum auch immer in der Sauna eingesperrt? War Tobias für Lisas Tod verantwortlich? Ging es am Ende gar nicht um das schwarze Notizbuch? Hatte Martin etwas gesehen, das ihn veranlasste zu glauben, dass Tobias der Mörder ihrer Klassenkameradin war?

»Worüber sinnierst du?«, fragte Trixi, während sie eine Tasse mit dampfendem Kaffee vor Sophie auf den Tresen stellte.

»Was glaubst du denn?«, erwiderte sie und erzählte ihrer Gastgeberin, worüber sie soeben nachgedacht hatte.

»Ich fürchte fast, du könntest recht haben«, seufzte diese, nachdem Sophie geendet hatte.

Das Klingeln des Telefons unterbrach ihre Überlegungen. Trixi zögerte einen Moment, ehe sie ranging.

»Hallo, hier ist die Sonderbar, Trix am Apparat.« Sie lauschte einen Moment. »Oh, äh, Car... äh, Hauptkommissar Kantner. Dei... Ihre Schwester ist gerade hier, wollen Sie ...? Nein?«

Sophie, die die Hand schon begierig nach dem Hörer ausgestreckt hatte, ließ den Arm wieder sinken und zog eine grimmige Miene.

»Ali, meinen Sie?«, vergewisserte sich Trixi. »Nein, der ist nicht hier. Den hab ich seit gestern nicht mehr gesehen. Haben Sie es schon auf dem Handy ...? Natürlich haben Sie. Einen Festnetzanschluss hat er nicht. ... Also, wenn er nicht zu Hause und nicht hier ist, kann ich Ihnen auch nicht weiterhelfen. Unsere Beziehung ist rein geschäftlich, privat haben wir nicht viel miteinander zu tun. Soweit ich weiß, hat er keine Beziehung und keine nennenswerten Verwandten, das ist aber auch schon alles, was ich über ihn sagen kann. ... Ja, bitte, keine Ursache.« Sophie gab ihrer Klassenkameradin ein Zeichen, ihr das Telefon zu übergeben. »Moment noch, Ihre Schwester will Sie ... Sorry, Sophie, er hat aufgelegt.«

»Das ist ja wohl eine Frechheit«, empörte sie sich.

»Der ignoriert mich absichtlich.«

»Tut mir leid«, bedauerte Trixi halbherzig.

»Was wollte er denn?«, fragte Sophie.

»Mit einem meiner Kellner reden. Ali. Ich frag mich, was er von ihm will. Und warum Ali nicht an sein Handy geht.«

»Na, den geh ich jetzt aber nicht suchen«, erklärte Sophie bestimmt.

Am Ende lag er auch tot in irgendeiner Nasszelle.

»Gott bewahre, ich bin froh, wenn ich den Kerl nicht sehen muss. Hab ihn gewissermaßen mit dem Inventar übernommen. Und gestern dann hat er versucht, mich zu erpressen.« Trixi verstummte, als sei ihr mit einem Mal bewusst geworden, weshalb Carsten mit ihrem Kellner sprechen wollte.

»Wieso das?«, wollte Sophie wissen.

Trixi wand sich auf ihrem Stuhl, ehe sie resigniert durchatmete. »Ich hab dir nicht die ganze Wahrheit gesagt, was Lisa angeht.«

Sophie bedachte sie mit einem wütenden Blick. Hatten sie in den letzten Tagen nicht genug zusammen durchgemacht? Warum rückte Trixi ihre Informationen immer nur scheibchenweise heraus? »Was kommt denn jetzt noch?«

»Lisa und ich hatten schon seit einigen Monaten wieder Kontakt. Man könnte sogar fast behaupten, wir waren befreundet«, offenbarte Trixi.

»Du und Lisa? Befreundet?«, vergewisserte sich Sophie fassungslos.

»Die Zeiten ändern sich«, erklärte Trixi schlicht.

»Warum hast du das der Polizei verschwiegen?«

Sie zuckte mit den Schultern. »Keine Ahnung. Ich dachte, es macht mich verdächtig, wenn ich die Einzige bin, die Lisa seit der Schulzeit gesehen hat.«

»Jetzt macht es dich erst recht verdächtig«, sagte Sophie kopfschüttelnd.

»Das ist ja noch nicht alles«, murmelte Trixi.

Nee, klar, warum auch? Sophie seufzte. »Was denn noch?«

»Die Idee mit dem Klassentreffen ... die stammt von Lisa. Und die Kiste mit den ›Geschenken‹ war auch von ihr.«

»Das musst du der Polizei sagen. Immerhin könnte sich daraus ein Mordmotiv für einen von ... uns ergeben«, sagte Sophie.

»Außer mir wusste keiner davon«, erwiderte Trixi. »Ihr dachtet doch alle, die Sachen seien von mir.«

»Trotzdem«, beharrte Sophie. »Was befand sich noch in der Kiste? Außer den Dingen, die du schon verteilt hattest?«

Trixi machte ein schuldbewusstes Gesicht und zuckte mit den Schultern. »Ich weiß es nicht genau. Sie hat sie mir erst kurz vorher übergeben. Eine Klobürste, daran erinnere ich mich. Die war für Martin. Und dann noch eine Fahrradklingel, ich glaub, die war für Spießi. Der war doch immer mit dem Rad unterwegs. Ein Umschlag war dabei, was darin war, kann ich nicht sagen. Ansonsten ...« Sie hob in einer hilflosen Geste die Arme.

»Du musst es der Polizei sagen«, sagte Sophie noch einmal. »Wenn du es nicht tust, mach ich es.«

***

Carsten war, wohlwollend formuliert, ziemlich angepisst. Jetzt gab es endlich einen Anhaltspunkt, zu wem die Knochen in dem provisorischen Grab in den Ronsdorfer Anlagen gehörten, und wie von Zauberhand war ein wichtiger Zeuge unauffindbar. Wozu besaßen die Leute ein Handy, wenn sie nicht rangingen? Er humpelte vom Haus, in dem

Alexander »Ali« Debus wohnte, zurück zu seinem Dienstwagen. Eben hatte er mit Mattes telefoniert – sein Kollege ging immerhin an sein Handy –, um sich mit ihm auszutauschen. Bei dieser Gelegenheit erfuhr er, dass der unsägliche Martin Jäger ebenfalls abgängig war. Offenbar zählte der Ex seiner Schwester inzwischen zum erweiterten Kreis der Verdächtigen. Wenigstens eine gute Nachricht. Die Gabe des Autors, sich durch Abwesenheit in den Mittelpunkt des Geschehens zu rücken, wäre bewundernswert, würde Carsten nicht so eine tiefe Abneigung gegen den Mann hegen. Ihn aufzustöbern, gehörte Gott sei Dank nicht zu seinen unmittelbaren Aufgaben. Wegen ihm konnte der Kerl bleiben, wo der Pfeffer wuchs.

Am Ende war Jäger mit Ali Debus durchgebrannt. Vielleicht hatten die beiden von vornherein gemeinsame Sache gemacht. Der Autor schickt die ahnungslose Lisa in Richtung Toilette, wo sie vom mordlüsternen Kellner erwartet wird. Diese Theorie klang auch nicht unlogischer als alle anderen. Immerhin hatte dieser Ali eine direkte Verbindung zu den Knochen – sollte es sich um dessen Mitbewohner Steffen Zockeney handeln, wovon Carsten ausging. Und Jäger hatte eine Verbindung zu Lisa Hirsefeld, die mutmaßlich von dem Grab in den Ronsdorfer Anlagen gewusst hatte. Jetzt musste er nur noch Tobias Kirchhoff in der Gleichung unterbringen und schwups war der Fall gelöst. Leider glaubte Carsten nicht an diese Theorie, und solange er Ali Debus nicht aufgespürt hatte, war rein gar nichts gelöst. Zu ärgerlich, dass Beatrix van den Bergh ihm nicht hatte weiterhelfen können. Sophie war bestimmt wieder sauer, weil er nicht mit ihr sprechen wollte, aber im Moment war sein Kopf übervoll mit seinen eigenen Gedanken, da war kein Platz mehr für die Ideen seiner Schwester.

Es blieb nur zu hoffen, dass sie nicht irgendetwas ausheckte. Als sei die Begegnung mit Tim Sperling in der vergangenen Nacht ihr nicht Lehre genug gewesen, musste sie sich gleich heute Morgen auf den Weg zum nächsten Verdächtigen machen. Um prompt über eine weitere Leiche zu stolpern. Normal war das nicht, fand Carsten. Ebenso wenig wie ihr neuentdecktes Talent als Unterhändlerin bei Geiselnahmen. Zugegeben, sie hatte ihre Sache nicht schlecht gemacht. Während sie mit Tim redete, hatte Carsten sich im Wintergarten postiert, bereit zu schießen, sollte dies vonnöten sein. Er war froh, dass der Junge Vernunft angenommen hatte und er nicht gezwungen gewesen war, diese Entscheidung zu treffen.

Wo er einmal unterwegs war, konnte er genauso gut einen Abstecher in Richtung Bundeshöhe machen, um zu schauen, wie weit die Kollegen von der Kriminaltechnik mit der Durchsuchung von Lisa Hirsefelds Haus und dem Schuppen waren. Zum Glück verfügte der Dienstwagen über eine Automatik-Schaltung, so dass er sein lädiertes Knie einigermaßen schonen konnte. Es war eine dämliche Idee gewesen, sich ohne Verstärkung auf den Weg zu Alexander Debus zu machen. Carsten hätte ihm in seiner derzeitigen Verfassung kaum etwas entgegensetzen oder gar die Verfolgung aufnehmen können, hätte der Mann versucht zu verduften. Was er womöglich längst getan hatte. War bei Debus' Besuch gestern im Präsidium irgendetwas vorgefallen, das ihn dazu veranlasste, die Flucht zu ergreifen? Carsten ging das Gespräch in Gedanken durch, aber ihm fiel nichts ein. Leider konnte er Debus nicht zur Fahndung ausschreiben lassen, solange nichts gegen den Mann vorlag. Vielleicht hatte er sich auch gar nicht verdünnisiert, sondern war einfach nicht erreichbar. Ohne besonderen

Grund. So was kam vor. Nicht in Carstens Kosmos, aber er hatte davon gehört.

Er parkte den Wagen auf dem kleinen Parkplatz nahe dem CVJM-Gebäude und legte die paar Meter bis zu Lisa Hirsefelds Haus zu Fuß zurück. Sein Knie schmerzte immer weniger, er hatte sogar das Gefühl, dass ihm die Bewegung guttat. Eine Verfolgungsjagd würde er noch nicht erfolgreich bestreiten können, aber für den Alltagsgebrauch reichte es. Auch sein Kopfweh und die leichte Übelkeit hielten sich auf einem erträglichen Level. Die Zeichen standen gut, dass er durchkommen würde, auch wenn Cordula das Gegenteil behauptete. Vielleicht hoffte sie, der Hochzeit durch sein vorzeitiges Ableben zu entrinnen.

Bei Lisa Hirsefelds Heim angelangt, stach ihm als Erstes ein kleiner Brunnen ins Auge, auf dessen Rand ein steinerner Frosch hockte. Unwillkürlich kam Carsten der Tote beim Froschkönigteich im Altenberger Märchenwald in den Sinn, den Sophie im vergangenen Jahr bei diesem unsäglichen Krimiwochenende entdeckt hatte. Ursprünglich hatte er den Ausflug nach Altenberg nutzen wollen, Cordula um ihre Hand zu bitten. Der Todesfall im Märchenwald und ein weiterer Mord hatten ihm einen gehörigen Strich durch die Rechnung gemacht, so dass er den Heiratsantrag verschieben musste. Ganz undankbar war er zugegebenermaßen nicht darüber, hatte er doch gewaltig Manschetten davor, dass Cordulas Antwort nicht die von ihm erhoffte sein würde. Irgendwann hatte er seinen Mut dann zusammengenommen und die berühmte Frage aller Fragen gestellt. Die Antwort fiel zwar zu seinen Gunsten aus, allerdings war Cordula das Ja nur zögerlich über die Lippen gekommen. Zunächst schob er es dem Umstand zu, dass er sie mit dem Antrag überrumpelt hatte. Aber seitdem war fast ein Jahr vergangen, und an der Heiratsfront tat sich rein gar nichts. Cordula fand immer neue Ausflüchte oder brach einen Streit vom Zaun, sobald das Thema aufkam. So wie gestern Abend, als er die leise Andeutung gemacht hatte, dass sein Unfall schlimmer hätte ausgehen können und sie im Zweifel keinerlei Entscheidungen treffen durfte, da sie ja nicht seine Ehefrau sei. Sie könnten eine gegenseitige Patientenverfügung aufsetzen, war ihr Vorschlag, was Carsten nicht in Begeisterungsstürme ausbrechen ließ. Dann hatte mal wieder ein Wort das andere gegeben, und er hatte eine weitere Nacht schmollend auf dem Sofa verbracht. Nun ja, nicht ganz. Sophies Abenteuerlust hatte ihn nach draußen getrieben. Als er Cordula am Morgen angerufen hatte, um sie über seinen Verbleib aufzuklären, hatte sie zumindest versöhnlich geklungen. Trotzdem konnten sie so nicht mehr lange weitermachen. Besser gesagt, er konnte so nicht mehr lange weitermachen.

Er lief an dem kleinen Haus vorbei zum Schuppen, wo er auf einige Kollegen der Kriminaltechnik traf.

»Tag«, grüßte er und erntete einen misstrauischen Blick sowie ein kurzes Nicken der Beamtin, die bei der Tür stand.

»Is was?«, fragte sie. Offenbar hegte sie den Verdacht, Carsten wollte ihre Arbeit kontrollieren.

»Nö, is nix. War nur zufällig in der Nähe und dachte, ich schau mal vorbei«, behauptete er.

»Haste Kaffee mitgebracht?«

Daran hatte er natürlich nicht gedacht. Zu ärgerlich, es hätte die Kollegin sicherlich milder gestimmt.

»Nächstes Mal«, versprach er.

»Jaja, das sagen sie immer«, murmelte sie, während Carsten sich fragte, wen sie wohl mit »sie« meinte.

»Habt ihr denn was Interessantes gefunden?«, erkundigte er sich.

»Jede Menge Gerümpel und ungefähr eine Million Spinnen«, fasste die Kriminaltechnikerin zusammen und schüttelte sich. »Ich hasse Spinnen.«

»Aber keine Knochen oder so?«, hakte Carsten nach und erntete einen weiteren Blick, diesmal genervt.

»Bis auf ein paar Mäuseskelette und einen toten Marder nicht. Und auch keine Hinweise darauf, dass hier jemals irgendwelche anderen Leichen gelegen hätten. Bis auf verendete Spinnen. Und deren Opfer natürlich. Das Interessanteste, was wir aufgetan haben, ist eine Schaufel mit frischer Erde daran. Sieht aus, als sei sie kürzlich benutzt worden. Und da hier im Garten in jüngster Zeit nichts umgegraben wurde …« Sie hob vielsagend die Augenbrauen und machte eine allumfassende Geste.

»Könnte sie verwendet worden sein, um in den Ronsdorfer Anlagen ein paar Knochen auszubuddeln«, vollendete Carsten den Satz.

Sie nickte. »Wir werden die Erdproben mit denen vergleichen, die wir aus den Anlagen haben. Aber bringt es uns irgendwie weiter, wenn die übereinstimmen?«

»Immerhin wissen wir dann mit ziemlicher Sicherheit, dass es Lisa Hirsefeld war, die sich als Totengräberin betätigt hat.«

»Und das vielleicht schon, als unser Knochenmann noch was auf den Rippen hatte«, schloss die Kriminaltechnikerin.

»Die Vermutung liegt nahe«, bestätigte Carsten. »Wenn sie ihn nicht selbst vergraben hat, war sie zumindest beteiligt oder Zeugin des Vorgangs. Leider können wir sie nicht mehr fragen.«

***

Gerade als er sich auf den Weg zurück ins Präsidium machen wollte, betrat eine ältere Frau mit Rollator den Garten und versperrte ihm den Weg. Sie trug eine ausgeleierte Jogginghose, einen viel zu langen roten Pullover und darüber eine schlammfarbene Fischerweste mit unzähligen Taschen, die allesamt so ausgebeult waren, dass Carsten der Verdacht kam, die alte Dame schleppte ihren gesamten Hausstand mit.

»Wat is denn hier los?«, verlangte sie zu wissen.

Sie schob ihren Rollator auffordernd nach vorn gegen Carstens Beine. Dessen linkes Knie nahm es mit einem protestierenden Ziehen zur Kenntnis. Er zog seinen Dienstausweis aus der Hosentasche und hielt ihn der Frau vor die Nase. Sie studierte ihn sorgfältig mit zusammengekniffenen Augen.

»Is hier wat passiert?«, hakte sie nach.

»Nicht direkt«, wich Carsten aus. »Ihre Nachbarin ist am Samstag leider verstorben. Allerdings nicht hier.«

»Wat, dat Lisa meinen Se?« Die Alte riss die Augen auf und führte entsetzt eine Hand zum Mund. »Abber dat war doch noch so jung.«

Der Tod fragte für gewöhnlich nicht nach dem Alter, aber diese Weisheit behielt Carsten lieber für sich. »Kannten Sie sie gut?«

Sie nickte heftig, und ihre schlecht sitzenden dauergewellten Haare wippten im Takt. »Schon ihr Leben lang. Dat Mädchen hat ja mit seinen Eltern hier gewohnt. Die sind abber schon en paar Jahre tot. Pilzvergiftung, alle beide. Ich sach immer, lass de Finger von de Pilze.«

Ein sinnvoller Rat, fand Carsten. Er hasste Pilze.

»Dat Lisa is abber nich anne Pilze gestorben, oder?«, erkundigte sich die Nachbarin neugierig.

»Äh, nein, das nicht, Frau ...?«

»Schimmelpfennig«, stellte sie sich vor. »Gertrud Schimmelpfennig. Ich wohn in dem Haus da drüben.« Sie vollführte eine unbestimmte Geste mit dem rechten Arm. »Früher mit mein Karl. Abber der is getz auch schon über zehn Jahre tot.«

»Tut mir leid.«

Sie winkte ab. »Können Sie ja nix für. Dat waa de Krebs. Lunge. Machste nix. Hätt er mal nich immer die ekligen Zigarren geschmökt. Wissen Se, wie oft ich de Gardinen waschen konnte? Un de Tapeten, vergilbt wie nix. Na ja, dat interessiert Se wahrscheinlich gaa nich, junger Mann. Abber wat is denn getz mit dem Lisa passiert?«

»Das versuchen wir gerade herauszufinden, Frau Schimmelpfennig«, blieb Carsten weiterhin vage. »Sie sagten eben, Sie kannten Lisa Hirsefeld seit ihrer Kindheit. Vielleicht können Sie mir etwas mehr über sie erzählen. Sie schien nicht besonders gesellig gewesen zu sein.«

»Dat stimmt, dat war et nie. En seltsames Kind war et. Unscheinbares Ding. Man nahm et gar nich richtich wahr. Und urplötzlich stand et neben einem, und man hatte et gar nich bemerkt. Wissen Se«, Frau Schimmelpfennig senkte die Stimme und trat verschwörerisch einen Schritt näher, wobei sie Carsten ihren Rollator wieder gegen die Schienbeine rammte, »man munkelt, dat dat Lisa ziemlich viel mitgekricht hat von dem, wat inne Nachbarschaft vor sich ging. Früher, mein ich. Hat dat ein oder andere Geheimnis aufgeschnappt. Man sacht, et hätt sich bezahlen lassen dafür, dat et schweigt.«

»Aha«, sagte Carsten und erinnerte sich an das, was Bastian Spieß seinen Kollegen über Lisa Hirsefeld berichtet hatte.

»De Leute hier waren froh, als et von zu Hause ausgezogen is«, fuhr die alte Dame fort. »Wegen de Ausbildung.«

»Nach Marburg«, meinte Carsten, der sich an Tim Sperlings Aussage erinnerte.

»Weiß ich nich. Kann sein. Danach war et nur noch selten da. Meistens an Ostern un Weihnachten. Abber als de Eltern gestorben waan, wegen de Pilze, is et in dat Haus zurückgezogen. Dat fanden nich alle hier lustig. Abber et hat sich zurückgehalten, soweit ich weiß. Jedenfalls hat keiner wat gesacht. Na ja, würd ich ja auch nich, wenn ich wat zu verbergen hätt. Hab ich abber nich.«

»Sie wissen nicht zufällig, ob Lisa mal schwanger war? Ob sie ein Kind hat?«

Frau Schimmelpfennig runzelte die Stirn, hinter der es lebhaft zu arbeiten schien. »Getz, wo se et sagen. Dat waa Ostern vor en paar Jahren. Nageln Se mich getz nich auf dat genaue Jahr fest. Et waa abber noch, bevor dat mit de Eltern passiert is. Da schob et 'ne dicke Kugel vor sich her. Abber mit em Kind hab ich et danach nie gesehen. Auch nich mit em Mann. Wat ja heutzutage nix mehr heißen muss.«

»Und seit Lisa wieder hier wohnte? Hat sie Besuch bekommen?«

Frau Schimmelpfennig sah Carsten entrüstet an. »Ich hab doch gesacht, ich wohn da drüben.« Wieder ruderte ihr Arm in eine nicht näher zu deutende Richtung. »Da krich ich doch nich mit, wer hier ein un aus geht. Abber ich hab nie jemanden gesehen, wenn ich hier *zufällich* vorbeigekommen bin.«

Carsten war der festen Überzeugung, dass es das Treiben der Kriminaltechniker gewesen war, das Frau Schimmelpfennig auch heute *zufällig* diesen Weg entlanggeführt hatte. Einer plötzlichen Eingebung folgend, zog er sein Handy aus der Gesäßtasche, suchte das Porträtbild des vermissten Steffen Zockeney, das er von der Akte abfotografiert hatte, und zeigte es der alten Dame.

»Haben Sie den jungen Mann mal hier gesehen? So vor zwanzig Jahren?«

»Vor zwanzich Jahren, Sie machen mir Spaß. Ich weiß ja kaum, wat ich gestern zum Mittach hatte.« Frau Schimmelpfennig beugte sich über das Mobiltelefon und kniff wieder die Augen zusammen. »Hübscher Bengel«, meinte sie dann. »Kann sein, dat der sich beim CVJM rumgetrieben hat. Abber sicher bin ich nich. Wer soll dat denn sein?«

»Ein Junge, der vor zwanzig Jahren als vermisst gemeldet wurde«, informierte Carsten.

»Aha. Und wat hat dat Lisa damit zu tun?«

Das wüsste ich auch gern, dachte der Hauptkommissar.

Eins der Fenster des Turmzimmers öffnete sich und eine Kriminaltechnikerin in weißem Schutzanzug steckte den Kopf heraus.

»Kantner? Kommst du mal?«, rief sie.

Carsten verabschiedete sich von Frau Schimmelpfennig, die neugierig den Kopf reckte, um in Erfahrung zu bringen, was in dem Türmchen vor sich ging. Unschlüssig blieb sie stehen, bis der Hauptkommissar sich noch einmal umdrehte und ihr zuwinkte. Da sie keinen ersichtlichen Grund mehr hatte, sich länger auf dem Grundstück ihrer verstorbenen Nachbarin aufzuhalten, wendete sie ihren Rollator langsam und überaus umständlich, ehe sie im Schneckentempo den Heimweg antrat. Alle paar Meter blieb sie stehen, um eine kleine Verschnaufpause einzulegen, bekam aber dennoch nichts von dem Sensationsfund zu sehen.

42

Aylin und Mattes waren auf gut Glück zum Scharpenacken gefahren, wo Isabella Girandelli mit ihrem Sohn in einem Einfamilienhaus wohnte. Das Haus entsprach äußerlich so gar nicht der eher extravagant wirkenden Staatsanwältin. Obwohl es sicherlich einen höheren sechsstelligen Betrag wert war – allein schon aufgrund der Lage –, mutete es durch seine Schnörkellosigkeit beinahe bescheiden an. Nur wenige Straßen entfernt hatte der Tote aus dem Märchenwald gewohnt, in dessen Schlafzimmer die Leiche einer jungen Frau gefunden worden war. Ein nicht unkomplizierter Fall, den Aylin, Carsten und Mattes mit Unterstützung der Kölner Kripo aufgeklärt hatten. Ja, und auch mit Sophies Hilfe.

Isabella Girandelli war zu Hause und öffnete auf ihr Klingeln die Tür. Ihr Gesicht nahm einen erstaunten Ausdruck an, als sie die beiden Kommissare erkannte.

»Frau Öner, Herr Mattuschek, guten Tag. Was kann ich für Sie tun?«

Aylin und Mattes tauschten einen kurzen Blick, um sich zu verständigen, wer von ihnen der Frau die schlechte Nachricht überbringen sollte. Aylin verlor, wie so häufig, den internen Starrwettbewerb und legte sich in ihrem Kopf rasch ein paar Worte zurecht.

»Dürfen wir einen Moment hineinkommen, Frau Girandelli?«, bat sie und gewann so ein paar weitere Minuten Zeit.

»Oh, ja sicher. Entschuldigen Sie.« Die Hausherrin machte einen Schritt zur Seite.

Die Kommissare traten ein und ließen sich von Isabella Girandelli in ein kostspielig, aber dennoch gemütlich eingerichtetes Wohnzimmer führen. Die längere Seite des Raums war beinahe komplett verglast und gab den Blick auf einen großen Garten frei, der bei Aylin Neidgefühle aufkommen ließ. Ihre Wohnung am Hahnerberg verfügte nicht mal über einen Balkon. Wenn sie frische Luft schnappen wollte, musste sie dazu ins nahegelegene Burgholz. Einen Wald vor der Haustür zu haben, war nicht zu verachten. Aber manchmal wünschte sich die Kommissarin ein lauschiges Plätzchen draußen am Haus, wo sie nach der Arbeit entspannt sitzen und ein Glas Wein genießen konnte.

Isabella Girandelli bot ihnen einen Kaffee an, den sie beide dankend ablehnten. Sie nahmen auf den Polstermöbeln Platz und ein Moment angespannten Schweigens entstand, ehe Aylin sich genug gesammelt hatte und das Wort ergriff.

»Ja, Frau Girandelli, wir müssen Ihnen leider mitteilen, dass Tobias Kirchhoff heute Morgen tot aufgefunden wurde.«

Der sonst so abgeklärt wirkenden Staatsanwältin wich von jetzt auf gleich sämtliche Farbe aus dem Gesicht. Sie starrte die Kommissare mit einem Ausdruck der Fassungslosigkeit an, und ihre Hände ballten sich zu Fäusten.

»Tobias?«, stieß sie hervor, als wolle sie sich vergewissern, dass sie und die Oberkommissarin dieselbe Person meinten.

Aylin nickte. »Ja. Es tut mir sehr leid. Ich glaube, Sie standen einander nahe.«

Isabellas Augen füllten sich mit Tränen. Mattes griff automatisch in seine rechte Hosentasche, um eine Packung Papiertaschentücher herauszuziehen, die er vor seine Gastgeberin auf den Tisch legte. Sie murmelte ein Dankeschön und zog ein Taschentuch aus dem Päckchen. Sie tupfte sich die Augenwinkel und schnäuzte sich ausgiebig die Nase.

»Entschuldigung«, meinte sie, nachdem sie sich wieder gefasst hatte. »Das ist ein ziemlicher ... Schock.«

Hätte Aylin geahnt, wie emotional die Frau auf die Nachricht reagieren würde, wäre sie behutsamer vorgegangen. Isabella Girandelli hatte bei ihrem ersten Treffen nicht gewirkt, als sei sie leicht zu erschüttern. Andererseits handelte es sich bei Kirchhoff, was immer man von ihm halten mochte, um ihren Lebensgefährten.

»Was ist passiert? Wurde Tobias …? Ich meine … wurde er auch ermordet?«

»Das untersuchen wir zurzeit«, wich Mattes wie üblich aus. »Er wurde in der Sauna seines Tennisclubs gefunden. Wir wissen noch nicht, was genau sich zugetragen hat.« Die blockierte Tür erwähnte er vorerst nicht. »Sie können uns nicht zufällig sagen, ob er irgendwelche Vorerkrankungen hatte, die zu einem plötzlichen Herztod führen könnten?«

Isabella schüttelte den Kopf. »Nein, da ist mir nichts bekannt. Er hatte als Jugendlicher zwei Kreuzbandrisse. Deswegen musste er seine Profikarriere beenden. Aber ansonsten wirkte er immer gesund und fit.«

Aylin musste an die Geschichte von Beatrix van den Bergh denken. Dass sie Tobias nach seiner ersten Verletzung mit leistungssteigernden Medikamenten versorgt hatte. Möglicherweise hatte Kirchhoff niemals damit aufgehört. Sie fragte Isabella Girandelli danach.

»Na ja, in seinem Badezimmerschrank stehen ein paar Präparate«, gab Isabella zu. »Ich hab sie mir aber ehrlich gesagt nicht genauer angesehen. Ich dachte, es seien Vitamine oder so. Vielleicht wollte ich es auch nicht so genau wissen.«

Die Kriminaltechniker würden sich die Wohnung von Kirchhoff vornehmen. Sollte der Tennistrainer in den letzten Jahren mit irgendwelchen Mittelchen experimentiert haben, würde die Autopsie es ans Tageslicht bringen. Doch selbst wenn ein vermeintlicher Medikamentenmissbrauch zum Tod des Mannes geführt hatte, entschuldigte dies nicht die von außen blockierte Saunatür. Irgendjemand hatte Tobias Kirchhoff Schaden zufügen wollen, egal, ob derjenige dabei eine Tötungsabsicht verfolgte oder nicht.

»Sie haben Herrn Kirchhoff gestern Abend nicht mehr gesehen oder gesprochen?«, umschiffte Mattes galant die direkte Frage nach einem Alibi.

Doch die Staatsanwältin verstand, worauf er hinauswollte. »Nein, wir haben uns meist nur am Wochenende gesehen, wenn mein Sohn bei seinem Vater ist. Oder bei seinen Großeltern. Gestern Abend war ich mit einigen meiner Kollegen essen.«

»Im Girandellis?«, fragte Aylin mit einem Hauch Ironie in der Stimme.

Isabella rang sich ein Lächeln ab. »Ja, tatsächlich. Allerdings nicht hier im Stammhaus, sondern in unserer Düsseldorfer Dependance, die von einem meiner Brüder geführt wird. Natürlich ist das Essen dort nicht ganz so hervorragend wie in unserem Haus auf Linde. Onkel Adrianos Kochkünste sind unübertrefflich. Wir saßen bis etwa dreiundzwanzig Uhr zusammen. Anschließend bin ich mit dem Auto nach Hause gefahren. Ich gebe Ihnen gern eine Liste mit den Kontaktdaten derjenigen, die dabei waren.«

»Danke, das wäre nett«, sagte Aylin. Sie zweifelte nicht daran, dass die Kollegen der Staatsanwältin sowie die Mitarbeiter des Restaurants Isabella Girandellis Alibi bestätigten. Leider konnten zwischen dem Moment, in dem die Saunatür blockiert wurde, und dem Eintritt des Todes mehrere Stunden liegen, in denen der Täter nicht zwangsläufig vor Ort hatte sein müssen. Vielleicht ließ sich feststellen, wann die Sauna zuletzt aktiviert worden war.

»Haben Sie eine Ahnung, ob jemand einen Groll gegen Herrn Kirchhoff hegte?«, fragte Mattes.

Isabella hob eine Augenbraue. »Abgesehen von einigen enttäuschten Damen, die sich mehr als ein paar Tennisstunden erhofften? Nicht wirklich. Also zumindest nicht dass ich wüsste. Vermuten Sie, es besteht ein Zusammenhang zu Lisa?«

»Wir schließen nichts aus.«

»Jaja, ich verstehe. Sie dürfen mir nichts sagen.«

»Noch mal zu den enttäuschten Damen«, meinte Mattes. »Denken Sie an jemand Bestimmtes?«

Sie ging einen Moment in sich, dann schüttelte sie den Kopf. »Nein, wirklich nicht. Das war nur so dahergesagt. Tobias verstand es halt schon immer, Frauen das Gefühl zu geben, er sei an ihnen interessiert. Selbst wenn es nicht der Fall war. Wie bei Trixi zum Beispiel. Die hat früher alles für ihn getan, obwohl sie wusste, dass er mit mir zusammen war. Aber irgendwie hat er ihr immer Hoffnung gemacht, dass sich das ändern könnte, wenn sie sich nur genug anstrengt. Was nie passiert ist.«

»Trotzdem haben Sie und Herr Kirchhoff sich damals getrennt«, konstatierte Aylin.

Isabella seufzte, und ihr Blick schweifte in die Ferne. »Das war aber nicht wegen Trixi.«

»Wegen wem denn?«, hakte Aylin nach, die das Gefühl hatte, dass eine andere Frau mit im Spiel gewesen war.

»Leo. Leonore Reinhardt.«

Die nun wieder, dachte die Kommissarin. Deren Name tauchte in letzter Zeit auffallend häufig auf und das selten in einem positiven Zusammenhang.

»Sie und Tobias hatten einen ... nun ja, One-Night-Stand kann man es noch nicht mal nennen. Daraufhin habe ich mich von ihm getrennt. Und meine Freundschaft zu Leo war ebenso hinüber. Aber das ist lange her und hat nichts mehr mit heute zu tun. Tobias hat sich geändert. Hatte …« Sie begann wieder zu weinen. »Ich kann es nicht glauben. Darf ich ihn wenigstens noch mal sehen? Um mich zu verabschieden?«

»Ich denke, das lässt sich arrangieren«, sagte Mattes.

»Oh Gott, was sag ich bloß Enzo?«, schluchzte Isabella. »Meinem Sohn. Tobias war sein großes Idol. Er wird am Boden zerstört sein.«

***

»Was meinst du?«, fragte Mattes, als sie wieder im Auto saßen.

Aylin zog die Nase kraus. »Sie wirkte aufrichtig erschüttert und überrascht.«

»Mir wirkte sie beinahe ein bisschen zu emotional«, meinte Mattes nachdenklich. »Ich hätte nicht vermutet, dass sie so an diesem Tennisfuzzi hing.«

»Immerhin war dieser Fuzzi ihr Freund und obendrein ihre erste große Liebe.«

Mattes lachte höhnisch auf. »Tolle große Liebe, die einen mit der besten Freundin hintergeht. Womit wir wieder bei Leonore Reinhardt landen. Die kennt wohl tatsächlich keine Freunde und Verwandten. Sollte sich herausstellen, dass dieser Tim Sperling ihr leiblicher Sohn ist, hätten wir zumindest einen Kandidaten für den Kindsvater.«

»Der leider tot ist«, erinnerte Aylin.

»So kommen wir wenigstens ohne irgendwelche Beschlüsse an dessen DNA. Vielleicht hat die Reinhardt ihren Ex-Liebhaber getötet, um zu verhindern, dass er seine Vaterschaft ausplaudert.«

»Falls er davon gewusst hat«, gab Aylin zu bedenken. »Ich finde, dass wir uns im Moment zu sehr in die Idee verrennen, dass der Mord an Lisa Hirsefeld etwas mit Tim Sperling zu tun hat.«

»Hast du eine bessere Theorie? Dann raus damit.«

»Was ist zum Beispiel mit den Knochen, die die Hirsefeld ausgegraben hat? Carsten vermutet doch, dass es sich dabei um die sterblichen Überreste des Mitbewohners von diesem Kellner aus der Sonderbar handelt. Möglicherweise haben er und Lisa den Jungen seinerzeit gemeinsam in den Ronsdorfer Anlagen vergraben. Wenn dieser Ali Debus nun Wind davon bekommen hat, dass seine Komplizin den Leichnam wieder ausgebuddelt hat, hätte er ein gesteigertes Interesse daran, sie schnellstmöglich zum Schweigen zu bringen. Und wie es der Zufall will, ist er wenige Tage später nicht auffindbar.«

»Aber wie passt Kirchhoff da hinein?«, wollte Mattes wissen.

Aylin zuckte mit den Schultern. »Keine Ahnung. Vielleicht hat er etwas beobachtet. Damals oder am Samstag.«

»Mag sein. Trotzdem habe ich das Gefühl, dass mit Leonore Reinhardt irgendwas nicht stimmt«, beharrte Mattes.

»Also mehr als das, was wir schon wissen.«

»Na ja, schauen wir mal, ob wir irgendwas ausgraben, womit wir deine Leonore überführen können«, lenkte Aylin ein.

»Ein paar weitere Knochen, meinst du?«

»Oder Leichen im Keller.«

»Dann hoffentlich die von Martin Jäger«, feixte Mattes und erntete einen tadelnden Blick seiner Kollegin.

***

»Wir haben's voll verkackt, oder?«, fragte Justin betrübt.

Dem konnte Tim nur zustimmen. Er war nach der Vernehmung im Polizeipräsidium zurück in die JVA Ronsdorf gebracht worden, wo er erst eine Standpauke des Direktors über sich ergehen lassen musste, ehe man ihn in seine Zelle führte, wo Justin auf ihn wartete. Der Ärmste hatte sich bei dem Unfall beide Handgelenke gebrochen und war bei seinen täglichen Verrichtungen auf die Hilfe anderer angewiesen. Da Tim vor seiner Karriere als Schwerverbrecher mit einer Ausbildung zum Altenpfleger geliebäugelt hatte, konnte er nun an seinem Zellengenossen üben. Dass er mit seinen Vorstrafen jemals einen Ausbildungsplatz im Pflegebereich bekäme, war äußerst unwahrscheinlich. Egal, wie eklatant der Mangel an Fachkräften sein mochte, einen Vorbestraften ließ man nicht in die Nähe von Schutzbedürftigen.

»Wenigstens hab ich Mimi wiedergesehen«, meinte Justin, und seine Augen nahmen einen entrückten Glanz an.

»Ja, sie ist nett«, bestätigte Tim.

»Warst du etwa bei ihr?«, fragte sein Freund überrascht.

Tim nickte und berichtete seinem Kumpel von der Begegnung mit dessen Angebeteter. »Wieso hast du bei der Verhandlung damals nicht gesagt, warum du den Hausmeister verdroschen hast?«, schloss er.

»Mimi hat's dir erzählt?« Nun war Justin vollends verblüfft. »Sie wollte doch nich, dass jemand davon erfährt.«

»Na, irgendwann muss es mal raus. Sie kann das nicht ewig mit sich rumschleppen.«

Justin schien von dieser Logik nicht überzeugt. »Wie auch immer«, meinte er dann, um das Thema abzuschließen. »Was is mit dir? Hast du deine Mutter getroffen?«

»Gewissermaßen«, blieb Tim vage.

Justin blickte schuldbewusst zu Boden. »Tut mir leid, dass ich das den Bullen gesteckt hab. Aber die haben mich voll durch die Mangel gedreht wegen dieser Yogatante. Hast du gehört, dass die tot ist?« Er biss sich auf die Lippen, weil ihm aufging, dass er seinen Freund wenig sensibel über die Ermordung einer Bekannten in Kenntnis gesetzt hatte.

»Ja, hab ich gehört«, meinte Tim. »Der Bulle, der mich im Kothen verfolgt hat, hat's mir gesagt.«

»Die dachten, ich hätt die umgebracht, weil ich das Handy hatte, das du mir geliehen hast. Ich wollt dich nich reinreiten.«

»Alles gut, mach dir keine Gedanken.« *Ich hab ganz andere Probleme*, dachte Tim. Warum nur war er derart ausgerastet, dass er seine Mutter und seine kleine Schwester – und er war überzeugt, dass sie mit ihm verwandt waren – mit einem Messer bedroht hatte? Natürlich hätte er keiner der beiden etwas angetan, aber das konnte man hinterher immer behaupten. Und seine Mutter schien ihm nicht die Sorte Frau zu sein, die ein solches Verhalten ungestraft hinnahm oder herunterspielte. Die würde persönlich dafür sorgen, dass er die Höchststrafe aufgebrummt bekam. Hätte er sich nur nicht von Lisa zu diesem Coup anstiften lassen. Jetzt war sie tot, und wenn es ganz blöd lief, würde man ihm den Mord an ihr auch noch in die Schuhe schieben.

»Was hat deine Mutter denn gesagt, wo sie dich gesehen hat?«, unterbrach Justin seine Gedanken.

»Dass ich ein Betrüger wär und mich verpissen soll«, fasste Tim die Begegnung kurz zusammen, und sein Freund schwieg betreten.

Für diesen Satz lohnten sich ein paar zusätzliche Jahre Knast, stellte er mit Verbitterung fest. Was hatte er eigentlich erwartet? Die Frau hatte ihn nach seiner Geburt weggegeben, ihn nie gewollt. Warum sollten sich ihre Gefühle seit damals geändert haben? Sie hatte nie den Versuch unternommen, ihn zu finden. Auch Lisa hatte ihn gewarnt, dass er sich von der ersten Begegnung nicht zu viel versprechen durfte. Das lag auf der Hand, schließlich sollte er als Überraschungsgast die Party crashen, oder was immer Lisa geplant hatte. Aber wie er Leonore Reinhardt nach ihrem kurzen und denkwürdigen Kennenlernen einschätzte, wäre sie, egal unter welchen Umständen, nicht erfreut gewesen, ihn zu sehen. Er war ein Kapitel in ihrem Leben, das sie vergessen wollte. Wenn das mit dem Vergessen mal so einfach wäre. Tim hatte es lange versucht. Den Erfolg seiner Bemühungen sah man jetzt. Er saß tiefer denn je in der Tinte. Ertrank quasi darin. Und niemand würde ihm einen Rettungsring zuwerfen.

Wäre er nur nie zu diesem blöden Yogakurs gegangen. Dann hätte er Lisa nicht kennengelernt und sie nie diesen dummen Plan ausgeheckt. Er würde gemütlich die restlichen Monate seiner Strafe absitzen, und sie wäre noch am Leben. Ob seine Mutter sie umgebracht hatte? Dann wüsste er wenigstens, von wem er seine kriminelle Ader geerbt hatte.

43

Am frühen Abend trafen sich Aylin, Mattes und Carsten mit den weiteren Kollegen der Mordkommission »Stricknadel« zum Ergebnisaustausch in einem der Besprechungsräume des Präsidiums.

Die Kriminaltechniker hatten eine Art Wandschrank im Turmzimmer des Hauses von Lisa Hirsefeld entdeckt, der hinter Holzpaneelen verborgen war. Dort fanden sich diverse Papiere und Gegenstände, die im Labor ausgewertet wurden. Zwei Dinge waren den Beamten bei der ersten Durchsicht ins Auge gefallen. So fanden sie eine Herrengeldbörse, in der ein Ausweis steckte, der Steffen Zockeney gehörte. Somit war eindeutig bewiesen, dass die Hirsefeld den jungen Mann nicht nur kannte, sondern auch in dessen Verschwinden verwickelt sein musste. Leider half ihnen diese Erkenntnis nur bedingt weiter. Eine der zahlreichen sichergestellten Fotografien, die sorgfältig in Schutzhüllen verpackt waren, erschien da schon eine Spur vielversprechender.

Mattes und Aylin starrten auf das Bild, das ein hochschwangeres junges Mädchen zeigte, das vor einem schmiedeeisernen Tor stand und offenbar nach jemandem Ausschau hielt. Sie schien nicht bemerkt zu haben, dass sie fotografiert wurde. Auch wenn das Mädchen auf dem Bild höchstens siebzehn war, erkannten die beiden Kommissare in ihren Gesichtszügen eindeutig Leonore Reinhardt wieder.

»Also hat sie tatsächlich als Teenager ein Kind zur Welt gebracht«, konstatierte Mattes.

»Zumindest war sie schwanger«, korrigierte Carsten. »Auf der Rückseite ist übrigens handschriftlich ihr Name vermerkt, um jeden Zweifel auszumerzen. Außerdem steckte noch ein Brief in der Hülle, von einem Labor, das den verwandtschaftlichen Grad zwischen Probe A, weiblich, und Probe B, männlich, bestätigt. Mit 99,9-prozentiger Wahrscheinlichkeit handelt es sich um Mutter und Sohn.«

»Dann hat Tim Sperling nicht gelogen, als er davon sprach, dass Lisa Hirsefeld im Besitz eines Dokuments war, das ihn als Leonores Sohn identifiziert.«

»Nur, dass sie diesen Beweis nicht bei sich hatte«, meinte Carsten und tippte mit dem Zeigefinger auf die Klarsichthülle.

»Oder sie hatte eine Kopie dabei, die jemand an sich genommen hat. Vorzugsweise Leonore Reinhardt. Ich gehe jede Wette ein, dass die Dame unserem Opfer heimlich auf die Toilette gefolgt ist.«

»Jemanden zu ermorden, um eine verheimlichte Schwangerschaft zu vertuschen, halte ich für ziemlich heftig«, sagte Carsten. »Wir leben nicht mehr im Mittelalter.«

»Du kennst diese Frau nicht«, erwiderte Mattes. »Der ist wirklich alles zuzutrauen.«

»Hmmpf«, brummte sein Kollege, wenig überzeugt.

»Ihr solltet sie zur Befragung herschaffen«, schlug eine Beamtin der KT vor.

Aylin zuckte bedauernd mit den Schultern. »Tja, leider fehlt uns, bis auf die Aussage von Pfeffer, ein handfester Beweis, dass sie zur fraglichen Zeit den Raum verlassen hat und auf der Toilette war. Und dass Lisa Hirsefeld eine Kopie des Testergebnisses bei sich trug, das sie der Reinhardt präsentiert hat. Ein guter Anwalt zerpflückt uns unsere Theorie in Nullkommanix. Und die Reinhardt hat bestimmt mehr als nur einen guten Anwalt.«

»Dann werde ich mich noch mal intensiv mit den Spuren befassen, die wir auf der Toilette und an der Leiche sichergestellt haben. Irgendwas wird sich schon finden«, erwiderte die Kriminaltechnikerin zuversichtlich.

»Solange es kein Fingerabdruck oder ihre DNA an der Stricknadel ist, wird uns das kaum weiterhelfen«, seufzte Aylin. »Denn die Toilette wird sie im Verlauf des Abends bestimmt mal aufgesucht haben.«

»Gibt es eigentlich irgendeine Vermutung oder einen

Hinweis darauf, wer der Vater des Kindes sein könnte?«, fragte Carsten.

»Nicht wirklich. Wir haben allerdings die Aussage von Frau Girandelli, dass ihre Freundin Leonore im möglichen Zeitraum der Zeugung ein Stelldichein mit unserem zweiten Opfer, Tobias Kirchhoff, hatte«, informierte Mattes.

»Echt jetzt?«, fuhr die Kriminaltechnikerin auf. »Und ihr glaubt immer noch, die Frau sei unschuldig? Zwei Opfer, die wussten, dass sie ein verheimlichtes Kind hat?«

»Erstens wissen wir nicht, ob Herr Kirchhoff von seiner Vaterschaft wusste – falls er der Erzeuger ist –, und zweitens hat keiner behauptet, Frau Reinhardt für unschuldig zu halten«, korrigierte Mattes. »Wir haben nur derzeit nicht genügend Beweise für eine Verhaftung. Sollte sich das ändern, bin ich der Erste, der ihr Handschellen anlegt.«

»Streng genommen hat sie ja dank der Geiselnahme gestern Abend ein Alibi für den Mord an Kirchhoff«, erinnerte Carsten.

»Kommt drauf an, wann er in der Sauna eingesperrt wurde. Gibt es schon Ergebnisse von der Obduktion?«, hakte Aylin ein.

Der Kollege, der die Ehre gehabt hatte, der Sektion beizuwohnen, räusperte sich und blätterte in seinen Unterlagen. Der Tod des Mannes war gegen dreiundzwanzig Uhr abends eingetreten. Wie viel Zeit Kirchhoff vorher in der Sauna verbracht hatte, ließ sich nicht mit einhundertprozentiger Sicherheit sagen. Die Rechtsmedizinerin hatte eine massive Vorschädigung des Herzens beim Opfer festgestellt, was nahelegte, dass Kirchhoff es nicht viele Stunden in der Sauna ausgehalten haben konnte. Über die Ursache der Herzerkrankung konnte die Ärztin nur spekulieren, aber es sah stark nach jahrelangem Medikamentenmissbrauch aus.

»Vornehmlich Amphetamine. Wahrscheinlich hat dann die Kombination aus der Hitze in der Sauna und einer Panikattacke dazu geführt, dass die Pumpe den Dienst quittiert hat«, fasste der Beamte wenig wissenschaftlich zusammen.

»War wohl doch etwas mehr als Ahoj-Brause, das er eingeworfen hat. Wir sollten den Hausarzt von Kirchhoff konsultieren, um zu klären, ob unser Opfer von seiner Erkrankung wusste«, beschloss Aylin.

»Seine Lebensgefährtin schien keine Ahnung davon zu haben«, konstatierte Mattes.

»Behauptet sie zumindest«, stellte Aylin klar. »Fragt sich, ob unser Mörder über den gesundheitlichen Zustand seines Opfers Bescheid wusste. Vielleicht wollte derjenige Kirchhoff gar nicht töten, sondern ihm nur einen Schreck einjagen. Und dann ging der Schuss gewaltig nach hinten los.«

»So betrachtet, müssen die beiden Todesfälle gar nicht miteinander im Zusammenhang stehen«, meinte Carsten nachdenklich. »Ich meine, was hatten die Opfer gemeinsam? Außer dass sie zusammen zur Schule gegangen sind und am Samstag auf diesem Klassentreffen waren?«

»Wir dürfen unseren Knochenmann nicht aus den Augen verlieren«, gab Mattes zu bedenken. »Hat sich dessen Identität mittlerweile bestätigt? Handelt es sich um Steffen Zockeney? Wer denkt sich eigentlich solche Namen aus?«

Carsten warf einen unbestimmten Blick an die Decke. »Bislang können wir nur vermuten, dass es sich um den Burschen handelt. Wenn wir Zockeneys Zahnarzt ausfindig machen, könnten wir einen Abgleich der Zahnschemata vornehmen lassen. Allerdings scheitert dieses Vorhaben ja schon am Ausfindigmachen. Der Knabe wird seit zwanzig Jahren vermisst, dessen Zahnarzt, so er überhaupt einen hatte, wird vermutlich längst in Rente oder sogar schon über die Wupper sein. Selbst wenn wir Doktor Wackelzahn finden, ist es mehr als fraglich, ob er – oder sie, selbstverständlich – eventuelle Röntgenbilder oder anderes Identifikationsmaterial aufbewahrt hat. Aber die Tatsache, dass der Bursche dem Phantombild ziemlich ähnlich sieht und sich zudem die Geldbörse nebst Ausweis von Steffen Zockeney im Besitz von Lisa Hirsefeld befand, spricht für sich, finde ich.«

»Zockeneys Mitbewohner, Ali Debus, hast du noch nicht erreicht?«, fragte Aylin stirnrunzelnd.

Carsten schnaubte genervt. »Nee, den scheint der Erdboden verschluckt zu haben. Sein Handy ist ausgeschaltet, zu Hause ist er nicht, und Frau van den Bergh hat angeblich auch nichts von ihm gehört. Und weiß natürlich rein gar nichts über das Privatleben ihres Mitarbeiters.«

»Oder sie weiß, dass er zu viel weiß«, meinte Mattes. »Dieses schwarze Notizbuch, das sie so schmerzlich vermisst, will mir nicht aus dem Kopf.«

»Du glaubst doch nicht etwa, dass unsere Kneipenwirtin für die Morde verantwortlich ist? Weil sie als Teenager Ahoj-Brause als Amphetamine vertickt hat?« Carsten klang mehr als skeptisch.

»Vielleicht war es doch keine Ahoj-Brause, und unser Knochenmann hat eine Überdosis erwischt und musste beseitigt werden. Ich finde, wir sollten noch mal ein intensives Gespräch mit unserer Bardame führen.«

»Das machen wir morgen als Erstes«, beschloss Aylin. »Aber jetzt lasst uns Feierabend machen, es ist schon spät.«

»Du hast doch nur Hunger«, meinte Carsten.

»Hab ja auch seit Sonnenaufgang nix gefuttert«, informierte sie.

»Nee, nur 'ne Packung Toffifee«, grinste Mattes.

»Das war ich nicht«, behauptete Aylin.

»Dann hat wohl die Toffi-Fee wieder zugeschlagen«, feixte Carsten.

»Was unternehmen wir eigentlich im Fall unseres verschwundenen Krimiautors?«, fiel Mattes plötzlich ein.

»Abwarten und Toffi-Tee trinken.«

44

»Pixi, bleib stehen. PIXI! Verdammt noch mal!« Nele schob ihr Mobiltelefon in die Gesäßtasche ihrer Jeans und hielt genervt Ausschau nach ihrem Hund, der sich, kaum von der Leine gelassen, wie üblich auf und davon gemacht hatte. Jedes Mal schwor sich Nele, den West Highland Terrier zur Strafe künftig nicht mehr loszumachen, und genauso ließ sie sich jedes Mal von seinem herzzerreißenden Hundeblick erweichen. Um es Sekunden später zu bereuen. So wie heute. Sobald dieses Viech einen Hauch von Freiheit schnupperte, war es nicht zu bremsen. Genervtes Frauchen hin oder her. Die würde sich schon wieder einkriegen, dachte Pixi – soweit Hunde dazu in der Lage waren.

Nele seufzte und stapfte ihrem treulosen Gefährten hinterher den Berg hinauf. Nach drei Jahren als Pixis Besitzerin kannte sie inzwischen so gut wie jeden Winkel der Barmer Anlagen. Und jeder Winkel kannte Pixi, der mit Feuereifer alles markierte, was nicht schnell genug beiseite sprang. Selbst den ein oder anderen arglosen Spaziergänger hatte es erwischt. Immerhin das konnte sie dem ungehorsamen Tier mit der Zeit abgewöhnen. Sämtliche weitere Versuche, Pixi zu erziehen, stießen auf taube Ohren, obwohl mit denen laut Tierärztin alles in bester Ordnung war.

Neles Vater hegte den Verdacht, dass es sich um eine Trotzreaktion auf den bescheuerten Namen handelte, den sie dem armen Hund verpasst hatte. Da würde er auch nicht drauf hören, hatte er gesagt. Nele gefiel der Name, und Pixi selbst war es vermutlich schnurzegal, wie er hieß.

Soeben umrundete er aufgeregt einen Baumstamm, den ein tierischer Kollege vor ihm dreisterweise als sein Eigentum deklariert hatte. Das konnte Pixi nicht auf sich sitzen lassen. Er schnüffelte und schnüffelte, um die tauglichste Stelle zu ermitteln, an der er die letzten Tropfen verteilen konnte, die er seiner Blase noch abzuringen imstande war. Das würde dauern. Nele zog ihr Handy wieder hervor und hockte sich auf eine der Bänke, die auf dem Platz verteilt standen. Gesäß auf der Rückenlehne und Füße auf der Sitzfläche, wie es sich für einen ordentlichen Teenager gehörte. Ein an einem Baum angebrachtes Holzschild verriet, dass es sich bei der Lichtung um den Jahrhundertplatz handelte, der an das hundertjährige Bestehen der Stadt Barmen erinnerte. *Na dann*, dachte Nele achselzuckend, und vertiefte sich in das Display des Smartphones, in der Hoffnung auf eine Antwort ihres Schwarms David. Natürlich hatte er sich nicht gemeldet, stellte sie enttäuscht fest, obwohl er ihre Nachricht gelesen hatte. Lediglich ihre beste Freundin Mimi hatte geschrieben und sich über ihre gestrenge Oma beklagt, die seit Sonntag jeden ihrer Schritte außerhalb der Schule überwachte. Nicht, dass es viele Schritte waren, denn Mimi hatte Hausarrest und durfte maximal in den Garten. Selbst schuld, dachte Nele, nach dem, was Mimi sich geleistet hatte. Erst versteckte sie einen flüchtigen Knacki bei sich und dann ließ sie ihn auch noch die Karre ihrer Mutter zu Schrott fahren.

Nele hatte nie verstanden, was ihre Freundin an Justin fand. Er sah weder sonderlich gut aus, noch verfügte er über sonst irgendwelche Qualitäten. Jedenfalls nicht, soweit sie es beurteilen konnte. Die hellste Kerze am Baum war er auch nicht gerade. Na ja, zumindest das hatte er mit Mimi gemeinsam. Der war gestern in der großen Pause nichts Besseres eingefallen, als sich heimlich mit Justins Knastkumpel im Wald zu treffen. Ehrlich, wie dämlich konnte man eigentlich sein? Der hätte sonst was mit ihr anstellen können, ohne dass es jemand mitgekriegt hätte. Hatte er aber nicht, ätzte Mimi, als Nele sie darauf hingewiesen hatte. Der Tim sei sehr nett und verständnisvoll. Ja klar, deshalb saß er auch im Knast beziehungsweise befand sich auf der Flucht.

Nele rollte mit den Augen und schüttelte den Kopf über den nicht zu leugnenden Hang ihrer Freundin zu Kriminellen. Der Einbruch in ihre Schule damals war nicht Justins erster gewesen. Er und seine komischen Kumpels zogen das schon eine ganze Weile durch. Mimi wusste davon und hatte die Klappe gehalten. Dass die Truppe beim letzten Mal von Hausmeister Taber erwischt wurde, war reines Pech. Oder Glück, je nachdem, wie man es sah. Für den Taber war es übel ausgegangen. Aber der hatte die Prügel mehr als verdient. Niemand sprach darüber, trotzdem war bei den Schülern (und vor allem den Schülerinnen) allgemein bekannt, dass er seine Pfoten nicht bei sich behalten konnte. Ob Taber auch Mimi betatscht hatte? Hübsch wie ihre Freundin war, konnte man davon ausgehen, obwohl sie Nele gegenüber nie etwas gesagt hatte. Man sprach eben nicht darüber, sondern ließ es über sich ergehen. Die Erwachsenen glaubten einem sowieso nicht und behaupteten, man wolle sich nur wichtigmachen. Vielleicht hatte Mimi sich Justin anvertraut, und er war in jener Nacht deswegen ausgerastet. Dann war es verständlich, dass Mimi nach seiner Verhaftung und Verurteilung weiter zu ihm hielt. Dann war Justin so was wie ein Held. Aber warum hatte er die Geschichte vor Gericht nicht erzählt? Das hätte sich doch bestimmt strafmildernd ausgewirkt. Ach ja, man sprach nicht darüber. Scheiße, eigentlich, sonst hätte sich das Thema Taber endgültig erledigt.

Sie schickte Mimi ein paar aufmunternde Worte und hielt Ausschau nach Pixi, dessen Interesse am Baumstamm offenbar erloschen war. Sie entdeckte ihren Hund einige Meter weiter oben, wo er eifrig damit beschäftigt war, den Waldboden umzupflügen. Offensichtlich hatte er etwas Aufregendes erschnüffelt. Nele fuhr der Schreck in die Glieder. Mimi hatte ihr berichtet, dass Justin und seinem Knastkumpel – »dem Tim« – die Flucht aus den Ronsdorfer Anlagen gelungen war, weil da ausgebuddelte Knochen gelegen hatten. Was, wenn hier auch …?

»Pixi, lass das!«, rief sie und sprang hektisch auf.

Pixi wühlte ungerührt weiter. Nele lief den Weg hinauf, um ihren widerspenstigen Hund zur Räson zu bringen, ehe der irgendwelche Leichenteile zutage förderte. Das fehlte ihr noch.

»Pixi! Aus! Komm sofort her.«

Pixi knurrte und machte ein paar Schritte rückwärts ins Unterholz. Er dachte nicht daran, sich seinem Frauchen zu fügen. Er hatte eine umwälzende Entdeckung gemacht, und ehe die nicht gebührend bewundert wurde, würde er sich nicht wegbewegen. Nele kannte das. Sie hätte mit ihm zur Hundeschule gehen sollen, dann wäre ihr einiger Ärger erspart geblieben. Pixi trippelte schwanzwedelnd im

Kreis herum. Es klang, als liefe er auf etwas Metallenem. Sie versuchte, ihn zu packen, um die Leine in seinem Halsband einhaken zu können, aber natürlich ahnte er, was sie vorhatte, und entzog sich rechtzeitig ihrem Griff. Jetzt entdeckte Nele, dass sich unter dem Laub tatsächlich eine Abdeckung aus gerifeltem Blech befand. Vermutlich verlief darunter ein Abwasserkanal oder Ähnliches. Das war aber mal wirklich ein bahnbrechender Fund, den ihr dämlicher Hund gemacht hatte. Immerhin besser als eine Leiche.

Nele erstarrte, als sie ein leises Klacken vernahm. Auch Pixi stand mit einem Mal still und legte den Kopf schief. Er knurrte wieder. Der Deckel hob sich langsam. Wie in Zeitlupe rutschte Pixi herunter und versuchte, sich irgendwie festzukrallen. Nele hätte über seinen verzweifelten Gesichtsausdruck gelacht, wäre sie nicht vor Entsetzen wie gelähmt. Erst als sich der Kopf eines blutverschmierten Zombies durch die Öffnung schob, kreischte sie los. Pixi kniff den Schwanz ein und rannte jaulend davon. Der Zombie gab ein bestialisches Stöhnen von sich und griff nach Neles Beinen.

45

»Langsam bin ich diese spätabendlichen Ausflüge leid«, schimpfte Carsten, kaum dass er eingetroffen war.

Sophie, die eingerahmt von ihrem Ehemann und ihrem Ex-Freund auf einer Parkbank hockte, blickte ihn in einer widersprüchlichen Mischung aus Schuldbewusstsein und Treuherzigkeit an. Zunächst hatte er geglaubt, seine Schwester erlaube sich einen schlechten Scherz, als sie ihn anrief. Sie berichtete aufgeregt, dass ihr verschollener Ex-Freund mehr oder minder unversehrt in den Barmer Anlagen aufgetaucht sei, wo er gefangen gehalten worden war. Trotzdem hatte er sich auf den Weg gemacht, die Sache selbst in Augenschein zu nehmen. Martin sah tatsächlich ziemlich ramponiert aus, musste er zugeben. Warum er Sophie angerufen hatte, statt sich bei der Polizei zu melden, erschloss sich Carsten nicht. Wahrscheinlich hoffte er, sie hätte Mitleid mit ihm. Oder die Geschichte war von vorn bis hinten erstunken und erlogen, um Sophie dazu zu bewegen, sich um ihn zu kümmern. Selbstverständlich hatte sie es sich nicht nehmen lassen, auf der Stelle in die Barmer Anlagen zu reisen – im Schlepptau ihren wenig begeisterten Gatten. Letzteres war gewiss nicht im Sinne des Autors.

Martin beschrieb seinen Zuhörern, wie er in die Villa am Waldrand gelockt worden war, wo man ihn überwältigt und in den Heizungsraum im Keller eingesperrt hatte.

»Zum Glück«, schloss er seinen Bericht. »Dort befindet sich nämlich hinter einem Lüftungsgitter ein geheimer Gang, der nach draußen in den Wald führt.«

»Aha«, sagte Carsten und runzelte verwirrt die Stirn. Woher wusste Martin von einem Geheimgang in diesem Haus?

»Die Villa gehörte Trixis Eltern«, klärte Sophie ihren Bruder auf.

Diese Information half ihm nur bedingt weiter, erinnerte ihn aber daran, dass er und seine Kollegen noch ein Gespräch mit der Kneipenbesitzerin führen wollten. Jetzt offenbar dringender denn je. Hatte sie das ganze Theater in den letzten beiden Tagen nur aufgeführt, um davon abzulenken, dass sie Jäger in ihrem Elternhaus festhielt?

»Trixi hat mir den Zugang damals gezeigt, als wir zusammen waren«, bestätigte Martin und wagte einen vorsichtigen Seitenblick in Richtung Sophie. »Wer den Gang angelegt hat und warum, wusste sie auch nicht. Wahrscheinlich irgendein Gangsterboss, um im Zweifel vor der Polizei zu fliehen oder so. Wie Al Capone.«

So etwas fiel auch nur einem Krimiautor ein, dachte Carsten. Oder seiner Schwester, die kam ebenfalls gern mit solchen Räuberpistolen um die Ecke. Deshalb hatte Martin vermutlich Sophie angerufen, weil die empfänglicher für abstruse Geschichten war. Die Handschellen, die von seinem rechten Handgelenk baumelten, und die Blessuren im Gesicht legten andererseits nahe, dass er die Wahrheit sagte. Es sei denn, es handelte sich dabei um ein abartiges Sexspiel. Carsten kroch die Galle hoch, wenn er nur daran dachte, wie dieser Kerl mit seinen schmierigen Fingern seine kleine Schwester im heimischen Kinderzimmer befummelt hatte. Allerdings war es wohl eher so gewesen, dass er bei Sophie eben keine Hand anlegen durfte, weswegen die Romanze schneller endete, als sie begonnen hatte. War ja jetzt auch egal.

Den geheimen Zugang gab es jedenfalls tatsächlich, es war allerdings eher ein Kriechtunnel denn ein Gang, weshalb Carsten aufgrund seiner Größe und vor allem wegen seines »schlimmen« Knies kapitulieren und zähneknirschend seiner Schwester den Vortritt lassen musste. Sophie, erwartungsgemäß Feuer und Flamme, stieg die Eisensprossen hinunter, die zum Eingang führten, und krabbelte in den Raum, in dem Martin vermeintlich gefangen gehalten worden war. Es dauerte eine Weile, bis sie, leicht angestaubt, wieder zurückkehrte.

»Es stimmt, was er sagt«, meinte sie und deutete auf Martin. »Da drin liegt eine schmuddelige Matratze, und es steht ein Eimer da, in dem …« Sie verstummte vielsagend und rümpfte die Nase, während ihr Ex-Freund ganz und gar nicht verlegen mit den Schultern zuckte. »Und eins der

Heizungsrohre ist aus der Verankerung gerissen.«

Martin hob den rechten Arm und ließ die Handschellen hin und her baumeln. »Da dran war ich angekettet. Ich hab das Rohr aus der Verankerung gelöst. Als ich mich endlich nach draußen gekämpft hatte, war da ein Mädchen, das seinen Hund ausgeführt hat. Zumindest glaube ich, dass sie einen Hund hatte, ich hab nur die Leine gesehen. Die Ärmste hat den Schreck ihres Lebens gekriegt, fürchte ich. Sie dachte, ich wär 'n Zombie.«

Martin grinste schief, und Carsten musterte ihn von oben bis unten. Der Autor wies derzeit tatsächlich gewisse Ähnlichkeit mit einem Zombie auf. »Wie heißt das Mädchen, und wo ist es jetzt?«, fragte er.

Martin zuckte mit den Schultern. »Zu Hause, hoffe ich. Nele heißt sie. Ihren Nachnamen wollte sie mir nicht sagen. Sie hat mir ihr Handy geliehen, damit ich Sophie anrufen konnte, dann hat sie sich schleunigst vom Acker gemacht.«

»Kann ich gut verstehen«, murmelte Ben, der sichtlich damit haderte, dass sein vermeintlicher Nebenbuhler ausgerechnet Sophie um Hilfe gebeten hatte. Oder damit, dass Martin – im Gegensatz zu ihm – Sophies Handynummer im Kopf hatte.

Carsten hätte gern ein paar Worte mit dem Mädchen gewechselt. Aber wahrscheinlich wusste diese Nele nicht wesentlich mehr als das, was er gerade von Martin gehört hatte. Im Grunde war es unerheblich, wie es dem Burschen gelungen war, sich aus seiner misslichen Situation zu befreien. Viel interessanter war doch, weshalb er überhaupt in diese Lage geraten war. Seiner diesbezüglichen Frage wich Jäger mit jenem debilen Grinsen aus, das der Legende nach Frauen um den Verstand zu bringen imstande war. Bei Carsten rief es den unbändigen Wunsch hervor, dem Knaben eine reinzuhauen. Es gelang ihm nur mit Mühe, sich zurückzuhalten.

»Lass mich raten«, mischte sich Sophie ein. »Es hat etwas mit dem Brief und den Fotos zu tun, die du aus Trixis Unterwäscheschublade gemopst hast.«

Gemopst? Unterwäscheschublade? Sowohl Carsten als auch Ben wurden hellhörig. »Das interessiert mich jetzt aber, woher du davon weißt, Schwesterherz«, meinte der Hauptkommissar, und der ironische Unterton in seiner Stimme war nur schwer zu überhören. Sein Schwager schnaubte zustimmend.

Sophie versuchte sich an einer Unschuldsmiene. »Ich war dabei«, gab sie schließlich zu. »Sozusagen.«

»Sozusagen«, konstatierten Carsten und Ben unisono.

»Ja, okay, deswegen war ich auch hier«, gab Martin zu. »Das erschien mir lukrativer als die andere Sache.«

»Welche andere Sache?«, wollte Sophie wissen.

»Etwas, das ich in Trixis Geschenkekiste gefunden hab.«

***

»Den Jäger würd ich nur zu gerne einbuchten«, konstatierte Mattes, als er und Carsten am Ende der Sackgasse angelangt waren. Das Tor zum Anwesen war ordnungsgemäß verschlossen.

»Nur leider ist er in dieser Geschichte eher das Opfer«, erwiderte Carsten.

Sein Kollege gab ein verächtliches Geräusch von sich. »Pff, von wegen die Hühner. Ein mieser kleiner Erpresser, das ist er. Dem hätt ich auch eins übergebraten.«

Mattes drückte den Klingelknopf und positionierte sein Gesicht vor der Kamera der Anlage, damit die Hausherrin gleich im Bilde war, wer Einlass begehrte. Carsten hielt sich im Hintergrund. Sophie, Martin und Ben hatten sie beim ehemaligen Haus der van den Berghs zurückgelassen, wo der Autor gezwungenermaßen die letzten Tage verbracht hatte. Sollte eine direkte Konfrontation vonnöten sein, würde Carsten seine Schwester benachrichtigen. Sophie war es gar nicht recht, sich im Hintergrund halten zu müssen, aber dieses Mal ließ selbst Mattes sich nicht erweichen, sie mitzunehmen.

Es dauerte eine Weile, bis sich Leonore Reinhardts müde Stimme über die Gegensprechanlage meldete.

»Haben Sie mal auf die Uhr geguckt?«, fragte sie, nachdem sie den Hauptkommissar identifiziert hatte. »Was wollen Sie denn schon wieder?«

»Entschuldigen Sie die späte Störung«, gurrte Mattes, obwohl er auch nicht erbaut davon war, zum dritten Mal in dieser Woche um seine Nachtruhe gebracht worden zu sein. »Aber die Angelegenheit duldet keinen Aufschub.«

Die beiden Kommissare vernahmen ein Seufzen durch die Gegensprechanlage. »Na schön«, entschied die Hausherrin. Kurz darauf öffnete sich das Tor, zwar nicht geräuschlos, aber wie von Zauberhand.

»Ein Hoch auf die Technik«, murmelte Carsten, der immer drei Stockwerke nach unten laufen musste, um seine Haustür zu öffnen, wenn die alte Frau Lehmbach aus dem Erdgeschoss selbige mal wieder um neunzehn Uhr abgeschlossen hatte. Da überlegte man es sich zweimal, eine späte Pizza zu bestellen. Er hatte sich den Mund fusselig geredet, dass es im Fall eines Brands lebensgefährlich war, vor verschlossener Tür zu stehen. Frau Lehmbach blieb stur. Sie konnte zur Not ja aus dem Fenster klettern. Und die von ihr so gefürchteten Einbrecher auf diesem Wege bei ihr eindringen. Vor allem, weil ihre Fenster wegen der Frischluftzufuhr ständig gekippt waren. Aber auf dem Ohr war die alte Dame taub. Auf dem anderen ebenso, weshalb man ihren Fernseher bis unters Dach hörte. In einem Haus wie dem der Reinhardts zu leben, wäre gar nicht so übel. Nicht, dass Cordula und er sich Derartiges leisten konnten. Vermutlich nicht einmal ein Drittel davon.

Carsten folgte Mattes, der sich bereits auf den Weg zum Haus gemacht hatte, wo Leonore Reinhardt im Türrahmen stand und wartete. Sie sah – bis auf den fehlenden Babybauch – genauso aus wie auf dem Foto, das er in Lisa Hirsefelds geheimer Kiste gefunden hatte und das einige Erinnerungen an das Mädchen von damals hervorrief.

»Seien Sie bitte leise, meine Tochter schläft schon«, sagte sie statt einer Begrüßung.

»Ja, entschuldigen Sie noch einmal die Störung«, erwiderte Mattes versöhnlich. »Das ist mein Kollege, Kriminalhauptkommissar Kantner. Gestern Abend haben Sie sich ja verpasst.«

»Carsten?«, vergewisserte sich Leonore. »Sophies Bruder?«

»Ja«, bestätigte Carsten einsilbig.

»Dann kommen Sie mal rein, meine Herren.« Sie machte den Weg frei und ließ die beiden Polizisten eintreten. »Kennst du mich noch?«, fragte sie, als Carsten an ihr vorbeiging.

»Äh, ja sicher«, meinte er und wich ihrem forschenden Blick aus. »Du warst mit meiner Schwester in einer Klasse.«

»Wir waren alle damals ganz verschossen in Sophies Bruder«, rief Leonore in Richtung Mattes.

»Ach was«, meinte der.

»Ach komm«, wehrte Carsten verlegen ab.

»Ist so«, beharrte Leonore.

»Deshalb sind wir aber nicht hier«, konstatierte Mattes,

der mühsam ein Lachen unterdrückte, wie Carsten missmutig zur Kenntnis nahm.

»Dachte ich mir«, bedauerte ihre Gastgeberin. »Aber um was geht's denn nun? Ist wieder jemand gestorben?«

»Das nicht. Eher im Gegenteil«, blieb der Hauptkommissar vage.

»Jemand ist von den Toten auferstanden?« Nun schien Leonore ernsthaft verwirrt.

»Nein, das nicht gerade«, meinte Carsten, an dem gedanklich eine Zombieparade vorbeimarschierte. »Sagen wir so: Jemand, der vermisst wurde, ist wieder aufgetaucht. Lebendig.«

Leonore zog eine Augenbraue in die Höhe. »Ach. Und wer, wenn ich fragen darf?«

»Interessanter ist eigentlich die Frage, wo«, konstatierte Mattes. »Im Haus der van den Berghs. Beziehungsweise inzwischen dem Ihres Bruders, wie wir informiert wurden. Genauer gesagt, im Keller des Hauses. Sie wissen nicht zufällig etwas darüber?«

Man sah Leonore Reinhardt an, dass sie fieberhaft nach einer Ausrede suchte, während sie unwissend lächelte, den Kopf schüttelte und gleichzeitig bedauernd die Arme hob.

»Tut mir leid, ich kann Ihnen nicht folgen«, behauptete sie.

»Komisch, da sagt Martin Jäger etwas anderes.«

»Dann lügt er«, entfuhr es ihr.

»Sie wissen doch gar nicht, was genau er gesagt hat.«

»Egal, der hat schon immer gelogen.«

»Tja, die Tatsache, dass er mit Handschellen an ein Heizungsrohr im Keller Ihres Bruders gefesselt war, lässt sich allerdings nur schwer leugnen. Und da Ihr Bruder mit seiner Familie schon seit geraumer Zeit in der Schweiz weilt, wie Sie uns berichtet haben, kann er es nicht gewesen sein, der Jäger dort eingesperrt hat.«

»Und was wollen Sie von mir?« Leonore verschränkte abwehrend die Arme vor der Brust.

»Frau Reinhardt, machen Sie die Dinge doch nicht unnötig kompliziert. Sie haben Ihren ehemaligen Mitschüler dort angekettet. Es würde sich günstig für Sie auswirken, wenn Sie es zugeben.«

Leonore kaute auf ihrer Unterlippe und schien ihre Optionen abzuwägen. »Ich hab mich nur gewehrt«, meinte sie schließlich langsam. »Er wollte mich ... vergewaltigen.«

»Okay«, sagte Mattes gedehnt. »Das erklärt vielleicht, warum Sie ihn niedergeschlagen haben. Aber weshalb haben Sie ihn in den Keller geschleppt und dort gefangen gehalten? Als Strafe?«

»Nein, ich ... ich hatte Angst.«

»Vor Jäger?«

»Ja ... nein, ich meine, ich hatte Angst, dass man mir nicht glaubt. Schließlich hatte ich ihn zu mir eingeladen. Also ins Haus meines Bruders, meine ich. Ich dachte, wenn er mich wegen Körperverletzung anzeigt, steht Aussage gegen Aussage, und dann muss ich ins Gefängnis. Was wird denn dann aus meiner Tochter?«

Sie begann zu weinen, und die beiden Kommissare waren beinahe geneigt, ihr die Geschichte abzukaufen. Es passierte einfach zu häufig, dass den Opfern sexueller Gewalt entweder nicht geglaubt oder eine Mitschuld unterstellt wurde.

»Herr Jäger hat ausgesagt, er hätte Ihnen Fotos sowie ein Dokument zum Verkauf angeboten, das beweist, dass Sie die Tochter von Herrn van den Bergh sind«, sagte Carsten.

Leonore, deren Tränen erstaunlich schnell versiegten, sah ihn herablassend an. »Hat er Ihnen die Fotos und dieses ›Dokument‹ gezeigt?«

Carsten seufzte innerlich. Natürlich hatte Martin ihm weder dieses Dokument noch dasjenige, das ihre Verwandtschaft mit Tim Sperling bestätigte, präsentieren können. Leonore hatte alles, was Martin bei sich trug, an sich genommen und höchstwahrscheinlich längst vernichtet. Zumindest im Fall der verheimlichten Schwangerschaft waren sie im Besitz des Originals. Aber ein Kind zur Adoption freizugeben, stellte keine Straftat dar. Jemanden damit zu erpressen allerdings schon, was übel für Martin war, sollte Leonore sich zur einer Anzeige durchringen.

Angeblich hatte er beide Beweisstücke aus dem Besitz von Beatrix van den Bergh entwendet. Inwieweit sie in die Geschichte verstrickt war, musste geklärt werden. Ebenso wie der Mord an Tobias Kirchhoff. Von dem Knochenmann aus den Ronsdorfer Anlagen ganz zu schweigen. Herrje, waren sie überhaupt einen Schritt vorangekommen? Im Moment liefen sie eher im Kreis. Und landeten immer bei Leonore Reinhardt, die sich aus allem herauswand. Irgendwie musste diese Frau doch zu knacken sein. Er verzog das Gesicht ob dieses Vergleichs und verspürte ein dumpfes Pochen hinter der Schläfe. Er war sich nicht sicher, ob dies eine Folge seines Sturzes war oder ob etwas anderes ihm Kopfschmerzen bereitete. Wahrscheinlich eine Mischung aus beidem. Alles in allem keine erfreuliche Mischung.

Er bemerkte Leonore Reinhardts misstrauischen Blick, der auf ihm ruhte. Offenbar hatte sie ihre Fassung zurückgewonnen. Er räusperte sich. »Tja, äh, Frau Reinhardt, sei es, wie es ist, ich fürchte, Sie werden sich zur Befragung im Präsidium einfinden müssen.«

»Aber ich bin hier die Geschädigte«, wehrte sie empört ab.

»Trotzdem. Morgen um neun«, entschied Carsten, um weiteren Widerstand im Keim zu ersticken.

46

Sophie hatte Martin zu Bens großem Verdruss angeboten, in ihrem Gästezimmer sein Nachtlager aufzuschlagen. Wirklich nur für diese eine Nacht, betonte sie, was weder Ben noch seinen Rivalen zufriedenstellte. Da der Koffer mit Martins Habseligkeiten nach wie vor in Trixis Wohnung stand, musste Ben ihm nicht nur einen Pyjama, sondern obendrein frische Kleidung für den nächsten Tag leihen.

»Aber keinen Schlüpfer«, stellte er klar.

»Brauch ich sowieso nicht«, erwiderte Martin mit diesem gönnerhaften Unterton, für den Ben ihm am liebsten eine reingehauen hätte.

Natürlich benötigte der Möchtegern-Gigolo keine Unterwäsche. Allzeit bereit halt. Dieser Mann war wahrhaftig unerträglich. Er sollte ihm doch besser eine Unterhose geben. Eine richtig schäbbige. Aber dann kam von Martin gewiss ein Spruch über Bens Geschmack bei Schlüpfern. Außerdem besaß er keine schäbbige Unterwäsche, weil Sophie ihm die Sachen besorgte.

Mit dem Höchstmaß an Verachtung, das er aufbringen konnte, überreichte er dem Ex-Freund seiner Frau – das musste man sich mal vorstellen – eine seiner Unterhosen.

»Nicht meine Größe«, stellte Martin nach einem prüfenden Blick fest.

»Geh duschen, du stinkst«, knurrte Ben, weil ihm keine passende Entgegnung einfiel. Hoffentlich klemmte er sich morgen früh seinen frei baumelnden Dödel im Reißverschluss der Jeans ein.

***

»Was hast du dir nur dabei gedacht?«, fiel Sophie über ihren Gast her, als dieser sich, frisch gewaschen und zu Bens Erleichterung in einen seiner Schlafanzüge gekleidet, zu ihnen ins Wohnzimmer gesellte.

Ben wäre längst ins Bett gegangen, aber seine Frau war viel zu hibbelig, um zu schlafen. Es würde Stunden dauern, bis sie sich halbwegs beruhigt hatte. Er selbst hätte auf der Stelle wegdösen können, mochte Sophie und Martin – ob mit oder ohne Schlüpfer – jedoch nicht allein lassen. Demonstrativ griff er nach der Hand seiner Gattin, die sich neben ihm auf der Couch eingekuschelt hatte. Ihr Gast ließ sich in den Sessel beim Fenster plumpsen.

»Ich konnte doch nicht ahnen, dass Leo gleich so ... überreagiert«, verteidigte er sich lahm.

»Also, wenn jemand versuchen würde, mich zu erpressen, würde ich ihm auch eine verpassen«, merkte Sophie an.

Ben würde Martin auch gänzlich ohne Grund eine verpassen, hielt sich aber zurück. Er fühlte, wie Sophie seine Hand drückte, und wusste nicht, ob sie ihn beruhigen oder warnen wollte. Vermutlich hatte sie seine Gedanken wie üblich erraten.

»Aber so eine Welle zu machen ...«

»Na ja, sie hat einiges zu verlieren, wenn herauskommt, dass sie keine echte Reinhardt ist.«

»Das schon, aber als ich zu ihr sagte, ich wüsste das von ihrem Vater, dachte sie erst, ich spräche vom ollen Reinhardt«, wunderte sich Martin. »Und dann hab ich auch schon Sterne gesehen.«

»Der alte Herr Reinhardt ist doch vor ein paar Monaten gestorben.« Sophie überlegte einen Moment. »Woran eigentlich?«

»Herzinfarkt oder so. Hab ich in der Zeitung gelesen«, informierte Ben.

»Und wenn da nicht alles mit rechten Dingen zugegangen ist?«, fragte Sophie.

»Das wird sich im Nachhinein kaum mehr beweisen lassen«, konstatierte ihr Mann.

»Würde mich nicht wundern, wenn Leo ihren Alten um die Ecke gebracht hätte«, meinte Martin. »Sie ist wie eine Furie auf mich losgegangen. Ich dachte, die bläst mir die Lichter aus.«

Schön wär's gewesen, dachte Ben.

»Hat sie irgendwas gesagt, während sie dich gefangen gehalten hat?«, fragte Sophie.

Martin schüttelte den Kopf. »Nein. Sie hat mir was zu essen und Wasser gebracht. Und diesen blöden Eimer für zum Reinmachen. Meinst du, Leo hat Lisa auf dem Gewissen?«

Sophie zog ratlos die Schultern hoch. »Weiß nicht. Lisa wusste ja nix von der Geschichte zwischen Leos Mutter und Trixis Vater.«

»Und was ist mit eurem Schulkameraden?«, mischte Ben sich ein. »Diesem Tennisheini? Warum musste der sterben?«

»Tobias ist auch tot?« Martin starrte verblüfft zu Ben und dann zu Sophie.

»Ja, leider«, bedauerte Sophie. »Trixi und ich haben ihn heute Morgen in der Sauna seines Tennisclubs gefunden. Sie denkt übrigens, du hättest ihn getötet.«

»Da bin ich ja froh, dass ich ein felsenfestes Alibi habe«, erklärte Martin zufrieden. »Aber weshalb hätte Leo ihn töten sollen?«

Sophie rümpfte die Nase und zog ein Schnütchen, wie sie es häufig tat, wenn sie scharf nachdachte. »Vielleicht hat Lisa Leo am Samstagabend doch mit dem verheimlichten

Sohn konfrontiert. Tobias hat das mitbekommen und ebenfalls versucht, Leo zu erpressen. Oder er war der Vater des Jungen.«

»Die Ärmste kann einem fast schon leidtun, bei all den Leuten, die sie erpressen wollten«, stellte Ben fest. »Aber wenn sie zwei Morde begeht, damit ihre Schwangerschaft nicht publik wird, warum hat sie Martin nicht ebenfalls umgebracht? Nichts für ungut.«

»Vielleicht hätte sie das noch gemacht«, verteidigte Sophie ihre Theorie.

»Ziemlich viele ›Vielleichts‹, findest du nicht?«

»Hast du eine bessere Idee?«, fauchte sie ihren Mann an.

»In der Tat hab ich die. Überlass die Ermittlungen deinem Bruder und seinen Kollegen. Im Gegensatz zu dir sind die dafür ausgebildet.« *Und haben Waffen*, fügte Ben in Gedanken hinzu. Aber er wusste, dass hier der Wunsch Vater des Gedankens war. Seine Frau würde nicht eher ruhen, bis die Morde aufgeklärt waren. Und zwar von ihr höchstpersönlich. Koste es, was es wolle.

47

Bevor Carsten sich auf den Heimweg machte, beschloss er spontan, einen Abstecher in die Sonderbar zu machen. Trixi van den Bergh hatte ihm die ein oder andere Frage zu beantworten.

Für einen Dienstag war zu dieser späten Stunde in der Kneipe erstaunlich viel los. Vielleicht lag es daran, dass die Sonderbar zwei Tage lang ihre Pforten hatte schließen müssen und die Stammgäste quasi unter Entzugserscheinungen litten. Oder der Sensationstourismus hatte bereits Fahrt aufgenommen. Carsten sparte sich den Gang auf die Damentoilette, um zu eruieren, ob schon Führungen angeboten wurden, und begab sich stattdessen zur Theke. Dort erblickte er zu seiner Freude nicht nur Trixi, sondern auch ihren Mitarbeiter, den kurzzeitig verschollenen Alexander »Ali« Debus.

»Herr Debus«, flötete er und zog sich einen freien Barhocker heran, »wie außerordentlich erfreulich, Sie gesund und munter anzutreffen. Haben Sie meine Nachrichten nicht bekommen?«

Ali Debus, der gerade ein Bier zapfte, hielt in der Bewegung inne, sah erst zum Hauptkommissar, der sich direkt vor ihm platziert hatte, und dann zu seiner Chefin, die mit den Achseln zuckte.

»Ich hab's dir gesagt«, meinte sie.

»Mit Ihnen würde ich auch gern ein Wort wechseln«, wandte sich Carsten an die Kneipenbesitzerin.

Trixi nickte, als habe sie damit gerechnet, und bedeutete ihm mit einer Geste, ihr zu folgen.

»Laufen Sie nicht weg«, rief er Ali Debus über die Schulter zu.

Der lächelte ein wenig gequält. »Hab bis ein Uhr Dienst«, verkündete er.

Trixi hatte an einem kleinen Tisch in der Ecke Platz genommen, der den Mitarbeitern für kurze Pausen vorbehalten war. Carsten setzte sich auf den Stuhl ihr gegenüber und streckte das linke Bein aus, um sein schmerzendes Knie zu entlasten. Vermutlich hätte er es heute mehr schonen sollen. Auch sein Schädel brummte nach wie vor. Ein sicheres Zeichen, es besser langsamer angehen zu lassen. Aber er war einfach nicht zum Müßiggang geschaffen.

»Es geht noch mal um Tobias Kirchhoff«, begann er. »Warum haben Sie heute Morgen bei ihm vorbeigeschaut?«

»Na ja, er hat am Montag so eine Welle gemacht, wegen der Sache von damals. Der Drogengeschichte. Deswegen wollte ich ja nachsehen, ob das Notizbuch noch in der Kiste liegt. Ich dachte, er hätte es vielleicht an sich genommen. Aber Sophie meinte, sie hätte Martin in der Nähe der Kiste rumlungern sehen. Wenn er das Buch gestohlen hat, hätte er es Tobias bestimmt zum Kauf angeboten. Und da Martin verschwunden ist ...«

»Oh, der ist wohlbehalten wieder aufgetaucht«, erklärte Carsten.

Trixi machte große Augen. »Tatsächlich? Wo war er denn?«

»In Ihrem Elternhaus.«

Die Kneipenbesitzerin runzelte die Stirn. »Was hat er denn da gemacht?« Dann fiel bei ihr der Groschen. »Das Haus gehört doch jetzt Leos Familie. Also hat sie ihn tatsächlich gefangen gehalten? Ich wusste es doch.« Sie konnte den Triumph in ihrer Stimme nur schwer verbergen.

»Die Geschichte kann er Ihnen bei Gelegenheit selbst erzählen.«

»Besser nicht. Ich will's gar nicht wissen. Hatte er denn mein Notizbuch bei sich?«, erkundigte sich Trixi.

»Keine Ahnung. Erwähnt hat er es jedenfalls nicht. Etwas anderes aus der Kiste hat er aber an sich gebracht.«

»Ach ja? Was denn?«, staunte die Kneipenbesitzerin, als habe sie tatsächlich keinen Schimmer.

»Einen Umschlag, der ein Dokument enthielt, das beweist, dass Leonore Reinhardt einen Sohn hat. Wir hatten bislang angenommen, dass Frau Hirsefeld im Besitz dieses Schreibens war, und wundern uns ein wenig, dass es in Ihrer Kiste gelegen hat.«

»Hm, ja, da hab ich Ihnen womöglich nicht die ganze Wahrheit gesagt«, meinte Trixi und schlug verlegen die Augen nieder.

»Dann wäre es an der Zeit, damit anzufangen«, schlug Carsten vor, der sich nach einer heißen Dusche und einem bequemen Bett sehnte. Und nach Zeugen, die ihre Informationen nicht nur tröpfchenweise preisgaben.

Trixi warf einen raschen Blick in Richtung Theke. »Lisa und ich haben uns vor einigen Monaten zufällig getroffen. Und haben uns seitdem, nun ja, etwas angefreundet.«

Carsten schloss für einen Moment die Augen und seufzte innerlich. »Warum haben Sie das nicht eher erwähnt?« Tröpfchen für Tröpfchen ...

Sie blickte schuldbewusst zu Boden. »Ja, tut mir leid, ich dachte, Sie verdächtigen mich dann.«

»Jetzt tue ich es erst recht.«

»Das hat Sophie auch gesagt.«

Natürlich, Sophie mal wieder. Carsten verdrehte innerlich die Augen.

»Aber ich hab Lisa nicht umgebracht«, versicherte Trixi. »Echt nicht. Ich hatte keinen Grund. Die Idee mit dem

Klassentreffen und den Geschenken für die anderen, das, also, das war alles ihre Idee. Sie hat die Sachen besorgt und in die Kiste getan. Alles, was darin lag, gehörte ihr.«

Seine Kollegen und er mussten sich morgen früh mit dem Inhalt dieser Kiste beschäftigen. Vielleicht fand sich darin endlich ein Motiv für den Mord an Lisa Hirsefeld.

»Wussten Sie, dass Ihre Freundin einen Flug nach Samoa gebucht hatte? Für morgen? Übrigens ohne Rückflug.«

Trixi sah ihn entgeistert an. »Nein, das höre ich zum ersten Mal. Samoa? Was wollte sie denn da?«

Das wüsste er auch zu gern. Ein neues Leben beginnen, vermutete er. Weshalb auch immer sie mit ihrem alten hatte abschließen wollen. »Sagt Ihnen der Name Steffen Zockeney etwas?«

Sie schüttelte den Kopf. »Nein, tut mir leid. Wer soll das sein?«

Carsten zeigte ihr das Foto des jungen Mannes, das auf seinem Handy gespeichert war. Sie betrachtete es eingehend und schüttelte wieder den Kopf.

»Nie gesehen. Hat er was mit Lisas Ermordung zu tun?«

»Eher nicht«, meinte Carsten und verabschiedete sich.

***

»Herr Debus, das ist ja fein, dass wir heute doch noch zusammenfinden«, sagte Carsten süffisanter als nötig. Der Mann zählte nicht zu den unmittelbar Verdächtigen und war somit nicht verpflichtet, Gewehr bei Fuß zu stehen, wenn die Polizei etwas von ihm wollte. Trotzdem behinderte ein solches Verhalten die Ermittlungen.

Ali Debus reagierte entsprechend verunsichert. »Ja, äh, Entschuldigung, ich bin spontan nach Amsterdam gefahren. Die Kneipe war ja zu.« Ein vorwurfsvolles »Auf Ihr Geheiß« schwang unterschwellig mit.

»Ich habe einige Nachrichten auf Ihrer Mailbox hinterlassen, mit der dringenden Bitte um Rückruf.«

»Der Akku von meinem Handy war leer, und ich hatte mein Ladegerät zu Hause vergessen«, behauptete der Kellner. »Ist das jetzt ein Verbrechen?«

Carsten vermutete, dass es sich um eine Lüge handelte, beließ es aber dabei. Der Mann war ihm keine Rechenschaft schuldig. Noch nicht.

»Geht es wieder um die ermordete Frau?«, wollte Debus wissen und schielte in Richtung Trixi. »Ich weiß, ich hätte es erwähnen sollen. Die war in den letzten Monaten häufiger bei der Chefin. Also in ihrer Wohnung, mein ich.«

»Keine Sorge, Frau van den Bergh hat uns von ihrer Freundschaft mit dem Opfer unterrichtet.« Vor fünf Minuten erst, aber immerhin. »Nein, Ihr Name ist im Zusammenhang mit einem Vermisstenfall von vor zwanzig Jahren aufgetaucht.«

Ali Debus blickte den Hauptkommissar mit aufgerissenen Augen an, dann runzelte er die Stirn. »Sie sprechen von Steffen?«, hakte er nach.

Carsten nickte. »Steffen Zockeney, Ihr Freund.«

»Mitbewohner«, stellte Debus klar. »Wir waren nicht befreundet.«

»Trotzdem haben Sie ihn als vermisst gemeldet«, konstatierte Carsten.

»Na ja, ich war der Hauptmieter. Die Miete wurde von meinem Konto abgebucht. Steffen hat mir die Kohle immer in bar gegeben. Nur ist er irgendwann eben nicht mehr nach Hause gekommen. Hab ich mir erst nix bei gedacht. Er hat schon mal 'n paar Tage woanders gepennt, wenn er mal wieder was am Laufen hatte. Also mit 'ner Schnecke mein ich.«

»Schnecke?«, wiederholte Carsten, froh, dass Aylin nicht da war.

»Ja, eine Perle halt.«

Das verbesserte die Äußerung nur unwesentlich. »Aber dann fehlte Ihnen der Anteil an der Miete.«

Debus nickte. »Ja. Und sein Chef rief an, weil er nicht zur Arbeit gekommen war. Steffen war immer mal unpünktlich. Aber dass er gar nicht kam …? Sein Chef war deswegen ziemlich pampig. Weshalb interessiert Sie das eigentlich nach all der Zeit? Damals hat kaum ein Hahn danach gekräht. Steffen hatte ja keine Verwandten oder so. Er ist im Heim aufgewachsen. Aber die interessieren sich ja nicht mehr für einen, sobald man volljährig ist. Dann soll man auf eigenen Beinen stehen. War wenigstens damals so.«

Carsten ging auf den latent mitschwingenden Vorwurf nicht ein. Bei dem Mann schwangen immer irgendwelche Vorwürfe mit. »In den Ronsdorfer Anlagen wurden am Samstag menschliche Überreste gefunden.«

»Die Knochen, die die Knackis ausgebuddelt haben?«, fragte Debus, der seine Informationen offenbar aus den lokalen Boulevardnachrichten bezog.

»Wir haben Grund zu der Annahme, dass es sich hierbei um Ihren Mitbewohner, Steffen Zockeney, handeln könnte.«

»Wie kommt der denn nach Ronsdorf?«, wollte der Kellner wissen.

Diese Frage brannte Carsten auch unter den Nägeln, und er hatte sich die Antwort darauf von Debus erhofft. Der Mann machte einen glaubhaft verblüfften Eindruck, so dass der Hauptkommissar die Theorie, er könne in die

Beseitigung seines Mitbewohners – so es sich bei den Knochen um die sterblichen Überreste Zockeneys handelte – verwickelt sein, getrost ad acta legen konnte.

»Sie sagten, Ihr Mitbewohner hätte öfter mal was am Laufen gehabt. Hat er Ihnen eine der Damen vielleicht mal vorgestellt?«

Debus zuckte mit den Achseln. »Nö, eigentlich nicht. Er hat nie eine mit nach Hause gebracht.«

»Hat er den Namen Lisa Hirsefeld mal erwähnt?«, fragte Carsten hoffnungsvoll.

»Die Tote vom Klo?«, vergewisserte sich der Kellner. »Nicht dass ich wüsste. Kannten die sich denn?«

»Das versuche ich gerade herauszufinden.«

»Ach so. Klar. Nee, also bei uns zu Hause war die jedenfalls nicht. Ich sag ja, der hat seine Torten nie mitgebracht. Ich erinnere mich aber, dass der Steffen damals von der Tochter von seinem Boss erzählt hat. Die war voll scharf auf ihn. Aber die hieß nicht Hirsefeld.«

»Die Tochter vom Besitzer der Autowerkstatt, in der Zockeney gearbeitet hat?«

Debus schüttelte den Kopf. »Nee, der doch nicht. Der Steffen hat nebenbei noch als Küchenjunge gejobbt, um sich seinen USA-Trip zu finanzieren. Deswegen haben Ihre Kollegen ja auch nicht weiter nachgeforscht.«

»Weil er als Küchenjunge gearbeitet hat?«, fragte Carsten verwirrt. Warum stand davon nichts in den Akten? Viel Mühe hatten sich die Ermittler damals tatsächlich nicht gegeben.

»Nein, wegen dem USA-Trip. Die dachten, der hätte spontan auf irgend 'nem Frachter angeheuert und wär über'n Teich.«

»Was war jetzt mit dem Job als Küchenjunge? Haben Sie das damals den Beamten gegenüber erwähnt?«

»Weiß nicht. Kann schon sein. Ich wusste aber nicht, wie der Laden hieß. Und der Steffen hat da unter der Hand gearbeitet. Ist immer bar bezahlt worden.«

»Den Namen des Lokals hat er nicht erwähnt?«

»Vielleicht schon, aber ich hab ihn mir nicht gemerkt. Ich weiß nur noch, dass es so'n italienischer Nobelschuppen war.«

Juni 1993

Isabella war immer noch fassungslos, wenn sie daran dachte, was sich auf dem Schulfest abgespielt hatte. Sie hatte Lisa ausgelacht, als die ihr zuraunte, sie solle mal auf dem Jungenklo nachsehen, was ihr Freund und ihre angeblich beste Freundin da trieben. Tatsächlich aber waren sowohl Tobi als auch Leo seit einer geraumen Weile nicht auffindbar. Natürlich wusste sie, dass Leo auf Tobias stand, das taten alle Mädchen. Trotzdem hätte Isabella den beiden niemals einen solchen Verrat zugetraut. Wenn Martin sie nicht zurückgehalten hätte ...

Isabella seufzte und wischte sich mit dem Handrücken über die vom Weinen geschwollenen Augen. Sie hätte nicht so ausrasten dürfen. Wenn herauskam, dass sie es gewesen war, die das Klo zerlegt hatte, flog sie bestimmt von der Schule. Die würden sie anzeigen, und sie bekam eine Jugendstrafe. Dann würde es nichts mit ihrer Karriere als Richterin, die sie sich so sehnlich wünschte. Sie würde bis an ihr Lebensende bei ihren Eltern im Restaurant arbeiten müssen. Alles, nur das nicht. Hoffentlich hielt sich Martin an sein Versprechen, die Schuld auf sich zu nehmen. Ihm schien seine Zukunft egal zu sein. Solange die Kohle stimmte. Ihr Vater musste tief in die Tasche greifen, um den Ruf des Töchterleins zu schützen. Sie würde ihm jeden Pfennig zurückzahlen, schwor sie sich.

Mit Tobi war es aus. Ein Umstand, der ihren Eltern zupasskam. Sie hatten ihn nie leiden können. Er sei ein Hallodri und nicht gut genug für sie. Wie recht sie gehabt hatten. Trieb es wie ein notgeiler Bock mit ihrer besten Freundin auf dem Schulklo. Wie peinlich war das denn bitte? Als würde er bei ihr nicht zum Zug kommen. Am liebsten würde sie ihn töten.

»Du musst es ihm mit gleicher Münze heimzahlen«, empfahl Trixi.

Wollte sie das? Mit einem anderen schlafen, um sich zu rächen? Isabella war nicht sicher, ob das so eine gute Idee war. Sie war gewiss nicht prüde, aber die katholische Erziehung ihrer Eltern war nicht spurlos an ihr vorübergegangen. Dennoch hatte Trixi recht. Irgendwas musste sie unternehmen. Sie konnte diese Blamage nicht auf sich sitzen lassen. Nur mit wem sollte sie es Tobi heimzahlen? Martin schied aus. Ebenso die anderen Jungs aus der Klasse. Die waren allesamt hässlich. Es wäre zu offensichtlich, dass sie es nur aus Rache tat. Sie überlegte einen Moment. Es musste jemand sein, der Tobi zumindest optisch das Wasser reichen konnte. Da waren die Möglichkeiten ziemlich begrenzt. Halt! Was war mit dem Typen, der am Wochenende in der Küche des Girandellis arbeitete? Nicht der Hellste, aber er sah verdammt gut aus. Und er war schon älter. Zwanzig oder so. Jetzt musste sie ihn nur noch rumkriegen. Aber der Mann, der sie nicht wollte, musste erst geboren werden.

***

»Cara mia, *sei nicht traurig wegen diese* pezzo di merda. Er hat dich nicht verdient«, versuchte Onkel Adriano, sie zu trösten.

Er hatte sich in einer ruhigen Minute zu ihr an den Familientisch gesetzt. Ihre Eltern hatten für heute Abend Karten fürs Opernhaus, was Isabella gelegen kam. Normalerweise trieb sie sich nicht so lange im Girandellis herum. Im Gegensatz zu ihren Brüdern interessierte sie sich nicht sonderlich für das Gastgewerbe. Ihre Eltern hätten sich gewundert und nachgehakt, weshalb sie ausgerechnet heute so viel Sitzfleisch hatte. Oder schlimmer noch, sie hätten versucht, sie aufzumuntern. So wie Onkel Adriano gerade. Dabei war es wenig hilfreich, ihr immer wieder zu versichern, was für ein Mistkerl Tobi war und dass sie etwas Besseres verdient hatte. Herrgott, das wusste sie selbst. Und trotzdem tat es weh. Ständig an Tobi erinnert zu werden, war da kontraproduktiv. Auch wenn Onkel Adriano sein Bestes tat und sämtliche italienische Schimpfwörter hervorkramte.

Zum Glück musste Steffen heute für einen erkrankten Kellner einspringen, so dass Isabella nicht gezwungen war, sich in der Küche herumzudrücken. Das wäre noch auffälliger gewesen und Onkel Adriano sah es ohnehin nicht gern. Wegen der Hygiene und so. Als Unbefugte stand man außerdem nur im Weg. Sie hatte angesichts des Personalengpasses ihre Hilfe angeboten, doch davon wollte Onkel Adriano nichts wissen. Seine principessa *sollte sich nicht die Hände schmutzig machen. Sei's drum, sie riss sich nicht um die Arbeit. Davon abgesehen, hatte sie eine Mission.*

Sie zwinkerte und lächelte dem nichts ahnenden Steffen den ganzen Abend zu. Ohne nennenswerten Erfolg. Er blieb professionell höflich, ignorierte jedoch ihre Flirtversuche. Das hatte sie sich einfacher vorgestellt. Normalerweise fraßen ihr die Jungs aus der Hand. Na ja, bestimmt hatte er Angst vor Onkel Adriano. Der tätschelte fürsorglich ihre Schulter und trollte sich dann wieder in seine Küche. Endlich. Isabella atmete erleichtert auf und leerte ihr Glas. Das war jetzt schon ihre fünfte Cola light. Allmählich bekam sie einen Wasserbauch, und ihre Blase drückte auch schon. Aber wie sonst sollte sie Steffen an ihren Tisch lotsen?

Sie hob die Hand und deutete auf ihr Glas, als er mit Tellern beladen an ihr vorbeiging. Er runzelte die Stirn, nickte dann aber und lief weiter. Wenig später kam er mit einem frisch befüllten Glas zurück.

»Bitte, die Dame«, sagte er.

»Danke schön«, hauchte sie und klimperte ihn mit ihren langen Wimpern an.

»Hast du was mit den Augen?«, fragte er irritiert.

»Ich bin von deiner Anwesenheit geblendet«, flötete Isabella.

»Ach so. Ja, dann geh ich mal besser, bevor du blind wirst«, meinte Steffen und trollte sich.

Isabella zog ein beleidigtes Schnütchen. Das hatte ja super geklappt. Entweder war der Knabe begriffsstutzig wie sonst was, oder er hatte kein Interesse an ihr. Letzteres war nur schwer vorstellbar. Alle Jungs hatten Interesse an ihr. Vielleicht musste sie bei Steffen härtere Geschütze auffahren. Der Hellste war er wirklich nicht.

Sie wartete drei weitere Gläser Cola light, einen Espresso und eine Zabaione ab, ehe sie einen erneuten Vorstoß wagte. Die letzten Gäste waren gerade gegangen, und Steffens Kollege hatte die vordere Tür zugesperrt. Aus der Küche hörte sie das Klappern von Geschirr und Töpfen. Onkel Adriano hatte sich vor geraumer Zeit in seine kleine Wohnung über dem Restaurant zurückgezogen. Das Aufräumen überließ er lieber anderen. Auch Isabella fühlte sich nicht bemüßigt, ihre Hilfe anzubieten. Sie blieb eine Weile am Tisch sitzen, bis die Geräusche in der Küche leiser wurden. Der Beikoch kam durch die Schwingtür, nickte ihr zu und tippte etwas in die Kasse, die daraufhin zu rattern begann. Dann machte er sich an der Kaffeemaschine zu schaffen. Er würde Onkel Adriano wie jeden Abend die Abrechnung und die Tageseinnahmen zusammen mit einem Cappuccino italiano nach oben bringen. Auch wenn sie es nie offiziell verkündet hatten, wusste jeder, dass die beiden nicht nur Kollegen waren.

»Schließt du nachher ab, Bella?«, fragte er.

»Ja, sicher, kein Problem«, lächelte sie. Das lief ja besser, als gedacht.

»Ich geh dann hoch zu Adriano«, verabschiedete sich der Beikoch, nachdem Kasse und Kaffeemaschine ihre Arbeit beendet hatten. »Gute Nacht, Bella.«

»Ciao, schlaf gut.«

Er winkte, ehe er durch die Tür verschwand, die ins Treppenhaus führte. Aus der Küche waren immer noch leise Geräusche zu vernehmen. Steffen war noch da. Jetzt galt es. Isabella erhob sich und machte sich hüftschwingend auf den Weg in die Küche. Tobi hatte mal gesagt, sie hätte den geilsten Arsch der Welt.

Steffen war dabei, die Arbeitsplatte auf Hochglanz zu polieren.

»Brauchst du vielleicht Hilfe?«, fragte sie und schwang den geilsten Arsch der Welt keck auf die frisch gewienerte Edelstahlfläche.

»Das ist jetzt wenig hilfreich«, kommentierte er.

»Ach komm«, gurrte sie und schenkte ihm einen ihrer berühmten Augenaufschläge. »Ich will noch ein wenig Spaß haben.«

»Und ich will nach Hause«, meinte er und wischte mit dem Lappen um sie herum.

Sie griff nach seinem Hemd und zog ihn zu sich heran. »Ich will ein bisschen Spaß mit dir«, hauchte sie und presste ihre Lippen auf seine.

Er packte mit beiden Händen ihre Arme und drückte sich energisch von ihr weg. »Sag mal, spinnst du? Was soll das?«

»Was wohl? Ich will ein bisschen Spaß haben mit dir.«

Deutlicher konnte sie kaum werden, ohne nackt auf dem Tisch zu tanzen. Auch wenn diese Aktion ursprünglich als Racheakt geplant war, verspürte sie nun echte Lust auf diesen Kerl. Herrje, die Hormone. Sie öffnete die oberen Knöpfe ihre Bluse und schenkte ihm einen, wie sie hoffte, lasziven Blick.

Steffen schüttelte in einer mitleidigen Geste den Kopf. »Lass mal stecken«, sagte er gönnerhaft und tätschelte väterlich ihre Schulter. »Du bist echt nicht mein Typ. Und selbst wenn, du bist noch ein kleines Mädchen. Ich bin doch kein ...«

Weiter kam er nicht. Isabella schlug ihm die gusseiserne Pfanne gegen den Schädel. Steffen fiel zu Boden und die Pfanne hinterher.

»Scheiße«, entfuhr es ihr. Sie hatte gar nicht bemerkt, wie sie bei seinen verletzenden Worten nach der Pfanne gegriffen hatte. Und da behauptete Tobias, sie müsse an ihrer Vorhand arbeiten. »Scheiße, scheiße, scheiße!«

Sie hüpfte von der Arbeitsfläche, um den angerichteten Schaden zu begutachten. Vom Kühlraum her vernahm sie ein Geräusch und fuhr herum.

»Was machst du denn hier?«, schnappte sie entsetzt.

»Ich arbeite hier. Seit heute«, erklärte Lisa und sah auf den Körper, der reglos am Boden lag. »Toiletten zu zertrümmern, reicht dir wohl nicht mehr, was?«

Mittwoch, 10. Juli 2013

48

Zu Sophies großem Unmut beschloss Martin nach dem Frühstück, sie weiter mit seiner Gesellschaft zu beglücken. Wenn er glaubte, daraus einen Dauerzustand machen zu können, täuschte er sich. Vor allem, nachdem er ihr die letzten Haferflocken weggefuttert hatte. Ging es ums Essen, kannte Sophie weder Freunde noch Verwandte und erst recht keine Verflossenen. Martin begleitete sie zur Mördergrube, vor deren Tür schon Trixi mit seinem Koffer auf sie wartete.

»Damit du nicht auf die Idee kommst, wieder bei mir einzuziehen«, begrüßte sie ihren ehemaligen Hausgast. »Danke, dass du mich informiert hast, Sophie.«

Sophie grinste und nickte ihrer Schulkameradin zu. »Magst du mit reinkommen? Auf einen Kaffee?« Dann wäre sie mit ihrem Ex wenigstens nicht allein.

»Ja, gern.«

Sophie schloss die Tür zu ihrer Buchhandlung auf und deaktivierte die Alarmanlage. Trixi und Martin folgten ihr in den Laden. Der Autor zog seinen Rollkoffer in Richtung Leseecke, die er schon von seiner Lesung vor einigen Jahren kannte, und ließ sich schnaufend in einen der beiden Rattansessel fallen. Auch wenn er nach außen so tat, als tangierten ihn die Tage in Leonores Gefangenschaft nicht, merkte man deutlich, dass ihm die Angst, die er ohne Zweifel ausgestanden haben musste, in den Knochen steckte. Würde Sophie nicht so eine tiefe Abneigung gegen ihren Ex-Freund hegen, könnte sie Mitleid mit ihm haben. Das hielt sich jedoch in Grenzen, nachdem sie sein Telefonat mit Leo belauscht hatte, das er von ihrem

Festnetzapparat aus geführt hatte. Nach den Gesprächsfetzen zu urteilen, die sie mitbekommen hatte, hatte er für die kommenden Monate ausgesorgt. Dann konnte er sich seine eigenen Haferflocken leisten. In seiner eigenen Küche. Am Ende des Tages war Martin nur ein armes Würstchen, das verzweifelt für seinen Lebensunterhalt kämpfte. Natürlich sollte man sich dazu nicht auf kriminelle Pfade begeben, aber wer war schon ohne Fehler? Martin ganz gewiss nicht. Und als Krimiautor kam man vermutlich auf absonderliche Ideen. Als Krimibuchhändlerin ebenso, musste sie sich eingestehen. Allerdings bewegte sie sich dabei auf der richtigen Seite des Gesetzes. Meistens jedenfalls.

Sie ging in den kleinen Aufenthaltsraum der Mördergrube, um die Kaffeemaschine in Betrieb zu nehmen. Trixi folgte ihr und lehnte sich an den Türrahmen.

»Dann hatte ich also doch recht damit, dass Leo Martin in ihrer Gewalt hatte«, stellte sie mit Genugtuung fest.

»Tja, nur mit dem Ort hast du danebengelegen.«

Der Kaffeevollautomat gab zustimmende schlürfende Geräusche von sich und führte die üblichen Spülgänge durch, die Sophie meist an den Rand der Verzweiflung brachten. Warum musste dieses doofe Gerät bei jedem Einschalten einen halben Liter Wasser verschwenden, wo es doch schon nach dem Ausschalten ordentlich durchgespült hatte? Was spielte sich in der Zwischenzeit im Inneren der Maschine ab? Der Reinigungsfimmel dieses Geräts war schlimmer als der ihrer Mutter, und das wollte wahrlich was heißen.

»Ich hätte drauf kommen sollen, dass sie ihn in unserem alten Haus versteckt«, meinte Trixi. »Gott sei Dank wusste Leo nichts von dem Geheimgang.«

»Wundert mich, dass du ihr nichts davon gesagt hast, damals. Ihr wart doch beste Freundinnen.«

»Meine Brüder haben mir beim Tode verboten, jemandem davon zu erzählen. Nur Martin hab ich's verraten, damit er nachts heimlich ... du weißt schon.«

»Hmpf«, machte Sophie und versuchte, die aufploppenden Bilder aus ihrem Kopf zu verdrängen.

»Danke noch mal dafür«, erklang es aus Richtung der Leseecke. Offenbar hatte Martin die Ohren gespitzt und das Gespräch seiner Ex-Freundinnen belauscht. »Hat mir wahrscheinlich das Leben gerettet.«

»Wenn ich das geahnt hätte ...«, stöhnte Trixi und schlug sich in einer theatralischen Geste die Hand vor die Stirn. »Ob Leo wohl auch Lisa umgebracht hat?«

Sophie zuckte mit den Schultern. »Keine Ahnung. Welches Motiv hätte sie gehabt? Sie wusste ja nichts von Lisas Plan.«

»Welchem Plan?«, fragte Trixi.

Sophie runzelte die Stirn. Hatte Lisa ihre Freundin tatsächlich nicht eingeweiht? »Leo mit ihrem unehelichen Sohn zu konfrontieren. Zu diesem Zweck hat Lisa den Umschlag mit dem Ergebnis eines Mutterschaftstests und ein Foto, das Leo hochschwanger zeigt, in der Kiste deponiert. Als ›Geschenk‹ für Leo. Und zur Krönung sollte Tim, der entflohene Häftling, als fleischgewordener Beweis in der Sonderbar auftauchen.«

»Ach, du meine Güte«, entfuhr es Trixi.

»Herrschaftszeiten«, tönte es von der Leseecke.

»Als ob das neu für dich wäre«, rief Sophie ihrem Ex-Freund zu. Dann wandte sie sich an ihre Klassenkameradin. »Wo wir gerade bei der Kiste sind. Hast du Carsten oder Mattes inzwischen darüber informiert, dass sie eigentlich Lisa gehörte?«

»Ja, hab ich«, nickte Trixi zu Sophies Erleichterung.

Sie hätte es ihrem Bruder gestern Abend sagen sollen, als Martin die Kiste erwähnte. Aber in dem Moment hatte sie nicht daran gedacht, und später mochte sie Carsten nicht mehr anrufen. Er wäre nur wieder sauer geworden, weil sie ihm wichtige Informationen vorenthielt. Womit er nicht ganz unrecht hatte, auch wenn es nicht absichtlich geschehen war. Jedenfalls nicht ganz absichtlich. Außerdem hätte er ihren Anruf sowieso wieder weggedrückt. Machte er ja immer so. Und wunderte sich dann, wenn er von nichts wusste.

Die Kaffeemaschine befüllte einen weiteren Becher mit dem Heißgetränk, ehe sie blinkend nach Wasser verlangte. *Das kommt davon, wenn man so viel Wasser für unnütze Spülgänge verschwendet*, dachte Sophie vorwurfsvoll. Irgendetwas forderte dieser Apparat immer. Entweder benötigte er Wasser oder Bohnen, dann war der Auffangbehälter für den Kaffeesatz voll und wollte geleert werden, oder man sollte wahlweise das Entkalkungs- oder Reinigungsprogramm laufen lassen. Am besten alles auf einmal. Der Vollautomaten-Jackpot sozusagen. Von wegen »Kaffeegenuss auf Knopfdruck«. Vielleicht sollte sie auf Instantkaffee umsteigen.

Sophie drückte Trixi die beiden fertigen Tassen in die Hand und befüllte den Wassertank der Kaffeemaschine. Sie nutzte die Zeit, die das Gerät brauchte, um den dritten Kaffee aufzubrühen, und arrangierte ein paar Kekse auf einem Teller. Die Dose mit dem dänischen Buttergebäck hatte sie von einer ihrer Stammkundinnen geschenkt bekommen, als Dank dafür, dass Sophie während ihres Urlaubs in ihrem Haus nach dem Rechten gesehen und die Blumen gegossen hatte. Was tat man nicht alles für die liebe Kundschaft?

Sie schnappte sich Tasse und Teller und gesellte sich zu ihren beiden Schulkameraden.

»Was lag eigentlich noch in der Kiste?«, fragte sie und sah gespannt von Trixi zu ihrem gemeinsamen Ex-Freund.

Martin trank einen Schluck von seinem Kaffee und schnappte sich gierig einen Keks. Als hätte er heute Morgen beim Frühstück nicht schon Sophies halben Kühlschrank leer gefuttert. Und die Haferflocken. »Woher soll ich das wissen?«, fragte er kauend.

»Du hast die Kiste durchwühlt«, erinnerte Sophie.

Martin zog eine entschuldigende Grimasse, während Trixi ihn mit einem finsteren Blick bedachte. »Ja, schon. Da war aber ansonsten nix Interessantes drin. Ich hab nur den Umschlag für Leo genommen. Wollte wissen, was drin war.«

»Ach, und was ist mit dem schwarzen Notizbuch?«, wollte Trixi wissen.

Martin erstarrte kurz. An seinem ertappten Gesicht ließ sich ablesen, dass nicht nur der Umschlag für Leo sein Interesse geweckt hatte.

»Am besten rückst du das Buch gleich wieder raus«, forderte Trixi und streckte die Hand aus.

»Jaja«, murmelte er. »Warte kurz, es ist in meinem Koffer.« Er zog den Trolley zu sich heran und nestelte umständlich am Zahlenschloss.

»Carsten war gestern Abend noch in der Sonderbar«, berichtete Trixi unterdessen und biss in einen der Kekse.

Sophie zog eine Augenbraue in die Höhe. »Ach ja? Was wollte er? Keinen Whisky, nehme ich an.« Wieso hatte er ihr nichts davon gesagt? Sie hätte ihn selbstverständlich begleitet. Wahrscheinlich genau deshalb, beantwortete sie die Frage selbst. Und da wunderte er sich …

»Nein, er kam tatsächlich wegen der Kiste. Außerdem wollte er mit Ali reden.«

»Ali, dein missratener Kellner?«, hakte Sophie nach. »Ich dachte, der wäre verschollen?«

»Nö, der stand ordnungsgemäß zu Schichtbeginn vor der Tür«, berichtete Trixi. »Wahrscheinlich hatte er einfach nur keinen Bock, mit deinem Bruder zu reden.«

»Wer könnte es ihm verdenken?«, murmelte Martin.

Sophie knuffte ihn in die Seite, obwohl ihr dasselbe durch den Kopf gegangen war. »Was wollte Carsten denn von ihm?«

Die Kneipenbesitzerin zuckte die Achseln. »Es ging um einen alten Vermisstenfall. Einen Kumpel von Ali oder so.«

Also hatten Carsten und seine Kollegen endlich herausgefunden, wer der Knochenmann zu Lebzeiten gewesen war, folgerte Sophie. Das hätte sie natürlich auch gern gewusst. Ihr Bruder könnte sich ruhig ein wenig mitteilsamer zeigen und sie mit solch wichtigen Informationen versorgen. Immerhin hatte sie einen ganzen Vormittag damit zugebracht, sich durch virtuelle Aktenberge zu wühlen, um ihm zu helfen. Außerdem hatte sie quasi im Alleingang den zweiten abgängigen JVA-Flüchtigen dingfest gemacht. Und da wunderte er sich ...

»Geht es um den Skelettfund in den Ronsdorfer Anlagen?«, zog auch Martin die richtige Schlussfolgerung.

Trixi blickte ihn verwirrt an, offensichtlich hatte sie als Einzige davon nichts mitbekommen. Sophie fand, dass sie sich angesichts ihrer Beteiligung an der Festsetzung von Tim Sperling ein paar Interna verdient hatte, und berichtete, was sie über den Fall wusste.

»Das erklärt natürlich Lisas merkwürdiges Verhalten«, sinnierte Martin.

»Inwiefern?«, fragte Sophie.

»Na ja, sie war es, die mir von der Sache mit den Knochen erzählt hat. Ich hatte ihr mein Leid geklagt, dass ich keine Idee für meinen neuen Krimi habe, und da meinte sie, sie hätte da vielleicht was Interessantes. Nur dass ich die ganze Zeit über das Gefühl hatte, dass die Geschichte eigentlich gar nicht für mich bestimmt war.«

»Wieso?«, wollte Trixi wissen.

»Ich weiß nicht genau, war nur so ein Gefühl.«

»Vielleicht hat Lisa den Jungen damals nicht allein verbuddelt. Vielleicht hatte sie einen Komplizen. Oder eine Komplizin. Jemanden aus unserer Klasse«, kombinierte Sophie.

»So ein Quatsch«, fuhr Trixi auf. »Die konnte uns alle nicht leiden. Und dann verscharrt sie mit einem von uns eine Leiche?«

»Vielleicht war es eine Art Zweckgemeinschaft«, überlegte Sophie. »Kannst du nicht diesen Ali anrufen und ihn nach seinem Kumpel fragen? Möglicherweise erinnert er sich an etwas.«

»Ungern«, murmelte Trixi. »Ich schulde ihm eh schon zu viel. Das steigt dem nur zu Kopf.«

»Bist du denn nicht neugierig? Immerhin geht es auch um den Ruf deiner Kneipe«, versuchte Sophie, ihre Klassenkameradin zu locken.

»Na schön, ich mach's ja«, grummelte die Kneipenbesitzerin, schnappte sich ihr Handy und zog sich in die Teeküche der Mördergrube zurück.

Martin wühlte unterdessen in seinem Koffer nach dem verlangten Notizbuch, während Sophie sich daranmachte, ihre Buchhandlung für die Öffnung vorzubereiten. War es möglich, dass Lisa gemeinsam mit einem oder einer aus der Klasse eine Leiche verscharrt hatte? Wenn ja, wie war es dazu gekommen? Ein Unfall? Ein gemeinschaftlich begangener Mord? Und hatte derjenige Lisa getötet, um sie zum Schweigen zu bringen?

»Hier ist es«, rief Martin und reckte das Büchlein in triumphaler Geste in die Höhe.

Trixi, die ihr Telefonat in der Zwischenzeit beendet hatte und aus der Teeküche zurückgekehrt war, riss es ihm aus der Hand. »Du meine Güte, dieser Kerl ist wirklich die Pest«, verkündete sie, und es war nicht klar, ob sie Martin meinte oder ihren Kellner.

»Warum schmeißt du ihn nicht raus?«, wollte Sophie wissen, davon ausgehend, dass von Ali die Rede war.

»Er gehört zum Inventar«, bedauerte Trixi. »So eine Art Faktotum. Wie der Glöckner von Notre-Dame. Den konnte man auch nicht einfach rauswerfen.«

Ein gutes Ende hatte diese Geschichte nur in der Disney-Verfilmung genommen, ging es Sophie durch den Kopf. »Und was hatte der Glöckner der Sonderbar zu berichten?«

»Dass sein Kumpel vor zwanzig Jahren eines Tages nicht mehr nach Hause gekommen und auch nie wieder aufgetaucht ist. Die Vermisstenanzeige hat nicht viel gebracht, weil der Freund volljährig war und außerdem als nicht besonders zuverlässig galt. Verwandte gab es nicht, also wurde der Fall irgendwann zu den Akten gelegt.«

»Bis das Skelett in den Ronsdorfer Anlagen aufgetaucht ist«, resümierte Martin, während er die herausgezogenen Sachen wieder in seinem Koffer verstaute.

»Genau. Das Interessanteste kommt aber noch.«

Trixi verfiel in bedeutungsschwangeres Schweigen, und Sophie musste an Agatha Christies Zeugen denken, die immer in dem Moment ihr vorzeitiges Ende fanden, wenn sie im Begriff waren, den Namen des Mörders oder eine wichtige Information preiszugeben. »Spuck's schon aus.«

»Der Typ – Steffen Zockeney – hat zur Zeit seines Verschwindens in einem Nobelrestaurant gearbeitet.«

»Was soll daran jetzt so sensationell sein?«, fragte Martin stirnrunzelnd.

»Du meine Güte«, stöhnte Trixi, »und das von einem Krimiautor.«

»Das Girandellis«, half Sophie ihrem Ex auf die Sprünge.

»Das bedeutet, es muss Isabella gewesen sein, die gemeinsam mit Lisa die Leiche entsorgt hat«, folgerte Trixi.

»Und am Samstag hat sie dann Lisa entsorgt«, konstatierte Martin. »Wenn ich mich richtig erinnere, lag so ein kleines Pfännchen in der Kiste, mit Isabellas Namen dran. Vielleicht hat sie dem Typen damals den Schädel eingeschlagen.«

»Schön und gut«, meinte Sophie, »dabei gibt es nur ein Problem.«

»Und welches?«

»Isabella war zum Zeitpunkt von Lisas Ermordung mit uns im Raum.«

49

Mattes und eine verstimmte Aylin, die sich schon wieder übergangen fühlte, saßen im Besprechungsraum, als Carsten eintraf. Er hatte in der vergangenen Nacht – mal wieder – kein Auge zugetan, was zum Teil daran lag, dass er lange mit Cordula geredet hatte. Leider nicht über ihre gemeinsame Zukunft, die Debatte stand noch aus. Nach seinem Besuch in der Sonderbar und dem interessanten Ausgang seines Gesprächs mit Alexander Debus hatte er seine Verlobte unauffällig zu Samstagabend aushorchen wollen.

Natürlich durchschaute sie ihn nach wenigen Sekunden. Also hatte er sie direkt gefragt, ob ihr aufgefallen sei, dass Isabella während des Tumults mit den Junggesellen den Raum verlassen habe.

»Und? Was hat sie gesagt?«, erkundigte sich Mattes, nachdem Carsten seinen Kollegen Bericht erstattet hatte.

»Cordula ist sich zu achtundneunzig Prozent sicher, dass Isabella Girandelli die ganze Zeit über anwesend war«, meinte er resigniert. »Die Dame hat wohl versucht, deeskalierend einzugreifen, und dabei immer wieder darauf hingewiesen, dass sie Staatsanwältin ist. Sollte die Hirsefeld nicht vor oder nach dem Überfallkommando ermordet worden sein, ist sie aus dem Schneider.«

»Uns bleibt immer noch Leonore Reinhardt«, tröstete Mattes. »Sie erscheint mir nach wie vor die wahrscheinlichste Kandidatin für die beiden Morde. Die Hirsefeld wollte ihr wegen der verheimlichten Mutterschaft an den Kragen. Unser Tennisass Tobias Kirchhoff hat etwas mitbekommen oder wusste von dem Kind, weil er der Vater ist. Darum musste er ebenfalls zum Schweigen gebracht werden. Bestimmt geht's dabei um 'ne Erbgeschichte oder so.«

»Und warum hat sie Jäger am Leben gelassen?«, wollte Carsten wissen, nicht ahnend, dass sein Schwager am vergangenen Abend dieselbe Frage aufgeworfen hatte.

»Vielleicht wollte sie allen dreien nur eine Warnung mit auf den Weg geben«, schlug Aylin vor. »Nach dem Motto: Ich lass mich nicht erpressen. Leider ist es zweimal schiefgegangen. Die Stricknadel hat unglücklicherweise Lisa Hirsefelds Herz getroffen, und Kirchhoff erlitt in der Sauna einen tödlichen Herzinfarkt.«

»Wie herzig«, merkte Mattes an. »Oder sie plante, Jäger elendig verdursten zu lassen. Wer könnte es ihr verdenken.«

»Sei nicht so fies zu unserem Autor«, brummte Carsten, konnte ein Grinsen aber kaum unterdrücken.

»Das sagt der Richtige. Hattest du ihm nicht für die Nacht ein Plätzchen in einer unserer Zellen angeboten?«

Carsten hob in unschuldiger Manier die Arme. »Was denn? Der Ärmste ist zurzeit obdachlos. Ich hätte ihm auch selbstverständlich ein Glas Wasser spendiert. Und vielleicht ein Snickers. Aber jetzt mal im Ernst. Ihr habt natürlich recht«, gab er zu. »Sollte es um die verheimlichte Schwangerschaft gehen, hatte Leonore Reinhardt ein Motiv für die Morde. Andererseits: Woher sollte sie wissen, dass Lisa davon wusste? Leonore hat das Schreiben mit dem Testergebnis und das Foto ja vermutlich erst in die Finger bekommen, als Martin sie damit konfrontierte. Und der hatte die Sachen aus der Kiste, deren Inhalt vermeintlich Trixi van den Bergh zusammengestellt hatte.«

»Vermeintlich?«, hakte Mattes nach und zog eine Augenbraue in Richtung Stirn.

»Ach richtig, das wisst ihr ja noch nicht. Die Kiste stammte ursprünglich von Lisa Hirsefeld. Ebenso wie die Idee für das Klassentreffen.«

»So eine Art Rachefeldzug?«, grübelte Aylin.

»Sieht fast so aus«, stimmte Carsten zu. »Haben wir eine Liste mit den Gegenständen, die sonst noch in der Kiste waren?«

Mattes raschelte mit den Papieren, die er vor sich liegen hatte. »Hier ist sie«, rief er schließlich und streckte freudig ein Blatt in die Höhe, ehe er es sich vor die Nase hielt. »Lasst mal sehen. Also, da wäre eine Fahrradklingel mit einem Namensschild, auf dem ›Bastian Spieß‹ steht. Eine Klobürste für unseren verehrten Freund Martin Jäger, wie passend, und eine Kinderpfanne für Isabella Girandelli.«

»Ein Symbol für das Restaurant ihrer Eltern?«, fragte Aylin.

»Wahrscheinlich«, nickte Carsten. »Hinzu kommen die doofe Diddlmaus für Sophie, ein Abakus für Cordula, das Notizbuch von Trixi van den Bergh und die Stricknadeln für Lisa.«

»Die sie hineingelegt hat, damit niemand auf den Gedanken kommt, dass sie die Geschenke besorgt hat«, tippte Mattes. »Allerdings sind die Sachen nicht wirklich fies. Also, bis auf die Klobürste.«

»Und der Umschlag für Leonore Reinhardt mit dem Testergebnis und dem Foto«, erinnerte Aylin. »Außerdem hatte sie noch deren angeblichen Sohn, Tim Sperling, für den Abend einbestellt. Der dann nicht aufgetaucht ist.«

»Behauptet er zumindest«, sagte Mattes. »Aber es führt uns geradewegs zurück zu Leonore Reinhardt. Irgendwie führen alle Wege, die wir einschlagen, zu ihr.«

»Mag sein«, räumte Carsten ein. »Trotzdem lässt mich der Gedanke nicht los, dass sowohl Lisa Hirsefeld als auch Isabella Girandelli unseren Toten aus den Ronsdorfer Anlagen gekannt haben.«

»Bislang ist das nicht mehr als eine Vermutung«, merkte Mattes mit erhobenem Zeigefinger an. »Erstens ist die Identität der Knochen immer noch nicht offiziell bestätigt. Zweitens haben wir zwar die Aussage von Tim Sperling, dass die Hirsefeld ihm zur Flucht verhelfen wollte, was aber nicht gleichbedeutend damit ist, dass sie auch die Knochen ausgegraben hat. Und drittens erinnert sich dein Zeuge, Alexander Debus, nur daran, dass sein Wohngenosse eventuell ein Techtelmechtel mit der Tochter seines Chefs hatte, nicht aber, um welches Restaurant es sich handelte. Das zerpflückt dir unsere Staatsanwältin im Nullkommanix.«

»Und wie sollen wir weiter vorgehen? Wir können es doch nicht ignorieren.«

»Natürlich nicht«, beruhigte Mattes seinen Kollegen. »Wir bleiben an der Sache dran. Aber viel mehr können wir im Moment nicht tun, fürchte ich.« Er sah auf die große Wanduhr. »In ein paar Minuten kommt Leonore Reinhardt. Wir sollten kurz absprechen, wie wir sie in die Mangel nehmen.«

»Das könnt ihr machen«, meinte Carsten großzügig und erntete erstaunte Blicke sowohl von Mattes als auch von Aylin. Normalerweise ließ er es sich nie nehmen, einem Verdächtigen ordentlich auf den Zahn zu fühlen. Seine Kopfverletzung musste seine Sinne mehr benebelt haben, als es den Anschein hatte.

***

Leonore Reinhardt erschien zur Überraschung der Kommissare ohne rechtlichen Beistand.

»Ich habe mich mit Herrn Jäger geeinigt«, erklärte sie hochmütig. »Er verzichtet auf eine Anzeige und ich auch.«

Aylin und Mattes sahen einander an. Sollten sie sich die Mühe machen, die Sache trotzdem weiterzuverfolgen und an die Staatsanwaltschaft zu übergeben? Wenn Frau Reinhardt von Einigung sprach, war gewiss von einer erklecklichen Summe die Rede, die demnächst von ihrem Konto auf das des Autors floss. Im Gegenzug würde Jäger Stillschweigen bewahren und im Zweifel vor Gericht von einem Missverständnis sprechen. Im Grunde war ihnen das Scharmützel der beiden herzlich egal. So lange dabei niemand ernsthaft zu Schaden kam und es nichts mit den Morden zu tun hatte.

»Es sind noch ein paar Fragen offen, und wir würden uns über Ihre Mithilfe freuen«, sagte Mattes, nachdem sie den offiziellen Teil der Befragung hinter sich gebracht hatten.

»Gern«, nickte Leonore, obwohl ihr Gesichtsausdruck das Gegenteil bekundete.

»Tim Sperling, Sie erinnern sich sicher an ihn, behauptet, dass Lisa Hirsefeld im Besitz eines Dokuments war, das Ihren verwandtschaftlichen Grad mit ihm belegt«, informierte Aylin.

Leonore verdrehte die Augen und schnaubte. »Ach, die jetzt auch noch? Wie es scheint, ist angeblich jeder im Besitz irgendwelcher ›Dokumente‹.« Sie malte mit den Fingern Gänsefüßchen in die Luft. »Sie glauben dem Burschen doch nicht etwa?«

»Warum sollte er lügen?«

Sie setzte ein Lächeln auf, das ihre Verachtung demonstrierte. »Weil er ein kleiner Emporkömmling ist, der sich ins gemachte Nest setzen will?«

Aylin blickte ihr Gegenüber abschätzig an. »Frau Reinhardt, jetzt mal ernsthaft. Meinen Sie etwa, der Junge hat im Knast in der Wuppertaler Ausgabe des ›Who's Who‹ geblättert, um sich irgendeine reiche Lady, die vom Alter her einigermaßen passt, als seine Mutter auszusuchen? In der Hoffnung, dass sie tatsächlich zur fraglichen Zeit ein Kind zur Adoption freigegeben hat und ihn mit Tränen der Rührung in den Augen bei sich aufnimmt?«

»Was weiß denn ich?«, entgegnete Leonore mit bissigem Unterton. »Da ist er bei mir sowieso an der falschen Adresse.«

Das kann ich mir lebhaft vorstellen, dachte Aylin, schluckte die Bemerkung jedoch hinunter. »Sie scheinen sich übrigens nicht sonderlich über Frau Hirsefelds Beteiligung an der Geschichte zu wundern.«

Leonore Reinhardt lehnte sich ruckartig in ihrem Stuhl zurück und warf die Arme in die Luft. »Ganz ehrlich?

So langsam wundert mich hier gar nichts mehr. Wahrscheinlich hat Lisa gemeinsame Sache mit Martin gemacht. Die haben ja am Samstag den ganzen Abend die Köpfe zusammengesteckt.«

»Also geben Sie zu, dass Herr Jäger versucht hat, Sie zu erpressen.«

»Ich gebe gar nichts zu«, schmollte Leonore. Sie verschränkte trotzig die Arme vor der Brust und drehte den Kopf zur Seite. »Wäre ich nur nie zu diesem verdammten Klassentreffen gegangen. Die waren schon damals alle beknackt, und daran hat sich nichts geändert.«

»Tja, Lisa Hirsefeld würde sich bestimmt auch wünschen, nie zu diesem Klassentreffen gegangen zu sein. Leider kann sie sich nichts mehr wünschen«, konstatierte Aylin.

»Dafür kann ich aber nichts«, bemerkte Leonore.

»Das steht noch nicht fest.«

»Was wollen Sie damit andeuten?«, fragte Leonore lauernd.

Aylin beugte sich vor und legte die Hände auf den Tisch. »Uns liegt eine Aussage vor, die nahelegt, dass Sie uns in Bezug auf Ihren Aufenthaltsort während des Vorfalls mit den … äh, Junggesellen nicht die ganze Wahrheit gesagt haben.«

»Ach ja?« Leonore Reinhardt zog in gespielter Überraschung eine Augenbraue hoch, aber Mattes hatte ein kurzes Zucken in ihrem Mundwinkel wahrgenommen.

»Ja. Entgegen Ihrer Aussage sollen Sie den Raum verlassen haben und Richtung Toiletten gegangen sein.« Letzteres war reine Spekulation, denn Markus Pfeffer hatte nicht gesagt, wohin seine Klassenkameradin verschwunden war, nachdem sie den Raum verlassen hatte.

»Wer behauptet das denn?«, fragte Leonore sichtlich verärgert.

»Ein Zeuge«, blieb Aylin vage.

»Dann irrt sich Ihr Zeuge. Oder lügt.«

»Wenn wir die Fingerabdrücke, die wir an der Tür der Privatkabine der Damentoilette abgenommen haben, mit Ihren vergleichen, werden wir also keine Übereinstimmung feststellen«, konstatierte sie.

»Ich kann nicht mit Sicherheit ausschließen, dass ich die Tür im Verlauf des Abends nicht mal berührt habe«, lächelte Leonore in stillem Triumph.

»Auch im Innenbereich?«

Jetzt wurde die Frau doch ein wenig unsicher. »Ich glaube nicht, dass ich in der Kabine war, kann es aber auch nicht ausschließen.«

»Was haben Sie denn in der Privatkabine gewollt?«, fragte Aylin, als hätte Frau Reinhardt gerade zugegeben, sich dort aufgehalten zu haben.

Leonore lehnte sich in ihrem Stuhl zurück. »Ich habe nicht gesagt, dass ich drin war. Wenn, dann erinnere ich mich nicht mehr daran.«

Und leider hatte die KT an der Innenseite der Tür lediglich die Fingerabdrücke von Beatrix van den Bergh und einer Mitarbeiterin entnehmen können. Die Kommissarin legte die rechte Hand ans Kinn und tippte sich mit dem ausgestreckten Zeigefinger einige Male an die Nase.

»Wollen Sie mir jetzt unterstellen, ich hätte Lisa umgebracht, wegen ...«, Leonore vollführte eine hilflose Geste mit den Händen, »... wegen was? Weil sie vermeintlich im Besitz eines Dokuments war, das meine Mutterschaft bestätigt? Wie, bitte schön, soll sie darangekommen sein?«

»Das wissen wir noch nicht«, musste Aylin einräumen. »Aber wir wissen, dass Frau Hirsefeld plante, sie an jenem Abend mit ihrem Wissen zu konfrontieren. Dazu trug sie dieses Dokument bei sich, das nun verschwunden ist.«

»Die Betonung liegt hierbei wohl auf ›verschwunden‹. Sie können nicht beweisen, dass ein solches Dokument tatsächlich existiert hat«, konstatierte Leonore sichtlich zufrieden.

Aylin schob ihr wortlos das Foto und das Testergebnis, das sie in Lisa Hirsefelds Geheimversteck sichergestellt hatten, über den Tisch.

»Können Sie uns sagen, wer das Mädchen auf dem Bild ist?«, fragte sie betont freundlich.

»Sie brauchen gar nicht so zu tun«, zischte Leonore Reinhardt durch ihre zu einem Strich zusammengepressten Lippen. »Sie wissen doch sowieso, dass ich das bin auf dem Foto. Woher haben Sie die Sachen?«

»Aus dem Haus Ihrer Klassenkameradin Lisa Hirsefeld«, erwiderte Aylin. »Die Sachen, die Martin Jäger bei sich hatte, waren lediglich Kopien.«

»Diese hinterhältige Schlange«, murmelte Leonore. Ich könnte sie …«

»Umbringen? Ich denke, das haben Sie schon getan.«

»Gott im Himmel, das ist alles so bizarr«, stieß Leonore hervor, als habe sie Aylins Worte nicht vernommen. »Na schön. Ich gebe zu, ich bin mit sechzehn schwanger geworden. Das war kurz vor den Sommerferien. Meine Eltern waren schwer begeistert. In den Augen meines Vaters taugten Mädchen eh zu nichts. Und dann lasse ich mir auch noch einen ›Braten in die Röhre schieben‹, wie er sich ausdrückte. Natürlich verlangten sie, dass ich abtreibe. Aber dieses eine Mal hab ich mich zur Wehr gesetzt. Der Kompromiss war, dass ich das Kind gleich nach seiner Geburt zur Adoption freigebe. Ich wurde in die Privatklinik meines Onkels nach Marburg verfrachtet, wo ich dann auch entbunden habe. Offiziell war ich als Austauschschülerin in Kanada.

Nach der Geburt wurde ich auf ein Internat in die Schweiz verbannt. Ein Mädcheninternat, damit ich nicht wieder in Versuchung geriet, wie mein herzensguter Vater argumentierte. Mein Onkel hat unter der Hand die Adoption in die Wege geleitet. Er kannte ein Paar, das sich sehnlichst ein Kind wünschte. So waren alle Parteien glücklich.«

Wirklich glücklich wirkte Leonore Reinhardt nicht, aber das wäre Aylin in ihrer derzeitigen Situation auch nicht. »Was geschah am Samstagabend? Lisa Hirsefeld wollte Sie erpressen oder bloßstellen. Leider kam ihr dieser Tross Junggesellen auf Freiersfüßen in die Quere. Frau Hirsefeld verließ den Raum, um zur Toilette zu gehen. Was ist dann passiert? Sind Sie ihr gefolgt? Um sie zur Rede zu stellen? Fühlte Frau Hirsefeld sich von Ihnen bedroht und zog die Stricknadel aus ihrer Tasche? Kam es zu einem Handgemenge?«

»Nein«, beharrte Leonore und schüttelte energisch den Kopf.

Aylin tat, als hätte sie den Einwurf nicht gehört. »Irgendwie eskalierte die Situation, und Sie haben ihrer Klassenkameradin die Stricknadel ins Herz gerammt. Sie versteckten die Leiche in der Privatkabine des Waschraums, kehrten ins Separee zurück und taten, als sei nichts geschehen.«

»So war das nicht.« Allmählich wurde Leonore Reinhardt klar, dass sie tatsächlich eines Mordes bezichtigt wurde.

»Wie war es denn dann?«, fragte Aylin.

Leonore seufzte ergeben. »Die bescheuerten Typen von den Junggesellenfeiern haben uns ordentlich aufgemischt. Irgendwann bin ich rausgegangen, um diesem Mob zu entrinnen. Ich bin runter in den Waschraum. Ich wollte mich frischmachen, und da ... hab ich sie gefunden. Lisa. Sie war schon tot, ich schwöre.«

»Lisa Hirsefeld befand sich in der Privatkabine der Damentoilette. Und dort haben Sie sie leblos aufgefunden?«, hakte Aylin nach.

»Sie war nicht leblos, sie war tot«, sagte Leonore bestimmt.

»Haben Sie das überprüft?«, fragte die Kommissarin rasch.

»Ja ... äh, nein, ich meine, sie bewegte sich nicht mehr, und sie sah, na ja, tot aus. Sie röchelte nicht oder so und atmete auch nicht. Glaube ich. Ich hab sie angesprochen und an der Schulter gerüttelt. Dann sah ich die Stricknadel und ... na ja, es war ziemlich eindeutig.«

»Warum haben Sie die private Kabine überhaupt betreten?«

Leonore zuckte in einer unbestimmten Geste mit den Schultern. »Ich weiß nicht mehr. Vielleicht war ich neugierig?« Es klang eher wie eine Frage denn wie eine Auskunft.

Aylin ging davon aus, dass die Frau weniger von Neugier getrieben, sondern von einem Geräusch angelockt worden war. Vielleicht einem finalen Röcheln von Lisa Hirsefeld. Leider würde es nahezu unmöglich sein, ihr das zu beweisen. Und Leonore Reinhardt würde gewiss nicht freiwillig zugeben, ihrer Schulkameradin beim Sterben zugesehen zu haben, ob nun als zufällige Zeugin oder als Mörderin.

»War die Tür verschlossen?«

Leonore kniff die Augen zusammen und dachte einen Moment nach. »Nein, war sie nicht. Und der Schlüssel steckte im Schloss.«

»Sie haben also aus Neugier, oder warum auch immer, die private Kabine der Damentoilette betreten, entdeckten dort ihre Schulkameradin, befanden sie für tot ...«

»Das klingt jetzt aber ...«, setzte Leonore zu einem Protest an.

»… und gingen wieder nach oben. Sie haben es weder für nötig gehalten, Ihre Klassenkameraden oder später die Polizei über Ihren Fund zu unterrichten«, fuhr Aylin fort, ohne auf den Einwurf zu achten.

Leonore versuchte sich an einem Lächeln, scheiterte aber kläglich. Offensichtlich wurde ihr soeben klar, dass ihr Verhalten, so nicht verdächtig, doch in höchstem Maße abscheulich war. »Ich, äh, stand unter Schock. Ich wusste nicht, was ich tun sollte. Mir fällt allerdings gerade ein, dass die Tür der Herrentoilette zufiel, als ich die Treppe runterkam. Aber ich hatte niemanden vor mir gesehen.«

»Das kommt ja jetzt sehr gelegen«, meinte Aylin sarkastisch. »Der große Unbekannte, oder wie?«

Leonore blickte mit einem Mal verzweifelt drein und bereute vermutlich bitterlich, ohne anwaltlichen Beistand zu diesem Termin erschienen zu sein. »Ich lüge nicht. Ehrlich nicht. Ich hab Lisa nicht umgebracht. Weder mit Absicht noch versehentlich. Das müssen Sie mir glauben. Bitte. Natürlich wollte ich nicht, dass das mit der Adoption herauskommt. Aber so schlimm, dass ich jemanden deswegen umbringe, ist die Sache nun auch nicht.«

Das ließ sich nicht abstreiten. Die Tatsache, ein verheimlichtes Kind zu haben, wog weniger schwer, als das Resultat eines Ehebruchs zu sein. Wenn Leonore offiziell nicht mehr die Tochter des verstorbenen Reinhardt war, konnte ihr Bruder das Erbe anfechten. Dann war es aus mit China und der Firma. Das aber hatte Lisa Hirsefeld nicht gewusst. Oder vielleicht doch? In ihrem Geheimversteck im Schuppen jedenfalls hatte sich diesbezüglich nichts gefunden. Hatte Trixi van den Bergh die Freundin eventuell eingeweiht? Eher unwahrscheinlich, aber sie würden die Kneipenbesitzerin trotzdem danach fragen. Mattes machte sich eine Notiz.

»Das Foto von Ihnen in hochschwangerem Zustand, das wir in Frau Hirsefelds Haus gefunden haben«, meinte er dann, »hat sie das damals nicht gegen Sie verwendet?«

Leonore hob abwehrend die Hände. »Nein, wirklich nicht. Ich hatte keine Ahnung, dass Lisa Bescheid wusste. Ich habe bei meinem Onkel in der Privatklinik entbunden. Er hat alles Weitere geregelt. Mit der Geburt und der Adoption.«

»Können Sie sich vorstellen, wie Lisa Hirsefeld an das Foto und das Testergebnis gekommen sein kann?«, fragte die Kommissarin.

Zumindest, was das Foto betraf, glaubte Aylin, die Antwort zu kennen. Lisa hatte zur selben Zeit ihre Ausbildung in Marburg begonnen, in der Leonore Reinhardt in der Klinik ihres Onkels ihre Schwangerschaft aussitzen musste. Es war vermutlich nur ein dummer Zufall, dass sie ihre Klassenkameradin eines Tages gesehen hatte. Ein dummer Zufall, den sie für sich zu nutzen gedachte und der sie letzten Endes vielleicht das Leben gekostet hatte.

»Lisa brauchte Ihre DNA für den Abgleich«, half sie der Verdächtigen auf die Sprünge.

Leonore schüttelte frustriert den Kopf. »Ich hab keine Ahnung, wie sie darangekommen ist«, meinte sie. Dann schien ihr eine Idee zu kommen. »Oder doch. Vor ein paar Wochen hab ich Lisa zufällig in der Stadt getroffen. Na ja, ein Zufall war es wahrscheinlich nicht, im Nachhinein betrachtet. Sie tat ganz freundlich und hat vorgeschlagen, einen Kaffee trinken zu gehen. Vielleicht hat sie die Gelegenheit genutzt und meine DNA an sich gebracht. Wahrscheinlich hatte sie es genau so geplant.« Sie schnaubte in einer Mischung aus Verachtung und Anerkennung.

Das war eine plausibel klingende Möglichkeit. Lisa Hirsefeld lernte Tim Sperling in der JVA kennen. Er erzählte ihr seine Geschichte, und sie zählte eins und eins zusammen. Sie erinnerte sich, Leonore vor zwanzig Jahren hochschwanger vor dieser Klinik in Marburg gesehen und fotografiert zu haben, dem Geburtsort von Sperling. Vielleicht erinnerte sie sich nicht nur daran, sondern erpresste die Familie Reinhardt schon jahrelang mit ihrem Wissen.

»Auf Frau Hirsefelds Konto geht seit vielen Jahren jeden Monat ein Betrag von fünfhundert Euro ein«, teilte Aylin ihrem Gegenüber mit. »Wissen Sie etwas darüber?«

Leonore Reinhardt sah glaubhaft verblüfft aus. »Nein, darüber weiß ich nichts. Keine Ahnung. Echt nicht.«

»Können Sie sich vorstellen, dass jemand aus Ihrer Familie ...« Aylin ließ den Satz bewusst unvollendet.

Leonore stieß die Luft aus ihren aufgeblähten Wangen. »Mein Vater vielleicht. Er war weiß Gott nicht erpicht darauf, dass jemand von ›meiner Schande‹, wie er es nannte, erfährt.«

Da der alte Herr Reinhardt kürzlich verstorben war, kam Lisa Hirsefelds Geldquelle zum Erliegen, überlegte Aylin. Sie mussten sich bei der Bank erkundigen, ob die fünfhundert Euro in den letzten Monaten überwiesen worden waren. Wenn nicht, hatte Lisa sich am Samstag womöglich neue Märkte erschließen wollen.

»Wer ist eigentlich der Vater des Jungen?«, erkundigte sich die Kommissarin.

Leonores Blick verfinsterte sich. »Das würde ich lieber für mich behalten.«

»War es Tobias Kirchhoff?«

Leonore stieß ein verächtliches Lachen aus. »Ganz bestimmt nicht. Seien sie versichert, der Vater des Kindes ist nicht von Belang. Weder für Sie noch für sonst jemanden.« Sie verschränkte erneut die Arme vor der Brust, um ihrer Ablehnung Nachdruck zu verleihen.

Aylin beließ es dabei. Sie würde die Frau nicht zwingen können, den Namen preiszugeben – noch nicht.

***

»Ihr könnt sagen, was ihr wollt, aber ich denke nicht, dass Leonore Reinhardt unsere gesuchte Mörderin ist«, meinte Carsten, als sie wieder im Besprechungsraum saßen. Er hatte die Befragung über einen Monitor im Nebenraum verfolgt.

Angesichts der Tatsache, dass Leonore Reinhardt sowohl Motiv als auch die Gelegenheit gehabt hatte, den Mord an Lisa Hirsefeld zu begehen, war sie einstweilen in Gewahrsam genommen worden. Der von ihr nun doch verlangte Anwalt würde in Kürze eintreffen.

Mattes wunderte sich, wie Carsten zu dieser Überzeugung kam. Er hielt die Frau nach wie vor für eiskalt und skrupellos und war keineswegs gewillt, sie so einfach vom Haken zu lassen. »Warum schweigt sie sich so hartnäckig über den Kindsvater aus?«, fragte er in die kleine Runde.

Aylin zuckte die Schultern, und Carsten machte eine unbestimmte Geste. »Vielleicht ist es ihr peinlich«, vermutete die Oberkommissarin. »Oder es kommen mehrere Männer in Frage.«

»Es ist für den Fall eh nicht relevant, wer der Erzeuger ist«, warf Carsten ein.

»Tja, solange wir ihn nicht kennen, können wir das nur schwer beurteilen«, entgegnete Mattes schnippisch. »Vielleicht wusste die Hirsefeld, wer es war, und es geht der Reinhardt gar nicht darum, das Kind zu verheimlichen, sondern den Vater.«

»Dann käme auch der Kindsvater als Täter in Frage«, konstatierte Aylin.

»Wir sollten uns nicht in irgendwelche wilden Theorien verrennen«, mahnte Carsten.

»Warum nicht?«, meinte Mattes achselzuckend. »Die ist auch nicht unwahrscheinlicher als das, was wir bislang zutage gefördert haben. Womöglich hat der Mann ebenfalls ein Interesse daran, dass seine Vaterschaft nicht herauskommt.«

»Vielleicht hat er auch keine Ahnung davon«, meinte Carsten. »Und bei der Hirsefeld fand sich kein Hinweis darauf, dass sie wusste, wer er ist.«

»Bastian Spieß oder Markus Pfeffer kommen ja eher nicht in Betracht«, grübelte Aylin.

»Warum nicht? Pfeffer ist schließlich verheiratet und hat zwei Kinder gezeugt. In einem Aufwasch zwar, aber immerhin …«, gab Mattes zu bedenken.

»Schon, aber ich glaube nicht, dass einer der beiden Männer Leonores Typ ist. Heute nicht und damals sicherlich erst recht nicht.«

»Fragt sich, wer ihr Typ ist beziehungsweise war«, sagte Mattes.

»Tobias Kirchhoff oder Martin Jäger scheinen mir die wahrscheinlichsten Kandidaten zu sein«, sinnierte Aylin. »Vielleicht wollte Jäger die Reinhardt gar nicht erpressen, sondern wissen, ob er der Vater ihres Kindes ist.«

»Mal was anderes«, beendete Carsten das Thema. »Die KT hat sich gemeldet, während ihr die Reinhardt in die Mangel genommen habt. Sie konnten das Passwort des Laptops von Lisa Hirsefeld knacken, den ihr aus dem Yogazentrum mitgenommen habt. Die Dame stand in regem E-Mail-Austausch mit dem Besitzer eines Luxushotels auf Samoa. Wie es aussieht, sollte sie den Wellnessbereich dort übernehmen. Also nicht als Angestellte, sondern als Teilhaberin des Hotels. Das Bargeld, das in dem geheimen Wandschrank im Turmzimmer gefunden wurde, beläuft sich übrigens auf eine knappe halbe Million.«

Mattes pfiff durch die Zähne. »Da muss 'ne alte Oma lange für stricken.«

»Ein Mordmotiv lässt sich daraus allerdings nicht stricken«, warf Aylin ein.

»Könnt ihr mal die doofen Wortspiele sein lassen?«, forderte Carsten genervt. »Und warum ist das kein Mordmotiv? Bei so viel Kohle muss sie sich mit ihren Erpressungen einen lukrativen Geschäftszweig aufgebaut haben. Vielleicht hatte jemand einfach die Schnauze voll, Lisa Hirsefeld sein sauer verdientes Geld in den Rachen zu werfen.«

50

Sophie stand vor einer Jugendstilvilla, in die sie ohne Zögern einziehen würde, unschlüssig, was sie tun sollte. Kurz nachdem Trixi und Martin gegangen waren, hatte sie das Passbild entdeckt, das unter dem Sessel lag, auf dem ihr Ex-Freund gesessen hatte. Vermutlich war es unbemerkt aus seinem Koffer gefallen, als er nach Trixis Notizbuch gestöbert hatte. Sie hob es auf und betrachtete es. Ein hübscher junger Mann, der ihr eigenartig bekannt vorkam, sah sie mit ernster Miene an. Was fing Martin mit dem Passfoto eines Jungen an? Es war leicht vergilbt, also musste es älteren Datums sein. Das war doch nicht etwa …? Sie rief sich das Phantombild vor Augen, das an einem der Whiteboards im Besprechungsraum hing, als sie Carsten am Montag im Präsidium abgeholt hatte. Eine gewisse Ähnlichkeit ließ sich nicht leugnen. Sophie drehte das Foto um und war noch ratloser, als sie den auf der Rückseite vermerkten Namen las.

Nur langsam formte sich eine Theorie in ihrem Kopf. Eine Theorie, die ihr so gar nicht gefallen wollte. Was, wenn das Bild ebenfalls aus der Kiste stammte? Vielleicht war es zwischen Umschlag und Notizbuch geraten, und Martin hatte es nicht bemerkt. Sollte es so gewesen sein, gehörte es zum Fundus der Gemeinheiten, die Lisa für einige ihrer Klassenkameraden vorbereitet hatte. Sollte dieses Passfoto tatsächlich den verschwundenen und mutmaßlich getöteten Steffen Zockeney zeigen, musste der Name, der auf der Rückseite vermerkt war, dann nicht der des Mörders sein?

Ihr Kompagnon, Robert Werbeck, war wenig begeistert, dass sie ihn schon wieder allein ließ, aber Sophie behauptete, einen dringenden Termin bei der Bank zu haben. Das war nur halb gelogen, denn ihr erster Weg führte sie tatsächlich zu einer Bank. Dort sagte man ihr, dass der Kollege sich für den heutigen Tag freigenommen habe, also fuhr sie zu Pfeffis privater Adresse. Kurz überlegte sie, Trixi zu bitten, mitzukommen. Aber die war ihr bei Leo und Tobias schon keine Hilfe gewesen. Auch Cordula kam als Rückendeckung nicht in Frage. Erstens hatte sie Dienst, und zweitens würde sie Sophie ohnehin dazu zwingen, die Sache Carsten und seinen Kollegen zu überlassen. Eben dies wollte sie vorerst vermeiden. Schließlich war sie nicht sicher, ob sie mit ihrer Vermutung richtiglag. Und ehe sie die Pferde scheu machte und mit falschen Anschuldigungen um die Ecke kam, musste sie sich erst selbst ein Bild von der Lage verschaffen. Ihr war zwar nicht ganz klar, was es bringen sollte, sich vor Pfeffis Haus auf die Lauer zu legen, aber etwas Besseres fiel ihr im Moment nicht ein.

Eine Hand legte sich auf ihre Schulter, und sie zuckte zusammen. »Hi, Sophie, was machst du denn hier?«, fragte Markus Pfeffer, der sich ihr unbemerkt von hinten genähert hatte.

Sie sollte wahrhaftig über die Anschaffung von Hörgeräten nachdenken. Ständig pirschten sich die Leute an sie heran, ohne dass sie es mitbekam. »Ich, äh, also ...«, stotterte sie. »Ben und ich sind auf der Suche nach einem Haus, und ich dachte, ich schau mich hier mal um. Du hast so nett von der Gegend erzählt.«

»Ja, hier ist es herrlich«, schwärmte Pfeffi, der die Ausrede arglos schluckte. »Aber ich wüsste nicht, dass zurzeit etwas zum Verkauf steht. Ich glaube, ich habe einige interessante Objekte im Portfolio unserer Bank. Zwar nicht unmittelbar in der Nähe, aber trotzdem sehr ansprechend. Komm doch kurz mit rein, dann zeig ich sie dir.« Er deutete auf die Villa.

»Ach nein, ich möchte nicht stören«, meinte Sophie und wollte sich zum Gehen wenden. Pfeffi packte sie beim Arm.

»Quatsch, du störst doch nicht«, versicherte er. »Es dauert auch nicht lange.«

Ohne ihre Antwort abzuwarten, zog er sie mit sich. Sophie schoss der Gedanke durch den Kopf, dass sie sich mit ihrer spontanen Aktion abermals ordentlich in die Bredouille gebracht hatte. Und dass niemand wusste, wo sie war. Aber sie hatte ja auch nicht geplant, sich von ihrem Schulfreund beim Ausspionieren seines Hauses erwischen zu lassen. Streng genommen hatte sie mal wieder gar nichts geplant. Genau da lag wahrscheinlich der Hase im Pfeffi, äh, Pfeffer.

Pfeffi schloss die Haustür auf und schob seinen unfreiwilligen Gast hinein. Im Flur standen einige Gepäckstücke. Offenbar wollte er sich absetzen. Etwa dahin, wo der ...? *Nein, Sophie, du vollendest diesen Satz nicht*, schalt sie sich innerlich. Ihre Lage war zu ernst für schlechte Wortwitze.

»Wir haben Besuch, ich hoffe, du bist angezogen«, rief er.

Sophie atmete erleichtert auf. Pfeffi würde sie kaum in

Anwesenheit seiner Frau ermorden. Es sei denn, die beiden waren ein Serienkillerpärchen, aber diesen Gedanken wollte sie auch nicht weiter vertiefen. Zu ihrer Überraschung war es nicht Frau Pfeffi, die aus einem Zimmer in die Diele kam.

»Was will die denn hier?«, fragte Spießi und runzelte verärgert die Stirn.

»Ich hab sie zufällig draußen getroffen«, verkündete Pfeffi fröhlich. »Sie ist auf der Suche nach einem Haus.«

»Wer's glaubt«, murmelte Spießi. Er ließ sich offenbar nicht so leicht hinters Licht führen wie sein Freund.

»Ich zeig ihr nur eben ein paar Objekte von unserer Bank. Geht ganz schnell.«

»Ich kann auch gern ein andermal wiederkommen«, ging Sophie rasch dazwischen. »Ich sehe, ihr wollt verreisen.« Die Anzahl der Gepäckstücke konnte unmöglich nur für eine Person gedacht sein.

Pfeffi gluckste vergnügt. »Du darfst uns nicht verraten«, flüsterte er und legte verschwörerisch den Finger an die Lippen. »Spießi und ich brennen durch. Nach Samoa. Heute Nachmittag geht der Flieger.«

Na, das kommt ihm natürlich gelegen, dachte Sophie. Vor der Strafverfolgung nach Samoa zu flüchten, würde ihr auch gefallen. Ob der arme Spießi wusste, warum sein mörderischer Kumpel tatsächlich das Land verlassen wollte? Aber weshalb erzählte er ihr so freimütig davon?

»Mein Gott, Markus, du bist so eine Klatschtante«, fuhr Spießi ihn an.

Der winkte ab. »Sophie wird uns schon nicht verpetzen«, meinte er zuversichtlich.

Hatte der eine Ahnung. Sobald sie hier rauskam, würde sie Carsten verständigen. Falls sie hier rauskam. Es war nicht auszuschließen, dass die beiden Männer gemeinsame Sache machten. Oder dass Spießi zumindest wusste, was sein Freund auf dem Kerbholz hatte. Und sie saß mittendrin im Getümmel. Nicht zum ersten Mal, musste Sophie sich eingestehen. Aber vielleicht zum letzten Mal. Ihr wurde mulmig zumute.

»Willst du einen Kaffee?«, fragte Pfeffi freundlich.

Gott, sie hatte jetzt schon Herzrasen, da war eine weitere Tasse Kaffee gewiss nicht hilfreich. Sie sollte überlegen, wie sie schleunigst von hier verschwinden konnte. »Äh, ich …«

»Geh doch ins Wohnzimmer, hier gleich rechts, und mach's dir bequem. Ich bring dir sofort den Kaffee. Mit Milch? Oder vielleicht einen Latte macchiato?«

Pfeffi wartete ihre Antwort gar nicht erst ab, sondern verschwand in dem Raum auf der linken Seite, aus dem Spießi kurz vorher herausgekommen war. Auf wackligen Beinen wankte Sophie in das großzügig geschnittene Wohnzimmer. Unter anderen Umständen wäre sie beeindruckt gewesen, aber dazu fehlte ihr im Moment der Sinn.

Spießi war ihr gefolgt. »Setz dich«, forderte er sie auf, und es klang eher wie ein Befehl als eine freundliche Geste.

Sophie gab ein kläglich Geräusch der Zustimmung von sich und sank wie in Zeitlupe auf die Kante des riesigen Sofas. Sie presste die Lippen aufeinander und knetete die Hände in ihrem Schoß.

»Alles okay mit dir?«, fragte Spießi und runzelte besorgt die Stirn.

Nix ist okay, dachte sie, nickte aber mechanisch. Ob er eine Ahnung hatte, dass sein bester Freund und Liebhaber ein kaltblütiger Mörder war? Woher Lisa es gewusst hatte, konnte sie allenfalls erahnen. Aber gewusst hatte sie es.

Weshalb sonst hatte sie das Passfoto von Steffen Zockeney für Pfeffi in die Kiste gelegt, wenn nicht als Warnung, dass sie ihn immer noch in der Hand hatte?

Pfeffi kam ins Wohnzimmer, in der einen Hand einen dampfenden Becher, in der anderen einen Teller mit Keksen, die definitiv nicht vom Discounter stammten. Das Wort Henkersmahlzeit ploppte in Sophies Kopf auf, und ihr Mund wurde trocken. Aber Pfeffi konnte nicht wissen, was sie herausgefunden hatte und weshalb sie hier war. Sie wusste es ja selbst nicht mal genau.

»Sag mal, hast du dir schon Gedanken gemacht – wegen der Beerdigung?«, fragte er und reichte ihr den Becher, während er den Teller auf dem Couchtisch abstellte.

Sophie starrte in ihre Tasse und überlegte, ob er dem Kaffee eine Portion Arsen beigefügt hatte. »Welche Beerdigung?« Etwa ihre eigene? Konnte sie diesbezüglich Wünsche äußern? Jedenfalls nicht unter Ilex. Sie hasste Ilex. Vielleicht unter einem Ahornbaum. Und als Trauermarsch »Death in the afternoon« von Ultravox. Oder »Lament«. Am besten beides.

»Die von Lisa. Das ist ja Sonntagabend in dem Chaos ein bisschen untergegangen«, erinnerte Pfeffi.

»Ach so.« Sophie wusste nicht, ob sie erleichtert oder weiter auf der Hut sein sollte. Sie konnte nur hoffen, dass sich Spießi, wenn es hart auf hart kam, auf ihre Seite schlug. Allerdings war er ihr früher nie als sonderlich tapfer aufgefallen. »Ja, das war etwas konfus am Sonntag.«

»Tobias ist wirklich ein Idiot«, stellte Pfeffi fest.

»Er ist tot«, rutschte es ihr heraus.

Pfeffi klappte die Kinnlade herunter. »Wie jetzt?«

Tu doch nicht so, dachte sie. »Er ist in der Sauna ..., also, es war wohl ein Herzinfarkt oder so.«

»Woher weißt du das?«, fragte Spießi argwöhnisch.

»Ich, also, ich hab ihn gefunden. Zusammen mit Trixi.«

»Was wolltet ihr beiden Sportskanonen denn im Tennisclub?«, erkundigte sich Spießi und schnaubte höhnisch. Als hätte er sich im Sportunterricht durch besondere Leistungen hervorgetan. Wie ein nasser Sack hatte er über der Reckstange gehangen.

»Mit Tobias reden, was sonst?«, fuhr sie ihn an.

»Wegen der Beerdigung?«

»Eher nicht. Wegen was anderem. Ist ja jetzt auch egal.«

»Wenigstens wurde er nicht ermordet«, meinte Pfeffi.

»Wie man's nimmt«, murmelte Sophie, beließ es jedoch dabei. Pfeffi wusste selbst am besten, wie Tobias gestorben war.

»Aber es war bestimmt schlimm für dich«, beeilte er sich hinzuzufügen. Der Heuchler. »Erst Lisa, dann Tobias.«

»Du bist ein wahrer Leichenspürhund«, spottete Spießi.

Ja, und ein dämlicher obendrein, musste Sophie sich eingestehen. Sich ohne Verstärkung in die Höhle des Löwen zu begeben, war eine ihrer weniger glorreichen Ideen. Auch wenn bislang nichts passiert war. Solange Pfeffi keinen Verdacht schöpfte, dass sie wegen etwas anderem hier war als einer erfundenen Haussuche, war alles in Ordnung. Sie musste nur zusehen, hier möglichst rasch und ohne Aufsehen zu verschwinden. Dann konnte sie Carsten informieren oder wahlweise Aylin oder Mattes, und die würden sich um den Rest kümmern. Die Idee hätte ihr wahrlich schon vor einer halben Stunde kommen können, aber sie musste ja wieder unbedingt ihre Nase in Dinge stecken, von denen sie besser sämtliche Körperteile ließ. Aber wie hatte Spießi gerade so schön angemerkt? Sie war eben ein wahrer Spürhund. Etwas anderes hatte er auch noch gesagt …

»Oh, ich sehe, der Groschen ist gefallen«, meinte er, und Sophie ärgerte sich nicht zum ersten Mal in ihrem Leben über ihr mangelndes Pokerface. Dann krachte etwas gegen ihre Schläfe, und um sie herum wurde es dunkel.

***

»Vielleicht hat Isabella Girandelli ihren Liebhaber, Tobias Kirchhoff, zu dem Mord angestiftet«, mutmaßte Aylin. »Anschließend hat sie ihn ermordet, damit er sich nicht versehentlich verplappert.«

»Wenn sie vor einem Mord nicht zurückschreckt, hätte sie Lisa auch gleich selbst umbringen können«, hielt Carsten dagegen.

»Hat sie aber offensichtlich nicht, da mehrere Zeugen – unter ihnen deine Verlobte – bestätigen, dass sie sich zur Tatzeit im Separee der Kneipe aufhielt. Außerdem ist es ein Unterschied, ob man jemandem von Angesicht zu Angesicht einen spitzen Gegenstand ins Herz rammt oder den herzkranken Freund in der Sauna einschließt und sich rasch vom Acker macht.«

»Vielleicht sind wir gleich schlauer«, lenkte Carsten ein, obwohl er persönlich es schwieriger finden würde, Cordula zu töten als irgendeine ehemalige Klassenkameradin, die er sowieso nicht leiden konnte, egal auf welchem Wege. Aber wer vermochte schon zu sagen, wie es um das Verhältnis von Isabella Girandelli und Tobias Kirchhoff bestellt gewesen war.

Aylin parkte ihren Wagen vor der Einfahrt des Hauses, in dem Isabella Girandelli mit ihrem Sohn lebte. Vor der Garage stand ein Auto mit Düsseldorfer Kennzeichen. Die Staatsanwältin war also daheim. Die beiden Kommissare stiegen aus und nahmen den schmalen gepflasterten Weg, der zur Eingangstür führte. Isabella Girandelli musste sie schon von einem der Fenster gesehen haben, denn sie öffnete die

Tür, ehe sie klingeln konnten.

»Gibt es etwas Neues wegen Tobias?«, fragte sie atemlos, ohne die Polizisten zu begrüßen.

»Dürfen wir hineinkommen?«, bat Carsten. »Es gibt noch ein paar offene Fragen.«

»Jaja, kommen Sie«, nickte die Staatsanwältin eifrig und gab den Weg frei. »Entschuldigung, ich bin unhöflich.«

»Kein Problem«, versicherte Carsten.

Isabella musterte ihn mit zusammengekniffenen Augen. »Sie sind doch Sophies Bruder, oder? Carsten Kantner.«

Ein wenig missfiel es Carsten, in diesem Fall ständig zu Sophies Bruder degradiert zu werden, auch wenn er seiner Schwester damit unrecht tat. Aber nun ahnte er, wie es ihr zu Schulzeiten ergangen sein musste. »Sehen Sie, jetzt muss ich mich auch entschuldigen, weil ich mich nicht vorgestellt habe. Sie haben recht, ich bin Kriminalhauptkommissar Kantner.«

Zur endgültigen Bestätigung zog er seinen Dienstausweis hervor und reichte ihn der Staatsanwältin.

»Schon gut, ich glaub Ihnen«, lächelte sie. »Sophie hat gar nicht erzählt, dass Sie bei der Kripo und mit diesem Fall betraut sind.«

»Sie wird ihre Gründe haben«, erwiderte Carsten vorsichtig. »Außerdem bin ich nur Ersatzmann für meinen Kollegen, der einen anderweitigen Termin hat.« Einen Zahnarzttermin, den Mattes seit Ewigkeiten vor sich herschob.

»Ist ja auch egal«, winkte Isabella Girandelli ab und führte ihre Gäste ins Wohnzimmer, das Aylin vom Vortag kannte.

Sie lehnten den angebotenen Kaffee freundlich ab und setzten sich auf das Sofa, während ihre Gastgeberin in einem der Sessel ihnen gegenüber Platz nahm.

»Welche offenen Fragen gibt es denn noch?«, wollte sie wissen. »Falls Sie auf Tobias' vermeintliche Herzprobleme oder den Drogenmissbrauch hinauswollen, ich wusste nichts davon. Wirklich nicht.«

»Nein, es geht uns hauptsächlich um die Ereignisse von Samstagabend. Und um einen Vermisstenfall von vor zwanzig Jahren.«

Isabella Girandelli blickte erstaunt drein. »Sie spielen jetzt aber nicht auf die Knochen an, die Sie in den Ronsdorfer Anlagen ausgegraben haben?«, vergewisserte sie sich.

»Sie haben davon gehört?«, fragte Aylin.

»Wer nicht?«, seufzte sie. »Sie konnten also die Identität des- oder derjenigen ermitteln?«

»Es sieht so aus«, antwortete Carsten, obwohl noch immer nicht offiziell bestätigt war, dass die Knochen zu Steffen Zockeney gehörten. Er reichte ihr das Bild, das den jungen Mann kurz vor seinem Verschwinden zeigte. »Kommt er Ihnen bekannt vor?«

Die Staatsanwältin betrachtete das Foto eingehend. »Das ist lange her«, meinte sie zögernd.

»Das ist wahr, beantwortet aber meine Frage nicht«, konstatierte Carsten.

»Ich denke, Sie wissen schon, dass er«, sie deutete auf das Foto, »im Restaurant meiner Eltern gearbeitet hat. Sonst wären Sie ja nicht hier.«

Isabella Girandelli legte das Bild vor sich auf dem Couchtisch ab und bearbeitete ihre Stirn mit den Fingern ihrer linken Hand.

»Ist alles in Ordnung?«, erkundigte sich Carsten der Form halber.

Sie sah auf und lächelte gequält. »Nein, eigentlich nicht.«

»Vielleicht hilft es, wenn Sie uns sagen, was damals passiert ist«, schlug Aylin aufmunternd vor.

Isabella seufzte. »Vermutlich nicht, aber Sie werden es über kurz oder lang ohnehin erfahren.«

Sie erzählte den beiden Kommissaren, was sich an jenem Abend im Sommer vor zwanzig Jahren in der Küche des Girandellis zugetragen hatte. Wie sie versucht hatte, Zockeney in der Restaurantküche zu verführen. Wie er sie ausgelacht hatte und sie ihm vor Wut eine Pfanne über den Schädel gezogen hatte, wobei sie von ihrer Klassenkameradin erwischt wurde. Carsten musste an das Pfännchen denken, das Lisa Hirsefeld als Überraschungsgeschenk für Isabella besorgt hatte.

»Und Lisa half Ihnen dabei, die Leiche in den Ronsdorfer Anlagen zu ... entsorgen«, schloss er ihren Bericht.

Sie schaute ihn erschrocken an. »Was? Nein! Wie kommen Sie darauf?«

»Weiß nicht, es liegt irgendwie auf der Hand.«

»Aber Steffen war doch nicht tot!«, rief Isabella.

»Sie haben ihn lebendig begraben?«

Diese Vorstellung verstörte die Staatsanwältin vollends. Ihre linke Hand krampfte sich um die Armlehne des Sessels, während sie die rechte Hand an ihren Hals legte. »Was? Nein, ich ... ich hab ihn überhaupt nicht begraben. Steffen war eine Weile ohnmächtig, aber noch quicklebendig. Onkel Adriano hat ihm und Lisa eine erquickliche Summe gezahlt, damit sie ihren Mund halten. Also für Steffen war es natürlich Schmerzensgeld.«

»Und mit seinem Verschwinden haben Sie nichts zu tun?«, fragte Carsten skeptisch.

»Nein, wirklich nicht. Ich hab ihn seit jenem Abend nicht mehr gesehen oder gesprochen.«

»Wann hat sich der ... Vorfall eigentlich ereignet?«, wollte Carsten wissen.

Isabella überlegte kurz. »Das war kurz nach dem Schulfest. Ende Juni, glaube ich. Das genaue Datum weiß ich nicht mehr. Aber auf jeden Fall vor den Sommerferien.«

Zockeney war Anfang August verschwunden, also einige Wochen später. Falls Isabella Girandelli die Wahrheit sagte.

»War die Polizei damals im Girandellis, um sich nach ihm zu erkundigen?«, fragte Aylin.

Die Staatsanwältin runzelte nachdenklich die Stirn. »Nein, ich glaube nicht. Ich könnte Onkel Adriano fragen, wenn es wichtig ist.«

»Nicht nötig«, winkte die Oberkommissarin ab.

In der dünnen Akte war kein Besuch im Restaurant erwähnt, nicht mal der Name. Also hatte sich wahrscheinlich niemand die Mühe gemacht, dort nach Zockeneys Aufenthaltsort zu forschen.

Isabella schüttelte nachdenklich den Kopf. »Wenn ich damals gewusst hätte ... ich hätte mich doch niemals an ihn rangeschmissen.«

»Wenn Sie was gewusst hätten?«, hakte Carsten nach.

»Dass Steffen schwul war.«

51

»Sophie? Sophie, bist du wach?«

Nur langsam drang die Stimme in den Bereich ihres Gehirns vor, der sie zu verarbeiten imstande war. Sie öffnete langsam die Augen und blinzelte heftig.

»Ist denn schon Morgen?«, fragte sie und wunderte sich, wie kläglich sie klang. Musste an den dröhnenden Kopfschmerzen liegen.

»Es ist sogar schon Mittag«, informierte die Stimme.

O weh, hatte sie so lange geschlafen? Sophie blinzelte noch einmal und warf einen Blick nach rechts auf ihren Wecker. Komisch, wo sonst ihr Nachttisch stand, stand ... nichts. Also nicht *nichts*, aber nicht das, was dort normalerweise stand. Sie drehte den Kopf wieder nach vorn und betrachtete Vorhänge, die definitiv nicht in ihrem Schlafzimmer hingen. Sie besaß überhaupt keine Vorhänge und erst recht keinen Garten, der sich durch den Spalt zwischen den beiden Stoffbahnen erahnen ließ. Himmel, hatte sie etwa einen Filmriss? So viel hatte sie doch gestern gar nicht getrunken. Mehr als gewöhnlich, okay, aber nicht genug, um ihren desolaten Zustand zu erklären. Ihr Schädel brummte, und vor ihren Augen tanzten Blitze Ringelreihen. Vielleicht war es der Schock, wegen der Sache mit Lisa. Oh Gott, Lisa!

»Lisa ist tot«, rief sie.

»Ich weiß«, seufzte die Stimme, die ihr fremd und gleichzeitig merkwürdig vertraut vorkam.

Es war definitiv nicht ihr Mann, der da sprach. Scheiße! Hatte sie sich nach dem Klassentreffen abschleppen lassen? Etwa von Martin? Alles, nur das nicht.

»Wo bin ich?«, wollte sie wissen und versuchte, sich umzudrehen. Seltsamerweise gehorchten ihre Gliedmaßen ihr nicht. Der Befehl, sich zu bewegen, kam durchaus bei ihnen an, und sie bemühten sich auch, ihm Folge zu leisten, nur tat sich nichts. Immerhin bemerkte sie bei der Gelegenheit, dass sie auf einem Stuhl saß.

»In meinem Wohnzimmer«, antwortete der Mann, was ihr nur bedingt weiterhalf. »Erinnerst du dich nicht?«

Offenkundig nicht, dachte sie, konnte die Stimme aber endlich zuordnen. Es handelte sich nicht um Martin, welch ein Glück. Ben hätte sie umgebracht. Als verbesserte es ihre Lage, wenn es sich um einen anderen Mann handelte. »Pfeffi?«, vergewisserte sie sich. »Was ist passiert?«

»Spießi hat uns niedergeschlagen«, informierte er sie und verwirrte sie damit vollends.

»Häh?«

»Weißt du's nicht mehr?«

Langsam nervte sie der zähe Informationsfluss. »Neihein. Wann denn? Gestern auf dem Klassentreffen?«

»Das Klassentreffen war am Samstag«, meinte Pfeffi konsterniert.

»Ja, sag ich doch. Und heute ist Sonntag.«

»Nein, heute ist Mittwoch.«

Du lieber Himmel, da hatte sie aber mal einen amtlichen Filmriss. Das Letzte, an das sie sich erinnerte, war die Leiche von Lisa auf dem Klo in der Sonderbar. Wie war sie von dort in Pfeffis Wohnzimmer gelangt? Weshalb hatte Spießi sie niedergeschlagen? Und wieso, zum Henker, war sie an einen Stuhl gefesselt?

»Warum bin ich an einen Stuhl gefesselt?«

»Scheiße, hast du dein Gedächtnis verloren?« Pfeffi klang so panisch, wie sie sich fühlte.

»Ich weiß nicht«, erwiderte Sophie unsicher. »Hab ich?« Das fehlte noch.

»Du warst hier, weil du nach einem Haus zum Kauf gesucht hast«, erklärte Pfeffi.

So ein Blödsinn. Warum sollte sie? Sie und Ben hatten nichts dergleichen geplant.

»Dann kam das Gespräch auf Lisa und Tobias«, fuhr Pfeffi fort.

»Wieso auf Tobias? Was ist denn mit dem?« Hatte er Lisa ermordet?

»Er ist tot. Du hast seine Leiche gefunden.«

Klar. Sie fand ja ständig Leichen. War ein Hobby von ihr.

»Ich?«

»Ja, zusammen mit Trixi.«

Ach ja, Trixi, ihre beste Freundin. Mit der zog sie am liebsten los auf der Suche nach Leichen. Langsam fragte sie sich, ob nicht sie ihr Gedächtnis, sondern Pfeffi den Verstand verloren hatte. »Willst du mich veräppeln? Das ist nicht lustig. Bind mich sofort los und lass mich gehen.«

»Würd ich ja gern«, sagte er.

»Warum machst du's dann nicht?«

»Weil ich auch gefesselt bin. Spießi hat uns beide ausgeknockt, nachdem du ihm auf die Schliche gekommen bist.«

»Ich ihm? Auf die Schliche gekommen? Wovon redest du eigentlich?« Sophie runzelte die Stirn und dachte angestrengt nach, was ihr Kopf mit einem hämmernden Schmerz quittierte. Einige Bilder flackerten vor ihrem geistigen Auge auf, um gleich darauf zu erlöschen. Ganz allmählich jedoch wurden sie klarer. »Der Tennisclub«, fiel ihr ein.

»Ja, genau«, jubelte Pfeffi, »du weißt es wieder. Du hattest gesagt, du und Trixi hättet Tobias tot in der Sauna gefunden, und Spießi hat sich darüber lustig gemacht, was ihr beiden Sportskanonen im Tennisclub verloren hattet.«

Nur hatte sie gar nicht erwähnt, dass sich die Sauna im Tennisclub und nicht etwa in irgendeinem öffentlichen Schwimmbad oder sonst wo befunden hatte, erinnerte sich Sophie. Die einzelnen Bilder in ihrem Kopf fügten sich zu einem Gesamtwerk zusammen. Gott sei Dank, ihr Kopf war wieder der alte. Wenn auch etwas arg brummelig.

Sie war zu Pfeffis Haus gefahren, um die Villa zu observieren. Leider hatte er sie dabei erwischt und ins Haus gezerrt, wo Spießi wartete. Sie hatte ihre Anwesenheit mit der erfundenen Immobiliensuche erklären wollen. Ihr Gastgeber hatte Kaffee gemacht, und sie hatten sich auf die Couch gehockt und unterhalten. Über Lisa und Tobias. Dann war etwas gegen ihre Schläfe gedonnert und hatte ihr die Lichter ausgeblasen. Nun saß sie auf einem Stuhl, Rücken an Rücken mit Pfeffi, gefesselt, aber wenigstens nicht geknebelt.

Ob das nun ein gutes oder ein schlechtes Zeichen war, sei dahingestellt. Und weshalb hatte er seinen Freund ebenfalls gefangen genommen? War Pfeffi etwa gänzlich unschuldig? Aber warum wollte Lisa ihm dann das Passfoto des verschwundenen Steffen Zockeney zukommen lassen? Oder tat Pfeffi nur so, als seien sie beide Leidensgenossen, um sie in Sicherheit zu wiegen?

»Wolltest du nicht mit Spießi durchbrennen?«, fragte sie vorsichtig.

»Hab's mir anders überlegt«, meinte Pfeffi mit bitterem Unterton in der Stimme.

»Besser ist das«, stimmte Sophie zu.

»Dachte ich auch. Deswegen hat er mir ebenfalls eins übergebraten. Mit der Kristallvase, die wir von Tinas Tante Erna zur Hochzeit bekommen haben.«

»Nett«, murmelte Sophie.

»Geht so. Die war potthässlich. Also, die Vase. Na ja, Tante Erna auch.«

»Mhm. Vor allem, wenn man sie an die Schläfe gedonnert kriegt. Also, die Vase, nicht Tante Erna.« Diese Erinnerung hätte getrost im Nirgendwo bleiben können. »Wo ist Spießi überhaupt?«

Sie sah sich um, soweit es ihr möglich war, in der Angst, ihr ehemaliger Schulkamerad könnte aus einer Ecke hervorspringen, um ihr endgültig den Garaus zu machen.

»Ich glaube, er hat sich vom Acker gemacht. Zumindest hab ich gehört, wie mein Auto gestartet wurde. Vermutlich ist er auf dem Weg zum Flughafen.«

Um sich nach Samoa abzusetzen, fiel ihr wieder ein. Sophie entging die Ironie daran nicht. Hatte nicht auch Lisa geplant, dort ein neues Leben zu beginnen? Wäre ihre Lage nicht so prekär, würde sie sich ausschütten vor Lachen bei dem Gedanken an Spießis doofes Gesicht, wenn Lisa im Flieger neben ihm gesessen hätte. Nun ja, das setzte voraus, dass er sie nicht getötet hätte. Trotzdem lustig, irgendwie. Weniger lustig war die Tatsache, dass Spieß mit den Morden davonkommen würde, wenn sie nichts unternahm. Sophie zerrte an ihren Fesseln.

»Rouladengarn«, informierte Pfeffi, als er ihre Bemühungen bemerkte. »Das sitzt bombenfest. Da geht nix durch.«

Da sollte ja auch nix durchgehen, das sollte sich gefälligst lockern. Und wer benutzte überhaupt noch Rouladengarn? »Könnt ihr nicht die kleinen Spießchen nehmen?«, maulte sie, wobei ihr das Wort »Spießchen« sauer aufstieß.

»Da rutschen die Zwiebeln beim Braten immer seitlich raus.«

»Bei mir nicht.« Man musste Spießchen eben zu benutzen wissen. »Wann kommt deine Familie nach Hause? Also, die kommen doch nach Hause, oder?« Am Ende war Frau Pfeffi mit den Kindern auf und davon, weil sie von der Affäre des Gatten mit dessen bestem Freund erfahren hatte. Und sie würden hier elendig verhungern. Zwei aneinandergefesselte Rouladen. Ohne Zwiebeln.

Pfeffi seufzte betrübt. »Nicht vor neunzehn Uhr. Die Jungs haben heute Hockeytraining und danach geht's immer zu McDonald's.«

Na, immerhin mussten sie nicht verhungern. Bis heute Abend würde sie ohne Essen durchhalten. Allerdings … »Ich muss mal. Pinkeln, mein ich.« Der blöde Kaffee. Und ihre blöde Blase, die immer zu Unzeiten entleert werden wollte.

»Lass laufen«, meinte Pfeffi großzügig. »Die Jungs haben die Stühle schon so oft eingepullert …«

Angenehmer Gedanke, wenn man nicht in der Lage war,

angewidert aufzuspringen. »Ich kann aber nicht, wenn jemand zuhört.«

»Dann hör ich weg.«

Sophie stieß ein Lachen aus. »Als hätten wir keine anderen Sorgen. Wir müssen Spießi aufhalten. Wann geht der Flieger noch mal?«

»Heute nachmittag. Sechzehn Uhr. Ich kann's immer noch nicht glauben, dass er Lisa und Tobias umgebracht hat.«

Und Steffen Zockeney, aber Sophie wollte nicht kleinlich sein. Außerdem sollte sie nach wie vor auf der Hut sein, falls Pfeffi doch in der Sache mit drin steckte. »Tut mir leid.«

»Ich hätt's wissen müssen. Ich hab doch mitgekriegt, dass Spießi rausgegangen ist, während der Junggesellenattacke.«

Na toll. Da kommt er jetzt mit an. »Warum hast du nix gesagt?«

»Er ist mein Freund. Ich wollte ihn nicht in Schwierigkeiten bringen. Außerdem war Leo danach auch noch draußen.«

Ach, die auch noch. »Na, die Schwierigkeiten haben wir jetzt«, konstatierte Sophie.

»Spießi sagte, er hätte Lisa nicht töten wollen. Nur zur Rede stellen, wegen der Knochen im Wald.«

»Die sie kameradschaftlich verbuddelt haben.«

Oder die drei zusammen. Wie war es nur dazu gekommen?

»Weiß nicht. Ich hab das alles nicht verstanden. Ich hatte gehofft, dass er ...«

In diesem Moment ertönte ein ohrenbetäubender Knall, und die Scheiben der Terrassentür barsten.

52

Bastian Spieß trat in seiner Pilotenuniform aus der Toilettenkabine. Er zog die Jacke straff und warf einen kurzen Blick in den Spiegel. Etwas blass um die Nase war er, aber wen wunderte es. Nach allem, was heute passiert war. Irgendwie musste er noch die Stunden bis zum Abflug durchhalten. Wenn er erst im Flieger nach Samoa saß, war alles überstanden. Hoffte er wenigstens. Schade, dass Markus sich im letzten Moment dagegen entschieden hatte, ihn zu begleiten. Aber das war beinahe zu erwarten gewesen. Spießi hatte sich ohnehin über den plötzlichen Sinneswandel seines Freundes gewundert, seine Familie zu verlassen, nachdem ihm seine Kinder all die Jahre als Ausrede gedient hatten, in seiner unglücklichen Ehe auszuharren. Aber als Markus klar wurde, dass sein langjähriger Liebhaber für die jüngsten Morde (und nicht nur die) verantwortlich war, hatte er sich entsetzt von ihm abgewandt. Verständlich, eigentlich. Spießi konnte selbst nicht fassen, wozu er sich hatte hinreißen lassen. Schon wieder. Aber was hätte er tun sollen?

Lisa war selbst schuld an ihrem Schicksal. All die Jahre, die sie ihn erpresst hatte, ließen seinen Hass auf sie ins Unermessliche wachsen. Natürlich wusste er sofort, von welchen Knochen die Rede war, als sie Martin Jäger von dem spektakulären Fund in den Ronsdorfer Anlagen erzählte. Schließlich hatte er sie eigenhändig dort vergraben, und es war kaum anzunehmen, dass es noch weitere gab. Es war ärgerlich, dass sie nun so unvermutet wieder auftauchten. Aber Spießi war guten Mutes, dass niemand eine Verbindung zu ihm herstellen würde. Solange Lisa weiter ihren Mund hielt. Um das sicherzustellen, war er ihr auf die

Toilette gefolgt, während die anderen von den wildgewordenen Junggesellen auf Trab gehalten wurden.

Sie hatte ihm ihr übliches süffisantes Lächeln geschenkt und ihn gefragt, ob er sich vorstellen könnte, wer die Knochen ausgegraben hat. Sein verständnisloser Blick brachte sie noch mehr zum Lachen. Da endlich verstand er. Sie selbst war es gewesen. Nachdem er sich ihr Schweigen beinahe zwei Jahrzehnte teuer erkauft hatte, wagte sie es, alles ans Tageslicht zu bringen. In rasender Wut ging er auf sie los. Als habe sie damit gerechnet, zog sie diese vermaledeite Stricknadel aus ihrer Tasche und fuchtelte damit wie eine schlechte Fechterin vor seiner Nase herum. Er konnte gerade noch ausweichen, ehe sie ihm ein Auge ausstach. In dem darauffolgenden Gerangel passierte es dann. Das hatte er so nicht gewollt. Wirklich nicht. Ein bisschen vielleicht. Ja, okay, er hatte ihr die Nadel ordentlich reingerammt. Aber nicht, um sie zu töten. Jedenfalls nicht bewusst.

Sie lebte noch, als er sie in die Privatkabine zog. Er staunte, wie wenig es blutete, aber er war auch kein Experte, was Stichwunden anging. Je weniger Blut floss, desto besser. Irgendwie tat es gut, Lisa beim Sterben zuzusehen, auch wenn in ihrem letzten Blick ein stiller Triumph lag. Fast so, als würde sie sich freuen, dass er wegen des Mordes an ihr in den Knast wanderte. Aber das würde nicht passieren. Er ließ sie in der Privatkabine zurück, verschloss die Tür und verließ die Toilette. Dann hörte er Schritte auf der Treppe und huschte rasch aufs Herrenklo. Mit angehaltenem Atem stand er hinter der Tür und lauschte. Jemand ging auf die Damentoilette. Er wartete einen Moment ab, ob diejenige losschrie. Zu seiner Erleichterung vernahm er nichts, und so verließ er sein Versteck, lief, so leise es ging, die Treppe hinauf und begab sich zurück ins Separee. Sein Herz schlug so heftig, dass er befürchtete, alle könnten es hören und ihm die Tat ansehen. Doch die anderen waren immer noch zu sehr damit beschäftigt, den Tumult aufzulösen, als dass sie ihn – den Unscheinbaren – beachteten. Niemand schien seine Abwesenheit bemerkt zu haben. Früher hatte ihm der Umstand, häufig übersehen zu werden, zu schaffen gemacht, in diesem Moment war er dankbar dafür. Kurz nach ihm kam, ebenso unbemerkt, wenn auch nicht unscheinbar, Leo herein. Sie sah ein wenig blass aus, sagte jedoch kein Wort. Wahrscheinlich hatte sie die Leiche auf der Toilette gar nicht entdeckt und war nur mitgenommen von dem Angriff der Junggesellen. Wenn er Glück hatte, würde man Lisa erst nach Kneipenschluss beim Reinigen der Toiletten finden.

Leider machte ihm die dämliche Sophie einen Strich durch die Rechnung. Natürlich konnte diese elende Schnüfflerin der Versuchung nicht widerstehen, bei ihrem Toilettengang einen Blick auf das private Klo von Trixi zu werfen. Wie hieß es so schön? Neugier tötete die Katze.

Wäre Markus nicht gewesen, hätte er Sophie vorhin tatsächlich getötet. Es stimmte schon, was gesagt wurde: Hatte man die Schwelle erst mal überschritten, fiel es einem mit jedem Mord leichter. Damals, nach der Sache mit Steffen, war er für viele Monate wie gelähmt gewesen. Hatte sich selbst verabscheut ob seiner Tat.

Seine Gedanken wanderten zurück zu jener Nacht vor zwanzig Jahren, die sein Leben auf unfassbare Weise verändert und beeinflusst hatte.

August 1993

Bastian trat in die Pedale seines neuen Fahrrads und genoss, wie leichtgängig es war. Kein Vergleich zu dem ollen Drahtesel, den er von seinem älteren Cousin übernommen hatte. Er hatte lange gespart und in aller Herrgottsfrühe Zeitungen ausgetragen, um sich das teure geländetaugliche Bike zu leisten. Im Bergischen Land waren die Straßen steil, und es gab viele Waldwege, die es zu erkunden galt. Sein Vater hätte ihm ruhig ein wenig früher mitteilen können, dass für die Familie der Umzug nach Hamburg anstand. Gestern beim Abendbrot hatten seine Eltern es ihm und seiner Schwester nebenbei eröffnet. Sie vor vollendete Tatsachen gestellt. Ein Jobangebot, das er unmöglich ablehnen konnte, argumentierte Papa. Ein Mitspracherecht wurde den Kindern nicht eingeräumt. Nächste Woche sollte es schon losgehen, denn die Ferien endeten in Hamburg früher als in NRW. Für Bastian standen drei Jahre Oberstufe an, seine kleine Schwester hatte die Grundschule hinter sich gelassen und kam aufs Gymnasium, da fiel ein Schulwechsel praktisch nicht ins Gewicht. Neue Freunde würden sie allemal finden. Er brauchte keine neuen Freunde, fand Bastian. Die alten reichten völlig aus. Insbesondere Markus. Seit der fünften Klasse waren sie unzertrennlich und seit einem knappen Jahr mehr als das. Bastian wusste schon lange, dass Mädchen ihn nicht interessierten. Bei Markus hatte es länger gedauert, bis der Groschen fiel. Und er haderte immer noch damit. Als sei Homosexualität etwas Verwerfliches. Na ja, seine Eltern waren streng katholisch und erzkonservativ. Schon verständlich, dass Markus da nicht mit der Tür ins Haus fallen wollte. Auch Bastians Eltern ahnten nichts von der sexuellen Orientierung ihres Sohnes.

Dies allerdings hauptsächlich, weil er der Ansicht war, dass es sie einen feuchten Furz anging, wen er liebte. Es scherte sie ja sowieso nicht. Wie wenig sie die Gefühle ihrer Kinder kümmerten, sah man allein daran, dass er und seine Schwester quasi von heute auf morgen ungefragt in eine neue Stadt gezerrt wurden.

Beinahe hätte er vor lauter schlechten Gedanken die kleine Einmündung in die Ronsdorfer Anlagen verpasst. Gerade rechtzeitig riss er den Lenker nach rechts, um abzubiegen. Die Reifen machten auf dem kiesigen Untergrund ein scharrendes Geräusch, und Bastian verzog das Gesicht. Solche Manöver bekamen dem Rad nicht. Er sollte seine Wut besser im Zaum halten. Einfacher gesagt als getan manchmal.

Das einzig Gute an dem Umzug war, dass dies einen perfekten Grund lieferte, mit Steffen Schluss zu machen. Er hätte sich gar nicht erst auf ihn einlassen dürfen, aber irgendwie waren die Hormone mit ihm durchgegangen. Und der Umstand, dass Markus sich partout nicht entscheiden konnte. Außerdem war Steffen Zockeney so ziemlich der schönste Mann, den Bastian je zu Gesicht bekommen hatte. Als er ihn vor einigen Wochen im CVJM das erste Mal gesehen hatte, war er hin und weg gewesen. Und ausgerechnet auf ihn, den unscheinbaren, nicht sonderlich attraktiven Spießi, warf dieser heiße Typ ein Auge. Damals konnte Bastian sein Glück kaum fassen, ein paar scharfe Dates im Wald später betrachtete er die Angelegenheit etwas weniger leidenschaftlich. Genau wie Markus tat Steffen alles, um seine Homosexualität geheim zu halten. Dies ging so weit, dass er mit jedem Mädchen flirtete, das ihm über den Weg lief. Es war beinahe peinlich. Steffen war immerhin schon neunzehn, da sollte man doch gefestigt sein und sich nicht benehmen wie ein, nun ja, Sechzehnjähriger.

Bastian zumindest hätte keine Probleme mit einem Coming-out. Gut, die Fürchterlichen Vier mussten nicht unbedingt Wind davon bekommen. Es reichte, dass Lisa, die olle Petze, es herausgefunden hatte. Die blöde Kuh triezte ihn schon seit dem Kindergarten. Er wusste nicht, was er ihr je getan hatte, aber sie ließ keine Gelegenheit aus, ihn zu nerven. Dass sie so weit gehen würde, ihn und Markus auszuspionieren und heimlich Fotos von ihnen zu schießen, hätte er ihr allerdings nicht zugetraut. Zum Glück hatte sie ihm die Negative ausgehändigt, nachdem er auf ihr Geheiß hin Trixis doofes Notizbuch geklaut hatte. Irgendwie fand er, war er ziemlich günstig davongekommen. Aber vielleicht lauerte das dicke Ende ja noch.

Er sah Steffen schon von Weitem an ihrem üblichen Treffpunkt. Sein Herz setzte für einen Moment aus. Wollte er es wirklich beenden? Der Sex war einfach intergalaktisch. Bastian konnte sich kaum vorstellen, dass es noch besser gehen konnte. Allerdings verfügte er in diesem Punkt über keine großen Erfahrungswerte. Außer mit Markus hatte er bisher nur mit einem Jungen geschlafen, und das war, nun ja … das erste Mal eben. Verklemmt und peinlich und viel zu schnell vorüber. Auch Markus war wenig experimentierfreudig und beinahe ängstlich. Bastian schob es darauf, dass sein Freund im Grunde nicht bereit war. Aber er liebte Markus aufrichtig. Obwohl er ihn schon seit Wochen betrog. Nein, er musste der Sache mit Steffen ein Ende setzen, wollte er mit Markus eine Zukunft haben. Wie immer die auch aussehen mochte. Er in Hamburg und Markus hier. Aber irgendwie musste es funktionieren. Am besten brachte er die Sache mit Steffen schnell hinter sich. Wenn er sich auf ein Abschiedsnümmerchen einließ, machte er vielleicht noch einen Rückzieher.

Bastian brachte das Rad neben dem Baum zum Stehen, an dem Steffen lässig lehnte.

»Hi«, stieß er atemlos hervor, wobei er nicht wegen der Fahrt hierher aus der Puste war, sondern vor Aufregung.

»Bist spät dran heute«, bemerkte Steffen ohne Vorwurf in der Stimme. Vielmehr klang er besorgt. Vielleicht ahnte er, was gleich folgte.

»Ja, ich … äh, konnte mich nicht eher loseisen. Meine Eltern übernachten woanders, und ich muss eigentlich auf meine kleine Schwester aufpassen.« Eine Notlüge, denn die kleine Schwester war bei Oma und Opa. »Ich muss auch gleich wieder zurück, ich kann sie nicht so lange allein lassen.«

»Dann sollten wir schnell loslegen«, lächelte Steffen und wollte Bastian an sich ziehen.

Der wehrte ihn ab. »Ja, äh, nein, das ist keine so gute Idee. Ich, äh, muss dir noch was sagen.«

Steffen kniff die Augen zusammen und betrachtete ihn argwöhnisch. »Was denn?«

»Ja, also, um es kurz zu machen: Wir ziehen demnächst um. Nach Hamburg.«

Steffen stutzte einen Moment, dann atmete er erleichtert auf. »Ach so, aber das ist doch kein Problem. Da komm ich einfach mit. Hier ist's eh langweilig. Nach Hamburg wollt ich immer schon.«

Das war genau das, was Bastian nicht wollte. Warum hatte er erwähnt, wohin er und seine Familie ziehen würden? Eigentlich hatte er gehofft, Steffen auf die sanfte Tour loszuwerden, nach dem Motto: »Eine Fernbeziehung ist nichts für mich.« Aber offenbar verstand der nur klare Worte. Wenn das mit den klaren Worten mal so leicht wäre. Was hatte Martin noch gleich gesagt, als er Sophie in die Wüste schickte? Bastian hatte – unbemerkt natürlich – ein paar Meter weiter entfernt gestanden und es mitbekommen. »Ich kann nicht mehr, is Sense.« Da blieben kaum Fragen offen.

»Ich kann nicht mehr, is Sense«, sagte er. *Besser gut geklaut als schlecht ausgedacht. So viel Erfahrung hatte er im Schlussmachen schließlich nicht. Eigentlich gar keine.*

»Häh?« *Steffen sah ihn an, als habe Bastian den Verstand verloren.* »Was kannste nicht mehr?«

Offenbar blieben doch Fragen offen. Kacke. Sophie hatte Martin nur mit großen Augen hinterher gestarrt, und der Drops war gelutscht. Richtig, Martin hatte sich im Anschluss einfach umgedreht und war davon gestiefelt, ehe sie protestieren oder gar Nachfragen stellen konnte. Mist, den Zug nach »Auf Nimmerwiedersehen« hatte er gerade verpasst.

Bastian deutete erst auf Steffen, dann auf sich selbst. »Das hier. Also, das mit uns. Das geht nicht mehr. Ich, äh, ich hab 'n anderen.«

»Was? Meinste etwa den Pumuckl?«, *fragte Steffen.* »Der, mit dem du sonst immer abhängst? Ist nicht dein Ernst.« *Er lachte gehässig.*

Ja sicher, rein optisch stellte Markus keine ernstzunehmende Konkurrenz dar. Aber das Leben drehte sich nicht nur um Äußerlichkeiten. Jedenfalls nicht für Bastian. Das wäre auch kontraproduktiv, schließlich war er selbst kein Adonis.

»Ist doch egal«, *wich Bastian aus.* »Jedenfalls ist es vorbei zwischen uns.«

Er wandte sich um und wollte auf sein Fahrrad steigen. Steffen griff nach dem Lenker und hielt ihn auf.

»Nicht so hastig«, *meinte er mit einem bösartigen Unterton in der Stimme, den Bastian so nicht kannte.* »So easy *kommste mir nicht davon.«*

»Was willst du denn noch?«, fragte Bastian, teils genervt, teils ängstlich. Er hätte nicht hierher kommen dürfen. Hätte die Sache einfach aussitzen und dann klammheimlich nach Hamburg verschwinden sollen. Zu dumm, dass einem die besten Ideen immer erst kamen, wenn es zu spät war.

»Mit dem Pumuckl warste doch schon vor uns zusammen. Was würde der wohl sagen, wenn er von uns erfährt? Oder weiß er es etwa schon?«

Bastians Zögern war Antwort genug.

»Schreist du auch die halbe Gegend zusammen, wenn er deinen Schwanz lutscht?« Steffens Mund verzog sich zu einem fiesen Lächeln. »Ich kann ihn ja mal fragen. Dann können wir uns darüber austauschen. Oder ich besorg es ihm zum Ausgleich mal ordentlich.«

»Lass Markus da raus«, entfuhr es Bastian.

»Was ist es dir wert?«

»Wie bitte?« Er glaubte, sich verhört zu haben.

»Was ist dir dein Markus wert? Tausend Mark? Zweitausend?«

»Bist du irre? Willst du mich erpressen?«

Steffen zuckte gleichgültig mit den Schultern. »Wenn du es so nennen willst.«

Bastian fasste es nicht. Erst Lisa, jetzt Steffen. Was hatte er an sich, dass die Leute meinten, sie könnten so mit ihm umspringen? Erschien er wie jemand, der sich alles gefallen ließ? So langsam reichte es. Er riss den Lenker seines Rads zurück und ließ es fallen. Dann machte er einen Schritt auf Steffen zu und versetzte ihm mit beiden Händen einen wütenden Stoß.

»Du blöder Arsch!« Er stieß noch einmal zu, mit aller Kraft, die er aufzubringen imstande war.

Steffen, zu überrascht, um sich zu wehren, taumelte rückwärts. Sein rechter Fuß blieb an der Wurzel eines Baums hängen, und er fiel rittlings zu Boden. Sein Kopf schlug hart gegen einen großen Stein. Reglos lag er da, die Augen gen Himmel gerichtet.

Bastian hatte noch nie jemanden sterben sehen. Entsetzt schaute er zu, wie das Leben aus Steffen wich, bis seine Augen ins Leere starrten. Scheiße, scheiße, scheiße. Er hatte einen Menschen getötet. Dafür würde er jahrelang in den Knast wandern. Panisch blickte er sich um, doch in den Anlagen war es bis auf die Geräusche einiger nachtaktiver Tiere still. Kein schlafloser Spaziergänger, kein weiteres Liebespärchen auf der Suche nach einem lauschigen Plätzchen. Das Plätzchen hier hatte seine Lauschigkeit soeben nachhaltig eingebüßt. Bastian schluckte schwer. Er musste schnellstmöglich verschwinden. Niemand würde ihm glauben, dass es ein Unfall gewesen war. Was hatte man wohl nachts im Wald verloren? Gewiss nichts Gutes. Aber zuerst musste er die Leiche verstecken. Er konnte Steffen unmöglich am Wegesrand liegenlassen, wo man ihn sofort entdeckte.

Er brauchte drei Anläufe, bis er es über sich brachte, den toten Körper anzufassen. Er schob seine Hände unter Steffens Arme und zog und zerrte ihn bis unter einen üppig wuchernden Ilexstrauch. Hier würde man ihn nicht so schnell finden.

Als wären tausend Teufel hinter ihm her, rannte Bastian zurück zum Weg, schnappte sich sein Fahrrad und fuhr davon.

53

Langsam kehrten Bastians Gedanken ins Hier und Jetzt zurück. Rückblickend betrachtet würde er vieles anders machen. Die Polizei rufen, zum Beispiel, und ihnen die Wahrheit sagen. Natürlich hätte sich feststellen lassen, dass es ein Unfall gewesen war und er Steffen nicht hatte töten wollen. Damals aber war er in Panik geraten. Himmel, er war erst sechzehn gewesen, da sollte man sich nicht mit dem Entsorgen von Leichen beschäftigen müssen. Erst als er zu Hause angekommen war, fiel ihm ein, dass die Bullen vielleicht Spuren von ihm an Steffen finden würden. Oder dass bei aller Heimlichkeit, die sie während ihrer verhängnisvollen Affäre an den Tag gelegt hatten, sie vielleicht doch von jemandem beobachtet worden waren. Wie recht er damit haben sollte, erfuhr er schneller, als ihm lieb war.

Erst mal überlegte er, wie er die Leiche verschwinden lassen konnte. In den Filmen, die seine Mutter mit Vorliebe schaute, wurden sie entweder zerstückelt und in einem See versenkt oder wahlweise verbrannt oder in Säure aufgelöst. Keine dieser Möglichkeiten kamen für ihn in Betracht. Die einzige Lösung, die ihm auf die Schnelle einfiel, war, Steffen zu vergraben.

Gott sei Dank waren weder seine Eltern noch seine Schwester daheim. Hastig lief er zum Geräteschuppen im Garten und schnappte sich die große Schaufel sowie die Gartenhandschuhe. Dann schwang er sich erneut auf sein Fahrrad, um in die Ronsdorfer Anlagen zurückzukehren. Die Schaufel hielt er in der rechten Hand. Es war ein wenig umständlich, aber er war ein geübter Radfahrer und die Strecke überschaubar. Dass ihm in gebührendem Abstand jemand folgte, bemerkte er nicht.

Natürlich hätte ihm klar sein müssen, dass die unsägliche Lisa ihn von ihrem Turmzimmer aus beobachtet hatte und ihm gefolgt war. Aber damals war ihm der Gedanke nicht gekommen. So erlitt er fast einen Herzinfarkt, als sie ihm, kaum dass er mit dem Graben angefangen hatte, von hinten auf die Schulter tippte. Beinahe hätte Bastian ihr die Schaufel über die Rübe gezogen. Hätte er es nur getan. Ob man nun eine oder zwei Leichen verbuddelte ... Hinterher war man immer schlauer.

Lisa hatte auf die Leiche von Steffen geschaut und etwas gemurmelt wie: »Hat er sich mal wieder unbeliebt gemacht?« Bastian verstand nicht, was sie damit meinte. Was sie jetzt vorhabe, wollte er, innerlich vor Angst schlotternd, wissen. Sie zuckte mit den Schultern. Nichts, eigentlich, behauptete sie. Sie könne Schmiere stehen, schlug sie dann vor, während er die Misere beseitigte. Ihr Finger kreiste dabei über Steffens Körper.

Im Nachhinein immer noch unfassbar, dass er sich darauf eingelassen hatte, fand Bastian. Er wusste schon damals, dass sie ihn für ihr Schweigen bezahlen lassen würde. Und er hatte bezahlt. Zwanzig Jahre lang. Es grenzte an ein Wunder, dass kein Hund die verwesende Leiche gewittert und ausgebuddelt hatte. Das hatte Lisa dann zwei Jahrzehnte später übernommen, wie sie ihm am Samstagabend genüsslich unter die Nase rieb. Sie hätte ihre Gründe gehabt, und es sei an der Zeit gewesen. Außerdem würde man nach all den Jahren sowieso keine Spuren mehr finden. Na klar, von ihr nicht. Sie hatte Steffen ja auch nicht angerührt, das Entkleiden musste er übernehmen. Ja, okay, es war seine Leiche, also auch seine Verantwortung. Aber Steffen auszuziehen, war ihre Idee gewesen. Wegen der Spuren, hatte sie behauptet. Falls man ihn irgendwann doch findet. Das klang einleuchtend, zumindest für einen Sechzehnjährigen, der keinerlei Erfahrung im Vertuschen eines Verbrechens hatte. Er fragte nicht, woher Lisa ihr Wissen bezog. Sie schien immer alles zu wissen. Immerhin half sie ihm, den toten Körper in die Grube zu rollen und die Blutlache sowie den todbringenden Stein am Wegesrand zu beseitigen. Am Ende der Nacht fuhr sie zufrieden auf ihrem nigelnagelneuen Fahrrad nach Hause, während für Bastian der heruntergerockte Drahtesel blieb, den sie zuvor ihr Eigen genannt hatte und den sie ihm großzügig überließ. Wenigstens zeigten seine Eltern genügend Desinteresse an ihrem Sohn, dass sie nicht nachfragten, wo sein teures Rad geblieben war.

Naiv, wie er war, hatte Bastian gedacht, sie würde sich mit dem Fahrrad begnügen und er müsste nie wieder etwas von Lisa hören oder sehen. Da hatte er sich gründlich getäuscht. Im Eifer des Gefechts war ihm in jener Nacht völlig entgangen, dass Lisa Steffens Klamotten eingesackt hatte. Nicht mal einen Gedanken hatte er noch an die Sachen verschwendet, hatte das Geschehene weitgehend verdrängt. Umso größer war der Schreck, als das erste Paket ankam. Wie auch immer Lisa an seine Adresse gelangt war. Bastian erkannte die Unterhose – was auch sonst? – sofort. Oft genug hatte er sie über Steffens knackigen Arsch nach unten geschoben. Sie hätte noch mehr solcher Erinnerungsstücke an ihre gemeinsame Nacht, schrieb Lisa ihm und forderte fünfhundert Mark. Monatlich, selbstverständlich. Was hätte er tun sollen? Er zahlte. Hin und wieder sandte sie ihm ein weiteres Stück aus ihrem »Erinnerungsfundus« oder die Kopie des Passfotos von Steffen zu. Bei der Umstellung auf den Euro Anfang der Zweitausenderjahre verdoppelte sich der Betrag. Der Einfachheit halber, meinte Lisa, und

Bastian sah ihr selbstgefälliges Grinsen beinahe vor sich.

So war es am Samstagabend eine Mischung aus Genugtuung und Erleichterung, als er ihr beim Sterben zugeschaut hatte. Doch das Hochgefühl hielt nicht lange an. Zunächst gestand Pfeffi ihm, dass er sehr wohl bemerkt hatte, wie er während der Auseinandersetzung mit den Junggesellen den Raum verlassen hatte. Zum Glück gelang es Bastian, seinen Freund davon zu überzeugen, nur auf der Toilette – der Herrentoilette selbstverständlich – gewesen zu sein. Dort habe er allerdings Geräusche von nebenan gehört. Wieder im Separee, habe er mitbekommen, wie Leo in den Raum zurückkehrte. Bastian redete so lange auf Pfeffi ein, bis der ebenfalls glaubte, Leos Verschwinden bemerkt zu haben. Es gelang ihm sogar, Pfeffi zu überreden, es dieser Oberkommissarin zu erzählen.

»Es ist besser, wenn du das machst«, hatte er zu seinem Freund gesagt. »Die steht auf dich. Mich haben die Bullen eh auf dem Kieker.«

Zu Bastians Glück ließ sich Pfeffi schon immer leicht von ihm beeinflussen und tat, wie ihm geheißen. Dummerweise konnte er das Schnüffeln in Lisas Bankunterlagen nicht sein lassen und erzählte der Polizistin bei der Gelegenheit auch noch von dem Geldbetrag, der jeden Monat auf Lisas Konto einging. Auch wenn er die fünfhundert Euro immer in bar und bei verschiedenen Geldinstituten eingezahlt hatte, wenn er sich gerade in Deutschland aufhielt, war es vermutlich nur eine Frage der Zeit, bis die Bullen ihm draufkamen.

Zu allem Überfluss kam ihm der blöde Tobias mit der Erwähnung der Knochen im Wald sowie seinen kruden Verdächtigungen während Lisas »Gedenkfeier« bei Trixi, von wegen Bastian könne sich ins Ausland absetzen, auch noch in die Quere. War es ein Schuss ins Blaue, oder wusste er tatsächlich etwas? Zwei Tage saß Bastian bei Markus wie auf heißen Kohlen und zuckte bei jedem Signalton seines Handys zusammen, in der Befürchtung, es könnte die Polizei oder Tobias mit irgendwelchen Forderungen sein.

Es kam kein Anruf, trotzdem ließ ihm die Sache keine Ruhe. Also vereinbarte er mit Tobias einen Termin für eine Tennisstunde. Sein ehemaliger Klassenkamerad war überrascht, ließ sich aber breitschlagen. Beim anschließenden gemeinsamen Saunagang – Tobias' Idee, nicht seine – wollte Bastian ihn unauffällig aushorchen. Leider endete der Abend unschön. Nicht etwa, weil Tobias tatsächlich etwas über Bastians Verstrickung – beinahe musste er bei diesem Wortspiel lächeln – in Sachen Mord wusste, sondern weil er anfing, sich über ihn lustig zu machen. Genau wie früher. Er war die dummen Sprüche leid. Ja, sein Penis war nicht der größte unter der Sonne, aber es kam nicht immer auf die Größe an. Es hatte sich jedenfalls nie jemand beklagt.

Bastian hatte Tobias nur eine Lehre erteilen wollen. Er war aus der Sauna gestürmt, hatte sich den Besen geschnappt und die Tür verbarrikadiert. Danach hatte er sich seelenruhig angezogen und war zurück zu Markus gefahren. Den ließ er im Glauben, er habe seine Großeltern besucht. Er konnte ja nicht ahnen, dass das Tennisass gleich tot umfallen würde wegen dem bisschen Hitze. Streng genommen hatte er nichts davon gewusst, bis Sophie es ihm und Markus mitteilte. Ihr Hang dazu, Leichen zu finden, stand seinem, sie zu produzieren, offenbar in nichts nach. Hätte er sich nur nicht verplappert. Dann wäre Sophie ihrer Wege gegangen und Markus jetzt mit ihm auf halbem Weg nach Samoa. Stattdessen hockten die beiden aneinandergefesselt im Pfeffer'schen Wohnzimmer und warteten auf die Heimkehr von Markus' liebender Gattin. Immerhin lebten sie noch. Das konnte nicht jeder von sich behaupten, der Bastian Spieß in die Quere gekommen war. Es wäre klüger gewesen, auch sie zu töten, aber Markus das Leben zu nehmen, brachte Bastian dann doch nicht über sich. Zum Glück für Sophie, denn es ergab keinen Sinn, die eine zum Schweigen zu bringen, wenn man den anderen verschone.

Er fragte sich, ob es das alles wert gewesen war. Nie wieder würde er nach Deutschland zurückkehren können. Nie wieder seine Eltern sehen. Oder seine kleine Schwester. Geschweige denn Markus. Dessen Blick, als ihm bewusst wurde, was sein Geliebter getan hatte, würde er nie vergessen. Bastian bereute, drei Menschen umgebracht zu haben. Nicht, weil er deren Tod bedauerte, sondern wegen der Folgen, die seine Taten für ihn selbst mit sich brachten. Das klang egoistischer, als es sich anfühlte. Er hatte weder Steffen noch Lisa oder Tobias umbringen wollen, es war einfach geschehen. Nur wurde sein eigenes Leben dadurch nicht wie erhofft besser. Im Gegenteil, alles, was er sich in der Vergangenheit aufgebaut und erarbeitet hatte, war unwiederbringlich verloren. Und das nur, weil er damals befürchtet hatte, Markus zu verlieren, wenn der von seiner Affäre mit Steffen erfuhr. Nun hatte er ihn trotzdem verloren. Oder eben deswegen. Eigentlich waren sie nie wirklich zusammen gewesen. Jedenfalls nicht so, wie Bastian es sich gewünscht hätte. Er hatte sich mit dem begnügt, was Markus zu geben bereit gewesen war. Jetzt bekam er nicht einmal mehr das.

Er schaute auf seine Armbanduhr. Markus hatte sie ihm zum Dreißigsten geschenkt. Auf der Rückseite hatte er »Für immer Dein« eingravieren lassen. Pustekuchen. Bastian lächelte, während er gleichzeitig versuchte, die aufkommenden Tränen wegzublinzeln. Noch zweieinhalb Stunden bis sein Flieger ging. Langsam konnte er sich zum Check-in begeben. Wenn er unbehelligt durch die Kontrollen kam, hatte er es geschafft. Das sollte in Anbetracht seines Aufzugs kein größeres Problem darstellen.

Bastian zog die Kapitänsmütze tiefer ins Gesicht. Er senkte den Kopf und lief, geschäftig aussehend, durch die Menschenmenge. Einige Leute traten ehrfürchtig zur Seite. Wahrscheinlich hielten sie ihn für den Piloten ihres Flugzeugs und befürchteten, es würde nicht rechtzeitig abheben, wenn sie ihn nicht schnellstmöglich passieren ließen. Einer der vielen Vorteile einer Uniform. Man wurde von jedem wahrgenommen, aber von keinem wirklich gesehen. Jedenfalls nicht als Individuum. Und man wurde mit gebührendem Respekt behandelt. Etwas, das er früher nie erfahren hatte. Seinen kleinen Rollkoffer hinter sich herziehend hastete Bastian weiter, bis er mit einem hochgewachsenen Mann zusammenprallte, der nicht ehrfürchtig beiseite gesprungen war.

»Herr Spieß, wie schön, Sie zu treffen«, begrüßte der Mann ihn betont freundlich und Bastians Herz rutschte gefühlt eine Etage tiefer. Woher kannte der Typ seinen Namen? »Meine Schwester vermutete schon, dass Sie versuchen würden, sich mit Ihrer Uniform zu tarnen.«

Bastian wollte etwas sagen, brachte aber nur ein heiseres Krächzen zustande. Er räusperte sich vernehmlich und merkte, wie seine Hände zu zittern begannen und ihm der kalte Schweiß ausbrach. »Ihre … Schwester?« Als sei dies in dem Moment die wichtigste Frage.

»Oh, Entschuldigung, ich vergaß, mich vorzustellen. Carsten Kantner, Kriminalhauptkommissar.«

Bastian packte den Griff seines Rollkoffers und schleuderte dem Mann das Gepäckstück entgegen. Dann wirbelte er herum und blickte in das Gesicht von Kriminaloberkommissarin Aylin Öner.

»Schön, Sie wiederzusehen, Herr Spieß«, lächelte sie, die Hand am Gürtelholster ihrer Waffe.

Bastian merkte, wie seine Arme von hinten gepackt wurden. Kurz darauf vernahm er das Klicken der Handschellen.

Montag, 22. Juli 2013

54

»Da hattet ihr ja ganz schönen Dusel, dass Carsten und seine Kollegin rechtzeitig zur Stelle waren«, meinte Trixi van den Bergh, während sie zwei Teller mit jeweils einem riesigen Stück Torte vor Sophie und Pfeffi abstellte. »Und Spießi Pech.«

Die Kneipenbesitzerin hatte die verbliebenen Klassenkameraden im Anschluss an Lisas Beerdigung zu Kaffee und Kuchen in die Sonderbar eingeladen. Bis auf Leonore und Martin, den Trixi bedauerlicherweise vergessen hatte zu informieren, fanden sich alle im Separee der Kneipe ein. Zum gefühlt hundertsten Mal musste Sophie die Geschichte erzählen, wie sie Bastian Spieß des Mordes überführt hatte. Das Foto von Steffen Zockeney hatte sie zunächst auf die Spur von Pfeffi geführt. Erst als Spießi sich über Sophies und Trixis sportliche Ambitionen im Tennisclub amüsierte, wurde ihr der Irrtum bewusst. Sie hatte ihm und Pfeffi gegenüber lediglich erwähnt, sie und Beatrix hätten Tobias tot in der Sauna gefunden, nicht aber, wo sich die Sauna befand. Nachdem Spießi merkte, dass er überführt war, hatte er zunächst Sophie und später Pfeffi niedergeschlagen und mit dem Rouladengarn – darüber kam sie immer noch nicht hinweg – an zwei Esstischstühle gefesselt.

»Gott sei dank haben Aylin und Carsten nach dem Gespräch mit Isabella eins und eins zusammengezählt und sind drauf gekommen, dass entweder Pfeffi oder Spießi ein Verhältnis mit Steffen Zockeney hatte und somit der Mörder von Lisa sein musste«, schloss sie ihren Bericht.

»Und von Tobias«, fügte Isabella leise hinzu und schlug

die Augen nieder. »Ich kann es immer noch nicht fassen.«

»Ja, tut mir echt leid«, sagte Trixi und legte der Freundin mitfühlend eine Hand auf den Arm.

»Mir auch«, fügte Pfeffi hinzu, »ehrlich. Wenn ich nur geahnt hätte ...«

Er verstummte. Sophie wusste, was er sagen wollte. Wenn er geahnt hätte, dass Spießi auch Tobias ins Visier genommen hatte, hätte er der Polizei vielleicht doch mitgeteilt, dass sein Freund während des Überfalls der Junggesellen den Raum verlassen hatte. Dass er geschwiegen hatte, um Spießi zu schützen, würde ihn vermutlich sein Leben lang belasten. Er hatte es der Polizei immer noch nicht gestanden. Sie überlegte, es an seiner Stelle zu tun, aber was wäre dadurch gewonnen? Pfeffi bekäme vermutlich ein Verfahren wegen Beihilfe oder Ähnlichem. Doch wem wäre damit gedient? Seiner Frau und seinen Kindern gewiss nicht. Der Mörder hatte gestanden und befand sich hinter Gittern, und die Toten machte es nicht wieder lebendig.

»Es war Spießis Schuld, nicht deine«, meinte Isabella und wischte sich eine verirrte Träne weg. »Ich bin froh, dass ich dazu beitragen konnte, weitere Morde zu verhindern. Du hast echt Glück gehabt, Sophie.«

»Ich weiß. Es war ja so auch nicht geplant gewesen. Eigentlich hatte ich mich nur unauffällig umsehen wollen. Nur dann kam unglücklicherweise Pfeffi um die Ecke, hat mich gesehen und mit ins Haus geschleppt.«

»Tut mir leid«, wiederholte er. »Wenn ich geahnt hätte ...«

»Schon gut«, beruhigte Sophie ihn. »Wenn ich nicht gedacht hätte, dass du der Mörder bist, hätte ich dich draußen eingeweiht.«

»Wie du das nur glauben konntest«, meinte Pfeffi beleidigt. »Dabei trag ich selbst Spinnen nach draußen, statt sie plattzumachen. Ich bin immer noch völlig von der Rolle, weil ich ahnungsloser Trottel mit einem Mörder zusammen war.«

»Du hast dich ja gegen Spießi entschieden, nachdem du die Wahrheit erfahren hast. Ansonsten hätte er mich vermutlich auch umgebracht.« Sophie schüttelte sich innerlich bei dem Gedanken daran.

»Das nächste Mal überlässt du Carsten und seinen Kollegen gefälligst die Überwachung von Verdächtigen«, schimpfte Cordula. »Ach, was fasel ich da? Du machst ja doch, was du willst.«

Ja, vermutlich mache ich das, seufzte Sophie innerlich. Sie wollte es nicht zugeben, aber sie war ziemlich erleichtert gewesen, als ihr Bruder die Terrassentür eingetreten und gemeinsam mit Aylin den Raum gestürmt hatte. Und das mit seinem schlimmen Knie. Zwar war die größte Gefahr in Gestalt von Spießi zu dem Zeitpunkt schon gebannt beziehungsweise auf der Flucht, trotzdem war sie froh, nicht weitere sechs Stunden mit Rouladengarn (!) an einen Stuhl gefesselt zubringen zu müssen. Obwohl Carsten durchaus überlegt hatte, die missliche Lage, in der er sie – mal wieder – vorgefunden hatte, noch ein wenig länger auszukosten.

»Warum wundert es mich jetzt nicht, dich hier zu sehen?«, hatte er bei ihrem bedauernswerten Anblick bemerkt, nachdem er vom Pfeffer'schen Garten aus mit gezogener Waffe ins Wohnzimmer gehechtet war, im festen Glauben, einen Mörder überwältigen zu müssen.

Pfeffi war weniger begeistert gewesen als sie, Carsten und dessen Kollegin zu sehen, was Sophie verstehen konnte. Wer bekam schon gern die Terrassentür eingetreten? Sie sah ihren Schulfreund von der Seite an. Die Beule an seiner Schläfe schimmerte ähnlich wie ihre in verschiedenen

Blautönen und war von den Anwesenden gebührend bestaunt worden. Sie hatten beide Glück, so glimpflich davongekommen zu sein. Doch auch wenn Pfeffi nach außen hin sein launiges Selbst zur Schau stellte, ahnte sie, wie es in ihm aussehen musste. Ob er jemals darüber hinwegkommen würde, seine große Liebe auf solch tragische Weise verloren zu haben? Würde er je den Mut finden, zu seiner Homosexualität zu stehen? Oder würde er, um den Schein zu wahren oder als selbst auferlegte Buße, an einer Beziehung festhalten, die von Anfang an keine war? Nicht gerade eine erstrebenswerte Zukunft. Aber immerhin hatte er eine Zukunft. Das konnten andere nicht von sich behaupten.

Lisa zum Beispiel, die am Ende ihren Intrigen zum Opfer gefallen war. Niemals hätte sie der harmlos wirkenden Strickliesel solche Niederträchtigkeiten zugetraut. Einen unglücklichen Jungen auf der Suche nach seiner Mutter benutzen zu wollen, nur um diese bloßzustellen. Auch wenn Leonore ihr in der Vergangenheit übel mitgespielt hatte, dem Jungen gegenüber war es unfair. Oder hatte Lisa Tim tatsächlich helfen wollen? Schwer zu glauben angesichts ihres Plans. Zu dessen Verwirklichung sie obendrein eine Leiche ausgebuddelt hatte, die gleichzeitig einen weiteren Klassenkameraden dem Untergang weihte. Und als sei das nicht genug, wollte sie dessen Freund auch noch ein Foto des früheren heimlichen Liebhabers zuspielen, was sicher einige Fragen aufgeworfen hätte. Warum das alles? Um sich für vergangene Schmach zu rächen? Aus reiner Boshaftigkeit? Oder wollte Lisa, bevor sie ihr neues Leben auf Samoa begann, Ordnung in ihrem alten schaffen? Reinen Tisch machen, um ihr Gewissen zu erleichtern? So sie überhaupt ein Gewissen besessen hatte. Zu sterben hatte sie trotz allem nicht verdient.

»Worüber denkst du nach?«, wollte Trixi wissen.

»Über Lisa«, antwortete Sophie wahrheitsgemäß. »Was sie wohl zu all dem bewogen hat?«

»Tja, keine Ahnung. Wahrscheinlich das Geld. Oder es hat ihr ein gutes Gefühl gegeben, Macht über andere zu haben.«

»So wie bei den Fürchterlichen Vier damals?«

»Danke, dass du mich dran erinnerst«, sagte Trixi mit leiser Stimme.

»Aber Sophie hat recht«, nickte Isabella. »Wir fanden es früher toll, wie die anderen vor Ehrfurcht erstarrt sind. Dass jeder bemüht war, uns nicht gegen sich aufzubringen. Irgendwie armselig.«

Die eine oder der andere schien aus dieser Rolle nie herausgewachsen zu sein, stellte Sophie für sich fest. Tobias zum Beispiel, der es nicht lassen konnte, sich über Spießi lustig zu machen, und dafür mit dem Leben bezahlt hatte. Oder Leo, der ihr guter Ruf immer noch über alles ging. Als hätte sie je einen guten Ruf besessen. Lisa allerdings hätte sie nie in die gleiche Kategorie wie die Fürchterlichen Vier gepackt. Sie schien eher die Opferrolle für sich gepachtet zu haben. So konnte man sich täuschen.

Lisas Beerdigung war weniger pompös ausgefallen als die von Tobias am Freitag zuvor. Außer ihnen waren nur der Geschäftspartner Ranjid Ganesh und eine alte Nachbarin, die sich ihnen als Frau Schimmelpfennig vorstellte, erschienen. Ein Trauerredner hatte aus dem Wenigen, was die Klassenkameraden ihm über Lisa berichten konnten, das Beste gemacht. Die Urne wurde im Familiengrab der Hirsefelds beigesetzt, wo zur Überraschung aller neben dem Grabstein ein kleines Holzkreuz aufgestellt war, auf dem nur der Name Edda stand.

»Ob es sich bei Edda um Lisas Tochter handelt?«, fragte Sophie in die Runde. »Hat sie dir mal was erzählt, Trixi?«

Die schüttelte bedauernd den Kopf. »Nein, leider nicht. Aber sie ging häufig zum Friedhof, obwohl sie eigentlich kein inniges Verhältnis zu ihren Eltern hatte.«

»Vermutlich, um Edda zu besuchen«, meinte Isabella mit belegter Stimme. »Wie traurig. Sein Kind zu verlieren, ist das Schlimmste, was einer Mutter passieren kann.«

»Weißt du eigentlich, was aus dem Jungen geworden ist, der Leo und ihre Tochter bedroht hat?«, wandte sich Trixi nun an Sophie. »Tim hieß er, oder?«

»Ja, richtig«, bestätigte Sophie. »Der ist zurück in der JVA und sitzt den Rest seiner Strafe ab.«

»Ist er denn jetzt Leos Sohn oder nicht?«

»Offenbar schon«, antwortete Sophie zögerlich.

»Dann wäre er ja quasi mein Neffe«, stellte Trixi fest.

»Sieht so aus«, murmelte Sophie.

»Wieso das?«, fragte Isabella erstaunt.

»Ich habe kürzlich herausgefunden, dass mein Vater und Leos Mutter eine Affäre hatten. Leo ist meine Halbschwester.«

»Du meine Güte, was sich hier alles abspielt. Dagegen sind Sodom und Gomorra ja die reinsten Erholungsorte.«

Und ihr wisst gerade mal die Hälfte, dachte Sophie. Nicht nur Trixi hatte überraschenden Familienzuwachs bekommen.

***

Leonore Reinhardt saß mit angezogenen Beinen auf dem großen Sofa, vor sich die ausgebreitete Tageszeitung. Die »Klassenmorde«, wie sie die Presse getauft hatte, beherrschten noch immer die Schlagzeilen. Niemals hätte sie dem langweiligen Spießi eine verbrecherische Neigung zugetraut. Oder dass er ein solcher – wie nannte man das Pendant zu Womanizer? Manizer? – Männertyp war. Er musste Talente besitzen, die sich einem auf den ersten Blick nicht auftaten. Leo wollte sich lieber nicht ausmalen, welcher Art diese Talente waren.

Sie hatte ohnehin genug mit sich selbst zu tun. Ein langes Telefonat mit ihrer Mutter bestätigte ihre schlimmsten Befürchtungen. Trixi van den Berghs Vater war tatsächlich auch ihr Erzeuger. Es sei nur eine flüchtige Affäre gewesen, behauptete Mama, aber daraus sei das Beste entstanden, was ihr passieren konnte. Leo fühlte sich in keinster Weise geschmeichelt, dazu hatte sie in der Vergangenheit zu sehr unter der Gefühlskälte ihrer Mutter gelitten. Und unter der ihres Vaters, der nun nicht mehr ihr Vater war. Ob er etwas geahnt hatte? Er hatte ihren Bruder stets vorgezogen, egal, wie der sich benahm. Früher dachte sie, es läge am Geschlecht. Mittlerweile beschlich sie der Verdacht, dass ihr Vater (wie sollte sie ihn sonst nennen?) wusste, dass sie nicht seine Tochter war. Aber hätte er sie dann nicht enterbt? Oder wollte er verhindern, dass »die Schande« publik wurde? Einem Leopold Reinhardt setzte man keine Hörner auf und schob ihm erst recht kein Bankert unter.

All ihre Bemühungen, die Aufmerksamkeit oder gar Liebe des Alten zu erringen, hatten nicht gefruchtet. Ihre erste Schwangerschaft hatte sie so lange verheimlicht, bis es für eine Abtreibung zu spät war. Am liebsten hätte ihr Vater das Kind aus ihr herausgeprügelt. Stattdessen hatte man sich darauf verständigt, »es« wegzugeben. Als handelte es sich um eine Sache und nicht um einen Menschen. Leo wurde dabei nicht gefragt. Natürlich wollte sie kein Kind – nicht in dem Alter –, aber als sie das winzige Würmchen für einen viel zu kurzen Moment in den Armen halten durfte, war ihr Herz vor Glück zerschmolzen. Dann hatte ihr Onkel den Jungen an sich gerissen, und sie hatte ihren Sohn nie wiedergesehen. Bis vor zwei Wochen. Sie erkannte ihn sofort. Den Blick in seine Augen vergaß sie nie. Aber sie hatte ihr Herz am Tag seiner Geburt vor allem verschlossen. Nie wieder wollte sie dieses Gefühl durchleben, als man ihr das Kind weggenommen hatte. Nicht einmal ihre Tochter Coco ließ sie an sich heran. Sie wagte es nicht, ihr Herz zu öffnen, aus Angst, es würde erneut zerbrechen.

Aber das würde sich ändern. Ihr Vater war tot. Von ihrer eigenen Beteiligung an diesem Umstand ahnte niemand etwas, und so sollte es bleiben. Sie war endlich frei und konnte ein neues Leben beginnen. Ein Leben mit Coco und Tim, so er ihr denn verzeihen würde. China und die Firma gingen ihr am Allerwertesten vorbei, sollte ihr Bruder sich künftig damit plagen. Dann lernte er vielleicht endlich, Verantwortung zu übernehmen, statt nur zu kassieren. Sie hatte ohnehin die Nase voll von Männern, die immer nur die Hand aufhielten.

Die Fotos und Unterlagen, die Martin ihr in jener Sonntagnacht so freundlich zum Kauf angeboten hatte, waren natürlich längst vernichtet. Sie hätte Martin auch nachhaltig entsorgen sollen, aber jemandem beim Sterben zuzusehen – wie ihrem Vater –, war einfacher, als selbst Hand anzulegen. Ob Lisa tatsächlich bereits tot gewesen war, als Leo sie auf der Toilette gefunden hatte, konnte sie nicht mit Bestimmtheit sagen. Sie war zu geschockt gewesen, um reagieren zu können. Wenn sie aber genau darüber nachdachte, musste es tatsächlich ein Geräusch gewesen sein, das sie in die Privatkabine des Waschraums gelockt hatte. Im Grunde war es egal, Lisa wäre eh nicht mehr zu retten gewesen.

Sie sollte sich lieber überlegen, wie sie Martin Jäger wieder loswurde, der sich seit einigen Tagen in der Villa ihres Bruders häuslich eingerichtet hatte. Ein Deal, den er Leo aus dem Leib geleiert hatte, als er vorbeikam, um seinen Wagen abzuholen, der seit jener Nacht versteckt in der Garage stand. Verhandlungsgeschick sowie eine gehörige Portion Dreistigkeit besaß er, musste sie neidlos anerkennen, auch wenn sein missglückter Erpressungsversuch dies eher nicht vermuten ließ. Mit diesen Talenten sollte sie ihm eigentlich einen Posten in der Firma anbieten. Dann konnte sie ihn nach China schicken, und das Problem wäre gelöst.

Das Klingeln an der Haustür unterbrach ihre Gedanken. Sie lief in die Eingangshalle der prächtigen Villa, die seit vielen Jahren eher ein Gefängnis denn ein Heim für sie war, und sah auf den kleinen Monitor neben dem Eingang, ehe sie den Schalter betätigte, der das Tor öffnete.

»Ich hab mir schon gedacht, dass du auftauchst«, sagte sie.

55

»Was will der Bulle denn schon wieder von dir?«, fragte Justin und rieb sich mit einem der Gipsarme über die laufende Nase.

Tim seufzte und kramte ein Papiertaschentuch aus seiner Hosentasche, in das er seinen Freund schneuzen ließ. Er und Justin saßen auf einer der Bänke im Hof, als ein Wärter kam, um ihm die Nachricht zu überbringen, dass einer der Hauptkommissare ihn zu sehen wünschte. Er zuckte mit den Schultern ob Justins Frage. Woher sollte er wissen, weshalb der Bulle ihn sprechen wollte? Vielleicht gab es noch offene Fragen. Oder seine Mutter hatte, entgegen ihrer Ankündigung, doch Anzeige wegen der Geiselnahme erstattet. Er traute dem Frieden nicht. Leonore Reinhardt hatte ihm einen langen Brief geschrieben, in dem sie sich dafür entschuldigte, ihn damals zur Adoption freigegeben zu haben. Ihre Familie hätte sie dazu gezwungen, aber es sei kein Tag vergangen, an dem sie nicht an ihn gedacht hätte. Wenn er wollte, würde sie ihn gern besuchen und sich nach seiner Entlassung um ihn kümmern. So ganz mochte Tim ihren Worten nicht glauben, wenn er bedachte, wie Leonore sich ihm gegenüber verhalten hatte. Wäre sie ihm in jener Nacht anders begegnet, wäre das alles nicht passiert. Von daher hatte er seine Zweifel an ihrer Ehrlichkeit.

Sophie, die ihn an jenem Abend davor bewahrt hatte, etwas ganz, ganz Dummes zu tun, war am Freitag hier gewesen. Wie sie so schnell eine Besuchserlaubnis bekommen hatte, wollte er wissen. Normalerweise musste erst ein entsprechender Antrag bewilligt werden, und das konnte Wochen dauern. Ach, sie habe ihre Quellen, winkte sie lächelnd ab. Dann erzählte sie ihm, dass Lisas Mörder gefasst sei, worüber Tim ziemlich erleichtert war, haftete der Verdacht, er könne etwas damit zu tun haben, doch nach wie vor an ihm. Ein Klassenkamerad hatte sie umgebracht, weil sie ihn jahrelang erpresst hatte wegen der Knochen im Wald. Die hatte er beinahe vergessen. An diesem Tag hatte das ganze Unheil angefangen.

Der Wärter wippte auf seinen Füßen vor und zurück und deutete ungeduldig auf seine Armbanduhr. Tim stand auf, um ihm zum Besucherraum zu folgen. Aus den Augenwinkeln nahm er wahr, wie Justin sich über den Schokoriegel hermachte, den er vom Mittagessen aufgespart hatte. Mittlerweile kam er mit seinen Gipsarmen ganz gut klar. Nur das mit dem Naseputzen und dem Hinternabwischen funktionierte nach wie vor nicht ohne Hilfe. Na ja, man gewöhnte sich an alles.

Tim lief dem Aufseher durch die Gänge hinterher, bis sie am Ziel angelangt waren. Der Wärter öffnete ihm die Tür, und der Junge trat in das Zimmer. Der Hauptkommissar saß bereits an einem der Tische. Er sah schlecht aus, fand Tim. Sein Gesicht hatte eine ungesund blasse Farbe, bis auf die dunklen Ringe unter den Augen. Der Mann sah aus, als habe er nächtelang nicht geschlafen. Unschlüssig blieb der Junge stehen und trat von einem Bein auf das andere. Der Bulle schien ihn erst jetzt zu bemerken; er zuckte leicht zusammen und wies dann auf den Stuhl, der am anderen Ende des Tischs stand. Tim nickte und setzte sich dann.

»Hallo«, sagte er.

**

Carsten scharrte unter dem Tisch nervös mit den Füßen über den Boden. Das würde kein einfaches Gespräch werden. Wahrscheinlich das schwierigste, das er je geführt hatte. Er hatte lange mit sich gerungen und erst Sophie und dann auch Cordula um Rat gefragt. Die Antwort seiner Verlobten war etwas verhaltener ausgefallen als die seiner Schwester, was er ihr nicht verübeln konnte. Er sah den Hochzeitstermin, den es noch gar nicht gab, in unabsehbare Ferne rücken. Sei's drum, er musste sich seiner Verantwortung stellen. Darin zumindest waren sich beide Frauen einig. Ein Geräusch ließ ihn zusammenzucken. Herrje, er hatte gar nicht mitbekommen, wie der Junge den Raum betreten hatte. Carsten machte eine einladende Geste, und der Junge nahm ihm gegenüber Platz.

»Hallo«, sagte er schüchtern.

Carsten musste sich einige Male räuspern, ehe er in der Lage war, sich zu artikulieren. »Hallo«, krächzte er schließlich und ärgerte sich. Er war zweiundvierzig Jahre alt, er sollte gefälligst in der Lage sein, sich ordentlich mit diesem Knaben zu unterhalten. Stattdessen druckste er herum wie ein Bubi bei seinem ersten Date. So ähnlich fühlte er sich auch. Nein, schlimmer eigentlich. Er hatte sich nächtelang schlaflos herumgewälzt, und seine Kopfschmerzen war er auch noch nicht losgeworden. Wenn er das hier überstanden hatte, musste er unbedingt einen Termin bei seinem Hausarzt vereinbaren.

»Ist alles okay bei Ihnen?«, fragte der Junge nun und beäugte ihn argwöhnisch.

Carsten riss sich zusammen. »Ja, alles klar. Und bei dir?«

Tim zuckte mit den Schultern. »So weit, so gut. Könnte schlimmer sein.«

»Ah ja. Schön, schön.« Carsten verstummte und starrte angelegentlich auf die Tischplatte.

»Ähm, was wollen Sie eigentlich hier?«, erkundigte sich der Junge. »Haben Sie noch Fragen an mich?«

Carsten zuckte zusammen. »Was? Ach so, nein, ich dachte, ich seh mal, wie's dir so geht.« Gute Güte, war das kompliziert.

»Ja, das haben Sie ja jetzt. Mir geht's gut«, sagte Tim und schickte sich an, aufzustehen.

Carsten griff hastig nach seinem Arm. »Nein, nein, bleib sitzen. Ich muss dir noch was sagen.«

Der Junge ließ sich in seinen Stuhl zurücksinken und blickte ihn fragend an. »Schießen Sie los. Also, nicht richtig schießen, sondern ... Sie wissen schon.«

Carsten nickte und massierte sich die schmerzenden Schläfen. »Ja, also, äh, ich hab gehört, dass Sophie dich besucht hat.« Von hinten durch die Brust ins Auge kam man auch ans Ziel. Irgendwann.

»Ja, das stimmt«, bestätigte der Junge. »Die ist voll nett.«

»Ich weiß.«

»Ja, echt. Ich wünschte, sie wär meine Mutter und nicht die ...« Er ließ den Satz unvollendet.

Carsten nickte wieder. »Kann ich verstehen, nur leider ist es unmöglich, dass Sophie deine Mutter ist.«

»Ja, weiß ich ja«, meinte Tim verwirrt. »Wieso sagen Sie das so komisch?«

Carsten atmete einmal tief ein. Jetzt oder nie. »Weil sie meine Schwester ist.«

Der Junge hob erstaunt die Augenbrauen. »Echt jetzt? Die sieht Ihnen aber gar nicht ähnlich. Die ist doch mindestens 'n Meter kleiner als Sie.«

»Einen halben. Knapp«, korrigierte Carsten, als käme es darauf an.

»Ja, aber warum kann sie nicht meine Mutter sein, weil sie Ihre Schwester ist?«

»Weil ... ich dein Vater bin, Tim.«

So wie der Junge ihn gerade anstarrte, hätte Carsten die Ähnlichkeit schon viel früher erkennen müssen. Vielleicht hatte er es, wollte es aber nicht wahrhaben. Sophie hatte es gesehen, an jenem Abend in Leonores Wohnzimmer, wie sie ihm später gestand. Nur hatte sie keine Erklärung dafür, wann er und Leonore ... Er dachte zurück an die Uniparty zum Semesterende. Er war nicht in Feierlaune gewesen, aber seine Freunde hatten ihn überredet. In jener Nacht hatte er mehr getrunken, als ihm guttat, und schließlich hatte er ein Mädchen angequatscht, das sich ihm als Lena vorstellte. Sie habe gerade ihr Abitur gemacht und würde im Herbst mit dem Studium anfangen, erzählte sie. Eine Weile hatten sie sich unterhalten. Irgendwann verließen sie die Party und liefen den Uniberg hinauf bis zum höchsten Punkt, von wo man über die Stadt blicken konnte.

Es war ziemlich romantisch und eins führte zum anderen. Lena hatte ihm ihre Telefonnummer auf einen kleinen Zettel geschrieben, den er in die Gesäßtasche seiner Jeans schob. Die er am nächsten Tag in die Waschmaschine stopfte.

Hätte er gewusst, dass es sich bei Lena um Sophies Klassenkameradin Leonore handelte, hätte er sie niemals angesprochen. Geschweige denn mit ihr geschlafen. Sie war erst sechzehn gewesen. Aber davon ahnte er all die Jahre nichts, in denen er hin und wieder mit einem Hauch von Wehmut an diese Nacht zurückdachte. Als er dann vor einigen Tagen das Foto der schwangeren Leonore in einem der Ordner in Lisa Hirsefelds geheimem Wandschrank gesehen hatte, war ihm schwindelig geworden. Der Vaterschaftstest, den er daraufhin heimlich durchführen ließ, bestätigte seine Vermutung.

»Sie sind mein ... Vater?«, wiederholte Tim ungläubig.

»Ich weiß es selbst erst seit Kurzem.«

Gott, diese Kopfschmerzen brachten ihn langsam um den Verstand. Es fühlte sich an, als würden ihm seine Gesichtszüge entgleisen. Verschwommen nahm er wahr, wie er langsam vom Stuhl rutschte. Er versuchte, sich an der Tischplatte festzuhalten, aber seine Finger rutschten ab. Er fiel zu Boden. Das Letzte, was er hörte, war sein Sohn, der nach Hilfe rief.

Mittwoch, 24. Juli 2013

Das sonnige Wetter der letzten Tage hatte sich vorerst verzogen. Martin stand an Lisas Grab, tief in Gedanken versunken. Der Regen prasselte auf ihn nieder und lief ihm in den Jackenkragen, aber er bemerkte es nicht. Angesichts der nach wie vor sommerlichen Temperatur glich es auch eher einer warmen Dusche. Wie hatte es so weit kommen können? Diese Frage stellte er sich seit jenem verhängnisvollen Samstag, als er Lisa nach vielen Jahren das erste Mal wiedersah. So viel Zeit war vergangen, und doch erschien es, als hätte sich nichts geändert.

Natürlich wusste Martin von Lisas lukrativem Nebenerwerb, den sie schon seit Kindertagen betrieb. Nichts Genaues allerdings; was das anging, blieb sie vage. Seit dem Tag, als sie ihn neben der Turnhalle auf dem Schulhof angesprochen hatte, hatten sie sich häufiger getroffen. Immer heimlich, auf ihren Wunsch hin.

»Sonst kommen die Idioten noch auf die Idee, wir hätten was miteinander«, erklärte sie.

Hatten sie nicht, ihre Freundschaft, oder wie immer man es nennen mochte, was sie beide verband, war rein platonisch. Damals wenigstens. Er hatte ihr, wie verlangt, Sophies Diddlmaus-Schlüsselanhänger »besorgt«, wenn ihm auch nicht klar war, was Lisa damit anfangen wollte. Er fragte sie nicht danach. Sie hätte ihm ohnehin nicht geantwortet.

Im Gegenzug sorgte sie tatsächlich dafür, dass Trixi, wie vereinbart, mit ihm Schluss machte. Mehr noch: Irgendwie schaffte sie es, dass sich die Fürchterlichen Vier gegenseitig an die Gurgel gingen. Hätte Lisa ihn in ihr Vorhaben eingeweiht, er wäre auf dem Mädchenklo nicht dazwischengegangen, als Isabella sich als Abrissbirne betätigte. Der Rauswurf aus der Schule schmerzte, besonders seine Pflegeeltern, aber die Abfindung (oder sollte er es Schmerzensgeld nennen?), die Papa Girandelli zähneknirschend zur Wahrung des töchterlichen guten Rufs berappte, tröstete über das Schlimmste hinweg. Seine Pflegeeltern nicht, die ahnten natürlich nichts von dem Deal. Aber ihn.

Er war zu Lisa nach Hause gegangen – ihre Eltern waren mal wieder auf einem Selbstfindungsseminar oder irgendeinem spirituellen Trip –, um mit ihr zu feiern. Immerhin hatte sie ihren Anteil an dem nicht unerheblichen Geldsegen. Sie wirkte zufrieden wie eine Lehrmeisterin mit ihrem Musterschüler und führte ihn in das winzige Turmzimmer des kleinen Hauses. Ihren Beobachtungsposten, wie sie es nannte. Tatsächlich verbrachte sie oft Stunden hier, um ihre Nachbarn auszuspionieren. Martin war das ein oder andere Mal dabei gewesen, was sich als überaus spaßig und aufschlussreich erwiesen hatte. Wenn der gar nicht mal so spießige Spießi wüsste, welch exquisiten Blick man von hier aus in sein Zimmer hatte, würde er vermutlich häufiger die Vorhänge zuziehen. Mit dem leistungsstarken Fernrohr blieb kein Pickel unentdeckt.

Hätte Martin damals geahnt, was in jener Nacht geschehen würde, er wäre nicht gegangen. Zumindest vermutete er, dass es jene Nacht gewesen war, in der Spießi seinen Liebhaber – welch absurde Vorstellung – tötete und mit Lisas Hilfe in den Ronsdorfer Anlagen verscharrte. Wäre er damals geblieben, hätte er sie davon abgehalten oder sie zumindest begleitet. Dann würde Lisa heute vielleicht noch leben. Oder sie wären beide tot, wer konnte das schon sagen? Na ja, er wäre ja vor ein paar Tagen beinahe gestorben. Wenn die bekloppte Leo ein bisschen fester zugeschlagen hätte ... Wenn sie ihn in dem Kellerverlies hätte verrotten lassen ... Wenn er nichts von dem geheimen Ausgang gewusst hätte ...

Er hatte es sich einfacher vorgestellt, jemanden zu erpressen. Ein paar notgeile alte Schachteln auszunehmen, reichte offenbar nicht aus, um Experte auf diesem Gebiet zu werden. Lisa hatte sich besser darauf verstanden, aber auch sie hatte am Ende den Preis dafür gezahlt. Es war wirklich schade um sie, obwohl sie nicht mehr dieselbe war seit der Sache mit Edda. Martins Blick wanderte zu dem schlichten Holzkreuz. Edda war Lisas großer Traum gewesen, der sich zum Albtraum entwickelte.

Nachdem sich ihre schulischen Wege getrennt hatten und Lisa zur Ausbildung nach Marburg gezogen war, hatten Martin und sie sich zunächst aus den Augen verloren. Er hatte Jahre nicht mehr an sie gedacht, bis sie sich vor fast zehn Jahren auf dem Vohwinkeler Flohmarkt über den Weg liefen. Normalerweise hasste Martin Flohmärkte, aber die Dame, deren »Begleiter« er damals war, liebte alles, was mit Trödel zusammenhing. Wahrscheinlich, weil der Krempel, der dort feilgeboten wurde, genauso alt war wie die olle Schachtel selbst. Gelangweilt trottete er neben ihr her. Hinter einem der Stände entdeckte er zu seiner Überraschung und Freude seine ehemalige Klassenkameradin. Sie hockte auf einem Klappstühlchen und starrte mit genervtem Gesichtsausdruck Löcher in den Asphalt, während sich ihre Eltern eifrig bemühten, ihren angesammelten Ramsch an den Mann und die Frau zu bringen.

Lisa hatte sich verändert, seit sie einander das letzte Mal gesehen hatten. Die albernen Zöpfe und die faden Klamotten waren verschwunden. Ebenso das unvermeidliche Strickzeug, das sie früher immer bei sich trug. Dass mehr hinter der altbackenen Fassade steckte, als die meisten vermuteten, war ihm schon zu Schulzeiten nicht entgangen. Aber ihre grünen Augen und das umwerfende Lächeln, das sie ihm schenkte, als sie ihn wiedererkannte, hauten ihn wahrhaftig um. Während die olle Schachtel mit den Hirsefelds über den Preis für einen angestaubten Samowar stritt, verabredeten er und Lisa sich für den Abend.

Sie gab ihm gleich am Anfang deutlich zu verstehen, dass sie mehr von ihm wollte als ein Essen und ein tiefschürfendes Gespräch. Martin sollte es recht sein. Der ganze Klimbim mit Essengehen und anschließendem Clubbesuch führte nach seiner Erfahrung sowieso nur in eine Richtung: geradewegs in die Kiste. Genau dort landeten sie ohne große Umschweife, und es war wundervoll. Lisa beherrschte akrobatische Kunststücke, von denen Martin nicht mal zu träumen gewagt hatte.

Bei diesem einen Mal blieb es nicht; es folgten weitere Nächte voller Leidenschaft. Er war tatsächlich auf dem besten Weg, sich ernsthaft in Lisa zu verlieben, da eröffnete sie ihm, dass sie schwanger sei. Die Nachricht traf ihn wie der berühmt-berüchtigte Keulenschlag. So hatte Martin sich die Zukunft nicht vorgestellt. Windeln wechseln, den plärrenden Nachwuchs in die Kita bringen und später mit der Familienkutsche oder, schlimmer noch, mit dem Fahrradanhänger zur Schule. Lisa schien keineswegs überrascht, dass sich seine Begeisterung schwer in Grenzen hielt. Über eine mögliche Abtreibung wollte sie allerdings nicht mal nachdenken.

»Ich wollte immer schon ein Kind«, sagte sie, und in Martin keimte der Verdacht, dass sie die Affäre mit ihm aus genau diesem Grund begonnen hatte. Er sollte als Samenspender dienen und war arglos in die Falle getappt.

Er müsse sich keine Sorgen machen, sie würde das Kind allein großziehen, versicherte sie. Auch auf Unterhaltszahlungen wollte sie verzichten. Wieder überkam ihn das Gefühl, dass sie es von Anfang an so geplant hatte. So überraschend, wie sich ihre Wege gekreuzt hatten, trennten sie sich wieder. Den Anflug schlechten Gewissens, der Martin hin und wieder plagte, verscheuchte er ebenso energisch, wie er sich in die nächste Beziehung stürzte. Mit einer Frau, die definitiv aus dem gebärfähigen Alter heraus war. Sicher war sicher. Ab und an dachte er an Lisa und das Baby – sein Baby –, das in Kürze zur Welt kommen würde. Ehe er sich in Sentimentalitäten verlor, verdrängte er die Gedanken rasch.

Eines Morgens erhielt er einen überraschenden Anruf von Lisa, die ihm mitteilte, dass ihre gemeinsame Tochter bei der Geburt gestorben sei. Es habe unvorhergesehene Komplikationen gegeben.

»Wahrscheinlich die Strafe für all meine Verfehlungen«, seufzte sie mit tränenerstickter Stimme.

»Quatsch«, wollte Martin sie trösten, doch der Kloß in seinem Hals saß erstaunlich tief.

»Na ja, ich wollt's dir nur sagen«, meinte sie, hörbar darum bemüht, die Fassung zu bewahren. »Wahrscheinlich bist du ganz froh. Du wolltest sie ja eh nicht.«

Das klang jetzt schon ein bisschen hart, fand Martin. So, als sei es seine Schuld, dass das Mädchen gestorben war. Aber Lisa stand wahrscheinlich unter Schock und hatte es nicht so gemeint.

»Soll ich vorbeikommen?«, fragte er etwas halbherzig. Im Trösten war er nie besonders gut gewesen.

»Lass mal, ich komm schon klar«, erwiderte sie und legte auf, was ihn zugegebenermaßen erleichterte.

Es war das letzte Mal, dass Martin von Lisa hörte. Bis zu jenem Abend, an dem das Klassentreffen stattfand. Er hatte etwas unbeholfen und mehr aus Höflichkeit versucht, das Thema auf ihre gemeinsame Tochter zu lenken, doch sie wollte nicht darüber reden. Stattdessen erzählte sie ihm von diesen dämlichen Knochen, die in den Ronsdorfer Anlagen ausgraben worden waren, und unterschrieb damit ihr Todesurteil.

»Es tut mir leid, Lisa, dass ich nicht besser auf dich aufgepasst habe«, sagte er leise. »Mach's gut und grüß Edda von mir.«

Er legte die mitgebrachte Rose vor das Holzkreuz und wandte sich zum Gehen. Ohne sich noch einmal umzudrehen, lief er den Weg zurück zum Ausgang, wo sein alter Peugeot auf ihn wartete. Er würde Wuppertal für eine Weile verlassen. Vielleicht für immer. Hier hielt ihn sowieso nichts mehr. Keine Lisa, keine Trixi und erst recht keine Sophie. Sie wollten nichts mehr von ihm wissen. Wer sollte es ihnen verübeln?

Er war kein guter Mensch. War es nie gewesen.

Zu guter Letzt ...

... wie üblich ein paar Worte in eigener Sache. Selbstverständlich entspringen sämtliche Figuren in dieser Geschichte meiner Fantasie und weisen keinerlei Ähnlichkeit mit realen Personen auf. Sollte jemand glauben, sich wiederzuerkennen, so versichere ich, dass dies reiner Zufall und nicht beabsichtigt ist. Meine Schulkameraden waren und sind die reinsten Engel.

Auch den ein oder anderen Ort wird man so in Wuppertal nicht finden. Die Sonderbar existiert im wahren Leben nicht. Aber es gibt im Luisenviertel genügend Cafés, Kneipen und Restaurants, die einen Besuch wert sind. Ansonsten habe ich mich wie immer um Authentizität bemüht.

Ich hoffe, das Buch hat Ihnen gefallen und Sie empfehlen es weiter. Sollte dies der erste Krimi aus meiner Feder sein, den Sie gelesen haben, werfen Sie gern auch einen Blick in die vorangegangenen Exemplare der Kantner/Liebermann-Reihe und warten Sie gespannt auf die Fortsetzung.

Danksagung

Wie immer möchte ich den Personen, die mir am Herzen liegen, meinen Dank für ihre direkte oder indirekte Beteiligung an der Entstehung dieses Buchs aussprechen.

Allen voran meinem allerliebsten Gatten Holger Schwaner fürs unermüdliche Testlesen, Händchenhalten, Zuhören, Trösten, Aufmuntern, Bekochen und Immer-für-mich-da-Sein. Meiner besten Freundin Silke Brück, die jede Version des Manuskripts gelesen und geprüft hat. Ihrem Ehemann und meinem Trauzeugen Robin Pfeifer sowie Stefan Hable für unzählige lustige und inspirierende Spieleabende. Ohne euch wär alles doof.

Mein Dank gilt natürlich dem Team vom Bergischen Verlag, insbesondere Christiane Rahrbach und Thomas Halbach für ihre Arbeit und ihr Vertrauen in mich.

Julia und Steve Wewer von der Agentur Rockoli danke ich für das tolle Cover.

Ein besonders dickes Dankeschön geht an meine wunderbare Lektorin Katrin Adam (aka Die Textmamsell), die allen meinen Werken mit kundiger Hand und Engelsgeduld den nötigen Feinschliff verpasst hat. Man sollte den Duden in Adam umbenennen. Du bist die Beste.

Vielen Dank auch an:

Die weltbesten Eltern Ilka und Friedhelm, Kerstin und Charly, Katja, Andreas und Florian, Brigitta und Hermi, Silke und Micha, Steffi und Lars, Silas und Jona, Tante Gisela sowie last, but not least Maren für ihre Idee mit der Stricknadel und Doc Flip, der eigentlich gar nicht genannt werden will.